俄罗斯文学简史

任光宣 主编

图书在版编目(CIP)数据

俄罗斯文学简史/任光宣主编.—北京:北京大学出版社,2006.9
(21世纪外国文学系列教材)
ISBN 978-7-301-10904-5

Ⅰ.俄… Ⅱ.任… Ⅲ.文学史-俄罗斯-高等学校-教材 Ⅳ.I512.09

中国版本图书馆CIP数据核字(2006)第084414号

书　　　名：	俄罗斯文学简史
著作责任者：	任光宣　主编
责 任 编 辑：	张　冰
标 准 书 号：	ISBN 978-7-301-10904-5/H·1672
出 版 发 行：	京大学出版社
地　　　址：	北京市海淀区成府路205号　100871
网　　　址：	http://www.pup.cn
电　　　话：	邮购部 010-62752015　发行部 010-62750672　编辑部 010-62759634
电 子 邮 箱：	编辑部 pupwaiwen@pup.cn　总编室 zpup@pup.cn
印 　刷　 者：	北京虎彩文化传播有限公司
经 　销 　者：	新华书店
	650毫米×980毫米　　16开本　　31印张　556千字
	2006年9月第1版　　2023年12月第11次印刷
定　　　价：	78.00元

未经许可,不得以任何方式复制或抄袭本书之部分或全部内容。
版权所有,侵权必究　举报电话:010-62752024
　　　　　　　　　电子邮箱:fd@pup.cn
图书如有印装质量问题,请与出版部联系,电话:010-62756370

编者的话

自上个世纪 50 年代以来,"俄罗斯文学史"课程就是我国高校俄语语言文学专业乃至一些其他人文学科的一门专业必修课。大学生不但从俄罗斯文学发展史中跟踪俄罗斯民族文化的发展动态,感觉俄罗斯民族意识觉醒的脉动,寻找俄罗斯民族历史的发展轨迹,把握俄罗斯民族精神的演化过程,而且认识了诸如普希金、果戈理、屠格涅夫、陀思妥耶夫斯基、托尔斯泰、契诃夫、勃洛克、布宁、高尔基、马雅可夫斯基、叶赛宁、阿赫玛托娃、索尔仁尼琴、肖洛霍夫、布尔加科夫、帕斯捷尔纳克、纳博科夫、布罗茨基等一大批杰出的文学大师。俄罗斯文学作品的深邃的精神内涵、丰富的人生哲理、独特的审美品格、动人的故事情节、迷人的人物形象、细腻的人物心理、醇厚的文学语言、抒情的写法技巧、恢宏的叙事风格陶冶了青年学生的情操,培养了他们的人文情愫,给他们以丰富的知识和美的享受,使他们的精神得到了升华。

上个世纪,我国从事俄罗斯文学研究和教学的一些教师和学者曾编写或撰写过十多部《俄罗斯文学史》。其中最为有影响的就是在我国著名的教育家、翻译家和作家曹靖华先生主持下,由北京大学俄罗斯语言文学系文学教研室的老师与全国有关高校的教师编写的一部大型的《俄苏文学史》(三卷本)教科书。这本教材编成后成为高校俄语语言文学专业以及文科有关系科的"俄苏文学史"课程的通用教材,在我国的俄罗斯文学史教学中发挥了重要的作用。

如今,俄罗斯文学的发展呈现出新的格局和图像,俄罗斯文学史的教学也进入一个新的时期,已有的教材远远不能满足新世纪俄罗斯文学史课程教学的需要,广大教师和学生渴望有一部在思想观点、内容、体例和资料等方面全新的俄罗斯文学史教科书。因此,编写这样的俄罗斯文学史教科书已是当务之急。为此,我们北京大学俄罗斯语言文学系的同仁于 2003 年向北京大学申请了编写《俄罗斯文学简史》的教材立项。教材立项很快获得了批准,这为我们这本教材的编写和出版提供了保证。

参加本书编写的全体撰稿人力求摆脱过去研究俄罗斯文学的思维定势和意识形态的羁绊,以客观的、历史的角度审视近千年的俄罗斯文学的发展史,全面地、辩证地分析每个作家、诗人和剧作家的创作思想及其主要作品,对其创作给予恰当的定位和评价,总之,我们要与时俱进,争取编出一部既符合 21 世纪的时代精神和要求,又把握住俄罗斯文学的发展规律、展示俄罗斯文学的思想价值和艺术魅力并深受广大师生认可和欢迎的、新型的俄罗斯文学史教科书,以利于我国高校的俄罗斯文学的教学和研究。

我们深知编写这样一本教科书任务的艰巨和重大,因此,我们不但调动北京大学俄罗斯语言文学系的全体文学教师参加,而且还邀请国内近十位著名的俄罗斯文学专家和教师加盟。因此,这部《俄罗斯文学简史》是一项集体劳动的成果,是众多学者合作编写俄罗斯文学史的又一次尝试。

需要说明的是,尽管我们有统一的编写体例,对教科书的目录和内容进行过认真的讨论并达成共识,但由于这是一部多人参编的著作,每位撰稿人有自己的思维方式、写作风格,资料占有等方面也有所差别,因此,行文、结构和体例上出现个别的不协调和差异,希望得到广大读者的谅解和批评。此外,我们借此书出版的机会对支持和帮助我们的所有人士表示衷心的感谢,并欢迎广大读者提出宝贵的建议和批评。

编者

2005 年 5 月 1 日

目 录

第一章 古代俄罗斯文学 ……………………………………………… (1)
  第一节 基辅罗斯时期的文学(11世纪中期—12世纪30年代) …… (3)
  第二节 封建割据时期的文学(12世纪40年代—13世纪上半期)
    ……………………………………………………………………… (6)
  第三节 蒙古人统治时期及中央集权国家形成时期的文学
    (13世纪下半期—15世纪末) ………………………………… (10)
  第四节 中央集权国家时期的文学(16—17世纪) ………………… (13)

第二章 18世纪俄罗斯文学 ……………………………………… (23)
  (一) 18世纪俄罗斯诗歌 ……………………………………… (24)
  第一节 18世纪俄罗斯诗歌发展概述 …………………………… (24)
  第二节 安·德·康杰米尔(1708—1744) ……………………… (27)
  第三节 加·罗·杰尔查文(1743—1816) ……………………… (28)
  第四节 米·瓦·罗蒙诺索夫(1711—1765) …………………… (30)
  (二) 18世纪俄罗斯小说 ……………………………………… (31)
  第一节 18世纪俄罗斯小说发展概述 …………………………… (31)
  第二节 尼·米·卡拉姆辛(1766—1826) ……………………… (35)
  第三节 亚·尼·拉吉舍夫(1749—1802) ……………………… (38)
  (三) 18世纪俄罗斯戏剧 ……………………………………… (41)
  第一节 18世纪俄罗斯戏剧发展概述 …………………………… (41)
  第二节 亚·彼·苏马罗科夫(1717—1777) …………………… (42)
  第三节 杰·伊·冯维辛(1745—1792) ………………………… (44)

第三章 19世纪俄罗斯文学 ……………………………………… (46)
  (一) 19世纪俄罗斯诗歌 ……………………………………… (47)
  第一节 19世纪俄罗斯诗歌发展概述 …………………………… (47)
  第二节 亚·谢·普希金(1799—1837) ………………………… (57)

第三节　米·尤·莱蒙托夫(1814—1841) ………………………… (65)
第四节　费·伊·丘特切夫(1803—1873) ………………………… (72)
第五节　阿·阿·费特(1820—1892) ……………………………… (76)
第六节　尼·阿·涅克拉索夫(1821—1878) ……………………… (83)
(二)　19世纪俄罗斯小说 ………………………………………………… (91)
第一节　19世纪俄罗斯小说发展概述 …………………………… (91)
第二节　亚·谢·普希金(1799—1837) ………………………… (101)
第三节　米·尤·莱蒙托夫(1814—1841) ……………………… (106)
第四节　尼·瓦·果戈理(1809—1852) ………………………… (110)
第五节　伊·谢·屠格涅夫(1818—1883) ……………………… (120)
第六节　伊·亚·冈察洛夫(1812—1891) ……………………… (127)
第七节　尼·谢·列斯科夫(1831—1895) ……………………… (133)
第八节　费·米·陀思妥耶夫斯基(1821—1881) ……………… (141)
第九节　列·尼·托尔斯泰(1828—1910) ……………………… (154)
第十节　安·巴·契诃夫(1860—1904) ………………………… (165)
(三)　19世纪俄罗斯戏剧 ……………………………………………… (173)
第一节　19世纪俄罗斯戏剧发展概述 …………………………… (173)
第二节　亚·谢·格里鲍耶陀夫(1795—1829) ………………… (177)
第三节　尼·瓦·果戈理(1809—1852) ………………………… (181)
第四节　亚·尼·奥斯特洛夫斯基(1823—1886) ……………… (186)
第五节　安·巴·契诃夫(1860—1904) ………………………… (190)

第四章　20世纪俄罗斯文学 …………………………………………… (196)
(一)　20世纪俄罗斯诗歌 ……………………………………………… (197)
第一节　20世纪俄罗斯诗歌发展概述 …………………………… (197)
第二节　亚·亚·勃洛克(1880—1921) ………………………… (209)
第三节　尼·斯·古米廖夫(1886—1921) ……………………… (216)
第四节　弗·弗·马雅可夫斯基(1893—1930) ………………… (222)
第五节　谢·亚·叶赛宁(1895—1925) ………………………… (228)
第六节　玛·伊·茨维塔耶娃(1892—1941) …………………… (237)
第七节　安·安·阿赫玛托娃(1889—1966) …………………… (242)
第八节　亚·特·特瓦尔多夫斯基(1910—1971) ……………… (249)
第九节　约·亚·布罗茨基(1940—1996) ……………………… (255)
第十节　弗·谢·维索茨基(1938—1980) ……………………… (262)

第十一节　布·沙·奥库贾瓦(1924—1997) ……………………… (268)
第十二节　尤·波·库兹涅佐夫(1941—2003) ……………………… (274)
(二)　20世纪俄罗斯小说 ……………………………………………… (282)
第一节　20世纪俄罗斯小说发展概述 ………………………………… (282)
第二节　阿·马·高尔基(1868—1936) ……………………………… (296)
第三节　伊·阿·布宁(1870—1953) ………………………………… (304)
第四节　安·别雷(1880—1934) ……………………………………… (310)
第五节　米·阿·布尔加科夫(1891—1940) ………………………… (316)
第六节　安·普·普拉东诺夫(1899—1951) ………………………… (322)
第七节　鲍·列·帕斯捷尔纳克(1890—1960) ……………………… (329)
第八节　米·亚·肖洛霍夫(1905—1984) …………………………… (338)
第九节　康·米·西蒙诺夫(1915—1979) …………………………… (347)
第十节　尤·瓦·特里丰诺夫(1925—1981) ………………………… (353)
第十一节　弗·弗·纳博科夫(1899—1977) ………………………… (361)
第十二节　亚·伊·索尔仁尼琴(1918—　) ………………………… (368)
第十三节　瓦·格·拉斯普京(1937—　) …………………………… (376)
第十四节　阿·尼·瓦尔拉莫夫(1963—　) ………………………… (383)
第十五节　维·彼·阿斯塔菲耶夫(1924—2001) …………………… (391)
第十六节　弗·谢·马卡宁(1937—　) ……………………………… (399)
第十七节　柳·斯·彼特鲁舍夫斯卡娅(1938—　) ………………… (407)
(三)　20世纪俄罗斯戏剧 ……………………………………………… (414)
第一节　20世纪俄罗斯戏剧发展概述 ………………………………… (414)
第二节　阿·马·高尔基(1868—1936) ……………………………… (420)
第三节　弗·弗·马雅可夫斯基(1893—1930) ……………………… (424)
第四节　米·阿·布尔加科夫(1891—1940) ………………………… (428)
第五节　亚·瓦·万比洛夫(1937—1972) …………………………… (433)
第六节　维·谢·罗佐夫(1913—2004) ……………………………… (438)

后记 …………………………………………………………………… (444)
附录一　重要作家中俄译名对照表 ………………………………… (446)
附录二　重要作品中俄译名对照表 ………………………………… (455)
附录三　主要参考书目 ……………………………………………… (480)

第一章　古代俄罗斯文学

11—17 世纪的俄罗斯文学被称为古代俄罗斯文学,它在俄罗斯文学史中占据着重要的地位。《古代俄罗斯文学史》①一书的作者 B. B. 库斯科夫说得好:"古代俄罗斯文学是坚实的基础,在此基础之上耸立着 18—20 世纪俄罗斯民族艺术文化的宏伟大厦。其根基中蕴涵着崇高的道德理想,蕴涵着对人的信仰,对人具有无限的道德完善之可能性的信仰,对词语力量及其能够改变人的内心世界的信仰,蕴涵着为俄罗斯大地—国家—祖国服务的爱国主义激情,蕴涵着对善最终必将战胜邪恶势力、全人类必将统一起来、统一必将战胜万恶之分裂的信仰。不了解古代俄罗斯文学史,我们就无法理解普希金创作的全部深度、果戈理创作的精神本质、Л. 托尔斯泰的道德探索、陀思妥耶夫斯基的哲理深度、俄罗斯象征主义的特色、未来主义作家在词语方面的探索。"②

俄罗斯古代文学的产生和发展与早期封建国家的形成进程紧密联系在一起,反映出当时俄罗斯社会的发展阶段和各种社会关系的状态。与此相关,古代文学按照俄罗斯社会历史的发展阶段一直都被分为以下四个时期:基辅罗斯时期的文学(11 世纪中期—12 世纪 30 年代)、封建割据时期的文学(12 世纪 40 年代—13 世纪上半期)、蒙古人统治时期及中央集权国家形成时期的文学(13 世纪下半期—15 世纪末)、中央集权国家时期的文学(16—17 世纪)。

古代俄罗斯文学在内容、形式和体裁方面表现出以下几个特点:第一,由于在古罗斯时期保藏和抄写文献的是修道院里的神职人员,因此绝大多数流传至今的文学作品都带有宗教性质,虽说在漫长的历史发展过程中也出现过一些世俗内容的作品,但大都失传,保留下来的基本上具有浓厚的宗教色彩;第二,因为俄罗斯当时尚未使用印刷技术,文献皆以手抄本的形式流传,而抄写文献的往往是具有较高修养和文化水平的修士,在抄写过程中他们常常根据实际需要和时代要求及趣味加入一些个人对文本的理解,因此同一文本经不同抄写人之手会产生文本的变异,形成多个版本。如,古代俄罗斯文学的经典《往年故事》、

---

① 该书是研究古代俄罗斯文学的权威著作之一,到 2003 年已经再版 7 次之多。
② B. 库斯科夫:《古代俄罗斯文学史》,莫斯科,高等学校出版社,2003 年,第 4 页。

《伊戈尔远征记》等就有多个版本；第三，古代俄罗斯社会没有所谓作者的著作权，因此流传下来的文学作品基本上没有作者的名字，只有极少数手抄稿中出现过像"瘦弱的约翰"、"卑微的格奥尔基"或"罪孽深重的马特维"等字样的留名，而这一切与宗教传统对个人所持的态度有着直接的关系；第四，古代文学作品常常是应运而生的，基本上是为一定时期的社会目的服务的，它们往往与哲学思考、道德伦理观念和宗教信仰等联系在一起，颂扬祖先的丰功伟绩和祖国的伟大及美丽是其主要内容，充满了爱国主义和英雄主义激情，有着浓厚的政论色彩，故此纯文学作品不多。一方面，它们与教会文献和公文杂糅在一起；另一方面，它们与口头民间创作密不可分，因此很难用纯粹的文学艺术标准来衡量其价值；第五，纪实性也是古代俄罗斯文学的一个重要特点，它基本上不允许虚构而严格地遵循事实，其主人公都是重要的历史人物，比如公国的首领、国家的统治者、圣徒等。不过，这种纪实性具有典型的时代特点，直接反映了当时人们对世界的看法和价值观念：历史事件的发生和发展都被看成是在神灵的旨意下、受神灵支配进行的；第六，就艺术方法来说，象征性、历史性、恪守宗教礼仪或礼节是其根本原则，而这些特性同样与古代人的宗教世界观密切相关。与古希腊人的认识一样，古代俄罗斯人也认为世界分为显现的外在世界和高级的精神世界，显现的外在世界是暂时的、过渡性的，是人的眼睛可以看到的低级的物质世界；与之相对的是永恒的、不朽的、人的肉眼看不到的高级的精神世界。古代俄罗斯人认为，种种反映上天旨意的象征和符号皆隐藏在大自然、历史事件和人自身之中，词语也具有多义性，它不仅有直意，也有转义，因此在古代俄罗斯文学作品中具有象征性的对比和隐喻比比皆是；古代俄罗斯人相信《圣经》中记述的每一个事件皆取自真实的现实生活，因此作家创作时大都会遵循《圣经》传统，表现人类社会中善与恶的较量，文学作品也常常建构在善与恶、美德与瑕疵、正面人物和反面人物的对照之基础上。善的推动力量是上帝，而恶行的幕后策划者是魔鬼，但值得注意的是，古代俄罗斯人从未漠视人自身的作用，认为人有选择行善和作恶的自由，人应当为自身的恶行负责，这种观念在19世纪作家陀思妥耶夫斯基的创作中得到了最集中和鲜明的再现；由于古代俄罗斯人相信人的社会地位是由上天预先决定的，所以他们承认等级观念，认为人应当守秩序、礼仪和礼节，这一点决定了文学作品的主人公皆为大公、统治者、军队统帅和圣徒等所谓"大人物"，并且在具体叙述时严格遵守事件发生的时间顺序；第七，古代俄罗斯文学尚未形成当代意义上的文学体裁，有的只是创作时必须遵循的规范和原则。宗教文学根据严格的等级性划分为以下级别：其一是《圣经》文本；其二是阐释《圣经》文本和宗教节日的文学，如伊拉里昂都主教的《法与恩惠说》；其三是讲述宗教圣徒、苦行僧、柱头僧、圣愚等言行的使徒行传。此外,介于宗教文学和世俗文学之间的是具有原创性质的大公行传,顾名思义,它是讲述在历史上有突出作为的大公故事的,比如《亚历山大·涅夫斯基行传》,《鲍利斯和格列勃的传说》,在表现形式上它借鉴了诸如编年故事、勇士故事等世俗文学的因素,属于这一类的作品还有表现信徒朝拜圣地的游记和讲述圣像历史的故事。世俗文学体裁相对灵活一些,其中糅合了口头民间文学、公文和宗教文学等多种因素。表现抵御外敌、批判各公国内讧的历史故事在世俗文学中占据着重要地位,而像莫诺马赫的《家训》、丹尼尔·扎多奇尼克的《祈祷》这样的作品,因其具有很高的文学成就并对后世产生过深远的影响而在世俗文学中占据着特殊的地位。综观世俗文学可以看出,它已经在很大程度上接近了现代小说,其中不乏对主人公内心世界及其心理变化的关注,注重情节和日常生活细节的描写,也出现了虚构人物,为后来真正意义上的小说、诗歌、戏剧、讽刺文学等的产生奠定了基础。

第一节 基辅罗斯时期的文学
(11世纪中期—12世纪30年代)

古代俄罗斯文学是在多种因素推动和影响下产生的:首先,早期封建国家的建立和于公元863年正式产生的古俄罗斯文字为文学的出现和发展创造了必备条件;其次,俄罗斯口头民间创作在古代文学的发展中发挥了重要作用,后来很多的文学作品正是在记录口头传唱故事的基础上形成的;再者,它直接受益于邻国保加利亚文化的影响,一开始俄罗斯的文化人就有意识地译介了多种基本为宗教内容的保加利亚文本;最后,因为俄罗斯接受基督教是以拜占廷为中介的,故此在正统文化奠基之初俄罗斯也从拜占廷译介了众多的宗教文献。古代俄罗斯人主要接受的是《圣经·新约》中的《福音书》和《使徒福音》以及《圣经·旧约》中的《赞美诗》,这一切都为日后俄罗斯文学的独立发展奠定了坚实的基础,并决定了未来俄罗斯文化的特色和发展走向。

俄罗斯最早的原创性文学作品产生于11世纪中期的基辅罗斯,其中被称之为"训诲"体裁和"使徒行传"体裁是在俄罗斯接受基督教的影响之下产生的,因其中的几部杰作对后世产生了深远影响而在俄罗斯文学史中占据着不容忽视的地位。

基辅都主教伊拉里昂的《法与恩惠说》(1037—1050)是一篇具有演说性质的布道训诲,分三个部分展开,第一段文字就开门见山地阐明了其具体三个方面的内容:"论通过摩西赋予的法,论通过耶稣基督赋予的恩惠和真理……赞美使我们受洗的我们的弗拉基米尔大公……以及我们整个国家向上帝祈祷。"作者用将近一半的篇幅讴歌了强大、独立的罗斯,讴歌了使罗斯接受基督教的弗拉基米尔大公和他的儿子——使罗斯繁荣昌盛的雅罗斯拉夫大公,并把俄罗斯大公的行为与基督教使徒的行为进行比较,表达了君权神授的思想和渴望罗斯统一的思想。作者把法与恩惠对立起来,并在阐述自己观点时采用了典型的演讲体的表现手法,即对照原则:"法是恩惠和真理的先驱和仆人,而真理和恩惠是不朽生命的仆人……先是法,后是恩惠;先是黑暗,后是真理……恩惠是自由,法是奴隶。……犹太人通过法证明自己无罪,但基督教徒没有通过真理和恩惠证明自己无罪,而是借此获得拯救。……因为无罪属于这个世界,而拯救属于未来世纪,犹太人为尘世喜悦,基督教徒为天国之存在而喜悦。"并且,创造奇迹的上帝"通过十字架和磨难在尘世间创造了拯救"。这个在俄罗斯文化奠基之初产生的作品,其意义是巨大的,因为从作为整体的俄罗斯文化的精神中我们可以体会到,摈弃《旧约》之法的外在约束而颂扬《新约》之恩惠赋予人的自由选择权利是其最为本质的文化特征。

　　承受苦难而获得永恒生命的主题在作者不详的使徒行传《鲍利斯和格列勃的传说》(11世纪末或12世纪初)中表现得更为鲜明和形象。该作品是俄罗斯最早的原创性使徒行传之一,其形式与编年故事有着直接的关系,而与拜占廷的使徒行传区别很大:它不像后者那样循序渐进地叙述主人公的生平和功绩,而只是选取了他们生活中遭到兄长谋杀这唯一的片段。俄罗斯学者指出:兄弟两人的"功绩完全在于不抵抗暴力之死……鲍利斯和格列勃临死前的行为被理解为功绩,它证明了一个新受洗的民族对基督教义的深刻把握……展现在我们面前的是对死亡的自由选择,是选择死亡而舍弃抵抗邪恶,以此扯断了业已开始的暴力链条……鲍利斯完全遵照新约精神而决定牺牲自我……从基督教的角度来看,这是死后获得奖赏的保证。"[①]这一在俄罗斯文化的源头出现的无辜受难的例子影响了一代又一代俄罗斯人的价值观念,并在很大程度上决定了俄罗斯文化的精神。作品中处处可见的充满了抒情色彩和戏剧色彩的主人公的内心独白、具有口头民间文学特色的哭诉、作者对主人公外貌的细致描写大大增加了作品的文学性,为俄罗斯文学的形成和发展奠定了一定的基础。

　　莫诺马赫的《家训》(约1117年)是俄罗斯有据可查的第一位世俗作者"行将就木"时留给儿女们的遗训,但尽管如此,莫诺马赫作为在与不断进犯的游牧民族的战斗中度过戎马一生的军事家,作为毕生献给国家统一和独立的俄罗斯大公,他的训诫已经超出了个人遗言的局限,因其呼吁结束公国之间的内讧、团结起来一致抵抗外敌的基调而拥有了巨大的社会意义。该作品因描述了作者

[①] А.尤金:《俄罗斯民间宗教文化》,莫斯科,高等学校出版社,1999年,第225页。

个人生活的经历和实例而具有自传性质,在这个意义上可以说,它比俄罗斯古代文学中第一部真正意义上的自传体作品《大司祭阿瓦库姆行传》更早。在整部作品中作者都在阐述大公的职责和义务,他认为,大公的首要责任是维护国家秩序,关心国家利益和祖国统一,严格遵守誓言和约定;其次,大公的重要责任是保护和关心教会利益,呼吁人们遵守宗教礼仪,认为人凭借三种功德可以摆脱敌人、战胜敌人,那就是:忏悔、仁慈和眼泪;此外,大公应当成为崇高道德的典范,应当慷慨待人,关心穷人,事必躬亲,避免懒惰、撒谎、酗酒、狡诈等恶习,在家庭中丈夫应当尊重妻子,等等。尤其值得关注的是作者对人的个体价值的深刻认识:"人究竟是什么?……上帝用尘土创造了人,人的面孔形态各异,对此奇迹我们深感惊叹;若把所有人聚集到一起,其面容皆非一样,每个人都因上帝的智慧而各有各的面容……"虽然从字面上看,这段文字描述的是人的外表,但从根本上说,它直指人的精神层面,这种认识直接秉承了对俄罗斯文化具有深远影响的拜占廷东方教父基督学的人本主义原则。从表现形式上看,《家训》同样具有当时文学作品共同具有的、用当代文学理论术语来表述即所谓"互文性"特点,其中包含了大量作者日记、通信、和约文本等,语言风格上既有书面性质,又有鲜明生动的口语特点。

描述历史大事件的历史故事是基辅罗斯时期主要的文学体裁,故事的第一主人公都是睿智的大公、英勇善战的英雄、虔诚的信徒等,而其对立面往往是挑起争端、制造内讧、争权夺利的各公国首领和军事统帅。这些故事基本上都沿袭了口头民间文学的形式,由事件的目击者或参加者以第三人称的形式进行叙述,它们常常被纳入编年史中,遵照严格的时间顺序展开叙述,而且这些编年史中往往融会了宗教传说、使徒行传的元素以及公文文本。基辅罗斯时期流传下来的最杰出的编年故事是《往年故事》。

《往年故事》(约1113年)是由基辅洞窟修道院神甫涅斯托尔编撰而成的,从其完整的标题中我们不难看出其中的主要内容:"这是逝去年代的故事,讲述的是俄罗斯大地从何而来,谁最先在基辅实施统治以及俄罗斯国是如何产生的。"从该书的诸多小标题中也可了解到其具体内容:《使徒安德烈造访俄罗斯大地的传说》、《基辅创立的传说》、《奥列格远征王城》、《奥列格死于自己的坐骑》、《伊戈尔远征希腊》、《伊戈尔之死》、《奥尔加为伊戈尔复仇》、《斯维亚托斯拉夫大公》、《弗拉基米尔的宴会》、《鞣皮匠的传说》,等等。从表现形式上看,这些小故事与民间传说和民间英雄叙事诗有着直接的关系,在思想内容方面,渴望俄罗斯大地强盛与统一、追求政治和宗教独立构成了该书的主旋律,其中处处洋溢着浓厚的爱国激情。它不仅具有重要的历史意义,而且具有较高的文学价值。

第二节　封建割据时期的文学
（12 世纪 40 年代—13 世纪上半期）

　　俄罗斯封建社会生产力的发展使新的经济、政治和文化中心得以逐渐形成，如南部的基辅中心、北部的诺夫哥罗德中心和中部的弗拉基米尔-苏兹达利中心等，同时也相应地使地区文学得以发展和形成，虽然不同地区的文学有着一定的区别，但主要体裁是编年故事和使徒行传，而最高成就是英雄史诗《伊戈尔远征记》，这些作品的主题集中表现的是呼吁民族团结和国家统一。

　　该时期值得关注的作品有以"囚徒"的别号流传下来的丹尼尔·扎多奇尼克的《讲话》（12 世纪）和《祈祷》（13 世纪上半期），它们是丹尼尔完成但在后人的抄写过程中发生了变异的同一个文本，作品以第一人称的书信形式完成，收信人是当时的雅罗斯拉夫大公。从作品内容来看，作者是"受侮辱与受损害的人"，身处饥寒交迫之中，精神也因大贵族的迫害而备受折磨，这是俄罗斯文学史中第一篇身处卑微的依附地位的人完成的作品。作者写作该书信的目的是为了寻求其心目中慷慨、贤达的雅罗斯拉夫大公的爱与仁慈，塑造了关心臣民、庇护孤寡老弱的理想大公的形象，同时对大贵族的肆意妄为和神职人员的道貌岸然进行了激烈抨击，以此使该作品成为俄罗斯讽刺文学的先驱。作品具有浓厚的抒情性和戏剧性，作者在阐述思想观点时为使道理浅显易懂使用了大量具有民间文学色彩的比喻和对比，如："只有我一个人渴慕你的仁慈，就像鹿渴慕泉水"，"我的思想像鹰一样在天空飞翔"，"赤贫的智者就像肮脏器皿中的黄金，而愚蠢的富翁却像是装着稻草的丝绸枕套"，"淹没人的不是船，而是风；让铁熔化的不是火，而是风箱"，"如同橡树因众多根系而牢固一样，我们的城因你的强大而牢固"，"为贤主效劳会获得自由，而为恶主尽力只会更受奴役"，"春天用花朵装扮大地，而大公啊，你用仁慈装扮我们"，等等。为增强说服力，作者还采用了自问自答的形式，在想象中与大公进行辩论，比如："大公啊，难道我是因愚蠢才说出这些话来？谁见过用毡做的天和用兽皮做的星辰，谁见过蠢人会明智地说话？石头不会漂在水上。就像猪狗不需要黄金一样，蠢人也不需要明智之言。""大公啊，难道你会说：'撒谎'？怎么会？假如我善于粉饰，就不会这样悲伤。"

　　成为该时期巅峰之作的是《伊戈尔远征记》（1185－1187），多数研究者认为，其作者是"游吟诗人"，名字不详。

　　《伊戈尔远征记》的故事情节是以真实的历史事件为基础的。自 12 世纪后期起，草原游牧民波洛伏齐人就不断进犯基辅大公国的南部和东南边疆，而逐渐崛起的俄罗斯各公国却为了争权夺利内讧不止,并为了增强各自的势力而引狼入室,民族利益遭受了严重损害,这种情况迫使各公国团结起来保家卫国,共同抵抗外敌。1183年基辅大公斯维亚托斯拉夫把俄罗斯南方各公国组织起来,并于1184年在征讨游牧民族的战斗中取得了胜利。胜利的消息传到北方,诺夫哥罗德公国首领伊戈尔为了建立个人功勋,于1185年率领兄弟和儿子投入了讨伐草原游牧民的战斗,但结果却是惨败。《伊戈尔远征记》表现的就是这次远征和失败。

与《往年故事》及其他编年记事不同,作者没有把战争的失败解释为上帝发怒,他认为这是封建割据、公国内讧、公国首领追逐个人荣誉并忤逆最高首领基辅大公所导致的必然结果,此次失败引发了作者对俄罗斯前途命运的深刻思考,对建立统一独立国家的深刻思考。在选取情节时该作品也与编年记事体裁的作品有很大区别,作者并未按照事件发生的时间顺序讲述故事,而是选择了最能充分地表现自己对事件的态度和主要思想的重要历史片段:出征,回顾伊戈尔祖父挑起的内讧及其导致的民不聊生、尸横遍野的惨状和在历史上产生的不良后果,战败,整个俄罗斯大地的悲伤,基辅大公的噩梦和呼吁各公国团结一致的"金言",伊戈尔妻子的哭诉和伊戈尔逃脱敌手并返回基辅,最后以赞颂为祖国和基督教而战的伊戈尔等人的光荣而告结束。

作者除了塑造出英勇善战、不畏牺牲、智慧超群的一系列公国首领形象之外,还塑造了俄罗斯文学中第一个生动的女性形象——伊戈尔的妻子雅罗斯拉夫娜,在她身上浓缩了古代俄罗斯妇女的美德:忠贞、博爱、坚强,她具有多神教意味并且抒情色彩浓厚的哭诉和民间文学性质的咒语表达的不仅是她个人为身陷囹圄的丈夫所感到的悲伤,更代表了所有俄罗斯妻子和母亲的忧伤。此外,除了上述那些生动感人的人物形象之外,大自然也成为作品中一个独立的主人公,作者使用拟人的手法使大自然参与主人公的活动,感受主人公的悲喜,比如,当伊戈尔出征时,"太阳用一片黑暗遮蔽了他前行的路;夜发出雷电,惊醒了鸟儿……鸟群在阔叶林里警告灾难的来临;狼群在峡谷中告知危险将至;雄鹰用尖利的鸣叫召唤伙伴去啄食兽骨;狐狸冲着紫红的盾牌吠叫……"当伊戈尔逃脱追兵时,各种动物都在暗暗地帮助他,"乌鸦不再呱呱叫,寒鸦寂静无声,喜鹊不再叫喳喳……啄木鸟指引通向河岸的路,夜莺唱起快乐的歌,预告黎明即将来临"。这种表现手法直接源于民间歌谣。与口头民间创作的联系还表现在作品中出现的一系列民间流行的比喻和象征上:大公及其他公国首领被比喻为"太阳"、"新月"和"雄鹰",形容伊戈尔在陆地和水中的灵活动作时,说他"像白鼬和白鹳鸭",同时白色还象征光明、纯洁和正义,基辅大公梦见的"黑盖布"象征丧葬,"珍珠"象征眼泪,灰乌鸦的叫声预示着灾难来临,等等。作品中使用的副歌也是民间歌谣典型的表现手法:伊戈尔率队向顿河挺进时,作者充满激情地唱道:"啊,俄罗斯军队!你们已到了边境的丘陵背后!"当经过一场血战之后,作者又重复唱出了这个昂扬的句子;雅罗斯拉夫娜的哭诉更是一段完整的充满血泪的歌谣,三段的开始处是同一个句子:"雅罗斯拉夫娜大清早就在普季夫尔的城墙上哭泣……"整部作品也因为首尾呼应和核心环节的对应而形成一个完整和谐的结构:作者开始于"兄弟们啊,我们要从先祖弗拉基米尔讲到今天的伊戈尔",最后的结束语是"唱罢献给往日大公们的颂歌,还应当赞颂年轻的公国首领"。

综上所述,《伊戈尔远征记》因其激昂的爱国主义主题、深刻的思想性和高超的写作技巧成为欧洲乃至世界文学史中叙事史诗作品的奇葩,对后世俄罗斯文学的发展产生过深远和重大的影响。俄罗斯诗人安托科利斯基就曾经这样说过:"《伊戈尔远征记》是生命永远茂盛的树干,它把果实累累的枝条伸向未来。因此我们听得到《远征记》直接和间接的回声,听得到我们文化和艺术的诸多作品中与之形成的呼应……它从一座古代的纪念碑变成创造性文化的鲜活财富。"①

13世纪中期,铁木真(即成吉思汗)率领蒙古人的军队开始向俄罗斯大举进攻,与此相关的历史事件在文学中得到了集中的反映。该主题最著名的作品是《拔都攻占梁赞记》和《俄罗斯大地覆灭记》。

《拔都攻占梁赞记》(13世纪中期)是根据1237年成吉思汗的孙子拔都攻陷并洗劫梁赞公国的历史事实完成的勇士故事,作品由四部分组成,即:拔都率队进犯俄罗斯边境,梁赞大公的儿子费奥多尔出使拔都营地求和并被杀,费奥多尔年轻的妻子抱着年幼的儿子跳楼殉情;梁赞大公尤里与民众英勇保卫城池,但因寡不敌众,梁赞城被攻陷并遭到血洗;勇士叶夫帕季率领部下进入梁赞城复仇;梁赞大公的兄弟悲伤哭诉并重建该城。每一部分都有引人入胜的情节,而最感人的是第三和第四部分。

在塑造勇士叶夫帕季的形象时,作者借鉴了壮士歌的表现手法:他英勇无比、力大无穷、以一抵万,他的勇敢让拔都也感到胆战心惊,后来拔都派出同为大力士的内侄迎战,但被俄罗斯勇士劈于马下,当最后叶夫帕季死于投石器射出的大量石块以后,拔都感慨道:"啊,叶夫帕季·考洛弗拉特!你带着小股部下让我饱尝打击,杀死了我强大帐下的众多勇士,还击溃了无数军队。假若有这样一个人为我效力,我会让他紧随左右,视若珍宝。"第四部分的核心是梁赞

---

① П.安托科利斯基:《叙事史诗的命运》,载1938年5月9日的《真理报》。转引自 B.库斯科夫的《古代俄罗斯文学史》,第123页。

大公的兄弟面对尸横遍野的空城以问句和感叹的形式发出的大段哭诉,20个问号和惊叹号触目惊心,表达了他的无限痛苦和悲伤。作品中反复回旋的一个句子"这一切都是我们罪有应得"表明了作者对罗斯各公国各自为政、争权夺利行为的谴责,也以此呼应了作品开头的表述:当拔都向梁赞公国进犯时,尤里大公曾派使者请求弗拉基米尔公国的大公援助,但被后者拒绝了,因为他想建立个人功勋,独自与拔都作战,但结果不仅使梁赞失陷,弗拉基米尔城也落入敌手。

《俄罗斯大地覆灭记》(1237—1246)是一篇政论体的"讲话",创作时间和作者不详。同样以抵抗蒙古人入侵为主题,但该作品与《拔都攻占梁赞记》不同,其中没有具体的情节,而是一曲赞美俄罗斯大地的颂歌,其主要目的是讴歌"光辉壮丽的俄罗斯大地"及其历史的辉煌,激发处于民族危机、国家衰败中的俄罗斯人的自豪感和荣誉感。在历数了俄罗斯陡峭的山峦、美丽的河流、圣洁的泉水、浓密的森林、奇妙的田野、形态各异的珍禽异兽、壮丽的城市、秀美的村庄、修道院的花园和教堂、威武的大公和诚实的勇士之后,作者慨叹:"俄罗斯大地啊,你应有尽有,啊,正宗的基督教信仰!"在历数了历史上的俄罗斯大公们卧马横刀令敌人闻风丧胆的辉煌战绩之后,作者以这样一段文字戛然结束了自己的"讲话":"而如今灾难降临到基督教徒头上,从雅罗斯拉夫大公到弗拉基米尔(莫诺马赫),到今天的雅罗斯拉夫,到他的兄弟——弗拉基米尔公国首领尤里。"这样的结束语引人深思,它让读者不由感到,俄罗斯大地的覆灭不仅是今天俄罗斯人的耻辱,它还玷污了光荣先祖的名誉,因此,应当团结起来赶走奴役者,必须清除公国内讧这个最大的"疾患",只有这样,俄罗斯大地才会重新繁荣起来,再建辉煌。

该文虽然篇幅短小,但因其目光投向整个的俄罗斯大地,而非囿于一地之利,它才在俄罗斯国家的发展史中占据着重要的地位。此外,许多研究者认为,该"讲话"篇幅短小的原因在于,它是《亚历山大·涅夫斯基行传》的引子。

《亚历山大·涅夫斯基行传》(13世纪中期)是该时期最著名的大公行传体裁的作品,作者不详。内容包括亚历山大大公的整个生平:出生、出征、染疾、剃度、驾崩、安葬,而通过浓墨重彩详细表现的是他在涅瓦河口战胜瑞典人、在楚德河击溃德国骑士军并使大片国土摆脱奴役的两次战斗,这实际上也是东正教国家为捍卫"正宗信仰"而与天主教国家的战斗。与此相关,亚历山大每次出征之前都要满眼含泪地向上帝祈祷,天兵、俄罗斯最早的圣徒鲍利斯和格列勃都显身帮助他取得胜利。作者通过西方十字军骑士、可汗拔都、罗马使节等对手之口表达了亚历山大的勇敢和智慧:"我去过众多城邦,但从未见过这样的王中之王";"人们对我说的是真话,他的国家里没有与他比肩的大公"……遵循使徒行传体裁的传统,该作品中也描写了亚历山大死后的奇迹:他竟然可以从棺木中伸出手来接受"永诀文书"。

除了塑造出"身材伟岸挺拔、声音洪亮如号角、面容威严如埃及王、力大无穷如参孙"的亚历山大的形象之外,作者还为世人描绘了一组勇士群像,他们是六个"骁勇强壮的大丈夫":踏着一块木板两度跃马飞上敌船的加甫里洛;毫不畏惧,挥舞着一把斧头把大群敌人纷纷砍倒的兹贝斯拉夫·雅库诺维奇;高举一把利剑冲入敌阵的猎手雅科夫;率队击沉三艘敌船的步兵米沙;砍断敌王船桅使士气大震的萨瓦;身负多处重伤但仍英勇杀敌并最后战死沙场的仆人拉特米尔。普通人的名字和功绩第一次在俄罗斯文学史中占据了光辉的一页。

在内容和形式上与使徒行传和勇士故事有着密切联系的《亚历山大·涅夫斯基行传》深深影响了后世类似体裁作品的创作,被俄罗斯教会封为圣徒的亚历山大也像他的先辈鲍利斯和格列勃一样,在危机关头显身帮助俄罗斯军队取得胜利。

第三节 蒙古人统治时期及中央集权国家形成时期的文学
(13世纪下半期—15世纪末)

从1237年蒙古人入侵到1480年彻底赶走入侵者并逐渐形成统一的中央集权国家,俄罗斯忍受了近两个半世纪的奴役。俄罗斯沉寂了一个多世纪,俄罗斯文学也沉寂了同样的时间,这种状况一直持续到1380年。从蒙古金帐汗那里获得"弗拉基米尔大公"封号的、因横征暴敛贪得无厌而被取外号"钱袋"的亚历山大之孙——莫斯科公国首领伊万攫取了最高统治权,由于莫斯科所处的优越的地理位置和自然条件,这种优势地位得以一直保留下来,借助金帐汗的支持,莫斯科公国不断巩固、发展、壮大,莫斯科大公德米特里于1380年几乎把整个俄罗斯东北部的力量聚集起来,在库里科沃战役中给予蒙古人致命的打击,这场胜利不仅使莫斯科公国的权威地位得到进一步稳定,也翻开了俄罗斯历史新的一页。

库里科沃战役在文学创作中也得到了反映,其中文学成就最高的是《顿河彼岸之战》(14世纪末-15世纪初),作者是梁赞人索佛尼。该作品在主题思想和表现形式上与《伊戈尔远征记》有直接的继承关系,后者的主旨在于号召俄罗斯各公国首领团结起来、一致对外,前者的目的是讴歌同仇敌忾的北方各公国战胜蒙古人的胜利,与此相关,《顿河彼岸之战》所塑造的不是单枪匹马的个人英雄,而是一组英雄群像。在塑造这些人物形象的时候,作者柔情满怀地呼唤歌声优美的鸟儿与他一起歌唱:"啊,夏鸟云雀,你这美好时光的慰藉,飞上蔚蓝的天空吧,看看强大的莫斯科城,讴歌德米特里大公和他的兄弟弗拉基米尔的荣耀……";"啊,夏鸟夜莺,你怎么能不歌唱立陶宛大地上的奥里盖尔多维奇两兄弟……"与《伊戈尔远征记》中表现的一样,大自然始终参与着勇士们的活动:在血战之前,"狂风从海上腾起,把大片乌云吹送到俄罗斯大地;狂风中漏出血红的霞光,蓝色的闪电在霞光中游弋……";当俄罗斯军队在第一场战役中失败时,"乌鸦和布谷鸟对着人的尸体鸣叫……树木忧伤地垂向地面……鸟儿都唱起了哀怨的歌……"大自然也预示着敌人的失败:"轻盈的鸟儿飞到云朵下面,乌鸦不停地呱呱狂叫,寒鸦说着自己的言语,雄鹰厉声长鸣,狼群发出恐怖的吼声,狐狸对着尸骨吠叫。"此外,痛失亲人的母亲和妻子们像雅罗斯拉夫娜向风、向第涅伯河、向太阳哭诉一样,也在城头上向风、向顿河、向莫斯科河哀诉心里的悲伤。

《顿河彼岸之战》与民间歌谣的关系是显而易见的,除了其中随处可见的民间文学所固有的雄鹰、狼、矛隼、鹅、天鹅等具有象征意义的形象之外,作者还使用了大量常常在民间歌谣中出现的否定比喻:"雄鹰从北方各地飞到一起来。飞到一起来的不是雄鹰,是所有的俄罗斯公国首领集合到德米特里大公和他兄弟身边来了";"鹅群在河上叫个不停,天鹅扑动着翅膀。这不是鹅群在叫,不是天鹅在扑动翅膀,是异教徒马麦带着他的勇士们来到了俄罗斯大地";"松鹊礼拜日大清早在城头唱起了哀伤的歌……这不是松雀大清早唱起了哀伤的歌,痛哭流涕的是所有的妻子……"

从上面的分析可以看出,《伊戈尔远征记》与《顿河彼岸之战》之间的关系极其密切,但区别也是存在的,如果说前者因表现惨烈的战斗场面、因俄罗斯大地分崩离析而充满浓郁的悲剧色彩的话,则后者却因为战争的胜利及预见到俄罗斯将走向辉煌而洋溢着欢乐的气氛。此外,前者中明显的多神教色彩在后一部作品中已经完全消失,其中数次出现的"为了神圣的教会,为了正教的信仰"表明,教会的作用越来越大,当然,这与"钱袋"伊万把俄罗斯教会最高首领都主教邀请到自己领地来的做法有着直接的关系。

在俄罗斯,教会作用和地位的提高在很大程度上促进了使徒行传体裁的发展,与时代要求相符合,随着民族自觉意识的不断高涨、中央集权国家意识形态的逐渐形成、大公国权利的逐步稳固,统一与繁荣俄罗斯国家的思想成为这些使徒行传的核心主题。在具体表现上,传统的使徒行传中必备的对主人公生平事件的描述大大减少,取而代之的是对主人公情感的描写以及对其行为内在心理动机的表现,即使有生平叙述,它们也基本上被看成是主人公内在素质的发展过程,作品的主要目的在于宣扬勇于为民族和国家利益牺牲自我的崇高美德,这种选择重要生平片段塑造主人公形象的特点与《鲍利斯和格列勃的传说》的影响是分不开的。在结构上,这一时期使徒行传的核心集中在哭悼往日圣徒和赞美圣徒的仁慈上，应当说，这与莫诺马赫在《家训》中倡导的人生最重要的"三种功德"——"忏悔、眼泪、仁慈"——密切相关。

《彼尔姆的斯捷凡行传》（约 1396 年）是该时期杰出的使徒行传，作者是叶皮凡尼主教。作品正文由四部分组成：生平和三段哀哭。生平部分的内容集中表现的是斯捷凡的好学精神：他从小就学习认字，不到一年就全都学会了；少年时他从不与其他孩子玩耍而荒废时光，而是一心扑在学习上，用了很少时间就学会了很多知识；为了更好地学习，他成为一座藏书最多的修道院的修士，在修道院里他如饥似渴地读书，并掌握了多种外语，还发明了彼尔姆语文字，这为他后来深入位于西伯利亚的、居民尚信仰多神教的彼尔姆传教打下了基础。为渲染斯捷凡的过人才智，作者把他与希腊人进行了比较："希腊一些哲学家用了很多年才编制出希腊文字……而彼尔姆文字是一个修士、一个牧师、一个隐修士、一个灵修士、一个人、就一个人——斯捷凡——一下子编写出来的……"这里反复出现的"一个"和一系列同义词表现了主人公的非凡智慧。作者通过三段哀哭表达出彼尔姆的百姓、彼尔姆的教会和作者本人的悲伤。第一段和第三段哭诉中的一连串惊叹号、问号和密集排列的六声"呜呼！"把悲伤的情绪推向了极致，在赞美斯捷凡的伟大时作者一口气使用了二十多个近义修饰语，以此表达对主人公的敬佩之情，同时也呼应了前面数度提出的"我应该怎样称呼你？"这个问题："我要这样称呼你：迷途者的引路人，牺牲者的救星，昏聩者的指导者，污秽者的洁净人，勇士们的保护人，忧伤者的安慰人，饥饿者的哺育人，乞求者的施舍人，受辱者的捍卫人，异教徒的拯救者，魔鬼的诅咒者，偶像的摧毁者，上帝的效力者，智慧的保护者，哲学的喜好者，贞洁和真理的泉源，书籍的阐释者，彼尔姆文字的创造者……"等等，以此使作品在结构上保持严整和紧凑。第二段哭诉回顾了斯捷凡在传教过程中凭借超凡的智慧和体力战胜萨满法师的业绩：在与萨满法师帕姆争夺信徒时，他提议对方与他一起经受滚烫篝火和冰冻河水的考验，帕姆的拒绝使他失去了在民众中的威信并最终被当地人从彼尔姆驱逐出去。在塑造反面人物帕姆时，作者没有简单地对其表示痛恨，而是把他塑造为一个个性出众、影响力巨大的人，并通过他自己的言语解释了其坚决抵制基督教的合理动机："莫斯科给了我们什么好处？苛捐杂税和奴役……不都是来自那里？"但斯捷凡的坚强意志、忍耐力、信念和无私最终赢得了彼尔姆人的心。

俄罗斯的逐渐壮大和对外开放使人们有机会通过各种译介书籍了解到外面的世界和那里人们的生活，也使一些信徒和商人有机会通过朝拜圣地和对外商业活动亲眼目睹异国风情，就文学创作来说，游记体裁随之得以发展起来。最早拜访东方文明古国印度的俄罗斯特维尔城商人阿法纳西·尼基京创作的

《三海旅行记》(1466—1472)是该体裁作品的杰出代表。

与12—13世纪以朝拜宗教圣地、进行宗教说教为主题的游记不同,该书是一部世俗文学作品。虽然作者通过诸多言行表明自己是一个坚定不移的正教信徒,任何威胁都无法使他改信其他宗教,"一千名美女"的诱惑同样不能使他信仰伊斯兰教,因身处异域无法按照严格礼仪做礼拜也在他心中引起了无限痛苦,使他"为基督教信仰流了很多眼泪",而且作品的开头和结尾也与典型的宗教题材作品没有区别,开头是:"主耶稣基督,神的儿子啊,为我们圣洁教父的祈祷怜悯我吧,你有罪的奴仆,儿子阿法纳西·尼基京。"结尾是:"赞美上帝啊!主啊,我的神,我为你歌唱,主啊,我的神,拯救我吧!……"但从作者行文中我们可以感受到,作为一个处处体现出热烈爱国情怀的俄罗斯人,正教信仰对他来说是祖国的象征,背叛信仰就是背叛祖国。

作者用通俗朴实的语言详细描述了印度的风土人情、日常生活、气候、物产、人们的穿着、饮食习惯、待客的规矩、商品丰富的市场、护卫森严的华丽皇宫、传说故事、赋税制度、贫富不均现象、信仰的宗教、殡葬礼仪,等等。总之,《三海旅行记》虽然篇幅不长,但因其包罗万象而成为当时俄罗斯人了解印度的小型百科全书,为俄罗斯人打开了一扇观看外部精彩世界的窗口。而通过对自己生活中种种生活细节和内心感受的细致描写,作者使读者得以认识了俄罗斯文学中第一个形象生动、感情丰富、宽于待人、好奇心强烈、不屈不挠的俄罗斯普通百姓。

第四节　中央集权国家时期的文学
(16—17世纪)

15世纪末期,俄罗斯产生了新兴的社会阶层——靠为国家行使文职和战争义务而获得社会地位的贵族阶层,他们对曾经在血雨腥风的年代里建功立业、成为各公国首领左膀右臂的社会上层显贵大贵族阶层如今仍旧享受的"不劳而获"的世袭领地特权感到不满,同时由于俄罗斯沙皇对大贵族不断干预政事不满转而支持贵族阶层,因而使其成为了中央集权国家逐渐巩固起来的中坚力量,但这个过程是在大贵族与沙皇和贵族阶层的不断斗争中进行的。这一斗争在文学中得到了反映,并且与此内容相符,该时期的文学作品以"讲话"、书信、小品文等具有辩论性质的政论体裁作品为主,与此相关,为更有力地打击对手、增强表现力度,这些政论基本上都渗透着浓厚的讽刺意味,为后来俄罗斯真正的讽刺文学的发展和繁荣奠定了基础。

撰写了大量政论文的修士马克西姆·格列克(1480—1556)是该时期颇具

影响力的作家，他的笔锋涉及国家政治和宗教生活的各个领域：在捍卫禁欲的同时批判修道院神职人员酗酒暴食、贪恋金钱、荒淫无度的恶行，揭露在封建采邑制度下形成的好逸恶劳的生活方式对修士阶层道德品质的恶劣影响以及一些教会滥用职权、草菅人命、道貌岸然的行为，对附属于修道院的农民辛苦劳作却食不果腹的遭遇表达深切的同情，对行使正义、关心民众的明智君主充满期待。或许与多年接受罗马天主教文化熏陶有关，格列克的创作逻辑缜密，条分缕析，严格遵守雄辩术在内容和形式上的规则，只使用书面语言，这与其他俄罗斯作家大量使用口语、俗语、充满感性色彩的创作有很大区别。

　　格列克对沙皇与大贵族之间的斗争也表明了自己的看法，在二者之间的关系问题上他采取的是折中的态度，力图调和矛盾。他认为，沙皇的支柱是大贵族和军人，后者应当为前者效力，而前者应该因后者的功绩给予慷慨奖赏。与其态度形成鲜明对照的是杰出的政论家、新兴贵族阶层世界观和利益的捍卫者伊凡·别列斯维托夫，他的政治纲领在讽刺政论《马哈麦特苏丹的故事》(1547)中得到了具体体现。作者通过拜占廷的康斯坦丁大帝三岁登基、其大臣因而觊觎王位以及土耳其苏丹马哈麦特的故事想要告诉人们的是：他的故事是讲给命运相同的伊凡雷帝听的，他要让年轻的沙皇知道，显贵的权力过大而且滥用职权正是俄罗斯国家混乱不堪、大臣们无法无天的根本原因。借助阐述坚决果断的马哈麦特的施政纲领，作者劝喻俄罗斯沙皇应当限制甚至剥夺显贵的权力，倚赖贵族阶层，发展军队，改革税制和审判制度，清除贪污受贿，制订严格的法律制度，在关心臣民福利的同时建立如苏丹一样的专制君主威严。别列斯维托夫的政论文文笔犀利，一语中的，语言朴实，用词简约，讽刺辛辣，是俄罗斯政论作品的典范。他的观点对俄罗斯社会思想史的发展乃至俄罗斯国家的未来走向具有深刻影响，羽翼丰满了的伊凡雷帝后来使其部分改革措施得以付诸实现。

　　沙皇与大贵族阶层的论争在伊凡雷帝本人与库尔勃斯基公爵的通信中体现得更为直接和激烈。库尔勃斯基在一场战斗中失利，因担心沙皇会治罪而逃到当时不断向俄罗斯进犯的波兰、立陶宛国避难，成为俄罗斯历史上最早的所谓"持不同政见者"。1564—1579年他写了数封虽发给沙皇本人但实际却是面向全体俄罗斯人的公开信，伊凡雷帝回复了两封具有同样性质的信函。他们站在各自立场上，一个批判沙皇的专制独裁政治，另一个坚决捍卫自己"天赋"的独裁权利，而且他们每个人都坚信自己遵照的是"上帝的旨意"。从文风上说，前者作为格列克的学生，也像自己的老师那样严格遵守"雄辩术和语法规则"，文笔优雅，语调隐忍，但也充分表达出沙皇的罪孽"罄竹难书"，同时他还嘲笑了沙皇不遵守写作规矩的、"充满物性、闹哄哄的信笺"，这样的信笺是"如此野蛮，不仅是有学问和懂道理的伟丈夫,就连没文化的人和儿童都会笑话,在人们不仅遵守语法和雄辩术,而且精通辩证法和哲学的异国就更为可笑"。沙皇的两封回复信函具有更浓郁的感性色彩,嬉笑怒骂,无所不用,他愤怒之极时使用"臭大粪"、"恶狗"、"丑陋的黑脸"等恶毒骂人话的做法在古代文学中是空前绝后的。伊凡雷帝书信的说理性强,语体风格杂糅着书面语、口语甚至俗语,有的地方言语极其刻薄,极具讽刺性,它们充分表现了作者非凡的智慧、广博的知识和骄傲躁动的灵魂,展现了作者敏感、变化无常的矛盾性格,这些书信还使读者充分领略了沙皇与大贵族之间为争夺皇权所进行的斗争的血腥和残酷。

1523 年费洛菲长老阐述的"莫斯科——第三罗马"的思想是俄罗斯中央集权国家得以巩固和最后确立的理论基础。与此相关,宗教题材和世俗题材的文学都打破了区域局限而具有了泛俄罗斯性质,比如,1526－1530 年在都主教丹尼尔倡导下完成的编年史在记述历史事件时强调俄罗斯历史与拜占廷历史的联系,强调自基辅历任大公以来俄罗斯独裁统治的君权神授性;1563 年在都主教马卡里倡导下完成的《皇族血统等级书》捍卫独裁统治思想,试图通过系统地记录大公和各公国统治者的生平阐述俄罗斯国家历史,主线从留里克王朝一直写到当时的伊凡雷帝王朝,表明后者的沙皇血统是正宗的。但在塑造人物形象时,与其说作者表现的是历史真相,不如说他寄托的是自己的美好理想,在对一些历史人物的表现上偏离了历史的事实。

如果说《皇族血统等级书》塑造的是理想的明智君主的形象,那么,西尔韦斯特牧师的《治家格言》(16 世纪中期)塑造的则是世俗世界中的人的理想形象:人最重要的是要遵守宗教礼仪,无条件地服从沙皇的命令。该书的大部分篇幅表现的是对丈夫的规范上:丈夫应当成为一家之主,应当代表家庭在上帝和君主面前承担责任,应当负责教育儿子敬奉上帝和君主;丈夫的另一项重要义务是"教诲"妻子,使之操持家务、教育女儿,妻子应完全服从丈夫……该书对如何清扫房屋、如何悬挂圣像、如何储藏物品、如何制作食物等等都作了详细的规定。《治家格言》因面向俄罗斯普通百姓,因而语言通俗易懂,并因其对治理家庭极其细致的规范而成为了解当时俄罗斯人日常生活的百科全书。

叶尔马莱伊·叶拉兹姆的《彼得和费弗罗尼亚的故事》(16 世纪中期)是该时期使徒行传体裁作品的杰作,但内容和形式皆与传统使徒行传有很大区别。这部作品以其形象的生动、语言的朴实和口头民间文学的表现手法载入俄罗斯古代文学史册。除了主人公的名字取自历史之外,故事情节皆源自民间传说,其简练的语言、内容丰富的人物对话、一波三折的情节发展、谜语式对话方式和对开明仁慈之国家统治者形象的塑造都鲜明体现出该作品与民间文学的紧密联系,其中还直接引入了两个民间文学情节:关于诱惑者火蛇的魔法童话和关于智慧处女的童话。该书塑造了俄罗斯文学史上第一个出身普通、但智慧超群的农家女子形象。此外,作品表现出主人公对爱情坚持不懈的追求,其中因具有男主人公为美人放弃江山、男女主人公"不能同日生但求同日死"、死后两次被分开但最终却神奇地得以同冢合葬、类似我国梁山伯与祝英台式的忠贞不渝的情节而使爱情第一次成为文学表现的中心主题。

17世纪初是俄罗斯历史的多事之秋,史称"动乱年代":因抵抗贵族阶层的剥削和压迫而爆发了俄罗斯历史上第一次农民战争;俄罗斯人民经过多年浴血奋战击溃了因俄罗斯国内政权不稳而屡次入侵并攻城掠地的波兰人和瑞典人,推翻了外国政权扶持的傀儡沙皇伪德米特里一世和二世。《关于无限光荣的俄罗斯王国的新故事》(1610—1611)是直接表现当时现实的,是向侵略者发出的讨伐檄文,作者不详。该作品第一次鲜明地提出了信仰正教的俄罗斯"东方"与信仰天主教的波兰和信仰新教的瑞典所代表的"西方"的对峙:"让我们跟随与西方对峙的我们的斯摩棱斯克城并对其表示赞赏。"作品对为了一己之利而卖国求荣的大贵族进行了严厉的批判,认为这些"犹大""不配被直呼名字,只配用杀人的恶狼来称呼他们……"如果举手投降,那么,"不仅是信仰我们正教的人,连每一个稍有怜悯心的异教徒……都会叹息着说:'如此伟大和光荣的土地怎么会被摧毁,如此伟大的王国怎么会被荒废,如此富饶的圣殿怎么会被盗窃!'"以此激发全体俄罗斯人的民族激愤,同仇敌忾,共同赶走侵略者。该作品被称作俄罗斯民主文学的先驱,因为没有具体情节的整部作品是向俄罗斯人民发出的抗战呼号,其中第一次出现了如"伟大的干涸海洋"一般的全体人民形象。

随着17世纪市民阶层和农民阶层人数的扩大和力量的增强,文学也在不断满足其要求的同时,越来越摆脱宗教规范的限制而走向全面"世俗化",不仅出现了情节和主人公皆虚构的日常故事、讽刺小说、戏剧、诗歌等新的体裁,而且原有的体裁,如历史故事、使徒行传等从内容到形式都发生了很大的变化:历史故事中的历史事实逐渐被艺术虚构所取代,而使徒行传也变成日常故事和自传性质的写作,这一切都表明俄罗斯社会个性意识和民主意识的觉醒,表明俄罗斯文学已经向新时期的文学迈出了实质性的一步。

《不幸和厄运的故事》(17世纪中期)是日常故事体裁作品中杰出的一部,作者不详。该作品以诗体写成,中心主题是表现年轻一代人的悲剧性命运,他们想要割裂与古老家庭生活习惯的联系及其与《治家格言》所规范的道德要求的联系。就内容来说作品可以划分出九段:第一段追溯人类先祖亚当、夏娃因"人心不明事理"及其子孙"忤逆父母、摈弃温顺"而被上帝罚做苦工并经受巨大磨难,最后在上帝引导下走上"解脱之路"。与以往作品不同的是,这部作品的作者没有把人的罪孽推到魔鬼头上,他认为是人自身的贪婪导致了最终的堕落,因此人应当为自己的罪孽负责。第二到第八段可以看作是对第一段思想的具体展开,描写了一个羽翼丰满但却"理智不全"的出生于宗法制商人家庭的小伙子在尘世间历经磨难最后成为修士的过程:他"羞于服从父亲和听命于母亲,他想要的是随心所欲的生活",于是他带着一大笔钱来到"人间",寻找自己想要的生活;小伙子听信谗言被"拜把子兄弟"骗个精光,他"羞于面见父母和族人","遥远未知的异国他乡"的宴会也不能让他高兴起来,他遵照那里好心人的建议变得聪明起来,而当他夸耀凭借智慧赢得的财富和幸福时,故事的另一个主人公"不幸—厄运"降临到他头上,告诉他不幸和厄运才是伴随人一生的伙伴,"哪怕你变成飞鸟钻上云霄,哪怕你变成鱼儿遁入蓝色海洋,我还是会在你的右手下面躲藏!"无处可藏的小伙子最后进了修道院,而"不幸留在大门外面"。作者在第九段总结道:"我们的故事到此结束。主啊,让我们摆脱万劫不复的苦难吧,给予我们永世的光明天堂!"

《不幸和厄运的故事》表现的摈弃现世而追求最高精神价值的世界观是未来俄罗斯文化的基调,俄罗斯白银时代的宗教哲学家叶夫多基莫夫对此有精辟的总结:对于俄罗斯民族来说,"凡是暂时的、尘世间的事物,都是平淡无奇、无足轻重的"①。这种世界观的最终形成一方面与宗教在俄罗斯人民生活中具有举足轻重的地位因而影响巨大的作用有关,更与苦难深重的俄罗斯人民的历史遭遇有着直接的联系。作品中大量使用的生动灵活的口语和"不幸—厄运"形象的引入以及排比等表现手法的运用表明其与民间文学具有紧密的联系,同时表明它在很大程度上反映了普通人对人生的意义和价值的看法。

《萨瓦·格鲁德岑的故事》(17世纪70年代)是同时代的另一个日常故事,作者不详。其故事情节与《不幸和厄运的故事》极其相似,它们都因对广阔的生活画面的描写、大量的人物形象的塑造、普通人命运的表现、主人公情感和矛盾的内心世界的勾画及其引人入胜的故事情节的叙述而被看成是俄罗斯小说的直接源头。

如果说上面两部作品表现的是主人公的悲剧命运,通过对主人公结局的描写表明了作者对违背传统道德的否定态度和对人生无常的认识,那么作者同样不详的、半个世纪之后产生的《弗洛尔·斯考别耶夫的故事》(17世纪末)的主人公——出身卑微的贵族斯考别耶夫却是一个蔑视一切伦理规范而未受任何惩罚、通过狡猾的计谋获得了财富和社会地位的人。该作品的故事情节极富戏剧性,19世纪60年代的戏剧家阿维尔基耶夫以其为蓝本创作出《俄罗斯贵族弗洛尔·斯考别耶夫的喜剧》就是一个有力的证明。该故事的情节是这样的:"穷光

---

① П.叶夫多基莫夫:《俄罗斯思想中的基督》,学林出版社,1999年,第31页。

蛋"斯考别耶夫为了娶一个"极受沙皇恩宠"的近臣的女儿阿奴什卡而贿赂其贪财的母亲,通过男扮女装参加其家里举办的少女晚会并诱奸了女孩;第二次他故伎重演,装扮成马车夫并假冒阿奴什卡在修道院当修女的姑姑,以姑姑的名义把阿奴什卡拐出家门并秘密结婚的主意却是尝到男欢女爱之乐而欲罢不能的阿奴什卡出的。通过威胁、耍赖、苦肉计和装可怜等等高超的演技,他逼迫阿奴什卡的父母同意把女儿嫁给自己。不但如此,怜惜女儿的父母还陪送了六驾马车的嫁妆,于是"斯考别耶夫过上了奢侈的生活,到处结交名流",而当妻子的父亲把两个领地交给他管理并在死后把"所有的动产和不动产"都让他继承以后,他"就这样生活在巨大的荣耀和财富之中,留下众多子女并死去了"。故事在此处戛然结束。

有趣的是,这样一部在俄罗斯文学走向"世俗化"时间不久之后产生的、很难说存在所谓"正面人物"的作品却对中心主人公没有丝毫讽刺:作者没有谴责斯考别耶夫的狡猾和离经叛道,而是欣赏他的机智和灵活,不认为他的行为是可耻的;没有批评阿奴什卡的"堕落",而认可她大胆追求个人幸福、叛逆传统的做法。作品中所有的讽刺都指向"家长"们:他们一方面痛哭流涕地指责晚辈的做法,表现"家长的威严",另一方面又以实际行动"支持"子女的行为,这与据考证身为小官吏的作者的社会地位和立场有关,反映了17世纪末典型的生活现象,那就是:出身于贵族阶层的、越来越要求经济地位和社会地位的、开始主宰舆论的新的社会"名流"产生了,而旧的、传统的伦理道德观衰败了。

同样受当时的时代生活所决定,作为独立的文学体裁的讽刺故事产生了。虽然不断崛起的商人和手工业者阶层在社会经济生活中发挥的作用越来越大,但他们的社会地位却一直很卑微,并且不得不忍受来自官僚机构和教会的双重剥削和压迫,因此这一时期出现的讽刺作品的矛头也大多直接指向官僚机构和教会,其中又以讽刺法庭的草菅人命、法官的贪得无厌为主。以民间故事为基础创作的、具体产生时间和作者皆不详的《不公正的审判》(又译《舍米亚卡的审判》,17世纪)是其中最著名的作品。该讽刺故事虽然短小,但趣味横生:穷弟弟借富哥哥的马去拉柴火,不小心弄断了马尾巴,气愤的哥哥去告状,弟弟为免付"车马费"也跟去了;晚上哥哥在一个熟识的牧师家住下并与牧师一起用餐,饥肠辘辘的弟弟因牧师不请他吃饭而闷死了牧师襁褓中的儿子,于是牧师也一起去告状;感到必死无疑的弟弟想要投河自尽却撞死了在沟里洗澡的一个市民,人们抓住他并将之扭送法庭;无计可施的弟弟认为只有贿赂法官才能逃脱厄运,但他一无所有,只能拣起一块石头用手帕包起来放到帽子里,正是弟弟在每次判决前举起的这块石头改变了诉讼的结果,使误以为弟弟为"每一个案子"都带来了"酬劳"的法官舍米亚卡做出了"不公正的审判"。法官对哥哥说:"既然他弄断了你的马的尾巴,那就等马长出尾巴以后再把它领回去……"他对牧师说:"既然他弄死了你的儿子,那就把你的妻子交给他,直到生出儿子以后再让她回来……"他对父亲被撞死的儿子说:"你爬到桥上去,让弄死你父亲的人站到桥下,你从桥上跳下来撞死他,就像他撞死你父亲一样。"这样的审判让人哭笑不得,而结果却更是出人意料:哥哥为取回自己的马向弟弟付了5个卢布;牧师为了不让自己的妻子跟那位弟弟生儿子,付了他10个卢布;丧父的儿子为了不从桥上跳下来,也只好以付钱的方式解决问题;法官派仆人向弟弟讨要"酬劳",但得到的回答是:"假如他判我有罪,我就用这块石头打死他。"这个回答让法官惊出一身冷汗,也让他"感谢和赞美上帝",此外,"欢天喜地并赞美上帝"的还有那位平安无事、收获甚丰的弟弟。

《卡利亚津的诉状》(17世纪末)和《母鸡和狐狸的故事》(17世纪末)都是讽刺神职人员的,前者通过卡利亚津修道院修士们向法庭递交的诉讼状控诉了修道院主持加夫里尔亵渎神灵的腐化生活和修士们普遍酗酒、贪食、淫荡的现象,而后者借助民间文学中具有象征寓意的动物形象表现了神职人员的虚伪、自私、贪婪和堕落。

17世纪中期,沙皇政府为了增加国库收入开始对酒精类饮料的生产和销售实行垄断,全国上下到处是所谓的"沙皇酒馆",收税官为了获取更多的利润以"取悦君王的恩宠",利用俄罗斯人贪杯的弱点向他们强行兜售烈酒,直接导致了更多酗酒者的产生。谴责"沙皇酒馆"是讽刺故事《酒馆醉汉的节日》(17世纪后半期)的主题,作者以犀利的笔锋刻画了收税官利欲熏心、冠冕堂皇的形象,指出"沙皇酒馆"是"基督徒灵魂的扼杀者",酗酒带给人的只有灾难和不幸,它使人丧失尊严,道德沦丧。以教堂颂歌的形式讴歌"沙皇酒馆"使该作品的讽刺性更为突出和醒目。作者以讽刺的语气提到了深受酗酒之苦的"新受难者",并以一个酒鬼的"使徒行传"形式结束了故事的叙述:"他们可是为了上帝忍受这些灾难,他们可是真正的受难者,他们可是配得上赞美之词。"酒鬼即基督教受难者的认识虽然在这部作品中是以讽刺的形式表现出来的,因为该作品的主要目的是把酗酒作为"沙皇酒馆"产生的后果来批判的,但作为俄罗斯的顽症,酗酒现象几乎伴随俄罗斯文学始终,后期的很多作家把关注点更多地投向酒鬼的内在心理动机和道德层面,并把酒鬼与基督教受难者划上了等号,其中最典型的例子是陀思妥耶夫斯基在本来定题目为《酒鬼》但最后写成《罪与罚》的小说中塑造的马尔美拉多夫和在《白痴》中塑造的用十字架换酒喝的士兵。

从《一个酒鬼的故事》(17世纪末)的内容甚至可以推测,陀思妥耶夫斯基的马尔美拉多夫直接源出于此。作者以诙谐的语调、民间文学同语反复的表现形式讽刺了教会及其冠冕堂皇的僵死教条,通过对比"一生喝酒无数、杯杯赞美上帝、夜夜向上帝祈祷"的酒鬼和一系列圣徒表现了俄罗斯人民对律法惩罚的虚伪和真正恩惠之爱思想的深刻认识。酒鬼来到天堂之后却被拒之门外,他六次敲门之后得到的是五次拒绝,拒绝开门的是三次拒绝承认耶稣而犯了不信之罪的使徒彼得,用石头打死圣徒斯捷凡而违反了"不许杀人"戒律的使徒保罗,遣走仆人霸占其妻而犯了"不许奸淫"戒律的大卫王,拜偶像并拒绝上帝而犯了"不许拜偶像"戒律的所罗门王,杀死阿里乌教派奠基人而违反"不许杀人"戒律的圣徒尼古拉,只有在《福音书》中写出"要相互爱怜"的"基督的朋友"使徒约翰把他放进了天堂的大门并让他坐了最好的位子。

对圣父们的质疑他回答道:"圣父啊!你们不但不会与酒鬼说话,也不会与滴酒不沾的人说话!"作者以此表明,酒鬼在道德上高于那些自以为是的"遵守教规者",是否遵守教规不应该表现在口头上,而应该用心灵去信仰,犯罪而认罪可以得到精神解脱,犯罪而不知罪才是真正的堕落。

17世纪中期,牧首尼康实行的宗教改革是俄罗斯宗教生活和社会生活中的大事件,改革的直接后果是产生了直至今天仍具有影响力的分裂教派,又称旧礼仪教派。从表面上看,尼康的改革表现在按照希腊教会的宗教礼仪改变俄罗斯正教徒的祈祷形式,比如改二指祈祷为三指祈祷,改全身礼为半身礼,等等。此外,尼康主张按照希腊文本修改已经深入人心的神学书籍和祷告词,但实际上其目的却是为了挽回教会在俄罗斯社会和个人生活中的地位,巩固教会的封建特权,因此它与沙皇政府进一步巩固封建统治的目的不谋而合,故而得到了官方的支持甚至法律认可,改革标志着教会附属世俗政权的新阶段开始了。与此同时,它却引发了声势浩大、参加人数众多的分裂教派运动,这一方面与分裂派教徒的心理特点和信仰方式有关,他们信奉祈祷礼仪形式几乎达到迷信的程度,因而绝不接受祈祷外在形式的任何变化,也绝不认可祷告词有丝毫改变,同时这也与沙皇政府意图建立强大的"俄罗斯帝国"和与教徒渴望实现"神圣罗斯"精神理想之间存在不可调和的矛盾有关;另一方面,分裂教派运动具有鲜明的反封建反政府的民主性质,参加者有受到国家和教会双重压迫和剥削的农民、商人、手工业者、乡村教士阶层,还有沙皇政权两个多世纪以来的夙敌——世袭大贵族阶层。

这一时期的教派纷争在旧礼仪教派运动的思想家、坚定捍卫"旧信仰"而最终被处以火刑的、才华卓著的作家阿瓦库姆大司祭(1621—1682)的创作中得到了集中的反映,他一生完成的作品约有80部,其中最具代表性和影响力的创作是俄罗斯文学史中第一部自传体裁作品《大司祭阿瓦库姆行传》(1672—1673)。

作品按照事件发生的时间顺序叙述,用作者自己的话说:"我所呈现的个人生活从少年到55岁之间。"尽管如此,作者并未面面俱到地平铺直叙55年的生平,而是选取了这一时间段中最重要的片段:出身于"热心醉酒"的牧师父亲和无限虔诚、"总是教导我心存神威"的母亲组成的家庭中;遵照母命娶了"圣母恩赐帮助我实现解脱"的虔信宗教的妻子,并在20岁的时候成为祭司,献身上帝;经历生命中最初的考验:因"内心燃烧着淫欲烈火而把右手放到火焰上直到邪恶的火熄灭"、因保护孤女寡母而遭受殴打和驱逐、因拒绝为"淫荡"大贵族的儿子祝福而被扔到河里,等等;开始与尼康斗争并遭数次流放;回到莫斯科被囚禁;被剥夺教会职衔及最后一次流放。

该作品自始至终充满着斗争的激情,作者通过对自己重要生平事迹的记述塑造了一个血肉丰满、意志非凡、坚强不屈、为信念绝不妥协的俄罗斯人形象,其个人生活的主题与表现行政长官的残酷和无法无天的内容联系在一起,与批判尼康通过"皮鞭和绞刑架"确立新信仰的主题紧密联系在一起,以此使这部自传作品超出了个人局限而具有了广泛的社会意义。作为世俗政权和教会专权的批判者,阿瓦库姆表现为英勇无畏的斗士;作为一切弱者和被压迫者的卫士,阿瓦库姆表现了深厚的人道情怀;在志同道合者和家人面前,阿瓦库姆又充满深情厚谊,表现出无限体贴和关怀,他是妻子的好丈夫、孩子们的好父亲和朋友们的好伙伴。除了作者个人的丰满形象以外,阿瓦库姆还塑造了光辉感人的女性形象——自己的妻子阿纳斯塔霞·马尔科夫娜:她无怨无悔地陪伴丈夫流放到荒凉的西伯利亚,在精神上给予丈夫无限的支持,在丈夫被流放到北方时独自承担抚养儿女的重担,用自己唯一值钱的衣服换粮食,用草根、树皮做出食物,让孩子们不至于饿死……可以说,她是19世纪追随丈夫去西伯利亚的十二月党人妻子的前身。

该书最鲜明的特点是其现实主义色彩,其主要表现是作者对自己生动具体的生活经历、历史事件、日常生活场景、流放地和传教地区自然风景的真实描写,与此同时,整部作品洋溢着一个赤子浪漫的爱国激情,这一点在作品一开始就通过作者对俄语的热爱表现出来:"敬仰主、听到他声音的你们啊,不要为我们朴实的语言感到羞愧,我爱我们自然的俄罗斯语言,因而不习惯用高深的诗句修饰文章……我也不关心辞藻的华丽,不贬低我们的俄罗斯语言……"阿瓦库姆的创作对俄罗斯文学的发展具有巨大影响,得到了后人充分的肯定,高尔基就曾经说过:"大司祭阿瓦库姆的书信及其《行传》的语言和风格是热烈、激情的斗士演讲文无与伦比的典范。"[①]

文学的乡土化、世俗化和民主化是17世纪俄罗斯文学的重要发展方向,与此同时,由于城市在国家文化生活中的作用不断提高、文化程度更高的城市居

[①] 《高尔基文集》(三十卷本)第27卷,莫斯科,1953年,第166页。

民的人数不断扩大,与欧洲国家的更多接触使一些文化人渴望了解更多的欧洲文化成就,因此学院派诗歌,即与西方巴洛克创作风格一脉相承的重音诗产生了,该体裁作品是18世纪古典主义文学创作的前奏。

俄罗斯重音诗的奠基者是白俄罗斯人波洛茨基修士(1629—1680),他既是诗人和戏剧家,又是教育家和欧洲文化的鼓吹者及传播者,为俄罗斯文化启蒙和书籍印刷术的推广做出了重要贡献。他创作的近四千首诗歌和两部戏剧在生前结为两本集子:《节律创作或构诗》(1679—1680)和《盛开的花园》(1678)。作为一个启蒙者,波洛茨基重视文学创作的教化功能,认为诗歌和戏剧都是传播知识、推广道德观念的有力武器;作为俄罗斯历史上第一位宫廷诗人,他创作了大量的赞美沙皇的颂诗,成为18世纪古典主义诗人创作颂诗的摹本,在他的创作中首次出现的理想君主与暴君对照的主题,后来成为18世纪古典主义文学的中心主题。除了颂诗和劝喻诗以外,诗人还创作了相当数量的讽刺诗,其中的杰出作品是《修士》,作者的三声"呜呼!"引出了对修士酗酒、贪恋美食和淫荡生活的严厉指责和批判。《浪子的寓言喜剧》是以福音书浪子回头的寓言为蓝本完成的诗体戏剧,由六场及序曲和尾声八部分组成,序曲和尾声表达了作者的劝喻,核心部分塑造了一个浪荡子的形象,他通过花言巧语摆脱了家庭束缚,像"笼中小鸟"一样飞到外面的世界,"按照自己的意志"把分得的家产挥霍一空,最后痛哭流涕地重返父亲怀抱。

波洛茨基在创作中禁绝"下里巴人"的口语而只使用崇高语体的书面语,在某些诗歌的表现形式上借鉴了源自巴洛克建筑的创作手法,比如:使用两种色彩写作,他还创作了心形、星形和迷宫形状的所谓立体诗歌,从中可以看出其创作对20世纪初俄罗斯表现主义诗歌的影响。

综上所述,古代俄罗斯文学与社会现实的联系是极其紧密的,重大历史事件都相应地在文学中得到了反映,追求国家统一、讴歌人的精神美德、讽刺社会道德沦丧使"文以载德"成为文学追求的最高目标。在一步步摆脱宗教教条和规范的过程中文学创作在题材、体裁、风格、创作手法等方面得到不断发展和完善,为新时期俄罗斯文学的飞速发展提供了丰厚的养料,奠定了坚实的基础。

第二章 18世纪俄罗斯文学

18世纪是俄罗斯历史发展的一个重要时期。从彼得一世(1682—1721在位)开始,俄罗斯在政治、经济、文化、社会生活方面发生了巨大变化。俄罗斯从一个"混乱"、"分散"的中世纪封建社会,进入到绝对君主制的近代封建帝国社会,彼得一世以及几代沙皇通过一系列战争,军事力量加强,帝国疆域迅速扩张。18世纪初持续20多年的北方战争,使俄罗斯赢得了通往西欧的窗口。与军事行动相适应,俄罗斯近代工业也得到迅速发展。彼得一世采取一系列改革措施,加强政权建设,推动社会文化改革,使俄罗斯开始了西欧化的进程。彼得一世确定了14级官吏晋级制,以解脱贵族对国家的绝对服从,来换取摆脱以往少数贵族集团对国家政权的控制。他废除东正教的"牧首制",将宗教事务管理纳入政府机关管理范围。他开办学校,兴办印刷出版业,派出和引进人才,逐步使文化主导权由教会转向世俗。从1700年,俄罗斯采取了欧洲通行的公元纪年,取代以往的创世纪纪年,每年的开始由9月1日改为1月1日。尽管彼得一世的改革使俄罗斯开始摆脱落后和封闭,但是他的"野蛮"改革方式和对西欧的过度崇拜也带来了一些不良的后果和影响。

彼得一世虽然确立了由前任沙皇指定皇位继承人的制度,但是18世纪几乎所有皇位的更迭,都伴随着一系列的阴谋和政变,各种政治斗争使得俄罗斯社会在曲折中缓慢发展,直到俄罗斯18世纪在位时间最长的女皇叶卡捷琳娜二世(1762—1796在位)时,俄罗斯才达到了封建帝国的"黄金时代"。叶卡捷琳娜二世统治初期,曾经倡导过具有某些启蒙主义色彩的"开明政治",但是随着形势的发展,特别是普加乔夫农民起义(1773—1775)和1789年的法国大革命,使她彻底改变了自己的政治立场,转向对启蒙主义和自由思想的排斥和压制,如诺维科夫和拉吉舍夫等启蒙主义作家都曾受到过人身迫害。

18世纪俄罗斯社会文化发展取得了很大成就。文学、建筑、绘画、雕塑以及图书印刷都有了长足的进步。涅瓦河畔彼得堡的城市建设显示了很高的建筑艺术水平。俄罗斯科学院(1726)、莫斯科大学(1755)以及后来的众多的公众剧院的设立,促进了社会文化的发展,涌现出一批像罗蒙诺索夫、塔吉谢夫等那样最早的俄罗斯学者和科学家。

18世纪俄罗斯文学也经历了重大转变。其标志一是文学存在方式从以往的不标明作者、手写、有浓厚的宗教意识、业余性质,逐步转变为有意识的、职业的、世俗的文学创作;二是有了明确主导的创作原则,古典主义成为18世纪文学的最主要潮流;三是各种文学体裁的艺术形式和审美要求明确化了,特别是诗歌——这个18世纪最主要的创作领域,完成了从模仿外国诗歌性质的音节诗向具有民族特点的音节重音诗的过渡;四是出现了诸如文学论争、文学流派以及文学沙龙等重要文学现象;五是文学越来越脱离与宗教的直接联系,而与世俗生活相接近,文学的社会作用越来越得到重视。

(一)18世纪俄罗斯诗歌

第一节　18世纪俄罗斯诗歌发展概述

18世纪是俄罗斯诗歌发展的一个极其重要的阶段,在这一时期,俄罗斯诗歌开始确立自己的民族诗歌艺术形式,逐步摆脱对古代文学以及其他民族文学的单纯依赖和简单模仿,走上自己的发展道路。

18世纪初的30年,俄罗斯诗歌没有什么突出成就。俄罗斯诗歌从内容到形式都与17世纪没有多少差别。从30年代开始,俄罗斯诗歌出现了新气象。俄罗斯诗人A.康杰米尔在这个时期的诗歌虽然延续了旧的音节诗形式,但是已经开始带有明显的古典主义特征。在他之后,B.特列季亚科夫斯基、M.罗蒙诺索夫、A.苏马罗科夫等人从理论到实践全面引进了古典主义的文学传统。

古典主义思潮起源于法国,后来传到欧洲许多国家。古典主义在思想上推崇理性,相信人的永恒本性不受时代、历史、民族的限制,主张克制个人情欲,个人利益服从国家、民族利益。在政治上尊崇王权,主张开明君主制。在艺术上推崇古希腊、罗马的文学理想和艺术典范,要求体裁完美,界限分明,各个体裁应该有自己相适应的语言和文学手段,同时推崇史诗、悲剧、颂诗等高级体,轻视散文、喜剧等低级体以及民间创作。

俄罗斯古典主义基本上承继了上述这些原则和主张。1747年,苏马罗科夫依据法国古典主义理论家布瓦洛的《诗艺》,写下两篇诗体论文——《论俄语》和《论诗歌》,他在其中提出:"你要知道诗歌的体裁并不尽然,/一开始写,就要寻找合适的语言……"

1758年，罗蒙诺索夫在《论俄文宗教书籍的裨益序言》中，对高、中、低文体以及对应使用的语言作了明确划分，排除了陈旧的古斯拉夫语词，但同时日常口语仍没有受到足够重视。

俄罗斯古典主义诗歌最主要的创作体裁是颂诗和悲剧，其次是高级体的英雄叙事诗、中级体的田园诗和低级体的寓言和讽刺诗，另外对《圣经·诗篇》的翻译和改写也占有特殊位置。

在引进古典主义文学传统的同时，俄罗斯诗歌民族化进程迈出了重要一步，即由特列季亚科夫斯基（1703—1769）和罗蒙诺索夫倡导和完成的诗体改革。1735年，特列季亚科夫斯基发表了《俄语诗简明新作法》，他以学者的严谨态度，考察和总结了俄罗斯诗歌的创作情况，提出用"重音诗"替代音节诗。俄罗斯的音节诗主要盛行于17世纪，它是借鉴了波兰诗歌的艺术经验，每行音节数相同，重音不限，但是倒数第二个音节必有重音，这符合波兰语重音位置固定的特点，而重音位置同样固定的还有法国诗歌，只是其重音位置在最后一个音节。特列季亚科夫斯基一方面确定了诗歌格律方面的术语概念和基本使用范例，另一方面则试图调和音节诗和重音诗的不同原则，因此他更像是改良者，而非革命者。罗蒙诺索夫在留学德国时，在研究特列季亚科夫斯基著作的基础上，结合德国诗歌的创作经验，写下《论俄文诗律书》（1739），并随信附上自己按新方法创作的长诗《攻占霍丁颂》（1739）。他在信中进一步提出俄罗斯诗歌正确的发展道路应该符合俄语的特点，即由固定数目和位置的重读音节和非重读音节组成音步，如由两个音节构成抑扬格和扬抑格，由三个音节构成扬抑抑格、抑抑扬格、抑扬抑格（其中扬为重读音节，抑为非重读音节），每行音步数目固定，轻重音节形成规律排列。诗歌的行末应当押韵，可以押阴韵（如波兰），也可以押阳韵（如法国）。相比之下，罗蒙诺索夫的改革更为彻底，他把许多可以变成必须，后来俄罗斯诗歌在不同发展阶段有所变化，但是基本延续了这条道路，一直发展到20世纪，才由于纯重音诗（每行音节数和位置不限，重音数目相同）和自由诗（不押韵的非格律诗）的出现，多少有所改变，但整体风貌依旧。

俄罗斯古典主义确立时，并没有立即找到自己创作的天地，而是与国外和古代文学翻译、移植、改写有着密切关联，但同时这些翻译和改写又不仅仅是简单复制原作，而是具有时代和个性特征。特列季亚科夫斯基的创作很具有代表性。他曾经留学法国，1730年回到俄罗斯，同年他出版了自己用诗体翻译的17世纪法国作家保罗·塔尔曼的长篇小说《爱岛旅行》，一举成名。作品虽然最终以赞颂功名高于爱情而结束，但是其中爱情——这一世俗题材的引进，对当时文化生活是一个重要促进。1733年他进入科学院，并且在1745年成为俄罗斯的第一位教授(相当于院士),他在语言修辞方面做了大量工作。1766年他用诗体翻译了法国启蒙主义先驱者之一,作家弗朗索瓦·费讷隆的小说《忒勒玛科斯》。在这部作品中,他创作性地试图用俄语的扬抑格和扬抑抑格相混合方式,来复原荷马史诗形式,以此来承载先进的启蒙主义思想。这部作品由于风格古拙、用词拗口、词序凌乱、没有韵脚而受到当时人们的不解和嘲笑,直到后来,普希金才对之给予了公正评价,认为他比罗蒙诺索夫和苏马罗科夫更为理解什么是古希腊的六音步。此外,他还翻译过罗马史、布瓦洛的《诗艺》等作品,写过一些颂诗、戏剧作品以及许多关于诗歌艺术的文章和著作。

俄罗斯诗歌格律创建初期,在特列季亚科夫斯基、罗蒙诺索夫以及苏马罗科夫之间曾经发生过若干次关于诗歌艺术的论战。最初的论战是在前者和后两人之间展开的,特列季亚科夫斯基根据古希腊罗马诗歌传统和波兰诗歌影响,以及多少考虑到民间文学传统,认为扬抑格最好。而罗蒙诺索夫则出于古典主义的审美原则,认为抑扬格和抑抑扬格更好,因为它们是"上升"的格律。苏马罗科夫则位居其中,主要偏向后者。斗争的结果双方都有所妥协,诗歌的格律开始中性化,与内容和体裁有关但是并不绝对,各种形式高下难分。后来在罗蒙诺索夫和苏马罗科夫之间又发生了争论。苏马罗科夫及其弟子更偏向于中级体创作,并且在诗歌创作方面进行了大量的尝试。他的立场与以前有所不同,开始在人格和艺术风格方面反对罗蒙诺索夫,称其为"金丝笼子里的小鸟",并写诗嘲笑其颂诗大而不当、华而不实。

18世纪中期,在苏马罗科夫周围聚集了众多青年诗人。有的是他的学生,有的是他的追随者,其中有不少人颇具才华。其中最有才华的当数 M. 赫拉斯科夫(1733—1807),他曾被当时人称作"俄罗斯诗歌的指挥官"。虽然罗蒙诺索夫等人一直推崇古典主义的英雄长诗,但是他们主要的创作领域却是崇高体的颂诗,真正实现这一创作追求的首推赫拉斯科夫的长诗《俄罗斯颂》(1779)。这部长诗描写的是伊凡雷帝征服喀山这一重大历史事件。全诗用严格的 6 音步抑扬格写成,篇幅巨大,诗行总数比普希金的诗体小说《叶甫盖尼·奥涅金》多一倍,容量多两倍。作品赞颂摆脱了野蛮人统治的俄罗斯,认为征服喀山的胜利"如同明亮的朝霞照亮了俄罗斯"。后来他还以更大的篇幅,创作了描写罗斯受洗的长诗《弗拉基米尔》(1785)。

另一位有影响的诗人是 A. 勒热夫斯基(1737—1804)。他在十四行诗创作方面进行了许多尝试,其中最有意思的是他在 60 年代初写的可以称得上是"诗歌戏法"的几首诗,首先是内容相反的两首十四行诗,把它们左右拼接起来就成为了第三首诗,当然诗的内容局限于爱情,但这多少代表了苏马罗科夫诗派的试验倾向。此外,B. 迈科夫(1728—1778)、И. 博格丹诺维奇(1743—1803)还创作了一些具有讽刺色彩和滑稽模仿性质的作品,特别是博格丹诺维奇的长诗《杜申卡》(1783)突出表现出对古典主义思想的怀疑,从侧面反映了俄罗斯古典主义诗歌创作逐渐走向末路,面临危机。

事实上,俄罗斯古典主义从一开始就带有某些自己的特点。从罗蒙诺索夫等人的创作中,明显可以感觉到 17 世纪"巴洛克"艺术风格的影响,而 18 世纪后半期的诗人、作家,在很大程度上受到伏尔泰等启蒙主义思想家的影响。众多因素相互作用,以多种方式交织在 18 世纪末期的几位重要诗人如 Г. 杰尔查文、А. 拉吉舍夫、Н. 卡拉姆辛等人身上。

作为两极,拉吉舍夫倾向于古拙和厚重,古典主义形式中蕴涵深刻的启蒙主义思想,而卡拉姆辛则偏于感伤和忧郁,提倡用日常生活语言(贵族沙龙式的)从事写作,他的创作具有感伤主义情调。二者之间,杰尔查文的创作最为复杂多样,他的诗歌无论主题还是形式,都在力图拓展更多的诗歌空间,寻找更多的形式和表现手段。他们为 19 世纪初俄罗斯诗歌繁荣时期的到来做出了各自的贡献。

第二节　安·德·康杰米尔
(1708—1744)

安基奥赫·德米特里耶维奇·康杰米尔(Антиох Дмитриевич Кантемир,1708 年 9 月 10 日出生,1744 年 3 月 31 日去世)是 18 世纪俄罗斯文学中最具有影响力的讽刺诗人,同时也是翻译家和外交家。

诗人出生于摩尔多瓦王公家庭。他的父亲是一位博学多才的政治家,曾经领导过摩尔多瓦反对土耳其统治的解放斗争(1710—1713)。战争失利后举家投奔彼得一世,成为其亲密战友。诗人少时受过良好的教育。1730 年曾参与一些进步贵族反对限制君权的宫廷斗争。斗争虽然胜利,但是他并没有得到重用,相反从 1731 年起长期派驻国外,1738 年先在英国,后来是在法国,直到去世。

早在学习期间,康杰米尔便开始翻译古罗马以及意大利、法国的文学作品,后来还曾写过一些不成功的爱情诗。他真正具有成就的创作,是他在 1729—1739 年间在俄罗斯以及在法国所创作的九首讽刺诗。这些讽刺诗都具有双重标题,一个指明诗的主题,另一个则指明诗歌的针对对象或者对话者。其中重要的当数第一首《告理智(致诽谤学术者)》、第二首《费拉列特和叶甫盖尼(论堕落贵族的妒忌和傲慢)》和第七首《致尼基塔·尤里耶维奇·特鲁别茨科伊大公(论教育)》。

康杰米尔的讽刺诗继承了古罗马的尤文纳斯、贺拉斯以及法国古典主义布瓦洛等人的传统,在颂扬知识、理性和美德的同时,揭露和批判现实中存在的种种愚昧、自私、贪婪和虚伪等恶习。在承认人的天性一成不变的同时,又主张用美德教育来克制人的情欲,以求得对社会风气的改变。在《告理智》中,他一方面揭露保守势力对科学的攻击,但也同时写出了启蒙者的"智慧的痛苦"。在第二首中通过两人的对话,揭示出真正的高贵不是来自血统,而是美德。而《论教育》则是从正面提出了美德教育的重要性。不过,他的讽刺诗虽然有现实生活基础,但是又并非针对具体的人和事,正如他在第四首中所说:"我用诗嘲笑有恶习的人,而内心却在为他们哭泣。"康杰米尔的讽刺诗使用的是改良后的音节诗形式,诗歌语言努力接近生活语体,内容活泼,运用了许多成语、谚语,以求作品能更广泛地被人接受。

除了讽刺诗,他还写过颂扬彼得一世的颂诗——《彼得颂》(未完成,1730)和诗论《哈里东·马肯金给友人论俄罗斯诗歌写作的一封信》(1744年死后发表,其中的人名是作者本名字母打乱后的重新组合)以及许多翻译作品。

第三节　加·罗·杰尔查文
(1743—1816)

加甫里拉·罗曼诺维奇·杰尔查文(Гаврила Романович Державин,1743年7月3日出生,1816年7月8日去世)是18世纪俄罗斯最优秀的诗人之一,他的诗歌反映了社会时代的风云变迁,是俄罗斯诗歌从发展初期到迈向辉煌的承先启后者。

他出生于一个不富裕的具有鞑靼血统的古老贵族家庭,早年曾在喀山中学学习。1762年参军,曾经参与平定普加乔夫农民起义的军事行动。在以后的岁月中,他的仕途生涯几经沉浮,最高时担任过女皇的内阁秘书以及亚历山大一世时期的司法部长,但也曾因为为官公正得罪过许多权贵,因为作品的批判锋芒而被君主疏远。1783年他献给叶卡捷琳娜二世女皇的颂诗《费丽察》使他声名大振,深得女皇欢心,由此获得"费丽察的歌手"的美誉。

在他担任高官期间,他的家成为首都文人墨客经常聚集的场所。1803年退休后,他曾主持具有保守倾向的文学团体——俄罗斯语文爱好者座谈会。晚年的杰尔查文冬夏分别居住在彼得堡和自己的兹万卡庄园。

杰尔查文是在特列季亚科夫斯基、罗蒙诺索夫和苏马罗科夫影响下开始诗歌创作的。1779年,他与里沃夫等诗人接近,接触到了卢梭、哥德尔等人的哲学思想,这是他诗歌发展道路的一个转折。在《密谢尔斯基大公之死》(1779)中,他明显把个人情感因素带入诗歌创作，在对人生苦短、逝者如斯的感怀中，把颂诗与哀歌传统结合在一起。

《费丽察》是诗人的代表作之一。创作这首诗，他借助了叶卡捷琳娜女皇写给孙子的童话：被俘的基辅王子赫洛尔，在费丽察公主（意思是"幸福"）帮助下，由她的儿子拉苏多克（意思是"理性"）指引，寻找无刺的玫瑰（意思是"美德"）。杰尔查文一方面把费丽察比作女皇，把她放在突出的位置上予以歌颂，同时，他对女皇的歌颂又是与对其周围的权臣恶行、包括自己的不良行为的讽刺和批判结合在一起的，这些讽刺不是针对抽象的人性、人的品质，而是针对生活中的真实人物和事件。诗歌所使用的语言也是亦庄亦谐，颂扬与愤怒、批判与调侃相结合。这都是对古典主义颂诗传统的突破，表现了诗人强烈的批判精神。

杰尔查文的批判精神更为突出地体现在他根据《圣经·诗篇》第81篇改写的《致君王与法官们》(1780)，他在诗中揭露了世间君王和权贵们的恶行，并且呼吁最高的君王——上帝来到人间，恢复公正，"成为大地唯一的君主"。这首诗虽然依托《圣经》，但是人们不难看出其锋芒指向，难怪女皇看后，说它是"雅各宾党人的诗歌"。

给杰尔查文带来广泛国际声望的作品，是他的《上帝》(1784)一诗。该诗一发表便被译为英、法、德等西方语言以及日语。这首诗充满火热激情和宏伟气势，渗透着泛神论的"宇宙观"。作者一方面感叹人在宇宙面前的渺小，但是同时当人认识到世界的统一，他就成为所有世界、世间万物的纽带和精华，其精神比肉体更长久，"我的肉体化作灰烬，/我的理智驾驭雷电，/我是王——我是奴隶/我是蛆虫——我是上帝！"

杰尔查文晚期的诗歌中有不少杰出的抒情诗，如隐喻显赫一时的波将金公爵一生的风景诗《瀑布》(1794)，哀悼妻子的抒情诗《燕子》(1792)，特别是他的《致叶甫盖尼（兹万卡的生活）》(1807)等农村题材的作品，对以往的所谓"阿纳克瑞翁体"诗歌以及田园诗的传统作了大胆创新，他破除了传统的虚拟化情调，描写许多世俗生活场景和情感。

杰尔查文的创作，在传统的古典主义面临危机的形势下，有意通过主题、体裁和诗歌语言、格律、韵律的变化，开辟新的诗歌发展道路。在他的作品中，现实因素和个人因素逐渐得到强化。虽然在他身上，"巴洛克"风格、传统古典主义以及前浪漫主义诸多成分并没有总是和谐统一起来，但是他仍然是"一个伟大的、天才的俄罗斯诗人，这诗人是俄罗斯人民生活的忠实回声，叶卡捷琳娜二世时代的忠实的反响"[①]。

[①] В. 别林斯基：《文学的幻想》（满涛译），安徽文艺出版社，1996年，第44页。

第四节　米·瓦·罗蒙诺索夫
（1711—1765）

米哈伊尔·瓦西里耶维奇·罗蒙诺索夫（Михаил Васильевич Ломоносов，1711年9月8日出生，1765年4月4日去世）是18世纪俄罗斯最伟大的学者，也是一位具有影响力的诗人和文艺理论家。

罗蒙诺索夫出生在一个富裕的农民兼渔民家庭，在邻居的帮助下受过简单的教育。1731年离家来到莫斯科，进入斯拉夫希腊拉丁学院学习，1735年被派往德国学习矿业课程，后来因为与导师发生冲突而出走，1741年回到彼得堡，1742年开始在科学院工作。他自己的科学研究领域是物理和化学，有许多重要发现，同时他对历史、语言学和修辞学等诸多学科颇感兴趣，也都有所建树。1755年，在他倡议下创办了俄罗斯第一所近代大学——莫斯科大学。在生命晚期，他还成为艺术院院士和斯德哥尔摩等多所外国科学院院士。

罗蒙诺索夫的文学声誉，首先是和他所倡导的诗体改革分不开的。他随自己论诗书简附上的《攻占霍丁颂》，被别林斯基称作是"俄罗斯文学的发端"，颂诗描述了庆祝胜利的宏大场面，字里行间表现了俄罗斯军队获胜带来的巨大喜悦和自豪感。

罗蒙诺索夫的诗歌创作主要体裁是颂诗。他在1747和1748年写下的《伊丽莎白女皇登基日颂》，赞颂女皇的英明，特别是其对科学文化事业的大力支持，让诗人相信不久俄罗斯的科学也将像军事胜利那样，出现自己的牛顿和柏拉图。罗蒙诺索夫对科学和理性的推崇，也体现在他的两首著名的"科学诗"《夜思上苍之伟大》（1743）和《晨思上苍之伟大》（1747?）之中。根据自然神论观点，罗蒙诺索夫把自然看成是"造物主"意志的直观体现，人们应该像太阳一样，用自己的眼睛去认识和照亮大千世界。他的《夜思上苍之伟大》提出了对北极光的自然成因的推测。

罗蒙诺索夫的组诗《与阿纳克瑞翁的对话》（1747—1762）是他独特的诗歌宣言，与那位生活于公元前6—5世纪的、以歌颂美酒和爱情而闻名的古希腊诗人相反，他认为自己的诗琴是为英雄而拨响，是为祖国利益而鸣响的。

罗蒙诺索夫的颂诗，追求空间广阔，气势宏大，言辞瑰丽，呈现出"无序的抒情"，许多词句在不同作品中有时似乎可以互换，而不损害作品主旨，因此也有人认为他的古典主义诗歌明显带有"巴洛克"甚至是"文艺复兴"的艺术特征。

（二）18世纪俄罗斯小说

第一节　18世纪俄罗斯小说发展概述

18世纪俄罗斯小说的发展和演进是18世纪俄罗斯文学总体发展的重要组成部分。而18世纪俄罗斯文学的发展则又是在政治、经济、军事和文化急剧变革的背景上完成的。特别是文化领域中的变革——当代文化的"世俗化"倾向和"西欧化"潮流，西欧的价值观和文学观念以及基于文学传统的新的文学创作实践——对包括小说在内的俄罗斯文学的发展态势和实质产生了深刻的影响。

18世纪俄罗斯文学在俄罗斯古代文学走向近代文学发展过程中起着承上启下的作用。这一时期，在启蒙主义文学的总体背景上，先后产生出古典主义、感伤主义和现实主义等文学思潮。其中，感伤主义和现实主义思潮与新型小说体裁的确立以及小说作品的创作具有直接的联系。

感伤主义又称"主情主义"。作为文学思潮，它源自于工业革命之后的英国，因英国作家劳伦斯·斯特恩的小说《感伤的旅行》而得名。感伤主义是启蒙主义"理性"理念遭到重创和资本主义社会矛盾日益加剧这一历史现实的产物。一方面，对"理性"力量的怀疑和失望，致使人们将目光转移到人类生活的情感层面；另一方面，社会贫富差别的加剧、生活的动荡不安又促使文学内部感伤情绪的滋长。这都为感伤主义思潮的萌生提供了意识形态和社会心理的基础。感伤主义文学观的基本特征是：深切同情底层民众的疾苦，张扬人类的情感作用；将向善之心确定为人的天性和本质；艺术的功能首先是培养人的感情。感伤主义主要描写人物的不幸遭遇和悲惨命运，以期在读者身上唤起同情和共鸣。生与死、黑夜与孤独等主题以及低沉、阴暗和郁闷的基调都凸现出感伤主义文学的审美取向。感伤主义文学的主要体裁有：哀歌、日记、旅行记、书信体小说等。

俄罗斯的感伤主义文学思潮形成于18世纪60年代。较之于西欧感伤主义文学，它具有自身的特征。而这一切又是与俄罗斯社会政治状况和文化发展水平所引发的社会心理密切相关：一是普加乔夫领导的农民起义所引发的社会危机以及对专制政体的质疑态度；二是对农奴制度势微的忧虑和对民族解放运动的恐惧情绪。

作为欧洲文学史上基本的创作方法和文学思潮，现实主义的勃兴与文艺复兴运动联系在一起。现实主义的主旨即是反映社会现实、揭露社会矛盾。在西欧,批判现实主义传统的形成与资产阶级力量的最终确立和资本主义社会矛盾的激化密切相关。批判现实主义的主要特征为:客观真实性和社会批判性。18世纪后期俄罗斯文学创作在一定程度上体现出这类特征,小说创作中反抗专制农奴制的民主理念和同情下层农民的人道主义情感,标志着现实主义文学在俄罗斯文学中的萌生。

在18世纪俄罗斯,与文学整体转型相应,小说创作也呈现出其过渡性特征,例如中篇小说体裁多出自对外国小说的模仿或改编。18世纪俄罗斯小说在继承和发扬俄罗斯古代小说优秀传统基础上,借鉴了西欧小说体裁的诸多成分,特别是18世纪后期的小说创作所表现出来的爱国主义和启蒙主义思想,为19世纪俄罗斯文学的主流体裁——艺术小说——提供了艺术上的,特别是思想上的资源。

在彼得一世时期,最具代表性的文学实绩和文学现象则是中篇小说。须指出,这一时期中篇小说的生成与发展同对西欧同类体裁作品的翻译和改作联系在一起。这些小说作品在情节构成方面运用了传统惊险小说的情节要素。然而从本质上说,其主题和内容却反映出彼得一世时期接受西方教育的"改革一代"所具有的平权理想和独立人格,他们为追求个性自由、功名成就和自主爱情所做出的努力,他们与传统文化观念决裂的勇气以及借此所获得的文化视野的开放性。

在彼得一世时期,具有广泛影响的小说作品有以下三部:它们分别是《俄罗斯水手瓦西里·科里奥茨基小史》、《俄罗斯贵族亚历山大的故事》和《俄罗斯商人约安和美少女叶列奥诺拉的故事》。

《俄罗斯水手瓦西里·科里奥茨基小史》是以手抄本形式出现的佚名作品。故事描写了水手瓦西里·科里奥茨基的一系列奇遇。他在周游西欧列国期间,一次海难之后沦落荒岛,并从海盗手中救出佛罗伦萨国王之女。两人随即坠入情网。之后,俄罗斯水手克服重重困难,经历了生死考验,终于与公主完婚,并继承了王位。首先,较之于16世纪和17世纪俄罗斯小说作品,《俄罗斯水手瓦西里·科里奥茨基小史》获得了广阔的欧洲视野;其次,与18世纪俄罗斯启蒙思潮相应,主人公对科学知识抱持强烈的兴趣,并具有开拓进取精神;第三,在爱情的观念和方式上,主人公在一定程度上体现出欧洲近代文明的规范。须指出,俄罗斯古代文化传统成分(如主人公形象身上的宗教、家庭观念)以及混杂性的小说语言(教会斯拉夫语和外来语并用)等同样表现在这部作品之中。这些现象表征出俄罗斯近代小说创始阶段的过渡性特征。

与上述作品不同,《俄罗斯贵族亚历山大的故事》所叙述的中心内容并非冒险经历,而是情感体验。它描写了俄罗斯贵族亚历山大与两个西欧少女的爱情纠葛。作者将普通人物和日常生活的冲突引入作品,特别是对内在的心理冲突给予了真实和细腻的展示。通过人物形象的塑造,作品提出了新的价值观念,如骑士精神、个性自由、骑士爱情、忠诚、严肃的感情,等等。

日常心理小说《俄罗斯商人约安和美少女叶列奥诺拉的故事》则叙述了一个不畏强权、冲破门第、追求爱情自由的故事。虽然主人公的努力以失败告终,使得结局具有较浓的悲剧色彩,但其中表现出的启蒙精神却具有较高的认识意义。

18世纪下半期,Ф.埃明的惊险小说在俄罗斯文坛具有较大的影响。须指出,埃明的这类散文作品在不同程度上具有仿作或改作的性质。其中较具原创性的作品有《爱的花园,又名坎贝尔和阿里塞娜永存的忠贞》和《多舛的命运,又名米拉蒙特的奇遇》。埃明的代表性作品为《爱尔涅斯特与多拉弗拉的通信》。这部书信体小说在很大程度上受到了卢梭《新爱洛绮丝》的影响。《爱尔涅斯特与多拉弗拉的通信》被视为教谕小说,它描写了穷贵族爱尔涅斯特与望门之女多拉弗拉的爱情悲剧。小说涉及到社会政治、伦理和哲学等主题。虽然较之卢梭,这部小说的启蒙主义立场具有较大的妥协性,然而它对人的个性体验、普通人的生活权利予以了确认。另外,作为小说重要艺术特征的人物心理分析,标志着18世纪甚至是19世纪俄罗斯心理小说建构的最初尝试。

18世纪具有广泛影响的"流浪汉小说"在小说史上占有较为重要的地位。具有代表性的"流浪汉小说"有《小丑和骗子索维斯特德拉的奇遇》、《万卡·卡因的生平和冒险经历》、《小伊万·戈斯季内依的奇遇》(1785—1786)和《不幸的尼卡诺尔,又名俄罗斯贵族H的冒险经历》。其中,《小丑和骗子索维斯特德拉的奇遇》对俄罗斯古代文学和民间文学传统诸多要素的继承,使得小说具有浓厚的民族色彩。《万卡·卡因的生平和冒险经历》主人公的名字则取自于18世纪30、40年代莫斯科盗贼之名,这也从侧面反映了小说文本与现实生活的密切联系。短篇小说集《小伊万·戈斯季内依的奇遇》再现了普通平民的生存状态、他们生活中的欢乐与忧愁。

M.丘尔科夫的小说创作在18世纪后期小说史上地位突出。其长篇小说《漂亮的厨娘,又名一个淫荡女人的奇遇》(1770)叙述了平民女子马尔托娜克服种种困难和阻碍,努力为自己谋求幸福生活的故事。马尔托娜反叛现存的等级制度和道德规约、否定伪善的社会伦理、追求自我生存价值以及文本对诸多民间文学成分的运用等等,都在一定程度上体现出这部小说的民主主义精神。丘尔科夫的另一部重要作品是故事和童话集《讥嘲者,又名斯拉夫童话》(1766—1789)。它基于17世纪传统的文学资源写作而成,其中包括流浪汉小说(日常生活小说)和骑士童话两个部分。在第一部分中,小说从民主主义立场出发针砭时弊,对上流社会的伦理道德持批判的态度。第二部分则讴歌了古代俄罗斯骑士战胜艰难险阻、追求高尚爱情的执著精神。《讥嘲者,又名斯拉夫童话》在情节结构和人物塑造等方面都体现了两种成分——西欧文学传统和本土文学传统的结合。总之，丘尔科夫的《讥嘲者，又名斯拉夫童话》在体裁方面所表现出的文学成就，对18世纪和19世纪俄罗斯诗歌和俄罗斯小说的发展具有奠基性意义。另外，M.波波夫的长篇小说《斯拉夫童话》、В.列夫申的《俄罗斯童话》也是同类小说体裁中的重要作品。

列夫申的日常生活小说《被唤醒真让人气恼》和《新潮贵族的故事》尽管艺术水平并不理想，但是它们在反对古典主义价值理念、提倡文学的民族化和民主化等方面的作用和影响是毋庸置疑的。

另外，M.赫拉斯科夫的长篇小说《努玛·蓬皮里，又名繁荣的罗马》(1768)以及《卡德姆与加尔莫尼亚》(1786)和《波里道尔，卡德姆与加尔莫尼亚之子》(1794)在当时也颇具影响。

18世纪俄罗斯小说史上最为杰出的作家应推A.拉吉舍夫和H.卡拉姆辛。拉吉舍夫的《费奥多尔·瓦西里耶维奇·乌沙科夫》的第一部分描写了乌沙科夫和俄罗斯大学生的国外生活。作家在这部作品中将普通人形象引入传记体裁作品，其人物形象塑造突破了传统的"神圣性"，传达出友谊、科学和革命等内容。

拉吉舍夫的《从彼得堡到莫斯科旅行记》则以其鲜明的革命立场和民主意识（"法制社会"、"人身和财产平等"、"宗教信仰和出版自由"）以及语言文体方面的独特性，成为18世纪俄罗斯最具影响的小说作品。作为俄罗斯感伤主义文学思潮的代表人物，卡拉姆辛的小说创作标志着18世纪俄罗斯小说发展的最高成就。

卡拉姆辛小说创作的代表性作品有《弗洛尔·西林》(1791)、《一个俄罗斯旅行家的书简》(1792)、《苦命的丽莎》(1792)、《贵族之女娜塔莉亚》(1792)、《博恩高利姆岛》(1794)、《尤利娅》(1794)、《赛拉·莫列娜》(1796)和《当代骑士》(1802—1803)等。《一个俄罗斯旅行家的书简》与俄罗斯、西欧同类体裁的其他作品不同，作为一部关于西欧文化的百科全书，它对西欧的政治、经济、哲学、历史、艺术和风俗文化都给予了全面的介绍。《苦命的丽莎》尽管并不具备西欧同类体裁作品所表现出的反封建立场，但它通过塑造丽莎这一理想形象提出了"农家女也能够爱"，农民与贵族一样也具有感受生活和爱情的能力和权利，在一定程度上体现出民主主义精神。《贵族之女娜塔莉亚》反对古典主义美学观，将关注的焦点投向人物的情绪和内心世界，这为19世纪俄罗斯浪漫主义和现实主义创作方法的文本实践开拓了道路。18世纪90年代浪漫主义小说为日常生活小说所取代。日常生活小说对社会现实的引进、对普通人生活的关注，特别是对人物心理过程的探索成为这类体裁作品的显著特征。《尤利娅》则属于俄罗斯早期日常生活心理小说之列，它对人物情感的把握、对人物心理的分析和对人物心理过程的展示预示了19世纪俄罗斯长篇小说创作的诸多特征。《当代骑士》(未完成)则首次揭示了儿童心理的演变过程。

综上所述,18世纪俄罗斯小说的发生和发展是在俄罗斯文化和文学的"西方化"和"世俗化"背景上完成的。启蒙主义价值理念则是它的最重要的思想资源。18世纪俄罗斯小说在主题思想、情节设置、人物塑造、艺术手法和语言文体等方面都与对西欧文学和古代文学的接受和继承联系密切,因而在一定程度上表现出其"过渡性"特征。须指出,这一时期的小说作品无论在基于西欧文学背景对创作方法、艺术手法进行探索方面,还是在对传统文学成分的发扬方面都留下了可资借鉴的成果和经验。这一时期俄罗斯小说在主题和艺术等方面所取得的实绩为19世纪俄罗斯小说的勃兴奠定了坚实的基础。

第二节 尼·米·卡拉姆辛
(1766—1826)

尼·米·卡拉姆辛是18世纪俄国感伤主义文学的代表作家。卡拉姆辛的文学创作仅仅有13年(1791—1803),但是在这短短的十几年间,作家的作品获得了巨大的声誉,他在小说创作上的尝试和革新标志着俄罗斯文学发展的一个重要的时期。

生平创作道路

尼古拉·米哈伊洛维奇·卡拉姆辛(Николай Михайлович Карамзин,1766年12月1日生,1826年5月22日去世)出生于西姆比尔斯克省的一个地主家庭。中学时代,卡拉姆辛起初就读于由法国人创办的西姆比尔斯克寄宿中学,后他被送往由莫斯科大学沙登教授主持的寄宿中学继续学业。沙登中学的教育理念对卡拉姆辛的文学观念和审美趣味的形成产生了重大的影响。

1782年,卡拉姆辛赴彼得堡服役,一年后退役返回故里。在西姆比尔斯克,作家结识了著名社会活动家 И. 屠格涅夫,并在后者的引导下开始文学创作活动。在莫斯科,卡拉姆辛加入了 H. 诺维科夫组织的文学社团,为其主编的《儿童读物》撰稿。其间,他翻译了莎士比亚的历史剧《裘力斯·恺撒》,创作了小说《叶甫盖尼和尤里雅》(1789)。

1789年,由于政见不同,卡拉姆辛与诺维科夫的"友谊学社"决裂,随后出访西欧各国。西欧游历归来,卡拉姆辛创办《莫斯科杂志》,发表了《一个俄罗斯旅行家的书简》(1791—1795;1797—1801)、《苦命的丽莎》(1792)和《贵族之女娜塔莉亚》(1792)等代表作品。

1801—1803年,卡拉姆辛主办《欧洲导报》,这本综合刊物的内容涉及到政治、社会和文学等问题。1803年,卡拉姆辛在《欧洲导报》上发表历史小说《城总管夫人玛尔法》(1803)。随后作家便潜心历史研究,开始撰写历史著作《俄罗斯国家史》(1816—1829)。1816年,继前8卷出版后作家又完成了3卷。《俄罗斯国家史》以其翔实的史料和形象化语言被认为是俄国史学研究最具价值的成果之一。

卡拉姆辛所持的感伤主义文学观认为,"自然"是艺术对象和艺术灵感的主要源泉。也就是说,只有"自然"才是艺术永恒的范本,艺术作品只是"自然"的摹本。"自然"包括外部世界(大自然)、内心世界和"人的本性"等。感伤主义文学思潮的中心主题则是"忠于自然"、"想象的自由"和"愉快的印象"。

中篇小说《苦命的丽莎》

中篇小说《苦命的丽莎》是卡拉姆辛的代表性作品。它叙述了一个凄婉动人的爱情悲剧故事。农家姑娘丽莎清纯美丽,温柔善良。父亲去世后,她与母亲相依为命,清贫度日。由于母亲年迈体弱,失去了劳动能力,丽莎独自承担起家庭的重任——她编织、采集,为维持生活日夜操劳。一次,在莫斯科街头卖花时,丽莎与贵族青年厄拉斯特相遇,俩人一见如故。年轻英俊的厄拉斯特的善良和爱心深深打动了丽莎。两个年轻人坠入爱河。每天晚上,这对情侣都相拥漫步于林间小道,潺潺河边。不久以后,丽莎委身于她心爱的人。然而,在这一"事件"发生之后,厄拉斯特的"爱情"便发生了变化,他对丽莎渐渐失去了往日的兴趣。两人见面的次数也随之越来越少,丽莎为此备感忧伤。厄拉斯特告诉丽莎自己将随军奔赴战场,这一消息对丽莎来说不啻是晴天霹雳,它让丽莎悲恸万分。几个月后,丽莎在莫斯科街头再次与厄拉斯特相见。丽莎激动万分,奔向前去……这时,厄拉斯特赌牌已输得近乎一贫如洗,他决定迎娶一名富孀。厄拉斯特塞给丽莎一百卢布打发了她。丽莎来到白桦林掩映的池塘边,忆想往日的恋情,她悲痛欲绝,再也不能承受失恋的打击,最后跳入了池塘。

《苦命的丽莎》中的主要人物有二:农家少女丽莎和贵族青年厄拉斯特。丽莎的情感世界则是作家关注的焦点。在对两位主人公的塑造方面,作品呈现出二元对立的艺术思维。丽莎所具有的角色特征包括:女性、农家出身、"自然性"、纯洁善良、温柔多情、忠贞不渝和完美主义等;而厄拉斯特则包括:男性、贵族出身、"文明性"、恶习、欲望、移情别恋和实用主义等。

《苦命的丽莎》通过对主人公丽莎的爱情得而复失痛苦过程的描述,揭示出"自然人"与"社会人"的尖锐冲突,对"文明社会"进行了深刻的批判,表达出民主主义的平民立场。在《苦命的丽莎》中,主人公丽莎被作家赋予了田园诗或牧歌的形象特征。丽莎美丽、善良、温柔、纯洁,她懂得爱——无论是对亲人的爱,还是对情人的爱——同时她能够践行自己的爱,这特别表现在她拒绝别人的求婚,对厄拉斯特一往情深、忠贞不贰,并且具有献身精神等方面。在这部小说中,这种情感的纯洁是与大自然紧密联系在一起的。在此,自然美与心灵美、心灵的欢愉和悲伤交相辉映。从某种程度上说,丽莎形象本身就是大自然的一部分,她体现出大自然的纯粹性和原初性。这一主题体现出感伤主义的审美理想和创作理念。另一方面,《苦命的丽莎》则又突破这种"自然"法则,将历史传统引入小说。社会性的介入在主体层面上首先表现在丽莎形象中。丽莎对于爱情或者更准确地说对于男性的委身,对自身人格独立的忽略即是一例:"她已把自己的整个身心的全部委属于他了。为了他一个人而生活,而呼吸。像羊羔似的,在所有的事上都依从于他的意志,把他的快乐视为自己的幸福。"

与丽莎的形象相比,厄拉斯特的形象则更具社会性或现实性。厄拉斯特出身于上流社会。感伤主义文学和田园诗的熏陶,使得这位贵族青年萌生了对"另一种生活"的幻想:"人人都无忧无虑地在芳草地上游憩,在清泉中沐浴,向野鸽那样互相亲吻,在玫瑰和桃金娘树下休息,所有的人全都无需操劳地欢度日子。"基于这种幻想,厄拉斯特对丽莎本人及其"自然"生活发生了强烈的兴趣,并对丽莎一见钟情,决定冲破世俗观念的藩篱建立"人格平等、心心相印"的生活。但是,上流社会所具有的价值观和生活方式对于厄拉斯特来说是根深蒂固的,当他对丽莎失去新鲜感以后,便逐渐疏离她,并最终为了财产之利冷酷地抛弃了丽莎。须指出,这一形象的塑造突破了传统童话的框架而获得现实批判的意义。

感伤主义文学的两个核心概念是"自然"和"情感"。它们决定了小说《苦命的丽莎》的艺术风格。《苦命的丽莎》的艺术风格首先表现在对自然富于诗意的描绘,通过对"大自然图画"内在生命的展现,突显出感伤主义"反理性"的审美理想和价值追求,同时为揭示情感完成"心—物"对应结构。其次,在这部小说中,作家对主人公丽莎的心理状况作了真实、细腻的刻画和描写,展现了她的期待、矛盾、喜悦、忘我、悲伤和绝望等一系列心理特征。通过对丽莎心理过程的展示,感伤主义小说的基本审美功能得以实现。第三,在小说语言方面,同古典主义文学对语言的要求相悖,作家运用口语进行写作,虽然这种"口语"还不能称之为是"大众化的口语",但其中毕竟出现了诸多口语词汇、口语语法等元素。与此同时,非叙事性话语的运用也为叙述者的情感抒发提供了语言前提。这一切都为俄国近代小说的生成、发展提供了语言范型。

作为对18世纪主流文学思潮——古典主义的反拨,卡拉姆辛的感伤主义文学所体现的创作实绩在文学主人公、文学体裁、文学语言等方面均完成了具有划时代意义的"转向"。卡拉姆辛和感伤主义流派的创作对19世纪俄国浪漫主义和现实主义的生成都具有直接的影响和作用,以此开辟了"俄罗斯文学的一个新的时代"。

第三节　亚·尼·拉吉舍夫
（1749—1802）

亚·尼·拉吉舍夫是18世纪俄国最杰出的革命家、思想家和文学家。拉吉舍夫的小说作品所体现的民主主义精神和人道主义精神标志着18世纪俄国小说发展的顶峰。

生平创作道路

亚历山大·尼古拉耶维奇·拉吉舍夫（Александр Николаевич Радищев,1749年8月31日生,1802年9月23日去世）出生于萨拉托夫省库兹涅茨克县的一个贵族家庭。在童年时代,拉吉舍夫接受了历史、宗教和民间文化等方面的教育。7岁时,作家被寄养到莫斯科的舅父家中。在莫斯科,法国家庭教师和莫斯科大学教授的授课给拉吉舍夫幼小的心灵播下民主和科学的种子。1762年,拉吉舍夫进入彼得堡军事学校学习。1866年,他以优异成绩完成学业,并与其他同学一起被派往德国莱比锡大学攻读法律。大学学习期间,除专业课程以外,拉吉舍夫接触到哲学、文学和自然科学等书籍。在接受卢梭、狄德罗和马布里等人启蒙主义思想影响之后,青年拉吉舍夫成为了一位坚定的唯物主义者。

1771年10月,拉吉舍夫学成回国,先后在元老院、军事法庭、贸易部和海关管理局等处任职,由此他开始了文学创作活动。拉吉舍夫加入诺维科夫领导的"努力印书社",并于1773年出版译著《论希腊史》。《论希腊史》的作者马布里是法国著名的启蒙思想家和空想社会主义者。在这部译著的一条注释中,拉吉舍夫首次发表了针对专制政治的檄文:专制政治是最违反人性的一种制度。法律赋予了君主以处置罪犯的权力,但是君主违法却赋予他的裁判者——人民——以同样的和更大的权力去处置君主。

1781—1783年,拉吉舍夫创作长诗《自由颂》(1781—1783)。《自由颂》所表现出的"反抗专制压迫,争取平等自由"的主题,贯穿于作家一生的创作之中,同时成为18世纪后期俄国最具革命性的社会思想。

1789—1790年,拉吉舍夫先后完成了《给一个住在托波尔斯克的朋友的信》(1782)、《乌沙科夫传》(1789)和《何谓祖国之子》(1789)以及代表作《从彼得堡到莫斯科旅行记》。在这些著述中,作家提出了民权、公民责任以及"以暴力推翻专制农奴制"等思想。后期，作家还撰写有《论人、人的死亡和不朽》(?)、《关于中国市场的信》(1792)等著述。拉吉舍夫的《旅行记》刚一出版，立即被当局全部焚毁，只剩有数十册以手抄本形式在民间流传(1858年，《旅行记》由赫尔岑主持在伦敦出版第二版)。与此同时，作家遭到沙皇当局逮捕，先被法庭处以死刑，后被改为七年流放。1801年3月，亚历山大一世登基，作家获得赦免，并被任命为宪法委员会委员。然而作家的社会理想与现实之间的冲突根本无法消解，他的民主理念也不可能得以实现。在全部理想化为乌有之后，作家于1802年9月23日自尽身亡。

《从彼得堡到莫斯科旅行记》

《从彼得堡到莫斯科旅行记》是拉吉舍夫的代表作，也是18世纪俄国文学经典作品之一。《旅行记》以其"反抗专制和农奴制社会"的深刻主题以及鲜明的革命性和民主意识标志着18世纪俄国文学现实主义思潮的萌生。

《从彼得堡到莫斯科旅行记》以"旅途见闻"的形式描绘了18世纪俄国社会的全景画面。在《旅行记》的卷首语中，拉吉舍夫援引了著名诗人特列季亚科夫斯基的诗句对当代俄国社会予以形象化的概括："这头怪物身躯庞大，肥胖臃肿，它张开百张血盆大口，猖猖而吠。"

《从彼得堡到莫斯科旅行记》共分26章，除少数章节以外，都以作者沿途所经的驿站站名为标题。各篇相对独立的题材又经由统一的主题——"反抗封建专制农奴制，同情农民悲惨境遇"联结起来。这部作品的重要章节包括《索菲亚》、《托恩纳》、《柳班》、《丘多沃》、《斯巴斯卡亚·波列斯季》、《波德别列齐耶》、《诺夫哥罗德》、《勃隆尼齐》、《扎伊佐沃》、《克列斯季齐》、《亚热尔比齐》、《瓦尔达伊》、《叶德罗沃》、《霍季洛夫》、《上沃洛乔克》、《维德罗普斯克》、《托尔若克》、《铜村》、《特维尔》、《戈罗德尼亚》、《扎维多沃》、《克林》、《彼什基》、《黑泥村》等。

在该书题辞中，作者表明了自己的创作动机："我举目四顾，人们的苦难刺痛了我的心。我扪心自思，我发现，人们所遭受的不幸原是人们自己所造成，而且往往只是由于人们未能正视周围的事物……我发现人的拯救者就是他自己。""揭去翳障，睁开眼睛，就能幸福。""……我觉得自己有足够的力量去反对错误的东西，我觉得任何人都能够造福他人，这时我心中迸发出莫可名状的欣赏！就是这种思想激励我写下这部作品。"[①]

《旅行记》的主题内容主要涉及以下几个方面：农民的生存权利和人格权利；农民与地主之间的冲突；沙皇权力和国家制度的非法性等。

---

① 《从彼得堡到莫斯科旅行记》(汤毓强等译)，北京，外国文学出版社，1982年。

第一,农奴制制度下农民的悲惨境遇。在《旅行记》中,农民的苦难是作家关注的焦点之一。在《柳班》、《上沃洛乔克》、《彼什基》、《铜村》等章节中,作家描绘了失去人格尊严和活动自由、沦为劳役工具的农奴,被迫从事超负荷的劳动,甚至不可能像牲口那样得以片刻休养生息。他们在地主眼中只是"既无意志又无愿望的工具"、"套着颈轭的健牛"。与此同时,他们用艰辛的劳动换得的只是饥肠辘辘、衣不蔽体的赤贫生活。更加令人发指的是,农奴作为商品可以被任意买卖,无论他们为地主家业做出过多大的贡献和牺牲,甚至祖孙三代对主人具有救命、养育之恩。在此,农奴非人的遭遇,主人毫无人性的残忍被表现得淋漓尽致。在这一基础上,作者明确提出废除农奴制、实行"耕者有其田"的主张。

第二,专制国家政体的腐败和非法性。在《斯巴斯卡亚·波列斯季》一章中,作家通过"梦"的方式,描绘了沙皇政府专制统治下万马齐喑的局面,文武百官尔虞我诈,无能虚伪,极尽谄媚之能事。与此同时,作家通过"云游女人"的"去蔽"行动,揭露了沙皇统治的残酷血腥、政府官僚的阴险狡诈和凶残贪婪,指出整个俄国到处充斥着腐败贪污、司法欺骗和违法犯罪。

作为俄国历史上第一位贵族革命家和思想家,拉吉舍夫从启蒙主义和人道主义立场出发,以其"暴徒"文学彻底否定了俄国专制农奴制存在的合法性,讴歌了俄罗斯农民的美好品德和自由信念,肯定并号召他们为争取自身的生存权利所进行的不懈斗争。《旅行记》对专制和农奴制的俄国社会进行了无情的鞭挞和深刻的批判,因此引起沙皇当局的震怒,叶卡捷琳娜二世认为拉吉舍夫肆意诽谤、攻击现存制度,具有煽动叛乱之嫌,指出作家"是一个比普加乔夫还坏的暴徒"。

在艺术结构方面,《从彼得堡到莫斯科旅行记》主要运用了感伤主义文学的典型体裁——"旅行记"体裁,但是作家在此已经突破感伤主义文学"旅行见闻"和"感情抒发"等一般程式,将现实主义描写、社会批评等文体要素引入文本,与此同时其叙述者范围的选择方面也有所扩大。其次,在写作语言的确定方面,作者分别选取了民间口语和教会斯拉夫语,这使得其创作语言具有多样性和层次性特征,从而增强了文本的审美效果。第三,非叙述性话语的运用使得叙述、议论相互结合,增加了文本的思辨性和论战色彩。如《柳班》中,旅行者写道:"地主的农民在法律上不是人,除非他们犯了罪,才能把他们当人审判。只有当他们破坏社会秩序、成为罪犯的时候,保护他们的政府才知道他们是社会的成员!"又如《彼得堡》中,"地主对农民的关系既是立法者,又是法官,又是他自己所作的判决的执行人,而且,如果他愿意的话,他还可以作原告,被告对他不敢说半个不字。这就是带着枷锁的囚徒的命运……"

作为俄国现实主义文学的先驱,拉吉舍夫的文学创作成为19世纪俄国解放运动以及批判现实主义文学思潮直接的思想资源。拉吉舍夫自由、民主和解放的社会思想对普希金、十二月党人以及19世纪俄国经典作家都具有深刻的影响。拉吉舍夫在《从彼得堡到莫斯科旅行记》中将国家的未来寄托于民众,暗示出解放运动的必然性。作品首次号召人民以革命暴力去摧毁旧的社会制度,谋求一个公正、人道的未来社会。在俄国文学史和俄国社会思想史中,《从彼得堡到莫斯科旅行记》的启蒙主义思想具有划时代的意义。

(三)18世纪俄罗斯戏剧

第一节　18世纪俄罗斯戏剧发展概述

1749年,彼得堡陆军学校业余剧院由军校学员演出了苏马罗科夫的戏剧《霍列夫》,这是18世纪俄罗斯戏剧史上一大重要事件,它标志着俄罗斯戏剧走上了新的发展阶段。在此之前,俄罗斯的戏剧活动还属于业余性质,如神学校的宗教剧,某些城市世俗剧院根据外国骑士小说翻译改编的爱情剧,以及民间节庆期间的民间草台戏。

真正对俄罗斯戏剧文学产生决定性影响的,是18世纪30—40年代来俄罗斯进行巡回演出的外国剧团(主要是法国剧团),他们演出的拉辛、伏尔泰等人的悲剧,给俄罗斯观众展开了另一个世界。正是在此基础上,苏马罗科夫开始了自己的悲剧创作,并且把法国古典主义悲剧原则带入俄罗斯。他不仅用自己的诗体论文对古典主义悲剧艺术作了理论阐述,而且以自己的创作奠定了俄罗斯古典主义悲剧美学的基础,那就是取材于历史,特别是俄罗斯自己的历史;戏剧的基本冲突是个人情感和对国家、对君主的责任。一些古典主义悲剧的基本戏剧手段也得到确立,如五幕结构、英雄性格、人物语言亢奋、情感表达"真实";相当于法国"亚历山大诗行"的六音步抑扬格;三一律,等等。但是俄罗斯悲剧又有自己的特点,它不像西欧悲剧那样注重个性悲剧,而更多地围绕君主政治展开。

1750年,罗蒙诺索夫为宫廷剧院创作了悲剧《塔米拉和谢里姆》,他把杜撰的巴格达王子谢里姆的爱情故事放置在真实的库里科沃战役——这一俄罗斯摆脱鞑靼人统治决定性战役——的背景下展开。苏马罗科夫的弟子们也在悲剧创作方面有所建树。A.勒热夫斯基在60年代创作了取材于古波斯历史的悲剧《伪斯麦迪斯》,其内容与主题和苏马罗科夫的《伪皇德米特里》有所相像,但是多少影射了叶卡捷琳娜二世以不正当手段获得王位的现实事件。Я.克尼亚日宁(1740—1791)是18世纪后半期一位突出的戏剧家,1772年他因挪用公款险些被判死刑,之后以很大热情投身戏剧创作。他的《弗拉基米尔和雅洛波尔克》(1772)仿照拉辛的悲剧《安德洛玛克》,表现了个人情感与国家责任之间的悲剧冲突。他最著名的悲剧《诺夫哥罗德的瓦吉姆》(1789)取材于编年史中关于古代自由城市诺夫哥罗德的记载,剧中的主人公瓦吉姆誓死捍卫自由传统,反对留里克的专权,在一定程度上反映了作者的共和思想。而赫拉斯科夫的悲剧《解放了的莫斯科》(1798)表现了17世纪初抗击波兰侵略者的历史事件,在结构上对三一律有所突破。

18世纪俄罗斯喜剧也有了长足进步。出身宫廷仆人的 B. 鲁金(1737—1794)是一位自学成才的戏剧家和翻译家。他对俄罗斯喜剧的突出贡献是他最早将喜剧与讽刺倾向、平民化风格相结合,面向俄罗斯的现实生活,面向普通民众。他剧中的人物姓名具有直接寓意,表明其本性和作者的态度。他的《杂货店主》(1765)通过主人公的眼睛和尖刻言辞,嘲讽了那些形形色色"上层人士"的丑恶嘴脸,《挥霍无度的人被爱情所改变》(1765)描写了一个轻浮的浪荡青年在爱情面前幡然悔悟,在他和爱人善良的仆人们的帮助下战胜阴谋,终成眷属。出生于乌克兰的诗人和戏剧家 B. 卡普尼斯特(1758—1823)具有很强的民主意识,他曾经写下《奴役颂》(1783)反对叶卡捷琳娜二世把农奴制推向自由的乌克兰。他的讽刺喜剧《诉讼》(1794—1796)揭露了乡村一群高唱"有什么拿什么、不拿要手干什么"这种贿赂歌的法官、检察官等官吏,徇私舞弊、收取贿赂、听信谗言、诬陷好人的恶劣行径。

第二节　亚·彼·苏马罗科夫
(1717—1777)

亚历山大·彼得洛维奇·苏马罗科夫(Александр Петрович Сумароков,1717年11月14日出生,1777年10月1日去世)是18世纪俄罗斯著名的古典主义诗人和剧作家,被公认为"俄罗斯戏剧之父"。

苏马罗科夫出身于世袭贵族家庭,彼得大帝曾是他的教父。他在父亲和外国教师指导下接受了家庭教育。1732年入刚建立的陆军贵族士官学校。当时的学校,除了军事,还有历史、地理、法律、外语以及击剑、骑马、音乐、跳舞等科目,还培养学生对戏剧和诗歌的兴趣。少年苏马罗科夫喜爱伏尔泰、拉辛、高乃依等法国古典主义作家作品。毕业后不久成为女皇宠臣拉祖莫夫斯基伯爵的副官,任职十多年。

1747年,他的首部悲剧《霍列夫》由军校学员演出。虽然戏剧就艺术本身而言还不成熟,但是却让戏剧以前所未有的面貌出现在公众面前。1756年,他被任命为第一个国立公共剧院经理。当时剧院主要上演苏马罗科夫本人的剧作。

他热心剧院事务,关心演员培养,但是他自傲火暴的脾性使他不得不在1761年离职,此后专事写作。

叶卡捷琳娜二世登基后,起初是对他青睐有加。随后由于他一些颂诗作品吁请女皇进行改革而被疏远。60年代后期因为分家产、婚变以及建立剧院和作品上演等事宜与各界交恶,家庭财务也出现危机,处境越来越坏,经常为权贵嘲弄。家庭破产、妻子亡故、再婚失败,一系列磨难导致他酗酒成疾,1777年去世。

苏马罗科夫的早期颂诗用特列季亚科夫斯基诗体写作。40年代与罗蒙诺索夫走到一起,这一时期诗作以罗蒙诺索夫精神写成。1747年,他完成了具有古典主义文论性质的两部诗体书简。但是,我们应当看到,在推崇颂诗和悲剧为崇高体裁,并且大量写作的同时,他也开始表现出自己的特性和偏好,他对所谓中间和低级体裁给予了更多的关注,例如牧歌、田园诗、歌曲、寓言、喜剧诗等。他与他的弟子和追随者们对于这些问题,在题材、主题、语言、形象以及格律和韵律方面进行了大量探索。

给苏马罗科夫带来崇高文学声誉的是他的戏剧创作。作为剧作家,他共创作了9部悲剧,包括《霍列夫》、《西纳夫和特鲁沃尔》(1750)、《维舍斯拉夫》(1768)、《伪皇德米特里》(1771)、《姆斯季斯拉夫》(1774)等。

西欧悲剧多取材于古希腊罗马。苏马罗科夫戏剧情节则取材于俄罗斯历史。尽管作品用的主要是人名,而不是真实史料,但是由于他的努力,民族历史主题成为俄罗斯古典主义的突出特点。他的作品结构质朴简明,人物角色很少,而成熟时期的作品一般都是幸福结局。他的悲剧的戏剧冲突核心是爱情和责任的斗争,而责任最终取胜。他的悲剧颂扬贵族"公民"美德,主人公为责任而战胜自我。作品的社会政治意义在于抨击专制暴君("不管权臣,还是领袖、统帅、君王/没有美德就是令人鄙夷的生物")。他在其唯一一部取材于真实历史事件的悲剧《伪皇德米特里》中,号召推翻这个17世纪初在波兰支持下窃取王位的"暴君",因为他是"莫斯科、俄罗斯的敌人和臣民的折磨者"。不过,推翻暴君的"人民"没有超越古典主义原则,还只是弱小的萌芽。同时,他笔下的德米特里不是活生生的人,而是一切暴虐的化身。反对暴君并不意味着对君主制度的批判,而是用"明君"取而代之。但是作品的客观作用大大超越了其主观意图,《伪皇德米特里》成为俄罗斯政治题材悲剧的开端。

苏马罗科夫在喜剧方面也有贡献。他早期喜剧只是讽刺以人物为化身的某种恶习。60年代的喜剧《监护人》(1765)、《高利贷者》(1768)等风格怪异,主要揭露人物身上体现出来的卑鄙情欲。监护人觊觎孤儿财产而将青年贵族变成奴仆;高利贷者出于吝啬让仆人半饥半饱,逼他们去偷木材。他还曾为俄罗斯第一部歌剧《采法尔和普罗克里斯》(1755)撰写了脚本。

苏马罗科夫在诗歌语言方面的贡献,对俄罗斯文学规范语发展起到了积极作用。普希金曾多次说过"苏马罗科夫非常了解俄语(比罗蒙诺索夫了解得更好)"。

第三节 杰·伊·冯维辛
(1745—1792)

杰尼斯·伊万诺维奇·冯维辛(Денис Иванович Фонвизин,1745 年 4 月 3 日出生,1792 年 12 月 1 日去世)是 18 世纪俄罗斯最著名的讽刺作家、戏剧家。

冯维辛出身于古老的贵族家庭。他 4 岁时开始识字,10 岁时进入刚刚成立的莫斯科大学附属学校,1760 年进入莫斯科大学,开始发表作品。两年后,他进入外交部担任翻译,后来曾在负责管理剧院的内阁大臣叶拉金手下担任秘书,在这期间他接受了启蒙主义思想。他早期的文学活动主要是翻译一些具有道德训诫意义的外国作品。他的讽刺诗《给我的仆人舒米洛夫、万卡和彼得鲁什卡的信》(1763)开始揭露欺骗和自私横行于世的现实。

1769 年,他完成了喜剧《旅长》,这是他第一部具有独创性的作品。在这部喜剧中,他讽刺和嘲笑了贵族的愚昧无知和道德堕落。本来是儿女定亲,结果却变成了两对夫妻之间、儿子与未来岳母之间求爱和调情的闹剧。作品借正面人物杜勃罗留波夫之口说出:"难怪说万物之源在教育。"

喜剧《旅长》上演后获得巨大成功。在此之后,冯维辛结识了叶卡捷琳娜女皇时期最有影响的重臣、立宪分子、外交大臣和太子教师潘宁伯爵,并且和他产生思想共鸣,成为其主要助手。1773 年以后,潘宁为首的反对派在宫廷的影响逐渐削弱。1777—1778 年间,冯维辛曾游历欧洲,在法国结识了达朗贝尔等名人。1782 年他创作了其一生最重要的作品讽刺喜剧《纨袴少年》,作品一上演便获得广泛好评。1783 年他当选为俄罗斯科学院院士。

从 80 年代初开始,沙皇政府开始排斥贵族自由分子。1782 年,潘宁不得不退职,冯维辛也随之离职。此后他写下了被称为"潘宁遗嘱"的文章《论国家大法之必要》,批判叶卡捷琳娜二世专制制度和宠臣制度,与此同时,正面提出了潘宁的立宪纲领。该文一直以手抄本形式流传,直到 1905 年才发表。从这时开始,他在叶卡捷琳娜二世支持的《俄罗斯语言爱好者谈话良伴》杂志上发表一些讽刺作品,其中最为尖锐的当属《某些能引起聪明和正直的人们特别注意的问题》(1783),他的 20 多个问题都是针对现实十分迫切的社会情况提出的,而女皇化名为"《真话与谎话》的作者",对这些问题避重就轻,以"人各有志"、各地习俗不同、人性天生具有缺点等论调回避其批判锋芒,并且警告提问者说话太放肆。女皇认为俄罗斯民族性格就在于"敏锐而迅速理解一切,模范的服从和造物主赋予人的所有美德的根深蒂固"。在此之后,冯维辛作品的发表受到极大限制。

1785年,冯维辛骨折瘫痪,后期政治上的挫折和生理上的疾病使他的宗教情绪有所加强。

冯维辛的《纨袴少年》不仅是他的个人创作,而且也是整个18世纪俄罗斯讽刺喜剧的巅峰之作。故事情节并不复杂。外省地主普罗斯塔科夫家收养了远亲、孤女索菲娅。女主人普罗斯塔科娃是一个典型的野蛮专横愚昧的贵族地主。她起初想把这个包袱甩掉,让索菲娅嫁给自己的弟弟、人如其姓的地主斯科季宁(意为"牲口");而当她得知索菲娅的舅舅斯塔罗杜姆(意为"旧信仰",指尊重彼得一世的思想)到来后,会给她一大笔钱作陪嫁,又转而想要她嫁给自己好吃懒做的儿子、"不想学习、只想结婚"的"纨袴少年"米特罗方。他们为此打得不可开交。但是最终他们的阴谋没有得逞,索菲娅的舅舅做主,把她许给倾心相爱、正直勇敢的贵族青年米伦隆。同时另一个正面人物普拉夫金(意为"真理")代表政府,宣布普罗斯塔科夫一家因为残酷对待农奴,其家产被国家接管,普罗斯塔科娃被送交法庭审判,米特罗方被派去服军役。

虽然作品名称和剧中角色与娇生惯养、游手好闲、愚昧无知、自私蛮横的贵族少年米特罗方有关,但是全剧的核心绝不在此。在这里,爱情以及围绕爱情展开的阴谋,都只是核心问题发生的背景。作者借助正面主人公斯塔罗杜姆和普拉夫金关于开明君主、美德的培养和贵族的责任的宏论,道出了自己的启蒙主义理想:君主应美德在身,同时惩恶扬善;正直的贵族应该注重美德培养,努力为国家服务,给国家带来益处。而普罗斯塔科夫一家以及斯科季宁等人,恰恰是缺乏责任心和道德感的恶劣习性的产物,因此他在普罗斯塔科夫一家受到惩罚后说:"这就是恶劣习性应得的结果!"从这里不难看出作者受到启蒙主义者提出的"教育万能"思想的影响。

《纨袴少年》的成功之处在于作者展现了当时俄罗斯贵族地主生活的真实场景,他把批判锋芒指向"贵族自由令"颁布后(1762年),许多贵族放任自流,不学无术,过起寄生生活的俄罗斯现实。这种批判在当时是绝无仅有的。

冯维辛的喜剧用散文创作,运用了许多古典主义戏剧的表现手段,如人名具有寓意,"三一律"原则,人物的类型化等等,但是同时又把视线投注于社会现实。相比较而言,他作品中的正面人物不如反面人物那么生活化,但是由于他们身上拥有时代最先进的思想和高尚情操,所以更受到当时正直人们的喜爱。

冯维辛开创了俄罗斯社会讽刺喜剧的先河,被普希金称作是"大胆的讽刺艺术之王、自由之友"[①]。

[①] 见普希金的诗体小说《叶甫盖尼·奥涅金》,第1章第18节。

第三章 19 世纪俄罗斯文学

19 世纪是俄罗斯历史的一个转折时代。18—19 世纪之交,西方的各种哲学、史学、美学、文学思想和观念传入俄罗斯,19 世纪初沙皇亚历山大一世的登基以及随后国内外发生的一系列事件大大地激活了俄罗斯社会思想的发展,文学生活也开始空前活跃。19 世纪初,文学社团如雨后春笋在莫斯科和彼得堡纷纷出现,文学杂志一个接着一个诞生。这些文学社团和杂志不但是当时文人的活动中心和发表自己作品的阵地,而且把一大批文学同仁团结在自己周围,变成表达和宣传他们的社会政治思想和文学观的讲坛,成为培养和锻造文学新人的熔炉。

俄罗斯诗人 A.普希金是 19 世纪俄罗斯文学乃至 19 世纪俄罗斯文化的象征,是 19 世纪前 30 年俄罗斯社会文学运动的一面旗帜。普希金的创作融浪漫主义与现实主义于一身,在他创作中可以发现浪漫主义向现实主义的过渡。以果戈理为代表的"自然派"是俄罗斯批判现实主义文学的摇篮。俄罗斯批判现实主义在以别林斯基为首的俄罗斯现实主义文学批评的指导下,通过 19 世纪 40—50 年代的贵族作家和平民作家的思想艺术探索,经历了 50—60 年代俄罗斯的文学生活斗争的洗礼,到了 60—70 年代达到了空前的繁荣,涌现出像 Л.托尔斯泰、Ф.陀思妥耶夫斯基、A.契诃夫等这样一些标志着 19 世纪俄罗斯文学发展方向的文学语言大师。

如果说 18 世纪俄罗斯文学是古典主义和感伤主义得到充分的、富有成效发展的世纪,那么 19 世纪俄罗斯文学就是浪漫主义和现实主义得到急剧发展和繁荣的世纪,是俄罗斯文学的黄金时代。

19 世纪俄罗斯的作家、诗人、剧作家开始积极的文学创作探索,旨在创造一种在内容和形式上都具有俄罗斯民族特征的、符合俄罗斯社会艺术发展要求的文学。浪漫主义和现实主义在 19 世纪成为两个主要的文学流派。无论浪漫主义还是现实主义作家都创作出一大批在思想题材、文学体裁、人物形象和艺术手法等方面都独具一格的俄罗斯文学精品。

19 世纪 80—90 年代,是俄罗斯文学和生活思想转折的时期,人们对社会变革的希望结果转变成了沙皇亚历山大二世被刺后的十年黑暗时期。文学开始新的探索,许多作家把自己的注意力集中到时代的道德伦理问题和真正的审美问题上。19世纪末,俄罗斯社会各界的有识之士已经意识到俄罗斯社会需要有一场根本的变革。19世纪末,俄罗斯文化走向多元发展时期,俄罗斯文学也反映出时代和社会的这种变化和要求。

19世纪俄罗斯文学是"问题文学",因为19世纪俄罗斯文学提出的一些社会的、哲学的、道德的、伦理的问题引起了俄罗斯乃至世界读者的兴趣和思考,具有永恒的价值和意义。

19世纪俄罗斯文学具备了俄罗斯民族文学独具一格的特征,成为一种强势文学,获得了世界性的声誉。

(一)19世纪俄罗斯诗歌

第一节 19世纪俄罗斯诗歌发展概述

进入19世纪,俄罗斯文学在继承18世纪传统的同时,也在竭力探索新路。Г.杰尔查文与М.赫拉斯科夫等18世纪俄罗斯文学的主将仍在从事创作,但已明显成为明日黄花。文学中新生力量、新锐潮流出现了。在当时,文坛就俄罗斯文学语言的发展道路问题展开了热烈的争论。以А.希什科夫为首的古文派与以Н.卡拉姆辛为首的俄语改革派之间交锋激烈。古文派指责卡拉姆辛改革派热衷于充满"法国歪风"的"世俗文字",坚持认为,俄语必须同教会斯拉夫语保持一致。这两派之争在以В.茹科夫斯基领导的文学团体"阿尔扎玛斯社"(1815—1818)出现后更为激烈。这个组织向古文派及其堡垒"俄罗斯语文爱好者座谈会"发起了猛攻,卡拉姆辛与他的追随者们在这场论争中优势渐强。

世纪之初,感伤主义仍是文坛上一个具有影响力的流派。早在18世纪末,卡拉姆辛就在创作中注重对人的个性的开掘,在其之后的诗人、剧作家和小说作家继续推进着这一追求。这个时候,一些模仿卡拉姆辛风格的感伤主义小说致力于描写日常生活中的平凡小人,关注他们的内心感受——这些都对文学的发展起着积极的作用。拉吉舍夫的传统在文学中并未完全消失。流放归来的拉吉舍夫,他的诗作得以在进步人士中流传。诗人重视民间创作,拉吉舍夫本人连同他抒情诗中的主人公都关心着祖国、人民的命运——这些都在19世纪诗人那里得到了继承和发扬。在一定程度上,19世纪头25年内存在的文学、科学与艺术爱好者自由协会的会员们是拉吉舍夫传统的继承者。该协会是连结拉吉舍夫与十二月党人的一个独特的桥梁。

19世纪初俄罗斯文学的总体特征是古典主义形式与感伤主义、浪漫主义情绪相结合。古典主义已退居次要地位,各种新的文学流派的命运却不尽相同。感伤主义未能持续很久,随新世纪应运而生的新的文学流派——浪漫主义在俄国得以广泛传播。俄国浪漫主义运动一方面反映了1812年卫国战争胜利引发的民族意识的高涨与十二月党人运动所代表的争取个性解放和公民自由的社会要求;另一方面又是西欧浪漫主义文学思潮影响的产物。它的早期代表人物是 B.茹科夫斯基(1783—1852)和 K.巴丘什科夫(1787—1855)。他们在政治上比较保守,主张"开明专制主义",对社会现实有所不满,但又看不到出路。德国唯心主义哲学的神秘主义与西欧个人浪漫主义在他们身上起着双重的影响,于是,不时流露出悲观遁世情绪。茹科夫斯基被誉为"文学界哥伦布"(别林斯基语),他以翻译并模仿德、英诗人诗作的实践,将浪漫主义因素带进了俄罗斯诗歌,成为俄国第一位浪漫主义大诗人,俄国浪漫主义文学的奠基者。在19世纪初的20年,继杰尔查文之后,茹科夫斯基成为诗界泰斗。自取材于民间诗歌的故事诗《斯薇特兰娜》(1813)发表后,他的诗歌作品风靡一时,文坛上曾出现一批追随者。在俄国抒情诗的发展中,茹科夫斯基的诗作是一大飞跃。他跳出了古典主义在描写人物感情时流于抽象和一般的窠臼,重视个性,着力描写活生生的尘世之人,对人的感情描写得具体、细腻,以求唤醒人身上的人性。1820年前后,在俄国,浪漫主义已成气候,尽管此时浪漫主义已分化成为两派。在俄罗斯文学史上,别林斯基最早将浪漫主义划分出两种倾向。以茹科夫斯基为核心的一派属"中古精神的"浪漫主义,他们歌咏中古精神,追怀往事。进入20年代,茹科夫斯基由于自身的局限,渐渐落后于文学运动,此后的作品倾向于逃避现实,沉浸在狭窄的个人思绪和感情之中,抽象、虚幻,神秘色彩渐浓。П.维亚泽姆斯基与普希金都对此有所批评。尽管如此,茹科夫斯基的浪漫主义诗歌为后辈诗人提供了宝贵的经验,他本人还对普希金的成长有着直接的影响——"没有茹科夫斯基,我们就不会有普希金"这一源自别林斯基的著名说法并非夸大之誉。巴丘什科夫是茹科夫斯基的挚友,但他们所追求的诗歌意境却截然相反。巴丘什科夫追求准确、鲜明的画面,他的诗歌充满欢快的生活气氛与热爱自由的精神。茹科夫斯基与巴丘什科夫都被视作普希金的前驱——前者"为俄罗斯诗歌提供了内容"、"为诗歌注入活的灵魂",后者则"为它创造了形式"、"赋予它理想形式的美"。以青年普希金和日后的十二月党人为代表的一派则属"新的"浪漫主义,他们更接近西欧以拜伦,雪莱为代表的浪漫主义的反抗、叛逆的精神。关于这一派,又有"积极浪漫主义"、"革命浪漫主义"、"进步的浪漫主义"这样几种称谓。这一派形成于十二月党人起义前的年代。他们承续了18世纪的启蒙主义思想和拉吉舍夫的革命传统,"特别看重文学的社会作用和诗人的公民职责,以创作富于革命激情和爱国民主思想的政治抒情诗把文学引上为人民解放事业服务的道路。他们提倡和追求文学的民族独创性,注意从民间文学吸取营养,常借历史人物和民间传奇抒发公民激情,讴歌反专制、争自由的理想。"①

在俄国民族文学与文化的发展进程中,伟大诗人 A. 普希金(1799—1837)的作用无人能够替代。19 世纪前半期,俄罗斯文学在短短的时间里走完了西欧文学用了几个世纪才走完的路,这一事实在很大程度上与普希金的文学活动有关。普希金最初是以抒情诗人的身份步入文坛的。他用令人耳目一新的优美诗篇歌颂生活,细腻地描写人的各种感情及其微妙的变化。爱情、友谊、亲情、无忧无虑的欢乐和生与死的畅想,是普希金许多抒情诗的主题。同时,诗人还强烈地感受到 1812 年俄国军队胜利的欢欣,讴歌对祖国和对人民的爱、歌颂热爱自由的主题,很早就出现在他的创作中。普希金是十二月党人的朋友,无疑受到了秘密团体思想的影响,而他的一些歌颂自由、嘲讽沙皇及宠臣的诗作,像《自由颂》、《乡村》、《致恰阿达耶夫》等在十二月党人之间传诵着,故普希金享有"十二月党人运动的歌手"之称。普希金抒情诗内容之广泛在俄罗斯诗歌史上尚无先例,无论是在形式上,还是在内容上,普希金都为抒情诗完成了一次巨大的革新,具体而言就是,诗人在并不摈弃传统的基础上,彻底打破了在他之前俄罗斯诗歌各种体裁界限的严格规定,使得抒情诗获得了无限广阔的发展天地。普希金一生创作了十四部叙事长诗,其中最著名的是《鲁斯兰和柳德米拉》(1820)、《高加索俘虏》(1820—1821)、《茨冈》(1824)、《波尔塔瓦》(1824)、《青铜骑士》(1833)等。《鲁斯兰和柳德米拉》是诗人的第一部长诗,一部俄罗斯民族性特色浓郁的作品。它取材于俄国历史,又借鉴了茹科夫斯基的故事诗《十二个睡美人》,在吸收民间诗歌创作手法的基础上,突破了古典主义的框框,将严肃的内容与戏谑、喜剧的成分熔于一炉,从而营造出一片童话故事的意境。以当代生活为题材的浪漫主义长诗《高加索俘虏》和《茨冈》都以贵族青年为主人公,讲述的"文明人"与"自然之女"的爱情故事是在与现实社会生活迥异的环境中展开的。《高加索俘虏》不同于《鲁斯兰和柳德米拉》的意义在于,透过它所展现的高加索自然风光和山民生活习俗,作者意在体现追求自由的精神,当然,长诗的尾声流露出的大俄罗斯主义情绪是不可取的。《高加索俘虏》是在拜伦的影响下写成的,《茨冈》则摆脱了拜伦主义的影响,是一部成熟之作。它的新意在于,作者没有将同情心放到主人公"文明人"身上,并对"回到自然"去的口号在思考之后提出了自己的看法,即这是一种不切实际的幻想。充满着当代精神

---

① 刘宁主编:《俄国文学批评史》,上海译文出版社,1999 年,第 46 页。

的历史长诗《波尔塔瓦》是普希金以新的追求来写史诗的尝试。普希金将"俄国历史上最伟大的时代"中"最伟大的事件"作为这首诗的主题。诗人认为,彼得一世以波尔塔瓦的胜利为新政奠定了稳固的基础,这正是他的历史业绩之所在。在形式上,普希金将诗的三种类型,即抒情诗、史诗和戏剧揉合了起来,因此,全诗结构特殊——爱情故事和重大历史事件融于一体,在社会意义上和道德水准上迥然不同的人物汇合于一处,但作品个别之处用力过猛——对彼得大帝的歌颂流露出说教的意向。《青铜骑士》是普希金30年代的重要作品之一。长诗的体裁新颖——它是抒情的颂诗(彼得形象)和现实主义的叙事体小说(叶甫盖尼的形象)的结合。青铜骑士的形象既威严不朽,又残酷可怕。它是历史上的彼得一世与现实中的专制君王的双重象征,作者通过它赞颂彼得的历史功绩,也对其所采取的残酷手段做了隐喻式的揭示。长诗反映的另一重要的思想内容是:通过来自彼得堡下层的叶甫盖尼这一"小人物"形象意在阐明,叶甫盖尼的痛苦与毁灭是由于他不理解俄国发展的历史规律,固守个人的或狭隘的集团观念而造成的。整个国家在一定阶段内的进步,必然会伴随着像叶甫盖尼这样的无数人的牺牲。凭借这部长诗,普希金第一次把城市下层人民的生活画面和悲惨命运带进俄罗斯诗歌,他所塑造的叶甫盖尼与稍前两年《别尔金小说集》之一——《驿站长》里的维林、稍后果戈理以彼得堡底层民众痛苦生活为背景的《彼得堡故事集》中的形象一起,成为俄罗斯文学中的第一批"小人物",这一开拓加强了30年代俄罗斯文学中的现实主义因素,为40年代"自然派"的出现开辟了道路。

十二月党人运动在俄国社会和文学生活中起过巨大的作用。十二月党人准备起义的十年成为俄国积极浪漫主义文学最为活跃的时期。在俄罗斯文学发展史上,十二月党人作家群开创了把解放斗争与文学活动紧密结合的优良传统,而这些人中诗人居多,杰出的像:Ф. 格林卡、П. 卡捷宁、B. 拉耶夫斯基、К. 雷列耶夫、A. 别斯图舍夫、B. 丘赫尔别凯、A. 奥陀耶夫斯基等——他们既是参加起义的贵族革命家,又是充满爱国热情和自由思想的诗人。在他们看来,诗歌是最重要的社会事业,为公民服务、追求政治自由、同专制政体与农奴制度进行不懈的斗争是十二月党人诗歌的主旋律。他们的诗一反当时风行的感伤情调和宗教气息,带有论战精神,在某种程度上,成为当时宣传十二月党人革命纲领的有力武器。"他们所创造的公民诗人和战士诗人的形象,与吟风弄月和多愁善感的诗人形成鲜明的对照。他们歌颂公民的英勇、热情和刚毅,并以自己的创作做出公民诗的光辉榜样。"①在十二月党人的诗歌中,尤其在拉耶夫斯基、

---

① 见《十二月党人诗选·译者序》(魏荒弩译),上海译文出版社,1985年。

雷列耶夫、奥陀耶夫斯基、别斯图舍夫的创作中,历史题材占有突出的地位。一方面,他们乐于歌颂祖国光荣的过去与历史上的英雄豪杰,借此名正言顺地表达自己的思想;另一方面,善于从别的民族,特别是古希腊罗马的活动家的史迹中提取素材,赞颂他们的公民美德。这几位诗人不仅运用历史题材,而且将历史题材现代化,目的是以历史人物来激发同时代人为自由而进行斗争的意识与斗志。十二月党人诗歌中有一些是运用圣经题材创作而成的,其中以格林卡最为突出,他根据赞美诗写就的《被俘犹太人的哭声》(1822)和《圣诗习作》(1826)堪称佳篇,作品中以譬喻的手法论及十二月党人的悲惨命运及其对他们的残酷镇压。格林卡取材于圣经的诗歌还涉及到"诗人是先知"的主题,他的《先知》等诗篇对以后普希金有着明显的影响。十二月党人诗人是俄罗斯文学中一个独立的派别。他们的诗作往往采用古典主义的形式,而内容却大大超越了古典主义的框架。就整体而言,十二月党人诗歌创作的方法还是属于浪漫主义的范畴。在创作上,十二月党人诗人的主观性较强,在他们看来,艺术的实质就是表现诗人的主观世界。尽管他们没有把个人和社会对立起来,努力倡导为祖国服务的公民意识和为理想献身的精神境界,但是难免过高地评价了英雄在社会斗争中的个人作用。由于恪守着浪漫主义主观性的原则,十二月党人诗人不注重刻画人物的社会特性与个性,经常把人物当成自己思想的代言人,因此,人物性格趋于概念化、一般化。十二月党人诗人和普希金共同把俄罗斯诗歌从贵族沙龙引领出来,使之走向广大的民众阶层。

俄罗斯诗歌自世纪初起逐步走向繁荣。除上述诗人外,在普希金之前就有名气的有 Д. 达维多夫(1784—1839)、K. 巴丘什科夫(1787—1855)等。普希金是20年代公认的新文学运动的领袖,他对同时代人的影响巨大。与普希金同时代的众多诗人被称为"普希金一代诗人",像 П. 维亚泽姆斯基(1792—1878)、И. 巴拉丁斯基(1800—1844)、A. 杰尔维格(1798—1831)、H. 雅济科夫(1803—1846)、Д. 韦涅维季诺夫(1805—1827)等。他们的创作虽局限于较窄的天地但各具特色,各自从不同角度与普希金有着某种共性,从而与之共同构成了俄罗斯诗歌的繁荣与兴盛,显然,19世纪前25年成为俄罗斯诗歌的鼎盛期,诗歌(包括抒情诗、长诗、故事诗、哀歌、讽刺诗等)雄踞着绝对霸主的位置。

M. 莱蒙托夫(1814—1841)是继普希金之后另一位俄罗斯伟大的民族诗人。他的创作主干是诗歌,抒情诗又是重中之重。与普希金相比,莱蒙托夫的全部450首抒情诗带有更强的自传性。诗中频频出现的抒情主人公与诗人本人时而酷似、时而接近,他的性格、气质和命运几乎存在于莱蒙托夫的所有长诗、小说和剧本中。由此,诗人的整个文学创作呈现出一种罕见的整体感。他的抒情诗中,有对国家、人民前途的担忧与预言;也有对自由的向往与对专制制度的鞭挞,有对迎接风暴的内心渴求;还有对自我追求的憧憬与怀疑,甚至失望、孤独……《人生的酒盏》(1831)、《帆》(1832)、《囚徒》(1837)和《沉思》(1838)等都是具有代表性的佳篇。莱蒙托夫把祖国主题[《祖国》(1841)、《别了,藏垢纳污的俄罗斯……》(1841)]从内容到诗艺提升至一个新的高度。他认为俄罗斯的伟大不在于百姓的温顺和对东正教的虔诚,而在于美丽的大自然和勤劳的人民——他热爱的正是这个意义上的祖国。莱蒙托夫一生尝试过多种体裁和风格的长诗,共留下 27 部(含未完成的),但生前只发表过三部。在从模仿走向借鉴再走向独创的过程中,普希金和拜伦的影响比较突出——这在早期长诗中表现得更加明显。早期长诗的最大特点是往往把同一题材的抒情诗扩展成既有主观抒情又有客观叙述的叙事诗。成熟时期的长诗塑造了比以前反叛黑暗现实的个性更突出的主人公,主人公们所受的苦难与他们的内心矛盾都得到了深化。长诗《童僧》(1839)和《恶魔》(1841)是俄国浪漫主义发展的两座新高峰的标志性作品。尤其是,抒情性哲理长诗《恶魔》是莱蒙托夫一生对社会与人生哲理思考的艺术总结,是其诗歌创作的最高成就。长诗的主旨不是侧重于歌颂恶魔的反叛精神,而是指出了恶魔叛逆性格中的致命弱点——利己主义和个人主义,强调要批判地看待这个"善的恶魔"身上的这种反叛。另一方面,从莱蒙托夫的《童僧》和《恶魔》、Н. 奥加辽夫的诗歌可以看出,十二月党人的自由追求在人们的心中留有不可磨灭的印记,但尼古拉一世统治下的俄国现实令世人感到前途暗淡,莱蒙托夫最后的长诗鲜明地表达了这种社会情绪。尤其是 1825 年后,普希金的《致西伯利亚》(1827)、《阿利昂》(1827),莱蒙托夫的《帆》(1832)、《诗人之死》(1837),奥陀耶夫斯基的《答普希金》(1827)等深刻地表现了俄国进步社会力量的希望。

30 至 40 年代,小说取代了诗歌,占据了文坛的主导地位。尽管如此,但诗歌并不萧条。普希金、莱蒙托夫与十二月党诗人仍然保有革命浪漫主义的传统,继续讴歌自由。Д. 韦涅维季诺夫、Е. 巴拉丁斯基、Ф. 丘特切夫等诗人在 1825 年压抑的社会氛围下,转而进行哲学探索,将写作兴趣放在了带有唯心主义色彩的哲理性诗歌上,用诗歌阐述自己的哲学信念。В. 别涅季克托夫的以《诗集》(1835)为代表的诗歌曾流行一时,它所遵循的是消极浪漫主义的规范,内容空泛,夸大感情,追求效果,受到别林斯基的批评。民间诗人 А. 柯尔卓夫(1809—1842)在 30 至 40 年代俄罗斯文学中占有独特的一席。他的诗歌既酷似民歌,又新颖别致。其诗歌语言朴实、简练,对韵律的运用比较自由,故其诗便于吟诵,有许多已成为可唱的歌曲。善于真实地描写大自然是他诗歌的一个特点,但他对俄罗斯诗歌的贡献更在于,将劳动农民的形象带到诗歌之中,表现出农民对土地、对庄稼的深厚感情。柯尔卓夫的诗歌影响过 40 年代以后的诗人 Н. 涅克拉索夫、И. 苏里科夫等以

及苏联诗人 С. 叶赛宁、М. 伊萨科夫斯基等。在 30 年代的诗人中,平民知识分子 А. 波列扎耶夫(1804—1838)继承了普希金与十二月党人的公民诗歌的传统,他的创作受到革命民主主义批评家的肯定。

40 年代的诗人都在不同程度上受到普希金和莱蒙托夫的影响。然而,普希金时代的诗人们,像茹科夫斯基、维亚泽姆斯基、巴拉丁斯基、雅济科夫等虽仍有作品发表,但他们对诗歌运动已经失去了"话语权"。一批在诗坛崭露头角的新人——Н. 奥加辽夫、А. 普列谢耶夫、И. 屠格涅夫、А. 费特、А. 迈科夫等代表了 40 年代诗歌发展的走向。在莱蒙托夫去世后,几乎整个 40 年代,诗坛比较沉寂,只有 Н. 奥加辽夫(1813—1877)继承了普希金与莱蒙托夫的传统,以其诗歌反映 40 年代人的情怀,将诗歌向现实主义推进。奥加辽夫的早期抒情诗重点在于表现因感到生活空虚、前途暗淡、年华虚度而生的伤感情绪,从 40 年代开始,其诗歌中的现实主义因素和民主主义思想逐渐突出,一些描写农民悲惨生活的诗作受到别林斯基的好评。同时诗中对社会的抗议声音也日渐强烈。1856 年后,奥加辽夫移居国外,其以《纪念雷列耶夫》为代表的诗歌公开颂扬十二月党人,从而表达对革命的信念。奥加辽夫的抒情诗将抒情与社会问题结合起来,反映了俄国社会发展中的一个重要时期。

诗歌发展到 40 年代已形成两大派别:民主主义派、纯艺术派。前者思想比较进步,继承了普希金和莱蒙托夫忧国忧民的传统,能够直面社会现实、关心社会的迫切问题,为首的诗人是涅克拉索夫。这一派诗人像涅克拉索夫一样,鲜明地反对"纯艺术"论,在诗歌中尖锐地提出社会问题,反对阶级对立,如 И. 尼基钦、Д. 米纳耶夫等人的诗作。他们还创作了大量呼唤革命风暴到来的诗篇,有些当时不能发表,就以手抄本形式广为流传;后者仍然坚持传统的浪漫主义主题,以诗来对爱情、大自然等进行哲理思考,注重刻画人物的内心世界,代表诗人有 Я. 波隆斯基、А. 费特、А. 迈科夫、Н. 谢尔宾纳、А. 托尔斯泰等。民主派诗人在主题的民主化方面有了新的突破,同时也很关注欧洲进步诗人的作品——В. 库罗奇金翻译的法国诗人贝朗瑞的革命诗歌,М. 米哈伊洛夫翻译的海涅的政治讽刺诗,在当时都产生了很大的社会影响。纯艺术派诗人们在世界观、与生活的联系程度等方面各不相同,但都否定革命民主主义的世界观和美学观,对人与艺术的看法基本一致。他们把现实和艺术对立起来,不赞同艺术反映苦难的现实,而关注的是人的内心世界,思考更多的是人与自然的关系、艺术的使命等问题,诗歌题材基本限于描写大自然、爱情和艺术,但诗艺精湛,特别是描写心灵世界的诗意手法丰富了俄罗斯文学;有的作品也走出了"纯艺术"的小天地,带有现实主义的气息。

40 年代下半期,Н. 涅克拉索夫(1821—1878)以革命民主主义诗人的姿态登上文坛。他在吸收十二月党人诗歌传统的基础上,将自己的诗歌作为投入社会斗争的武器。与此同时,涅克拉索夫借鉴"自然派"暴露社会黑暗、同情底层小人物的人道主义关怀的创作原则。其有关农民、城市题材的诗,还有讽刺诗将立足点牢牢地置于社会现实生活中,而少有抽象的哲理与浪漫主义情调,因此他开了诗歌之新风,成为50至70年代现实主义诗歌繁荣的前奏。在当时,涅克拉索夫的诗集一版再版,颇受青年读者的欢迎。

50至60年代是涅克拉索夫创作的丰产期,而整个60年代又是涅克拉索夫创作上革命民主主义思想表现得最突出、最集中的时期,重要的作品有:《大门前的沉思》(1858)、《孩子们的哭声》(1860)、《伏尔加河上》(1860)、《铁路》(1864)和《母亲》(1868)等,以及长诗《严寒,通红的鼻子》(1862—1863)。这些诗作以深刻的了解与同情展现了人民的生活、劳动和遭受苦难的场面。名篇《大门前的沉思》曾在国内遭到审查机关的查禁,1860年才在赫尔岑于国外出版的《钟声》上发表,该诗向人民提出一个问题:"你是否充满了力量,还会觉醒?"这首成熟之作反映出诗人一生创作中的三个方面——现实主义的描写,对敌人、对剥削阶级的尖锐讽刺,直接向人民发出革命的号召。在他的影响下,涌现出一批优秀的平民知识分子诗人,像 И. 尼基钦、М. 米哈伊洛夫、В. 库罗奇金和 Н. 库罗奇金兄弟、Д. 米纳耶夫等。在涅克拉索夫的麾下,他们的创作深入人民的生活,用诗歌与旧制度进行着勇敢的斗争。

50至60年代,还有三位著名的贵族诗人,即丘特切夫、费特和迈科夫。他们以各自独特的创作丰富了俄国诗坛。Ф. 丘特切夫(1803—1873)的诗歌喜用象征的手法,力求艺术地表现浪漫精神,因此被后世奉为俄国象征派的鼻祖。不仅如此,他的许多抒情诗深蕴哲理,达至真、善、美统一的境界,对俄苏诗歌的发展有着一定的影响力。费特、迈科夫被认为是"纯艺术"派、"唯美派"诗人。В. 鲍特金、П. 安年科夫、Д. 格里戈利耶夫等唯心主义理论家集中地表述了他们的美学理想。抒情诗人费特(1820—1892)是"纯艺术"论最坚定的拥护者。在绘画中印象派的启迪下,他采用大量的实体世界的生动细节,将听觉、视觉和嗅觉等感受融于一体,细腻地刻画出心灵的活动。费特诗歌的音乐性很强,柴科夫斯基称其为"音乐家式的诗人",并多次为他的诗谱曲。作为贵族诗人,迈科夫的创作大多取材于古希腊、罗马和古代罗斯。他将古代国家制度当作自己的理想,描写并歌颂古希腊、罗马的大自然和艺术的美。在高涨的社会运动和强大的现实主义文学的大背景下,迈科夫也写出了充满生活气息的诗作,像《夏日的雨》(1856)、《林中》(1870)等。费特和迈科夫虽然是"纯艺术"的倡导者,但时常走出这个圈子,在描写大自然、表达内心世界、诗歌形式等方面都有所开拓。

70年代,进步诗歌最大的代表仍是涅克拉索夫。涅克拉索夫不止一次地颂扬过为人民为自由而斗争的人们的业绩,历史题材的长诗《祖父》(1870)、《俄罗斯妇女》(1871—1872)就是其中的典范。两部作品塑造了十二月党人和他们妻子的崇高形象,讴歌他们坚定不移的信念与自我牺牲的精神,以此来激励同时代人。这一时期的另一部长诗《谁在俄罗斯能过好日子》(1863—1877年写成,1866—1881年发表)标志着涅克拉索夫创作的高峰。它是献给俄国人民的,被视作60和70年代俄国人民生活的真正的百科全书。长诗把农民放在作品的中心位置,塑造了不再逆来顺受的农民典型,从而打破了俄罗斯诗歌的旧传统,同时还表现出70年代俄罗斯文学的全面民主化。长诗由四部分组成,每部分既可独立成篇,之间又有情节上的联系。长诗的名称、结构与其童话式的开端,都和民间口头文学联系紧密,在语言上,诗人舍弃了"典雅"的诗歌语言,将被当时的贵族文学家所鄙视的农民的俚语土话引入诗歌,使得这部长诗既脱胎于民歌又与时代的新思想相适合,在形式上独树一帜。涅克拉索夫被公认为诗歌一大流派的宗师。他的创作不仅对苏联诗人马雅可夫斯基、杰米扬·别德内依、伊萨科夫斯基、特瓦尔多夫斯基有过影响,而且也对苏联各民族——乌克兰、白俄罗斯、高加索、波罗的海沿岸各民族的文学影响甚大。

19世纪60年代与其后的二三十年里,诗坛上仍以两大派为主,即以涅克拉索夫为核心的革命民主主义派与纯艺术论的奉行者。属于前者的诗人有:尼基钦、H.杜勃罗留波夫、库罗奇金、米纳耶夫和Л.特列弗立夫等,属于后者的有:A.阿普赫金、K.斯鲁切夫斯基、K.福法诺夫和И.布宁等。涅克拉索夫派诗人一贯坚持现实主义的美学原则和民主主义的思想,尼基钦是成就最突出的代表。70年代革命民粹派诗人和涅克拉索夫诗派一脉相承,他们的诗歌面向大众,号召知识分子行动起来为解放人民忘我奋斗,莫罗佐夫、西涅古布、沃尔霍夫斯基、克列缅茨与菲格纳等均为这一派的代表人物。80年代著名诗人C.纳德松(1862—1887)在诗歌中延续着莱蒙托夫和涅克拉索夫的传统,他的抒情主人公是为人民的幸福而受苦的人。他的作品虽流露出惆怅思绪,但仍饱有振作感奋、英勇果敢的激情,对幸福未来既有怀疑又有信心。纳德松的诗歌被认为反映了"一代人的心声"。80年代,已不属于涅克拉索夫派的诗人有阿普赫金、斯鲁切夫斯基、福法诺夫与布宁。

俄国第一位诺贝尔文学奖获得者И.布宁(1870—1953)是以抒情诗人的面貌初登文坛的。布宁写诗、写小说是与出版诗和小说齐头并进的。从1887年发表的第一首诗《乡村的乞者》到1952年的最后一首诗《冰封雪冻的夜》,在他心目中,诗歌创作始终占据着一个重要的地位。如同当年的屠格涅夫一样,布宁小说作品的风格在许多方面借助的是诗歌创作的经验,因而他经常把诗歌和小说收入同一个集子发表,这似乎在强调两者之间的内在联系。在世纪之交的俄国诗坛上,布宁在一片"反传统"的呼声中维护并继承着俄罗斯古典文学的优秀传统,延续着普希金、莱蒙托夫、丘特切夫、波隆斯基、纳德松等的血脉,在此基础上还有所推陈出新,极大地发挥了传统诗歌的创作潜力。他的诗风更清新、细腻、朴实、大胆,而且更接近生活;虽在格调、用韵方面十分讲究,但又显得自由,带有现实主义的精神。从1889年起,布宁连续出版了几本诗集:《在开阔的天空下》、《野花集》和《落叶集》,获普希金奖。他的诗,也和他的小说一样独具一格。布宁诗歌的基本主题可以概括为:第一,揭露俄罗斯的黑暗、落后、贫穷和野蛮,展示俄罗斯的乡村风光和淳朴、善良却愁苦的农民。第二,向往高尚的精神生活,但不满足于此,进而探寻何谓幸福、想去理解俄罗斯人民和他个人的不幸的原因、思考俄罗斯人民的命运走向及这个民族是否有权利生存下去等问题。第三,爱是人生的一个永恒之谜,它的力量强大,既同死亡有联系、又同其相抗衡;对布宁而言,爱与其说是善的力量,更多的时候是恶与阴森的力量;与其说是建设性的,不如说是破坏性的。随着年龄的增长,布宁越来越敏锐地体验到情欲的主宰力,越来越多地并更多样性地描写着爱——爱中的甜蜜、痛苦、肮脏、洁净,还有其最崇高的境界,最鄙陋的一面。

布宁特别擅长充满激情地描绘大自然及其蕴涵其中的永无休止的变化、深藏于内的过渡状态,还具有重现外省城市与乡村庄园日常生活的美好特征的本领。在题材上诗人沿着"自然写景—哲理抒怀—两者融合一体"的线路,在技巧上经过"白描—明喻—隐喻"的演进,在20世纪头十年,独特的布宁风格最终形成。在他那里,崇高风格是与所见的具体、简单、天然或者描写日常生活的细节相互毗邻的。布宁极不赞同"主义"、"派"的言论与活动,不接受现代派的唯美主义,所遵循的还是现实主义的创作原则,力求在新的阶段上延续现实主义经典在关注社会重大问题和现实的客观反映方面的传统。但作为一位真正的艺术家,他也注意并借鉴了现代派诗人(特别是象征派诗人)的艺术技巧,比如矛盾修饰、以抽象词语来比拟具体事物等。与许多其他作家不同的是,革命与侨居异乡没有以断然的界限把布宁的创作割裂成两部分。在他66年的创作生涯中基本方向与主题始终保持着不变。在远离俄罗斯的地方,布宁几乎只写俄罗斯,只写对他来说那么可爱又熟悉的革命前外省和首都的日常生活,写自己同时代人的追求、体验与激情。布宁始终认为,对当代世界的接受过程不是别的什么,而是对逝去的和永不再来的东西的了解过程。因此,他的抒情诗与长诗总是透出一种无法排遣的伤逝情绪——怀念失去的贵族老巢、怀念远逝的童年、青春、爱情……由于忠实于古典文学的传统,布宁在诗歌创作中得以摆脱掉了世纪之交的偏激、浮躁等流行病,但是与此同时也缺失了某种生气勃勃的东西。

19世纪90年代,来自法兰西的象征主义为俄罗斯诗歌开启了新的纪元。俄国象征诗派自形成到此后的二十余年,很快成为文坛上独领风骚、影响力颇大的一个现代主义文学流派。这一诗派的理论家们,像 H. 明斯基、Д. 梅烈日科夫斯基、A. 沃伦斯基、B. 索洛维约夫和 B. 勃留索夫等在致力于推介西欧象征主义文学理论的同时,也大量阐发自己的见解与主张,努力建构着俄国象征主义的理论体系;以巴尔蒙特、勃留索夫、勃洛克和别雷为代表的一批诗人则在诗歌创作中进行着象征主义的实践。象征诗派不仅在当时就是俄罗斯文学的重要组成部分,而且至今仍在俄罗斯享有持久的声誉。

19世纪下半期,新的资本主义形态给人民生活带来了种种变化,与此同时民间文学也随之大为改观。一些民间文学的体裁是作为古老时代的品种保留了下来,另一些作品则经改头换面,以反映新生活的诸种现象和情绪的姿态纷纷亮相。民谣曾风靡一时,尤在青年人中最为流行,在19世纪下半期的民间文学中占有醒目的位置。流行民谣的主题涉及两大方面,即反映形形色色的"日常生活"现象,特别是家庭关系和爱情;直接或间接地反映人民大众的共同处境。民谣发展到20世纪初,公开而广泛的社会政治主题成为新的特色。民歌中的送葬歌、送兵歌、婚礼歌以独特的形式将社会题材与个人题材交织在一起。著名人民哀歌女诗人 И. 费多索娃(1831—1899)的创作代表了19世纪下半期哭诉哀歌题材的最高成就。她既直接描写农民的凄惨生活,又抗议统治者的暴行。伴随着资本主义在俄国的不断发展,作为无产阶级文学的组成部分之一的工人阶级的口头文学也给诗坛带来阵阵新风——工人小唱、流行曲调、民间故事等形式陆续出现,工人口头文学还同农民口头文学传统嫁接起来,相辅相成地走向新世纪。

第二节 亚·谢·普希金
(1799—1837)

亚·谢·普希金,俄罗斯民族诗人、小说家和戏剧家,文艺评论家,传记作者和文学家—历史学家。普希金是俄罗斯近代文学的主要奠基人。作为俄罗斯文学中继往开来的人物,普希金广纳百川,以理性的心态继承了俄国古典主义、感伤主义和消极浪漫主义等文学思潮,同时,大胆地汲取了上自古希腊罗马下至同时代优秀外国文学与文化的养料,创作出一系列奠定俄罗斯民族文学基础的垂范之作,成为一位在诗歌、小说、戏剧等方面的开拓者,因此他也成为第一个跻身于世界文学大师行列的俄国作家。普希金是"一切开端的开端"(高尔基语),他创造了俄罗斯文学史上诸个"第一",进而,当之无愧地成为俄罗斯精神文化的象征。

生平创作道路

亚历山大·谢尔盖耶维奇·普希金（Александр Сергеевич Пушкин,1799年6月6日出生,1837年2月10日去世)出生于莫斯科。这个家族是一个颇负盛名的贵族世家。诗人的童年主要在莫斯科和莫斯科近郊扎哈罗沃村度过。自幼接受的是三种并行的教育,即外国人充当教师的家庭教育、以外祖母和奶娘为主的民间语言和民间文学的教育、以伯父和父母为主的诗歌鉴赏与创作教育,它们对普希金日后的创作有着不可低估的影响。父母都是痴迷的文学爱好者,家庭沙龙中的常客有著名作家卡拉姆辛、诗人德米特里耶夫、巴丘什科夫等。普希金自幼便熟练地掌握了法语,知晓许多俄罗斯民间故事,阅读了不少世界名著,同时尝试写作诗歌、寓言和小喜剧等。1811年10月至1817年6月,普希金就读于彼得堡郊外的皇村学校。诗歌创作是学子们热衷的事情——出版手抄杂志、展开诗歌竞赛,因此,涌现了一批"校园诗人":A.杰尔维格、B.丘赫尔别凯、H.科尔萨科夫、M.雅科夫列夫、A.伊利切夫斯基等,而普希金是他们之中的佼佼者。1817年6月至1820年5月,普希金在彼得堡外交部供职,被授予十等文官———一个闲职。其间,出入于上流社会的社交场合,在沉湎于"享受"之时,诗人的思想迅速成熟起来,"绿灯社"等团体出现在他的政治世界里。不过,尽管普希金与秘密组织的成员关系密切,却未参加任何秘密组织,但是,其艺术世界仍然十分丰富,文学团体、文学沙龙和剧院里经常活跃着他的身影。此间,正式加入文学团体"阿尔扎马斯社"和"俄罗斯语文爱好者同仁会"。1820年5月,因《自由颂》(1817)、《致恰阿达耶夫》(1818)、《乡村》(1819)等革命倾向明显的诗歌触怒了亚历山大一世,招致第一次政治流放,即南方流放。在直到1824年8月的四年多的时间里,足迹遍及赫尔松、尼古拉耶夫、敖德萨、基什尼奥夫、基辅等地,特别是高加索的群山和克里米亚的大海激发着诗人的才情与灵感。1824年8月,因一封亵渎上帝的信,被发配到母系的世袭领地米哈伊洛夫斯科耶村,开始了第二次流放,即北方流放时期。1826年9月,流放生活结束,重返阔别15年的莫斯科。1827年5月,他又回到离别七年的彼得堡,从此便往返于新、旧两都之间。1830年秋,普希金前往父系世袭领地鲍尔金诺村办理分产手续。当地因霍乱交通被阻断,在三个月的滞留期内,普希金完成了四部小悲剧、两首童话诗、一篇叙事诗、诗体长篇小说《叶甫盖尼·奥涅金》的三章、包含五个短篇的《别尔金小说集》、一个中篇小说、29首抒情诗、13篇评论、17封书信——这是诗人一生中创作的丰产期,在文学史上被称作"鲍尔金诺之秋"。1831年,与娜塔丽娅·冈察洛娃结婚,不久迁居彼得堡。沙皇为接近其妻任命诗人为宫廷侍从。生命的最后几年,政治上的失意、经济上的窘境以及有关妻子的传言令普希金十分痛苦。荷兰公使的义子、法国人丹特士与普希金娜的绯闻不断,诗人最终忍无可忍,提出决斗。1837年1月27日,在决斗中普希金中弹,两天后在彼得堡的滨河街12号寓所逝世。2月初,灵柩被安葬在普斯科夫省圣山镇修道院母亲的墓旁。

  普希金首先是个诗人,他是俄罗斯第一个民族诗人,被誉为"俄罗斯诗歌的太阳"。普希金一生创作了880首抒情诗。无论是阿纳克瑞翁体、哀歌体、书信体、商籁体(十四行诗)、斯坦司、浪漫曲颂歌、讽刺短诗,还是独创的诗体,普希金在俄国率先打破了风行欧洲两个世纪的古典主义表现形式,打破了俄罗斯文学一直恪守的"歌颂王权"、"推崇理智"的信条,将个人情感的表达带入了诗歌,尤其是抒情诗当中,进而,以自己在各个体裁领域的创作尝试,引领着俄罗斯文学的视野从古典主义式的宫廷和贵族生活投向广阔的俄罗斯的民族生活。在借鉴古典、民间和外来诗歌的基础上,普希金的抒情诗等作品在其生前就产生了雅俗共赏的巨大影响,也正是从他开始,文学在俄国逐步成为全民族的共同事业与财富。

  普希金抒情诗的创作经历了三个阶段:皇村学校时期,即学习和模仿阶段(1813—1817);从彼得堡到基什尼奥夫时期,即探索与过渡阶段(1817—1823);从敖德萨到三山村再到重返莫斯科和彼得堡时期,即成熟阶段(1824年以后)。早期诗篇被视作仿阿纳克瑞翁体的"轻诗歌",特点主要是:反教权主义、反禁欲主义、自然神论和无宗教信仰,即没有宗教主题,有的只是失掉了宗教意义的希腊众神形象。代表性的诗作像叙事诗《僧侣》(1813)、《饮酒作乐的学生》(1814)等。皇村时期之后直到20年代中期,是世界观发生变化以及最终定型的阶段,他始终在思考并尝试如何将皇村学校所受的启蒙思想和从小耳濡目染的宗教内容糅合并且运用到诗歌之中,特别是从20年代起,普希金就怎样将不易直接表达的思想巧妙地嫁接到宗教这一载体上进行了探索,像:《水仙女》(1819)、《第十诫》(1821)、《仿古兰经》(1824)等都是这方面努力的佳作。从20年代后期至决斗身亡前,普希金的诗歌从创作手法到内容都日臻成熟、完善。无论是宗教色彩较浓的诗篇,还是尘世意味更多的诗作,所要表现的已不仅限于诗人自己的真挚情感,而是他认识到的人类情感。这些感情炽烈、无私,超脱出世俗因素,净化升华至审美的境界,进而唤起人们内心深处优美神圣的人道精神,比较典型的像《三股泉水》(1827)、《旅人》(1835)和《我为自己建立了一座非人工的纪念碑》(1836)等。最后阶段,带有宿命意味的对生死的无奈在诗作中时有闪现,并且出现了与现世生活相对的彼世——这并非说明诗人有了放弃生命的欲念,对死亡的遥视透射出的是对生命的敬意。就整体而言,早期诗歌所传达出的基本是以找寻快乐为目的的人生态度,而晚期的作品流露的则是对生命必须有所企盼的执著。

从内容上看,普希金的抒情诗涉及人类情感的几大方面——爱情、友情、亲情……对生命的复杂感受、对美好事物的向往和追求均不同程度地体现在其中的描写与吟咏中。

在普希金的抒情诗中,爱情诗占据着四分之一还要多的比重。诗人的爱情诗创作与其爱情经历密切相关。在他钟情过的女子中,有些人地位不同寻常——诗人为她们写就的诗不仅数量多,而且多是珍品,譬如:"巴库尼娜组诗"(25首)、"沃隆佐娃组诗"(18首)、"利兹尼奇组诗"(11首)、"奥列尼娜组诗"(8首)、"尼古拉耶夫娜组诗"(6首),还有献给凯恩和未婚妻的诗篇等。在诗中,诗人对于女性的态度十分友好,女性是他纯美的精神追求与理想境界的替代品。普希金善于表现爱情生活中多种复杂而微妙的感受与心理:初恋的羞涩、热恋的亢奋、一见钟情的倾心、离别的思念;还有妒忌的煎熬、失恋的隐痛、无望的追求、回味的美妙;更有重逢的欣慰、死别的哀伤、默默的祝福、愧疚的惆怅……与早期相比,后期爱情诗的色欲成分有所减弱,更强调爱情是真诚心灵的结合,浸透着虔诚的宗教感情;女性是挚爱、善良、甜蜜的化身,她们在肉体上和精神上都是圣洁的。这250多首爱情诗固然与普希金的情爱历程有关,但绝不是他爱情生活的记录,而是从生活美升华为艺术美的高超创造,他重在反映诗人的个性,如《致凯恩》(1825),也重在营造美的意境,如《风暴》(1825)。应当注意,作者有意对一些诗或变动写作时间,或使用化名,或假托为译作,或删除某些词句,这就为后世的解读带来了难度,某些诗作至今都还在争论与破解之中。

普希金同样也相当看重并讴歌友情。友情中既包括相互间的体贴、理解,也包含彼此间善意、坦诚的批评。从普希金对象明确的献诗或非专门题献的诗作中,一些名字出现较多:П.维亚泽姆斯基、П.恰阿达耶夫、Д.杰尔维格、В.丘赫尔别凯、И.普欣、И.柯兹洛夫、П.奥西波娃,不一而足。其中比较著名的有三首《致恰阿达耶夫》(1818、1821、1824)和"皇村组诗"。在1814—1836年的22年间,直接涉及皇村主题的诗有十几首——诗人不厌其烦地描写着同窗情谊的难忘与皇村花园的美景。皇村于他是"永恒的时间",在"不到38年的自然年轮中,六年皇村学校的履历被诗人自己执著地拉长为无限。也就是说,在普希金的一生中,能与他对皇村学校的感情相媲美的唯有其对奶娘的挚爱,这两种爱在诗人丰富的情感世界中持续时间最长,而且日久弥坚,对父母的依恋、对女人的爱意都没有这般一往情深……"①

---

① 查晓燕:《皇村:时间回廊·精神故国》,刊于刘意青等主编的《经典作家作品研究》(欧美文学论丛),人民文学出版社,2002年,第405页。

普希金抒情诗中的"亲情"主题的对象主要是奶娘、外祖母和姐姐,而不是父母。诗人一生中最亲近的人是与他没有血缘关系的奶娘阿琳娜,她被诗人唤作"少年时代的良伴"、"唯一的伴侣"、"令人心醉的往日的亲人"。诗里诗外,奶娘都是善良、慈祥、体贴的母爱象征,这么一位普通女性还是位民间艺人——熟悉民间的各种传说,极善讲故事。在《令人心醉的往日的亲人》(1822)、《冬天的夜晚》(1825)、《给奶娘》(1826)等诗中,"奶娘情结"挥之不去,对外祖母的怀想也交织在其中,有时往往无法将她们截然分开。

普希金的抒情诗植根于俄国现实生活的土壤,其中"政治抒情诗"占有重要一席。它们生动地反映出俄国历史激变中的重大事件、民族情绪、人民的痛苦生活、异国人民的民族解放运动和其中的英雄人物。对自由必胜的信念、对暴政的不满、对祖国未来和人类理想境界的渴望始终是普希金抒写的重点。尤其当肉体陷入专制制度的禁锢之中时,诗人以诗言志,表达着对农奴制和专制政体的批判与反抗,它们主要集中在1817年前后、南方流放时期和1826—1827年间。著名的像平生第一首公民诗《给利金尼》(1815)、第一篇带有革命倾向的诗作《自由颂》(1817)、刚刚兴起的革命浪漫主义的代表作《致恰阿达耶夫》(1818)、反对农奴制的作品《乡村》(1819)、浪漫主义与现实主义完美结合的华章《致大海》(1824)、针砭时弊的历史哀歌《安德烈·谢尼耶》(1825)以及歌唱十二月党人事业的赠诗《致西伯利亚》(1827)。西欧"理性的法"的观念明显贯穿在普希金的创作生涯中,在《自由颂》中,他没有像拉吉舍夫那样呼吁人民以暴力手段推翻专制制度,却明确地表达了自己的"法"的概念:

> 当权者啊!是法理,不是上天
> 给了你们冠冕和皇位,
> 你们虽然高居于人民之上,
> 但该受永恒的法理支配。

(查良铮译)

这就是普希金启蒙思想最早的直接表述。包括拿破仑主题在内的战争与革命题材的诗作也体现了诗人反对专制和民族压迫,向往公民自由的一贯追求。

普希金诗歌所体现的思想均受到生活的启迪、来源于生活。抒情诗人普希金的才华与成就还体现在大自然、文化、艺术等主题上。与这类诗相伴的是对诗人使命、生与死所做的思考,因而具有哲理诗的潜质。特别是其自然风景诗大多将人物的内心世界与大自然融为一体,它们往往饱含着忧郁的情思和深邃的哲理,像《冬天的道路》(1826)、《我重又造访……》(1835)等。

在普希金的诗歌中,优美的人道感情同优美典雅的形式总能结合得天衣无缝。从创作美学的角度看,其抒情诗最大的特色是:和谐与平衡。无论从形式到内容,还是从抒发的感情到表达的思想,"情"、"理"、"美"这三个诗美要素以一个水乳交融的统一体存在于他的抒情诗、长诗乃至其他体裁的作品中。他的抒情诗看似朴素、平淡,实则精美、深邃,往往余味无穷。在诗章上,与莱蒙托夫偏爱对比的意象结构不同,普希金喜用对称,这一特点特别体现在反复手法的运用上,如《玫瑰》(1815)、《一朵小花》(1828)和《我爱过您……》(1829)等,随之营造出的是一唱三叹、自然天成的诗境。

诗体长篇小说《叶甫盖尼·奥涅金》

作为俄国第一位把文学和社会生活联系起来的作家,俄国第一个将浪漫主义与现实主义结合的奠基人,普希金的诗体长篇小说《叶甫盖尼·奥涅金》(1823—1830)在俄罗斯文学史和世界文学史上都占有重要的地位。它是俄国第一部现实主义小说,写作过程历经八年,发表于1825至1832年间,1833年全书出版。这部以当代社会生活为内容的作品,因其现实主义和民族性,被誉为"俄国生活的百科全书"(别林斯基语)。小说描绘了一幅从彼得堡上流社会到偏僻乡村的广阔画面,通过男主人公贵族青年奥涅金的各种活动,展现出贵族、地主、农民等阶层的人物群像,揭示出各类人物的性格。奥涅金天资聪慧,接受的是典型的贵族教育并且深受西方文明的熏陶,他阅读亚当·斯密和卢梭等人的书,欣赏并模仿拜伦的叛逆与忧郁。身处贵族之家和上流社会,他逐渐对都市贵族阶层的生活感到失望和厌倦,既不想在仕途上飞黄腾达,也不愿通过军界光宗耀祖,对写作、农村改革有过一时的热情,希望以此来填补心灵的空虚。后因继承伯父的遗产来到乡间,尽管他用较轻的地租代替了固有的徭役制,为此获得农民的感谢和地主的嫉恨,但乡村生活同样令他觉得无聊,他拒绝了少女塔吉雅娜的爱情,在因小事引发的决斗中杀死了朋友连斯基,之后良心不安而出走;塔吉雅娜则并非因为爱情出嫁。几年后他回到上流社会,与已成为贵妇人的塔吉雅娜在社交界不期而遇,便狂热地向她发起爱情攻势,但遭到拒绝。由于缺乏坚定的生活目标与实现理想的执著,奥涅金最终一事无成。

奥涅金与塔吉雅娜是俄罗斯文学中两个不朽的艺术形象。奥涅金是俄罗斯文学史中"多余人"的鼻祖,他也由此步入欧洲文学经典形象画廊。这么一个"多余人"对社会抱有清醒的批评态度,但他既蔑视贵族社会,又无力与上流社会决裂。在普希金时代,"多余人现象"是一种具有广泛代表性的文化现象。当西方自由主义的政治、经济学说盛行于俄国时,奥涅金式的贵族青年正处于世界观的形成期。在他们的个人经历里,最初耳闻目睹的是1812

年卫国战争中爱国热情空前高涨、公民意识迅速觉醒的景象,而后,则是江河日下的现实:十二月党人起义失败,尼古拉一世王朝的暴政。越来越严的思想禁锢令许多人患上了"俄罗斯忧郁症",在1825年前后,这样的年轻人为数甚多,日后他们之中只有小部分转而回归到俄罗斯的民间传统中去,加入到力求改变现实的人们的行列里;大部分人还是既不满意别人,也不满意自己,看不到人民的力量和自己的社会责任,认为自己是在故乡与异乡之间漂泊不定的精神流浪者,始终却又不甘心庸碌地活着。可以说,奥涅金实则是一位"现代人",是新世纪的产物和代表,在他身上集中了现代人的矛盾性。塔吉雅娜在天性上和对社会的批评态度上与奥涅金颇有共通之处,但在很多方面她又与奥涅金截然相反。她是普希金为俄国生活树立的理想,她与俄罗斯大地,与俄罗斯民间的东西紧密相连:

> 塔吉雅娜(这灵魂上的俄罗斯人,
> 她自己也不知为什么这样)
> 那么热爱俄罗斯的冬景,
> 热爱它美丽的寒冷风光,
> 爱凛冽的白昼太阳下的霜冻,
> ……
> 但该受永恒的法理支配。
>
> (《叶甫盖尼·奥涅金》第5章第4节,智量译)

显然,普希金不是要让塔吉雅娜与奥涅金鸳梦重温,也并非着意探讨她该不该跟奥涅金走,他是借塔吉雅娜想要换回的宁静的俄罗斯乡村,提醒一心向往走西欧道路的俄国人,不要忘记和轻视俄罗斯民族的优秀传统——那才是俄罗斯人真正的精神家园。所以,塔吉雅娜已不单纯是向往爱情、渴望家庭幸福的女性的化身,她是普希金美学思想的集中概括与明确表述。

在结构上,《叶甫盖尼·奥涅金》前所未有的独特之处在于它的六二之比的二部结构。即全部正文由八章组成,每章节数不等,在第一部的前六章中,围绕着奥涅金这一核心人物,整部作品的主要人物几乎均已登场,俄罗斯当代生活中的城市与乡村面貌也都得到了描写;后两章是第二部——重点转向取代了奥涅金中心位置的塔吉雅娜,通过她在奥涅金离去后的心境变化、对奥涅金的再认识以及自己身份改变后的体验,回答了奥涅金形象所提出的问题,并成为奥涅金形象所不能包含的美的理想的化身。它们各自相对完整,各有中心和主题,各自承担一部分结构情节和表达思想的任务,但又是一个不可分割的整体。前后两部由两条平行的情节线索贯穿,奥涅金与塔吉雅娜的爱情纠葛是主线,连斯基与奥尔迦的爱情故事是副线,后者起着衬托、对比前者的作用。叙事与抒情构成了《叶甫盖尼·奥涅金》最大的艺术特色。它吸取了拜伦的《唐璜》等叙事诗的技巧,许多抒情和描述性插叙贯穿在无拘无束的谈话式文体中。在这部诗体长篇小说中,作者兼有叙事者(第二自我)和抒情主人公(第一自我)的双重职能,特别是抒情主人公"我"起着重要的作用,他独立于主人公奥涅金存在,与奥涅金、塔吉雅娜、连斯基、奥尔迦等构成作品的形象体系。这个"我"曾是奥涅金亲密的朋友,珍藏着塔吉雅娜给奥涅金的信,在作品的结尾处向主人公与读者告别。"我"无处不在,是小说结构的轴心。普希金借"我"之口,将人物的生活、思想和感受一一做了介绍。抒情插笔的大量运用使得这部作品卓尔不群——首先,它突破了以诗歌体裁写作长篇小说在叙述方式和容量上的局限性;其次,这一手法弥补了纯粹的叙事诗通常难以避免的叙事面较窄、抒情力度不够的弱点。

作为崭新的俄罗斯民族语言的缔造者,普希金以其各类作品对俄罗斯文学语言进行了一场革命。《叶甫盖尼·奥涅金》的绝大部分诗节为十四行,用四步抑扬格写成。诗人将彼特拉克、莎士比亚的十四行旋律进行了综合与改造,独创出"奥涅金诗节"(онегинская строфа),在吸收外来语的条件下,它对书面语言、口语和民间语言的有机融合起到了促进作用,从而实现了革新文学语言的目标。"奥涅金诗节"的十四行诗每节由四个段落组成,分别为三个四行诗段和一个两行诗段。第一个四行诗段用交叉韵、第二个用双韵、第三个用环韵、最后的两行诗段用连韵。同一形式的诗节重复排列,形成全诗的节奏。在叙述故事时,每当一节诗能够将事物交待清楚时,作者就利用前三个四行诗段陈述事实,最后一个两行诗段则用来做一些警句式和哲理性的结论。这类诗节在整部作品中占有相当大的比例。不过,诗人对十四行诗节的运用相当灵活——还有很多诗节因叙述的需要,会出现两个甚至三个以上的十四行连成一体的情况,往往一句话的前半句在上一诗节,而下半句则挪到了下一诗节——这种形式既能保持节与节之间在内容上的紧密联系,不影响故事叙述逻辑上的内在完整性,又能保持诗节在诗韵和节奏上的单元。在保持"奥涅金诗节"的基本规律的同时,普希金在格律的运用上还做了一些变化,譬如作品中的两封信和一首民歌,它们都脱离了"奥涅金诗节"的十四行诗的基本形式和押韵规律。另外,有时因内容所需,十四行被分作十五行来排列,其目的是使有关的人物事件和情节关系清晰,同时也让形式在变化中更显活泼。这样的十五行排列法在作品的四百多个十四行诗节中出现不止一两处。除上述几种变化外,还有一种诗行删节,即当作者认为在一处无需十四行诗就足以表现内容时,便删去这节诗的其他几行,用虚线来代替,这种变化方式在全诗中相当多。总之,"奥涅金诗节"的诗学功能可以概括如下:第一,比一般叙事诗拥有更自由的叙事空间,第二,便于让抒情主人公主导整部作品,第三,大大提高了俄罗斯文学语言达意和传情的功能。

第三节　米·尤·莱蒙托夫
（1814—1841）

米·尤·莱蒙托夫是俄国继普希金之后又一位伟大的诗人，和普希金一样，他同时也是一位杰出的小说家和剧作家。他不但从十二月党人、普希金手中接过来反暴政、争自由的接力棒，而且和果戈理相似，充实了普希金为近代俄罗斯文学奠基的历史性系统工程。

莱蒙托夫的诗歌、小说和剧本在俄国的诗歌史、小说史和戏剧史上分别都占有重要的位置。除许多抒情诗和长诗外，长篇小说《当代英雄》和诗剧《假面舞会》，也都被纳入经典作品之列。

生平及抒情诗创作

米哈伊尔·尤里耶维奇·莱蒙托夫（Михаил Юрьевич Лермонтов，1814年10月3日生，1841年7月15日去世）生于莫斯科，父亲是尤里·彼得罗维奇·莱蒙托夫大尉，母亲叫玛丽娅·米哈伊洛夫娜·莱蒙托娃。次年，莱蒙托夫一家随外祖母伊丽莎白·阿尔谢尼耶娃（富商斯托雷平的长女）由莫斯科迁至奔萨省塔尔汗内村，他便在这里度过童年。1817年，年仅21岁的母亲因病去世，莱蒙托夫当时才两岁多。不久父亲被迫把儿子交给外祖母抚养后也离他而去。作为上流社会头面人物的外祖母，因丧夫不久又丧女，感到特别孤独，把小外孙视为掌上明珠，对他百般娇惯，为他创造优越的教育氛围。莱蒙托夫自幼身体孱弱，性格孤独内向，但对外祖母虐待农奴很反感，从小好学勤思。

1827年秋，莱蒙托夫随外祖母到莫斯科，进入莫斯科大学附设贵族寄宿中学，开始大量阅读文学名著，并开始创作活动。1830年秋，考入莫斯科大学伦理政治系，同学中有别林斯基、赫尔岑等人。入学第二年，因参予驱赶反动教授事件而被迫离开莫大。1832年考入彼得堡近卫军骑兵士官学校，两年后以骠骑兵团少尉的军衔驻守在皇村，过着上流社会的生活，同时仍继续自己的创作。

1837年因闻普希金不幸死去而写了《诗人之死》，道出了广大人民的心声，作品不胫而走，被广为传抄，从此誉满全俄，但不久便被捕入狱，随后被流放到高加索，途中结识了别林斯基和十二月党人奥陀耶夫斯基。由于自己的作品经常针砭时弊，莱蒙托夫在上流社会招来许多敌人。1840年，因决斗遭第二次流放，沙皇当局一直不怀好意，遣送他到与山民血战的前线，想从此让他销声匿迹,但他很勇敢,没有战死,反而在与可疑的花花公子马尔蒂诺夫的决斗中不幸殒命,死时还不满27周岁。

莱蒙托夫的抒情诗,和普希金的抒情诗一样,主题繁富、才情超群、语新意深、声律动人,但正如别林斯基所说,普希金的诗歌"充满了光明的希望和胜利的预感",而莱蒙托夫的诗歌中"已经看不到希望,它们用来震撼读者心灵的是:虽然渴望生活,洋溢感情,但却惨淡凄凉,对生活和人类感情失掉信心……"①莱蒙托夫登上诗坛,正值十二月党人的起义惨遭镇压,沙皇尼古拉一世用新的更残暴的统治窒息着人们对自由的憧憬,不像普希金那样走上诗坛时人们还能沉湎于亚历山大一世的"自由主义"所编织的美梦,而且又刚刚经历了1812年卫国战争的胜利所激起的令人振奋的爱国主义热潮,莱蒙托夫的家庭和个人的境遇比普希金坎坷,加上气质比他沉郁,他便以比普希金更沉重的心情和更冷峻的目光看待一切,使得他的抒情诗带有以下两个明显的特征:

第一,由孤独、怀疑、求索、否定到抗争的系列主题

自幼受到十二月党人自由思想的熏陶和法国大革命影响的莱蒙托夫,长大成人后怎么也不能忍受因镇压十二月党人起义得逞而变本加厉的尼古拉一世的统治,言论自由的缺失迫使莱蒙托夫把满腔悲愤都倾注到自己的诗,特别是抒情诗中去。他的同时代人赫尔岑说:"我们被迫沉默,抑制住眼泪,我们深自韬晦,已经学会仔细思考自己的思想——这是怎样的思想呀!这已经不是启蒙性的自由主义观念了,——这是怀疑、否定、充满狂怒的思想。"②

以拜伦自比但深信揣的是一颗俄罗斯心灵而且有天才使命感的莱蒙托夫,他这个出身于家道中落的贵族家庭,在母亲死后又寄人篱下地生活在外祖母贵族庄园的人,自然备感孤独:"孤独中拖着今生的锁链,这多么使我们感到心寒。"(《孤独》,1830)

孤独感的产生首先源于尼古拉一世的黑暗王国滋生庸才和窒息天才的土壤:

> 相信吧,这里平庸就是人世的洪福。
> 何必要深奥的学问和对荣誉的追求,
> 何必要才华,又何必去酷爱自由,
> 既然我们无法将它们归自己享有。……
>
> (《独白》,1829)

---

① 《别林斯基选集》(满涛译)第2卷,上海文艺出版社,1963年,第477页。
② 《赫尔岑论文学》(辛未艾译),上海文艺出版社,1962年,第68页。

孤独感也源于诗人在家中的处境。他两岁时病魔夺去了他的母爱,接着贵族的外祖母又夺去了他的父爱(以继承庄园遗产为由迫使父子生离死别,使独子更成孤儿),孤独感还源于他在情场上的失意(少年时代单恋之苦,伊万诺娃对他变心之痛,与洛普欣娜有情而不能终成眷属之哀)。因此,他终生感到孤独,生活在一群鼠目寸光、浑浑噩噩,但对权贵奴性十足的同时代人中间,一种鹤立鸡群的孤独感在他心头发展到了无聊、无望又无奈的地步:

  寂寞又忧愁,当痛苦袭上心头,
  有谁可以和我分忧……
  期望……总是空怀期望干什么?……
  岁月正蹉跎,韶华付东流!

  爱……爱谁?钟情一时何足求,
  相爱不渝却又不能够……
  反顾自己么?往事消逝无踪,
  欢乐、痛苦,全不堪回首。

  激情算什么?这种甜蜜的病症
  会烟消云散,如理智开口,
  只要你向周围冷冷地扫一眼,——
  人生空虚、愚蠢真少有……

(《寂寞又忧愁》,1840)

莱蒙托夫虽自小在外祖母的精心培育下得到得天独厚的教育,但是他不但在孤独中忧伤,而且在怀疑中思索,因为他所感到的孤独是贵族社会一代先进青年的共同的孤独,他所感到的忧伤是这一代人为前程焦虑的共同的忧伤,孤独和忧伤促使人怀疑现实的合理性并苦苦思索如何走出困境。《沉思》在这方面展示出诗人忧国忧民的思索深度。他的这些诗句是用鲜血写成的;它们发自被凌辱的灵魂的深处!这是一个认为缺乏内心生活比最可怕的肉体死亡还要难受千万倍的人的哀号、呻吟……(别林斯基语)诗人并没有自外于同时代人,他用"我们这一代人"的口吻痛心疾首地哀其不幸和怒其不争:

  我们的前途不是黯淡就是缥缈,
  对人生求索而又不解有如重担,
  定将压得人在碌碌无为中衰老。
  ……
  真可耻,我们对善恶都无动于衷,
  不抗争,初登人生舞台就败下阵来。

> 我们临危怯懦,实在令人羞愧,
> 在权势面前却是一群可鄙的奴才。
> ……
>
> (《沉思》,1838)

孤独而无助,怀疑而茫然,求索而不解,这就是莱蒙托夫诗的琴弦上密布否定的音符的原因所在,最典型地表现在《人生的酒盏》(1831)这首用象征手法写的诗中:"我们紧闭着双眼,/饮啜人生的酒盏,/却用自己的泪水,/沾湿了它的金边……"

但同时,"在莱蒙托夫的诗里,已经开始响亮地传出一种在普希金的诗里几乎是听不到的调子——这种调子就是事业的热望,积极参与生活的热望……"[①]我们在听到孤独以至于孤傲的莱蒙托夫、怀疑以至于逆反的莱蒙托夫否定的音符的同时,不时还听到忧国忧民的莱蒙托夫、渴求行动的莱蒙托夫抗争的时代强音。早在他15岁所写《一个土耳其人的哀怨》一诗中就指出:"有时也出现有头脑的人,/他们像巨石那样冷静而却又坚强。"在《预言》(1830)这首诗中,诗人大胆预言:"俄国的不祥之年必将到来,/那时沙皇的皇冠定会落地。"在《1831年6月11日》中,诗人说:"没有奋争,人生便寂寞难忍……我必须行动,真是满心希望/能使每个日子都不朽长存……",而在《我要生活!我要悲哀……》(1832)中,把笑迎风暴的抗争视为人生的真谛所在:"没有风暴岂是诗人的生涯?/缺了风暴怎算澎湃的大海?"而在《诗人之死》(1837)中,他奋起无畏地捍卫俄罗斯伟大民族诗人普希金的尊严与价值:

> 你们这帮以卑鄙著称的
> 先人们不可一世的子孙,
> 把残存的遭受命运奚落的世族
> 用奴才的脚掌恣意践踏!
> 你们这群蜂拥在沙皇宝座两侧的人,
> 就是扼杀自由、天才、荣耀的刽子手!
> 你们藏身在法律的荫蔽下,
> 你们不许法庭和真理开口……
> ……
> 你们即使倾尽全身的污血,
> 也洗不净诗人正义的血痕!
>
> (1837)

---

① 高尔基:《俄国文学史》(缪灵珠译),新文艺出版社,1957年,第273页。

由莱蒙托夫添写上去的进一步抨击宫廷对普希金的继续中伤的这最后十六行,简直成了一篇革命的檄文,矛头直指沙皇尼古拉一世王朝的心脏。这首出自一个在皇村的近卫军骠骑兵团服役的骑兵少尉之手的《诗人之死》,既使原先默默无闻的作者一举成名,也使他立即被捕并两度连遭共达四年的高加索流放,直至死于与普希金一样的窒息天才的决斗。

在《诗人之死》中表现为极致的伴随孤独到抗争整个过程的对专制的"恨",是与以《祖国》(1841)为最大宣泄口的对祖国的"爱"并行不悖的。对贵族先进阶层的爱、对文化传统的爱、对乡间百姓的爱、对大自然的爱,汇成了一股对祖国与众不同的"奇异的爱":"我爱祖国,是一种奇异的爱!/连我的理智也无法把它战胜……"

这首诗对俄罗斯诗歌史上的祖国主题有了重大的突破,抒发了出身贵族的诗人对俄罗斯大自然和人民的深沉的爱,对人民的俄罗斯爱得愈深,对老爷的俄罗斯恨得愈切:"别了,藏垢纳污的俄罗斯,/奴仆的国度,老爷的王国……"

这就是抗争中有眷恋,眷恋中有抗争,所谓爱恨交并。

第二,孤独、漂泊的意象群

孤帆、行云、落叶、飞鸦、流星、囚徒、孤松、悬崖、恶魔……

莱蒙托夫不但以抨击暴政的公民诗见长,而且以意象丰美的"纯艺术诗"(别林斯基语)著称。深刻的思想和炽烈的情感在诗人的诗中物化为极具艺术魅力的意象,与诗人独特的主题系列相适应,在他的抒情诗中最引人注目的是孤帆、行云、落叶、飞鸦、流星、囚徒、孤松、悬崖、恶魔等组成的孤独、漂泊的意象群,举例说明如下:

《帆》(1832)是莱蒙托夫抒情诗的主要代表作之一,全诗三个诗节中的帆这个作为情景交融的产物的意象具有明显的动态性。雾海孤帆(孤独的帆)、怒海风帆(怀疑、求索的帆)和晴海怪帆(抗争的帆),综合地表现了孤独、怀疑、求索、抗争的主题链。

《云》(1840)中的主导意象是"永不停留的漂泊者"的"天上的行云",这是因与法国公使的儿子巴兰特决斗招致第二次流放的诗人对自己身世的遐想与自我写照,情景相生,浑然一体,因热爱祖国而遭厄运的悲愤之情充满字里行间。

《叶》(1841)营造了受命运风暴驱赶,在严寒酷暑下长途漂泊而一直飘落到大海之滨的橡叶的意象,和漠然处之的悬铃树的意象一起鲜明地表现了身处逆境的诗人与周围世界的尖锐冲突。

《心愿》吟唱的是诗人所向往的那只正掠过他头顶的草原飞鸦,它能圆他所圆不了的梦:在天空翱翔,自由自在,抛却尘世的嚣杂。

《像夜空流星的一抹火焰……》(1832)用夜空流星的意象形象地表达了诗人对飘零者的生活的失望:"像夜空流星的一抹火焰,/在世上我已没有用/……"

《囚徒》(1837)一诗,不但是对莱蒙托夫个人悲惨遭遇的写实,也是人的个性受沙皇尼古拉一世专制统治禁锢的象征。

《在荒凉的北国有一棵青松……》(1841)塑造了一个象征莱蒙托夫一生处境的意象:"在荒凉的北国有一棵青松,/孤寂地兀立在光裸的峰顶……"暗示生活在"藏垢纳污的野蛮的俄国高洁的天才也有高处不胜寒的孤独之感"。

《悬崖》(1841)和《在荒凉的北国有一棵青松……》一样营造了自我表现抒情主人公的意象,不同的是本诗不是由意译海涅的抒情诗而得,而是独创地推出了一个在感情领域里坚强而自信的孤独者的意象。

《我独自一人出门启程……》(1841)是由孤独的主题升华为宁静的主题的杰作。孤独使诗人"溶化在宇宙的恬淡之中"。

《我的恶魔》(1831)比 1829 年所写《我的恶魔》进一步完善了恶魔的意象,完全脱去了对普希金的《恶魔》(1824)模仿的痕迹,而且与长诗《恶魔》的第二稿相互响应,恶魔是莱蒙托夫孤独、漂泊的意象群长链上的最后一环,也是长篇《恶魔》创作中最早的艺术积累:寓叛逆精神与自我中心于一身。

长诗《童僧》

莱蒙托夫一生除创作了 450 余首抒情诗(可分成青少年时期和成熟时期两个阶段)外,还创作了 27 部长诗(包括个别未完成的),诗人本人生前只发表过其中的三部:《沙皇伊凡·瓦西里耶维奇,年轻的近卫士和骁勇的商人卡拉希尼科夫之歌》、《坦波夫的司库夫人》(均为 1838 年发表)和《童僧》(1839)。

经过十年长诗创作实践,莱蒙托夫在俄国浪漫主义长诗领域里相继攀登了两座新的高峰,即贯穿了几乎全部创作生涯而写成的《恶魔》(1829—1839)和体现了自己"心爱的理想"(别林斯基语)的《童僧》(1839)。两部长诗都是总结性的,也都富有开创性。《恶魔》凝结了多部长诗,特别是《阿兹莱叶》、《死亡天使》的经验结晶,《童僧》含纳了多部长诗,尤其是《忏悔》、《大贵族奥尔沙》的艺术精华。两部长诗的这两个主人公都与莱蒙托夫本人性格的一个侧面相接近,两部长诗同样是茹可夫斯基、普希金的积极浪漫主义传统的继承与发展,两部长诗都堪称莱蒙托夫长诗的代表作。

《童僧》被誉为莱蒙托夫浪漫主义诗歌的"天鹅之歌",如果从浪漫主义长诗体裁的典范性,从贴近生活的正面形象的塑造,从主人公激情的力度和从与主人公心理描写相对应的风景描写等来看,这样的论断是不无道理的。

《童僧》以一则真实的故事为基础,它塑造了一个被俄国将军俘获而力图挣脱所囚居的牢笼(也可理解为黑暗的尼古拉一世王朝的象征)的少年,即高加索山民之子的可感形象。对自由的渴望,对故乡的怀念和对大自然的眷恋像一团烈火烧灼着他幼小的心,锤炼出他那奋不顾身、自强不息的大无畏精神。他的逃跑虽以失败告终,但他心中争取自由的理想至死仍未泯灭,童僧的悲剧故事虽然早已成为历史的陈迹,但它向人们暗示:先进人物与腐朽势力之间的这一冲突并不会随时间的消逝而消失,具有永恒的价值。此外,童僧既然是高加索山民之子,他的悲剧是由沙皇派去讨伐的军队一手造成的,因此,与长诗《伊斯梅尔—贝》一样,具有贬斥俄罗斯帝国以强凌弱的思想倾向,与长诗《恶魔》一样,具有主题多元的性质(所不同的是它不含爱情主题)。

《童僧》具有以下几个艺术特色:

第一,童僧不仅与十二月党人雷列耶夫作品中为失去自由而极度苦闷的主人公纳利瓦伊科相似,而且和渴望行动、渴望斗争的莱蒙托夫本人很接近。童僧逃出而又被遣返修道院后对长老说:

> 你想知道我出去后的作为?
> 我有了生活,我的岁月,
> 若没有这三个幸福的昼夜,
> 会比你那老迈衰朽的残年
> 还更加冷清,还更为凄惨。
> ……

诗人的这种人生观可见于他的许多抒情诗,如《水流》(1830—1831):

> 我首先感到幸福,但是我
> 愿交出如此无聊的安宁,
> 来换取幸福或痛苦的
> 几个短短的一瞬。

第二,在写景抒情上达到罕见的高度。别林斯基曾称赞《童僧》的诗句有"金刚钻般的坚实及其光辉。他的诗意描写的惊人的准确和无穷无竭的华美"[①]。苏联学者葛里戈高利扬说,在《童僧》中"莱蒙托夫的抒情达到了他的顶峰"[②]。马克思说过:"对于自然的描写未必有哪一位作家能够超过莱蒙托

---

① 《别林斯基选集》(满涛译),第377页。
② 转引自徐稚芳:《俄罗斯诗歌史》,北京大学出版社,2002年,第211页。

夫，至少具有这种才华的人是寥寥无几的。"①莱蒙托夫最出色的对自然的描写，就包含在长诗《童僧》和长篇小说《当代英雄》中。《童僧》中描写高加索风景的精彩片断举不胜举，如第六章、第十章、第十一章都极具情景交融的艺术魅力。

第三，在声律上别具一格地声情并茂。屠格涅夫说过："篇幅不大的长诗《初学修士》（童僧）是用八音步诗写成的，只用阳性韵，而且是对偶韵。这种形式以其单调赋予长诗以异乎寻常的力量，人们把它的节奏比作一个囚犯在他的囚室里两下两下地不断敲墙的动作。"②杜勃罗留波夫所说"普希金的美和莱蒙托夫的力量"，《童僧》可从声律的角度给予例证。

第四节　费·伊·丘特切夫
（1803—1873）

费·伊·丘特切夫是俄罗斯哲理诗歌的代表人物，诗歌翻译家，普希金的同时代人。西方将他与普希金、莱蒙托夫并称为19世纪俄罗斯三大诗人。

俄罗斯诗歌在普希金时代攀上了一个辉煌的巅峰。在普希金之后，丘特切夫广纳古希腊罗马诗歌、俄国浪漫主义诗风与德国浪漫主义诗家的精华，走出一条哲学与文学结合之路，开创了俄罗斯诗歌中的"哲理抒情诗派"，对后来的俄苏诗歌产生了深远的影响，尤其是"白银时代"的俄国象征派诗歌、20世纪50年代苏联诗坛的"静派"，与其有着较为直接的师承关系。

生平道路及抒情诗创作

费多尔·伊万诺维奇·丘特切夫（Федор Иванович Тютчев，1803年12月5日出生，1873年7月27日去世）出生于奥廖尔省勃梁斯基县一个古老的贵族家庭。童年主要在故乡、莫斯科和莫斯科郊外度过。母亲的娘家姓托尔斯泰，丘特切夫与Л.托尔斯泰是第六代表兄弟，又是普希金的远房表侄。丘特切夫爱好社交、在社交场合言语得体都受益于早年的家庭氛围。丘特切夫从小就养成了阅读的习惯，很早就学会了法语，7岁开始写诗。1812年，著名诗人和翻译家拉伊奇被聘做家庭教师，在拉伊奇的调教下，丘特切夫广泛阅读了俄罗斯文学、古希腊罗马的哲学与文学著作。1819年，进入莫斯科大学语文系；1821年毕

---

① 《四忆马克思、恩格斯》，人民出版社，1957年，第322页。
② 《莱蒙托夫的〈童僧〉译序〈初学修士〉》（张捷译），《屠格涅夫全集》第11卷，河北教育出版社，1994年，第352—366页。

业,获语文学副博士学位。1822年初来到彼得堡,在外交部任职。先后以编外人员、一等秘书、代办的身份,在俄国驻巴伐利亚慕尼黑外交使团、俄国驻意大利都灵外交使团工作生活了22年,其间曾因"长期度假不返职"被解除外交官职务。1826年、1839年两次结婚,两次婚姻娶的都是德国世袭名门望族的女子,通过妻子的关系,丘特切夫与当地上流社会往来密切,与德国诗人海涅、德国唯心主义哲学家谢林、加加林公爵都过从甚密。1843年回国定居,在外交部复职。从此,常往返于莫斯科、彼得堡两地,有时回故乡小住或出国旅行。1848年,出任俄国外交部特别办公室主要检察官,负责审查外国书刊的引进、翻译与出版。1850年,与时年24岁的杰尼西耶娃一见钟情,后长期同居。1857年,当选为俄国科学院语文学部的通讯院士。1858年起任外国书刊审查委员会主席——在这个职位上,他以既把握原则、又尽量宽松的标准要求自己和下属。1859年初,被选为俄罗斯语文爱好者协会正式成员。1864年,杰尼西耶娃病故,此后,多位亲人相继辞世。1873年7月15日,丘特切夫在皇村病逝。遗体葬于彼得堡新处女公墓。

在俄国诗坛上,丘特切夫的"诗人命运"相当独特——自幼就表现出对诗歌的浓厚兴趣并且具备出众的才华,却似乎未有成为诗人的梦想;作为长期侨居国外的职业外交官,终生只创作由心而生的诗歌,却并不关心是否发表,与俄罗斯诗歌界几乎没有直接的交往,33岁时才在正式出版物上发表诗作。他的诗歌在他在世时始终未能广泛流传。尽管如此,在诗人生前,茹科夫斯基、普希金、涅克拉索夫、屠格涅夫、费特就对其诗才与作品给予了高度的评价。在屠格涅夫的斡旋下,52岁时,《丘特切夫诗集》得以出版。丘特切夫的诗歌创作历程达四五十年,大致可分为三个时期:早期(1813—1828),即模仿期;中期(1829—1844),即独特诗风的形成期;晚期(1848—1873),即成熟发展期。尽管诗人仅留下三百多首短诗(包括译诗在内),但是有150位音乐家将其诗作谱成了歌曲。从内容上看,这些诗可以分为自然风景诗、爱情诗、社会政治诗和题赠诗,此外,还有译诗。

丘特切夫是俄罗斯诗人中创作自然风景诗最多的一位。在他的近400首抒情诗中,自然风景诗占了110首左右。在俄罗斯诗歌史上,丘特切夫的独特之处在于,他对大自然进行了饱含哲理的沉思——这种思考"不仅立足于大自然外在的形象和色彩之上,更主要的是建立在大自然无比强大的内部力量之上"[①]。大自然在诗人的笔下成为独立的形象,具有神奇化、神秘化的特点,同时

[①] 朱宪生:《俄罗斯心中不会把你遗忘》(《丘特切夫诗全集》译序),见《丘特切夫诗全集》(朱宪生译),漓江出版社,1998年。

又都带有人的灵性和人的感情。泛神论的倾向在其早期自然风景诗中体现的比较鲜明,《大自然不像你们想象的那样》(1836)被认为是泛神论的纲领性作品——在诗中,诗人指出,大自然像人一样,也有心灵、自由、语言和爱情。他笔下经常出现的"混沌"或"深渊"、"一切在我之中,我在一切之中"①均与谢林哲学中"绝对同一"的学说有着内在的联系。在丘特切夫的诗中,并存着两种元素:对大自然生命力的赞美与对大自然能够吞没一切力量的恐惧——在赞美中,诗人渴求着平静与和谐,譬如《海浪的喧嚣里有一种旋律》(1865)等;而在恐惧中,矛盾的两重心理尽展无遗,像《要沉默!》(《SILENTIUM②!》,1830)等。有时两种元素同时出现在一首诗里,像《白昼和黑夜》(1839)等。早期诗作的基调是对自然的崇尚与赞美,比较明朗和乐观,而后期则充盈着哀婉悲戚、无可奈何的旋律。丘特切夫的一些诗被涅克拉索夫称为"诗中风景画"。诗人能将自然界中的万物纳入诗中——这些具象在早期和中期带有普遍性特征,较少特殊的地方色彩,而中后期的诗作部分保留着前一阶段的特点,更多的则具有俄罗斯的地域特征。丘特切夫自然风景诗最突出的艺术特色表现为:善用白描手法描绘自然风光,特别是自然现象瞬息间的变化与其中的诗意,善于捕捉并娴熟调配光、影、声、色。丘特切夫还常常将大自然的运动与人的精神世界加以对照,使之成为可以沟通的物质,这一点是其诗歌前辈们所不及的。诗人还善于自如地将两个看似不相干的事物之间的界限抹掉,让两个同等重要的意象在一首诗中平行挺立:

  思想连着思想,波浪连着波浪,
  两种不同表现,同一自然力量:
  一个在有限的心胸,一个在无边的海洋,
  这里——闭塞狭窄,那儿——广阔宽敞——
  同样是永久的汹涌和平息,
  同样是空虚的不安的幻象!

(《波浪和思想》,1851,朱宪生译)

  自然风景诗与爱情诗是最能体现丘特切夫诗歌艺术高度的珍品,它们在其创作中占有同等重要的地位。丘特切夫的40多首爱情诗,绝大多数是献给他一生所爱的四位女子:初恋情人、第一位妻子、第二位妻子和婚外恋对象。歌咏逝去的青春和爱情,描绘爱情的魅力与美好,强调爱情能够纯洁、提升人的精神世界的力量——这是茹科夫斯基和普希金以来的爱情诗的传统。丘特切夫早

---

① 出自《灰蓝色的影子已混杂不清》一诗。
② 拉丁文,原标题即如此。

期爱情诗,像《给 H》(1824)、《给》(1833)等就具有上述特征,此外,早期爱情诗就以善于体察浸透于日常生活细节中的爱情而见长。然而,后期的诗作,特别是"杰尼西耶娃组诗"(22首)则体现出与前辈不同的现代风貌:他以哲学家的深度赋予爱情诗以具体的社会内容,它们透射着康德的二律背反的思维模式,带有反省和沉思的色彩。在传统思维中,爱是与幸福划等号的,但在丘诗中,同时存在着炽热的沉醉与理性的反省——前者可以理解为爱的原始激情中忘我的盲目性和毁灭性,像《我们的爱情多么毁人》(1850)等;后者似乎是内疚、负罪感的代名词,如《她整天神志不清地躺着》(1864)等。丘特切夫以其擅吟山水的才能,将写人与绘景结合起来,因此,其爱情诗无论是早期还是晚期的都始终保持着景衬人、景烘情的意境。在《定数》(1851 或 1852)一诗中,诗人坦陈了自己的爱情观:爱情当然是心心相连,是统一与融合,但还是注定的生死与共、注定的生死搏斗。因此,在爱情诗中也存在着不断撕扯的两种力量。这样一位思想家型的诗人,由于自身经历和对西方哲学的谙熟,他的爱情诗中渗透着强烈的生命的悲剧意识与死亡意识——表现这一点时,丘特切夫颠覆性的创意在于,感同身受地以死者而不是以健在者的身份追念似水易逝的爱情,如《我又站在涅瓦河上》(1868)。这两种意识还凸显于自然风景诗中。越到后期,丘特切夫爱情诗越呈现出诚挚的感情与清醒的理智融合为一的景象。

终其一生,丘特切夫的思想都比较复杂,然而,却始终对政治抱有较高的热情。他早年赞扬普希金的自由精神,后来逐渐倾向于斯拉夫派,但因长年生活在西欧、受到西方思潮的影响,所以又不是一个纯粹的斯拉夫派分子。丘特切夫的社会政治诗约 70 余首,涉及三方面的内容:思考个人与时代关系、时代存在的普遍问题;关注乡村的贫困、底层人民的悲苦命运;反映公众关心的国内重大事件。这类诗往往以辩证法的思维设立命题,以格言警句式洗练的语言写就,短小精悍,生动有力,譬如《凭理智无法理解俄罗斯》(1866)中的论断已经超出文学范畴,是涉及俄国文化发展的深度思考。题赠诗在丘特切夫的全部诗作中约占 50 首。这类诗的对象极为广泛——既有沙皇、官员,又有艺术家、诗人、学者,还有贵族女性,甚至妻子和女儿;涉猎的基本内容是友谊、爱情、人生、政治、文艺等。诗人在依不同对象抒发不同情感的时候仍不忘将自己感悟的人生智慧与哲理糅合进去。晚期的题赠诗不仅写得多,而且涉及面广,但艺术水准平平。从 12 岁翻译贺拉斯、维吉尔的诗篇开始,丘特切夫共留下 41 首译诗,它们分别译自德文、法文、英文、意大利文,不少是歌德、席勒、海涅等人的诗篇。

丘特切夫在艺术内容与形式上做的多方面探索,为俄罗斯诗歌开拓出了崭新的层面——他是将俄国的哲理诗发展成为哲理抒情诗的第一人;在俄罗斯诗歌史上,他又是最早大量而且出色地运用通感手法的诗人,意象艺术、多层次结构和通感手法是诗人最具独创性的成就;他还在俄罗斯诗歌中最早发现了人的异化问题。丘特切夫的诗歌犹如来自天籁的声音,极强的画面感与音乐性营造出的是美轮美奂的意境,这一特质在此前的俄罗斯诗歌中不曾有过。因此,在很长时间里,诗人被认为是脱离现实的"纯美"诗歌的代表。然而,其作品中的思想性、艺术性和人道精神与文艺观使得丘特切夫超越了"纯艺术"派的天地。诗人将自然、哲学、情感融合于诗歌之中,使之达到真、善、美统一的完美境界。

第五节 阿·阿·费特
(1820—1892)

在俄罗斯文学史中很难找到哪个作家像阿·阿·费特这样把生活与创作截然分开,以此表现出鲜明的双重性,他的名字甚至都直接表明了这一点:作为公民,他是申欣,而作为抒情诗人,他是费特;申欣是为国家效力的军官、地方事务调解员和埋头经营土地的地主,费特把自己锁在象牙塔里拜倒在美神脚下;申欣因大学开始接受平民子弟而愤怒地向学校吐口水(他所得到的"不公正"待遇自然与此有着直接的关系),费特是摈弃一切世俗纷争、陶醉于花鸟草木世界中的抒情诗人;申欣使他物质富足,满足了他世俗的虚荣心,费特为他带来荣誉,使他名垂青史……但当终于获得贵族权的时候他对妻子说的话却是:"你想象不到我是多么憎恨费特这个名字……如果有人问:我一生的全部苦难和全部痛苦叫什么?我的回答是:叫费特。"这一切都与如同"一部复杂小说"的他的人生经历密不可分。

生平道路及抒情诗创作

阿法纳西·阿法纳西耶维奇·费特(Афанасий Афанасиевич Фет,1820年11月29日[①]生,1892年11月21日去世)出生于俄国贵族地主申欣家里。他的母亲是德国人,曾经有丈夫和女儿,但不知因为什么已有身孕的她跟着当时还是军官的申欣来到了俄罗斯,并在数月之后生下了未来的诗人。14岁以前费特以申欣的名字生活在乡下父亲的庄园里,14岁被送进位于边境的德国人办的寄宿学校。他收到的第一封信上,收信人写的是"A.费特",他被告知由于教堂执事喝醉酒把他的出生证明弄错了,他应该姓母亲前夫的姓费特才对,由此他不

---

① 这是文件记载的他的出生年月,而他自己认为是11月23日。

但丧失了申欣的姓氏,由俄国贵族变成德国平民,而且丧失了作为申欣所应该拥有的贵族继承权。费特丧失的不仅是俄国贵族的一切特权,更丧失了维护人的尊严所应该具备的合法公民权。他发誓要夺回失去的一切,这成为他不惜一切代价、终生奋斗的目标。

早在莫斯科大学读书的时候费特就显示了出众的诗人才华,1840年出版了第一部诗集《抒情文萃》,虽然其中有对海涅等西方诗歌主题和方法模仿的明显痕迹,但很多诗还是清新自然、引人注目,已初步显示出诗人未来创作的基本格调,其文采得到了包括果戈理和别林斯基等人的赞赏,这使他寄希望于通过获得文坛名声来争取沙皇的认可并以此重新得到贵族权。但遗憾的是,一方面,他的诗歌无法纳入俄罗斯文学以"文以载道"为宗旨的主流创作;另一方面,40年代方兴未艾、之后变得越来越激烈的西方派和斯拉夫派的思想论争使人们无暇、也没有心情欣赏他的风花雪月,而把关注点更多地凝聚在更能充分展示思想的小说上。此外,他同时在这两派展开辩论的舆论阵地《祖国纪事》和《莫斯科维亚人》[①]上发表作品让两派的支持者都不满意,因此他想借助文坛名声来实现奋斗目标的打算也就落空了。

费特在这一时期创作了不少脍炙人口的名篇,比如《请你别离开我……》(1842)、《神奇的图画……》(1842)、《我的窗前有一棵忧郁的白桦……》(1842)、《我来向你问候……》(1843年),等等。这些诗歌用词简洁,感情真挚,表达了爱人、寂静冬夜的雪原和银装素裹的白桦让诗人眼里现出的忧郁之美,产生的细腻感情。诗人把《请你别离开我……》称为"旋律",其结构也的确如歌曲一样,首尾相连的副歌把"请你别离开我,和你在一起我感到如此快乐"的主题凸显出来,并且使整首诗形成一个圆满的、封闭的环:

请你别离开我,
我的朋友,留下来陪我!
请你别离开我:
和你在一起我感到如此快乐……

我们再不能贴得更近,
如此心心相依;
更纯、更生动、更强烈地相爱
我们无法做得到。

[①] 莫斯科维亚人是15—17世纪外国旅行者在旅行游记中对俄罗斯人的称呼。斯拉夫主义者选择这样一个词语作为自己杂志的名称就是为了表明俄罗斯历史的悠久和古老,以此驳斥西方派否定俄国文化的作法是妄自菲薄,不知自重。

>　　如果你啊，
>　　在我面前忧郁地低下头来，
>　　和你在一起我感到如此快乐：
>　　请你别离开我！

　　《我来向你问候……》共有四段，在前三段中表达了因春天来临而充溢诗人整个身心的快乐，他忍不住对春天、对在枝叶间跳跃的阳光、对苏醒的树林中的每一根枝条和枝条上的每一只小鸟倾诉自己的喜悦，但这一切还不足以表达他的喜悦心情，所以在最后一段中他这样写道："告诉你快乐从每一个角落／吹送到我的身上，／告诉你我不知道会唱出什么，／只告诉你歌儿已瓜熟蒂落。"

　　这四句诗与陶渊明面对自然美景时写出的"此中有真意，欲辩已忘言"有异曲同工之妙，但有趣的是，中国读者认为这种表达是佳句，而俄国人却接受不了费特的这种类似的表达："涅克拉索夫叫嚷着，说在这段诗中费特'展现的是牛脑子'。"① 同被称为自然和爱情歌手的屠格涅夫更加可笑，他说："我尝试躺着读，站着读，两脚朝天时读，全速飞跑时读，跳着读……读不懂，读不懂，就是读不懂。"②

　　《神奇的图画……》虽然只有短短的八行，但诗人如同一个摄影师一样把镜头由远拉近、由上到下，展现出一个色彩单纯但光芒四射的、静动结合的美丽世界，而且诗人对这个世界以"你"相称，勾画出天人合一、物我浑然一体的美好境界：

>　　你这神奇的图画啊，
>　　对我是多么亲切。
>　　白色的原野，
>　　圆圆的月亮，
>
>　　高天的亮光啊，
>　　闪耀的雪，
>　　以及远方奔跑的
>　　一架孤独的雪橇。

　　值得注意的是，这首诗中一个动词都没有（"奔跑"使用的是动名词），无动词诗歌对于熟悉中国古诗的读者来说不足为奇，但对于俄罗斯诗歌创作来说却是一个创举，诗人通过叠加一系列名词营造的已经不仅是对单个景物的印象，

---

① A.帕纳耶娃：《回忆录》，列宁格勒，1928年，第270页。
② 转引自 B.拉祖尔斯基：《诗人、翻译家、思想家阿·阿·费特（申欣）》，载《俄罗斯思想》，1893年第2辑，第36页。

而是总体氛围,是对整幅图画的印象,这不是简单的加法,而是使整体印象成倍递增的乘法。

这是诗人对俄语诗歌创作做出的突破性贡献,在以后的创作中,费特又有意识地创作了两篇无论从意境、还是从表现力来说都更为杰出的无动词诗歌:《悄悄的私语,羞怯的呼吸……》(1850)和《这清晨,这喜悦……》①。我们说诗人是有意识为之,是因为在前一首诗的第一个版本中出现了一个动词,而在第二个版本中却去掉了,用"琥珀的反光"替代了"没有说话"。诗人选取了一系列用心灵的眼睛和耳朵捕捉到的丰富意象,通过恋爱中的姑娘发出的"悄悄的私语,羞怯的呼吸"、"夜莺的啼鸣"、"缱绻小河的银光和摇曳"、"黑夜的光影"、"可爱脸庞的一连串奇妙变化"、"乌云中的一点玫瑰紫红"、"琥珀的反光"、"亲吻和泪水"以及"霞光啊霞光",展现了一个有声有色的自然世界和在这个自然世界的怀抱里发生的从傍晚到黎明的爱情故事。我们可以把诗中的"乌云"理解为"浓密的黑发",把"一点玫瑰紫红"理解为"鲜艳的朱唇",把"琥珀的反光"理解为"晶莹的皓齿",但它们已经不是简单的比喻,而是融合着外部形象和内在丰富情感的象征,从这个意义上说,诗人已然迈上了象征主义的创作道路,正因为此,20世纪俄罗斯象征主义诗人勃洛克说费特的诗歌"曾经是我的指路明星","他对于我极其宝贵",②而把普希金和莱蒙托夫与费特和丘特切夫对立起来的巴尔蒙特说,费特和丘特切夫诗歌中的"一切都是神秘的,一切都充满着自发本性的宏大,艺术的神秘装饰把一切都包裹起来了",因此"普希金生活在当下,费特和丘特切夫生活在永恒"。③虽然巴尔蒙特对普希金所下的结论因着眼于具体诗歌而忽视了其内在精神的圆满和"全人类性"(陀思妥耶夫斯基语)的品质,因而认为"普希金生活在当下"有失偏颇,但从他的认识以及勃洛克的表述中可以看出,费特对俄罗斯象征主义诗歌创作的影响却是显而易见的。

1845年,在莫斯科大学毕业一年之后费特自愿成为一名军人,因为按照当时的规定,获得一定军衔的平民可以得到贵族封号,但是造化弄人,每当费特就要达到要求时,所规定可以得到封号的军衔就会升一级,在忍受了11年驻军所在地的自然贫瘠和军营中的文化荒凉之后,费特无奈地退役了。这一时期幸福曾经向费特微笑,1848年他认识了钢琴演奏才华曾得到匈牙利音乐家李斯特高度评价的、出身于退役将军家庭但生活贫穷的姑娘拉季奇并与之相爱,他们一起探讨艺术,陶醉于美妙的诗歌和音乐世界之中。但如费特自己所说的"她和

---

① 这首诗的写作年代不详,在俄罗斯出版的费特诗集中所作的标注是"1881?"。
② 《勃洛克文集》(八卷本)第7卷,莫斯科-列宁格勒,1960—1963年,第29页。
③ K.巴尔蒙特:《山巅》(文集),莫斯科,1904年第1辑,第83页。

我都一无所有"的生活窘境迫使费特忍痛割爱,1850年拉季奇死于一场大火,①姑娘的死亡是费特一生的痛,诗人在此之后创作的很多爱情诗歌就是以拉季奇为倾诉对象的,著名的有《旧信》(1859)、《ALTER EGO》(1878)、《你解脱了,我却还在受苦……》(1878)、《如今》(1883)、《不,我没有背叛……》(1887)、《我多想再握一下你的手!》(1888),等等。

在《旧信》中,诗人面对一札"早已被遗忘的、蒙上一层薄薄尘埃"的信笺追忆恋人的"信任、希望和爱情",内心"燃烧着羞耻的火焰",这些信依旧如分手时一样"光明、圣洁、年轻",是"我灵魂的春天和阴暗冬日"的"无言证人",诗人为"放肆地推开写下你们的手"而受到它们的谴责,对自己竟然"听信了虚假的声音:似乎没有了爱情世上还有东西值得追求"而痛悔不已,在诗歌的最后一段表达出诗人心中无限的悔恨和绝望:"为什么还要带着从前的温柔微笑,/望着我的眼睛对我轻声诉说爱情?/宽恕的声音不能使灵魂复活,/滚烫的眼泪也不能抹去这些段落。"在《ALTER EGO》中,诗人运用两次反复的诗行"什么都不能把我们分开"表达了爱情的不朽:"你坟头上的那棵青草冲破阻隔,/长在我心上,心越老,它越青翠,/偶尔瞥一眼星空,于是我知道,/我与你曾像神一样把目光投向那里。/爱有表达自己的言语,那些言语永不会死去。/等待我们的是特殊的法官;他会在人群中一下子认出我们,/我们会一起接受审判,什么都不能把我们分开!"在生命之路即将走到尽头的时候,诗人因就要与爱人重逢而喜悦万分:"我多想再握一下你的手!/从前的幸福当然已经无法再看到,/但重新见到美丽依然的朋友,/会让昏花的老眼感到快乐。"

50年代末,费特与富商鲍特金的女儿结了婚,他坦诚地说是"寻找相互不理解但将与之生活的女主人",为此他得到了妻子家陪送的一笔嫁妆,在俄罗斯中部地区买了一片地,过起了乡间地主的生活:造房子、挖池塘、种地、养马,把一片荒凉的土地建成了茂盛的花园。60—70年代费特几乎很少写诗,"关于文学连听都不想听,提到杂志就破口大骂",杂志对待他的态度也是一样,很多人对于他1863年出版的、收集了从前创作的两卷本诗集都采取了讽刺和批判的态度,嘲笑他竟然可以把"残酷地主"和"纯艺术诗人"融于一身。这一时期费特在文化领域的收获是潜心研究了叔本华的哲学,从哲学家对艺术美的阐述中寻找到了自己艺术创作的理论支持,即从音乐、绘画和诗歌之美中寻找精神解脱,并翻译了叔本华的著作《作为意志和表象的世界》。在个人生活中的收获是:费特终于凭借对沙皇制度及地主利益的坚决捍卫和在社会中的名望获得了贵族继承权,但这只是实现了他为之奋斗了数十年的生活目标,仅此而已,他本人的话

---

① 这场火灾究竟是偶然烧起的还是姑娘有意点燃的至今仍旧是个谜。

表明了申欣—费特之间的矛盾和他内心深处的伤痛:"在哭泣的人中间我是申欣,而只有在歌唱的人中间我才是费特。"申欣书写的是残酷的生活散文,而费特才歌唱春天。

费特诗歌创作生涯中的第二个春天也随之复苏。80年代他不仅翻译了歌德的《浮士德》和古罗马诗人的许多作品并因此于1884年获得了普希金奖,1886年他成为俄罗斯科学院通讯院士,而且撰写了三卷本的回忆录,创作了大量的诗歌,分别于1883、1885、1889和1891年结集出版了四本题为《傍晚的火》的诗集,这是"陶醉于美"的诗人"点燃了傍晚的火"。

与叔本华的悲观主义哲学的影响有关,在费特的晚期创作中很难再找到早期创作中那种单纯的、肆意的欢乐情绪,但哲理性大大加强了,悲观色彩也显而易见,费特研究家 Б.布赫什塔勃曾经写道:"叔本华的影响巩固了就费特的晚期诗歌来说典型的、对于大自然的认识,大自然已经不仅仅是在呼应诗人的情绪,更是'无所不能的'、'无意识的力量',一个感受着自身痛苦和幸福的人在它面前是'渺小'的。"[①]这种认识在很多诗歌中都得到了反映,比如《在这样一个金色的明亮黄昏……》(1886):

> 在这样一个金色的明亮黄昏,
> 在这战无不胜的春天气息里,
> 啊,我美丽的朋友,你不要对我提起
> 我们的羞怯和贫穷的爱情。
>
> 大地呼吸着它的全部芬芳,
> 伸展着只对天空吐露芳华,
> 天空和它不灭的夕阳
> 在宁静的海湾里把自己复制。
>
> 这里哪有我们或我们的幸福立足的地方?
> 想要幸福怎么能不让人羞愧?
> 在无法比拟的宽阔华丽的闪光里面,
> 需要做的就是丢掉理智,或者俯首称臣!

这首诗歌同时还表现了费特晚期诗歌的另一个特点:诗人要极力摆脱世俗的羁绊,飞向代表天堂的星空,融入无垠的宇宙。这种宇宙世界观在诗人潜心研究叔本华哲学时创作的诗歌《五月的夜》(1870)中表现得更直接:

[①] 参见 Б.布赫什塔勃:《阿·阿·费特:生活与创作概述》,列宁格勒,1990年。

> 春天的神秘力量
> 与苍穹的群星一起为王。
> 柔情的你啊！
> 许诺我在红尘中获得幸福。
>
> 可幸福在哪里？不在这贫瘠的世界，
> 看哪，它如烟一般飘散。
> 去吧！去吧！沿着这条星光大道，
> 让我们向永恒飞去！

费特的一生是"一部最为复杂的小说"，情节丰富，耐人寻味，他的死也像他的生一样至今是一个谜，虽然基本认定是哮喘发作夺去了他的生命，但却一直有研究者怀疑他是死于自杀，至少他有自杀企图。但这一切并不重要，重要的是一个俄罗斯学者说的话："1892年11月21日'申欣'不在了，但费特至今与我们同在，他馈赠给我们诗意'美'的喜悦，这美同样是一个巨大的费特的'秘密'。"①

费特、迈科夫和波隆斯基是19世纪俄罗斯"纯艺术"又称"为艺术而艺术"文学流派的三剑客，其中费特的文学成就最大。他一生创作了900多首诗歌，与遭遇坎坷而自称一生是"一部最为复杂的小说"因而有意识地躲进艺术的象牙塔里有关，他的绝大多数诗歌是篇幅短小的抒情诗，大自然和爱情是其创作的基本主题，因而被誉为"大自然和爱情的歌手"。他的爱情诗歌中的情感主题往往与对大自然的景物描写融为一体，在这一点上他与中国古代山水爱情诗人追求物我两忘最高境界的诗歌有异曲同工之妙。费特的自然诗歌大部分是表现四季景物的，而且基本以表现宁静的自然现象为主。他诗歌的最大特点是追求音乐性，不少诗歌都被音乐家谱写了歌曲，作家萨尔蒂科夫-谢德林曾经说过：费特的"大半诗歌洋溢着极其真诚的清新气息，几乎整个俄罗斯都在咏唱他的抒情歌曲"，"在任何文学中都恐怕很少可以找到以其芬芳的气息如此使读者陶醉的诗歌"②。作曲家柴科夫斯基也认为："费特……走出了诗歌指定的界限，大胆地迈入我们的领域。他不单单是诗人，更是诗人音乐家。"③费特本人也把自己的一些诗歌直接定义为"旋律"。

费特的诗总的来说语言朴实、情真意切、意境隽永、清新自然，得到了同时代人和后人的充分肯定。涅克拉索夫评价道："我们可以大胆地说，普希金

---

① C. 格罗莫夫主编：《19世纪俄罗斯文学》(10年级课本)第2册，莫斯科，2003年，第549页。
② 《萨尔蒂科夫-谢德林文集》第5卷，莫斯科，1965年，第383、330页。
③ 转引自《费特诗集·序言》，见《阿·阿·费特》，莫斯科，1947年，第13页。

之后没有一个懂诗并愿意向诗的感受敞开心灵的人……像费特君那样挖掘出那样多的诗意享受。"①车尔尼雪夫斯基也曾经提到过"对费特君天才的崇高认识,每一个具有优雅趣味的人都应当这样认识",他认为"给费特君带来荣誉的作品应当是杰出的"。② 托尔斯泰的评价表达了他对费特才华的惊叹:"这个和善的胖军官从哪里获得了伟大诗人才固有的、如此令人费解的抒情胆魄呢?"③

但就是这样一位使读者得到无限美感享受,使人心灵得到净化、情操得到陶冶的诗人却被赏识其天赋才华的萨尔蒂科夫-谢德林归入"俄罗斯二流诗人行列",他对此的解释是:"费特君诗意理解的世界太狭窄,太单调,太有限了。"④西伯利亚流放时期的车尔尼雪夫斯基在写给儿子的信中也改变了从前对费特诗歌的看法,认为诗人诗歌中对情感的表现与马在高兴或沮丧的时候用炕蹶子表达出来的情感没有什么区别。而在我们看来,他们贬低甚至否定费特诗歌价值的深层原因在于其对文学所应该具备的社会教育功能的认识上,就像有的学者在指出针对费特的、"革命民主主义批评的激烈评价"是"公正的"时所作出的解释那样:"才华首先应当为人民的利益服务。"⑤"文以载道"是俄罗斯文学自诞生之日起就一贯遵循的根本原则,背弃这一传统、"为艺术而艺术"的费特诗歌所得到的不公正待遇虽然按照此种逻辑可以理解,但纯洁之美是人类追求的最高目标,除了应该为消灭不公正的社会现象而斗争和"为人民的利益服务"之外,人的心灵一刻也缺不了美的雨露的滋润,因而费特诗歌的美学价值和在培养人的美感方面所起的作用任何时候都是不可忽视的,几乎每一个俄罗斯人都可以随口背诵出他的诗歌名篇这一现实应该让诗人感到欣慰,也证明了美的价值是不朽的。

第六节 尼·阿·涅克拉索夫
(1821—1878)

尼·阿·涅克拉索夫是19世纪中期最著名的俄罗斯诗人,革命民主派文学和"公民诗歌"的杰出代表。他的诗歌朴素自然,饱含对多灾多难的祖国命运的关注,对受苦受难人民的同情,以及为祖国、为民族解放事业而奋斗的激情。

---

① 《涅克拉索夫全集》第9卷,莫斯科,1948—1953年,第279页。
② 《车尔尼雪夫斯基全集》第4卷,莫斯科,1939—1953年,第508页。
③ 《托尔斯泰全集》第60卷,莫斯科,文学艺术出版社,1949年,第207页。
④ 《萨尔蒂科夫-谢德林文集》第5卷,第383页。
⑤ K.皮加辽夫:《阿·阿·费特》,载《费特文集》,莫斯科,1947年,第8页。

生平创作道路

尼古拉·阿列克谢耶维奇·涅克拉索夫（Николай Алексеевич Некрасов，1821年12月10日出生，1878年1月8日去世）出身于一个贵族地主家庭。3岁时全家随退役的父亲迁居到雅罗斯拉夫尔省祖传庄园格列什涅沃。在伏尔加河畔，在西伯利亚流放犯必经的、著名的"弗拉基米尔大道"旁，未来的诗人度过了自己难忘的童年，他对俄国社会、特别是农民生活有了切身感受，而他专横、残暴的父亲的恶行，也使他产生了最初的不满和反抗情绪。在省中学学习期间，他对文学创作产生浓厚兴趣，大量阅读了普希金、茹科夫斯基等人以及当时其他一些有名文学杂志上的作品，但是他的学习成绩非常糟，以至于父亲不愿为他付学费。1837年他离开学校，在家闲居一年后，他满怀对文学事业的憧憬来到彼得堡，想先在那里上大学，然后从事文学创作。涅克拉索夫违背了父亲执意要他进军校的意愿，父亲得知此后便中断了对他的经济资助。为此涅克拉索夫生活陷入困境，他上不了大学，周围又没有任何亲人帮助，他只好靠给穷人写信、抄讼状挣钱糊口，经常忍饥挨饿。

生活的艰难没有摧垮涅克拉索夫的坚强意志和不懈追求。他开始在一些杂志上发表作品，1840年，他匿名出版了第一本诗集《幻想与声音》。这本充满浪漫主义色彩的诗集出版后，没有得到什么实质性的评价，只有别林斯基给予了认真而尖锐的批评。1842年，涅克拉索夫与别林斯基相识，此后他的创作道路发生了重要的转折。涅克拉索夫与《祖国纪事》杂志的合作使他接受和明确了"自然派"的写实原则，把注意力投入到普通民众、首先是农民和城市下层民众的生活，而仇视俄国的农奴制和贪官污吏。1843—1846年间，他编辑出版了多种文集，其中最重要的是《彼得堡风貌素描》（1844—1845）和《彼得堡文集》（1846），集中了俄国早期现实主义文学创作的精华。除了作家本人的散文和诗歌作品外，《彼得堡风貌素描》包括别林斯基的论文以及格里戈罗维奇、达里等"果戈理派"作家的创作，《彼得堡文集》则包括В.别林斯基、А.赫尔岑、И.屠格涅夫、Ф.陀思妥耶夫斯基等人的创作。从1846年底开始，涅克拉索夫与作家И.巴纳耶夫（1812—1862）一起，接手出版当年由普希金创办的《现代人》杂志。在他的努力下，这份杂志成为当时进步作家的核心阵地，先后刊载了赫尔岑的《谁之罪》、《偷东西的喜鹊》，И.冈察洛夫的《平凡的故事》，屠格涅夫的《猎人笔记》，别林斯基的著名年度回顾《1846年俄罗斯文学一瞥》和《1847年俄罗斯文学一瞥》，诗人涅克拉索夫本人《夜里我奔驰在黑暗的大街上……》（1847）以及Н.奥加辽夫等人的诗歌作品。

1848年的欧洲革命使沙皇政府采取更为严厉的措施对待自由思想在俄罗

斯的传播,《现代人》杂志举步维艰。为此,涅克拉索夫付出巨大的辛苦来维持杂志避免被关闭。1853年,他长期积劳成疾,患了重病。当时诗人自认时日不久,于是更加勤奋从事创作,并且于1856年出版了自己的诗集,精选了诗人从1845年至1856年的优秀作品。

涅克拉索夫早期创作中,最值得关注的是两部分题材的创作,一是公民主题,一是乡村生活主题。在前一题材的创作中,最具纲领性的作品当属《诗人与公民》(1856)。在诗人与公民的对话中,作者明确表示:"你可以不做诗人,/ 但是必须做个公民。/ 而公民又是什么呢?/ 一个当之无愧的祖国的儿子。"①在同时期尖锐的文学论战中,涅克拉索夫用文学评论和诗歌作品,反对把普希金作为"纯艺术派"的代表,推崇"果戈理流派"的写实精神。诗人早在1848年写成的八行短诗《昨天五点多钟……》中,在目睹鞭打乡下姑娘场景之后写道:"我对缪斯说道:'看呀!/ 这就是你亲姊妹的形象!'"②《缪斯》(1851)一诗把这一思想表现得更加完整,诗人称是缪斯"教会了"他"感受自己的痛苦",并且让他"把这些痛苦向人世上宣布"。③ 因此他在《果戈理忌日》(1852)中称赞果戈理是"高贵的天才",在诗作《别林斯基》(1855)中颂扬别林斯基是祖国"忠实的儿子"。

涅克拉索夫的乡村生活题材的许多作品具有明显的故事性。《一块未收割的田地》(1854)讲述秋天来临,而农民却因劳累过度病倒,无力收割成熟的庄稼。《被遗忘的乡村》(1855)描述身受欺压的农民盼望城里的老爷来主持公道,结果等来的只有灵柩。涅克拉索夫尤其关注女性人物的生活命运。《在旅途中》(1845)描写一个被贵族生活方式惯坏了的女奴,无法适应农村劳动而不幸死去。《三套马车》(1846)则描述了农村姑娘所面临的生活的艰辛。长诗《萨莎》(1854)试图探讨谁是现代新主人公问题,肯定了女主人公、迷人的少女萨莎的坚定追求。与此同时,他的另外一些诸如《犬猎》(1846)、《道学家》(1847)等诗作,刻画出地主、官吏和资本家等压迫者形象,具有很强的讽刺性。

1856年8月至1857年6月,涅克拉索夫旅居国外。将近一年的治疗疗养使他的健康有所好转,同时在国外他创作了描写苦役犯的长诗《不幸的人们》(1856),其中有一个重要人物叫克罗特,这个形象包含了别林斯基的某些特征。回国后他完成了长诗《寂静》(1857),表达了他归国后的喜悦之情,并且在勤劳勇敢的俄罗斯人民身上找到生活的勇气和信心。但是50年代末至60年代初俄罗

---

① 《涅克拉索夫诗选》(魏荒弩译),上海译文出版社,1980年,第111页。
② 同上书,第33页。
③ 同上书,第39页。

斯复杂的社会环境根本无法使他平静,相反更促进他关心祖国和人民的命运。

1858年,他创作了著名的诗篇《大门前的沉思》,表现了对俄罗斯人民的生活和俄罗斯的历史命运的强烈关注。诗人首先描写了自己住宅对面,一座高官的官邸门前,一群长途跋涉的农民前来请愿遭到驱逐的景象。一面是骄奢淫逸,纸醉金迷;一面是衣衫褴褛,求告无门,这一景象触目惊心,令人心痛。在这首诗的后半段,诗人发出"哪里有人民,哪里就有呻吟"的感叹:

> 走上伏尔加河畔;在伟大的俄罗斯河上,
> 那回响着的是谁的呻吟?
> 这呻吟在我们这里被叫做歌声——
> ……
> 伏尔加!伏尔加!在春天涨水时期,
> 你横扫田野,茫茫无际,
> 但怎比得人民巨大的悲哀,
> 到处泛滥在我们这辽阔的土地——①

因此,诗人表达了对人民命运的担忧:

> 你这绵绵不绝的呻吟意味着什么?
> 你是否充满了力量,还会觉醒?
> 难道你还要服从命运的法则?
> 难道你所作的,都已经完成?
> 难道你创作了一支婉转呻吟的歌曲,
> 而灵魂就永远沉睡不醒?……②

作品结尾抒情部分后来被谱成曲子,在青年学生中广为流传。同样创作于1859年的《叶辽姆什卡之歌》也对人们普遍存在的逆来顺受心理有所批判,同时提出了"自由"、"博爱"、"平等"的生活理想。

60年代农奴制改革前后,俄国社会的巨大变化促使诗人对社会生活的认识不断扩大和深化,一批有影响力的作品先后问世。在诗人笔下,我们可以看到以童年生活回忆为主题的《伏尔加河上》(1860),反映工厂童工痛苦生活的《孩子们的哭声》(1860),赞美农村儿童朴实、善良、淳朴的《农民的孩子们》(1861)。《片刻的骑士》(1862)表现了诗人的远大志向和崇高信念,同时又备感前途艰辛、力量不足所带来的痛苦。诗中刻画了感人至深的母亲形象。在故乡的土地,诗人想起了故去的母亲,母亲辛劳一生,但却勇敢面对生活,以

---

① 《涅克拉索夫诗选》(魏荒弩译),第123页。
② 同上书,第124页。

博大胸怀和坚强意志鼓舞子女走上正确道路。母亲的精神鼓励诗人"为了爱的伟大事业","走上荆棘丛生的道路"。但是睡梦醒来,母亲已经不在身边。当周围响起一片恶毒嘲讽的歌声:"你们注定有善良的激情,/但什么事你们也没有完成……"①到哪里去寻找那催人奋进的力量?总的来看,母亲的形象在涅克拉索夫的创作中占有重要地位,1868年的短诗《母亲》也表现了与上述作品相类似的主题。

诗人对女性,特别是农村女性命运的关注,突出表现在《严寒,通红的鼻子》(1863)这部长诗作品中。诗人一开始便指出了俄罗斯妇女所遭受的可怕命运:"第一段:同奴隶结婚,/第二段:做奴隶儿子的母亲,/而第三段:至死也服从奴隶……"②但是就是在这样严酷的生活重压下,俄罗斯妇女却不失其特有的庄严美丽,"女皇般的步态和目光"。长诗塑造出达丽亚这样一个女性,她忍住失去丈夫的悲伤,为拉扯子女在严寒中去森林砍柴,不幸被冻死。长诗最为感人的是第二部分,是对达丽亚的梦境的描绘,其中饱含了对美好生活前景的憧憬。用诗人的话来说,对达丽亚的命运"只有石头才不哭泣"。

长诗《货郎》(1861)从多个侧面反映了广阔的生活场景,其中的"穷流浪汉之歌"曾被车尔尼雪夫斯基引用来说明起来干革命的重要性。《铁路》(1864)讲述了劳动人民为修建铁路所付出的巨大牺牲和受到的种种剥削压迫。和以往许多俄罗斯诗人不同,涅克拉索夫首先在诗歌中开拓了城市生活的创作领域。《天气之歌》两部分分别完成于不同年代(1859,1865),但贯穿了同样的主题:诗人在作品中揭露彼得堡生活的贫富悬殊的现实。与他的农村题材作品不同,他的城市题材作品主要以讽刺、批判为主,如《阅览室》(1865)、《自由言论之歌》(1865)、《芭蕾舞》(1866)等。

1866年,《现代人》杂志被关闭,一年半以后涅克拉索夫接管了《祖国纪事》杂志。在他的努力下,该杂志团结了萨尔蒂科夫-谢德林等进步作家,成为进步力量的喉舌。而诗人在紧张的编务工作同时,也创作了许多优秀诗歌作品。

历史题材长诗《祖父》(1870)、《俄罗斯妇女》(1871—1872)取材于十二月党人及其妻子们的事迹,但是诗人并不拘泥于人物原型,而是从他们思想和行为中总结出富有时代气息的崇高精神,以此来激励同时代人为高尚事业献身。《祖父》以流放归来的沃尔康斯基为原型,诗人借助这个人物之口表达了对现实的批判和对幸福未来的向往。《俄罗斯妇女》由"特鲁别茨卡娅公爵夫人"和"沃

---

① 《涅克拉索夫诗选》(魏荒弩译),第153页。
② 同上书,第233页。

尔康斯卡娅公爵夫人"两部分组成,作者歌颂她们所代表的许多十二月党人的妻子们的勇气和毅力,她们理解丈夫的事业,为了爱情毅然抛弃荣华富贵,克服重重阻力奔赴西伯利亚,与爱人生活在一起。第一部分的核心是公爵夫人与阻挠她前行的省长的激烈交锋,极具戏剧性。而后一部分则是以回忆方式写成,心理刻画细腻入微。

在这一时期,他还完成了他的讽刺作品巅峰之作《同时代的人们》(1875),并且花费十几年功夫创作长诗《谁在俄罗斯能过好日子》(1863—1877)。而他的最后一部诗集《最后的歌》(1877)收入了他晚年的优秀抒情诗作。"《最后的歌》真实地记录了诗人晚年在疾病的折磨下对自己一生所走道路的回顾,表现了诗人严格的自省、对自己创作的评价,对后人、对祖国所寄的希望"[①]。

史诗《谁在俄罗斯能过好日子》

《谁在俄罗斯能过好日子》是涅克拉索夫一生最重要的作品。这部作品构思于1861年农奴制改革之后,从1863年开始动笔,在后续的十几年中陆续写成和发表了前三部,第四部是诗人在生命的最后阶段抱病写出的,但是未能通过检查机关审查,诗人生前未能付印。应该说,漫长的写作过程使作者对作品所涉及问题的认识、对主题深度的开掘,远远超出了其最初的构思,但是由于身体原因,这部宏大的艺术作品没能最终完成。虽然如此,仅就已完成部分而言,我们就已经感受到了作品强有力的思想震撼力和艺术感染力,可以说这是19世纪俄罗斯诗歌史、19世纪现实主义文学乃至整个俄罗斯文学史上一部绝无仅有的艺术奇葩。

涅克拉索夫为长诗设计了一个富有民间口头文学色彩的开篇。七个刚从农奴制下"解放"的"暂时义务农"[②]为"谁在俄罗斯能过好日子"发生激烈争论,他们分别提出了地主、官吏、神甫、富商、大臣和沙皇,却彼此难以说服。于是,他们离开家乡,许下心愿,直到找到答案再回家。作品中出现了"会说话的柳莺"和"会开饭的桌布"等典型的俄罗斯民间文学因素。按照原来的构思,这几个农民应该依次去拜访那些权贵和富人,诗中讽刺和批判的成分占据上风,这也部分地可以解释作者为什么选用了罕见的三音步抑扬格诗律,而不是叙事长诗惯用的四音部抑扬格。但是所有这些民间文学的因素都迅速被另外一些更为重要的内容所替代,作者把更多的笔墨放到了俄国社会更

[①] 徐稚芳:《俄罗斯诗歌史》(修订版),第349页。
[②] 指农奴制废除后,未能用赎金向地主赎买回份地,仍须为地主服劳役或交纳代役租的农民。长诗译文如无特殊说明,均取自《谁在俄罗斯能过好日子》(飞白译),人民文学出版社,1998年。

为重要的力量——农民生活的身上,而对于有产者的叙述仅停留在神甫和地主层次上。诗人以这七个农民四处漫游为线索,借助各色人物的讲述,串联起大大小小几十个故事,通过这些故事向人们展现了俄国当时农村生活的广阔场景,对俄国社会严峻的生活现实、贫穷落后的根源、祖国和人民的命运,对生活幸福的理解和幸福出路的寻求以及谁是生活的强者等一系列重要问题,提出自己的认识和解答。

作品留给读者的第一个深刻印象,来自作者对农奴制改革给农村生活带来的巨大影响的描述。正如作者所言,"一条大铁链扯断了,/猛地向两边绷开:/一头打中了老爷,/另一头打中了庄稼汉!……"在作者笔下,1861年自上而下的农奴制改革并没有给农村生活带来实质性的改善,农民依旧无权无势,生活贫困,痛苦和艰辛、泪水和血汗依旧是他们生活的主要内容。长诗中的重要人物、壮士萨威里把农民的命运做了如此归纳:"男子汉面前三条路:/酒店、苦役、坐监牢;/妇人面前三条绳套:/第一条是白绫,/第二条是红绫,/第三条是黑绫,/任你选一条,/把脖子往里套!"光腔亚金拒绝把农民贫困的根源归结为酗酒和懒惰:"我们当中常见醉汉,/可是清醒的人更多。……不喝酒同样受苦情,/倒不如借酒浇愁好……"农民辛苦一年,可结果"干活的时候只有你一个,/等到活刚干完,看哪,/站着三个分红的股东:上帝、沙皇和老爷!/还有第四个强盗 /比鞑子还凶恶,……每年三伏天 /有多少庄稼汉的血汗 /被一把火烧掉!……"勤劳、有才干的叶密尔尽管正直、善良,为众人做了许多好事,仍免不了坐监牢的结局。长诗指出,农奴制虽然被废除,但是农民却还要付出高额赎金的代价,同时还要受到地主克减份地、村正从中渔利的盘剥,幸福对他们来说仍然是梦想和憧憬。

另一方面,地主们的好日子也走到尽头,尽管他们无限留恋自己"意志就是法律"、"拳头就是警察"的"黄金时代",仍然指望能继续不劳而获、作威作福。作者尽情嘲笑那个乡村"最后一个地主",在聪明的农民的愚弄和遗产继承者的欺瞒中,过着仿佛依然"说一不二"的日子,成为人们的笑柄。农奴主的末日已经来临,对这一点另一个地主饭桶耶夫非常清楚。农奴制寄生腐朽的生活方式早已毒害了他的身心,四体不勤、五谷不分、好逸恶劳、骄奢淫逸,这一切曾经构成他的全部生活内容和情趣,并且被看作是天经地义。世袭的特权使他们误以为他们就是俄罗斯的主人和代表,全然无视农奴们的辛劳和痛苦。而此时他听见了地主生活的丧钟已经敲响,自由自在的好日子即将过去,他不禁为之号啕痛哭。农奴制一废除,贵族们的娇生惯养、不善经营的弱点更加暴露无遗,作者多处写到地主庄园的凋敝景象和庄园主的哀叹,"美丽的宅第拆成了砖头瓦片",贵族们散布四处,不知所终,往昔的"胜景"荡然无存。

诗人最可贵之处,不在于他仅仅勾勒了苦难深重的俄罗斯大地,而在于他揭示了"罪孽的总根是农奴制",在于他指出了改变这一局面的根本力量源泉是人民。这一思想在长诗末尾、助祭儿子格利沙的"新歌"《俄罗斯》中有明确的体现。歌中有一段著名的诗句广为传诵:"你又贫穷,/你又富饶,/你又强大,/你又衰弱,/俄罗斯母亲!"造成俄罗斯贫穷落后的是农奴制,改造俄罗斯的力量是人民,"奴役压不服/自由的心,——/人民的心/就是真金!/人民的力量/强大无比"。在自己作品中,涅克拉索夫塑造了众多感人的农民形象。其中最具有代表性的是百岁老人萨威里和"仪态端庄"的农妇玛特辽娜。在萨威里形象中,诗人赋予了壮士歌中许多英雄人物的优秀品质。他勇敢过人,特别是敢于起来反抗任何压迫。他曾经和其他农民一起活埋了欺压他们的德国管家,并因此被判流放服苦役,但是他坚信"烙了字,却不是奴隶","压不垮,不倒下"的庄稼汉就是壮士。玛特辽娜是作者着意歌颂的人物形象,在她身上集中了勤劳善良而又坚韧不屈的俄罗斯性格特征。作品将近一章的内容,详细描述了她的一生:无忧无虑的童年,出嫁后受到夫家的虐待,丧子的悲痛,为丈夫不幸被征兵而奔走,丈夫死后操持家务、抚养子女的辛劳……她劳累一生,却从不知什么是幸福,但是任何生活磨难都没有使她失去坚强的意志和美的魅力。她的命运可以说是俄罗斯劳动妇女的典型写照。

长诗中最能体现作者思想倾向的人物,是乡村助祭的儿子格利沙·杜勃罗斯克洛诺夫。这个人物的原型来自同时代的民主主义革命家杜勃罗留波夫。他是作品中最有见识、最有理想、最懂得什么是幸福的人。他深知万恶之源是农奴制。他抱定"人民的命运,/人民的幸福、/光明与自由——/在一切之上"的信念。他了解人民的苦难并且愿意充当"人民辩护者",不惧"肺病和流放西伯利亚"。他把自己的命运与人民结合在一起,因为他知道昏睡的俄罗斯"地下燃烧着火星","俄罗斯人民正在把力量聚积,/正在学习着做一个公民",虽然俄罗斯"今天依旧是一名奴隶,/却已是自由儿女的母亲"。他想用自由的歌声来唤醒人民,并且认为为人民的事业而献身就是最大的幸福。这是涅克拉索夫作为一个革命民主主义者,对俄罗斯民族的命运和前途、对生活幸福理解和追求等重大复杂社会问题所给予的明确答案。

这部长诗是19世纪后半期俄罗斯现实主义的一大杰作。涅克拉索夫把对现实生活的深刻认识与真实全面的生动展示结合起来,既直面现实的矛盾和全部复杂性,又揭示矛盾背后的根源,并且试图提出解决途径。他率先把广阔的农村生活、特别是农民的喜怒哀乐作为描写的对象,力图从农民的立场去看待社会生活。不仅如此,他在长诗的诗歌语言和诗歌形式方面也颇有建树。长诗明显具有很强的民间口头文学因素,作品中的故事绝大多数由不同人物亲口讲述,中间穿插许多抒情性的歌曲段落,语言平实、质朴、生动。诗歌采用歌曲性很强的格律,全诗基本无韵,体现出口语化倾向,而扬抑抑式结尾的广泛使用,又使其与民歌惯有形式相呼应,使全诗节奏别具特色。但是,我们同时应该看到,涅克拉索夫并没有简单地使用这些口头文学因素,作品既有仿民歌的语调,又明显是作者精心构建所然,这一传统在当时成为民主主义诗歌的楷模和典范,在20世纪又被伊萨科夫斯基、特瓦尔多夫斯基等许多农村诗人所继承和效法。

涅克拉索夫是19世纪后半期最伟大的俄罗斯诗人。他把民主精神和现实主义写作原则贯注于诗歌创作,拓宽了诗歌的创作领域。他始终在创作中坚持公民精神,努力维护广大人民,特别是下层劳动者的权利,成为他们思想感情的喉舌。他把诗歌题材领域从乡村扩展到城市,而以往诗歌创作对此极少涉及,特别是对城市下层人民以及劳动工人的生活关注更少。他在诗歌语言和形式方面也做出了巨大贡献。他的诗歌语言朴实流畅,接近日常生活但又进退有度,更加注重与真正民歌和民间口头文学精神上相呼应,而不是靠滥用俗语、方言、土话而获得廉价的"大众性"。他在总结前人在诗歌格律、韵律、节奏方面所取得的经验基础上,探索出新的发展道路,努力消除各种诗律语义差别对诗歌内容的限制,特别是对三音节诗律、如抑抑扬和扬抑抑格的使用更为出色,丰富了俄罗斯诗歌艺术宝库。他的现实主义诗歌传统在俄罗斯诗歌史上占有突出的、重要的位置。

(二) 19 世纪俄罗斯小说

第一节 19 世纪俄罗斯小说发展概述

历经18世纪对西欧文学全方位的接受和整合以及对古代文学和民间文学传统有效的继承,19世纪俄罗斯文学进入了崭新的发展轨道,呈现出全新的发展态势。经过短短一百年发展,俄罗斯文学最终以其具有原创性的、杰出的艺术成就屹立于世界文学之林,同时为世界文坛提供了一大批具有世界意义的作家。须指出,这些文学实绩的获得是与民族化的小说体裁的确立、发展和完善密切相关的。也就是说,正是艺术小说体裁的完备建构为19世纪俄罗斯作家文学创作的异军突起、走向世界提供了文学体制的巨大空间。

19世纪前期的俄罗斯小说。19世纪前25年,俄罗斯文学发展的总体趋势是诸文学思潮——古典主义、感伤主义、浪漫主义和现实主义并存和迅速更迭。其间,作为主流思潮的浪漫主义向现实主义和批判现实主义过渡。文学思潮和创作方法的转型为特定的体裁形式——小说的创作实践提供了必要的条件。

在19世纪最初20年间,感伤主义小说创作虽已势微,但仍在继续。在旅行记和书信体体裁中,С.费列尔茨特的《一部批判性旅行记》(1818)和Ф.格林卡的《一个俄罗斯军官的书信》(1818)较为著名。前者描绘了农奴制背景下俄罗斯农村的悲惨画面,后者则展现了1812年卫国战争的宏大场面。

19世纪前期最具影响的小说创作属于两位长篇小说作家:А.伊兹梅洛夫和В.纳列日内。在1799年至1801年间,伊兹梅洛夫创作了《叶甫盖尼,又名不良教养与交际不慎之致命后果》。这部小说描写了贵族青年如何在贵族教育的培养下沦落为四体不勤、自私冷酷和道德败坏的社会渣滓。小说对当时贵族教育的方式、制度提出了尖锐的批评。1814年,纳列日内发表长篇小说《俄罗斯的吉尔·布拉斯,又名契斯佳科夫公爵奇遇记》。在这部小说中,作家通过主人公在农村和京都的游历,展现了俄罗斯广阔的社会生活画卷,对贵族上流社会的种种丑恶现象给予了无情的揭露。这部小说还具有明显的道德劝诫特征。纳列日内于1824年和1825年分别发表中篇小说《神学校学生》和《两个伊凡,又名诉讼狂》。这两部小说在当时文学界引起了重大反响。它们在一定程度上揭示了俄罗斯当代宗教生活和世俗生活的两个重要方面。特别是后者,对俄罗斯"民族性"进行了深刻的剖析。尽管纳列日内的小说创作在历史内容和艺术结构等方面都具有过渡性质,但它们还是为俄罗斯"自然派"文学的形成提供了契机和文学典范。正是在这一意义上,纳列日内被誉为"果戈理的先驱"。

20年代上半期,十二月党人创作的历史小说具有一定的影响。其代表性作品有:А.科尔尼洛维奇以彼得大帝政治生涯为题材的中篇小说,А.别斯图舍夫(马尔林斯基)的《罗曼和奥尔迦》(1821)和《背信者》(1825)。这些小说均属政治小说,其启蒙小说的内涵决定了文学人物的类型化特征。

20年代末,俄罗斯小说创作开始崛起。这一时期,占主导地位的是浪漫主义中篇小说,其代表是十二月党人作家别斯图舍夫。作为著名文学批评家和文学理论家,别斯图舍夫的贡献在于他为浪漫主义创作方法的确立和巩固提供了文学观念和政治理念的支持。1832年,他发表了《俄罗斯中篇小说故事集》,在文坛引起轰动。据此,别林斯基将之誉为"俄罗斯第一个小说作家"和"俄罗斯中篇小说的创始人"。别斯图舍夫的代表作是《"希望号"巡航舰》(1832)。在这部小说中,作家全面展示了贵族上流社会"全盘欧化"的生活方式以及在伦理道德方面的堕落状况。作家于1832年和1836年分别发表《阿玛拉特老爷》和《穆拉·努尔》。这两部小说均以高加索山民生活为题材,描绘了山民的军事化生活,独具"异域"地方色彩。其中,"异域"的自然景色、主人公形象的反叛个性以及情节的尖锐冲突等,突出了浪漫主义创作独特的审美追求。另外,别斯图舍夫的《别洛佐尔中尉》(1831)和《披甲兵》(1832)描写了拿破仑时代俄罗斯军人的典型,在一定程度上反映了俄罗斯当代军旅生活的一个侧面,广义上可以被列入"历史小说"范畴。浪漫主义小说另一个重要代表是 B. 奥陀耶夫斯基。他早期创作有小说和故事《西利费达》(1837)、《萨拉曼得拉》(1842)和《俄罗斯之夜》(1836—1844)。奥陀耶夫斯基较具影响的作品是中篇小说《咪咪公爵小姐》(1834)和《齐齐公爵小姐》(1839)。这两部小说对贵族上流社会虚伪的生活给予了深刻的揭露,在一定程度上表现出作家的社会批判精神。

  在 19 世纪前期的小说创作中,一批平民作家的加盟成为重要的文学现象。在这些作家中具有代表性的有 M. 波戈津、H. 波列沃依和 H. 巴甫洛夫等。波戈津早期秉持民主主义立场,30 年代以后转向斯拉夫主义。他的中篇小说《乞丐》(1826)描绘了俄罗斯农村百业凋敝,农民生活极度贫困的状况,而《市场上的新娘》(1828)和《黑病》(1829)则分别展示了外省社会风习的野蛮以及商人阶层的愚昧无知和粗俗迷信。波列沃依的主要作品有《画家》(1833)、《阿巴董娜》(1834)和《一个俄罗斯士兵的故事》(1834)。前两部小说描写平民出身的艺术家——画家和诗人如何凭借自身的艺术天赋和不懈的努力,去实现自我价值,但由于森严的社会等级制度,他们的才能无处发挥,最终归于失败。小说在褒扬艺术家独立人格的同时,将批判矛头直接指向庸俗无知的贵族上流社会。《一个俄罗斯士兵的故事》讲述了俄罗斯农民跟随俄军统帅苏沃洛夫将军远赴意大利作战的故事。其中,对社会生活真实、细致的描绘给人们留下了深刻的印象。波列沃依小说创作的最大特征是"平民化"倾向,它们对出身平民的主人公形象的塑造,对其人格精神的肯定,受到了批评家的一致认同。巴甫洛夫也是平民作家的杰出代表。1835 年,巴甫洛夫发表《三个中篇小说》。其中《命名日》和《土耳其刀》在当时较具影响。前者描写一个农奴音乐家的悲惨经历,从侧面揭露了农奴制社会的黑暗现实,后者则展现了在俄罗斯军营森严的等级制度下弱势无助的士兵饱受欺凌、侮辱的状况。巴甫洛夫的小说创作较之其他作家更加深刻地揭示了专制农奴制条件下尖锐、复杂的社会冲突。

  19 世纪初,欧洲和俄罗斯历史学学科研究的兴起对文学创作产生了一定的影响和作用,遂成为历史小说创作的重要契机。而历史小说作为特定的小说体裁则是俄罗斯长篇小说的最初体裁形式。这时期历史小说的代表作家有 M. 扎戈斯金和 И. 拉热奇尼科夫。扎戈斯金于 1829 年完成第一部历史小说《尤利·

米洛斯拉洛夫斯基,又名1612年的俄罗斯人》。这部历史小说被称为"第一部以俄罗斯历史为题材的长篇小说"。它描写了17世纪波兰入侵俄罗斯,俄罗斯民众奋起反抗、保卫家园,维护民族独立和尊严的故事。小说的爱国主义主题为作家赢得了广泛的声誉。扎戈斯金的第二部历史小说《罗斯拉夫列夫,又名1812年的俄罗斯人》取材于1812年抗击法国入侵者的卫国战争。总体上说,扎戈斯金的历史小说在思想主题和艺术结构两个方面代表了19世纪前期俄罗斯历史小说发展的最高成就。另一位历史小说家拉热奇尼科夫于1831年至1838年间发表了三部历史小说:《最后一个近侍少年》(1831—1833)、《冰屋》(1835)和《回教徒》(1838)。在第一部小说中,作家塑造出一位彼得一世的谋杀者形象,展示了小说主人公对彼得大帝由敌视到认同的心路历程。《冰屋》讲述的是安娜女皇时期宫廷内部的派系斗争,揭露了宫廷政治的黑暗和腐败。拉热奇尼科夫的历史小说包含有诸多浪漫主义因素,这在一定程度上为"历史事件"描述的真实性带来了负面影响。

  从30年代到40年代,普希金、莱蒙托夫和果戈理的小说创作奠定了俄罗斯小说的现实主义方向,其批判精神和艺术水平标志当时俄罗斯小说发展的最高水平。30年代,作为俄罗斯近代民族文学的奠基者,普希金的文学创作发生了转型,而这一切又是与"占主导地位的时代精神"密切相关的。早在写作诗体小说《叶甫盖尼·奥涅金》时,普希金就开始了小说创作实践。1828—1830年期间,普希金创作了以下几部小说作品,但均未完成:《彼得大帝的黑孩子》、《客人来到别墅……》和《书简小说》等。1830年,普希金创作了《别尔金小说集》(1831)(包括5部短篇小说:《射击》、《暴风雪》、《棺材匠》、《村姑小姐》和《驿站长》)。其中,《驿站长》塑造的"小人物"形象标志其现实主义小说创作的历史高度。普希金1834年发表的《黑桃皇后》塑造了一个唯利是图、拜物主义的资产者形象,其中对人物的心理探索和描写颇具特色。另外,未完成的小说《戈留辛诺村的历史》(1837)以及中篇小说《杜勃罗夫斯基》(1841)等反映了俄罗斯农村的社会现实,特别是俄罗斯农民的生存状况。历史小说《上尉的女儿》(1833—1836)将历史事件与虚构故事有机地结合在一起,艺术地再现了历史人物——农民起义领袖普加乔夫的形象。莱蒙托夫早在学生时代就创作了《瓦季姆》(1832—1834),这部小说揭示了俄罗斯农民悲惨的生活境遇以及农民起义的合理性。《里戈夫斯卡娅公爵夫人》(1836—1837)则反映了俄罗斯贵族和平民的生活现实,同时对贵族上流社会提出了尖锐的批判。以上两部小说均未完成。莱蒙托夫的代表作《当代英雄》(1840)塑造了一个具有反叛精神的贵族青年形象,对俄罗斯上流社会的价值观念、道德规范和生活方式,对沙皇专制制度给予了全面的批判和颠覆。30

和40年代,被誉为俄罗斯文学"小说之父"的果戈理创作有《狄康卡近乡夜话》(1831—1832)、《密尔戈罗德》(1835)和《彼得堡故事》(1835—1842)。《狄康卡近乡夜话》反映了乌克兰民间生活的现实,具有浓郁的民族色彩。较之于《狄康卡近乡夜话》,中篇小说集《密尔戈罗德》的4篇小说更加显示出果戈理的现实主义创作倾向,表现出作家对社会现实的批判立场。《彼得堡故事》是以彼得堡生活为题材的系列短篇小说集,《涅瓦大街》、《肖像》、《狂人日记》、《鼻子》和《外套》等5篇作品以京城的都市生活为背景展示了众多小人物卑微、挣扎和终归毁灭的生存状态,对俄罗斯社会的黑暗、腐败给予了彻底的揭露和批判。果戈理的代表作《死魂灵》(1842)标志着作家现实主义小说创作的顶峰。作为俄罗斯批判现实主义文学的第一部长篇小说,《死魂灵》再现了农奴制条件下俄罗斯农村的愚昧、落后、停滞、野蛮和极端贫困,揭示出俄罗斯社会的苦难和罪恶。

40年代,在果戈理"自然派"作家的行列中,最具代表性的有两位,他们是В. 达里和Д. 格里戈罗维奇。达里40年代开始发表作品。他的《彼得堡的看门人》(1844)、《勤务兵》(1845)对社会底层人物的生活和心理进行了真实的描写,并寄予人道主义的关怀。格里戈罗维奇发表有《彼得堡的手风琴手》(1845)、《乡村》(1846)、《苦命人安东》(1847)等。在这些小说中,作家全方位地描绘出19世纪上半期俄罗斯底层生活的真实画面。在格里戈罗维奇的全部创作中,中篇小说《苦命人安东》最为著名。小说讲述了农民安东任劳任怨,勤勉辛劳,饱受欺压,最终不堪凌辱奋起反抗的故事。作家在此暗示农奴制社会必然引发农民的反抗,直至社会大厦被彻底摧毁。基于此,别林斯基认为格里戈罗维奇的小说已经超越"风俗素描"的主题,它们具有更加深刻的思想品格和人道主义精神。

这一时期,А. 赫尔岑创作有《一个青年人的札记》(1840—1841)、《谁之罪》(1841—1846)、《克鲁波夫医生》(1847)和《偷东西的喜鹊》(1848)。其中,作家的代表作《谁之罪》以其对专制农奴制的批判立场在俄罗斯文学史上占有一定的地位。另外,陀思妥耶夫斯基完成了小说《穷人》(1845)、《同貌人》(1846)、《女房东》(1847)、《脆弱的心》(1848)、《诚实的小偷》(1848)和《白夜》(1848)等。И. 冈察洛夫发表了反映转型期俄罗斯社会现实的长篇小说《平凡的故事》(1847)。М. 萨尔蒂科夫-谢德林描写社会等级压迫的小说《矛盾》(1847)和《错综复杂的故事》(1848)问世。从1847年起,屠格涅夫陆续发表《猎人笔记》中的部分作品。

总体上说,19世纪30和40年代的俄罗斯文学中,诗歌体裁的主导地位逐渐为小说体裁所取代。这一时期,基于现实主义创作方法的小说创作标志着19

世纪俄罗斯文学繁荣的开端。由于果戈理小说创作的实绩及其对俄罗斯当代现实主义确立、发展所起的作用,这一时期又被称为"果戈理时期"。果戈理开启了批判现实主义的文学思潮,因而被尊为"自然派"的领袖。

19世纪中期的俄罗斯小说。19世纪中期是俄罗斯现实主义文学发展的鼎盛时期,同时也是小说创作的繁荣时期。

19世纪中期,俄罗斯文学中出现了一个十分重要的现象——平民知识分子作家的加盟。他们以基于自身独特身份的社会批判精神为批判现实主义文学的发展作出了特殊的贡献。平民知识分子小说作家有:Н.波缅洛夫斯基、Ф.列舍特尼科夫、Н.乌斯宾斯基、Г.乌斯宾斯基、А.列维托夫,等等。波缅洛夫斯基于1857年开始文学创作。1861年,波缅洛夫斯基发表中篇小说《小市民的幸福》和《莫洛托夫》。继而,在1862年至1863年发表《神学校随笔》。文学评论家将《小市民的幸福》和《莫洛托夫》称作两部曲。这两部小说讲述了平民知识分子莫洛托夫从"身份"自觉到与上层社会决裂,然后通过个人奋斗以改变自身的命运,获得理想的社会地位并找寻到了属于自己的爱情。这两部小说由于其反叛社会的思想和独特的艺术结构受到了车尔尼雪夫斯基的高度评价。波缅洛夫斯基的《神学校随笔》在50和60年代俄罗斯文学发展中占有重要的地位。在这部作品中,波缅洛夫斯基对俄罗斯封建教育制度予以了无情的揭露,指出了它残害人性、钳制自由思想的实质。与此同时,作家也展现了平民知识分子反抗精神奴役、追求独立思想的斗争过程。作家还进一步指出:沙皇专制制度下的俄罗斯社会同样也是一座神学校。波缅洛夫斯基的小说创作以其鲜明的时代精神、提出社会问题的广度和深度以及一系列平民知识分子形象的塑造对60和70年代的小说发展具有重要的影响,并且为以后的作家提供了可资借鉴的范本。列舍特尼科夫于50年代开始从事文学创作。1864年,列舍特尼科夫发表中篇小说《波德利普人》,1866年又连续创作长篇小说《矿工》、《格鲁莫夫一家》和《哪儿更好?》。《波德利普人》揭示了农奴制改革以后乌拉尔地区农民极端贫困和愚昧落后的生存状况。小说真实地展示了他们与命运抗争直至彻底失败的生命历程,其中渗透着悲观、绝望的宿命情绪。作家并非止于此,而是将希望寄于新一代的农民身上,通过他们经由奋斗所取得的初步成功暗示俄罗斯农民建立新生活的可能性。与《波德利普人》相互呼应,列舍特尼科夫的《矿工》、《格鲁莫夫一家》和《哪儿更好?》选择了乌拉尔地区的工人生活作为题材。长篇小说《矿工》和《格鲁莫夫一家》分别通过对两个矿工家庭几代人生活演变的描述,展现了资本在俄罗斯萌发、扩张的历史。小说反映了资本主义原始积累时期工人阶级非人的生存境遇以及他们为了争取自身权益自发地抗争和自觉的反抗。《哪儿更好?》通过对雇佣工人为寻找"更好的处所"所经历全部磨难的记述,对俄罗斯"工业化"产物——工厂、矿山、铁路工地、盐井以及彼得堡的旅店、酒馆和市场进行了全面的描写。小说揭示出随着资本主义的发展雇佣工人人数急剧增加、失业率大幅度提高、工人的生存条件较以往更加恶化的状况。在俄罗斯文学史上,列舍特尼科夫的小说创作最早以雇佣工人生活为题材,这标志着俄罗斯小说"富有成果的转向",它对雇佣工人遭受奴役状况的深刻揭示,对雇佣工人阶级意识自觉所作的真实反映都为以后无产阶级文学的兴起提供了创作资源。

50和60年代是俄罗斯文学发展中小说创作的繁荣时期。其间,И.屠格涅夫发表有代表性作品《猎人笔记》(1852)、反映知识分子社会现实的《罗亭》(1856)、《贵族之家》(1859)、《前夜》(1860)、《父与子》(1862)和《烟》(1867)以及一系列中短篇小说。И.冈察洛夫创作完成有《奥勃洛莫夫》(1859)和《悬崖》(1869)。Н.车尔尼雪夫斯基创作有《怎么办》(1863)。Л.托尔斯泰完成有《童年·少年·青年》(1851—1856)、《哥萨克》(1853—1862)、《塞瓦斯托波尔故事》(1855—1856)、《一个地主的早晨》(1856)、《琉森》(1857)、《三死》(1859)和《战争与和平》(1863—1869)。Ф.陀思妥耶夫斯基创作有《舅舅的梦》(1859)、《被侮辱与被损害的》(1860)、《死屋手记》(1861—1862)、《地下室手记》(1864)、《罪与罚》(1866)和《白痴》(1868)等。萨尔蒂科夫-谢德林创作有《外省散记》(1856)、短篇小说和特写集《纯洁的故事》(1863)和《讽刺小说》(1863)。这些作品从不同角度对俄罗斯社会现实予以反映,标志着批判现实主义文学在俄罗斯文学中的确立和成熟。

50和60年代较有影响的小说作品还有С.阿克萨科夫的《家庭纪事》(1856)、А.皮谢姆斯基的《一千个农奴》(1858)、Н.巴仁的《斯捷潘·鲁廖夫》(1864)和В.斯列普佐夫的《艰难时代》(1865)。

19世纪后期的俄罗斯小说。19世纪后期的俄罗斯小说在其体裁形式上发生了一定的变化。具体地说,在这一时期,篇幅短小的特写和中篇小说兴起。与此同时,70年代是长篇小说创作繁荣的最后阶段。长篇小说到90年代开始势微。

70、80年代的经典作家及其代表性小说作品有:托尔斯泰的《安娜·卡列尼娜》(1875—1878)、《伊凡·伊里奇之死》(1886);陀思妥耶夫斯基的《永久丈夫》(1870)、《群魔》(1871—1872)、《少年》(1875)、《卡拉马佐夫兄弟》(1879—1880);屠格涅夫的《草原上的李尔王》(1870)、《春潮》(1872)、《普宁与巴布林》(1874)和《处女地》(1877)以及萨尔蒂科夫-谢德林的《一个城市的历史》(1869—1870)和《戈洛夫廖夫老爷们》(1880)。

70年代俄罗斯小说发展中,民粹派作家的贡献不容忽视。他们的文学创作是70年代俄罗斯小说的重要组成部分。民粹派的小说创作在题材方面进行了拓展,其主导性题材包括:改革后的俄罗斯农民生活;俄罗斯农村的资本化和阶级分化;俄罗斯早期雇佣工人的生活以及民粹派革命知识分子的理念和活动。民粹派的代表作家有H.纳乌莫夫、П.扎索季姆斯基、Ф.涅菲奥多夫、H.兹拉托夫拉茨基、Г.乌斯宾斯基、C.卡罗宁-彼特罗巴甫洛夫斯基、斯捷普尼亚克-克拉夫钦斯基、A.奥西波维奇,等等。民粹派小说创作的主要体裁有特写和中短篇小说。纳乌莫夫70年代的创作表现出强烈的民主意识。他的《农村小商》(1871)、《机灵的女人》(1872)、《农民选举》(1873)和《农村公社的统计》(1873)以及《刺猬》(1873)和《受迫害的人》(1882)等描绘了在不公正的社会中新生商人阶层和富农阶层的贪婪狡诈和惟利是图、农民生活的悲惨无助以及雇佣工人的艰难生活。扎索季姆斯基的代表作《斯摩林村的编年史》(1874)反映了俄罗斯农村村社解体急剧转折的历史过程,在某种程度上否定了民粹派的"村社理想"。涅菲奥多夫70年代小说创作的基本主题是农村和农民的生存状况。他在这一时期发表的小说有:《农民的苦难》(1868)和《不交纳田租的人》(1871)。涅菲奥多夫80年代创作的特点表现为对虚幻的"村社理想"的推崇。这类小说有《不合惯例》(1883)、《斯捷尼亚·杜布科夫》(1888)、《约内奇》(1888)和《鬼迷》(1890)等。兹拉托夫拉茨基的长篇小说《根基》(1878—1883)对农村村社"乌托邦"和所谓的"人民精神"予以讴歌,对新兴资本主义进行全盘否定。他于80年代发表的短篇小说集《流浪者》(1881—1884)揭示出俄罗斯知识分子的命运,塑造了一系列"忏悔的贵族"的形象。乌斯宾斯基是民粹派作家中最为著名的一位。他的作品反映出民粹主义思想和现实主义创作原则的深刻矛盾。作为现实主义作家,他的特写和小说真实地反映资本侵入以后俄罗斯农民生活的"异化"现实,从而颠覆了民粹派的"村社理想"。从这种意义上说,他的世界观和创作已经超越了民粹派作家的范畴。乌斯宾斯基的主要小说作品有:《农村日记》(1877—1880)、《农民和农民劳动》(1880)和《土地的威力》(1882),以及《支票簿》(1876)、《四分之一匹马》(1887)、《罪孽深重》(1888)、《没有整数》(1888)。乌斯宾斯基与民粹主义思想决裂以后还创作有《不管乐意不乐意》(1876)、《在老家》(1876)、《没有复活》(1877)、《饿死》(1877),等等。

　　在70和80年代俄罗斯文学中,除上述作家外,较具影响的小说作家还有马明-西比利亚克、H.列斯科夫和M.迦尔洵等人。马明-西比利亚克于1876年开始文学创作活动。80年代,马明-西比利亚克发表两部代表作《普里瓦洛夫的百万家私》(1884)和《矿巢》(1884)。这两部小说描绘了失去土地的农民和雇佣工人的悲惨境遇,揭露了新生资产者惟利是图、贪婪狡诈的本质。1886年,马明-西比利亚克发表的长篇小说《在大街上》进一步批判大资本家腐败堕落、掠夺成性的强盗行径。马明-西比利亚克小说创作的地方色彩成为其小说结构的重要组成部分。H. 列斯科夫作为"俄罗斯文坛一个十分独特的现象",引起了文学界的高度关注。他从1861年开始从事文学创作,于1865年发表了《姆岑斯克县的麦克白夫人》。列斯科夫虽然对沙皇专制制度下的俄罗斯社会予以无情的抨击,但他反对以革命暴力去推翻现存制度,主张通过道德改造去革除社会罪恶。他的这种思想表现在《结仇》(1870—1871)等多部作品中。70年代以后,列斯科夫的世界观发生转变,他开始在自己的作品中塑造一系列"正面人物"形象,突出他们的正直无私、诚实善良、顽强坚毅和自我牺牲的崇高品格。列斯科夫的长篇小说《大堂神父》(1872)为其代表作。这部小说反映了19世纪俄罗斯外省神职人员的生活现实,叙述了正直善良的神父萨韦利悲剧性的一生。80和90年代,列斯科夫接受了革命民主主义的影响。他在这一时期创作的短篇小说在揭露专制统治黑暗的同时,讴歌了底层民众的淳朴善良和聪明智慧。这类小说有:《关于图拉城的斜眼左撇子和钢跳蚤的故事》(1881)和《巧妙的理发师》(1882)等。列斯科夫对俄罗斯小说的贡献,不仅表现在对叙事题材的拓展方面,而且更加表现在对小说体裁和语言的革新方面。70和80年代,迦尔洵的中短篇小说具有一定的影响。迦尔洵于1876年开始发表作品。他的短篇小说《四天》(1877)运用了象征主义手法,分别表达了实现自由梦想的破灭和反抗暴力努力的失败。在社会现实的批判方面,迦尔洵创作有中篇小说《娜杰日达·尼古拉耶芙娜》(1885)和短篇小说《偶然事件》(1878)等。另外,迦尔洵还创作有《Attalea princeps》(1880)和《红花》(1883)等等。迦尔洵作品对象征主义手法的运用以及独特的叙事手段(日记体和第一人称叙述)给小说创作提供了新的表现空间。

80年代,B. 柯罗连科完成的作品有《奇女子》(1880)、《索科林岛的逃亡者》(1885)、《无家可归的费奥多尔》(1885)、《马卡尔的梦》(1885)、《在坏伙伴中》(1885)和《盲音乐家》(1886)等。这些作品对民粹派革命家、底层平民以及知识分子的生活现实给予了广泛的反映。

A. 契诃夫于80年代开始了自己的小说创作。在80年代,契诃夫的代表性作品有:《胖子和瘦子》(1883)、《在钉子上》(1883)、《一个官员之死》(1883)、《变色龙》(1884)、《牡蛎》(1884)、《音乐师》(1885)、《哀伤》(1885)、《普里希别叶夫中士》(1885)、《苦恼》(1886)、《万卡》(1886)、《安纽黛》(1886)和《风波》(1886),以及《草原》(1887)、《仇敌》(1887)、《命名日》(1888)、《神经错乱》(1888)和《公爵夫人》(1889)等等。这些小说对俄罗斯的民族性和人性的普遍弱点予以揭示,并且对底层民众的生活寄予了深切的同情。

在90年代的俄罗斯文学中,批判现实主义、现代主义和无产阶级文学等思潮并存。

托尔斯泰1899年完成的《复活》标志着俄罗斯批判现实主义文学的最高成就。此间,马明-西比利亚克创作有批判资本主义的长篇小说《黄金》(1892)和《粮食》(1895)。90年代,柯罗连科创作了一系列小说作品:《巴甫洛沃特写》(1890)、《在荒凉的地方》(1890)、《嬉闹的河》(1891)、《饥饿的年代》(1892—1893)、《在阴暗的日子里》(1896)。这些作品对世纪末的俄罗斯社会现实进行了广泛的描绘和揭示。

契诃夫在90年代创作了《第六病室》(1892)、《我的一生》(1896)、《带阁楼的房子》(1896)、《农民》(1897)、《出诊》(1898)、《醋栗》(1898)、《约内奇》(1898)、《套中人》(1898)和《宝贝》(1899),等等。它们在对俄罗斯专制社会现实给予批判的同时,也对社会进步的途径表明了自己的态度。

90年代,新一代小说作家走向文坛。他们是A.绥拉菲莫维奇、B.魏列萨耶夫、A.库普林和И.布宁等。他们的小说作品分别从不同的角度对19世纪末的俄罗斯社会现实,特别是资本化条件下俄罗斯农民、工人和市民的生活现实给予了深刻的反映。其中较具代表性的作品有:绥拉菲莫维奇的《扳道工》(1891)和《小矿工》(1895);魏列萨耶夫的中篇小说《无路可走》(1895)、《时尚》(1897)和长篇小说《里扎尔》(1899);库普林的《凶神》(1896)、《摩洛》(1896)和《奥列霞》(1898);以及布宁的《丹恩卡》(1893)和《走向天涯海角》(1895)。

在90年代的俄罗斯小说创作中,M.高尔基的中短篇小说占有相当重要的地位。高尔基的小说创作可以划分为浪漫主义和现实主义两类。它们广泛反映了19世纪后期处于社会底层的流浪汉和劳动者的生活现实,表现出他们之于现存秩序的叛逆精神。这些小说作品对俄罗斯资本主义现实给予了深刻的批判,其中部分作品表现出革命的浪漫主义精神。高尔基90年代的代表性小说作品有:《马卡尔·楚德拉》(1892)、《叶美良·皮里雅依》(1893)、《阿尔希普爷爷和廖恩卡》(1894)、《我的旅伴》(1894)、《苦命人巴威尔》(1894)、《切尔卡什》(1895)、《伊则吉尔老婆子》(1895)、《柯诺瓦洛夫》(1897)、《莽撞人》(1897)、《奥尔洛夫夫妇》(1897)、《在草原上》(1897)、《因为烦闷无聊》(1898)、《二十六男和一女》(1899)、《福马·高尔杰耶夫》(1899)。

综上所述,19世纪俄罗斯小说的发展和繁荣是在俄罗斯文化和文学的"民族意识"自觉的背景上完成的。人道主义和民主主义价值理念则是它的最重要的思想资源。作为19世纪俄罗斯文学主导性体裁,艺术小说在其主题思想、人物塑造、艺术手法和语言文体等方面较之本土文学传统发生了质的飞跃,同时俄罗斯小说以其独具的品格——对社会理想的孜孜以求、对民众命运的深切关怀和对人的终极价值的执著探索与同一时期的西欧小说创作区别开来,从而屹立于世界文学之林。须指出,19世纪俄罗斯小说作家对专制农奴制、资本主义制度所秉持的社会批判精神,对社会底层生存境遇所坚守的人道主义立场以及对文学创作方法、艺术手法的创新及其文学实绩都为世界文学留下丰厚的精神遗产,对19世纪甚至20世纪的世界文学产生了深远的影响。

第二节　亚·谢·普希金
(1799—1837)

作为俄罗斯现代文学的奠基人,普希金在多种文学体裁上都体现出了其卓越的天赋,他不仅是一个伟大的诗人,同时也是一个杰出的小说家和剧作家。也许,没有留下剧作《鲍里斯·戈都诺夫》和《上尉的女儿》、《别尔金小说集》等小说杰作的普希金,就很难被视为全面意义上的"俄罗斯文学之父"。

小说创作概述

现有据可考的普希金第一首诗作《致娜塔丽娅》写于1813年,而他现存的第一篇小说《娜坚卡》则写于1819年,这中间相隔了6年,但是据说,普希金在皇村学校学习期间(1811—1817)曾写过小说。当然,普希金在以《皇村的回忆》等"皇村诗作"而享誉俄罗斯之后,就基本上停止小说创作,而将主要精力放在了诗歌创作上,直到19世纪20年代后半期,他的创作中才突然出现了一个"小说高潮"。1827年,普希金写作了长篇小说《彼得大帝的黑孩子》,之后,他每年都写有一部或数部(篇)小说,直到他去世的1837年。普希金创作中的这一现象,曾被文学史家称为"由诗歌向小说的过渡"或"文体的转折",此话并不确切,因为在1827年之后,普希金的诗歌创作在数量上虽有所减少,却从未中止,倒是可以说,小说和诗歌同为普希金后期创作中最主要的体裁,正如高尔基所形容的那样,普希金的创作是"一条诗歌与小说的辽阔的光辉夺目的洪流"[①]。

普希金小说的题材是丰富的,家族的传说和祖国的历史,都市的贵族社会和乡村的生活场景,自传的成分和异国的色调,普通人的际遇和诗人的命运,等等,所有这一切在他的小说中都得到了反映。

历史题材是普希金关注较多的小说主题之一。历史小说于19世纪初在欧洲兴起之后不久就传入俄罗斯,其原作和译本在俄罗斯得到了广泛的阅读,目睹这一现象的普希金曾对友人感慨道:"上帝保佑,让我们也写出一部能让外国

[①] 转引自《中国大百科全书·外国文学卷》第2卷,中国大百科全书出版社,1982年,第822页。

人欣赏的历史小说来吧。"[①] 1827 年,普希金开始了长篇历史小说《彼得大帝的黑孩子》的写作,在这部小说中,普希金将自己富有传奇色彩的外曾祖父阿勃拉姆·汉尼拔的经历与彼得大帝的形象并列,将家族的"历史"与特定阶段中的国家历史结合为一体,构筑了一个既具体又概括、既有趣又严谨的历史小说框架。遗憾的是,这部小说没有完成,只写就了前面的 7 章,但作品中对法国和俄国社交界的广阔描写,对伊勃拉基姆(即阿勃拉姆)和彼得等富有个性特征之形象的塑造,即已说明这将是一部宏伟的历史小说。在普希金的历史小说中,最为完整、成功的作品,就是《上尉的女儿》(1836)。除了这两部作品外,普希金还写有一些历史题材的短篇小说,如以反拿破仑的卫国战争为背景的短篇小说《罗斯拉夫列夫》(1831),以反抗土耳其统治的希腊起义参加者为对象的《基尔扎里》(1834),以埃及女皇克娄巴特拉及其"艳闻"为内容的《埃及之夜》(1835),描写古罗马学者佩特罗尼乌斯的《罗马生活故事》(1833)等。就这样,从彼得大帝的改革到普加乔夫的起义,从 1812 年的卫国战争到 1829 年的俄土战争,从古罗马的生活到近代希腊的民族斗争,俄罗斯和其他国家的历史纷纷成了普希金的小说创作素材,供他描绘出一幅幅艺术化的历史画面。

俄罗斯的现实生活,自然更是普希金所热衷的小说创作对象,普希金对俄国社会生活的表现,又大致可以分为都市和乡村两个方面。普希金第一部完整的小说作品《别尔金小说集》(1830),就以对俄国城乡生活的现实而又广泛的描写而独树一帜。在普希金的另一部最重要的小说《杜勃罗夫斯基》(1832)中,这一主题得到了更深入的处理。这部小说以杜勃罗夫斯基和特罗耶库罗夫两家贵族的争斗、年轻的杜勃罗夫斯基遁入绿林及其与仇敌之女的恋爱为线索,反映了俄罗斯乡村贵族的分化、农民的各种心态、官场和教会的作为等等,是一幅当时俄罗斯乡村生活的全景图。普希金的许多小说中,都有对彼得堡、莫斯科等地都市生活的描写,但他笔下最典型的"都市小说"也许还是《黑桃皇后》(1833),在这部小说中,作者通过具有极端个人主义意识和贪婪个性的赫尔曼的形象,体现了金钱对人的意识和本质的侵蚀,通过无所事事、行将就木的老伯爵夫人的形象,体现了浮华上流社会生活造成的人性的堕落。在这里,作者对都市贵族生活的带有批判意味的描写,小说通过舞会、赌场、出游、约会等场合折射出的社会道德规范,尤其是对金钱与爱情、个人与他者、命运与赌注等典型"都市主题"的把握,体现出了作者敏锐的社会洞察力,使小说具有了强烈的社会意义。

需要指出的是,无论是历史的还是现实的主题,无论是乡村的还是都市的

[①] 《普希金作品集》(十卷集)第 5 卷,俄文版,莫斯科,国家文学出版社,1975 年,第 539 页。

生活,无论是自传的成分还是异域的故事,它们往往都是相互交织着存在于普希金的小说中的。普希金的每一部(篇)小说,尽管在题材上会有所侧重,但一般而言都不是单一主题的,换句话说,普希金的每一部(篇)较为完整的小说,其内容都是复合型的,如:《别尔金小说集》和《杜勃罗夫斯基》是贵族生活和农民生活的结合,《彼得大帝的黑孩子》和《上尉的女儿》是历史和"家史"的结合,《埃及之夜》和《罗马生活故事》是诗人主题和古代主题的结合,等等。那么,在普希金的小说创作中,究竟有没有什么贯穿的主题呢?回答是肯定的,这就是爱情的主题和贵族生活的主题。和普希金的抒情诗一样,他的小说中的"永恒主题"也是爱情,男女主人公及其交往,几乎出现在普希金的每一部(篇)小说中。爱情主题对普希金小说的渗透,使普希金笔下的小说人物更为生动、更富有情感了,使普希金的小说更为有趣了,同时,我们似乎还感觉到,由爱情主题衍射出的强烈的抒情色彩,还保持了普希金小说风格上的统一。普希金出身贵族,俄罗斯贵族及其行为举止、喜怒哀乐,当是他最为熟悉的生活。在普希金的大多数小说中,都有或大或小、或都市或乡间、或暴戾或善良、或俄国化或西欧化的贵族出场,他们一个个都极富个性,活灵活现。别林斯基曾将普希金的诗体长篇小说《叶甫盖尼·奥涅金》称为"俄国生活的百科全书",而普希金的小说更是这样一套多卷本的"百科全书"。

普希金的小说创作,对于俄罗斯小说,乃至整个俄罗斯文学的发展,都具有巨大的影响,他在小说创作中刻意地追求民族性,坚持对于生活的现实主义态度,体现出了"简朴和明晰"的小说美学风格,并将"小人物"、"多余人"等不朽的文学类型带入了俄罗斯文学。陀思妥耶夫斯基曾说过一句名言:"我们都来自果戈理的《外套》。"而果戈理本人则说:"一提起普希金,立刻就使人想到他是一位俄罗斯民族诗人。事实上,我们的诗人中没有人比他高,也不可能比他更有资格被称为民族诗人。这个权利无论如何是属于他的。"[1]我们也许可以说:他们(俄罗斯作家们)都来自普希金。这不仅是就普希金对果戈理的直接影响(《驿站长》对《外套》的影响,《钦差大臣》情节的来自普希金,等等)以及果戈理对普希金的崇高评价而言的,而是因为,俄罗斯的小说自普希金开始出现了一个明显的转折,俄罗斯小说后来的诸多特征和传统,都可以追溯至普希金以及他那些不朽的小说。

《别尔金小说集》

《别尔金小说集》是后人的简称,这部作品初次发表时的全称为《逝者伊万·

---

[1] 《普希金评论集》(冯春译),上海译文出版社,1993年,第7页。

彼得罗维奇·别尔金的小说》，它由《射击》、《暴风雪》、《棺材匠》、《驿站长》和《村姑小姐》这5个短篇小说组成。这部作品最初是匿名发表的，普希金称这些故事的作者是一个名叫"别尔金"的人，并特意附上一篇《出版人的话》，对所谓的"作者"别尔金以及这些故事的"来历"作了一番介绍。普希金也许是怕自己最初的小说尝试难以为读者所接受，也许是担心这些小说的全新风格会招来非议，也有可能，这只是普希金玩的一个文学游戏。不久，人们便清楚了这部小说集的真正作者，《别尔金小说集》也就名正言顺地进入了普希金的各种文集。

　　5个短篇个个精彩，篇幅也相差不多，但人物却个个不同，风格也有所差异。《射击》塑造了一个"硬汉"形象，并对当时贵族军人的生活及其心态做了准确的表现。6年前因为一记耳光而与人决斗的军官西尔维奥，因为对手在自己的枪口下若无其事地吃樱桃而放弃开枪，决定在对手感到生活幸福时再来复仇，而当他面对对手的新婚夫人时，却又再次放弃了复仇。在这里，普希金"借用"了他本人生活经历中的一个片断：1822年7月，普希金曾在基什尼奥夫城与一个名叫祖博夫的军官决斗，在祖博夫举枪瞄准时，普希金却在面不改色地吃着装在礼帽中的樱桃，对手没打中，普希金则放弃了开枪的权利，没和对手讲和便走开了。

　　如果说，《射击》是一个紧张的复仇故事，那么，《暴风雪》则像是一出具有淡淡讽刺意味的轻喜剧。一位心怀浪漫的乡村贵族姑娘爱上了一位路过的青年军官，两人打算在夜间赶往邻村教堂擅自举行婚礼，却因为男青年在暴风雪中迷了路而好事未成，而若干年后再次偶然落到此地并前来向女方求婚的，却又恰是当年那位迷路人。阴差阳错的私奔，还愿偿债似的终成眷属，构成了一个饶有兴味的故事。风格上与这篇小说相近的，是《村姑小姐》。乡村贵族小姐丽莎为了去见在周边很有盛名的贵族青年阿列克赛，便化装成村姑出门，两人在森林中相遇，一见钟情。这是一个俄罗斯版的罗密欧和朱丽叶的故事，活泼可爱的女主人公，皆大欢喜的结局，都隐约体现出了作者的这样一种价值取向：乡间的清纯胜过上流社会的浮华。

　　《棺材匠》和《驿站长》都是以下层人物为描写对象的。"棺材匠"阿德里安·普罗霍洛夫在一个手艺人的聚会上受到了奚落，在酒后的睡梦中又遭到了他那些死去"主顾"们的围攻。据说，《棺材匠》的主人公是有真实生活原型的，他就是住在普希金岳父家（今莫斯科市赫尔岑街5号）不远处的棺材匠人阿德里安。但是，棺材匠的可怕梦境却是假定的、荒诞的、魔幻的，它既与棺材匠的职业特征相吻合，又能与城市平民的生活构成某种呼应。《驿站长》中的主人公维林与女儿杜尼娅相依为命，但一个过路的贵族军官却拐走了杜尼娅，年迈的驿站长前往彼得堡寻找女儿，却遭到了贵族军官的粗暴对待，返乡后不久即抑郁而终。在这篇小说中,普希金显然对主人公维林寄予了更深切的同情,其中的"小人物"主题和深刻的人道主义精神,对当时和后来的俄罗斯文学都产生了巨大的影响。

在《别尔金小说集》中,普希金为我们讲述了一个个精致的故事,他的叙述是简洁的,比如,《射击》和《暴风雪》都是由两个部分构成的,作者只截取了故事的一头一尾,而将中间的大段情节都舍弃了;比如,作者常用几句简单的插笔,便改换了故事发展的时空;再比如,这些小说的结尾都十分利落,《暴风雪》和《村姑小姐》更是戛然而止。这些故事中的人物,无论是忙于决斗、私奔、恋爱的贵族和地主,还是忍受生活重负的棺材匠和驿站长等小人物,其形象都十分准确、鲜明,他们共同构成了当时俄罗斯社会生活的众生图。作者在这些短篇小说中所确立的真实描写生活、塑造典型形象的美学原则,所体现的人道主义精神和民主意识,使这部小说集成了俄罗斯小说发展史上具有划时代意义的里程碑。

中篇小说《上尉的女儿》

《上尉的女儿》是普希金最为重要的小说作品之一,这既是因为,在普希金的小说创作中,这部小说的篇幅最大,结构最完整,作者对这部小说写作素材的收集最为精心,其写作时间也延续得最长,同时还因为,它的题材最为重大,人物形象最为成功,它也最为充分地体现了普希金的小说创作风格。

1833年1月31日,普希金为这部小说拟定了最初的提纲,同年7—8月份,普希金前去普加乔夫起义发生的地区旅行,广泛地收集相关资料。他收集到的资料是丰富翔实的,他的考证态度是严肃认真的,结果,在写作小说的同时,他还写出了一部历史著作《普加乔夫史》。如果说,《普加乔夫史》是对席卷俄国广大地区的那场农民运动的具体描写,那么《上尉的女儿》则是通过主人公与普加乔夫的交往来侧面地反映普加乔夫起义的;如果说《普加乔夫史》注重的是史料和传闻,《上尉的女儿》所注重的则首先是人物形象的塑造。比较一下这两部同题作品,可以看出普希金对文学与历史的区分,从而也能感觉出普希金关于历史小说的某些美学认识。

《上尉的女儿》由《近卫军中士》、《向导》、《要塞》、《决斗》、《爱情》、《普加乔夫暴动》、《攻击》、《不速之客》、《别离》、《围城》、《叛军的村寨》、《孤女》、《被捕》、《审判》等十几个章节构成,"上尉的女儿"玛莎是白山要塞司令官米罗诺夫上尉的女儿,前来要塞任职的准尉格里尼奥夫爱上了这位朴素、善良的姑娘,并因此与被流放至要塞的另一位贵族出身的军官施瓦勃林产生冲突,并进行了决斗。率众起义的普加乔夫攻克白山要塞,杀死了玛莎的父母,却饶恕了格里尼奥夫,因为他与后者曾在一个风雪之夜邂逅,后者曾送给普加乔夫一件兔皮皮袄。普加乔夫起义失败之后,格里尼奥夫因与起义者有牵连而遭到审判,为了拯救心上人,玛莎只身前往彼得堡,在皇家的花园中碰见女皇,诉说了事情的原委,终于博得女皇的恩准,一对有情人终成眷属。

小说中的普加乔夫是一个真实的历史人物,但是他与主人公格里尼奥夫的相遇和交往却是作者虚构的;小说中的格里尼奥夫也是有生活原型的,那是一个名叫米哈伊尔·施瓦茨的俄国军官,他投靠了普加乔夫,后被流放至西伯利亚。除此之外,小说的内容就大都为普希金的想象了。在这一点上,小说的题目是耐人寻味的:一部旨在描写普加乔夫起义的小说,不仅没有以普加乔夫的名字来命名,甚至也没有"突出"贯穿小说的男主人公,而是将"上尉的女儿"玛莎放在标题上。作者似乎是在让读者透过棱镜的两次折射来观察普加乔夫的起义。这样的处理,使作者可以更自由地对普加乔夫的性格进行塑造,可以将爱情的线索穿插进主人公与起义首领的交往过程中,可以通过格里尼奥夫串连起两个阵营以及两个阵营中的代表人物,使小说的线索更丰富,人物的命运充满更多的起伏。此外,对于普加乔夫这个历史人物,作者在小说中所体现出的感情是复杂的,作者无疑是欣赏普加乔夫的,因而写到了他的勇敢和剽悍,他的宽宏和感恩,以及民众对他的拥戴和他对统治者的巨大冲击。但是,普希金又不得不谴责他的残酷和他的犯上,以及他的失败。对普加乔夫的这种矛盾情感,反而使普希金成功地塑造出了一个有血有肉的普加乔夫,在《普加乔夫史》中的历史人物之后又为我们提供了一个作为文学形象的普加乔夫。

有趣的是,这部小说也是普希金作品,乃至整个俄罗斯文学作品中第一部被译为汉语的作品,它被冠以《俄国情史,斯密斯玛利传,又名花心蝶梦录》的译名,由上海大宣书局于1903年出版。我们在感叹普希金的第一位汉译者选择眼光之准确的同时,也从侧面感觉到了这部小说巨大而广泛的影响。

第三节 米·尤·莱蒙托夫
(1814—1841)

米·尤·莱蒙托夫是19世纪前期杰出的批判现实主义作家。他的小说创作在19世纪俄罗斯文学史上占据极为重要的地位。

米哈伊尔·尤里耶维奇·莱蒙托夫生活和创作于俄国历史上最为反动和黑暗的年代——尼古拉一世执政时期。1825年十二月党人起义失败以及随之而来的尼古拉一世暴力统治促成了莱蒙托夫孤独、忧伤、悲观和绝望的个性的生成,由此形成了莱蒙托夫诗作中反叛、怀疑、批判和否定的基调,它们在莱蒙托夫的小说创作中同样得以表现出来。

早在军校学习阶段,莱蒙托夫就创作有反映普加乔夫起义的长篇小说《瓦季姆》,1836年莱蒙托夫着手写作中篇小说《里戈夫斯卡娅公爵夫人》(未完成),在这两部小说中,莱蒙托夫运用现实主义创作方法,分别对农民起义的整个过程和上流社会生活进行了全景式描绘。在第一部小说中,作家肯定了农民起义的正义性,同时对农民起义所引发的负面作用也进行了客观描写。在此,瓦季姆被赋予了浪漫主义英雄的诸多特征。值得注意的是,在第二部小说中,虽然主人公毕巧林形象在一定程度上具有浪漫主义个性特征,但其造型和语言深刻的批判性已经为《当代英雄》的创作确定了总体意向。

长篇小说《当代英雄》

长篇小说《当代英雄》创作于1839年至1840年。作为俄罗斯文学史上第一部社会心理小说,《当代英雄》继普希金《叶甫盖尼·奥涅金》之后,塑造了又一个"多余人"形象,标志30年代俄国小说创作的最高成就。

小说《当代英雄》问世以后,文学批评界及思想界就其形象的真实性、道德感和自传性等问题展开了激烈的论争。针对这一状况,莱蒙托夫在第二版序言中就主人公形象的解读表达了自己的意见:"仁慈的先生们,'当代英雄'确实是肖像,但不是一个人的肖像。这个肖像是由我们这整整一代人身上充分发展了的缺点构成的。"[①]其创作旨在"诊断时代的病症"。

《当代英雄》由五个既相互独立又彼此联系的篇章构成。它们分别是《贝拉》、《马克西姆·马克西梅奇》、《塔曼》、《梅丽公爵小姐》和《宿命论者》。

《贝拉》叙述了贵族青年毕巧林在N要塞费尽心机结识契尔克斯族土司的女儿贝拉,终于得手。在与贝拉交好后不久,毕巧林却又无情地抛弃了她。贝拉随后则被她的追求者杀害。一个少女的爱情乃至生命由于毕巧林的冷漠和残酷而毁之一旦。在《马克西姆·马克西梅奇》中,毕巧林告别N要塞前往波斯,途中邂逅N要塞服役时的顶头上司马克西梅奇。马克西梅奇为他们两人的意外相见感到欣喜若狂,然而毕巧林则表现得十分冷漠,他与马克西梅奇勉强握了握手,便匆匆离去。这使得马克西梅奇感到极为尴尬和不满。在《塔曼》一章中,毕巧林在去南方高加索服役途中,于外省小镇塔曼偶遇一群走私犯。由于无所事事,空虚无聊,毕巧林遂加入其中。他与一个名叫"女水妖"的走私女调情,并参与其走私活动。最终毕巧林的所有财物被席卷一空,自己也险些丧命大海。在《梅丽公爵小姐》中,毕巧林在高加索五山城的矿泉疗养地邂逅旧友

[①] 《当代英雄》,上海译文出版社,1981年,第1页。

格鲁希尼茨基。此时,格鲁希尼茨基正在苦苦追求来自莫斯科的公爵小姐梅丽。毕巧林对格鲁希尼茨基的做派不以为然,便设计了一出恶作剧:他对梅丽公爵小姐故作多情,与格鲁希尼茨基展开竞争。恰在这时,毕巧林的旧日情人维拉出现了,两人之间旧情复发,难以遏止。毕巧林遂利用对梅丽公爵小姐的"追求"遮人耳目与维拉"合法"地会面。然而,梅丽不解其中个由,爱上了毕巧林,这引发了格鲁希尼茨基的嫉恨。格鲁希尼茨基在别人的怂恿下,寻机与毕巧林决斗,在决斗中中弹身亡。毕巧林决斗归来,维拉已随丈夫离去。对于公爵夫人关于婚事的建议,毕巧林为了"自由"拒绝了。之后,毕巧林因决斗一事被流放到N要塞。《宿命论者》展现了毕巧林世界观中宿命论的一面。在N要塞所辖的位于哥萨克村子的军营中,毕巧林用20枚金币与军官乌里奇打赌,声称乌里奇不出几个小时就会命归黄泉。毕巧林深信人的生死是命中注定的。果不其然,乌里奇当夜被一个醉酒的哥萨克误杀。

毕巧林形象是19世纪30年代俄国贵族青年的典型,也是继叶甫盖尼·奥涅金之后俄罗斯文学史中又一个"多余人"形象。毕巧林形象除了具备奥涅金禀有的"多余人"特质——天资聪颖、知识渊博、否定上流社会而又无法与之彻底决裂、梦想成就事业而又无从得以途径等以外,还具有更大程度的自省人格、反抗精神和之于社会的颠覆、破坏欲望以及幻灭感等个体特征。作为"时代病症"的严重患者,毕巧林形象是时代的"主人公",他的悲剧一生从侧面反映了当时俄国社会对"青年知识精英"的摧残和迫害,揭示出一种值得深刻反思和批判的社会时尚。

在众人心目中,毕巧林属于不正常的"怪人";他游离于上流社会和底层社会的边缘,一如飘萍无所依托。而这一切则又是他内心矛盾,甚至是人格分裂的必然结果。贵族出身的毕巧林知识广博,富有激情,渴求真正的生活,希望像拜伦和亚历山大大帝那样建功立业,像前辈一样,"为人类的幸福做出巨大的牺牲"。然而他不具完整、清晰的生活理念。由此他对现实生活丧失信心,对自身存在也备感绝望。"我活着为了什么?我生下来有什么目的……目的一定是有的,我负有崇高的使命,因为我感觉到我的灵魂里充满无限力量。可是我猜不透这使命是什么?"对社会和自我的"愤激"促使他对周围的一切,也包括他本人萌生无名的报复心理,他由此变成了这个世界的破坏者:"……我想爱整个世界,可是没有一个人了解我,这样我就学会了恨。……我说实话,可是人家不相信我。这样我就开始欺骗。""不,我是不可能安于这种命运的!我好像一个在海盗船上出生和成长的水手;他的心灵已经习惯于和暴风雨搏斗。"然而,由于他天良未曾彻底泯灭,"破坏"行动又使得他更加焦虑、痛苦:"我衡量、检查自己的感情和行为……我身体里存在两个人;一个的的确确活着,另一个却在思考他、评判他。"他在心理压抑之下,不断寻求新一轮的"破坏",以宣泄自我。最后,他陷入绝望而不能自拔。这个自我和社会的破坏者预示一个社会悲剧,而这个时代——"当代"又无从挽救自己生产的"主人公"以使之幸免于此。

小说通过毕巧林与几位女性的爱情纠葛展示了这一形象的破坏性。他被契尔克斯少女贝拉的容貌和天性所折服,开始追求贝拉,等到费尽周折,终于赢得贝拉后,当初的热情便烟消云散:"我可以为她献出生命,可是我跟她在一起感到无聊。"他的冷漠无情直接导致了贝拉的死亡。与上流社会的维拉交往,同样反映出毕巧林对待感情不可理喻的态度。在高加索矿泉区,这对往日情人不期而遇。毕巧林对维拉旧情复燃,一发不可收。待到短暂的激情过后,心灵顿觉空空如也:"天下就是没有一双女人的眼睛能再留在我的心中。"而当得知维拉随丈夫匆匆离去,毕巧林则又飞马直追,痛哭流涕,这时他觉得维拉比世上任何东西都要珍贵,她甚至胜过自己的生命。然而没过多久他又恢复理智,得出结论:"追求幻灭了的幸福是徒劳无功的。我还需要什么呢?看一看她吗?何必呢?"梅丽公爵小姐也以同样的方式成为了毕巧林"爱情"行动的牺牲品。

毕巧林外部行动的反常、矛盾和不可理喻,也正是他内心冲突、焦虑和无法释解的外在反映。一方面,毕巧林禀有知识、青春和激情,渴求行动和真正的、有意义的生活,而另一方面,他却情绪低落,沮丧,甚至对生活感到绝望。毕巧林辗转情场、知识学问和枪林弹雨的战场,但一切都未曾改变他苦闷、空虚的宿命,最终他丧失了最后一线希望。毕巧林这一形象所蕴涵的自我放逐、自我剖析的品质,他之于社会的否定和反抗在尼古拉一世统治的"沉默的时代"发出了振聋发聩的声音。毕巧林的悲剧与其说是个人的悲剧,不如说是社会的悲剧。他的个人反抗在很大程度上源自个性的宿命,然而究其深层,却隐含着社会冲突的必然性特征。毕巧林之于整个社会的反叛行动,也正是整整一代人寻求行动而不得行动的可能性、寻求生命的终极意义而不得其所的真实写照。通过这一形象,作家为我们揭示了19世纪前期初步接受西欧进步思想启蒙的俄国贵族青年痛苦、彷徨和盲目奋斗,直到自我毁灭的心路历程。从这个意义上说,《当代英雄》则是一部具有深刻思想内涵的"社会心理小说"。

《当代英雄》的艺术风格主要体现在心理分析和叙述时间两个方面。

作为"社会心理小说"的典范作品,《当代英雄》侧重揭示了"一个人的心灵的历史"。在创作过程中作家有意识地使用心理分析方法,具体包括日记体裁和戏剧独白等等。例如,"我很久以来就不是用心,而是用头脑生活着。……我有两重人格:一个存于'生活'这个词的完全意义里,另一个思索并裁判它……"这种具有典型意义的心理分析突破了古典主义、浪漫主义以及早期现实主义关于"性格—行为"的既有程式,同时也是这部小说的独创性之一。通过心理分析,作家由表及里、由浅至深地揭示了一个另类社会人物的心理过程。他所有行动的心理动因以及这些心理动因与社会现实的关联,从而最终突出出文本的社会内涵。这种心理分析方法以后为诸多经典作家所继承。

其次,在叙述时间选择方面,《当代英雄》表现出同时代小说中罕见的小说叙述艺术。按照故事时序,《当代英雄》章节设置应为:1.《塔曼》;2.《梅丽公爵小姐》;3.《宿命论者》;4.《贝拉》;5.《马克西姆·马克西梅奇》。而作为小说文本的叙事时序则为1.《贝拉》;2.《马克西姆·马克西梅奇》;3.《塔曼》;4.《梅丽公爵小姐》;5.《宿命论者》。作家采取这种错时手法,意在突出小说结构的语义特征。也就是说,设置了由第三人称叙述模式(在第三人称叙述中,也具有层次之分)到第一人称叙述模式(包括日记形式)的分立和过渡,以此在深度和广度上揭示主人公毕巧林的行为及其动机和心理状态。通过这一叙述手法,小说不仅实现了对主人公性格的艺术塑造,而且完成了对整整一代人"社会心理"的揭示和印证。

19世纪30年代是俄国长篇小说的孕育时期,在由浪漫主义长诗向现实主义长篇小说的过渡过程中,《当代英雄》在叙述艺术方面的探索和尝试具有十分重要的意义和影响。虽然这部小说在题材构成等元素方面都还保留有浪漫主义长诗的诸多特征,然而,它在文学观念、题材直到结构布局、叙述模式等方面确实向近代小说迈出了一大步。

莱蒙托夫短暂的一生,为19世纪俄罗斯文学留下了一笔宝贵而丰厚的遗产,与他的诗歌创作一样,长篇小说《当代英雄》的主题思想和艺术创新对其后的民族文学发展具有深远的意义。

第四节 尼·瓦·果戈理
(1809—1852)

尼·瓦·果戈理是俄罗斯19世纪上半期最有影响的作家、剧作家和思想家。他继承并发展了普希金的民族性传统,开创了俄罗斯文学中的"果戈理时期"。他的代表作《钦差大臣》、《死魂灵》被公认为是俄罗斯文学中的经典之作。果戈理在不同时代、被不同流派的作家奉为自己的鼻祖、领袖,他对文学的发展产生了颇为深远的影响,俄罗斯文学中的许多传统都可以在他的创作中找到自己的源头。

生平创作道路

尼古拉·瓦西里耶维奇·果戈理(Николай Васильевич Гоголь,1809年4月1日生,1852年3月4日去世)生于乌克兰波尔塔瓦省密尔戈罗德县大索罗庆采镇。9岁时,果戈理被送到波尔塔瓦上学,3年后进入涅仁高级中学,在那里学习了7年之久。正如赫拉普钦科所指出的那样:"作家的童年时代恰遇粉碎拿破仑的1812年卫国战争和俄罗斯登上广阔国际舞台这样的重大事件。青年时代,即果戈理学习的年代,是十二月党人酝酿用革命方法改造俄罗斯的计划,然后公开反对专制制度和农奴制的时期。"[1]在这样的氛围中,果戈理的"那种献身于重大社会目标和祖国幸福的思想就逐渐成熟"[2]。

1828年果戈理中学毕业,他怀着"使自己的生命对国家的幸福有用的永不熄灭的热忱"[3]只身来到了彼得堡。然而,现实中的彼得堡却与想象相去甚远。他试过写作,但处女作——长诗《汉斯·古谢加顿》(1929年)遭到失败,然后远走德国,两个月后回到彼得堡。他尝试过当演员、走仕途、学画画、做教师,同时没有放弃写作。1830—1831年间,果戈理把自己的注意力转向了乌克兰的民间口头创作和民俗民风。这期间,果戈理结识了 B. 茹科夫斯基、П. 普列特尼约夫、A. 普希金等人,这对他的生活与创作都产生了重大的影响。

1831—1832年,果戈理出版了中篇小说集《狄康卡近乡夜话》,取得了巨大的成功。小说集由两卷组成,每卷有一篇序言,共收入8篇小说:《索罗庆采集市》、《圣约翰节前夜》、《五月的夜》、《失落的国书》、《圣诞节前夜》、《可怕的复仇》、《伊万·费德罗维奇·什邦卡和他的姨妈》、《魔地》。这些故事充满了奇妙的幻想和轻松的喜剧性,色彩瑰丽、明快,具有浓郁的乌克兰民族风情,构建出一个诗意的理想世界。在这些小说中,主人公多为俊男靓女,聪慧而健美,他们为了爱情、自由和祖国勇于克服种种艰难险阻,面对面地与妖魔鬼怪所代表的恶势力做斗争,结果总是善有善报、恶有恶报,体现出果戈理的一种宗教道德伦理观念。此外,小说集还体现出作家的"民族性"思想:"真正的民族性不在于描写农妇穿的萨拉凡,而在于表现民族精神本身。"[4]正因为这一点,它得到了普希金等人的热情赞扬,称《狄康卡近乡夜话》为一本"真正快乐的书"、一本"俄罗斯的书"。

这个小说集最鲜明的特点之一是"民间传说和风俗习惯,现实和理想,历史和现代以独一无二的方式结合在一起","带喜剧性的日常生活气息与热情洋溢的抒情因素处于密切的联系之中"[5]。果戈理还特别擅长运用"定格"手段来突出人物和场面的滑稽性,制造喜剧效果。此外,描写众人聚集场面和塑造群体形象也是果戈理的拿手好戏,这些特点在作家后来的创作中不仅一直保持,而

---

[1] М. 赫拉普钦科:《尼古拉·果戈理》(刘逢祺、张捷译),上海译文出版社,2001年,第4页。
[2] 同上书,第64—72页。
[3] П. 鲍戈列波夫、Н. 维尔霍夫斯卡娅:《通向果戈理之路》,莫斯科,1976年,第15页。
[4] 果戈理1832年写的一篇论文,转引自曹靖华主编的《俄罗斯文学史》第1卷,人民文学出版社,1989年,第205页。
[5] 果戈理1832年写的一篇论文,同上书,第100、101页。

且还得到了进一步的发展,总之,果戈理的《狄康卡近乡夜话》在创作上博采众长,成为果戈理艺术创作的不同发展倾向的起源,因而具有十分重要的意义。

1835年,另外两部小说集问世:《小品集》和《密尔戈罗德》。《小品集》中不仅有小说,还包括一些论文,它们体现出果戈理文学创作的一个重要的美学原则:"对象越普通,诗人的心灵就越要高尚,才能从普通中发现不凡。"①

《密尔戈罗德》仿佛是对《狄康卡近乡夜话》主题的承接,两个世界的对比依然存在,只是现实世界的比重明显加大了。《密尔戈罗德》共收入4篇小说:《旧式地主》、《塔拉斯·布利巴》、《维》和《伊万·伊万诺维奇和伊万·尼基福罗维奇吵架的故事》。这4篇小说依然是乌克兰题材,但这里的乌克兰不再像《狄康卡近乡夜话》中那么富有诗意和童话性了,乌克兰形象在果戈理的意识中发生分化:与英勇、诗意的过去对立的是无聊、卑鄙的现在。前两篇描写的是诗意的过去,后两篇则是鄙俗的现在。《塔拉斯·布利巴》是小说集中篇幅最长、最有气势的一篇,也是小说集的中心。小说诗意地描绘了历史上乌克兰人民捍卫自由和信仰的英勇斗争,塑造了以塔拉斯·布利巴为首的扎波罗什哥萨克热爱自由、狂放不羁、骁勇善战、无所畏惧的性格,展现了他们忠君爱国、具有坚定的宗教信仰和民主的生活方式的特点。小说中反复强调"伙伴精神",即人们之间非血缘的、以共同的理想和信念凝结而成的兄弟情谊,体现了基督教的思想,同时也隐含着对现实生活中社会各阶层的隔膜、分裂和对立的一种谴责。《塔拉斯·布利巴》中的人物对自由和人的精神追求的推崇与《伊万·伊万诺维奇和伊万·尼基福罗维奇吵架的故事》物化了的人的庸俗和卑下形成了鲜明的对比:哥萨克为了神圣的信仰和伙伴精神可以抛家舍业,丢弃一切身外之物投入战斗,而伊万们却为了一件无用物可以不要多年的友谊。《旧式地主》和《伊万·伊万诺维奇和伊万·尼基福罗维奇吵架的故事》写的都是贵族地主们的日常生活,着眼点也不外乎是吃吃喝喝、穿衣戴帽之类的生活琐事,但前一篇充满了悠悠诗意和脉脉温情,而后一篇则流露出对庸俗的尖刻的讽刺和鄙夷。小说的最后一句话"这世上真郁闷啊,先生们!"仿佛为以后的创作定下了一个基调。而《维》既接续了《狄康卡近乡夜话》中魔幻怪诞的风格,也发展了写实的倾向,也是集子内部两个世界之间的过渡。

《小品集》中的《涅瓦大街》、《狂人日记》、《肖像》3篇小说都以彼得堡生活为题材,后来果戈理就这一题材又写了《鼻子》(1836)和《外套》(1842),从而形成了一个系列,通常被称为《彼得堡故事》。在这个系列中,彼得堡形象是一个中心形象,贯穿于所有的小说之中。在果戈理笔下,彼得堡就像一个噩梦,是一个谎言之城,欺骗之

---

① 《果戈理全集》第7卷,安徽文艺出版社,1999年,第77页,译文略有改动。

城。《涅瓦大街》是彼得堡故事的开篇，它仿佛是一个总纲，让形形色色的人物在彼得堡和当时社会的象征——涅瓦大街上一一亮相，点出了热闹而繁华的涅瓦大街是一种假相，浮华背后隐藏着欺骗、丑恶、眼泪甚至是血腥。在彼得堡故事中，果戈理以怪诞、夸张、讽刺幽默与写实相结合的手法，揭示了社会现实的"奇怪"和不可思议：金钱、官阶、物是这个世界的主宰，而人则成了附属品。在这里，自然造就的人、美、力量、天赋无足轻重。在这个价值颠倒的疯狂世界里，鼻子可以成为比主人更高的官儿，而艺术家只有死路一条。果戈理把彼得堡作为一个反面的、恶势力的象征来塑造，开创了俄罗斯文学中所谓彼得堡文本，或更广一些，所谓大都市主义传统①：彼得堡"时髦的风尚、阔绰的排场和成堆的官吏"②"追逐功名利禄，贪污受贿……没有任何精神需求，以卑鄙无耻的胡闹、平庸无能而洋洋得意"③，以及当时社会上"极为流行的贪财重利的思想"④，这一切果戈理是以"小人物"的视角来展现的，小公务员、小文官、穷画家在大城市中被挤压得只剩下用鸦片麻醉自己、臆想、狂热的呓语、发疯和自杀了。他们的悲剧命运，他们的思想和感受、他们的悲哀和无助是彼得堡故事的重要主题。实际上，彼得堡这种奇怪的现实也可以说是继《狄康卡近乡夜话》和《密尔戈罗德》中的妖魔鬼怪之后的又一个恶魔。

1836年，果戈理决定出国，"深入考虑自己作为作家的责任和未来的创作"⑤，并安心创作1835年就已经动笔、自己称之为史诗的长篇小说《死魂灵》。他先到了德国，之后游历了瑞士、法国和意大利。1839年秋，果戈理因家事回国，1840年5月再度出国，取道华沙、维也纳，前往罗马。1841年果戈理带着《死魂灵》的书稿踏上了归途。几经波折，史诗于1842年5月出版，并震动了整个俄罗斯。用赫尔岑的话说："这是一本绝妙的书。它既痛心地谴责了当代的俄罗斯，但在谴责之中又抱有希望。他的目光透过污秽的蒸腾的暮霭，看见了一个生气勃勃、充满力量的民族。"⑥

果戈理回国后，感受最深的是西欧派和斯拉夫派的激烈争吵，而他认为他们都误入了歧途。他希望自己能够凭借坚定的信仰找到正确的道路，并用艺术的话语——史诗向人们指示出得救之途。他甚至把史诗看作是他生命的意义

---

① 这一传统在19世纪俄罗斯文学中得到发展，并对"白银时代"文学产生了很大影响，果戈理也被看成是象征主义，甚至包括表现主义和存在主义的始祖。
② 果戈理1834年写的抒情小记，转引自М. 赫拉普钦科：《尼古拉·果戈理》（刘逢祺、张捷译），第229页。
③ 《别林斯基全集》第11卷，第557页，转引自М. 赫拉普钦科：《尼古拉·果戈理》，第228页。
④ 果戈理1834年写的抒情小记，同上书，第228页。
⑤ 果戈理致波果津的信，转引自Н. 斯捷潘诺夫：《果戈理传》（张达三、刘健鸣译），第204页。
⑥ 赫尔岑日记（1842年6月11日），转引自Н. 斯捷潘诺夫：《果戈理传》，第332页。

之所在:"它终将解开我的生命之谜。"① 为了专心完成史诗,1842年6月,果戈理再度远走他乡。按照他的构思,"史诗第一部需要有一些无所作为的卑鄙小人。第一部完成了这个任务:它使所有的读者都对我的主人公们和他们的卑劣行为产生了厌恶之感。现在呢,我应该描写出一批具有美德的人和一些令人鼓舞的事情。"然而,《死魂灵》第二部却进展缓慢,因为"这样的人不是头脑里所能臆想出来的",果戈理意识到,只要作家"自己还没有做到多多少少近似这样的好人,那么无论写什么都会远离现实,有如天渊之隔!"② 于是,果戈理开始从精神上完善自己,大量阅读宗教和道德说教方面的书籍,以前所未有的激情关注自己的和朋友们的心灵,用作家自己的话说,"像在修道院里一样过着内心生活"。③

1845年,他烧掉了已经写就的《死魂灵》第二部的前几章。写作的艰辛和精神上的压力,使果戈理原本就不强壮的身体更加虚弱了。他甚至担心自己会不等完成史诗,就撒手人寰。可是,使命感却时时提醒他要把自己在精神修道院的所悟所得告诉人们。于是就有了《与友人书简选》(1847)。在这部作品里,果戈理把1844年以来所写的一些"可能对心灵有所裨益"的书信结集发表,希冀以此对他迟迟不能将《死魂灵》付梓略做补偿,顺便"以此书来给他人与自己'复脉'听诊,是为了弄清楚,如今我本人究竟站在精神发展的哪个阶梯上"④。而对自己以往的创作加以解释,以正视听,这也是果戈理创作《与友人书简选》的最重要的动机之一。可见,果戈理在这部作品中要完成解释以往创作、公开心灵探索结果、指出通往理想之途径这三大任务。《与友人书简选》由32篇加"前言"组成,这些篇幅长短不一,最短的一篇——第29篇《在世上谁的使命更崇高》——还不到一页,而第31篇《究竟什么是俄罗斯诗歌的本质及特色》则长达40页。标题颇为斑杂,所显示的内容也似乎是风马牛不相及,然而,在看似互不相干的各个篇章之间却贯穿着一条无形的红线,这就是宗教道德思想,就是以宗教道德的立场探索人世间的社会的和人生的重大问题。社会人生在果戈理《与友人书简选》的宗教道德思想维度中呈现出一种简单的、理想化的、带有乌托邦色彩的形态。它有两个大的层次:精神的(包括信仰和艺术)和社会的(包括社会政治、人生百态),且后者从属于前者。也就是说,精神层次的问题解决了,社会层次的问题自然会迎刃而解。而解决精神层次问题的基础是每个个体依照天国的公民标准进行自我完善,

---

① 赫尔岑日记(1842年6月11日),转引自 H. 斯捷潘诺夫著:《果戈理传》,第332页。
② 同上书,第342—343页。
③ 果戈理于1845年写给尼·亚兹科夫的信,转引自 H. 斯捷潘诺夫:《果戈理传》,第365页。
④ 《果戈理全集》第9卷,安徽文艺出版社,1999年,第333页。

而这种自我完善不是为了个人,而是为了"共同的事业"。可见,《与友人书简选》的对象正"是透过宗教道德的棱镜看到的和理解的生活"。这又是一颗重磅炸弹,在俄罗斯社会中激起了轩然大波。似乎全社会都一起来反对他,尤其是别林斯基,他在《致果戈理的一封信》里对这本书的问世痛心疾首,骂果戈理是"皮鞭的宣扬者、愚民政策的使徒、蒙昧主义和黑暗势力的卫士、野蛮行为的歌手"[①]。人们谈论得更多的是果戈理本人,他的"背叛"、"伪善"、"发疯"或"迷误",而不是他的书和书中的事物。因此,对他而言,攻击也好,肯定也罢,都是"误解的旋风",都没有理解他创作这部书的真实意图。面对误解,痛心之余,果戈理又拿起笔,写下《作者自白》(1847)以为解释和澄清。同时,他也承认,《与友人书简选》并非完美无缺,"反复阅读我这本书里的许多东西时,我并不是不感到羞耻和脸红"。[②] 尽管如此,果戈理仍然认为这本书还是需要的。而且,果戈理自信:"尽管它自身并不构成我国文学的主要著作,但是它能够产生许多主要著作。"[③]事实证明,果戈理的自信并非狂妄自大。对于心灵的关注在果戈理以后的确成为俄罗斯文学最基本的特征之一,陀思妥耶夫斯基、Л.托尔斯泰及以后的文学大师的创作都是佐证。

1848年,果戈理回到阔别六年的祖国。他继续写作《死魂灵》第二部,并不时为朋友们朗读一些章节。但是,精神上的紧张探索令身体虚弱的果戈理愈加不堪重负,1851年,死亡的阴影笼罩在他的心头,1852年2月,他再一次烧毁了《死魂灵》第二部的手稿,在精神和肉体的极度痛苦中,于3月4日走完了他辉煌而又多蹇的人生之路。

长篇小说《死魂灵》

起初,果戈理设想从一个侧面,即从反面来反映整个俄罗斯,"把每日在我们眼前发生的一切,把冷漠的眼睛所见不到的一切,把可怕的、惊心动魄的、湮埋着我们生活的琐事的泥潭,把遍布我们土地上,遍布在有时是心酸而又乏味的人生道路上的冰冷的、平庸性格的全部深度,统统揭示出来,并且用一把毫不客气的刻刀的锐利刀锋着力把它们鲜明突出地刻划出来,让它们呈现在大众的眼前。"[④]后来他的这个思路发生了变化,他不仅要表现整个俄罗斯的死气沉沉,愚昧黑暗,他还要展现正面的、能使俄罗斯走上民族复兴之路的内在力量。他为这部作品设计了三部的架构,像但丁的《神曲》三部分一样。依照作家自己的

---

① 袁晚禾、陈殿兴编:《果戈理评论集》,复旦大学出版社,1993年,第174页。
② 《果戈理全集》第6卷,安徽文艺出版社,1999年,第329页。
③ 《果戈理全集》第8卷,第378页。
④ 《死魂灵》(满涛、许庆道译),人民文学出版社,1983年,第167页。

解释,《死魂灵》不仅仅是指主人公乞乞科夫所要购买的已经死掉、但在登记册里暂时还算活着的农奴,它还有更深层的含义,即当代人和他的心灵当前的状态。由于小说的涵盖面相当广,也许还因为小说独特的抒情风格,果戈理把它称作"史诗"。1841年底,历时六年之久的《死魂灵》第一部完稿,1842年5月经审查机关删改,以《乞乞科夫的经历,或名死魂灵》为题出版。第二部写了十年,由于作家在临死前将手稿焚毁了,只剩下几章残稿。

《死魂灵》第一部以主人公乞乞科夫乘着马车在广袤的俄罗斯大地上到处收买"死魂灵"为线索,广泛展现了大大小小、形形色色的俄罗斯农奴主们的生活和精神状态以及省城的官僚世界。《死魂灵》的故事情节是不同寻常的,甚至是有些荒诞的,但并非没有生活基础。在农奴制俄罗斯,农奴可以随意买卖,只是出钱购买已经死掉的农奴这种事有些令人难以置信罢了。精明的乞乞科夫钻了个空子,因为在农奴制俄罗斯,每隔四年才重新登记一次地主所拥有的农奴,而在这四年里,总有相当一部分农奴死亡(这也间接说明了农奴处境的悲惨),可在登记簿上他们还存在着,地主因此仍然要替这些死农奴交人头税。正因为有这么一个时间差,乞乞科夫想出了一个绝妙的生财之道:收购登记簿上还有名、实际已经死了的农奴,然后把他们抵押给银行贷款,钱一到手即溜之大吉,等银行找不到借贷的人,打算拍卖抵押的农奴时,才发现他们早已名存实亡了。不仅如此,这般匪夷所思的点子在旁人看来是完全不可置信的,谁也不会把它当真,因此,卖主们白送他,甚至为了不用再为死农奴缴税而倒贴钱给他也是有可能的。事情果然如他所料的那样,他用极少的成本很快就拥有了四百个农奴。小说主要描绘了乞乞科夫在完成他的"宏伟"计划的过程中经历的人和事,反映了农奴制俄罗斯社会生活的方方面面,成功地塑造了一系列农奴主的形象。

乞乞科夫先后拜访了玛尼洛夫、科罗博奇卡、诺兹德廖夫、索巴凯维奇和普柳什金这五位性格迥异的地主。第一个出场的玛尼洛夫是一位相当有教养的、和善的地主,他拥有200多户农奴。他的夫人也受过良好的教育,两人结婚已经八年了,却还像在热恋中一样款款温情,让人很容易联想起《旧式地主》中那对和善的老人。不同的是,玛尼洛夫夫妇的殷勤好客中总透出那么一股子甜的发腻的劲儿,时间稍长就会令人感到无聊透顶,想赶紧逃之夭夭。玛尼洛夫这个姓本身就含有"引诱"的意思,可以引申为"制造假相"。在一段插叙中,果戈理交待了玛尼洛夫的一些特征:长着一副招人喜欢的面孔,总是诱人地微笑,其实毫无主见和个性,缺乏分辨是非的能力;常常沉湎于不着边际的幻想,却懒于行动。客厅里装饰得非常华丽的家具中那两把一直没来得及装饰的椅子和书房中两个窗台上的一堆堆排列整齐的烟灰以及书桌上那本两年里书签一直夹在第14页的小书都表明了主人的百无聊赖和无所事事。果戈理还画龙点睛地设计了一个彬彬有礼的玛尼洛夫与举止得体的来访者在进门时相互谦让，谁也不肯先行一步，最后只好两个人同时侧着身子，彼此挤了一下，才算一起进了门的细节，把玛尼洛夫的甜腻腻和乞乞科夫的惺惺作态刻画得维妙维肖。接着，在谈买卖死魂灵的时候，乞乞科夫因为心里有鬼而往后看了一眼，玛尼洛夫也跟着往后看了一眼；他对自己的产业一问三不知，因而叫来了管家，对管家的话他鹦鹉学舌般地连连赞同。这些细节与他前面关于"关注某种学问以触动心灵，激发……精神上的翱翔"[1]、与朋友交往可以感到"精神上的愉悦"[2]的高谈阔论形成对比，突出了这个人物金玉其外、败絮其中的本质。

从玛尼洛夫家出来，乞乞科夫误入歧途，借宿于女地主科罗博奇卡的庄园。这里的景象与玛尼洛夫那里的破败形成鲜明对比。科罗博奇卡的姓也是有寓意的，本意为"小盒子"、"小匣子"，它一方面象征着女地主是个敛财能手，把生命化作装财物的僵死的盒子；另一方面也昭示着她尽管很能干，但不过是个封闭在狭小天地里的井底之蛙，狭隘且愚昧无知。她拥有近80个农奴，对自己的产业了如指掌，连死去的18个农奴都个个背得出姓名。但除此之外，她就闭塞得很了，而且患得患失，生怕被乞乞科夫占了便宜。"别卖亏了"的疑虑在她僵化的头脑里一经产生，就很难消除，致使她连续三个晚上睡不着觉，之后，不辞辛苦地跑到城里去打听死魂灵的行市，以至于坏了乞乞科夫的好事。

地主形象画廊中的下一个是诺兹德廖夫，他见多识广，且他的敏于行动的"大气魄"与科罗博奇卡的狭隘形成了对比。不过，他的见多识广并没有对他的心智产生什么积极影响：说起话来滔滔不绝，但既无中心又没逻辑；做起事来雷厉风行，然而既无目标又不顾结果。他身上最鲜明的特点就是赌徒的那种狂热和不计后果。因此诺兹德廖夫总是惹是生非，他出现在哪里，哪里准不安生。在诺兹德廖夫的人生字典里没有"限制"、"限度"之类的概念，他个人的愿望和冲动就是一切。果戈理借诺兹德廖夫向乞乞科夫展示自己养狗的细节，很耐人寻味地写道："诺兹德廖夫在它们中间完全像个一家之主。"[3]这句话深刻地揭示出了诺兹德廖夫身上的兽性本质。

接下来出场的是索巴凯维奇。虽然他的姓氏是"狗"的意思，但他的名字叫

---

[1] H.果戈理：《中篇小说及〈死魂灵〉》，莫斯科，阿斯特出版社，2000年，第294页。
[2] 同上书，第295页。
[3] 同上书，第342页。

米哈伊尔,意为"熊"。这个人物最突出的特点就是像一头熊,无论相貌、衣着,还是生活习惯和身边环境无处不体现出熊的特性:笨拙、结实、力大无穷。就连他屋里装饰画上的人物都无一例外地长着比正常人的腰还要粗的腿。与吵吵闹闹的诺兹德廖夫相比,索巴凯维奇可以算得上是安静的了。唯独在说到他最感兴趣的话题——吃的时候,他的话才渐渐多起来。除了吃,索巴凯维奇对生意也兴趣十足,他在与乞乞科夫做买卖的过程中表现出的冷静和清醒,甚至让老于此道的乞乞科夫也暗暗吃惊,在心里骂他是"守财奴"。同时,索巴凯维奇对外界的所有人都持一种否定、不信任的态度。生活在他这里简化为敛财(觅食)、狂吃和防范来自外界的危险,也就是说降低到了熊的水平。在这一点上,索巴凯维奇与诺兹德廖夫是相似的,只不过一个是到处乱拱的野猪,一个是笨拙的狗熊而已。

  普柳什金是乞乞科夫拜访的最后一位地主。他最富有,拥有上千个农奴,家中粮食和各种物品堆积如山;也最吝啬,不但致使他的农奴"像苍蝇似的大批死亡"①,就连他自己也穿得破破烂烂,吃的猪狗不如。他贪得无厌,无论见到什么,都会飞快地拖回家,归入他那有名的"一大堆"之中,而且东西一旦入了他的"堆",那就从此不见天日,直至腐朽,化为灰尘。普柳什金是欧洲文学中的三大吝啬鬼之一。物欲使他几乎丧失了人的一切特征,甚至连天生的性别特征都变得模糊不清了,以至于乞乞科夫在见面时先是把他当作了婆娘,后来看到他腰间挂的钥匙串,又以为他是管家婆,直到他自称为是此间的主人,才明白过来。这是一系列地主形象中堕落得最为彻底的一个。

  果戈理笔下各具神态的五地主形象一方面展现了地主阶级的精神道德堕落,人性的泯灭,从而在客观上起到了否定和批判农奴制的作用;另一方面作者从宗教信仰出发,认为人,哪怕是最十恶不赦的人身上都有神性存在,因此,在嘲笑、讽刺人的精神道德缺陷时,作家的笔总是同时让读者看到一丝半缕的光亮,因为揭露和批判不是作家的目的,而是手段,希望以此唤醒读者的自觉,唾弃兽性,复生神性。

  贯穿《死魂灵》始末的乞乞科夫也是小说形象体系中一个重要形象。他代表了资本主义原始积累阶段唯利是图、不择手段的新生资本家。为了搞到一笔钱,他不惜铤而走险,钻法律的空子;为了达到目的,他使出浑身解数,见风使舵,或欺骗,或迎合,或利诱,无所不为。

  而省城的大小官吏也构成了一副群丑图。这样,《死魂灵》通篇都活动着没有灵魂的人,而他们恰恰是所谓的"生活的主人",这是多么可怕的世界!

---

① H.果戈理:《中篇小说及〈死魂灵〉》,第369页。

《死魂灵》除了反映社会生活的广度和深度以及蕴涵的思想性之外，其高妙的艺术手法也是这部作品成为不朽名著的一个重要因素。《死魂灵》的艺术特色在小说结构、形象塑造、语言风格上都有很好的体现。首先，在小说结构上，果戈理采取的是先总后分的方法，在第一章里，随着乞乞科夫的出现，让几乎所有的主要人物都亮了相，然后再以乞乞科夫的行程为线索，分别刻画了五个地主和某省城的政要们，最后对乞乞科夫本人的故事做了交代，这是一条现实的线索；另一条是编织在现实线索之中的抒情线索，这条线承载着作家表达自己思想和观点的重任，对深化主题、赋予作品以极强的抒情性等都十分重要；其次，在形象塑造上，果戈理在描绘每个具体形象时都会紧接着把他归入生活中的某一类人，仿佛他是这一类人的一个特写镜头；而在这一个人身上，又会同样运用特写方式，设计一些绝妙的细节，以突出他的某些特点和个性，给读者留下极为深刻的印象；并且在刻画人物形象时，总是通过对其生活环境的描绘来揭示人物的性格特征；另外，作家关注的往往不是单个的人，他笔下这一个个性鲜明的人物形象构成了一个虽则姿态各异然而本质相同的群体；第三，在语言风格上，与叙事和抒情相对应地形成两种主要的风格，一种是夸张、嘲讽、幽默，另一种是热烈、激昂、庄重。在语言运用上灵活多变，文雅的与粗俗的词汇、崇高语体与日常口头语言都被果戈理当作展现人物性格、描述事态发展及抒发思想情感的工具，使每个人物不仅拥有自己的面孔，还拥有属于他自己的语言特征。

作为一个蜚声文坛的大作家，果戈理在成为继普希金之后19世纪上半叶"文坛的盟主，诗人的魁首"的同时，也承受了对其创作截然不同的阐释和旷日持久的争论所造成的巨大压力。他曾被奉为"自然派"领袖，反农奴制的旗手，也曾被斥责为"叛徒"。然而，无论是喝彩还是辱骂都没能改变果戈理所坚持的创作方向，因为他把创作看作是"心灵的事业"。果戈理的创作充满为祖国、为人类服务和贡献的精神，他所写的"不是能更让人喜欢的东西，甚至也不是对其天才来说更轻而易举的东西，他努力去写的是他认为对自己的祖国最有益的东西"①。从《汉斯·古谢加顿》一直到《与友人书简选》，果戈理的创作历程中始终贯穿着作家本人的精神求索，这种精神求索实质上是一种宗教的道德探索，它在果戈理的文学创作中呈现出一种动态的、由隐而显、由外而内的趋势。果戈理文学遗产是俄罗斯乃至世界文化宝库的一部分，它本身的复杂性和独特性、它的戏剧性命运以及它对俄罗斯文学乃至文化的巨大影响都值得我们关注。

---

① 《涅克拉索夫文集》第5卷，莫斯科-列宁格勒，1930年，第212页。

第五节　伊·谢·屠格涅夫
(1818—1883)

俄罗斯文学"三巨头"之一的伊·谢·屠格涅夫是俄罗斯第一位获得欧洲声誉的杰出作家,他的具有鲜明俄罗斯特点的创作准确而深刻地反映了19世纪俄罗斯的社会生活,同时又闪耀着人性的光彩,为19世纪俄罗斯文学的发展和成熟、为俄罗斯文学走向欧洲乃至于世界做出了巨大的贡献。

生平创作道路

伊凡·谢尔盖耶维奇·屠格涅夫(Иван Сергеевич Тургенев,1818年10月28日生,1883年8月22日去世)出生于俄罗斯中部奥廖尔省的一个贵族家庭。他的父亲谢尔盖·尼古拉耶维奇是个性情温和的退职军官,母亲瓦尔瓦拉·彼得罗芙娜则是个脾气暴躁的农奴主。屠格涅夫的童年和少年时代是在他家的庄园斯巴斯科耶-路德维诺沃度过的。母亲的专横和暴戾给少年时代的屠格涅夫留下阴暗的回忆,而父亲的温文尔雅也给他以深刻的印象。后来屠格涅夫在自己的作品《木木》和《初恋》中分别写到了他的母亲和父亲。

1827年屠格涅夫全家迁居莫斯科。1833年屠格涅夫进莫斯科大学学习,一年后他转入彼得堡大学。1837年毕业于彼得堡大学哲学系语言专业。1838年屠格涅夫去德国柏林大学攻读哲学,1841年回国。还是在大学时代,屠格涅夫就开始了文学创作,写过一些诗歌作品,并创作了诗剧《斯捷诺》。

1843年是屠格涅夫生活史和创作史上有特殊意义的一年。这一年,屠格涅夫出版了长诗《帕拉莎》,这是他的第一部公开发表的大型作品。屠格涅夫因这部长诗结识别林斯基,并得到别林斯基的赞赏。这对屠格涅夫一生的创作都有重要的意义,诚如作家后来所说的,别林斯基与他的《致果戈理的一封信》是自己的"全部信仰"。也是在这一年,屠格涅夫结识了法国著名歌唱家波里娜·维亚尔多,并终生与她和她的一家保持着亲密的关系,而这也是屠格涅夫长年侨居在国外的主要原因之一。

1847年,屠格涅夫在《现代人》杂志上发表了一篇随笔作品《霍尔与卡里内奇》,获得他意想不到的巨大成功,于是他便一发而不可止地写作了20余篇这样的随笔作品,在社会上和文学界产生巨大影响。这就是后来结集出版的《猎人笔记》,它给屠格涅夫带来了巨大的文学声誉。

与此同时,屠格涅夫还创作了一系列戏剧作品,其中最著名的有《食客》、《乡村一月》等,这些后来被人们称之为"抒情心理剧"的作品虽不是屠格涅夫主要的文学成就，但当年俄罗斯剧坛正处于萧条时期，所以它们在当年确有某种填补空白的意义，从而在俄罗斯戏剧史上占有一席位置。

1852年果戈理逝世，屠格涅夫不顾当局的禁令，发表了悼念果戈理的文章，当局便以违反审查条例的罪名逮捕了屠格涅夫。屠格涅夫在彼得堡拘留了一个月后，被遣送到原籍斯巴斯科耶由当地警察机关看管时间长达一年之久。在这期间，屠格涅夫完成了著名的反农奴制中篇小说《木木》。1853年他获准返回彼得堡，进步文学界为他重获自由举行了欢迎会。

从50年代起，屠格涅夫的创作重心开始转移到小说领域。他先在一系列中短篇小说中塑造出他所熟悉的贵族知识分子形象，像《多余人日记》、《僻静的角落》和《阿霞》等就是这样的作品。在俄罗斯文学中，所谓"多余人"这一专用名词就是在《多余人日记》发表后才广为流传的。《阿霞》问世更是引起批评界的注目，车尔尼雪夫斯基还专门为这个中篇写了长篇论文，这就是在俄罗斯文学批评史上占有很高地位的论文《幽会中的俄罗斯人》。在这篇论文中，车尔尼雪夫斯基称《阿霞》为当时文坛上的"几乎是唯一的优秀之作"。

后来，他用更大型的形式即长篇小说进一步深化贵族知识分子的题材，创作了著名的《罗亭》（1856）和《贵族之家》（1859），在社会上产生重大影响。60年代初期，屠格涅夫的创作达到高峰，创作出《前夜》（1860）和《父与子》（1862）。他把笔触从贵族知识分子身上转移到平民知识分子身上，表现了俄罗斯社会的发展趋势，传达出时代的要求。这两部作品的问世在社会上激起巨大的反响，引起激烈的论争，其激烈程度在俄罗斯文学史上是前所未有的。这一时期，屠格涅夫还创作出中篇名作《初恋》。

60年代后期，屠格涅夫长年居住在国外。这期间他结识了许多外国著名作家，他与法国作家如乔治桑、福楼拜、都德、左拉和莫泊桑等都有密切的关系。他向西欧介绍俄罗斯文学，特别是介绍普希金和Л.托尔斯泰的作品。60年代，他创作了长篇小说《烟》（1867）。

70年代，屠格涅夫定居法国。这一时期他创作了一系列所谓"回忆的中篇"，如《草原上的李尔王》、《普宁与巴布林》和《春潮》等。1877年，屠格涅夫发表了他的最后一部长篇小说《处女地》。

在生命的最后几年，远离俄罗斯祖国的屠格涅夫在病榻上写就了83篇散文诗作品，表达了他暮年的情怀。在某种意义上说，《散文诗》是屠格涅夫整个生命和艺术的绝唱，是一部"天鹅之歌"。

屠格涅夫于1883年8月22日病逝于巴黎。根据作家生前的遗嘱，他的遗体被运回俄罗斯，安葬在彼得堡沃尔科夫墓地的别林斯基墓旁。

《猎人笔记》和长篇小说

1847年《现代人》第一期上,刊载了屠格涅夫的一篇随笔《霍尔与卡里内奇》,编者还在题名下加上了"摘自《猎人笔记》"的副标题。这篇作品发表以后,获得巨大成功,读者纷纷给《现代人》杂志编辑部写信询问,《猎人笔记》续篇何时刊出。这是屠格涅夫始料不及的。别林斯基读完这篇作品以后,立即写信给屠格涅夫说:"根据《霍尔》来判断,您的前途无量,这是您的形式,《霍尔》为您成为未来的卓越作家指明了方向。"这篇作品的成功给屠格涅夫以巨大的鼓舞,他又继续为《现代人》写《猎人笔记》。从1847年到1852年,他陆续写了22篇,并由《现代人》杂志编辑部冠以《猎人笔记》的书名出版了单行本。

《猎人笔记》以进步的思想内容、动人的艺术力量和令人耳目一新的风格得到俄罗斯进步舆论界和民众的热烈欢迎。别林斯基、涅克拉索夫、赫尔岑都著文赞扬《猎人笔记》,他们把《猎人笔记》的问世看作文学界的重大事件。根据作家自己回忆,有一次他在一个小火车站遇见两个青年农民,当他们很有礼貌地问明他就是《猎人笔记》的作者时,便脱帽向他致敬,其中一个还说以"俄罗斯大众的名义"向他表示"敬意和感谢"。

但《猎人笔记》的发表和出版也触怒了沙皇政府和地主阶级。沙皇政府的教育部长秘密上书沙皇尼古拉一世,称《猎人笔记》有侮辱地主的绝对倾向"。后来批准《猎人笔记》单行本出版的检察官也被撤职。

作为一位卓越的现实主义作家,屠格涅夫的创作道路可以说是从《猎人笔记》开始的。

翻开《猎人笔记》,首先出现在我们面前的就是霍尔与卡里内奇。这是两个农奴,他们住在卡路格森林的深处,过着较为独立的生活。这两个人性格不同,但却是一对好朋友,他们以各自的美好品质和才干吸引着我们。霍尔身材矮小,但很壮实,秃头,长有一副老头儿面孔,"很像苏格拉底"。他一举一动都表现出自信和自尊,同时又精明能干,讲究实际,善于营生;他住在树林的沼泽地里,可以远一点避开地主老爷的耳目;他埋头苦干,靠自己的力量盖起了一幢木房子,生养了十个身强力壮的小霍尔,建立了一个大家庭,还积攒了一些钱财;他不但关心周围的事情,还关心政治和世界;他虽是一个农奴,但表现出惊人的独立性,能驾驭自己的全部生活。屠格涅夫借猎人之口说在与霍尔谈话时令人想起彼得大帝,这种话的含意很深。与霍尔不同,卡里内奇却是另一种性格的人,用作者的话来说,他是个理想家、浪漫主义者。他身子很瘦,不像霍尔那样壮实;他没有家小和家业,无牵无挂,日子过得马虎但满意;他热爱大自然,性情也像大自然一样淳朴和充满诗意,常常采些鲜花送给好朋友霍尔;他拥有多方面的才能,唱歌、弹琴、会读会写、会念止血咒、会治病,精通一般人很难学会的养蜂——他虽是一个农奴,但在主人面前毫无半点奴颜婢膝之态。

在残酷的、窒息人性的农奴制度之下,俄罗斯农民中竟然会有霍尔与卡里内奇这样的人物,他们的性格各不相同,但又互相补充,体现出俄罗斯农民卓越的创造才能和美好的精神境界。这不仅是生活的真实,也是屠格涅夫进步的思想立场和敏锐的艺术眼光的反映。屠格涅夫就是这样怀着对农奴制的愤恨和对农民的同情,在以后一篇篇的"笔记"中唱出了一曲曲俄罗斯农民的赞美歌。而作为《猎人笔记》首篇、也是最出色一篇的《霍尔与卡里内奇》,则为这一曲曲旋律定下了基调。

自然,在《猎人笔记》中,屠格涅夫在某些篇章里也描写了农奴制度下俄罗斯农民的悲惨境遇,对农奴制具有一定的揭露和批判作用。在《猎人笔记》中,一方面是俄罗斯农民拥有丰富的精神世界和创造力量;另一方面是他们又处在被奴役和被摧残的无权地位,这种极不相称和极为矛盾的状况"显然地证实农奴制的不可不废"(瞿秋白语),屠格涅夫就是这样在艺术描写中巧妙、含蓄,但又有力地表现了他的反农奴制思想。

在屠格涅夫的长篇小说中,一般认为前四部即《罗亭》、《贵族之家》、《前夜》和《父与子》代表了作家创作的最高成就。而从思想和艺术的统一而言,《父与子》则更具代表性。

《罗亭》创造出40年代俄罗斯进步贵族知识分子的典型。40年代是俄罗斯社会最黑暗的时代,同时又是继十二月党人之后的第二代贵族革命家和进步贵族知识分子成长的时代,一方面,残酷的尼古拉政权镇压了十二月党人之后在全社会制造白色恐怖,公开的抗议和反抗几乎不具备任何可能性;另一方面俄罗斯思想界又处在最为活跃的时期,而莫斯科大学又是当时思想界的中心,著名的"斯坦凯维奇哲学小组"(又称"斯坦凯维奇—别林斯基—巴枯宁"哲学小组)则是中心的中心,在某种意义上说它是俄罗斯贵族革命家乃至平民知识分子革命家的摇篮。可是由于政治的黑暗,40年代的文学处于一种"萧条时期",在对当代社会情绪和进步知识阶层的表现和反映上几乎是个空白。

《罗亭》填补了这个空白。车尔尼雪夫斯基当年在著名的论著《俄罗斯文学果戈理时期概观》中谈到"哲学小组"时写道:"谁要是打算对他们高贵的集会作几分钟回想,让他去读一读《罗亭》中列兹涅夫关于他的青年时代的故事,以及屠格涅夫君这个中篇小说的奇妙的结局吧。"屠格涅夫自己也说他在创作《罗亭》时,"斯坦凯维奇形象一直在我眼前闪动"。而罗亭这一人物,一般认为作家是以巴枯宁为原形塑造出来的,屠格涅夫后来也承认:"我在罗亭身上相当忠实地表现了他的影子。"不过,作为一个成功的艺术典型,"罗亭既是巴枯宁,又是赫尔岑,在某种程度上还是屠格涅夫本人"(高尔基语)。

一般认为,罗亭是个"多余人",或者说是继奥涅金和毕巧林之后的一个新的"多余人"。应该指出,俄罗斯文学中的"多余人"形象,在某种意义上构成一个正面人物系列,如果说他们因社会的黑暗和个人方面的种种弱点无法实现其理想和抱负而对社会成为"多余",那么恰恰是他们在理想幻灭的过程中所表现出来的积极或消极的奋争和反抗精神,以及所体验的苦闷、彷徨、欲进不能、欲罢不忍等种种思想情绪,对社会、对后世是一份优秀的遗产。而在这样一笔丰富的精神遗产中,屠格涅夫通过罗亭形象所奉献的那一份尤为引人注目。

罗亭性格中最突出的一点就是言语和行动的矛盾,从另一个角度说就是理想和现实的矛盾。在小说的第三章,当罗亭一出现在拉松斯卡雅的客厅时,就以其丰富的思想和闪光的语言一下子吸引住了在场的所有人。他满怀激情地谈论着人的崇高使命、科学和教育的意义、自我牺牲精神以及诗歌和音乐中的美,顽固的怀疑主义者毕加索夫在他有力的驳斥下狼狈而逃,家庭教师巴西斯托夫被罗亭火热的思想激动得彻夜不眠,而贵族少女娜达丽娅的心中也被掀起巨大的波澜。自然,罗亭的"演讲"也遭到保守派的嫉恨。作为一个宣传家,罗亭是成功的,他的思想和语言点燃了青年人心灵中的热情和希望。可作为一个行动者,罗亭是一个失败者。他不知道如何去行动,他所做的事情一件也没有成功:他起初帮助一个地主在领地里实行改革,后来打算疏通一条不能航行的河流,最后又当了一名教员想进行教育改革,但这一切都完完全全地失败了。用罗亭自己的话来说:"我生来就是无根的浮萍,自己站不住脚跟。我始终是一个半途而废的人,只要碰到第一个阻碍——我就完全粉碎了。"可作为40年代进步贵族知识分子中的一员,罗亭是否就是一个完完全全的空谈家和失败者呢?在作品的结尾,就连一向对罗亭十分冷漠的列兹涅夫也承认:"说一句有益的话——这也是做了事情。"高尔基说:"假如注意到当时的一切条件——政府的压迫、社会智慧的贫乏,以及农民群众没有认识自己的任务——我们便应该承认,在那个时代,理想家罗亭比之实践家和行动者是更为有益的人物,不,罗亭并不是可怜虫,他是一个不幸的人,但他却是一个适时的而且做了不少好事的人物。"

《贵族之家》的主人公拉甫列茨基却是一个名符其实的"多余人"。自然这个人物与奥涅金和毕巧林相比,仍要高出一头。这是一个正直、善良而又软弱的人。在思想上,他没有罗亭的那种敏锐的激进,但对祖国和人民的爱还是深厚的。作品中的贵族少女丽莎是一个动人的女性形象,屠格涅夫通过拉甫列茨基与丽莎的爱情悲剧的描写,为俄罗斯贵族阶级的衰落唱了一曲挽歌。

从《前夜》起,"以往的英雄"——贵族知识分子——已被作家放弃,而代之以新的人物即平民知识分子。这是一种真正意义上的"新人",在以往的俄罗斯文学中还没有出现过这样的人物。自然,在《前夜》中,旧的人物也没有消失,如舒宾和伯尔森涅夫等都是颇有才华和学识的人,在一定意义上都可属于"以往的英雄"之列,但是在"新人"英沙罗夫面前,他们一个个都相形失色,甚至还有些"自惭形秽"。《前夜》的题名是极富象征意义的,当时农奴制改革正处在前夜时期,屠格涅夫选用这样一个题名,显示出他对社会改革进程敏锐和准确的把握。不过就作品具体的艺术描写而言,作家在题名中所寄寓的真正的意义恐怕还主要是"新的人物或英雄"出现的"前夜"。

《父与子》的故事也不复杂:医科大学生巴扎罗夫应同学阿尔卡狄的邀请到他家的庄园——马利因诺村——度假,受到阿尔卡狄的父亲尼古拉·彼得罗维奇的热情欢迎和接待。在乡下,出身农家的巴扎罗夫平易近人,谈吐不俗,见解独到;他热衷于科学实验,富于否定精神。很快地他就得到当地农民、家仆和孩子们的喜欢。但阿尔卡狄的伯父巴威尔·基尔沙诺夫却对这个青年人很反感。于是在他们之间经常展开争论,争论的焦点又常常涉及到社会制度、人民、科学和艺术等方面的问题。在争论中,巴扎罗夫屡占上风。不久,在一个舞会上,巴扎罗夫认识了一个美貌的女地主奥津佐娃,并向她表白了爱情,但遭到奥津佐娃的拒绝。后来,一件偶然的事情导致了巴扎罗夫与巴威尔的一场决斗,在决斗中巴扎罗夫又占了上风,把巴威尔打伤。第二天,他便离开了阿尔卡狄的家,回到年迈的父母的身边。在一次为邻村的伤寒病死者作尸体解剖时,巴扎罗夫不慎割破手指感染病毒而死。小说以巴扎罗夫的父母为儿子上坟的场景结束。

作品展示的是两种社会力量即革命民主主义者同自由主义者,也就是"子辈"与"父辈"之间的不可调和的冲突和斗争。前者的代表是巴扎罗夫,后者的代表是基尔沙诺夫兄弟,特别是巴威尔。

巴扎罗夫是作品的中心人物,同时也是一个复杂的艺术形象,历来有关《父与子》的激烈争论大都是围绕这个艺术形象展开的。在这个"祖父种过地"的平民知识分子身上,屠格涅夫真实地表现出许多平民知识分子的特征,如对俄罗斯现存秩序的激烈的否定态度,对贵族偏见的蔑视,在思想和感情上与人民有着密切的联系,重视科学实验,等等。作家对巴扎罗夫的态度也是肯定的,让他在所有方面都压倒了贵族阶级中的佼佼者巴威尔。屠格涅夫后来谈到《父与子》时说:"我整个中篇小说是反对作为先进阶级的贵族的。"他选用巴威尔和巴扎罗夫来对垒并处处败北,绝不是无意的,作家的肯定和赞扬是倾注在巴扎罗夫身上的,这一倾向性在作品中十分清楚。

屠格涅夫在巴扎罗夫身上也客观地反映出当时平民知识分子的一些弱点,如崇尚感觉、贬低理论、否定艺术等。有人认为,屠格涅夫是把巴扎罗夫作为革命民主主义者的代表来写的,认为作家写了上述这些弱点是对革命民主主义者的歪曲甚至攻击。其实从巴扎罗夫的主要性格特征看,他发表某些不无偏激的言论是完全可能的,甚至是顺理成章的。屠格涅夫的描写不但没有损害这一艺术形象,反而增强了这个人物的真实性。

巴扎罗夫的猝死虽有一定的合理性,但多少也显露出人为的痕迹。这与作家的思想局限有关系。屠格涅夫能够在生活中发现并创作出巴扎罗夫这样的"新人",这是难能可贵的,但他终究不知道或不明确巴扎罗夫到底应该做些什么,他把他搬上了舞台,却不知道让他扮演什么角色,如何动作。他只得像处理《前夜》中的英沙罗夫那样,也让巴扎罗夫早死,并且在巴扎罗夫的坟前,再次吹响宿命论的哀音。这些不能不说是作家思想局限所导致的结果,尽管这与作品的艺术形象所显示出来的高度的思想意义和巨大艺术力量相比,还只是次要的方面。

屠格涅夫的长篇小说集中地体现了他创作的艺术特色。

屠格涅夫的长篇小说以生动的艺术形象敏锐地反映出社会生活发展的新动向,被誉为19世纪40至60年代俄罗斯的"社会编年史"。

在俄罗斯小说家中,屠格涅夫是一位杰出的心理学家,他的长篇小说被公认为典型的社会心理小说。他以其独特的心理刻画展示出他笔下人物的心路历程,描绘出他们丰富的精神世界。他善于捕捉人物内心的瞬间变化,以描写"心理活动的结果——人物的行动",卓有成效地表现人物的内心世界。这一独特的手法既不同于Л. 托尔斯泰的"心理分析",又见异于陀思妥耶夫斯基的"心理挖掘"。

在世界文学中,屠格涅夫以抒情大师而著称。他作为小说家却不愧为抒情诗人,而作为抒情诗人,却又是现实主义者。他的每一部长篇小说,既有对生活的细致而精确的"写实",又弥漫着浓郁的诗的氛围。无怪西方人把他的现实主义称之为"诗意的现实主义"。

作为小说家,屠格涅夫的另一个主要特色就是简洁。他的长篇小说,人物虽不多,但都经过精心的设计,有的互相对照,有的互相补充,有着举一反三的作用。他的长篇小说,情节虽都不复杂,而且发展迅速,通常都在几周或几个月内完成。他从不去有意制造"奇遇",但他的作品却并不会因此而显得枯燥乏味,"永远像一封没有拆开的电报一样令人兴味盎然"。他的语言精美、准确而又简洁,在文体的精致上,俄罗斯作家中几乎无人可与他相提并论。列宁在提到俄罗斯语言大师时,总是把他摆到首位。

屠格涅夫的长篇小说,为俄罗斯和欧洲的小说提供了一种新的形式。他的长篇小说"属于俄罗斯文学中最浓缩、最紧凑的长篇小说之列"。它以"中篇"的篇幅承载着一般长篇的分量,以必不可少的"前史"插叙和"远景"展示,替代了一般长篇小说中占较大篇幅的有关人物和情节的发展过程描述,以心理和情感的瞬间的集中显现和渲染,折射出人物的精神和道德面貌,以含蓄的暗示、抒情的"传染"调动起读者的积极"介入",在家庭的框架中表现出历史的和社会的内容,从而成为一种综合了多种文学形式(如诗歌和戏剧)的艺术表现特点的长篇小说。这是屠格涅夫对俄罗斯长篇小说和欧洲长篇小说的贡献。

第六节　伊·亚·冈察洛夫
（1812—1891）

伊·亚·冈察洛夫是19世纪俄国最著名的批判现实主义作家之一。他的长篇小说创作在19世纪俄罗斯文学史上占有相当重要的地位。

生平创作道路

伊凡·亚历山德罗维奇·冈察洛夫（Иван Александрович Гончаров,1812年6月18日生,1891年9月27日去世）生于西姆比尔斯克的一个富商家庭。作家7岁丧父,他的童年教育是在贵族特列古波夫照管下完成的。青少年时期,冈察洛夫开始接触法国启蒙思想家伏尔泰等人的思想。与此同时,伏尔加河流域的现实生活给未来的作家留下了深刻的印象,成为他日后从事文学创作不可或缺的生活素材。冈察洛夫先后就读于私立寄宿中学和莫斯科商业学校。在莫斯科商校,冈察洛夫逐渐对欧洲和俄国的文学作品发生兴趣。通过阅读普希金诗体小说《叶甫盖尼·奥涅金》及其诗歌作品,冈察洛夫确立了从事文学写作的志向——由此文学创作成为了冈察洛夫的"使命"和生活的"激情"。

1831年,冈察洛夫考入莫斯科大学语言文学系。莫斯科大学自由的学术风气和开放的思想氛围对未来作家世界观的形成产生了重要影响。在校期间,他翻译了法国作家欧日尼·许的小说《阿达-居勒》的片断。

1834年,冈察洛夫大学毕业回到了故乡西姆比尔斯克。一年后,冈察洛夫赴彼得堡在外贸部供职。其间,他利用业余时间进行广泛阅读和从事文学创作。冈察洛夫还与H.迈科夫的艺术沙龙建立联系,通过沙龙活动结识了文学界的一些著名人物,如涅克拉索夫、屠格涅夫、陀思妥耶夫斯基,等等。这一切为作家文学志趣的培养、为作家进入文学界提供了条件。

在文学创作初期,冈察洛夫创作有中篇小说《癫痫》(1838)、《因祸得福》(1839)和部分诗作。须强调指出,中篇小说《癫痫》和《因祸得福》的艺术形象和创作手法在以后的《平凡的故事》(1847)和《奥勃洛莫夫》(1859)中得以丰富和发展,因而预示着冈察洛夫代表性创作的总体构想。

1842年,冈察洛夫完成小说《伊凡·萨维奇·波得查波宁》,并于1848年发表。这部作品初步显示出作家的批判现实主义倾向。

1844年到1846年两年间,冈察洛夫潜心创作其代表性作品——长篇小说《平凡的故事》。1846年作家结识别林斯基,后者反对专制、农奴制的政治理念对作家产生了重要影响。1847年《平凡的故事》在《现代人》上发表,并引起文学界的广泛关注。随后,冈察洛夫又完成了《奥勃洛莫夫》中的《序曲》、《奥勃洛莫夫的梦》,这再次为作家赢得了广泛的赞誉。

1856年,冈察洛夫出任俄国国民教育部首席图书审查官。4年期间,在他的帮助下,《猎人笔记》、《莱蒙托夫全集》和涅克拉索夫的作品得以出版。

1858年冈察洛夫出版了关于"东方之行"的长篇随笔《战舰巴拉达号》。这部随笔对殖民统治下的亚洲各国寄予了深切的同情,对西方殖民主义统治给予了深刻的批判。50年代末,由于政治观点分歧,冈察洛夫与屠格涅夫、Л.托尔斯泰等人一起退出了《现代人》。60年代冈察洛夫主持官方主办的《北方蜜蜂》,与Д.皮萨列夫展开论战。1869年,冈察洛夫的第三部长篇小说《悬崖》在《欧洲导报》上发表。

70年代,冈察洛夫开始从事文学评论。其中,以评论格里鲍耶陀夫《聪明误》的文章《万般苦恼》(1872)最为著名,它全面阐述了作家的现实主义艺术观。另外,关于莎士比亚《哈姆雷特》以及普希金、Л.托尔斯泰的评论文章也颇具见地和价值。其较为著名的评论短文、随笔还有:《迟做总比不做好》(1879)、《文学晚会》(1880),等等。这一期间,赞同"自上而下"改革俄国社会的冈察洛夫在社会、政治和艺术使命等问题上,与别林斯基代表的革命民主主义派发生分歧。

冈察洛夫晚年身体状况欠佳,孤身独处,但仍坚持文学创作,直到生命垂危。1891年9月27日,冈察洛夫于彼得堡逝世。

冈察洛夫的三部长篇小说《平凡的故事》、《奥勃洛莫夫》和《悬崖》为其代表性作品,也是俄罗斯文学史中重要的小说作品。

长篇小说《平凡的故事》于1847年在《现代人》上连载。《平凡的故事》探讨了"真正劳动"的问题,反映了19世纪40年代俄国社会意识和生活方式,特别是社会价值观在资本主义发展初期所历经的变化。在此,浪漫主义的审美理想逐步为现实社会的"实用主义"和"进取精神"所取代,从而最终走向破灭。

亚历山大·阿杜耶夫出生于改革前的俄国乡村。从童年起,他便生活无忧,备受宠爱。多情善感的内在气质促使他耽于幻想,梦想成为一名诗人。20岁那年,阿杜耶夫告别家乡前往京城彼得堡,计划在那里大展宏图。然而,现实中的彼得堡与小阿杜耶夫的想象却大相径庭,就连自己的叔父老阿杜耶夫也对他态度冷漠。在诗歌艺术问题上,叔侄观点对立:小阿杜耶夫将自己的诗作视为瑰宝,而叔父则视之为敝帚。随后,小阿杜耶夫遭受了一系列挫折,特别是饱受了失恋的痛苦。在彼得堡经历的一切使得小阿杜耶夫的浪漫主义幻想归于破灭。他由此得出结论:在生活中诗歌和鲜花凤毛麟角,人生只不过是一场虚无。于是,他在绝望中烧毁了诗稿,弃绝旧日的生活。小阿杜耶夫返回故里,但身经城市文明熏染的他现在已经无法适应乡村田园生活。一年之后,他再次雄心勃勃地来到彼得堡,希望大有作为。现在的小阿杜耶夫和过去的他已是判若两人:他抛弃一切浪漫幻想,开始了一种"真实的"生活。最后成为追逐功名、惟利是图的"现实的人"。

《平凡的故事》通过对庄园贵族青年的个人成长道路的描述,展现了贵族传统文化和城市文明之间尖锐的冲突。冈察洛夫从现实主义立场出发,揭示了基于宗法制农村价值观的文化幻想必然为城市化文明所取代的残酷历程。在具体层面上,老阿杜耶夫属于处在俄国资本主义上升阶段的新兴资产者形象,他以其务实进取、惟利是图的生活理念颠覆了小阿杜耶夫传统的生活观念,从而对庄园文化所依赖的农奴制基础提出了质疑。须指出,冈察洛夫虽然通过主人公的"转型"以及转型后所获得的锦绣仕途和巨大财富这一事实揭示俄国近代化过程价值选择的一种必然趋势——田园诗文化价值的没落和城市文明的崛起,但是作家在描述这一趋势的整体过程时,并未给出终结的价值判断。

在艺术结构方面,《平凡的故事》的一个重要特点是对人物对话的建构。通过"对话"的展开揭示出人物形象之间(特别是老阿杜耶夫和小阿杜耶夫之间)在世界观、人生观等层面的冲突和对立,从而为人物性格的展示和小说情节的展开提供出话语前提。

冈察洛夫于1869年完成了长篇小说《悬崖》。作家在40年代末就开始构思这部小说(最初命名为《艺术家》),在近20年的创作过程中,作家数易其稿。《悬崖》揭示了在宗法制庄园生活方式和道德规范的条件下觉醒与反叛的主题。

《悬崖》主要展示了两位年轻人的心路历程。主人公莱斯基回到了阔别多年的庄园马林诺夫卡。这座紧邻伏尔加河的庄园,布局完美、风景宜人。庄园里住有莱斯基的祖姨和表姐薇拉。莱斯基对薇拉一往情深,而性格刚毅、情感独立的薇拉却对浪漫主义幻想家莱斯基毫无兴趣。薇拉冲破传统道德的束缚,结识并爱上了流放政治犯、"虚无主义者"马克。马克信仰唯物主义,其思想活跃,行动果敢。在两人的交往中,薇拉内心十分矛盾:一方面,她不能容忍马克的任性和固执,特别是对爱情、婚姻责任的认识;而另一方面却又难以控制自己的情感。最后,薇拉和马克不得不分道扬镳。经过一场失败的恋爱,薇拉身心交瘁,随后嫁给了成功的新兴资产者、年轻实业家杜新。

莱斯基从小生活在马林诺夫卡。莱斯基博览群书,且禀有艺术天赋。但他缺乏社会责任感,并没有成就事业的毅力。他的所受教育和生活方式使他远离生活实际而徒有幻想,他最具感召力的行动则是富有激情但却空洞无物的演讲。因此,他最后必然在事业和爱情上遭受双重的挫折和失败。

相形之下,薇拉的觉醒和反叛则使得这一形象成为俄罗斯文学中女性形象的典型。薇拉执著于信念,并且付诸于行动。薇拉在恋爱问题上的觉醒、反叛以及表现为外在行动的"选择"——对马克和杜新的两次选择——可以归结为一种价值判断。薇拉对生活伴侣的选择,实质上是对自己理想和信念的践行。她对马克的选择具有重要意义:一是对莱斯基生活方式和价值观念的否定,二是对传统道德观念的弃绝。而与马克的分手转而同杜新结合——这一再选择在很大程度上则表现出她的独立自主的品格与历史性的统一,同时揭示出对"传统"宗法制生活准则和新兴资本主义价值观念的认同。

《悬崖》的出版在文学界和批评界引起了重大反响。分属不同派别的批评家,基于自身的政治立场给这部作品以不同的评价。他们的观点针锋相对,莫衷一是。革命民主主义者的评论认为,这部作品丑化了革命者的形象,而自由主义评论则批评作家没有真实把握贵族知识分子现实。在艺术方面,《悬崖》情节设置的戏剧性、娴熟的心理描写以及女性形象的个性化可以视作60年代小说的艺术典范。

长篇小说《奥勃洛莫夫》

长篇小说《奥勃洛莫夫》的创作始于40年代,直至1859年才告以完成。这部长篇小说反映了农奴制条件下俄国贵族青年——"多余人"的生活现实,标志19世纪俄罗斯文学"多余人"形象的终结。

《奥勃洛莫夫》真实、细致地描述了主人公伊里亚·奥勃洛莫夫的生活现实。奥勃洛莫夫是一个生活在京城彼得堡的贵族青年。他善良、温和,具有良好的教养。奥勃洛莫夫坚持认为"工作是一种责罚",所以他整日无所事事,躺在一张沙发床上,"就是在梦中也想着睡觉"。他既不操心自己的衣食住行,也不关心自己领地的事务。他所有时间都耽于"美丽的"幻想,担心生活中的任何变故破坏他"安定的"生活。

奥勃洛莫夫的朋友希托尔兹是一位企业家。他精力旺盛,富有进取精神。希托尔兹鼓励奥勃洛莫夫参加各种社交活动,希望借此改变他的生活方式,但后者却借口自己缺乏意志和能力加以拒绝。希托尔兹出国前夕把奥勃洛莫夫引荐给年轻、活泼、充满热情的奥尔迦。从此,奥勃洛莫夫每天同奥尔迦会面,不久便坠入爱河。而奥尔迦也想通过爱情去感染奥勃洛莫夫,使他改变现有的生活方式。在爱情的感召下,奥勃洛莫夫"行动"起来:与奥尔迦一同郊游,欣赏戏剧、音乐,阅读各种书籍,管理领地事务。然而好景不常,奥勃洛莫夫很快就厌倦了所有事情,甚至认为恋爱艰辛难当。尽管如此,他们还是作出结婚的决定。但是,面对繁琐的婚前准备和即将开始的婚姻生活,奥勃洛莫夫内心十分矛盾,他一再推迟婚期。奥勃洛莫夫的表现让奥尔迦感到绝望,她逐渐认识到改变奥勃洛莫夫的生活方式实属幻想。于是,她离开了奥勃洛莫夫。奥尔迦与奥勃洛莫夫分手以后去了巴黎,在那里与希托尔兹恋爱、组成家庭。而奥勃洛莫夫则在房东太太普希尼钦娜的帮助下,回到了以往的死水般平静的生活。不久以后,他与房东太太结婚,并生有一子。奥勃洛莫夫的生活一如既往,最后寿终正寝。

  长篇小说《奥勃洛莫夫》揭示了主人公赖以生存的俄国社会现实的特质——40和50年代农奴制改革以前整个国家充斥着愚昧、落后,停滞守旧和缺乏生机。生活在这个环境中的人大多精神贫乏,无所事事,整天沉溺于人的基本生理需求。作品将主人公奥勃洛莫夫性格的形成和发展置于这样的社会背景之上,以此说明其性格完形后的诸多特征所具有的历史内涵。奥勃洛莫夫最典型的性格特征是行动的惰性——它是以空间的局限性和时间的静止性为表征的。在小说中,这一空间被夸张为咫尺之长的沙发床,而时间则更多表现为对阶段性观念的"坚守"。奥勃洛莫夫性格的形成源自社会期待的影响和模塑,在某种程度上则是贵族式"教育果实"。童年的奥勃洛莫夫不乏一般孩童的行为能力和思维能力。然而,社会对"未来贵族"的期待,使得他享受与生俱来的"天然特权":衣来伸手,饭来张口,无所用心复无所事事。

  在此,"另一个样子的生活"被合法地否定了,而奥勃洛莫夫性格的另一种可能也被合法地扼杀了。从此,奥勃洛莫夫便在社会认知和行为能力两个方面都出现了"空白"或"缺省"。

  奥勃洛莫夫作为19世纪俄罗斯文学的典型人物,其全部性格包含有复杂、矛盾的两重性特征:一方面,由于奥勃洛莫夫对现实社会生活的拒斥,包括与体力劳动、日常社交和公职业务等脱离,他的生活自然也摆脱了现实社会中相互倾轧、惟利是图、尔虞我诈,甚至是等级观念的侵淫,因此在他身上仍保留有纯真的情感,善良的品格,以至于对于"光荣和梦想"的激情。而另一方面,就其主要方面而言,奥勃洛莫夫由于脱离社会生活而致的社会认知和行为能力的"空白"或"缺省"则标志着一代青年"知识精英"的毁灭。

  奥勃洛莫夫的"行动惰性"拒绝爱情、婚姻带来的"动乱"。他的"行动惰性"及其深层心理,使得他在面临来自奥尔迦的炽热恋情时,也无法改变自身、走出决定性的一步——告别沙发床,进入人类正常的社会生活。至此,奥勃洛莫夫通过拒绝爱情、婚姻的方式再一次拒绝进入生活,从而完成了其性格的最后建构。如果说奥勃洛莫夫的"多余人"前辈们还具有其"行动"(包括行为和话语两个层面)的话,那么,奥勃洛莫夫这一"多余人"形象则宣告了"行动"的终结,也宣布了"多余人"的消亡。几代"多余人"形象作为社会另类声音在奥勃洛莫夫这里归于静默,也直接导致了这一社会"合法性"的存在,此即这一社会的双重危机之所在。从这个角度看,《奥勃洛莫夫》基于审美价值的认识意义则是独特的。

希托尔兹作为奥勃洛莫夫的对立性形象而出现。这一新兴资产者信奉"生活即劳动",他将所有时间都奉献给了"行动"。也正是借助他的"行动",奥勃洛莫夫的惰性获得了可持续性——这是现实生活逻辑的悖论。这种悖论还在于奥勃洛莫夫的生活蕴涵有某种"诗意",而希托尔兹则代表"行动"及其速率。与此同时,由于缺乏现实基础,希托尔兹这一形象在某种程度上只是作为作家观念的传声筒而存在。

在《奥勃洛莫夫》中,女性形象奥尔迦则并非作为奥勃洛莫夫的对立性形象存在,她的存在与其说是文本对结构特性的需要,不如说是对俄国社会资本化初期女性独立性地位和道路的探求。在小说中,奥尔迦首先是作为"拯救者"出现的,她对奥勃洛莫夫正面品质的发现、冲破世俗阻力对爱情的选择,这本身则凸现出她在认识和情感方面的独立和自觉。在此以后,奥尔迦又主动放弃这场"爱情"游戏,则同样表现出她对奥勃洛莫夫劣根性的独立判断。须指出,奥尔迦的道路探求并未终止于与希托尔兹的结合,因为她"感到有些混乱而模糊的问题",那么,"往哪里去呢?"

在《奥勃洛莫夫》的艺术风格方面,"典型化"手法是《奥勃莫洛夫》最具代表性的风格。奥勃洛莫夫封闭和停滞的外省庄园生活及其生活方式即是奥勃洛莫夫性格形成的起点。在这部长篇小说第一部《奥勃洛莫夫的梦》中,作家运用环境描写、人物对话和场景转换等一系列手段展现了主人公性格成长、发展和消亡的历史,从而最终完成了"典型环境中的典型人物"的塑造。与此同时,这一典型人物的成长史无疑从反面揭示出造成其"典型性"的社会环境(包括经济基础、生活方式、道德规范)的诸多"典型性"危机,从而获得了深刻的社会学意义。

作为19世纪俄罗斯文学经典小说,长篇小说《奥勃洛莫夫》为文学史提供了"多余人"的终结者形象,而体现主人公性格特征的"奥勃洛莫夫性格"则成为跨时代的社会心理指称——消极、惰性、冷漠、颓废和不思进取。由此可见,《奥勃洛莫夫》作为19世纪俄罗斯文学经典作品不仅在文学史上具有独特的审美意义,而且在精神史上也为我们留下了宝贵的思想资源。

综上所述,冈察洛夫的长篇小说创作标志着19世纪中期俄国小说创作的杰出成就。他对长篇小说的创作方法和艺术结构等方面的探索和深化,为小说创作的繁荣提供了有效的途径。

第七节 尼·谢·列斯科夫
(1831—1895)

尼·谢·列斯科夫是19世纪后半期活跃在俄罗斯文坛的著名文学活动家和作家,他的创作题材广泛,主人公囊括俄罗斯社会里的三教九流,其中又以表现性格各异、独具俄罗斯民族特色的底层普通百姓见长。除了小说创作以外,他还撰写了大量的政论文章,积极参与社会文化和政治生活。在政治观点上,列斯科夫与当时的社会思想主流是背道而驰的,他坚决反对俄罗斯民主主义者以革命的手段更新社会生活的主张,坚持"牢固地站在民族和历史的土壤上""和平地、按部就班地解决社会问题",而对于他来说,"民族的、历史的土壤"就是这一时期俄罗斯很多知识分子极力排斥,甚至感到羞耻而对于普通百姓来说却是道德价值标准的基督教信仰,与此认识相关,在俄罗斯上层社会宗教信仰危机的年代展现以正教信仰为根基的俄罗斯民族意识、挖掘俄罗斯人的宗教心理和民族性格、表现信仰和不信仰就构成了列斯科夫整体创作的基本主题。

生平创作道路

尼古拉·谢苗诺维奇·列斯科夫(Николай Семенович Лесков,1831年2月4日生,1895年2月21日去世)出生在位于俄罗斯中央黑土区的奥廖尔省,这个省是盛产作家和大师的地方。

列斯科夫的祖父是神职人员,祖母出身于商人之家,父亲是官员,母亲是贵族,这种复杂的家庭背景为作家形象生动地创作出身各异的未来主人公打下了坚实的基础。高尔基指出:列斯科夫"对俄罗斯人民的认识不是从书本中学来的,而是生活中积累的,他极好地感受到了那种被称之为'人民灵魂'的稍纵即逝的东西"。① 列斯科夫本人也这样回忆自己的童年:"在乡下时……我的同龄人都是农民的孩子,我与他们心心相印。我对普通百姓日常生活最为琐碎的细节都了解……从童年起我就毫不费力地了解百姓。"

在1862年开始发表文学作品之前,列斯科夫对俄罗斯社会各阶层人的生活都已经有了相当的认识,他先后在政府部门担任过刑事犯罪科科长助理、征

---

① 高尔基:《尼·谢·列斯科夫》(刊于《列斯科夫选集》三卷本,1923年),见 http://maximgorkiy.narod.ru/leskow.htm. 本节援引的高尔基的评价皆出自他为该选集撰写的"序言"。

兵科科长、私人公司职员等,有机会接触大量的人和事,这些生活积累后来都在他的文学创作中得到了反映。

列斯科夫于 60 年代发表的一系列短篇小说都是表现普通百姓生活的,更准确地说,是表现犯罪主题的,但与当时的民主主义作家表现的同类主题不同,他不认为犯罪根源是百姓生活贫穷造成的,是对百姓进行经济压迫和剥削造成的,也就是说犯罪的根本原因不是物质层面上的原因,作家试图挖掘更深层的原因,试图从百姓的心理和宗教意识中寻找原因,在这个问题上列斯科夫与同样否定"环境吞噬了人"并力图表现人心中最隐秘"地下室"的陀思妥耶夫斯基走到了一起。

两部曲短篇小说《强盗》(1862)和《在四轮马车上》(1862)是作家最早发表的作品,其中表现的就是普通百姓的心理和潜在的宗教意识。在前一篇小说中,讲故事人(农夫)以平淡的口气讲述了一个农夫杀死一个逃跑士兵的故事,从叙述人并不认为这桩杀人事件是犯罪的事实中可以看出,作家通过这个故事表现的正是俄罗斯未开化的农民性格中的自发性和行为的随意性;在第二篇小说中,讲故事人(农夫)叙述的是一个有关被打碎的、刻有《圣经·十诫》石碑的传说,与不认为杀人是犯罪的第一篇小说完全不同,在这里农夫为人们不能按照上帝的训诫生活而本能地感到痛苦和不安。通过这两部曲小说作家表明的是这样的态度:不能片面地评价俄罗斯百姓的精神状态,因为在其精神本性中,崇高与下流、纯洁与肮脏是紧密地交织在一起的。

一个俄罗斯人有可能"一时心血来潮"而杀人越货,同样这个人也可能"一时心血来潮"而抛弃一切物质财富、抛弃一切尘世羁绊,走上精神漂泊者的道路,在圣地之间的漂泊中度过数十年苦行僧的生活。关于俄罗斯民族性格中的这一独特性,白银时代宗教思想家 H. 别尔嘉耶夫在多部著作中都提到过,他认为,俄罗斯人追求神圣性,对成为圣徒有无限的渴望,但如果渴望成为圣徒的俄罗斯人达不到这一目标,他就会宁愿堕落到底,成为相反的人,因此俄罗斯在向世界奉献出无数圣徒的同时也生产了无数骇人听闻的罪犯。同一时代的宗教思想家 B. 罗赞诺夫也持同样的观点,他在《列·托尔斯泰与教会》中写道:"俄罗斯会出现这样的怪事:一个杀了旅伴的人在其口袋里找到一根香肠,如果那一天正好是守斋日、不允许吃肉的话,哪怕他饥肠辘辘,也绝不会违背教规去吃肉;……(俄罗斯人)可以在杀死新生儿之前给他戴上十字架,亦即使他成为信徒。其结果是:俄罗斯有许多圣徒,但诚实的、勤劳的、意识到自己的义务、诚心履行责任的人却很难碰到。"这位思想家认为,俄罗斯得以存在下去的支撑点是:"从老人到 10 岁的孩子都知道什么是'神圣的正教之人';每一个俄罗斯人都知道有'这样的圣人',还知道每个人都肯定有良心而害怕'圣人',因偏离这个理想而痛苦,并总是尽力向他回归,获得他。"①列斯科夫的大多数艺术创作就是对上述认识最生动的诠释,其表现是他在1873年的随笔《拉多加湖上的修士岛屿》中谈到的俄罗斯百姓"与生俱来的信仰",但从另一方面来说,这种信仰同时又缺少了自觉性,由于广大的俄罗斯底层百姓长期以来受教育程度极低,因此,在广袤的自然环境中形成的另一种"与生俱来"的特性——热爱无拘无束的自由——也常常会不受控制地冲破道德的界限而显现出来。

1865年,列斯科夫创作并发表了后来被拍成电影的最杰出的小说之一《姆岑斯克县的麦克白夫人》。从表面上看,这是一部描写人如何沉迷于情欲并最终被毁灭的故事,而实际上,作家通过这个故事表现的仍旧是他一贯的主题:表现俄罗斯性格。在小说一开始作家就点明了这一主题:"有时我们当地会出现这样一些有性格的人,哪怕认识他们已经许多年了,但回忆起他们中间的一些人时灵魂总是战栗的。商人的妻子卡捷琳娜·利沃夫娜·伊兹马依洛娃就属于这样有性格的人。"

小说女主人公23岁的卡捷琳娜出身于贫穷的农民家庭,五年前嫁给比自己大近30岁的丈夫自然"不是出于爱情或什么迷恋",而是"别无选择"。她天生具有"热烈的性格,做姑娘时习惯于简单和自由",而俄罗斯商人阶层的行为方式却"完全相反",他们都是"严厉的人",对坐卧起居等等生活细节都有一整套严格的规定。丈夫和公公从早到晚忙着"自己的事",而无所事事的卡捷琳娜就从早到晚"在每个空荡荡的房间里走来走去","一个人从一个房间游荡到另一个房间","由于俄罗斯的乏味、商人之家的乏味"一边走还一边"打着哈欠","到处都一尘不染,到处都是寂静和空洞的,长明灯在圣像前闪耀着,而家里一点活的声响都没有,一点人声都没有",她在"富裕的公公家里过了五年乏味的生活……而对于她的这种乏味没有人给予丝毫的关注"。这是小说第一章的内容,作家用凝练的句子极力渲染了女主人公乏味空洞的生活,而余下的全部14章就是描写因她与伙计私通而走上肉体和精神堕落之路的悲剧故事的开始、展开、高潮和结束了。只有到了生命的最后时刻卡捷琳娜才终于想到了上帝的审判。

虽然列斯科夫不像Л.托尔斯泰那样用大量的笔墨表现《安娜·卡列尼娜》的女主人公安娜·卡列尼娜犯罪之后的心理矛盾和精神痛苦,他对卡捷琳娜·伊兹马依洛娃的行为没有一句直接谴责的话,但这部小说所表达的却是同样的主题,即犯罪并承受道德惩罚:"申冤在我,我必报复。"而且列斯科夫与托尔斯泰一样,他们都一致认为规范人的行为、改造社会的首要原则不是激进原则,而

---

① В.罗赞诺夫:《宗教与文化》,莫斯科,1990年,第359、361页。

是道德原则,是"永恒的道德原则",人一旦丧失了以基督信仰为根本的道德原则,人也就丧失了辨别善恶的基本能力,因此就必然跌入万劫不复的罪恶深渊之中。

这种认识在他的长篇小说《走投无路》(1864)和《结仇》(1870—1871)中得到了更直接的体现。这是列斯科夫创作中少有的政治"倾向性"鲜明的作品,在这里列斯科夫不仅仅以作家的身份、而更主要的是以政论家的身份出现,作品表达出他坚决反对那种否定一切道德原则的虚无主义立场,而在当时的俄罗斯社会思想领域,虚无主义的声音则是压倒一切的声音,从同时期屠格涅夫的小说《父与子》和陀思妥耶夫斯基的小说《群魔》中也可以看出这一点。不过,即使在如高尔基所说的"人物几乎全是一些邪恶或可笑的丑八怪"的《走投无路》和"在所有方面都更可恶和恶毒"的《结仇》中,列斯科夫仍旧通过具有"崇高,甚至神圣色彩"的社会主义信念的追求者拉伊涅尔和少女革命者安娜·斯考科娃探索的"永恒的道德原则",体现出一种忘我的自我牺牲精神,表明他们是类似罗赞诺夫所说的俄罗斯"圣徒"和典型的苦行者。高尔基也正是这样评价《结仇》的少女革命者的,他认为:"这个人是工具,但这也是圣洁的人,可笑而美好的人",这样"小小的伟大之人为了自己的爱而忍受苦难,这个快乐的伟大苦行者是我们这个充满'片刻骑士'而极为缺乏永世英雄的国家中最优秀的人士",因此,列斯科夫的"伟大功绩就在于他极好地感受到了这些人并把他们出色地表现了出来"。

在作家以后的整个创作中我们不难发现,苦行僧形象,或者从世俗角度看是"怪人"的形象在他的创作中占有很大的比重,高尔基说得好:在《结仇》之后,"列斯科夫的文学创作立刻成为鲜艳的绘画,或者更准确地说,成为圣像绘画,他开始为俄罗斯创造一面圣徒和义人的圣像壁",作家在为自己确立"为罗斯辩护,为使罪人喜悦而描绘可爱义人之圣像的任务"时不是"出于头脑,而是源于心灵",因此那些"因爱生活的人们和迷人的尘世漂泊者"对于"不抱成见的、沉思的读者心灵"来说,是"如此美妙地贴近现实",他们对于读者的心灵具有"生理上的可感性"。

被列斯科夫定义为"编年小说"并被高尔基称为"宏伟之书"的《大堂神父》(1872)就属于"圣徒和义人圣像画壁"中的一幅。最初作家给小说取的题目是《上帝之家》,后来改为《大堂神父》,这两个名词表达的是同一个主旨,如俄罗斯学者所言:"把俄罗斯作为圣殿和家的形象来塑造时,列斯科夫通过它艺术地体现出俄罗斯的民族理念——共同性理念。"[①]而"大堂神父"中的"大堂"一词正是

---

① C.格罗莫夫主编:《19世纪俄罗斯文学》第2册,第228页。

"共同性"的同根词。

从"编年小说"的定义中可以看到古代俄罗斯文学中使徒行传体裁作品的痕迹，作家也正是遵照这种体裁的基本叙述模式来塑造三个主要人物的：大司祭萨韦利有着正直诚实的灵魂，信守爱与仁慈的宗教道德原则，坚信在上帝面前人人平等，对俄罗斯大地怀着深厚的爱之情，对于政府和教会残酷迫害旧礼仪派教徒的行为进行了坚决的抵制，而这个"男性美的标本"与妻子之间相濡以沫的温柔爱情更是构成了小说最为动人的篇章，这一切都很容易让人想到俄罗斯最早的自传体小说的作者大司祭阿瓦库姆。哥萨克出身的助祭阿希拉的性格特点更为鲜明：表面上看他愚鲁、蠢笨，有一点可笑，也有一点狡猾，是"一截又长又粗的木头"，但从本质上说，作家通过他表现的正是俄罗斯大地之子的率直、豪放、无拘无束的形象。如果说萨韦利神父是斗士的话，那么第三个人物扎哈里亚神父却正好相反，就像作家直接点明的那样，他是"平和与柔顺的化身"，体现的是俄罗斯民族性格中的忍耐精神。

70年代末期到整个80年代，列斯科夫更是有意识地创作了九篇以"义人"为主题的中短篇小说，并在1889年结集出版。作家本人在题引和小说中间直接表明了创作该系列作品的宗旨："没有三个义人，则无屹立之城"，这种认识无疑直接源于《圣经》；"义人在我们这里没有绝迹，并且也不会绝迹。人们只是没有发现他们，而如果凝神观察，则他们是存在的"；"如果有力量去容纳温暖其心灵、鼓舞其言语、指导其行为的崇高爱国精神，则这样的人是值得了解的，并应当在一定的现实情形中模仿他们"。作家在文集序言中指出："不管我把目光投向何处，不管我问谁，大家都回答我说没见过义人，但却听说过有某些好人。于是我开始记录下来。我暗想，不管他们是不是义人，都应当把这一切搜集起来，然后弄清楚：'这里究竟有什么超越了普通道义的界限'并因此'我主神圣'"，也就是说，这些义人究竟以什么方式体现了上帝的大能。

列斯科夫就像涅克拉索夫的长诗《谁在俄罗斯能过好日子》中的真理探索者格利沙一样，只是他看到的不只是生活的苦难，还有在苦难中保持圣洁灵魂的"义人"。这九部小说中的"义人"分布在城市和乡村，他们中间有贵族、商人、农民、政府官员、军官、匠人、神职人员，等等。虽然这些作品在主题思想方面继承了使徒行传体裁作品的传统，体现并弘扬基督真理，但列斯科夫并没有像使徒行传的作者那样，把主人公理想化、图式化，他们都是极为普通的俄罗斯人，而不是宗教圣徒，他们身上蕴涵着优秀的品质，真诚地渴望献身上帝、为祖国效力、为他人服务是他们的共同特点，但与此同时，他们在生活中也会犯错误，会由于一时的心血来潮、愚昧和与生俱来的率性而误入歧途，惟其如此他们才更贴近真实的现实生活。

在该系列小说中最著名的是《着魔的漂泊者》(1873)和《左撇子》(1881)。小说《左撇子》塑造了一个其貌不扬、而且还斜眼的左撇子铁匠,但这个铁匠却身怀绝技并且深藏不露,更重要的是,他是一个坚定的爱国者和虔诚的信徒。列斯科夫同意同时代评论家的一种认识,即左撇子是俄罗斯人民的象征,但他不同意迥然不同的另一种认识,即认为小说是贬低俄罗斯百姓或者讨好他们。从篇幅不长的小说中的确可以看到,作家表现的是一个普通俄罗斯人的生命原生态。这个连名字都没有而只有外号的铁匠偶然地被"塞上车"到了首都,又被俄国皇上偶然地派到英国,显示出俄罗斯工匠比英国同行胜过一筹的技艺,而他的死就更其偶然,这一系列偶然恰恰构成了当时俄罗斯普通百姓的基本生活形态,即毫无怨言地接受命运,接受上帝创造的世界,并在这种无怨无悔中展现普通人建立在"与生俱来的信仰"基础之上的崇高精神和纯洁灵魂。

在小说的最后一章列斯科夫指出,《左撇子》的主人公身上反映出俄罗斯"神话传说的特质和叙事诗的性质",小说叙述的故事是有着"人的灵魂"的"叙事诗"。80年代末—90年代,作家创作了另一个系列的小说——"圣诞节期故事",就主人公的特点和作品的主题思想来说,它们与俄罗斯民间传说、古代的使徒行传密切联系在一起,这里有直接脱胎于民间文学中傻瓜形象的"小傻瓜"、魔法故事中的"师父";有具有未卜先知能力的"游方艺人",有柱头僧、修道院长老,而更多的是模仿古罗斯"劝善故事"中的虔诚信徒,这些人物不再停留于大多数"义人小说"系列中主人公消极忍耐命运的层面,而是通过自身的言行像陀思妥耶夫斯基的《卡拉马佐夫兄弟》中佐西马长老呼吁的那样:在现实生活中履行"行动的爱",在行动的爱中体现基督身上的关爱、仁慈、同情、宽容的训诲。不过由于作家的目的性和说教性太强,这些小说与"义人小说"相比,艺术性要逊色得多。

中篇小说《着魔的漂泊者》

中篇小说《着魔的漂泊者》是列斯科夫创作的"义人小说"系列中最杰出的一部,就主题思想、叙述结构、艺术表现手法来说,它最能代表作家的创作特点。

在叙述结构方面,作家采取了自己绝大多数作品一贯的叙述模式,通过讲故事人的叙述把整部小说的内容串联起来,只是与其他小说不同的是,这里的讲故事人叙述的不是听来或亲眼所见的他人的故事,他讲述的是自己大半生的经历,此外,作家本人以听故事者的身份把整个故事及其他听故事者的提问和表现记录下来,同时发表个人感想,并对整个故事做出总结。

从主人公伊万·弗里亚金的经历来看,他在很多方面接近俄罗斯壮士歌、魔法童话的主人公,虽然弗里亚金最初并没有引起任何人的注意,但他一开口就以其非同寻常的言论吸引了所有人的注意,因为他认为自杀者同样有权利获得上帝的眷顾和怜爱,这种看法是违背基督教教义的,他的一些具体行为也并不完全符合教规,但与列斯科夫许多小说中的俄罗斯人一样,他具有"与生俱来的信仰"。

小说一开始,读者看到的是:身着修士服、五十开外、个子高大、面孔黝黑、有一头深灰色浓密卷发的主人公,他是"完全意义上的勇士,而且是典型的、忠厚的、善良的俄罗斯勇士,他让人联想到维列夏金的杰出画卷和 A. 托尔斯泰伯爵叙事诗中的俄罗斯勇士伊里亚·穆洛梅茨。他似乎不应该穿教袍,而应该骑着'花瘢马'、穿树皮鞋出现在森林中,懒洋洋地嗅着'黑松林散发出的松脂和莓果的气味'",而且,"尽管浑身上下透露出善良的朴实,但稍有观察力的人都可以发现,他是一个见过世面,即所谓'阅历丰富'的人"。整部小说叙述的就是这个奇人的丰富阅历:出身农奴的他是母亲多年无子后向上帝"求来"的孩子,他一降生母亲就如同还愿一般去世了,与俄罗斯类似主题的壮士歌和魔法童话的主人公一样,他身怀绝技,他的绝技就是相马和驯马,他一生的经历也都与此密切相关,而且与那些主人公相似,他似乎天生与神签订了协议,注定命运的坎坷。这一坎坷命运以神奇的方式在他的梦里被预示出来:少年时他因为任性导致一个修士摔到马车车轮下死了,修士托梦告诉他,他被母亲许给了上帝,因此他应当成为修士,毕生献身上帝,他不相信,于是修士对他说:"我要以神迹使你确信,你将多次经历死亡遭遇,但却一次都死不了,直到你真正的牺牲来临,到那时你将想起母亲为你做出的许诺并成为隐修士。"

弗里亚金一生的遭遇恰恰印证了该预言的正确性,经历过九死一生的生命考验之后,终于有一天他"想啊想啊,……突然就进了修道院",不过他"深信出生时就被预先决定"的使命并没有把他留在修道院里,他的神圣宗教使命不仅仅在于以自我修行的方式献身上帝,而在于以个人活生生的浪子回头的例子,通过"行动的爱"宣扬基督精神,并且俄罗斯勇士的先天气质也使他不可能接受修道院围墙的束缚,于是他最终作为一个朝圣者在俄罗斯大地上漂泊、流浪,并听从自己灵魂的召唤,随时准备在他预见到的战争中为人民和祖国献出生命。

弗里亚金的生命历程是灵魂觉醒的过程,是他从预言中的奇人成为一个真正奇人的过程,他最终获得预言未来的能力就是这种奇异性的最高表现,如同作者在小说的最后一段总结的那样,"他的预言在时辰到来之前"是所谓"聪明人和理性之人"无法认识的,这些预言"只是有时启示给婴儿",这一总结无疑为主人公添上了一道神圣的光环。弗里亚金以自己一生的遭遇淋漓尽致地表现了作家本人在俄罗斯人身上看到的"与生俱来的信仰"和"与生俱来的率性",表现了前者如何最终战胜后者的过程,从这个意义上说,他无疑是作家认识中俄罗斯人民的象征和代表，而他最终的结局更是与俄罗斯民间文学中和许多作家创作中屡屡出现的、与民间文学形象有关的"人民真理"的探索者紧紧联系在一起的，这些真理探索者往往在生活中不遵守严格的教规，但他们的灵魂甚至比严格履行教规的信徒更接近宗教真理。这不仅仅是该小说的主题，它更是贯穿作家全部创作的主线。

俄罗斯当代最伟大的学者之一 Д. 利哈乔夫院士有关列斯科夫创作的认识，对于深入理解其创作的价值具有重要的指导意义，他在《论列斯科夫》一文中指出："一些炸开传统的平静之流的创作个体时不时地会冲入文学史中。他们忍受不了……文学中的习惯性、'好格调'，他们在自身周围营造出一种躁动的气氛，与职业的文学家们产生冲突，……并最终积极地促进着文学中的进步，扩大着文学的潜力，发展着文学的体裁体系，引入新的题材，丰富着语言。……列斯科夫就属于这样的作家。"他还认为，列斯科夫最大的贡献就是他"在文学体裁领域的探索"。[①] 他很多小说都附有副标题正是这种探索的外在表现，比如《姆岑斯克县的麦克白夫人》的副标题是"随笔"，《阿列克塞·彼得洛维奇·叶尔莫洛夫》的副标题是"自传随笔"，《徽章学的雾》的副标题是"关于世袭外号的笔记"，《没落的氏族》的副标题是"家庭纪年史"，等等。从这些副标题中可以明显地看出，列斯科夫自觉地把小说创作的文学性与纪实性融合在一起。虽然从作家的选材中可以看出其兴趣所在，但其中仍表现出其创作的另一个突出特点：中立性，即他更多的是把现实生活事件叙述出来，展现俄罗斯普通百姓生活的原生态，尽量避免直接发表议论。利哈乔夫就作家创作风格的这一特点有着精辟的见解：列斯科夫这样做的目的是"希望读者不把他的作品当成某种完成的东西，'不去相信'身为作者的他，而是让读者自己深入思考作品的道德意义……以此呈现给读者自由，并使读者单独面对作品"，而这样做的结果，是使"外在而言'文学小事'占主导地位的列斯科夫的作品集成为很大的、往往难以解决之本质问题的仓库"，因此，"高尔基正确地指出，这些问题与对俄罗斯命运的思考联系在一起"。[②]

从列斯科夫的创作生涯中可以清楚地看到，他正是高尔基评价中的"极为独特的、没有受到任何外来的影响的俄罗斯作家"：在无神论和虚无主义盛行的时候，他更加强调宗教信仰的重要性及其在俄罗斯文化和人民生活中的不可替代性；在斯拉夫主义者和民粹主义者把农夫理想化的时候，他的作品中反映的却是现实世界中更真实的农夫和更真实的罗斯，是潜在地具备"实现一切美德

[①] Д. 利哈乔夫：《论列斯科夫》，载《未出版的列斯科夫》第 1 册，莫斯科，1997 年，第 9 页。
[②] 同上书，第 10—11 页。

之能力"的"半饥半醉的百姓",是"有着古老日常生活种种荒唐表现之本来面目"的神圣罗斯,正因如此,如高尔基所言,虽然"在每一个阶层和所有团体中都发现存在义人的作家得不到任何人的喜欢……保守主义者,自由主义者,极端主义者都异口同声地承认他政治上不可靠",但是,"读着他的书,你会更好地感受到有着一切坏和好的罗斯,更清楚地看到混乱的俄罗斯人",并且尽管"这个大作家就这样生活在公众和文学家视野之外,几乎到死都是孤独的,不被理解的",但"如今人们才开始更加关注他,这正是时候,因为必须重新深入思考俄罗斯人民的问题,回到认识其精神的任务上去",而"作为语言艺术家,列斯科夫完全有资格与Л.托尔斯泰、果戈理、屠格涅夫、冈察洛夫这样的俄罗斯文学创造者并驾齐驱",因为"他对生活现象的抓取广度,对生活日常奥秘的理解深度,对俄罗斯语言的细腻知识常常超过上述的前辈和战友"。

列斯科夫是一个创作力旺盛的作家,19世纪末俄罗斯就已出版了他的12卷文集,不过由于他有意地拒绝文学创作的社会和政治倾向性,因而得到的评价也是褒贬不一,甚至针锋相对,以他同时代的评论家A.斯卡比切夫斯基为代表的反对派认为,列斯科夫是"才能中等的人",而以A.维金斯基为代表的评论家却持相反的观点,他们在作家的创作中发现的是"独立的思想,对善与真理的爱,心理分析不同寻常的力量以及在作品形式和内容方面表现出的崇高创新性"。① 同样因为其作品中浓厚的宗教色彩以及缺少政治倾向性,列斯科夫在苏联时期比较受冷落,但近年来他的创作却越来越引起俄罗斯学术界的重视和广大读者的喜爱,所有新版的俄罗斯文学史都为列斯科夫设立了专章就说明了这一点。

第八节 费·米·陀思妥耶夫斯基
(1821—1881)

费·米·陀思妥耶夫斯基是俄国伟大的现实主义作家,与托尔斯泰一样,堪与莎士比亚和巴尔扎克相媲美,是在世界文学史上具有划时代意义的伟大作家。

生平创作道路

费多尔·米哈伊洛维奇·陀思妥耶夫斯基(Федор Михайлович Достоевский, 1821年10月30日出生,1881年1月28日去世)出生在莫斯科苏舍沃区一个军

---

① 转引自C.格罗莫夫主编:《19世纪俄罗斯文学》第2册,第259页。

医家庭。1834—1837年，他先后在莫斯科两所寄宿中学读书，阅读了大量俄国和西欧文学作品。1838年，他考入彼得堡军事工程学校，1841年晋升为陆军工程兵准尉，1843年毕业，留在军事工程绘图处工作。1844年他呈请辞职，并以陆军中尉退役，从此便彻底投身文学创作。

历史悲剧《玛丽亚·斯图亚特》和《鲍里斯·戈都诺夫》（均没有保留下来）可以视为他的创作开端。1845年《穷人》问世一鸣惊人。该作深受涅克拉索夫和别林斯基的赏识，涅克拉索夫称他为"新的果戈理"！

《穷人》的主人公，小官吏杰武什金善良、敏感，富有同情心和自我牺牲精神，虽然教育水平不高，但拥有自己的内心世界，感到自己同他人一样也是人，要求受人尊敬。他对社会的不公平现象表示愤慨。尽管他自己愁吃愁穿，却经常罄其所有，接济一个家境困难、举目无亲的孤女瓦尔瓦拉，还为她买鲜花和糖果，并且强颜欢笑地在信中安慰她。瓦尔瓦拉也将他当作唯一的依靠，关心他同情他。他俩同病相怜，相依为命，在回忆和幻想中度日，但等待他们的是不幸的命运：先是杰武什金因人格受辱，痛苦地酗酒，后是瓦尔瓦拉为生活所迫，嫁给了粗暴、吝啬的贝科夫。作家让两位主人公以书信，也就是"自白"方式抒写他们因贫困而感受到的不幸，解剖自己、分析他人，笔调感伤而兼有抒情气息。杰武什金迥然不同于果戈理笔下的那位自甘卑贱、只配受到怜悯的《外套》主人公阿尔卡基·阿尔卡基耶维奇。别林斯基称这个作品为俄国"社会小说"的第一次尝试。然而，就其实质而言，它在继承俄罗斯文学传统的基础上，深刻地挖掘了小人物的深层复杂心理，因此批评家B.迈科夫称作者陀思妥耶夫斯基为"心理诗人"。

作家的第二部小说《化身》（或译为《双重人格》、《孪生兄弟》、《同貌人》，1847）的主人公小官员戈里亚德金在生活境遇上稍强于杰武什金，但他精神空虚，猥琐怯懦，唯恐成为人们眼中的破"抹布"。他渴望向上爬，追求五品文官的女儿，不仅没有成功，反而落入十分狼狈的境地，导致他精神分裂，幻觉中出现了他的化身——小戈里亚德金，这个分裂出来的化身实际上是他内心世界阴暗的一面。这部小说既是作者对精神病研究（他曾就此与医生探讨，并阅读关于大脑、神经系统等方面书籍）的结果，更是他对时代典型的成功捕捉。小说将主人公在幻觉下出现的化身描写得十分形象，这种似乎是非现实主义的手法在当时引起争论，作家自己也感到不满，但他很珍视这个母题，他后期作品中不断出现很多有双重人格、有自己"化身"的人物。

继此发表的《普罗哈尔钦先生》（1846）的主人公因深感地位卑微、而惜钱如命到了丧失人性的地步，这个"葛朗台"梦想借金钱改变自己屈辱的地位，达到为所欲为的目的。他是作家笔下首个拿破仑思想的体现者，这一思想在他后来的一些作品,特别是《罪与罚》中得到充分发挥。

40年代,陀思妥耶夫斯基还发表了一系列短篇小说和小品文。在这些小说中,值得注意的是"幻想家"的形象。在《彼得堡纪事》(1847)的末尾,作家谈到多种多样的幻想家,他说因为客观和主观原因,很多俄国人无法找到并从事喜爱的工作,久而久之这些意志薄弱、软弱无能的人变成了一种特殊而奇怪的中性存在物:幻想家(XVIII, 32)[①]。此后的《女房东》(1847)、《白夜》(1848)、《涅朵奇卡·涅兹万诺娃》(1849,未完成)正是以这类人作为小说中的主要人物。他们善良,有才能,内心复杂,但却耽于幻想,不善于甚至害怕真实的生活,或是过高地估计自己的才华,不求长进,总是蜷缩在自己的角落里做白日梦,于是失去了施展才能或获得真正幸福的机会。其中《女房东》充满怪诞笔触,人物具有象征性;《白夜》是作家少有的色彩明朗的小说,《涅朵奇卡·涅兹万诺娃》中的儿童心理、病态心理刻画得相当细腻。

陀思妥耶夫斯基一直关注社会下层的小人物,但他的兴趣集中于刻画人物心灵的各个层面,偏离了别林斯基等人所期望的、挖掘小人物心灵中的美德和揭露当代社会的阴暗面的坐标。他的作品因此受到冷遇以至于激烈的批评。除文艺观外,他与别林斯基还有社会政治观点上的分歧:一个是基督教和傅立叶的信徒,另一个则是激进的罗伯斯庇尔的崇拜者。这导致他们在1847年初的最终决裂。

早在1846年春,陀思妥耶夫斯基曾与空想社会主义者彼得拉舍夫斯基邂逅。与别林斯基决裂后,他开始参加彼得拉舍夫斯基小组的"星期五聚会"。这一步几乎决定了陀思妥耶夫斯基未来的命运。但他在这里表现出矛盾的倾向:一方面,他信仰傅立叶主义,认为它是"和平的体系",并主张对俄国社会进行和平的(不通过斗争的)经济改革;另一方面,却加入了彼得拉舍夫斯基小组中激进的斯佩什涅夫的小组,参与建立秘密印刷所和发动政变的计划。彼得拉舍夫斯基案发后,1849年4月22日晨他与小组的重要人物同时被捕,因他在一次"星期五聚会"上宣读别林斯基致果戈理的信而被判处死刑。行刑前一刻,他与其他彼得拉舍夫斯基分子得到沙皇的"赦免",改判服苦役四年,期满后再当五年列兵。

陀思妥耶夫斯基并没有因此放弃从事文学创作的愿望。他表示:"只要手能握笔,宁愿监禁15年"(XXVIII/I, 163),但他的政治信念开始发生变化。此后服苦役的四年中,他无情地批判自己,决心改过自新。而这段经历以及他因

[①] 此处及下文引自《陀思妥耶夫斯基全集》(三十卷集),莫斯科,科学出版社,1972—1990年的文本,只在括号中标明卷数(罗马字)和页数(阿拉伯字)。

孤独生活,自我专注,潜心默想,使他后期作品具有思想深度。俄苏文艺学家П.萨库林院士独具慧眼地指出:"陀思妥耶夫斯基的所有成熟的作品都溯源于苦役和流放的岁月。"①

在狱中,他写了一部《小英雄》(1849,1858发表)。苦役期满,他于1854年转往塞米巴拉金斯充当列兵。在那里,他与税务官亚·伊萨耶夫的遗孀结婚。但因作家的身体状况和伊萨耶娃敏感脆弱的性格,这一婚姻并没有带来预期的幸福。

1859年,陀思妥耶夫斯基获准以陆军少尉退役,并恢复发表作品的权利。重返文坛的最初几年间(1859—1862)的创作可说是过渡性的。除中篇小说《舅舅的梦》(1859)、《斯捷潘契科沃村及其居民》(1859)外,重要作品有《被侮辱与被损害的》、《死屋手记》。

《被侮辱与被损害的》(1861)是陀思妥耶夫斯基的第一部多线索小说:娜塔莎和阿辽沙的爱情、涅莉和斯密特的遭遇,伊凡的奔走和瓦尔科夫斯基公爵的活动……瓦尔科夫斯基是书中众多人物蒙受苦难的罪恶之源。他是极端的利己主义者,认为整个世界是为他而创造的。他身上集中体现了当时自私、贪婪和不择手段地攫取财富的资产阶级化贵族的本性。他觊觎工厂主斯密特的财产,勾引他的女儿,旋又遗弃她和女儿涅莉;他诬陷管家伊兹缅洛夫,诈取了他的一万卢布使他破产;他为了捞取三百万嫁妆,破坏娜塔莎与自己儿子阿辽沙的婚姻,弄得她与父母离散。小说中的讲故事人伊万有作者自传的成分,他的自我牺牲精神使人想起《白夜》的主人公。娜塔莎和涅莉有着两种截然相反的性格,涅莉至死也不愿饶恕瓦尔科夫斯基,而娜塔莎则要以痛苦换取未来的幸福,认为痛苦能洗涤一切。小说结束时娜塔莎一家的团聚带有感伤气息,而涅莉的死则保持了全书的悲剧气氛。"被侮辱与被损害"的主题继续贯穿于陀思妥耶夫斯基后期的大部分作品之中。

《死屋手记》(1861—1862)写的是狱中生活。为了避免检察机关的注意,假托作者是杀妻的刑事犯,但书中不时显出《手记》出于政治犯之手。

小说写到监狱中的环境,囚犯在劳动之余的争斗、打架、偷贩私酒、放高利贷、嫖妓、赌博、干私活以至于洗澡、娱乐等一幕幕景象。囚犯们常常遭到非人的待遇。残酷成性的狱吏对囚犯为所欲为,他们有生杀予夺的权利,刑吏以行刑为乐事,想尽办法折磨犯人。

作者从人道主义立场批评这种残酷的牢狱制度,认为任何的烙印和脚镣都不能迫使犯人忘记自己"是一个人"。小说中更多观照的是囚犯们复杂的性格。

---

① 转引自C.富德尔:《陀思妥耶夫斯基的遗产》,莫斯科,俄罗斯道路出版社,1998年,第81页。

人不是按照他们在社会中的地位分成善恶的。他看到,道德败坏、腐化透顶、卑鄙下流的告密者贵族 A,比膂力过人、恶毒残酷的鞑靼人卡津和贪得无厌的犹太人伊赛·福米奇更加野蛮和厚颜无耻;也看到善良纯洁、可爱又可亲的鞑靼人阿列伊和宁静开朗而又疾恶如仇的虔诚的伊斯兰教徒列兹金仁努拉等最受压抑的受苦人"白白地毁灭在牢房和痛苦的厄运中"……他看到囚犯在仇视贵族出身的犯人,感到人民与贵族的敌对,他还体会到人的复杂性:"刽子手的特性存在于每一个现代人的胚胎之中",而在强盗中间可以看到存在着深沉的、坚强的、美好的人,"在粗糙的外壳中发现金子"。他认为,在罪犯们的野蛮、粗鲁表面下隐藏着淳朴、智慧、善良、特别是他们与生俱来的东正教意识——承认自己有罪并自觉地服罪,因此得出结论说,需要学习人民的思想:上述这些认识成为他后期的"根基论"基础。梅烈日科夫斯基说:"命运给他上了一堂严峻而又极好的课,不上这一课,他就不可能走上新的生活道路。"①

1859 年,陀思妥耶夫斯基以长兄米哈伊尔的名义(并由他担任名义上的编辑)呈准创办月刊《时代》(1861—1863)。创刊之初,在各重要刊物上发表的《1861 年〈时代〉杂志征订启事》,是作家当时开始形成的"根基论"的宣言和纲领。"根基"(почва,或译为土壤)是指人民。陀思妥耶夫斯基认为:时代和社会生活的现状表明将会发生异常重大的变革,"变革将在全国范围内和平协调地完成"。"这场变革能使有教养人士与民众根基相结合……""我国生活未来发展的基础,不应该同整个欧洲一样到处是阶层之间的相互敌视,胜者与败者的相互敌视。""……我们说的是文明社会与人民本原之间的和解。我们感到双方最终应该相互理解,应该澄清它们之间积累下来的众多误解,而后和谐一致地共同走上宽阔美好的新路。无论如何要好好团结起来……"(XVIII,35—37)。《时代》杂志当时采取中间立场:一边与反动文人 M.卡特科夫、一边与革命民主主义者 H.杜勃罗留波夫论战。

1863 年,《时代》因发表 H.斯特拉霍夫关于波兰起义的文章而遭查禁。次年又由长兄米哈伊尔出面呈请,并获准出版月刊《时世》(1864—1865)。但当局要求该刊保持"无可指摘的方向",并加以特别监视。此后陀思妥耶夫斯基与这个刊物改变了中立的方向,反对虚无主义者,反对当时的革命民主主义者的刊物《现代人》。

此时,他发表了两个篇幅不长而意义重大的作品:一是《冬天记的夏天的印象》(1863),另一是《地下室手记》(1864)。《冬天记的夏天的印象》是 1862 年 6 月至 9 月陀思妥耶夫斯基第一次出国游历德国、法国、英国、瑞士、意大利等国

---

① 参见《梅烈日科夫斯基文集》第 7 卷,莫斯科,1912 年,第 95 页。

的观感。这并非旅行笔记,而是在事后经过思考和总结写成的,它带有政论色彩。"俄国和西方"是当时俄国社会的"中心"问题,俄国是追随西方走资本主义发展的道路抑或采取自己的独特的形式——也正是当时西欧派和革命民主主义者同斯拉夫派和陀思妥耶夫斯基的根基派所争论的问题。特写以讽刺笔触描写拿破仑三世时代法国的社会风尚,展现了伦敦无产者的可怕生活画面,揭露了西欧资产阶级宣扬的"自由"、"民主"、"博爱"的虚伪性。这篇特写可以说是作家后期的社会政治思想纲领的缩影。他揭露资本主义的一面是有力的,但他没有看到西欧资本主义相对于沙皇俄国而言的进步意义。

《地下室手记》被有些人称为陀思妥耶夫斯基此后五部长篇小说的"哲学导言"。"地下室"一词来自普希金的《吝啬骑士》。原计划中小说共有三章,但只写成两章。第一章是主人公的自白。他是退职的八品文官,一个脱离人民的知识分子,他孤僻成性,与社会隔绝,像老鼠一样20年间躲在地下室里。他是一个"悖论者",自白中具有全面的"对话性",中心思想是:人喜爱随心所欲地行动,不愿受理性的约束。地下室人是"自我中心主义者"(高尔基语),鼓吹自由意志,认为自由独立的意愿是整个生活的表现。关于这个作品,批评家 K. 莫丘尔斯基说,就大无畏的精神而言陀思妥耶夫斯基不逊于尼采和克尔凯郭尔①。作家自己说过,这个形象是"我从心里挖出来的"。显然,作品带有自传因素。但他后来在《少年》的前言中对地下室人持批评态度。他说:"地下室之因,在于丧失对公共规范的信念,没有任何神圣的东西。"(XIII,320)

一般认为,正是在完成《地下室手记》与《罪与罚》的60年代中期,陀思妥耶夫斯基完成他从入狱和流放开始的世界观和社会、政治以至于文艺思想观点的最终转变。

1864年,他的妻子伊萨耶娃去世,1866年他因同时赶写《罪与罚》和《赌徒》两部小说,聘请女速记员 A. 斯尼特金娜帮助。次年与她结婚,并与她一起出国,直到1871年1月回国。

1867年9月至1869年1月,陀思妥耶夫斯基在国外写成《白痴》(1868),主题是写"十分美好的人"。他知道,塑造理想人物十分困难,全欧作家对此都无能为力,但为了与当时车尔尼雪夫斯基等人作品中的"新人"相抗衡,他以自己的正面人物来表达自己的社会政治观点。梅什金公爵和娜斯塔霞是小说的主人公。梅什金道德高尚、温和、宽厚、天真得近乎白痴(他患有癫痫病)。这是一个现实中的堂吉诃德,是现代基督,他宣扬博爱和宽恕容忍的基督精神,对不幸

---

① K.莫丘尔斯基:《果戈理·索洛维约夫·陀思妥耶夫斯基》,莫斯科,共和国出版社,1996年,第342页。

的人满怀同情心。他否定革命,承认贵族阶级在社会上的领导地位,主张他们通过道德上的"自我完善"、与人民团结的途径来实现社会和谐。

梅什金深深同情并企图拯救备受屈辱的娜斯塔霞,看到了这个"清白的女人"的心灵,爱上了她。娜斯塔霞在自己的生日晚会上,变成了买卖交易的对象:贵族托茨基为了娶贵族小姐而出重金摆脱她,加尼亚为了重金准备接受这个他所不齿的别人的情妇;罗果任出于情欲,不惜以十万卢布竞拍她。这几乎所有人物登台的场面高潮,是娜斯塔霞将罗果任的十万卢布扔进火炉的一幕,全场人的惊呆和加尼亚的昏厥……充分展示了贵族阶级的腐败,金钱万能和人们对它的崇拜……这是改革后俄国资本主义兴起、人的观念、社会的风气、道德和心理的激烈变化的缩影。全书的冲突在此全面展开。娜斯塔霞是既纯洁又"堕落"的女人。她高傲,却沦为托茨基的情妇,有独立人格却成为金钱交易的对象,向往美好而又居于屈辱地位。她的高傲与梅什金的温顺适成强烈的对照,而高傲则是这个悲剧人物的祸根——她因高傲而自卑,拒绝了真诚爱她的梅什金。小说的最后部分是主线上冲突的解决。以娜斯塔霞被罗果任所杀和梅什金的发疯的悲剧结局,揭示了资本主义社会中美的毁灭以及梅什金所谓"美能拯救世界"的理想的幻灭。

《群魔》(1871—1872)是作家最激烈反虚无主义的小说。此前,作者原要写一部《无神论》,写一个有点教养的人突然失去信仰最后又找到了"俄罗斯的基督和俄罗斯的上帝"。但不久作者另行构思《大罪人传》,提出令他终生苦恼的问题——"上帝存在"的问题。最后他萌生了新的思想,利用见于1861年报刊的无政府主义者涅恰耶夫杀害他的"人民惩治会"中一个不可信赖的成员、农学院学生伊凡诺夫的案件,写无神论的虚无主义者。

在最初构思中,中心人物为彼得·韦尔霍文斯基,后改为斯塔夫罗金。韦尔霍文斯基卑鄙、奸诈、凶残,他自称是"骗子手而不是社会主义者"。他组织了一个秘密小组,以成员间相互监视来严加控制,让他们在省城内散布谣言,制造混乱,从事种种阴谋活动。正是他主使暗杀了小组成员、所谓的"告密者"沙托夫。显然,这个韦尔霍文斯基形象,是对当时60年代年轻革命家的漫画化,而且是把当时进步青年与涅恰耶夫分子混为一谈。斯塔夫罗金出身贵族,作者原来是要把他写成一个在意识中因信仰与不信仰二者斗争而深受折磨的人物,后来又一再要把他写成"新人",但却失败了。斯塔夫罗金聪明过人,外表潇洒,镇静而理智,却是一个冷酷、乖戾、淫乱而又心狠手辣的阴谋家(他的脸像僵死的面具)。他指使费季卡杀死自己的"妻子"——跛脚女人而丝毫不露声色。我们没有看到他直接参加彼得·韦尔霍文斯基的活动,但他是"精神上的煽动者"。他是由有信仰的人变成无神论者的。他具有作家笔下人物的典型的双重性格:

他无视善和恶的原则,却明确二者的界限;他能够在干坏事时和做好事时体验到同样的乐趣;能够在爱一个人的同时恨他。在作品发表时被迫删节的《谒见吉洪》一章里,斯塔夫罗金在"自白"中谈到奸污一个 14 岁女孩,并在她自杀时坐视不救(当时他在窗中见到的"红蜘蛛"正好是他心灵淫乱和堕落的象征)。最后他因良心上无法摆脱这一罪恶感而自缢。尽管如此,作家还是把他当作悲剧人物来写的。小说另一重要人物是斯捷潘·韦尔霍文斯基———一位 40 年代的西欧派、自由主义者。他是彼得·韦尔霍文斯基的肉体上的父亲,又是斯塔夫罗金的精神上的父亲(教师)。作家这样安排,是因为他认为西欧派、自由主义者脱离俄国,脱离人民是产生虚无主义者的根源。斯捷潘·韦尔霍文斯基的原型一般认为是 40 年代自由主义活动家格拉诺夫斯基,也带有彼得拉舍夫斯基和别林斯基的身影。这个人物身上固然有一些美好的品质,但却在多处被漫画化,显得滑稽可笑。小说中的卡尔马津诺夫的原型是被丑化了的屠格涅夫,也因为他是西欧派、自由主义者。基里洛夫是道德上纯洁而又甘于自我牺牲的人,但他因斯塔夫罗金的引导成为极端的无神论者,以至于认为"如果没有上帝,我就是上帝",就可以为所欲为,最后以自杀证明了自己所追求的绝对自由。作品对省长也作了讽刺性描写,但讽刺的是他在惩治革命者上的软弱无力。

陀思妥耶夫斯基写这部作品时很有激情,在给 H. 斯特拉霍夫的信中(XX-IX/1,112)甚至说:我想说出"……在我的脑海里和心灵中积累起来的东西","纵使因此毁了我的艺术性也在所不惜"。

在《群魔》发表之后,陀思妥耶夫斯基结识了 B. 索洛维约夫,这位宗教思想家对他颇有影响,但也没有使他克服折磨他终生的上帝存在的问题。

《作家日记》最初是陀思妥耶夫斯基于 1873 年任梅谢尔斯基的《公民报》编辑时在报上开辟的一个专栏,1876 年后则是他自己创办的一份月刊(1876—1877,1880,1881),两者都专门发表自己的作品。《作家日记》在他的文学遗产中有着重要的位置。这不是一般意义上的"日记",其所以用"日记"命名,是因为发表的都是每月的新闻事件、各种琐事给作家本人留下的切身感受和印象,可以由此感到时代的脉搏,并以此积累写作的素材。书中有政论,关于俄国和西欧作家的文章和几个短篇小说。政论中有关于大俄罗斯主义和根基论的充分论述,关于"偶合家庭"和青年问题的见解。小说中最出色的是《温顺的女性》(1876)。作品中在时间上充满幻想性,并较为集中地采用了意识流手法。

70 年代中期,因涅克拉索夫的约稿,陀思妥耶夫斯基在《祖国纪事》上发表长篇小说《少年》。

《少年》(1875)是一部教育小说。教育小说又名成长小说,一般写一个青少年步入人世时遭受挫折或误入歧途,由此得到经验教训,思想上开始成熟的过程。《少年》中第一人称主人公阿尔卡季在 21 岁所叙述的此前一年,正是这样一段生活历程。作品着重写的是当时俄国大转折时期中社会秩序混乱、思想道德败坏,在贵族中出现的"偶合家庭"。阿尔卡季就是"偶合家庭"中的"偶然"成员——他是贵族韦尔西洛夫与家奴马卡尔的妻子的私生子。开篇时他来到彼得堡,要实现他的一个"罗特希尔德思想",即通过积攒,成为像当时欧洲的大银行家詹姆斯·罗特希尔德式的人。他认为金钱万能,但并非崇拜金钱,只是将它当作一种手段:借以得到充分的"自由",而他所追求的"自由"是高傲地漠视一切,过幽居独处的生活。在彼得堡,他受卑劣的同学兰别特的影响,沾染了一些恶习。一个偶然机会他得到一份"文件"——一封信——有了它,就足以使一位将军遗孀阿赫玛托娃失去本来可能从公爵父亲那里得到遗产的继承权。由此他卷入重重纠葛漩涡之中。他的异母姐姐、恶少兰别特等人都是为了追逐金钱,想获得这"文件",实施了种种阴谋。这一切使阿尔卡季渐渐对"罗特希尔德思想"、对金钱失去兴趣,他开始考虑如何生活的问题,但从那他始而憎恨、继而亲近的生父韦尔希洛夫那里得不到答案。后者是世袭贵族,他思想矛盾。他并不反对农奴改革,但他又以自己是俄国贵族出身而感到骄傲,认为俄国的一部分贵族(一千人)身上保留着正直、良心、科学和崇高的思想;而自己似乎是这种思想的代表,他信仰上帝,却又是无神论者;而且是双重性格,为人高尚,但又有犬儒主义思想,他感到自己身上同时存在"相互对立的感情"。他有"另一个自我"……最后阿尔卡季见到自己的养父——马卡尔。后者是笃信东正教的信徒,是云游各地修道院的朝圣者。阿尔卡季从他身上看到"好人品"[①]。其意义大致是信仰基督,爱生活,不作恶,为他人效劳。阿尔卡季说自己热烈追求这种"好人品";但在作品中没有具体表现,只是到最后说自己开始新生活了。

  小说采用第一人称,形式上是刚成年的主人公手记,他对周围发生和接触到的一切,都不甚了了,常常是猜度的、假定的,因此他的叙述常常模糊不清,模棱两可。甚至情节安排也较为混乱,这使全书表现出作家的一种特殊的风格。

  作家晚期的《卡拉马佐夫兄弟》(1879—1880)汇集了作家所经历过的、思考过的、写作过的一切,成为堪与托尔斯泰《战争与和平》媲美的史诗性巨著。

  作品情节的基础是作家在服苦役时一位蒙冤的难友——贵族出身的"弑父者"的经历。小说以错综复杂的人物关系展示了"偶合家庭"的现象。"偶合家

---

  ① "好人品"一词原文为 благообразие,直译应为"优雅风度",这词是托尔斯泰在《战争与和平》中谈到卡拉塔耶夫时说到的,但这里陀思妥耶夫斯基又加上新的涵义。俄国研究者对此词有不同理解。有人认为此词意味着"精神上的和谐"(谢苗诺夫),有人认为是"内心世界宁静之美"(格罗斯曼),此处参照 M. 古斯的《陀思妥耶夫斯基的思想和形象》(莫斯科,国立文学出版社,1962 年,第 403 页)及达里的《俄语详解字典》的理解,姑译为"好人品"。

庭"一词最早出现于《少年》,但其含义在《作家日记》中表述得更为明确。这是指在当时社会激烈变化中,世世代代形成的道德观念遭到否定,因此家庭成员不再有一致的道德规范和行为准则。卡拉马佐夫一家正是这样"偶合"的家庭。父亲费奥多尔是暴发的地主。他道德败坏,亵渎神明,贪婪好色,专横冷酷,胡作非为。有时甚至自称是"丑角"。他是"卡拉马佐夫气质"的根源。他夺走第一个妻子的全部嫁妆;在她死后又占有一个美貌、天真的温顺女子,还从心灵上百般折磨她;后来又强奸了一个疯女人。他置自己的孩子们于不顾,甚至要霸占他们应得的母亲的遗产。大儿子德米特里是退役军官,性格豪爽,为人坦诚,富有同情心,而且信仰上帝。但他轻浮、暴躁,挥霍无度,行为放荡,他的心灵是"上帝与魔鬼斗争的战场"。他因为父亲想侵吞他应得的遗产,又争夺他的女人格鲁申卡,愤怒之下公然声称要杀掉父亲。此后涉嫌弑父,蒙冤入狱,他不努力为自己辩白,而是自我反省,甘心以承受苦难洗涤自己和社会的罪恶。

  作品的中心思想是信仰与无信仰、社会主义和东正教的斗争,因此占有重要位置的是二儿子伊凡。伊凡和弟弟阿辽沙是同母所生。伊凡是大学生,聪明而高傲,性格内向,不苟言笑,爱好思考,他崇尚理性而不信"永恒不死",否定上帝,是一个无神论者和唯物主义者。他正直,有社会正义感,对渗透"血泪"的现存社会深表愤慨,他所举的一个将军放出狼犬撕碎农家孩子的故事只是他所愤慨的一个例子。不过,伊凡的性格是复杂的,双重的。他也是极端个人主义者,他宣扬人可以"为所欲为"的"超人"思想。他从心底里憎恶父亲,又想得到父亲的遗产,潜意识中希望有人杀掉父亲。在预感到受他思想影响的斯美尔佳科夫要杀父亲时,却专门地离开,实际上起了帮凶的作用,最终他因良心受到折磨,自称是"凶手",以至于精神崩溃。伊凡和德米特里不同:后者心中有上帝,真正要弑父却没有下手;伊凡是无神论者,因此成了心理上的弑父者。与理智的伊凡相反,阿辽沙对人信任、友爱、宽容、忍让、顺从,往往凭直觉行事。在他面前,父亲有时也表露出温柔的一面。阿辽沙进修道院做见习修士,竭尽全力穿梭于人们之间调停劝解抚慰,他以人道主义态度对待行恶之人,以平易近人的态度开导孩童。他是长老佐西玛精神上的儿子,是作家思想的传声筒。在作家计划但却未完成的第二部小说中,他将还俗,拯救他人。斯美尔佳科夫是费奥多尔与疯女人生的私生子,他在费奥多尔家做厨子。他了解自己的身世,自轻自卑的同时急切地想要出人头地,他贪财又凶狠,伊凡的"为所欲为"理论使他更胆大妄为,杀死生父,并抢走财物,而栽赃于德米特里,最后畏罪自杀。

  在伊凡创作的《宗教大法官》中,宗教大法官认为:《福音书》提出崇高的道德要求,可"人是软弱和低贱的",人首先要的是"面包",无法达到这些道德要求。这些没有道德观念的芸芸众生,即使给他们自由,他们也不会合理接受。

"自由"会使他们不分善恶、互相残杀、陷于纷乱和痛苦。他们还会以"自由"去换取"面包",因此他们必须用"奇迹、神秘和权威"或者恺撒的利剑才能来统治,也就是说应该以权力代替基督那些无法实现的道德遗训。伊凡并不同意这种理论,并不认为宗教大法官要建立的那种社会适合于人类,但他又不能提出自己的任何主张,因为他根本不相信有"人间天堂"——尘世上的幸福生活。

陀思妥耶夫斯基在这部小说中还写到了"孙辈"。柯利亚等孩子在阿辽沙的引导下,在伊留沙墓前发出为全人类受苦,永远善良、真诚的誓言,表达了作家未能完成的关于卡拉马佐夫兄弟的第二部长篇小说的主题思想。

《卡拉马佐夫兄弟》凝聚了陀思妥耶夫斯基多年思考以及当前现实的许多重大问题。首先是折磨他一生的"上帝存在的问题";其次,小说还以全力写出他后期十分重视的"偶合家庭"问题;再次,作家还写了当时关心的儿童问题。小说中代表各种"声音"的人物聚会,"狂欢化"的场面,急转直下的突发情节,法庭论战的雄辩声音,伊凡矛盾思想的深刻的社会和理论基础,德米特里心中的所多玛城和圣母,阿辽沙神示般的直觉,许多人物受虐狂和虐待狂的表现,神经质、歇斯底里的作为,以及所描写出的梦魇和潜意识的广度,所涉及的社会道德、人生哲理的深度,这既是此前作家作品的总结,又是所有方面的升华。总而言之,这部书的哲理性深度和艺术手法的多样性也是作家此前作品所未曾有的。它是作家的思想和艺术的总结性作品。

特别值得一提的是陀思妥耶夫斯基于1880年在普希金纪念碑揭幕典礼上的演说,它几乎是作家的文学遗嘱。这不仅是他关于普希金及其在俄罗斯文学发展史上的地位的思考,更是由普希金作品引发的对俄国历史命运的思考。不过,他对普希金的解释并非十分全面,只是借此印证自己的"根基论"。他引述普希金的《茨冈》等作品,呼吁有教养阶层"高傲的人"低下头来,诚心驯服,接受人民的基督教信仰。呼吁西欧派回到俄罗斯的根基上。

陀思妥耶夫斯基是心理诗人。他反映当时激烈变化中的社会生活现象,但他主要是通过人们的内心生活的激烈变化反映这个激烈变化的社会生活。他18岁时就立志"猜透"人的"秘密"(XXVIII/I,63),晚年他更明确地说:"我是最高意义上的现实主义者,即描绘人的心灵的全部深度。"(XXVIII/I,65)不过,他所描写的心理,大多是病态的:从过强的自尊心和自卑心理到自虐狂与施虐狂,以及神经质、歇斯底里甚至精神分裂。不仅如此,他有时是性恶论者,认为"不正常和罪恶来自心灵本身"(这当然与其反"环境论"有关)。因此他描写地下室心理,窥视心灵的罪恶深渊。而且善于写内心的善与恶的斗争。固然他没有忽视人们心灵中光明和闪光的东西,也写过一些人物的美好心灵(常常在小人物身上),只是在他作品中的理想人物的形象是苍白无力的。但他一般认为人性是双重的,写了不少双重人格。

作为伟大作家,陀思妥耶夫斯基的主要成就还表现在艺术,特别是艺术创新上。如刻画人的前意识与潜意识;通过对话来表现人物的心理,广泛运用内心独白,还运用意识流手法。他可以说是现实主义最高成就的代表之一;而他的深入地下室心理,刻画善恶同体和破坏性格以及内心独白和意识流手法等,又成为现代主义的直接先驱。他确实是19世纪与20世纪之交承先启后的伟大作家。

长篇小说《罪与罚》

《罪与罚》一书的构思始于1856年陀思妥耶夫斯基当列兵时期。1864年,他曾拟写一部名为《醉汉》的长篇小说,写酗酒问题并展示当时社会生活的病态。不久他改变主意,在1865年9月他给卡特科夫的信中,说要写"一次犯罪的心理报告",基本情节与后来写成的小说相似:一个被开除的大学生受到社会上流行的某些未定型的幼稚思潮的影响,决定杀死一个高利贷者,劫取钱财,让自己完成学业后出国,正直诚实地过一生。

小说在写作过程中又有些变化。主人公拉斯柯尔尼科夫是因贫困辍学的大学生。他正直、善良、富于同情心,但有时甚至淡漠无情、麻木不仁到几乎毫无人性。他高傲孤僻、深沉而耽于哲理思考。他的生活费来自其每年仅有125卢布抚恤金收入的母亲,因此衣衫褴褛、食不果腹,靠抵押借贷过着蜷缩在棺材般的阁楼里的艰苦生活。于是萌生了杀死高利贷老太婆的念头。使他克服内心犹豫的是一连串事情:先是在酒馆里听到邻座一大学生也谈到要杀死这个老太婆、劫富济贫;继而看到马尔美拉多夫一家,尤其是他女儿索尼娅因家境而被迫卖淫的痛苦境况;随后又接到家书,得知妹妹杜尼娅准备为了他而嫁给卑鄙冷酷的律师卢仁。在走投无路之际,为挽救妹妹、也由于愤恨社会的不公正,他决计铤而走险,去干"那件事"。各种巧合使他顺利得手,但当他杀死了老太婆,抢得财物准备逃走时,又劈死了从外面回来的善良无辜的丽扎维塔。

小说共分六部。上面的情节是在第一、二部里叙述的。它说明拉斯柯尔尼科夫的杀人动机是想摆脱自己的困境、拯救家庭或杀富济贫。这两部发表在《俄国导报》1866年第1—2期上。《俄国导报》第3期是在4月4日后出版的,而在4月4日正好发生了革命者卡拉科佐夫行刺沙皇(未遂)事件。当局坚决要挖出普遍存在的虚无主义的深藏的根子,《俄国导报》因此没有发表《罪与罚》的第三部分。据研究者说,该刊主编卡特科夫可能让陀思妥耶夫斯基做些修改,因为书中涉及杀人案件。而且当时政府四处逮人,彼得堡的文学家人人自危,陀思妥耶夫斯基也惊惶不安,这不能不影响他对《罪与罚》后面部分的创作倾向。

《俄国导报》第4期上刊出的《罪与罚》第三部（第5章）中，侦察员波尔菲里第一次提到拉斯柯尔尼科夫此前发表的文章《犯罪论》，文中将人分为两类："平凡的"和"不平凡的"。"平凡的"人只配繁殖后代，俯首帖耳地过日子；而"不平凡的"人则有权超越法律，为所欲为，如斯巴达立法者莱喀古士、雅典执政官梭伦、穆罕默德和拿破仑。他似乎认为自己是拿破仑式的人物，这样他的杀人又有另一动机，小说也因此成为哲理小说了。

拉斯柯尔尼科夫将抢来的钱物藏妥，不留丝毫痕迹。但他行凶前的种种焦虑此时化为与世隔绝的无尽的折磨，像有一把剪刀将他与以前的一切联系完全剪断了：他不能真诚地与他人交流自己的思想感受，即便对老友拉祖米兴，甚至对母亲和妹妹都是如此，他因苦恼而变得十分粗暴。更令他绝望的是，他本来视自己为"强者"，而不是"发抖的畜生"，有权力越过现存秩序和道德准绳，可事实推翻了他的想法。他曾想到自杀或自首，"一了百了"，但又下不了决心。

继此之后，小说主要展现他与索尼娅和波尔菲里的思想上的"决斗"。波尔菲里长于观察和推理，他得知拉斯柯尔尼科夫在警察局晕倒和他去作案现场拉门铃等情况后，联系到他的论文，断定他是凶手，苦于没有证据，再三使用攻心的方法拷问他，同时又不无同情地开导他。拉斯柯尔尼科夫虽然以挑衅的态度与他抗辩，但最后决定接受索尼娅的十字架还是由于波尔菲里的威逼和推动。

索尼娅是人类苦难的化身，是东正教信仰的体现者。她善良、单纯，为了救助家庭不惜沦落风尘。拉斯柯尔尼科夫认为自己成为杀人犯，同她一样是被迫的，他先后找她，吐露自己的罪行……他让她为自己读的福音书，正是读拉撒路复活的那一段，希冀得到精神上的"复活"。但他高傲而不信上帝，前两次见面时不愿听从索尼娅的劝告，最终才从她那里接受了原属于丽扎维塔的十字架，决心用苦难来赎罪。不过，作为一个现实主义者，作家不能不感到主人公的这种思想转变十分困难：拉斯柯尔尼科夫在亲吻大地、决心投案自首，并服刑很久之后，才因看到索尼娅送他的福音书而开始思考是否接受宗教信仰。作家在书末说，拉斯柯尔尼科夫逐渐走向新生将是另一部小说的主题。

斯维德里盖伊洛夫是作为拉斯柯尔尼科夫的衬托而出现的。这是一个卑鄙、残酷、无耻、淫乱无度的地主。他做过很多坏事，也杀过人，但他具有双重人格。他在自杀前，安排好了陷入贫苦绝境的马尔美拉多夫家的孩子们，给未婚妻留下补偿，在威逼杜尼娅的紧急关头时还是放走了她，而且他自杀纯系出于良心的谴责……一切都表明他心灵深处还有光明的一面。当然，尽管他认为拉斯柯尔尼科夫像他自己，他们两人在道德上相去还是甚远。作家把他作为拉斯柯尔尼科夫的"第二个我"似难令人信服。

《罪与罚》是陀思妥耶夫斯基提高他"作为作家的声誉"的作品,有许多优点和特色。首先是结构严整,全书围绕主人公展开,没有枝蔓,情节环环紧扣,开展迅速;开篇的紧张气氛贯穿始终;其次,作为情节的很大部分不是事件,而是主人公的内心活动。与此相关的是大量的内心独白(作家曾拟采用第一人称)。全书贯穿着人物间的大量的精彩对话,其中以主人公和波尔菲里之间伴随着紧张心理活动的三次对话尤为精彩;其三,小说广泛地展示出那个时代俄国城市生活中的许多现象,如贫困、自杀、酗酒,等等,除个别例外,大多通过人物的见闻或谈话来表现,因而十分简洁,没有阻滞情节的进展。小说多处以梦表现人物意识和外部印象的合力下的潜意识活动。如关于驽马为铁棍击毙的梦,是表明他因计划用斧头去杀死老太婆而预感到恐惧和残酷而深深不安;他梦到沙漠中的绿洲清泉,表明他因在杀人问题上焦虑苦恼和外界的酷热暑气而渴望得到身心上的缓解……书中还采用意识流手法,最出色的是拉斯柯尔尼科夫决定自首前走过干草市场时的那一段意识之流,很像托尔斯泰的安娜·卡列尼娜于投身车轮前经过街道时的那段广为人知的随外界印象而漂流的思路,而《罪与罚》的写作时间早于《安娜·卡列尼娜》十余年!

可以认为,《罪与罚》充分显示了艺术家—心理学家陀思妥耶夫斯基的才能,它与《卡拉马佐夫兄弟》是作家创作中并峙的双峰。虽说这篇小说在哲理深度和广度上逊于后者,而其结构的严整似乎略胜一筹。

第九节 列·尼·托尔斯泰
(1828—1910)

列·尼·托尔斯泰不仅是俄罗斯文化史而且是世界文化史中一个极具特点、性格极其复杂的巨人。他的一生是非同凡响的一生,这不仅表现在他向世人奉献出了卷帙浩繁的、仅就数量来说恐怕无人可与之比拟的文学和思想创作,[①]这种非同凡响更是直接地表现在他充满了矛盾对立的生活之中,其中蕴涵着作家对人类失落的精神家园穷其一生的孜孜求索,蕴涵着俄罗斯民族重精神远胜于重物质的特性及对人生终极目标的渴望和追求。上述种种特点在托尔斯泰身上的具体体现,就是他有意识地放弃奢侈浮华的贵族生活,甘心在生活上作一个对物质条件要求最低的"农民",像真正的农民一样参加日常劳动,并

---

① 1928—1958年,苏联出版了迄今为止最全也是唯一的一部《托尔斯泰全集》(九十一卷本),其中文学作品、理论著作、政论文章及文学论文等45卷,展现作家一生的探索、迷误、追悔和追求道德自我完善的日记13卷,书信31卷,编者注释2卷。

且最终彻底抛弃了世俗的家庭而离家出走。托尔斯泰绝俗的内在动机明白无误地展现在他辞世那一年撰写的《生活的道路》(1910)一书中,在该书的序言中作家罗列了31条类似宗教训诫一般的"不许",谆谆教导人们应该如何生活。当然,这一切并非一蹴而就,就托尔斯泰来说,这是他漫漫人生长路中点点滴滴累积起来的关于人生问题和人类精神价值问题的汇聚。

生平创作道路

列夫·尼古拉耶维奇·托尔斯泰（Лев Николаевич Толстой,1828年8月28日出生,1910年11月7日去世)出生于其家族的世袭庄园——俄罗斯中部图拉省的亚斯纳亚·波良纳①庄园,并在那里度过了自己人生的大部分时光。1903年托尔斯泰本着"从善与恶的角度来审视所作所为"的原则,把自己的一生划分为四个时期:一、14岁前美妙的、天真无邪的、快乐而又诗意的童年与少年时期;二、在此之后荒唐、虚荣、浮浪、纵欲的20年;三、从结婚到"灵魂诞生"的18年,用托尔斯泰自己的话说,这段时期他"过着规矩诚实的婚姻生活,没有犯任何为社会舆论谴责的罪行",而从另一方面来说,"只自私地关心自己的家庭、财产的增长、文坛的名声和种种乐事";四、最后的30年是托尔斯泰"希望能够在这个时期中死去"的、竭力倡导并身体力行地追求道德自我完善的人生阶段。

托尔斯泰的创作具有鲜明的自传色彩,这是一个公认的事实,因此,上述的各个时期都在其创作中得到了或多或少、或直接或间接的反映。

三部曲《童年》(1852)、《少年》(1854)和《青年》(1856)是托尔斯泰最早发表的作品,其中可以找到作家本人的影子,但以尼科尔卡为主人公的三部曲包含的内容更广,如同作家本人所说的:他计划描述的是"人的发展阶段",是每一个阶段的"典型特点"。作家感受到的童年的典型特点是"纯洁的快乐和对爱的无限需要",这里表现出的是"肉身洞察者"托尔斯泰的典型感受,对生命乐趣的感受,但与此同时,生命的终结者——死亡——也在主人公的心中留下了惨痛的印象,并且成为作家终生思考的主题,在《三死》、《伊万·伊里奇之死》中甚至似乎成为了超越主人公而独立存在的、主宰一切的形象。

与天生的哲理素质相关,少年时期的尼科尔卡喜欢"独自思考",但他却不知道应该怎样思考,就像小说中写的:"我问自己:我在思考什么?我回答:我在思考我在思考什么……"由于正处于世界观形成的阶段、处于缺少道德信念的阶段,而且由于无人引导,少年感受到的是"仇恨的吸引力",只有进入青年阶段

---

① 这个地名的意思应该是"明亮的林间空地",但2000年拜访在该庄园基础上改建的托尔斯泰博物馆时,笔者从工作人员那里得到了另一种解释,即"椴树林间空地"。

之后，在认识了人生的第一位导师聂赫留朵夫之后，他才开始对人、对生活形成了新的看法，即追求道德的完善，渴望用心感受生活，并因此而感受到了博爱的幸福。三部曲是作家表现一个人从自发到自觉地追求自我完善的过程。

在《哥萨克》(1862)中，托尔斯泰继续着对爱的问题的思索。主人公奥列宁是当时俄罗斯社会中典型的贵族青年，在某种程度上折射出作家本人所划分的自己第二个生活时期中的特点。父母双亡之后给奥列宁留下了可观的财产，他可以随心所欲地自由生活，但挥霍、浮浪、空虚的莫斯科上流社会很快使他厌倦了，于是他离开首都来到高加索的普通山民中间，希望在这里寻找到生命的真谛，寻找到挥洒自己青春激情的理想地。奥列宁有着旺盛的生命力，他感到自己是"青春的万能之神"，感到全身上下洋溢着"一去不再的激情，人只有一次的为所欲为的权利"，这种激情、青春的力量和生命的本能冲动使他莫名其妙地"想要哭"，但他却不懂得如何去爱，他的心中只有自己，最终只能作为一个"令人讨厌的人"和"不被人爱的人"离开高加索。与之相对的是那些外表粗鲁、凶悍，甚至野蛮而却真正懂得爱与同情的哥萨克自由民，其代表人物就是哥萨克老人叶罗什卡大叔和年轻美丽的玛丽亚娜。

1852—1856年，托尔斯泰以个人经历为基础先后完成了一系列具有纪实性质的、统称为"塞瓦斯托波尔故事"的军事题材小说，在思想内容和表现形式上继承和发展了古代俄罗斯文学中的军事题材故事。作家的目光仍旧聚集在普通人身上，并在他们普通的外表下发现了真正的伟大和美。《十二月的塞瓦斯托波尔》(1855)中的几段文字可以概括作家的认识："在这个沉默寡言的、不自觉的伟大面前，在这种坚强的精神面前，在这种对自身的崇高品德感到羞涩的心情面前，您就会俯首无言。"而离开这些普通人的时候，"您带走的是主要的、愉快的信念，——这就是塞瓦斯托波尔不可能被占领，而且在任何地方想要动摇俄国人民的力量也是不可能的……您了解到使他们行动起来的感情，并不是您自己所经验到的那种浅薄、虚荣、健忘的感情，而是另一种更豪迈的感情，这种感情使得他们在枪林弹雨下，在人人都会遭受到的九死一生的机遇中，以及在这种不断的劳动、熬夜和泥泞的条件下泰然地生活"。小说中与普通人形成对照的是那些追逐虚荣的贵族子弟。这种对照在短篇小说《琉森》(1857)和《三死》(1858)中也得到了鲜明体现：前者表现了"最文明国家中最文明的人"的冷酷无情与乡村农民的善良和同情心；后者通过叙述贵夫人、农夫和一棵树的死亡事件表现了人的三种生活态度、对待死亡的态度：贵夫人因怨天尤人而垂死挣扎、农夫因无怨无悔而宁静安详、树木因生前充当鸟儿栖息的家园而死后为其它树木腾出"新的开阔空间"而被作家看成是死亡的最高境界。

托尔斯泰于1863—1869年创作的第一部长篇小说、史诗巨作《战争与和平》围绕着上流社会的包尔康斯基家族、别祖霍夫家族、罗斯托夫家族和库拉金家族而展开故事叙述,其核心主题是探索"人民的思想"和"人民的真理",表现战争状态下俄罗斯人民焕发的惊人力量和爱国热情。被士兵亲切地称为"我们老爷"的皮埃尔·别祖霍夫从俄罗斯人民的代表普拉东·卡拉塔耶夫身上看到了真正的美德:宽容、通达、忍耐和爱,顿悟到让他以后能够平和地面对生活、面对人们的道理:"承认每个人都可以按照自己的方式去想,去感受,去看待事物。"伯爵小姐娜塔莎·罗斯托娃与生俱来的生活热情和生命力感染了她身边的每一个人,她是本能与直觉感受的具体体现者,是俄罗斯民族性格的代表,作家通过普通百姓的眼睛反映出来的她所体现的民族气质更具说服力。她美妙的、不加修饰的歌喉触动了每一个人的内心,她独具俄罗斯民族气息的舞蹈引发了庄园管家的感慨:"这个在法国移民女教师手中接受教育的伯爵小姐是在哪里、以什么方式、什么时候从她呼吸着的俄罗斯空气中吸纳了这样的精神?"而女仆安尼西娅"眼含泪水笑着,望着这个纤细、雅致、对她来说那么陌生、在绫罗绸缎中长大的伯爵小姐,这个伯爵小姐懂得安尼西娅、她的父亲、姑姑、母亲和所有俄罗斯人心中的一切"。娜塔莎懂得俄罗斯普通百姓的感情是因为她接近自然的生活,对一切事物她都是凭借自己敏感、单纯、真诚和快乐的心去体会,正是通过她作家表达出了《战争与和平》中"和平"一词所蕴涵的更深层次的内涵,即"米尔"精神。①其核心内容是娜塔莎在教堂祈祷时感悟到的"全体一起,没有等级之分,没有仇恨,被博爱联系在一起",而这也正是作家毕生探索和弘扬的俄罗斯"人民的思想"。

　　托尔斯泰对战斗细节的真实描写得到了包括海明威在内的世界许多作家的赞赏,但他对战地指挥官作用的认识却让他们很不满意。英国作家毛姆就此写道:"在托尔斯泰看来,他们(伟大人物)不过是一些傀儡,被他们不能抗拒或控制的某种因素支配推动着。"海明威的看法也是这样:"托尔斯泰作为一个当过兵的、正常思考的人,对大部分军事指挥官如此之蔑视,以致达到真正荒谬的程度……在一种神秘的民族主义情绪鼓舞下,他把全世界有数的几个真正伟大的统帅之一拿破仑,写成并不能真正指挥他的战争进程、纯粹听凭他全然无法驾驭的各种力量所驱使的傀儡。"②甚至连俄罗斯历史学家И.伊里因也认为作家对拿破仑和俄罗斯统帅库图佐夫的形象塑造是歪曲事实的,只不过这种歪曲表现在前者身上是丑化,而在后者那里却是美化。这自然与托尔斯泰否认伟人

---

① "和平"和"米尔"在俄语中是同一个词,后者是俄罗斯古代宗法制时期的一种社会组织形式。
② 海明威:《战争中的人们·序》,载《欧美作家论列夫·托尔斯泰》,人民文学出版社,1985年,第317—318页。

在历史中的作用有关,与他的无政府主义世界观有关,更与他创作《战争与和平》的宗旨有关。如果说作家"歪曲"拿破仑的本来面目,目的是为了批判以其为代表的西方世界,否定"西方"一词所蕴涵的新兴资产阶级文明的种种弊端,那么"歪曲"库图佐夫却是为了赞美以其为代表的俄罗斯宗法制传统生活方式的种种"美德"和"优势",即作家所追求的俄罗斯"人民的思想"中所具有的核心内容:和谐、相互信任、博爱和忍耐。

在一定程度上可以说,安德烈公爵也是"西方"概念的体现者,他的喜怒哀乐和情绪变化基本上都建立在体现个人价值和追求个人幸福的基础之上,他对生活的态度和认识有过多次反复,每次变化都与此有关。拿破仑曾经是他心目中的英雄,有一段时期他一味追求个人的荣誉,渴望建功立业和出人头地,在他眼里别人都是乌合之众,是"一群混蛋",只有他才是真正优秀的战术家,只可惜在托尔斯泰所表现的指挥失去了任何作用的战场上,他的才能没有得到施展的机会,但第一次参战时与死亡近距离接触的经历以及妻子和父亲的死亡使他改变了自己的观念,认识到与生命相比荣誉只不过是虚荣心的满足而已,感悟到需要"为别人而活",需要"爱别人,渴望为他们做点什么,渴望得到他们的褒奖"。在此仍旧不难看出他根深蒂固的自我中心意识,而且,虽然他开始羡慕普通农民的简朴生活,但骨子里不由流露出来的还是贵族的优越感。爱上娜塔莎使他重新燃起生活的热情,他感到:"应当使我的生活不只为我一个人所有,应当使他们,比如这个小姑娘,不能与我的生活没有关系,应当使我的生活在他们当中有所反映,使他们与我一起生活!"这里的自我中心意识显而易见,一旦想象与现实发生冲突,娜塔莎离他而去,他就又一次对生活产生了绝望。尤其让他不能忍受也不能妥协的是:"明天我就会被打死……形成了对别人来说那么习惯的新的生活环境,而我却不知道这些环境,我不在了。"正是怀着这样的想法,安德烈公爵临死的时候目光变得冰冷,空洞,让所有活着的人感到在他面前有罪,他的妹妹玛利亚公爵小姐在他冰冷严厉的目光中读到的是:"你有罪,因为你活着,在想着活人的事情,可我呢?"

安德烈公爵最后的感受最深切地体现了"肉身洞察者"托尔斯泰的绝望和无奈:"爱一切事,爱一切人,总是为爱而牺牲自己,这就意味着谁都不爱,意味着不过这种尘世的生活。"因为"爱妨碍死。爱是生。……爱是上帝,因此死就意味着我、爱的一个组成部分回归到共同的、永恒的源头去"。但也正像作家所写的,"这些想法让他感到安慰。但这不过只是些想法罢了"。因此,安德烈公爵的内心挣扎和怨恨恰恰印证了托尔斯泰的哲学思想是"生活的哲学",表现的是"活生生的生活",正因为生命如此值得留恋,死亡才因此而显得更为可怕,作家及其主人公渴望寻找的那个体现为"无限、永恒、伟大但不可知的力量"的上帝才对摆脱绝望的处境显得尤为重要。

如果把小说主人公从思维方式上作一个划分的话,则安德烈公爵代表的是理性思维的人,娜塔莎是直觉与本能思维的代表,皮埃尔是感性与理性思维混合的典型,而玛利亚公爵小姐则以宗教思维见长,但她的言行却背离了人民的信仰,背离了俄罗斯的"人民的思想"。作家一方面极力渲染她的虔诚:对她来说,"爱与自我牺牲的法律"是人应当遵守的唯一法律,她随时准备离家出走,去过一个朝拜圣地的苦行僧的流浪生活;另一方面,从她的具体表现上却可以发现,她不具有真正的宗教精神,不符合"爱与自我牺牲法律"的要求:她"不由自主地嫉妒她(娜塔莎)的美丽、年轻、幸福,因哥哥对她的爱而吃醋",她"体会到对娜塔莎怀有一种不可抗拒的反感";对于丈夫从前的恋人、"没有一点可指责的地方"的索尼亚,她"常常在心中怀着对她的恶意,怎么也克服不了";她抵挡不了花花公子阿纳托利·库拉金漂亮外表的诱惑,在他的目光注视下感受到一种"又折磨人又欢喜的情绪";她表面上热爱父亲,但潜意识里却盼望他死,因为脾气暴躁、不通人性的父亲压抑了她对家庭幸福的渴望,妨碍她建立家庭并享受幸福的家庭生活……曾经有研究者认为,玛利亚公爵小姐的生活原型是托尔斯泰的母亲,她的姓氏"包尔康斯卡娅"与作家母亲的姓氏"沃尔康斯卡娅"也的确只有一个字母之差,因此其表里不一的表现甚至虚情假意只能证明一点:作家通过她表现的仍旧是"活生生的生活",只有与生活结合起来的时候,作家希望通过她所表现的宗教性才拥有了真正的内容,拥有了强大的生命力,也正因为这一点,成为了贤妻良母的她,其所作所为才可以让人感到亲切和真诚,她的行为才真正体现出了宗教的宽容、博爱和慈悲精神。

在《论婚姻和妇女的天职》一文中,作家清楚地表明:妇女的天职是生养和教育孩子,妇女的尊严就在于认识自己的这一使命,一个妇女为了献身母亲的天职而抛弃个人的追求越多,她就越完美。从这个意义上甚至可以说,作家对自己的女主人公的精神追求是持否定态度的,因此,虽然作家在对最终变成了"雌性动物"的娜塔莎的描写中不由自主地流露出了伤感和失望,但因其全身心献身家庭,所以他为之辩护,玛利亚公爵小姐也同样因此而变得平和幸福,而没有这一切的索尼亚则可以被理所当然地、残忍地、蔑视地称作"无果花"。小说的结尾部分尤为清楚地凸显出"人民的思想"之外的另一个主题:家庭主题。

家庭主题和与之相关的家庭伦理主题构成托尔斯泰于1873—1877年创作的长篇小说《安娜·卡列尼娜》的核心,小说一开始就点明了这一点。正文的第一句是早已成为名言的句子:"所有幸福的家庭都是相似的,每一个不幸的家庭各有各的不幸。"不幸的家庭占据着小说的中心位置,成为叙述主要线索之一的卡列宁家就是如此:安娜就本性而言与娜塔莎·罗斯托娃很相像,她"极其单纯",非常热爱生活,浑身充满了生命的活力,她似乎就是为了爱才来到人间的,而身为古板官员的、与之年龄相差悬殊的丈夫卡列宁却满足不了她对爱的渴望和追求,她最终没有抵挡住同样充满生命活力的年轻军官沃隆斯基的诱惑而堕入情网,这段恋情不仅毁灭了她的家庭,而且最终毁灭了她自己。小说的另一个主要线索列文的家庭虽然最终获得了圆满的结局,但列文与妻子吉提走向这一结局的道路却是漫长而又曲折的。列文在家庭、劳动和为自己庄园里的农民谋福利中寻找到了生命的价值和意义,这与托尔斯泰对男人的"天职"所形成的认识密切相关,因为"男人的天职是作人类蜂房的工蜂",仅仅"关心自己的家庭、财产的增长、文坛的名声和种种乐事"是远远不够的,甚至是"自私的",男人不仅有责任和义务忠于和捍卫家庭,而且更应当承担社会义务。

小说的题引是一句取自《圣经·旧约》中上帝耶和华所说的话:"伸冤在我,我必报复。"它明示了小说所要表达的犯罪并因此必然遭受报应的深层内涵。托尔斯泰与陀思妥耶夫斯基对"罪与罚"的认识完全一致,即犯罪者应当为犯罪行为承担责任并接受惩罚,但这种惩罚首先不是指法律意义上的肉体惩罚,而是意味着接受道义上的审判,并且有资格作出审判的不是人,不是人类法庭中的法官,而是最高审判者上帝。对于安娜来说,耽于肉欲之欢而背叛家庭,尤其是舍弃自己骨肉的情爱是自私的,有罪的,为此她理应接受惩罚,这惩罚就是始终伴随着她的自责和精神折磨,而她的精神解脱也正蕴涵在这种对犯罪所持的态度之中,蕴涵在人们共同承担罪责而相互宽恕时刻的泪水之中。关于这一点陀思妥耶夫斯基看得很透彻,他在《〈安娜·卡列尼娜〉是一种具有特别意义的事实》一文中揭示出创作这部作品的"作家目的中全部本质的方面",即面对死亡这一自然法则时,人们"全部外壳都蜕去了,暴露出来的只有他们的真……仇恨和谎言开始用宽恕和爱的语言说话……没有罪人,因为大家全都指责自己而因此马上使自己得到解脱。……这个瞬间是存在的,尽管它很少以自己全部的光芒展示出来……诗人(即托尔斯泰)寻找到了这个瞬间并把它以其全部的真实展示出来……"①

长篇小说《复活》

"罪与罚"的主题在作家写了九年多的最后一部被称之为"社会心理小说"的长篇小说《复活》(1899)中表现得更为集中和鲜明。作家选自《圣经》中《马太福音》、《约翰福音》和《路迦福音》的题引点明了小说的这一主题。

小说的中心人物是聂赫留朵夫公爵和曾经在其姑妈家充当"半是婢女、半

---

① Ф.陀思妥耶夫斯基:《作家日记》,莫斯科,当代人出版社,1989年,第405—406页。

是养女"的卡秋莎·玛丝洛娃。在初次见面的不长时间里,两个年轻人产生了纯洁、甜蜜但又朦胧的爱慕之情,但在三年过后他们第二次见面时,19岁的卡秋莎仍旧是从前的那个纯洁、质朴的女孩,而经过了上流社会生活浸染的聂赫留朵夫"却已经是一个截然不同的人了",他从原来的"诚实而富有自我牺牲精神"的、"乐于为一切美好的事业献身"的青年,变成了"荒淫无度的彻底利己主义者,专爱享乐",女人对于他来说,"其功用是很明确的:女人无非是一种他已经尝试过的享乐的最好工具",如果说从前他认为"精神的存在才是真正的我,如今他却认为他那健康而活跃的兽性的我才是他自己了",本着这样的人生原则,与卡秋莎重逢的他"听从他那如今肆无忌惮的兽性的人的唆使,对卡秋莎起了歹心",奸污了她,之后就把她彻底遗忘了。七年之后他们的第三次相遇出现在法庭上,这时候的聂赫留朵夫是一个养尊处优的贵族老爷,为了对社会尽一点义务充当着陪审员的工作,而怀了他的孩子的卡秋莎被女主人赶出了家门,最后沦为妓女,走上法庭是因为她被指控为谋财而杀害了一名商人。

在小说开始用了很少篇幅对主人公的历史作了简要追溯之后,此后的全部内容都是围绕着聂赫留朵夫如何利用各种关系为卡秋莎解脱"罪责"而展开,在这个过程中作家全方位地展示了俄国国家机关的种种腐败、黑暗、草菅人命、随心所欲以及其它种种罪恶,借此作家所要表达的、与他的整体认识一脉相传的思想是:由人来审判人是不可靠的,由人来制订法律是错误的,人能够惩罚人是一种"莫名其妙的错误"。由人来审判人的不可靠性、随意性甚至荒唐行为在法庭和陪审员决定卡秋莎一案时表现得尤其明显。对她的最后判决充满了一系列偶然性,就像小说中所描述的那样:"大家所以会做出这样的而不是另一样的决定,倒不是因为大家都同意这样做,却是因为:第一,庭长的总结发言……偏偏漏掉了他平素总要交代的话,也就是陪审员们答复问题的时候可以说:'是的,她犯了这样的罪,但是没有杀人害命的意图';第二,上校把他内弟的妻子的事讲得太长,太乏味;第三,聂赫留朵夫当时过于激动,竟没有注意到漏掉了一句没有杀人害命的意图之类的保留意见……第四,彼得·格拉西莫维奇当时不在房间里,首席陪审员重读那些问题和答案的时候,他正好出去了;不过主要的却是因为大家都已经疲乏,都希望着快一点散会,所以才同意了这个可以把事情快一点了结的决定。"不难发现,小说中对其他很多犯人的判决同样充满了与此相似的偶然性。通过对一个年老的、在主人公思想转变过程中不可或缺的、在展现作家思想方面具有关键作用的旧礼仪派教徒(就像《战争与和平》中的卡拉塔耶夫一样)和一个英国人对法律和惩罚持有迥然不同态度的直接对比,托尔斯泰表明了自己作为俄国人的典型立场,那就是:"反基督的人把人抓起来,然后把一大帮人关在一个笼子里。人是应当靠脸上流汗种出粮食来吃饭的,可是反基督的人却把人关起来,像猪那么养着,不让人干活,把人变成野兽……你干你自己的事,不要去管人家的事。各人只管各人的事。上帝才知道应该惩罚谁,应该饶恕谁,我们可没法知道……"

浓缩着小说思想精髓的四段题引出自《圣经·新约》,它们贯穿整部小说,与此密切相关的种种生活现象和小说最后一章对聂赫留朵夫有关生命价值全新认识的描述使作品首尾呼应,在结构上形成一个紧凑的和谐整体,借此作家实际上也阐述了自己对"罪与罚"的态度,阐明了自己"不以暴力抗恶"的主题思想:"为了摆脱……骇人听闻的、使人们受苦的恶势力,唯一毫无疑义的方法仅仅是人们在上帝面前永远承认自己有罪,因而既不能惩罚别人,也不能纠正别人而已。……他一直找不到的那个答案,恰巧就是基督对彼得做出的答案,其大意就是要永远宽恕一切人,要宽恕无数次,因为根本就没有一个人是自己没有罪,因而可以惩罚或者纠正别人的。……社会和一般秩序所以能存在,并不是因为有那些合法的罪犯在审判和惩罚别人,却是因为尽管有这种腐败的现象,然而人们仍旧在相怜相爱。"读罢《马太福音·登山训众》中的五条戒律:"人非但不应当杀人,而且不应当对兄弟动怒,不可轻视别人,骂人家是'加拉'";"人非但不应当奸淫,而且要避免迷恋妇女的美色";"人不应当在许诺任何事的时候起誓";"人非但不应当以眼还眼,而且应当在有人打你右脸的时候,连左脸也转过去由他打";"人非但不应当恨仇敌,打仇敌,而且应当爱他们,帮助他们,为他们服务",聂赫留朵夫"凝望着那盏点燃的灯的亮光,他的心停止了跳动。他回忆我们生活里的种种丑恶,然后清楚地想象倘使人们按这些箴规教育自己,这种生活就会变成什么样子,于是一种很久没有经历过的欢乐抓住了他的心,这就像是他经过长久的疲劳和痛苦以后突然找到了安宁和自由一样……"小说的结尾与陀思妥耶夫斯基的《罪与罚》如出一辙,两部作品的主人公都是通过福音书找到了生活的真正意义,都是从此开始拥有了"全新的生活",虽然作家写道:"至于他一生当中的这个新阶段会怎样结束,那却是未来的事了",但那盏象征光明的灯已经点燃了。

被誉为"社会心理小说"的《复活》不仅表现了广阔的俄罗斯社会生活,展现了"精神的人"与"兽性的人"在聂赫留朵夫灵魂深处的搏杀以及"已经不止一次发生过"的、被他称之为"灵魂清除"的过程,展现了在搏杀和清除过程中主人公内心世界细腻的心理变化,而且托尔斯泰因其对一个人并非一成不变而是富于变化的人性的深邃认识而使自己与因展现"地下室人"最隐秘的心理活动而著称的陀思妥耶夫斯基一道构成俄罗斯文学史中最光辉耀眼的双子星座。他下面的一段话与陀思妥耶夫斯基在《卡拉马佐夫兄弟》中表述的人永远处于精神之美和肉体之美的斗争之中、而"人心是斗争的战场"的名言一样著名:"人好比河:所有河里的水都一样,到处都是同一个样子,可是每一条河里都是有的地方河身狭窄,有的地方水流湍急,有的地方河身宽阔,有的地方水流缓慢,有的地方河水清澈,有的地方河水冰凉,有的地方河水混浊,有的地方河水暖和。人也是这样。每一个人身上都有人性的一切胚胎,有的时候表现这一些人性,有的时候又表现那一些人性。他常常变得不像他自己,同时却又始终是他自己。"以变化的眼光看待人物性格的"流动性"不仅构成了托尔斯泰"心灵辩证法"的核心,使我们得以发现作家建构个人道德自我完善理论的现实基础,而且遵循这样的原则我们才有可能真正理解和把握作家创作的本质内涵、透视作家本人矛盾复杂的性格特点和思想演变。

  作为人和作为艺术家的托尔斯泰表现出来的自身性格中的多样性及复杂性早已彰显在世人面前,但却很少有人说自己完全读懂了他,就连与之共度了48年时光的妻子也是如此。正是基于这样的原因,托尔斯泰在人们眼里一直以来展示出的总是两个极端的形象,复杂矛盾个性的集合体:青年时期堕落放纵的生活和后半生的禁欲行为与说教;激烈地抗议政府、教会以致被革教出门和从未停止过的寻找"自己的上帝";重视并捍卫家庭的完整性和神圣性却最终离家出走……人们交口称赞他的文学创作,但又不能接受其中的许多东西,尤其是他的"没完没了"的说教和议论。可是有一点应该明白,如同几乎所有的俄罗斯伟大艺术家一样,托尔斯泰从事创作的原初动机绝非是为了塑造所谓的文学形象,其主要宗旨正在于阐述思想,他几乎所有的创作都带有自传性质,其中都可以不同程度地寻找到作家本人不同时期的影子。陀思妥耶夫斯基的小说《卡拉马佐夫兄弟》中有一段著名的话:美与丑、善与恶处于永恒的搏斗之中,人心是斗争的战场。托尔斯泰所要表现的就是这样的具有矛盾个性的人以及人心中潜藏的一切奥秘和灵魂的挣扎。

  俄罗斯白银时代宗教哲学家梅烈日科夫斯基在专著《列夫·托尔斯泰与陀思妥耶夫斯基》中把前者定义为"肉身洞察者",使之与同时被定义为"灵魂洞察者"的陀思妥耶夫斯基对立起来。就托尔斯泰来说,该思想家依据的是其作品中随处可见的对于物质世界的生物感受的描写。俄罗斯作家布宁同样认为,托尔斯泰的创作中充满了赤裸裸的"肉体",从人种学的角度出发,布宁认为,托尔斯泰"在身心两方面都带有极大程度的原始性",而他所属的"这些古老世家的人在精神和肉体两方面都属上品,其强壮有力是尽人皆知的……"[①]因此,根据当今最新的基因科学研究成果我们可以认定,如果说托尔斯泰在身心两方面的感觉总是非同一般地强烈,那么其主要原因正在于他的"原始性"非同寻常,进

---

① И.布宁:《托尔斯泰的解脱》,辽宁教育出版社,2001年,第113页。

一步地说,他的肉欲感和罪孽感都非同寻常地强烈。我们在托尔斯泰的笔记、日记、文学创作中随处可见他对尘世欢乐的描写,并通过这些描写感受到他对尘世的热爱,但这仅仅构成了其创作的一个方面,与之决然对立的是:一个如此张扬原始本性的人在现实生活中竭尽全力压抑的也正是这种本性,以其全部的智慧和理智与天生的"原始性"做着终生的搏斗。托尔斯泰的理性的"我"在不断地告诫自己:"幸福只是对精神而言,它只在于越来越多地摆脱肉体——那注定要作恶、唯一阻碍人得到幸福的因素……"①

托尔斯泰就这样在本能地体会到生活的快乐而又坚决否定这种快乐、敏锐地感受到艺术的美而又不遗余力地否定艺术、捍卫家庭而又在夫妻生活中看到罪恶等等矛盾对立中挣扎着,这种矛盾与以正教文化为核心的整个俄罗斯文化传统有着必然的联系。俄罗斯白银时代宗教哲学家 Н.别尔嘉耶夫总结得好:在普希金之后俄罗斯文学的艺术性越来越退居次要位置,取而代之的是作家们越来越强烈的道德自我拷问,越来越深刻的道德性,这种过程发端于果戈理,到了陀思妥耶夫斯基和 Л.托尔斯泰那里达到了登峰造极的地步。因此,认识托尔斯泰的创作、认识其在《复活》中得到典型体现的"忏悔的贵族"这一形象产生的根源和表现形式,离开俄罗斯传统文化这个大背景是很难做到的。另一方面,托尔斯泰在思想上、创作上和个人生活方面表现出来的特立独行与其本人的天生素质和道德追求有关,神学博士 Ф.伊里因的阐释值得关注:"托尔斯泰……是摧毁者。"他"如同尼采一样否定文化,只不过与尼采不同的是,托尔斯泰是为了道德而否定,尼采是为了美学而否定。但二者进行的都是文化重估"②。对于作家所拥有的摧毁"特权",伊里因的解释是:"托尔斯泰是典型的天才。而一切法律都不是给天才写的。更准确地说,天才自己就是自己的法律。天才首先是一种自然本性的存在,这是他压倒一切、焚毁一切之力量的源泉,是他不能控制自己的源泉。"③托尔斯泰一生的困惑源出于此,他最后的解脱只能在这里寻找,而这也正是我们深刻认识其创作本质的切入点。

托尔斯泰以其创作内容的丰富性引起了世界的瞩目,此外,他的被归结为"心灵辩证法"的创作手法也得到了人们的广泛认可,并因此被称为"心理描写大师"。这一术语是由车尔尼雪夫斯基首先提出来的,他认为:托尔斯泰"没有局限于表现心理过程的结果;使他感兴趣的是过程本身……过程的外在形式,

---

① И.布宁:《托尔斯泰的解脱》,第113页。
② Ф.伊里因:《托尔斯泰之谜》,载《列夫·尼古拉耶维奇·托尔斯泰伯爵的世界观》,圣彼得堡,俄罗斯基督教出版社,2000年,第302页。
③ Ф.伊里因:《列夫·托尔斯泰作品中的慌乱之端倪》,载《列夫·尼古拉耶维奇·托尔斯泰伯爵的世界观》,第219页。

规律,心灵的辩证法……"作家本人也认为:"主要的是内在的、心灵的工作,目的是展现实际的工作过程,而非最终的工作。""心灵辩证法"是一种心理分析方法,借助于此作家表现的是人物性格的"流动性",是性格随着时间的流逝所发生的变化,在描写性格变化的过程中作家展现了人物复杂的、有时候甚至是矛盾对立的特点。借助于这种创作手法,作家为读者留下了巨大的参与空间,使其有可能亲身感受作品主人公的心理变化,有可能亲历主人公的心理感受。从托尔斯泰的创作中我们可以看到,作家自始至终都是遵循着这样的原则来认识和揭示人物性格的,从更深层的意义上说,承认人的性格具有"流动性"和变化的可能性,这是作家建构和宣扬道德自我完善理论的基础。

第十节 安·巴·契诃夫
(1860—1904)

安·巴·契诃夫是俄国19世纪后期最重要的批判现实主义作家,也是具有世界影响的短篇小说作家。契诃夫的小说作品深刻反映了19世纪、20世纪之交俄国社会的现实,表达出对俄国专制体制和"资本化"社会的庸俗"国民性"的批判、对底层平民生存境遇的关注和同情以及对未来新生活的憧憬和向往。

生平创作道路

安东·巴甫洛维奇·契诃夫(Антон Павлович Чехов,1860年1月17日生,1904年7月15日去世)出生于塔干罗格的一个小商人家庭。由于家庭人口多,生活拮据,契诃夫七岁时就开始在父亲的食品杂货店中帮工,负责帐务和出售货物。契诃夫在繁重劳作和精神压抑的环境中度过了自己的童年。这一时期给未来作家留下了深刻的印象。1876年,契诃夫的父亲破产,全家迁往莫斯科另求生计,剩下契诃夫在家乡继续完成学业。契诃夫顿时沦落到赤贫的境地,备尝了人间酸辛。

1880年,契诃夫进入莫斯科大学医学院就读,由此,开始文学创作生涯。

1880年3月,契诃夫的处女作在《蜻蜓》杂志第10期上发表。此后,契诃夫在《蜻蜓》、《闹钟》、《断片》等刊物上陆续发表作品。1884年契诃夫完成第一部短篇小说集《梅尔波梅尼的故事》,两年后,又完成第二部短篇小说集《五颜六色的故事》。从1887年至1888年,契诃夫又有三部小说集相继问世,它们分别是《在昏暗中》(1887)、《天真的话》(1887)和《短篇小说集》(1888)。

80年代末,随着作家地位的确立,契诃夫意识到所从事专业的严肃性和作家的责任,开始关注起社会现实,思考各种人生和社会问题。

90年代的契诃夫渐渐为国内如火如荼的解放运动所影响，日益萌发的政治热情使得他将目光投向社会现实，开始为争取社会福利和公正而付诸行动，如赈济饥荒、抢治霍乱、人口普查、资助被迫害的青年学子，为抗议当局取消授予高尔基科学院名誉院士，毅然放弃被授予的1900年度的科学院名誉院士称号，等等。

1898年，契诃夫肺病加重，他遂携全家前往南方雅尔塔疗养。1904年7月15日，契诃夫在德国去世。

契诃夫的小说创作道路大致可以分为三个时期——早期、中期和晚期。契诃夫的早期创作主要指80年代的创作。1881年，亚历山大二世遭到暗杀，国内的政治生态空前恶化。这一时期，契诃夫虽不满于万马齐喑的社会现实，但对政治采取"超然"的态度，他致力于一种抽象的不具阶级意义的"自由"。契诃夫曾一度认同托尔斯泰主义而反对民粹主义思想主张。契诃夫在这一时期创作了大量短篇小说，以"安多沙·契洪特"为笔名发表。这一时期的小说创作，虽不及中后期那样主题深刻和手法娴熟，但部分作品已经预示其创作的总体思路——对社会底层"小人物"的深切同情和对沙皇警察制度以及"国民性"的深刻批判，从而凸现出作家的人道主义思想和民主主义思想。这一时期具有代表性的作品有：《一个官员之死》(1883)、《胖子和瘦子》(1883)、《变色龙》(1884)、《普里希别叶夫中士》(1885)、《哀伤》(1885)、《苦恼》(1886)、《万卡》(1886)，等等。另外还包括《在钉子上》(1883)、《牡蛎》1884)、《音乐师》(1885)、《安纽黛》(1886)、《风波》(1886)等。1886年发表的《好人》、《在途中》，开始正式署名为安东·契诃夫。

契诃夫的中期创作即指80年代末到90年代中期的创作。这一时期是契诃夫世界观和创作实践的转型期。这一时期，俄国社会思想和政治运动得以进一步发展——马克思主义思想的广泛传播、独立的工人运动的发轫。与此同时，"民粹派"、"小事论"滋生，反动统治日益加强。契诃夫一改以往"回避政治"的超然态度，他开始投身社会政治活动。1890年长达三个月的库页岛之行即是这种转变的标志。库页岛之行使作家亲见沙皇专制制度下政治犯所遭受的非人道待遇以及西伯利亚农民的悲惨生活。库页岛之行所给与的社会经验为契诃夫批判现实主义创作奠定了思想基础。较之于早期创作，契诃夫的中期创作无论在思想主题方面，还是艺术手法方面都取得了长足的进步。他的中期小说创作超越了日常生活主题，转向广泛的社会问题，如知识分子的"中心思想"问题、托尔斯泰主义问题、民粹派"小事论"问题以及沙皇专制制度问题。这一时期的代表作品主要有：《渴睡》(1888)、《草原》(1888)、《没有意思的故事》(1889)、《跳来跳去的女人》(1892)、《第六病室》(1892)、《文学教师》(1894)、《挂在脖子上的安娜》(1895),等等。另外还有《仇敌》(1887)、《哥萨克》(1887)、《命名日》(1888)、《神经错乱》(1888)、《灯火》(1888)、《公爵夫人》(1889)和《恐怖》(1892)等。

契诃夫晚期创作是指90年代后半期至去世这段时期的创作。在这一时期,俄国解放运动已经进入到新的阶段——无产阶级革命阶段。契诃夫虽远离革命中心,但基于艺术家对生活的直觉,他已经预感到俄国社会面临颠覆性的变革。由于意识到"新生活"的日益临近,作家的晚期作品一改以往沉郁的风格,出现了乐观向上的精神元素。这一时期的代表作品包括中短篇小说和戏剧两个部分。其中,具有代表性的中短篇小说有:《带阁楼的房子》(1896)、《农民》(1897)、《套中人》(1898)、《醋栗》(1898)、《约内奇》(1898)、《出诊》(1903)和《新娘》(1903),等等。另外还有《我的一生》(1896)、《宝贝》(1899)和《在峡谷中》(1900)等。

中短篇小说创作

契诃夫的中短篇小说对19世纪后期俄国社会现实给予了广泛、深刻的反映。作家对沙皇专制体制、资本主义制度、俄国"国民性"以及小市民庸俗价值观予以无情的鞭挞,对生活于底层的平民的悲惨遭遇寄予了深切的同情。与此同时,契诃夫的小说对国家和民族的未来充满理想和憧憬,表达出对俄国"新世纪"的乐观情绪。

按照题材界定,契诃夫所创作的短篇小说可以划分为以下几类:

第一,小市民生活题材。对小市民价值观和生活方式的剖析和批判成为契诃夫短篇小说的重要内容。随着俄国资本主义的发展以及城市化的加速进行,俄国形成了特定的阶层或群体——小市民。作为俄国当下"主流文化"的基础和代言人,小市民的市侩习气和庸俗品质成为俄国社会思想发展、社会结构变革的最大阻力;他们一方面对极权专制阿谀奉承,卑屈忍让,充满奴性;另一方面则顽固守旧,寄生腐朽,充满惰性。小说家契诃夫将批判矛头直指小市民主体的社会风尚。

在《醋栗》、《约内奇》、《挂在脖子上的安娜》和《带阁楼的房子》等作品中,契诃夫揭示了小市民庸碌无为、猥琐卑下的精神世界,并且对他们失去了人的精神性的生活方式给予批判。《醋栗》叙述了一个出身于农民家庭的小公务员——尼古拉·伊凡内奇的"奋斗"故事。这个卑微的小公务员的最大理想是拥有一座种有醋栗树的庄园,以便坐享其成,安闲度日。为了实现这一梦想,他开始积攒钱财,过着果戈理笔下的人物普柳什金式的生活,最后不惜婚娶一个又老又丑的寡妇。他终于实现了自己的夙愿:买下一座庄园,并在园子里栽种下 20 株醋栗树。在《约内奇》中，地方医生约内奇年轻时纯洁诚挚，为人正派。后来渐渐堕落成典型的拜金主义者，竟然养成一种特殊的习惯或偏好：每晚清点当天挣来的钱币。除了一座田庄以外，他还拥有两处房产，并且计划购置第三处房产。他生活的唯一目标就是钱财，舍此别无他图。约内奇最终变得颐指气使、凶残粗暴。他与现实社会隔绝开来，成为一架赚钱的机器。

俄国社会崇尚的小市民价值观所体现出来的庸俗、专横、伪善、停滞和保守成为契诃夫关注的焦点。与高尔基一样，契诃夫在其小说创作中对 19 世纪后期俄国"国民性"之一的小市民习气予以了深刻的剖析和批判。

第二，底层平民生活题材。像所有具有深刻的人道主义精神的作家一样，契诃夫对占人口绝大多数的平民阶层的生存状况给予了极大的关注。通过对"大多数人"的生活境遇的描写，作家寄予深切的同情。底层平民题材的代表性作品有：《苦恼》、《哀伤》、《万卡》和《渴睡》等。在《苦恼》中，刚刚丧子的老车夫悲痛欲绝，但为了生计他还得冒着严寒出外赶车。痛苦难忍的他向坐车的客人诉说自己的不幸以此来缓释内心的压抑，但是并没有人去关心他和他的遭遇。拉完两趟活以后，他独自坐在马车上发愣，感到世界虽大，但却没有人去关注他和他的痛苦。于是他选择小马作为自己诉说的对象。他的苦恼来自原始事件——丧子——但更来自对事件本身的寻找心理平衡的不可能性。在这种情形下，人间的冷酷和漠然则通过作家之笔凸现出来。

在契诃夫底层贫民生活题材的小说作品中，可以发现俄罗斯文学的人道主义精神在 19 世纪后期文学中得以继承和发展的历史表征。

第三，"公众生活"政治题材。在这类小说中，契诃夫将批判矛头直指沙俄专制制度和官僚体制，揭示专制极权及其体制文化对"公众生活"的渗透。这方面的著名作品有《一个官员之死》、《变色龙》、《普里希别叶夫中士》和《套中人》等。在《一个官员之死》中，通过对小官员切尔维亚科夫被将军的一声吼叫吓得魂不附体、继而郁闷而死的悲剧故事，揭示出强权政治及其衍生的奴性心理。《变色龙》不仅反映了警官奥楚蔑洛夫奴颜媚骨的习性，同时更加突出了他欺压弱势群体谄上欺下的丑恶灵魂。在《普里希别叶夫中士》中，主人公退役中士普里希别叶夫则是沙俄专制秩序或规范的"监护人"。这个退役的下级士官在村子里飞扬跋扈，颐指气使，自觉担当起政府的编外宪兵。他对全村人的生活起居横加干涉，把一切都纳入到他的规矩中，并肆意曲解法律，成为纯粹意义上的国家机器。通过对普里希别叶夫中士行为的描述，契诃夫对沙皇专制体制下人性的异化以及这种异化所带来的对公众生活的破坏给予了深刻的揭露和批判。

第四，"资本化"社会题材。19 世纪后期，资本主义制度在俄国取得了长足的发展，由此也给俄国的传统经济生活、本土文化价值带来了颠覆性的影响。

对资本主义惟利是图、丧失人性的价值观给予观照和描写成为契诃夫小说又一重要题材。这类题材的代表作有:《磨房外》、《农民》和《出诊》,等等。在《磨房外》中,磨房主比留科夫是资本原始积累的典型,在他身上集中了新兴资产者所有的劣根性:贪婪吝啬、巧取豪夺、惟利是图、冷酷无情。他一方面欺诈农民,另一方面又残酷剥削磨坊工人。他甚至对自己一贫如洗、沿街乞讨的母亲也毫无恻隐之心。

在契诃夫的全部小说创作中,《变色龙》、《套中人》和《第六病室》最具代表性。

《变色龙》创作于1884年。它叙述了巡官奥楚蔑洛夫主持处理一起民事纠纷的故事。奥楚蔑洛夫带着一名巡警经过广场。这时不远处传来叫喊声和狗吠声。他们赶到出事现场——原来一条狗咬伤了鞋匠赫留金的手指。巡官宣布根据法令将对这条狗处以极刑。这时,一个围观的人说这狗像是将军府上的。巡官听后顿时改变了态度:他对鞋匠大加指责,而对狗百般辩护。随后,巡警声明,这条狗不属于将军府。巡官遂又改变立场,大骂狗而安抚鞋匠。最后这条狗的归属得到证实:它属于将军府。巡官重又改变作法:令巡警把狗送回将军府上,并讥笑鞋匠被咬是活该倒霉。待到后赶来的将军府厨师推翻结论——巡官判定这是条野狗,须立即处死。厨师补充说这条狗虽不属于将军,但是他兄长的,巡官又变得和颜悦色,对小狗大加褒扬。尽管这部作品篇幅不长,然而在这不长的文字中却蕴涵了深刻的社会批判力量。作家通过对话方式完成了具有戏剧性的多次"场景转换"。这种取决于"官本位"的立场转变包含有对人身权利的公然践踏和对与权力关联的物的崇拜。它揭示了沙俄政府基层执法人员谄上欺下、残暴凶狠和阿谀奉承的卑劣灵魂。在一定程度上反映了19世纪末俄国社会充满奴性的腐败本质。

《第六病室》创作于1890年契诃夫库页岛之行归来以后,表现出作家对沙皇专制制度本质的深刻认识。《第六病室》在极为压抑的气氛中讲述了一位具有独特个性和经历的医生的"精神病史"。

在医院破败、肮脏的第六病室里住有5名精神病人。看守人尼基达为了维护所谓的"秩序",经常对病人拳脚相加、肆意虐待。负责医院工作的拉京大夫刚到医院工作时,就发现医院管理混乱、工作效率低下,且医生缺乏职业道德。面对医院现状他感到无能为力,随即放弃努力,把一切归咎于社会,但又常陷入矛盾、自责之中。民事执行官格罗莫夫作风正派、遵纪守法,但总觉得自己可能被捕入狱,因而惶惶不可终日,最后被送进了第六病室。通过接触,拉京大夫认为,格罗莫夫思想深刻,且饶有情趣,故经常前去同他交谈。他们的话题涉及到理想和信仰、生活和现实,等等。拉京与格罗莫夫的思想发生了交锋:拉京认为人的幸福源自内心的平静,并不取决于环境。格罗莫夫则对此不以为然,认为优越舒适的生活是产生这种观念的原因所在。不久,整座医院都怀疑起拉京的精神状况,继而他的职位被同事取代,并且被当作精神病人送进了第六病室。此时,拉京再也不能保持内心的平静,他怒不可遏,奋力呼喊,因而遭到了尼基达的镇压。拉京第二天命丧黄泉,临终前他才真正体会到第六病室的病人在精神上和肉体上所经受的痛苦。

第六病室是充斥着非理性暴力的沙皇俄国的象征。在这间形同监房的病室中,主导所谓秩序的是看守人尼基达的暴力。在此,暴力替代了法律、正义,取消了思想自由,甚至是人的生存权利。主人公拉京性格颇为复杂:一方面,他富有正义感,鄙视周围愚昧、停滞和庸俗的生活;而另一方面,他则信奉"不以暴力抗恶",对人生甚至人类、宇宙抱持虚无主义立场,这种悲观主义态度决定了拉京世界观的主导方面。基于此,拉京声明要"蔑视痛苦"——"运用意志的力量改变痛苦这个观念,丢开它","不诉苦,痛苦就会消灭","人的恬静和满足并不在人的外部,而在人的内心"。这种认识必然导致他对第六病室的评价:"温暖而舒适的书房跟这个病室并没有什么差别。"这一观点引发了他与格罗莫夫之间的争执。他被斥为"托钵僧精神"的代表。而当拉京本人被"诊断"为精神病人被关进第六病室后,他切身体验到失去自由、暴力摧残的生活。他真正了解到数十年来第六病室生活的真实,也意识到自己则是暴力制度的合谋。拉京"不以暴力抗恶"的信念随之瓦解,然而一切为时已晚,当他决定以暴制暴之时,他的肉体即将倒毙在暴力之下。与拉京形象对立,格罗莫夫形象却从正面传达出小说的主题。平民知识分子格罗莫夫纯洁、善良,富有正义感。他揭露腐败,抨击时弊,批判庸俗。残酷的现实使得他患上了被虐狂。然而,与拉京的处世哲学截然不同,格罗莫夫声明:"受到痛苦,我就喊叫,流眼泪;遇到卑鄙,我就愤慨;看见肮脏,我就憎恶。"面对暴力和社会的不公正,格罗莫夫依然奋起、积极反抗。他厉声声讨发生在第六病室中的暴力行为:"这是强暴!这是专制!"并坚信:"新生活的黎明会放光,真理会胜利。"

《第六病室》突出的艺术风格在于对象征手法和对话语式的运用。在《第六病室》中,"第六病室"作为形象体系中的基本象征,指称专制制度下沙皇的俄国。它意在表明这座凭借暴力支持的"监狱"在实现其秩序时所采取的手段具有反人性、反文明的本质特征。其次,病室看守人尼基达形象则象征沙皇俄国国家机器,他的愚昧无知、粗鲁残暴构成了国家暴力的合法性。拉京与格罗莫夫的对话在《第六病室》中占据十分重要的地位。它对小说主题的揭示具有主导作用。在此,两种人生哲学和社会观念展开了针锋相对的论争。在"对话"过程中,社会正义、人生意义、人道主义和社会理想等问题得以展示和解决,从而使得小说获得了深刻的社会意义。

《套中人》创作于1898年,属于契诃夫的晚期作品。这部小说叙述了知识界的"普里希别叶夫中士"的故事。在中学教授古希腊语的别里科夫可以称得上是一位"怪人"。他行为举止怪癖,不可理喻:晴天外出也要穿雨靴、带雨伞;整天把脑袋缩在衣领下,眼戴墨镜,耳堵棉花,坐马车时要求车夫支起车蓬;家中睡床挂着帐子,睡觉时用被子蒙着头;将各种用品,包括文具都装进套子中。别里科夫对当局的各种禁令了如指掌,而对别人的"违法"和"不规"难以忍受、忧心忡忡。他的名言是:"千万不要闹出什么乱子啊!"十几年来,小城的人们在他的"监控"之下惶惶度日——他们放弃了晚会、打牌,甚至说话也得压低声音。人们把教员柯瓦连科的妹妹、活泼可爱的瓦连卡介绍给别里科夫。别里科夫表示接受,但他对他们兄妹的处事方式却不以为然,所以求婚之事一再被推迟。一次柯瓦连科兄妹在大街上骑自行车让别里科夫发现,别里科夫认为柯瓦连科作为教师不应骑自行车,而女人骑自行车也不合常理,他前去与柯瓦连科交涉,一场激烈的争吵由此爆发。随后别里科夫扬言,要去报告校长,柯瓦连科听罢怒不可遏,一把将别里科夫从楼上推了下去。别里科夫从楼道上连滚带爬下来,窘态百出。这一情形让瓦连卡和女友碰见,并引起了哄堂大笑。这件事发生后,别里科夫内心沮丧不已,从此卧床不起,不久便一命呜呼。别里科夫的死给小城的生活带来了一线生机,但一星期之后人们随即又回到了原先的生活中去了。

作为契诃夫的代表作之一,《套中人》以其非凡的叙事艺术和深刻的社会内涵在19世纪俄国小说史上占据十分重要的地位。其中,别里科夫形象则以其独特的个性特征和精神内涵成为世界文学的经典形象。

希腊文教师别里科夫作为现存秩序——社会秩序和生活秩序的真诚的维护者,其本质特征则是对现实生活新元素的拒斥。为了防止自身受到生活新元素的作用和影响,他采用的唯一必需的方式则是回避现实——这种方式本质上是荒诞不经的。作者通过艺术夸张手法将别里科夫的"回避"行动绘声绘色地展示出来,这就造就了作为新、旧界线的"套子"形象和栖居其中的"套中人"形象。然而,"套中人"别里科夫并不满足于"洁身自好",对现实生活变革可能性的焦虑("千万别闹出什么乱子")迫使他一反怯弱性格成为一个积极的"行动的人"——至此,他充当起小城的专治风化的"警察",只不过其执法方式特别:告密和谗言。别里科夫"警察"身份的业余性质反倒使得专治工作效力惊人。他所在的学校同事,甚至全城市民都划入到他的统辖之列。由此,小城被别里科夫无形的"套子"所束:他专治"违背法令、脱离常轨、不合规矩的事"。终于,十多年间"我们全城的人变得什么都怕。他们不敢大声说话,不敢写信,不敢交朋友,不敢看书,不敢周济穷人,不敢教人念书写字"。于是,整座城市万马齐喑。别里科夫形象的深刻意义在于揭示出俄国知识阶层的保守势力及其话语权与封建文化和专制制度的合谋关系。一般而言,知识阶层被定义为先进文明、生活方式和社会理想的设计者和实践者,然而真正的反动势力也正出乎其中,况且,由于合法的文化身份和地位,希腊文教师别里科夫较之普里希别叶夫中士具有更大的威慑力,对社会文化和公众生活也具有更大的破坏力。

《套中人》的艺术风格主要是对象征手法和夸张手法的运用。首先,"套子"作为"隔缘"体,意指将新、旧生活元素分立的界线。对"套子"的使用则表明对新生活元素的回避和拒斥,从而突出出守旧、保守、庸俗和反动的特质。在这种意义上,"套子"的象征意义内涵是十分丰富的。其次,在别里科夫与"套子"的关系上,作者采用了诸多具象(雨鞋、雨伞、棉大衣、伞套、表套、小刀套、衣领、帽子、棉花、墨镜),以夸张的方式将他与这些物品具象的关系加以呈现。这种手法特具讽刺意味,因而获得了特定的审美效果。

契诃夫在小说创作中遵循特定的美学原则,并在小说创作中形成了独特的艺术风格。契诃夫小说创作的艺术结构概括起来有以下几个特点:

第一,精练和简洁。精练意指小说从语言到文本在语义方面的集中性,简洁则是指小说在人物设置、情节铺陈、结构安排等方面的简约性。契诃夫认为"简洁是天才的姊妹",在创作时,在人物、情节、结构和语言等方面应保持有高度的简洁。短篇小说体裁特性和契诃夫创作美学原则的要求使得作家的短篇小说的主要风格特征是精练和简洁。契诃夫在短篇小说创作中往往截取生活的片断和侧面,从司空见惯的日常生活细节着手,揭示出现实生活中具有本质意义的内容。

第二,幽默和讽刺。幽默和讽刺是契诃夫短篇小说突出的风格特征。这一风格特征在作家的早期创作中就已显露出来,在以后的创作实践中,它不断臻于成熟。最终形成了契诃夫式的幽默和讽刺。契诃夫小说的幽默源自他对生活的"日常性"的理解,而讽刺则是作家秉承人道主义传统对社会不公正现象和"国民性"所持的立场和态度。

第三,心理表征和抒情性。契诃夫的后期小说被称之为"抒情心理小说"。在其后期小说创作中,心理表征和抒情性成为重要的艺术特征。短篇小说体裁的特性要求作家在描写人物心理时,不可能采用内心独白、内部对话以及意识流等方式来完成。在此,契诃夫选择了另外一条途径,即通过人物外部行动揭示其内心状态。契诃夫小说在有限的篇幅之内,将人物的心理过程呈现出来,并由此间接揭示出引发这一心理过程的社会现实,以使其小说的容量和深度得以扩大。契诃夫后期小说的抒情性与作者在世纪之交对新生活的信念和展望密切关联,它渗透着乐观的情绪,即在对旧生活鄙弃和批判、对旧有的社会结构和文化心理进行全面否定的同时,突现出对未来的期望和憧憬。契诃夫后期小说的抒情性对揭示小说主题的嬗变,也具有指示作用。

作为具有世界意义的短篇小说作家,契诃夫一生共创作有七百多篇短篇小说。这些小说广泛、深入地描绘了19世纪后期俄国的社会现实。经过契诃夫的不懈努力,俄国短篇小说体裁在结构和功能等方面取得了长足的发展,并屹立于世界文学之林。

(三)19世纪俄罗斯戏剧

第一节 19世纪俄罗斯戏剧发展概述

19世纪俄罗斯戏剧经历了从古典主义、感伤主义、浪漫主义向现实主义的过渡。在现实主义逐步确立的过程中,俄罗斯戏剧创作在充分借鉴西欧戏剧成就的基础上,渐渐形成了属于自己的民族特征,人民性不断加强,戏剧的民主化进程逐渐深入。

在19世纪初期,莎士比亚、席勒、莫里哀、狄德罗、博马舍、莱辛等西欧戏剧家的戏剧仍然是俄罗斯剧院的常见剧目,古典主义悲剧的创作原则的影响依然存在,俄罗斯剧作家的创作还明显带有模仿西方戏剧的痕迹。悲剧和喜剧是这一时期主要的戏剧体裁,但已经开始出现一些新的趋向,如,感伤主义悲剧、新古典主义悲剧等。这个时期比较有代表性的剧作有Ф.伊万诺夫(1777—1816)的悲剧《女郡守玛尔法,或征服诺夫哥罗德》(1809),В.奥泽罗夫(1769—1816)的《雅典的俄狄浦斯》(1804)、《德米特里·顿斯科伊》(1807),П.卡捷宁(1792—1853)的《安德洛玛刻》(1809—1818)等。与此同时,还确立了一些与浪漫主义相关的戏剧体裁:浪漫主义正剧、情节剧、轻松喜剧,等等。活跃在当时俄罗斯戏剧舞台上的是Н.库科利尼克(1809—1868)和Н.波列伏依(1796—1848)的浪漫主义正剧、А.沙霍夫科伊(1777—1846)以及Н.赫梅里尼茨基(1789—1845)等人的喜剧,而真正的杰作,如А.格里鲍耶陀夫的《智慧的痛苦》(1824)、А.普希金的《鲍里斯·戈都诺夫》(1825)由于审查机关的禁止都还没有上演。从总体上看,19世纪前25年,俄罗斯戏剧舞台上上演的基本上还是一些翻译的剧作和俄罗斯剧作家模仿西欧戏剧、追求舞台场面所造成的强烈印象的一些不成熟的作品,虽然这些作品为日后的戏剧发展做了很多方面的准备,真正具有民族特色的戏剧创作则刚刚起步。

普希金在戏剧方面的尝试对19世纪俄罗斯民族戏剧的发展做出了自己独特的贡献。早在皇村中学读书时,他就对戏剧发生了兴趣。南俄流放期间,受十二月党人思想的影响,他开始写悲剧《瓦季姆》,但没有写完。1824年,卡拉姆辛的历史巨著《俄罗斯国家历史》关于"混乱时代"的部分(第十、十一卷)出版,引起了全社会的兴趣,为戏剧创作提供了广泛的素材。1824—1825年,普希金以这段历史为背景,创作出了历史悲剧《鲍里斯·戈都诺夫》。悲剧展现的是16—17世纪之交留里克王朝末代皇帝死后,鲍里斯·戈都诺夫登上王位及后来伪德米特里借波兰人之助推翻了戈都诺夫王朝的那段历史。普希金借剧情和剧中人物之口,表达了自己的历史观,即民众是历史的主人。在《鲍里斯·戈都诺夫》中,普希金反映了人民的命运。不过,人民在剧中是没有鲜明个性的群体形象,他们既是盲从的、无序的,也是有力的、智慧的。在悲剧的结尾,民众用沉默表达了自己对新王的失望。《鲍里斯·戈都诺夫》打破了古典主义戏剧规则的束缚,创造了新型的、体现具体的历史的时代精神的戏剧,与格里鲍耶陀夫的《智慧的痛苦》一道确立了现实主义创作方法的一些基本原则,对俄罗斯戏剧艺术乃至俄罗斯文学产生了很大影响。但由于"历史的过去成为认识当代生活、政权状况及其与人民关系……的手段"①,所以这部悲剧直到1830年底才首次得以发表。30年代,普希金还写了四部《小悲剧》(1830)——《吝啬骑士》、《莫扎特与沙莱里》、《石客》、《瘟疫流行时的宴会》,普希金将思考的对象从"众人的命运"深入到了"个人的命运",分别探讨了人性中最典型的一些本质特征,诸如贪婪、嫉妒、欲望、对死亡的恐惧等。

19世纪30—40年代,莱蒙托夫的《假面舞会》(1835),果戈理的喜剧《钦差大臣》、《婚事》、《赌徒》等一批具有俄罗斯民族特色、贴近现实生活的剧作问世。尤其是果戈理的《钦差大臣》,1836年在莫斯科和彼得堡两地上演,引起极大的轰动,因此别林斯基充满信心地说:"我们将有自己的民族戏剧,这种戏剧不再餍我们以洋气十足的勉强扮鬼脸、借来的机智、丑恶的改作,而将是我们社会生活的艺术表现……"②可以说,俄罗斯戏剧"从果戈理起,它已经有了现实的基础,已经走上了正路"。③这条路从格里鲍耶陀夫、普希金开始,在果戈理的笔下坚实起来,以后逐渐扩展成一条宽广的现实主义大道。

继果戈理之后,50—60年代,最有影响的大剧作家是 A. 奥斯特洛夫斯基

---

① C. 格罗莫夫主编:《19世纪俄罗斯文学》第2册,2003年,第103页。
② 《别林斯基选集》第1卷,时代出版社,第217页。转引自王爱民、任何:《俄国戏剧史概要》,中国戏剧出版社,1984年,第144页。
③ 《奥斯特洛夫斯基论戏剧》,俄文版,第26页。转引自王爱民、任何:《俄国戏剧史概要》,第184页。

(1823—1886),他使俄罗斯戏剧转向普通人的内心情感世界,转向日常生活。他成为公认的戏剧创作的核心人物,他的创作标志着俄罗斯戏剧进入了一个新的发展阶段。这个阶段的突出特点是戏剧的人民性和民主化,对社会政治问题和历史的关注,对现实的讽刺、批判力度的加强。在这一时期,除奥斯特洛夫斯基外,A. 皮谢姆斯基(1821—1881)、И. 屠格涅夫(1818—1883)、М. 萨尔蒂科夫-谢德林(1826—1889)、A. 苏霍沃-科贝林(1817—1903)、A. 托尔斯泰(1817—1875)等一批杰出的作家、剧作家也创作了很多题材、体裁各不相同的剧作,使俄罗斯戏剧进入了一个相对繁荣的发展时期。

屠格涅夫继承了果戈理的写实传统,在戏剧中发展了"自然派"主题,创作了十余个剧本:《疏忽》(1843)、《落魄》(1845)、《物从细处断》(1847)、《食客》(1848)、《单身汉》(1849)、《贵族长的早餐》(1849)、《村居一月》(1850)、《外省女人》(1850)《大路上的谈话》(1851)、《索伦托的黄昏》(1852),等等。他的剧作虽然在题材和风格上各不相同,但基本上都没有紧张的剧情和离奇的事件,而是在平平淡淡的日常生活的基础上反映出人物性格和人物心理的时代的特征,从而达到典型性的高度。屠格涅夫的戏剧创作一反 19 世纪初的那种注重舞台体现、追求舞台效果的创作倾向,把重心完全放到内容上,用他自己的话说:"什么也不要,只要生活。"[1]基本不去考虑戏剧形式上的一些问题。因此,有人说,他的剧作缺乏舞台性,不适合在舞台上演出。然而,正是这种创新后来被契诃夫继承了过去,并且发扬光大,取得了很大的成功。因此,屠格涅夫的戏剧创作是一种有益的尝试。

皮谢姆斯基的戏剧主要反映的是农村生活,农民的世界。他先后写了 15 个剧本,开始是写喜剧,后来转向悲剧。写于 1859 年的正剧《痛苦的命运》是皮谢姆斯基的代表作,其中描写了普通农民在环境的压迫下失去理智,犯下暴行的故事,在当时很有影响。60 年代,皮谢姆斯基认定"悲剧性是俄罗斯生活固有的自然现象"[2],所以他的戏剧在 60 年代后期展现的是一些为恶者、生性残暴的人,讲述的是一些残酷的情节,因此具有揭露的作用。

苏霍沃-科贝林则坚持了果戈理讽刺喜剧的方向。他的戏剧三部曲《昔日的景象》包括喜剧《克列钦斯基的婚事》(1854)、正剧《案件》(1861)、喜剧《塔列尔金之死》(1868)三部,展现了贵族道德基础的丧失以及司法体系的腐败,尖锐而突出地描绘了官僚世界的黑暗。丰富的想象力和对戏剧艺术的了解和热爱决

---

[1] 王爱民、任何:《俄国戏剧史概要》,第 196 页。
[2] Ф. 普利伊玛、H. 普鲁茨科夫:《俄罗斯文学史》第 3 卷,列宁格勒,科学出版社,1982 年,第 464 页。

定了他要用戏剧这种艺术形式表达他对社会现象的思索；而身为贵族，他的讽刺和揭露激情与亲身经历的不公正(1850年曾被诬告谋害一个他爱的女人而入狱)有着直接的关系。这三部剧作在风格特点上并不一致，如，第一部以引人入胜的故事情节和精彩的人物对话取胜，第三部则以怪诞夸张见长，但是它们在表达作者思想及情感方面是一致的。剧作充满了主观的、抒情的因素，语言极富个性。

A.托尔斯泰以创作历史剧见长，他的戏剧三部曲《伊凡雷帝之死》(1866)、《沙皇费多尔·伊凡诺维奇》(1868)、《沙皇鲍里斯》(1870)以每一个中心人物——沙皇——的名字为题，描绘了16—17世纪之交俄国历史上伊凡雷帝、费多尔·伊凡诺维奇、鲍里斯·戈都诺夫统治时期的一个又一个重大政治事件。在A.托尔斯泰历史剧的所有人物当中，具有天然的道德感的费多尔·伊凡诺维奇塑造得最为鲜明和丰满，但与历史事实有较大的出入。A.托尔斯泰并不追求史料的真实性，他强调的是"人的真实"，"在重大的历史事件过程中所表现出来的和发展着的有趣的性格"。

70年代的俄罗斯戏剧更加关注当时社会生活中的一些重大问题，力求及时反映社会上的新现象，努力满足日益增长的观众的要求。因此，这一时期的剧目相当繁杂，体裁多样，诸如童话剧、抒情喜剧、社会讽刺剧、悲剧，等等，不一而足。其中有的剧作经常在舞台上演出，比如B.季亚钦科(1818—1876)60—70年代创作的《务实的先生》、《试金石》、《家门》、《现如今的爱情》等；也有的剧作很少出现在剧院的节目单上，但它们对戏剧发展具有比较重要的影响，如皮谢姆斯基的《猛兽》(1873)、《巴力》①(1873)、《文明时代》(1875)、《财政天才》(1876)等。这一时期，戏剧界的领军人物依然是奥斯特洛夫斯基，他创作的《森林》(1871)、《雪姑娘》(1873)、《狼和羊》(1875)、《真理固好，幸福更佳》(1876)、《最后的牺牲》(1878)、《没有陪嫁的新娘》(1879)等杰作，反映了俄罗斯生活的新趋向。其他较重要的剧作还有：A.波捷欣(1829—1908)的《浑水》(1871)、《有利可图的事》(1877)，B.克雷洛夫(1838—1906)的《逆流》(1865)、《走向世界！》(1870)、《蛇妖戈雷内奇》(1874)、《不幸和厄运》(1879)，Д.阿维尔基约夫(1836—1905)的《关于俄国贵族弗罗尔·斯卡别耶夫与御前侍膳纳尔登-纳晓金之女安努什卡的喜剧》(1869)、《卡希拉的遗风》(1872)、《皇太子阿列克塞》(1872)、《乌丽亚娜·维亚泽姆斯卡娅公爵夫人》(1875)等。

80—90年代，由于社会历史形势的变化，整个社会充满了沉闷的气氛和分化的感觉，戏剧作为反映生活的一种艺术形式必然带有时代的烙印。50—70年

---

① 古代闪族司农业和丰收之神、水神及战神。

代现实主义一统天下的局面发生了变化,和其他艺术门类一样,戏剧中也出现了新的表现手法,浪漫主义重新抬头,象征主义等现代派的艺术手法也开始出现。最具代表性的是契诃夫的戏剧创作。"契诃夫是擅长于采用多种多样的、往往能在不知不觉中起影响作用的手法的。在有些地方他是印象主义者,在另外一些地方他是象征主义者,需要的时候,他又是现实主义者,有时甚至差不多成为自然主义者。"[①]契诃夫在这一时期创作的"新型戏剧"《伊万诺夫》(1887)、《海鸥》(1895—1896)、《万尼亚舅舅》(1897)、《三姊妹》(1900)标志着俄罗斯民族戏剧进入了一个新的发展阶段。此外,奥斯特洛夫斯基创作了他最后的几个剧本:《女奴》(1881)、《名伶与捧角》(1882)、《英俊小生》(1883)、《无辜的罪人》(1884)、《并非来自尘世》(1885)。Л.托尔斯泰这时写的戏剧作品也很有影响。他有三部戏剧作品在俄罗斯戏剧史上占有重要地位:《黑暗的势力》(1886)、《教育的果实》(1891)、《活尸》(1900),它们极其真实地反映了当时的社会状况和资本主义的发展对人们的精神道德所造成的冲击。托尔斯泰也和果戈理一样重视戏剧的影响力,他同样认为要想改变社会,必须先拯救人们的灵魂,因此,他的戏剧作品和他这一时期的小说一样带有宗教道德说教的成分。

第二节　亚·谢·格里鲍耶陀夫
(1795—1829)

亚·谢·格里鲍耶陀夫是俄国19世纪现实主义戏剧的先驱,他的代表作《智慧的痛苦》反映了俄国当时的时代风貌和社会问题,在戏剧形式方面大胆创新,具有很高的艺术成就和深远的影响力。

生平创作道路

亚历山大·谢尔盖耶维奇·格里鲍耶陀夫(Александр Сергеевич Грибоедов,1795年1月4日生,1829年1月30日去世)出身于莫斯科一个贵族之家,受过良好的教育,学识渊博。他懂得多种语言,在莫斯科大学学过语言、法律和数学及自然科学三个专业,获得两个副博士学位。他还是一个很有天分的钢琴演奏家。1812年俄法战争爆发,他志愿入伍,成为一名优秀的军官。战后,他供职于外交部,并开始从事文学创作,主要是戏剧。他与剧作家A.沙霍夫斯基和П.卡捷宁是好朋友。格里鲍耶陀夫翻译过法国喜剧《青年夫妇》

[①] 《斯坦尼斯拉夫斯基全集》第1卷,中国电影出版社,第261页。转引自王爱民、任何:《俄国戏剧史概要》,第340页。

(1815)，与卡捷宁合著剧本《大学生》(1817)、与沙霍夫斯基合著的《自己的家庭，或已婚的新娘》(1817)等。由于卷入了一场决斗事件，1818年他被派往波斯做使团秘书。三年后转任格鲁吉亚，做叶尔莫洛夫将军属下的外交官。这期间他写过充满东方风情的浪漫主义长诗《香客》(1822年之前，没有保留下来)及激昂的短诗《大卫》(1823)。1823—1825年，格里鲍耶陀夫在莫斯科和彼得堡等地休假，最终完成了他早在波斯期间就开始写的喜剧《智慧的痛苦》。1825年十二月党人起义失败后，由于与他们关系密切，他于1826年初被捕，但几个月后因查无实据而无罪获释。此后，他继续在高加索从事外交工作，并受重用，在和波斯的战争之后参与起草和签署和平条约。在此期间，他继续写作，曾构思了三部悲剧——历史悲剧《1812年》、悲剧《格鲁吉亚之夜》和悲剧《罗达斯密特和杰诺比亚》，均未完成。1828年他被任命为俄国驻波斯全权大使。前往波斯途中，他爱上了格鲁吉亚诗人恰弗恰瓦泽的女儿尼娜并与之结为伉俪，蜜月后，夫妻同赴波斯。为了安全，格里鲍耶陀夫把妻子留在一个安宁的边境城市，只身前往波斯首都德黑兰去完成自己的外交使命，据说"他以自己的一张脸代替了两万军队"①。但一个月后，1829年1月31日，在武装回教徒冲击使馆的悲剧性事件中，格里鲍耶陀夫罹难。

喜剧《智慧的痛苦》

根据格里鲍耶陀夫自己的说法，《智慧的痛苦》(又译《聪明误》)的立意于1820年的一次梦中。最初，作家打算把它写成一种适合于在舞台上表演的长诗，就像歌德的《浮士德》。因为这种浪漫主义的特殊体裁与一般的戏剧形式的不同之处就在于它的抒情性，可以让作者直抒胸臆，把一切想要说的话直接告诉读者或观众。但最终，格里鲍耶陀夫还是继承了冯维辛的喜剧传统，把它写成了一部具有新的现实主义特点的讽刺性"道德喜剧"。1823年，作者在莫斯科完成了剧本的第一稿，1824年在彼得堡定稿。但遗憾的是，格里鲍耶陀夫生前既没有看到剧本上演，也没有看到它发表。

《智慧的痛苦》描写了一个聪明人在俄罗斯的命运，展现了当时的社会环境。格里鲍耶陀夫创作《智慧的痛苦》的年代正是俄国社会中知识界与政权分裂的时代，受过欧洲启蒙思想影响的贵族知识分子中，一部分人在社会上无用武之地，痛苦彷徨，另一部分人秘密结社，正在酝酿革命。于是，反映这一社会问题就成为了喜剧的主题。在情节方面，剧作家自己在给卡捷宁的信中指出了剧中并行的两条线："一个本身并不愚蠢的姑娘宁愿喜欢一个傻瓜，也不喜欢一

---

① 《儿童百科辞典》第9卷，莫斯科，阿旺塔出版社，2000年，第442页。

个聪明的人……而这个人与他周围的社会处于矛盾之中……"换句话说,一条是爱情线,另一条是"25个蠢才对一个有健康思想的人"①,而这两条线是相互交叉的,交叉点就是主人公恰茨基。恰茨基自幼父母双亡,在莫斯科的一个官宦之家长大,他与一家之主法穆索夫的女儿索菲娅青梅竹马,互生情愫。后来,胸怀壮志的恰茨基外出游学,三年后失意而返,却发现索菲娅已经另结新欢,爱上了她父亲的秘书莫尔恰林,对自己的归来反应冷淡,尤其不喜欢他对世事的讥讽态度。他的愤世嫉俗也引起法穆索夫的不满,让他在来客人的时候少讲话。这样,恰茨基在法穆索夫家同样感到孤独无依。但他的聪明才智和多年在外增长的见识,使他无法在愚昧落后、庸俗败坏的现实面前保持沉默,因此他不断地抨击,从贵族社会对西欧的盲目崇拜和刻意模仿到农奴主对农奴随心所欲的蹂躏,从大小官僚的逢迎谄媚到军官阶层的粗鄙反动,致使聚集在法穆索夫家的形形色色的上流社会的代表都把他称作是"疯子"。格里鲍耶陀夫正是通过恰茨基的言行以及周围人对他的态度,从正反两个方面把当时的社会矛盾真实而鲜明地呈现于观众和读者面前。

恰茨基是一个有才华的贵族青年,"文章写得好,翻译也漂亮",不乏崇高的理想和抱负,乐意为事业献身,还是个真诚的爱国者。他爱憎分明,对索菲娅的感情真挚而执著,对受压迫的人民充满同情,而对社会上逢迎谄媚的不正之风嗤之以鼻,是贵族社会的一个反叛者;他激情似火,对一切不合理、不公正的现象无法装聋作哑。但同时,他的自命不凡和锋芒毕露也显示了他的年轻、幼稚,不谙世事。他空有一腔热忱和聪明的头脑及见识,却无用武之地。其实,他回到莫斯科,回到法穆索夫家里,并不是为了展示他的口才和见解或者批判什么人、什么事,而是希望爱和被爱。但命运为他准备的却是另外一种生活。

与恰茨基相对的是以法穆索夫为首的保守阵营。在格里鲍耶陀夫笔下,法穆索夫并不是一个符号似的平面人物,而是鲜活的、立体的形象。他好心收养恰茨基,对他的归来很高兴,真心关心他在外的经历和未来。法穆索夫也很爱自己的女儿,为了她的幸福而忙碌。只是,他对前程和幸福的理解与恰茨基和索菲娅的不同。法穆索夫敬重因善于逢迎而得势的显赫人物,他为女儿物色配偶的标准是对方财产的多少。他用"签过了字,就算完事"的态度对待职务,认为"学问简直就是瘟疫病",要"把书籍都放在一起烧光"。他是现存制度的维护者,因此,尽管他是个和善的老人,但对于恰茨基离经叛道的危险言论不能置若罔闻,进而认为他"疯了"。

法穆索夫方面的另一个人物形象是莫尔恰林。他出身寒微,是法穆索夫提

---

① C.罗莫夫主编:《19世纪俄罗斯文学》第2册,第243—244页。

拔了他，供他吃住，还给了他官职。他在法穆索夫家中唯唯诺诺，对小姐的青睐虚与委蛇。因为他谨遵自己父亲的教导：要讨好所有的人。他虽没有做出什么千夫所指的恶行，但他从头至尾都在伪装，作假，就连人的最真挚的情感——爱情——在他那里也是装出来的。

斯卡洛祖布是法穆索夫为索菲娅选的理想夫婿。他是个军人，但不属于先进的贵族军官，而是一心想往上爬，要"赶紧弄个将军头衔"的那种武夫。他不是靠战功，而是靠处世之道获得勋章和军衔的。在他的身上空有军人的外表，而缺乏军人的精神气质和英雄气概。

列佩季洛夫最后出场，他以莫斯科的"自由思想者"身份出现，实际上却是一个无所事事之辈。他表面上看起来与恰茨基有很多相像之处，但"实质上，出卖了恰茨基，认同了公众的意见"①——即同意恰茨基是个疯子的观点。因此，列佩季洛夫的所谓"秘密联盟"的会议也是一种对"自由思想的模仿"。②

除了这些形象，属于法穆索夫世界的还有一些次要人物，诸如Г.Н.和Г.Д.先生、六位公爵小姐、老公爵和伯爵夫人，等等。他们捕风捉影，散布流言，与法穆索夫们共同组成了顽固的旧势力，围攻孤军奋战的恰茨基。

索菲娅在剧中的形象比较特别。她天真、浪漫、纯情，不会作假，遇事有自己的主见。她把与恰茨基之间的感情看作是"童年的友谊"，对父亲选择的斯卡洛祖布不屑一顾，单单爱上了出身寒微的莫尔恰林，表现出她对高尚的、不掺杂任何名利考虑的爱情的向往。她对恰茨基不满，但她的不满与父亲他们的不一样，只是针对恰茨基对她所爱的人的嘲讽和攻击而言的。尽管后来关于恰茨基疯了的传闻源自她的一句话，但这实际上是法穆索夫一伙添油加醋的结果，因为她的本意和原话都并非如此。而莫尔恰林最终暴露了他的伪装，他一面敷衍索菲娅，一面却又追逐她的仆人丽莎，最后，索菲娅的爱情幻灭了。

《智慧的痛苦》尽管在戏剧形式上仍然基本遵循了古典主义的"三一律"，但在体裁及人物性格的塑造、情节线索的设计、语言等方面均有所突破和创新。首先，在体裁方面，格里鲍耶陀夫于轻松的古典主义爱情喜剧中加入了接近现实主义的讽刺性"道德喜剧"及浪漫主义的抒情性"舞台长诗"的因素，从而突破了古典主义喜剧的体裁规范，达到了体裁方面的自由创新；其次，《智慧的痛苦》在塑造主要人物的性格时，一方面继承了古典主义侧重于人物的某一个性格特征的方法，如着重突出了法穆索夫的权威，莫尔恰林的低声下气，斯卡洛祖布的粗鲁放肆，另一方面又同时赋予人物以生活的真实，使他们成为典型的"这一

---

① С.罗莫夫主编：《19世纪俄罗斯文学》第2册，第264页。
② 同上。

个"。别林斯基在谈到剧中的人物时说过:"……它的人物是你在大自然中熟知了的,在你未读《智慧的痛苦》之前,就看见过他们,认识过他们,然而他们还是像崭新的现象一样吸引你:这便是诗情构思的最高真实!"① 此外,剧作者还引入了一系列次要的人物形象,尽管他们有的连姓名都是模糊的,但他们构成了一个群体形象,是"法穆索夫的莫斯科"的基础,使恰茨基与法穆索夫之间的力量对比更加悬殊;再者,格里鲍耶陀夫在剧中设计了两条情节线,一条是古典主义喜剧通常会使用的爱情线,另一条则是新与旧、进步与落后之间的社会矛盾线,它们在中心人物恰茨基身上纠葛在一起,展现了广阔的社会生活,这一点也打破了传统喜剧在情节安排上的惯例。在结构上,格里鲍耶陀夫将喜剧分为四幕,而非传统的五幕,并且以恰茨基再次离去为结尾,形成一个开放式的结局,而不是传统的误会消除,有情人终成眷属之类的结局;最后,《智慧的痛苦》是以诗体写成的,作者虽然沿用了惯用的抑扬格,但在音步上很灵活,很自由,并不拘泥于六音步的抑扬格,因而使得剧中的语言张力十足,贴近生活中鲜活的口头语言,不但有助于表现不同人物的言语特点,而且对民族语言及以后的戏剧语言的发展都产生了影响,正如普希金所预言的那样,《智慧的痛苦》里的诗句"有一半都将成为谚语"②。

总之,格里鲍耶陀夫的《智慧的痛苦》揭开了俄罗斯戏剧发展的新篇章,是俄罗斯戏剧史上的一部力作。别林斯基说得好:"《智慧的痛苦》和普希金的《奥涅金》一起……可以说是真正广阔地、诗意地描写俄罗斯现实生活的第一个典范。在这方面,这两部作品给后来的文学奠定了基础。它们并且成为一所学校。从这所学校里培养出了莱蒙托夫和果戈理。"③

第三节　尼·瓦·果戈理
(1809—1852)

果戈理不但是伟大的小说家,而且是位出色的剧作家,在写小说的同时,果戈理也开始了戏剧创作。他十分看重戏剧这种艺术形式,因为它将成百上千的观众聚集在一起,通过舞台上的表演,令他们同时或哭泣或大笑,这是一个很好的讲坛,艺术家可以从这个讲坛上把丑恶指给众人看,把真理告诉给众人听。

---

① 《别林斯基选集》第1卷,人民文学出版社,第90—91页,转引自王爱民、任何:《俄国戏剧史概要》,第103页。
② C.罗莫夫主编:《19世纪俄罗斯文学》第2册,第279页。
③ 《俄罗斯古典作家论》上卷,人民文学出版社,第333页。转引自王爱民、任何:《俄国戏剧史概要》,第103页。

果戈理尤其珍爱喜剧，认为笑是伟大的事业，是人类的良心。1836年，五幕喜剧《钦差大臣》问世并在彼得堡和莫斯科两地首演。此外，果戈理还创作了《婚事》(1842)、《赌徒》(1842)、《新喜剧上演后的戏剧散场》(1842)以及两部未完成的剧作《弗拉基米尔三级勋章》和《阿尔弗雷德》。

喜剧《钦差大臣》

《钦差大臣》的创作始于1835年秋。据果戈理自己的说法，该剧的情节是他向普希金讨来的："劳您驾，您给个情节，我一口气就能写出一个五幕喜剧来，而且我发誓，它将比魔鬼还要可笑。"[①]于是普希金把一个关于假钦差大臣的情节提供给了果戈理。喜剧写的果然很快，1835年12月初果戈理就把它写完了，但他在剧本1836年4月19日首演及出版之前进行了不断的修改和完善。此后，1841年出第二版时又做了修改，1842年将剧本收入四卷本《果戈理选集》时再次进行了仔细的加工，这样，喜剧一直改到第六稿才最后定稿，足见果戈理创作这个剧作认真的态度。实际上，作者对《钦差大臣》的重视还远不止于此。1836年，该剧上演后不久，果戈理就着手写另一个剧本——《新喜剧上演后的戏剧散场》(1842)，体现了观众对《钦差大臣》的各种各样的反应及作者自己对于喜剧创作的思考。此后，果戈理还写了《给那些希望演好〈钦差大臣〉的演员们的提示》(1846)、《〈钦差大臣〉的结局》(1846)等，继续对《钦差大臣》进行说明和补充。果戈理之所以如此看重《钦差大臣》，是因为它是作者有意识地以"笑"为武器与生活中的邪恶作战的第一部作品，他是这样说的："我的笑一开始是善意的；我完全没有想到要带着某种目的去嘲笑什么，并且当我听说社会上的各阶层和各阶级统统都恼我，甚至很生我的气时，真让我大吃一惊，致使我终于想到：'如果笑的力量如此之大，人们怕它，那么就不该白白地浪费它。'我决定把我所了解的所有的不好的东西收集起来，并一次对它们加以嘲笑——这就是《钦差大臣》的来历。"

《钦差大臣》是一部社会喜剧，果戈理通过微服私访的钦差大臣莅临N城的传闻，搅动了整个N城的社会生活，使官僚、贵族、商人、百姓全部都动了起来，而作者就像一个摄影师，把所有人的反应都尽收眼底。喜剧描绘了俄罗斯外省广阔的社会生活图景，通过一系列社会上层人物的塑造，展示出官僚世界的社会关系原则，那就是官阶崇拜、弄虚作假和对在上司面前恶行败露的恐惧。作家对它们进行了无情的嘲笑，并进一步揭示出隐藏在它们背后的社会意识的荒

[①] 果戈理1835年10月7日致普希金的信。转引自 П. 鲍戈列波夫、Н. 维布尔霍夫斯卡娅：《通向果戈理之路》，莫斯科，儿童文学出版社，1976年，第29页。

谬和可笑——按官阶搜刮是准许的、合理的。《钦差大臣》体现了果戈理的一个重要的思想,即所有的人都对恶负有个体责任。[①]因此,剧中所展现的都并非是杀人放火、十恶不赦的大奸大恶,而不过是官员利用职权之便贪污受贿,贵族造谣生事,警察不分青红皂白、粗暴执法之类的小恶行。果戈理不但展示官僚贵族阶层的恶行,也反映了普通百姓意识中糊涂观念的可笑,如钳工的老婆状告市长非法强迫她的丈夫去当兵时,尽管讲出了市长不照章办事、受贿的事实,但却在细枝末节上纠缠不清,而士官的老婆被市长无辜地鞭打了一顿,她对钦差大臣告状时,却并不指望把市长绳之以法,而只想拿几个钱了事。《钦差大臣》中写的虽说都是这类司空见惯的营私舞弊、愚蠢可笑、自欺欺人,但这些小恶在数量上却是惊人的,时时处处存在的,普遍到了人们都不以为恶的程度,这才是真正可怕的。而且,"在果戈理的喜剧里,出现的不是抽象的恶习,而是复杂多样、五光十色的现实生活;不是呆板的公式,而是活生生的人的性格;不是寓意,而是深刻概括的典型"[②]。这就使观众和读者无法超然物外,因为它把每个人身上都或多或少存在的恶都鲜明、具体地揭示了出来。既然是人人有份,"任何人都至少做过一分钟(如果不是数分钟的话)的赫列斯塔科夫"[③],在喜剧结尾时,市长的"你们笑什么?你们是在笑自己!"那句话就无法不使所有的人都如坐针毡了。难怪连沙皇尼古拉一世在观看完演出后都会说:"咳,这个剧本!大家都挨了骂,而我比谁挨得都多!"[④]《钦差大臣》曾因没有描写正面人物而备受指责,果戈理不得不自己解释说,剧中有一个被所有人忽略了的正面人物,那就是"笑"。但实际上,知音还是有的,别林斯基就洞察了这部喜剧的深刻内涵,他说:"在喜剧里,生活被写成实际上的样子,就是为了使我们想到它应有的样子。"[⑤]的确,果戈理正是为了这个目的才去嘲笑恶的,他希望通过戏剧舞台,把恶展示出来,让所有的人在笑声中永远告别这些恶。但不可否认的是,不管作家的初衷是怎样的,在客观上,《钦差大臣》具有巨大的讽刺揭露力量,是对尼古拉一世黑暗统治的沉重打击。

《钦差大臣》以"脸歪别怪镜子斜"为题词,绘出了俄罗斯外省某城官场的一幅百丑图,塑造了市长、法官、督学、慈善机关督察、警长、邮政局长等一系列官绅的形象。中心人物市长斯克伏兹尼克-德穆汉诺夫斯基是个久经官场的人物,

---

[①] 参见 C.格罗莫夫主编:《19世纪俄罗斯文学》第2册,第549页。
[②] M.赫拉普钦科:《尼古拉·果戈理》(刘逢祺、张捷译),第350页。
[③] 果戈理:《〈钦差大臣〉第一次公演后作者致某文学家的书信片断》。
[④] M.赫拉普钦科:《尼古拉·果戈理》(刘逢祺、张捷译),第327页。
[⑤] 《别林斯基论文学》,人民文学出版社,第188页。转引自王爱民、任何:《俄国戏剧史概要》,第145页。

对为官之道颇有心得,欺下瞒上,游刃有余,用他自己的话说:"干了 30 年,从来没让一名商人或者一名承包商骗过;只有我骗过骗子手中的骗子手,骗过能偷光全世界的拆白党和二流子,全叫他们落入我的圈套。我骗了三名省长!……省长根本不在话下……"听说从彼得堡来的大人物要来微服私访,他马上召集市政要员,部属应对措施。尽管在属下面前他嘴上说对于自己的"失检行为""没什么可说的。要说的话,才叫人奇怪呢:孰能无过?"但实际上心里还是很害怕的,担心商界和市民们会告发他,因为他就在"这两个星期里,鞭打过士官的老婆!克扣过犯人的伙食!"不过,这位能干的市长很快调整好了心态:"我这一生多坎坷,可是都逢凶化吉,还受到多次嘉奖。说不定这一次上帝也能保佑渡过难关。"当听说"钦差大臣"不过是个二十多岁的年轻人时,老奸巨猾的市长顿觉信心倍增。他并不认为自己和属下贪赃枉法有什么不对,只要大家"按官衔拿东西",这是天经地义的。所以他一面害怕得把纸盒当帽子扣到头上,一面还不忘骂:"可恶的奸商阿布杜林,眼见市长的佩剑旧得不行了,就是不送一把新的来。"一面求上帝保佑,许愿要点一只没人点过的粗蜡烛,一面自然而然地想着:"派每个鬼商人送三普特蜡来。"可见,受贿索贿早已成为市长大人根深蒂固的行为习惯。但他不能容忍不守规矩、不按官衔拿东西的行为,这才是他的原则所在,而且这原则只是对别人的,他自己则不拘什么,只要给他看见了,就连"已经在桶里放了七年的黑李子干"都要拿一大捧去。他也不是一味索取,比如一见"钦差大臣"的面,他就见机行事,奉上四百卢布,嘴上却说只是二百而已,又把他请到家里住,百般奉承。一旦得到"钦差大臣"的欢心,他马上得意洋洋起来,甚至憧憬起去彼得堡"混上个将军"来。他还令人把告状的商人们找来,把他们臭骂了一顿,又借机对他们进行敲诈。这样,一个媚上欺下、贪污受贿、敲诈勒索、鱼肉百姓的典型官僚形象就栩栩如生地站在了观众和读者的面前。

  剧中的其他人物也都各具神态:把病人弄得像铁匠一样邋里邋遢,不给病人用好药,任他们自生自灭的慈善机关督察泽姆利亚尼卡;酷爱抓兔子,在机关里养狗,读过五六本书,讲起话来像个哲学家似的法官利亚普金-佳普金;胆小怕事的督学赫洛波夫;专爱私拆别人信件的邮政局长什别金以及包打听、传瞎话的贵族鲍布钦斯基和陀布钦斯基,等等。他们与市长一起构成了 N 城黑暗腐朽的上层社会,可恨而又可笑。

  剧中另一个主要人物是被误认为钦差大臣的赫列斯塔科夫。他在彼得堡混过几年,是典型的纨绔子弟,穿着时髦,口若悬河,沾染上了彼得堡虚伪、浮夸的习气。"他是机关里常常叫做大草包的那种人,一言一行都缺乏考虑,无法集中精神考虑某个想法。"他在奉父命回外省老家去的途中,因赌博输光了所有的盘缠,滞留在 N 城的一家旅馆里,陷入了连饭钱都给不出的窘境。即便如此,他那虚张声势的习惯却依然故我,他仿佛没事儿人似地对堂倌说:"请你催一催,叫他们快点送来。饭后我还有事要办。"当得知旅店老板决定不再给他供应午饭时,他还在故作高深,说:"你认认真真地解释给他听,就说我需要吃饭。钱嘛,那是自然的……他以为,他这样的粗人一天不吃没什么,别人也都像他一样。真是新闻!"当市长受了专爱造谣生事的鲍布钦斯基和陀布钦斯基的蛊惑,错把赫列斯塔科夫当成了钦差而亲自前来造访时,赫列斯塔科夫一开始吓坏了,以为是来抓他进监狱的。继而看到市长礼贤下士的样子,又虚张声势起来,"您有什么权力这样做?您太放肆了!……我直接去找部长大人!你们想干什么?……"实际上,他这不过是色厉内荏,反倒把心怀鬼胎的市长吓得全身发抖。而当他实话实说时,市长却自作聪明地以为他是故弄玄虚。于是,浪荡子赫列斯塔科夫就莫名其妙地被当作上宾请进了市长的家门。他在众星捧月般的关照下忘乎所以,信口开河地吹开牛了:刚说完自己不仅仅抄抄写写,而且同科长关系不错,马上又说常去部里指手画脚,还被错当成过将军;接着又把话题扯到文学上,说自己与普希金称兄道弟,还写了《费加罗的婚礼》;然后又转到自家的房子是彼得堡最好的,每天他还没睡醒,伯爵、公爵们就来了一大群;最后他俨然成了宫里的红人,天天进宫,还马上要被晋升为元帅……对于这篇漏洞百出、前后矛盾的吹嘘,连赫列斯塔科夫自己都总结为"胡说八道",可市长等一干人却信之不疑。为了巴结赫列斯塔科夫,保住自己的前程,N城的所有头面人物经过商议,决定一一去面见这位可敬的钦差,"塞钱"给他。可见,正是在 N 城这样愚昧昏聩的土壤上,赫列斯塔科夫之流才有用武之地。这个形象不仅一方面将剧本所表现的生活面从外省扩展到了京都彼得堡,另一方面,对剧情的发展和剧中人物性格的展开起了一个推动作用,他还具有高度的概括性。他不是有预谋的骗子,不过是一个心灵空虚、爱说大话的浪荡公子哥。他与市长他们实际上是一丘之貉,都是只贪图物质财富、精神极度萎缩的"空心人",是渴望做官衔虚幻的影子,不愿做真实的人的傀儡。

《钦差大臣》是果戈理戏剧创作的巅峰之作。别林斯基说:"果戈理的戏剧作品是俄国文坛上一种稀有的现象。……有了果戈理的剧本,就什么剧本也不能读,什么戏也不能看了。"[1]这部喜剧之所以被称为"稀有的现象",是因为它的确很独特。首先,它借用了小说的创作经验,用真实、准确的描绘"把生活反映得千真万确",令许多同时代人不由自主地将自己与剧中人物进行对号入座;其次,《钦差大臣》首创了没有正面主人公的戏剧模式,使戏剧冲突突破了家庭生

---

[1] 《别林斯基选集》第 2 卷,时代出版社,第 105 页。转引自王爱民、任何:《俄国戏剧史概要》,第 145 页。

活和爱情的框框,展现的是社会冲突,而且聚焦的是冲突的一个方面——恶,这种失衡给人的震撼是特别强烈的;再次,它以夸张、怪诞等艺术手法赋予了喜剧贯穿始终、内涵深刻的笑。这一点除了体现在情节和性格方面,还包括它独特的语言。冈察洛夫在《万般苦恼》一文中写得很好:"果戈理的每一句话都非常典型,并且同格里鲍耶陀夫的每一行诗句一样,不以总的情节为转移,具有自己特殊的可笑的东西。"①

《钦差大臣》不仅是果戈理戏剧创作的代表作,也是俄罗斯戏剧文学的奠基之作。И. 屠格涅夫早就认识到了这一点:"……他指引了道路,我们的戏剧文学就沿着这条路渐渐地走将下去。"②自果戈理之后,俄罗斯戏剧完全走上了民族的、现实主义的道路,《钦差大臣》也成为了世界级的戏剧名作,至今是各国戏剧舞台上的保留剧目。

第四节　亚·尼·奥斯特洛夫斯基
(1823—1886)

亚·尼·奥斯特洛夫斯基是 19 世纪俄罗斯最有影响的剧作家,他一生共创作了大约 50 部戏剧作品。他创作的剧作的数量之多,质量之高令 19 世纪任何俄罗斯剧作家都望其项背。奥斯特洛夫斯基是俄罗斯民族戏剧的创建人,有人将他誉为"俄罗斯民族戏剧之父"。奥斯特洛夫斯基又是俄罗斯戏剧的革新者,他使戏剧转向普通人的内心情感世界,转向日常生活,因此他的戏剧创作把俄罗斯戏剧发展推向一个新的阶段。

生平创作道路

亚历山大·尼古拉耶维奇·奥斯特洛夫斯基(Александр Николаевич Островский,1823 年 4 月 12 日生,1886 年 6 月 14 日去世)出生于莫斯科河南岸。1835 年进莫斯科省立第一中学读书,期间对文学产生兴趣,尤爱戏剧,常常去剧院看著名演员的演出。1840 年从父命进入莫斯科大学法律系学习,终因不喜欢而退学。后在父亲的安排下先后在莫斯科良心法院和商务法院就职,因而有机会广泛接触社会各个阶层,了解各种矛盾冲突。40 年代尝试写作,第一部作品是中篇小说《关于一个房管员如何跳起舞来的故事,或从伟大到可笑只有

---

① 《冈察洛夫文集》(八卷集)第 8 卷,莫斯科,国家文学出版社,1955 年,第 39 页。转引自 M. 赫拉普钦科,《尼古拉·果戈理》(刘逢祺、张捷译),第 378 页。

② 《屠格涅夫文集》(十卷集),莫斯科,真理报出版社,1949 年,第 398 页。转引自 H. 斯捷潘诺夫,《剧作家果戈理的艺术》,莫斯科,艺术出版社,1964 年,第 3 页。

一步》(1843)。1847年发表了特写《一个莫斯科河南岸居民的手记》、独幕喜剧《家庭幸福图》及戏剧片断《破产债户》。从此,奥斯特洛夫斯基"开始认为自己是一个俄罗斯作家,并且已经毫不怀疑和毫不踌躇地相信了自己的使命"①。

奥斯特洛夫斯基一生写了近50部剧作,是俄罗斯有史以来专事戏剧创作的作家。他的文学创作可分为五个阶段:一、早期探索阶段(1847—1851)。主要作品是喜剧《自家人好算账》(1850)。它继承了果戈理的传统,描绘了商人阶层的生活风俗画,被称为是商人版的《死魂灵》。奥陀耶夫斯基还把它列为俄罗斯第四名剧(位居前三位的分别是《纨绔少年》、《智慧的痛苦》和《钦差大臣》)。②这部喜剧的诞生标志着俄罗斯戏剧发展的新阶段——"生活戏剧"(杜勃罗留波夫语)阶段的到来;二、与《莫斯科人》杂志合作阶段(1852—1855)。这期间发表了《非己之雪橇莫乘坐》(1853)、《贫非罪》(1854)、《切勿随心所欲》(1856),试图寻找正面的因素;三、改革前期(1855—1860)。与《现代人》合作,写了《他人喝酒自己醉》(1855)、《肥缺》(1856)、《性格不合》(1857)、《养女》(1858)、《大雷雨》(1859)。其中,《肥缺》将描写的对象从商界转向了官僚世界。影响最大的是作家的代表作《大雷雨》。1857—1861年间还完成了关于巴利扎米诺夫的三部曲:《节日好梦饭前应》、《自家狗咬架,别家狗不要插嘴》、《种瓜得瓜,种豆得豆》;四、改革后期(1861—1866)。主要创作成果是历史剧《柯兹玛·扎哈里奇·米宁-苏霍鲁克》(1861)、《司令官,或名伏尔加河上的梦》(1865)、《僭主德米特里与瓦西里·隋斯基》(1866)及《图欣诺》(1866);五、晚期(1868—1886)。这一时期作家创作的题材和体裁都扩大了,创作了大量反映现实生活及没落贵族和新兴资产者的经济状况与道德面貌的作品:《智者千虑必有一失》(1868)、《火热的心》(1868)、《来得容易去得快》(1869)、《森林》(1871)、《雪姑娘》(1873)、《狼和羊》(1875)、《真理固好,幸福更佳》(1876)、《最后的牺牲》(1878)、《没有陪嫁的新娘》(1879)、《女奴》(1881)、《名伶与捧角》(1882)、《英俊小生》(1883)、《无辜的罪人》(1884)、《并非来自尘世》(1885)等。

悲剧《大雷雨》

《大雷雨》创作于农奴制改革前夕的1859年,是奥斯特洛夫斯基1856年随海军部组织的"文学考察团"沿伏尔加河进行的一次长途旅行的一个重要的收获。伏尔加河两岸的生活习俗、自然景观和民间口头创作给作家留下了深刻的

---

① 《奥斯特洛夫斯基研究》,时代出版社,第11页。转引自王爱民、任何:《俄罗斯戏剧史概要》,第233页。

② 王爱民、任何:《俄罗斯戏剧史概要》,第233页。

印象。剧作 1895 年先后在莫斯科小剧院和彼得堡亚历山大剧院上演,1860 年在《读者文库》杂志上首次发表,同年出单行本,震动了整个文坛,引起普遍的关注和热烈的争论。文学评论家杜勃罗留波夫从社会现实出发,为剧作写了一篇著名的评论文章,题为《黑暗王国的一线光明》,认为作品是对农奴制俄罗斯这个"黑暗王国"的揭露,女主人公卡捷琳娜是这"黑暗王国"中的"一线光明",她的死是对"黑暗王国"的一种反抗。其他许多评论家和作家也都就此剧发表了各自的看法,像皮萨列夫与杜勃罗留波夫的争鸣,格里戈利耶夫、冈察洛夫等人的独到见解。

那么,这部作家自己称之为正剧,而同时代人却把它看作是悲剧的《大雷雨》究竟写了什么呢?故事很简单:在一个闭塞的小城里,受传统思想和道德规范影响颇深的商人之妻卡捷琳娜背叛了自己的丈夫季洪,爱上了从莫斯科来的年轻人鲍里斯,在专横的婆婆的逼供下,当众忏悔了自己的罪过,之后投河自尽。这样一个并不新奇的故事之所以能引起广泛的关注,是由于剧作家不仅仅讲述了这样一个外部事件,而更主要的是借卡捷琳娜的爱情悲剧,展现了女主人公内心中传统的生活理念和道德规范与逐渐萌生的对精神和个性自由的追求之间剧烈冲突而产生的良心悲剧,从而揭示出旧的生活方式已经失去了昔日的生命力,变为僵死的、压抑人性的黎明前的黑暗,新的生活方式正在痛苦中萌生。剧中的大雷雨象征着新与旧的冲突。

《大雷雨》以作者虚构出来的伏尔加河沿岸小城卡利诺夫为背景,聚焦季科伊和卡巴诺娃两个商人家庭的日常生活,重点描绘了富商季科伊和他的侄子鲍里斯及寡妇卡巴诺娃、她的儿子季洪、儿媳卡捷琳娜等人物形象。在奥斯特洛夫斯基笔下,卡利诺夫是这样一座城市:"……城里的风俗是残忍的,残忍的!在小市民阶层,先生,您除了愚昧和贫穷,什么也看不到。而有钱人想方设法奴役穷人,为的是用他的无偿劳动赚取更多的钱。"富人之间则"彼此敌视,官司打个没完……"而在家庭里,没有欺骗是不行的,"整个家就是建立在这个的基础上的"。家庭的实质就是秘密地、不为人知地"劫掠孤儿、亲戚、侄儿们,毒打家人,使他们对什么事都不敢说个不字"。季科伊和卡巴诺娃正是这种生活风习的维护者。季科伊就像他的姓氏一样,粗野、冥顽不化。他是城里最富有的商人,头面人物,跟市长都拍肩打背的,但是在钱财上极为贪婪、吝啬,不仅克扣农民的工钱,还恬不知耻地说:"每个人少给一个戈比,那我从中赚的可就是好几千呢。"对亲侄子鲍里斯他百般的责难,就是不想把鲍里斯应得的遗产交出来。在家中也是粗暴无礼,他的妻子每天都眼泪汪汪,生怕不小心又惹他发火。卡巴诺娃虽说是个寡妇,但在内政外交方面是巾帼不让须眉,连季科伊都得买她的账。她总是慨叹今不如昔,抱怨年轻人没有规矩。与季科伊相比,卡巴诺娃是从精神上进行控制和压迫的。她不但动辄对儿子教导一番,经常拿话敲打儿媳妇,就连小夫妻告别的方式她都要干涉。她要求所有的家人都俯首帖耳,循规蹈矩;她精明过人,洞察秋毫。在她的高压下,儿子季洪唯唯诺诺,不敢越雷池半步,一得机会离开"妈咪"的掌控,就像飞出樊笼的鸟儿,什么都顾不得了,全然不管妻子的感受和恳求,把她一个人留在沉闷而压抑的家里,尽管他也是爱卡捷琳娜的,但他更爱自由,哪怕这自由只有十天。和季洪属于同一类型的是"受过良好教育"的鲍里斯,他也爱上了美丽而纯情的卡捷琳娜。但是他和季洪一样软弱,对叔叔的无赖和粗野一筹莫展,忍气吞声,就连爱情也没能使他成为一个真正的骑士。与卡捷琳娜的真挚和义无反顾的爱情比起来,鲍里斯的感情是那么的苍白无力。他和季洪都是旧势力的牺牲品。

与众不同的形象是卡捷琳娜。她在无忧无虑、自由自在的生活氛围中,在大自然的怀抱里长大,从小就很有个性,富于幻想,对生活充满美妙的憧憬。她感情真挚、热烈,散发着生命的活力。她笃信宗教,具有非常强烈的道德感。这样一个纯洁、鲜活的年轻生命与卡利诺夫城这个"黑暗的王国"格格不入;她有尊严,个性鲜明,不能像季洪和鲍里斯们那样逆来顺受;她表里如一,不会像小姑子瓦尔瓦拉那样明修栈道,暗渡陈仓;她充满活力,渴望爱情,做不到心如止水;她又敬畏神明,无法摆脱根深蒂固的罪恶感。因此,她宁愿投入伏尔加河,犯下在基督徒的心目中比背叛丈夫更大的罪孽,哪怕下地狱,也不愿在令人窒息的卡利诺夫苟活下去。可见,在卡捷琳娜看来,上帝的审判都要比卡巴诺娃们的仁慈些。这一点,作者在剧的结尾借剧中人物库利金之口明明白白地道了出来。

除了以上主要人物,奥斯特洛夫斯基还塑造了一些次要的人物形象,如瓦尔瓦拉,店员库德里亚什,钟表匠库利金,女香客及老妇人等。他们渲染了整个城市的社会氛围,烘托出主人公的性格和心理特征。在这一点上,作者继承了格里鲍耶陀夫和果戈理的创作传统。

《大雷雨》体现了奥斯特洛夫斯基戏剧创作的基本特点。它富有浓郁的俄罗斯气息,十分生活化,把商人的日常生活搬上了舞台,并且让一个普通的女子成为悲剧的主角,令人耳目一新,充分体现了现实主义戏剧的民主化趋向。在设计冲突方面,不仅注重了生活真实,尤其追求心理真实,将外部的感情冲突深化为内心的自然力与道德律之间的冲突,使作品在揭示人性方面达到了前所未有的深度。剧作广泛运用对比的艺术手法,例如,自然景色的美丽与社会生活的丑恶;面对美景,库利金看也看不够,而库德里亚什则无所谓;头脑简单的瓦尔瓦拉对老妇人充满威胁的预言满不在乎,而笃信宗教、感情丰富的卡捷琳娜却吓得直哆嗦;为了爱情,富于反抗精神的库德里亚什勇于带着瓦尔瓦拉私奔,而软弱的鲍里斯却撇下卡捷琳娜一走了之。此外,自然景物和天气的变化在《大雷雨》中在揭示人物的性格和心理活动、烘托气氛、暗示剧情的发展等方面起着极其重要的作用。剧中人物的语言高度个性化,使每一个人物都拥有属于自己的语言风格,既突出了人物的鲜明个性,也令剧中的语言生动、形象、多姿多彩,从而引人入胜。

奥斯特洛夫斯基的创作是俄罗斯民族戏剧发展史中的一个里程碑,难怪冈察洛夫会由衷地赞叹道:"您独自一人建造了一座大厦,虽然它的基石是由冯维辛、格里鲍耶陀夫和果戈理奠定的。可是只有在您之后,我们俄罗斯人才能骄傲地说:我们有了自己的、俄罗斯的民族戏剧。它其实应当被称作是'奥斯特洛夫斯基的戏剧'。"①

第五节 安·巴·契诃夫
(1860—1904)

作为具有世界影响的戏剧家,安·巴·契诃夫毕生致力于戏剧艺术的革新,他的戏剧作品以其深刻的主题和独特的艺术风格对19世纪、20世纪之交俄国现代戏剧的发展做出了杰出贡献,并成为世界戏剧艺术宝库中珍贵的遗产。

戏剧创作概述

契诃夫早期创作有《蠢货》(1888)、《求婚》(1889)、《结婚》(1890)、《纪念日》(1891)等喜剧。在这些作品中,契诃夫运用了幽默和讽刺的手法,对现实生活中的庸俗和虚伪予以揭露和否定。

1887年,契诃夫创作了《伊万诺夫》。在这部剧作中,主人公伊万诺夫面对急剧变革、泥沙俱下的社会现实,开始走向堕落。他抛弃往日的理想信念和做人的准则,变得阴险自私、冷酷无情。伊万诺夫最终在矛盾、痛苦的泥沼中不能自拔,以自杀方式结束了一生。《伊万诺夫》在某种程度上反映了80年代知识阶层普遍的心理状态。契诃夫本人认为伊万诺夫形象具有典型意义,他对这一人物持否定态度,作品所突出的主题是:丧失理想信念和生活目标则不可能直面人生和社会,最终必然走向毁灭。

契诃夫最具代表性的戏剧作品有《海鸥》、《万尼亚舅舅》、《三姊妹》和《樱桃园》。这些作品在俄国戏剧史上,甚至在世界戏剧史上都占有十分重要的地位。

《海鸥》创作于1896年。这部剧作通过几个艺术家的生活道路和艺术追

---

① C.格罗莫夫主编:《19世纪俄罗斯文学》第2册,第279页。

求,反映了世纪末知识阶层的精神状况。文学青年特里勃列夫热恋着年轻的姑娘宁娜。宁娜希望成为一名著名的演员。特里勃列夫完成了一部剧本,在湖边的露天舞台上演,而主角则由宁娜担纲。这出戏受到了特里勃列夫的母亲、演员阿尔卡金娜和她的情人、名作家特利哥林的批评。不久之后,宁娜在特利哥林诱惑下,与他私奔前往莫斯科。他们共同生活并有了一个孩子,但孩子不久便夭折了。随后,特利哥林抛弃了宁娜。个人生活的不幸并没有影响宁娜的艺术追求,她克服重重困难,终于在戏剧表演方面崭露头角,并赢得了社会的承认。与此同时,特里勃列夫则在文学创作中停滞不前,他的艺术理想陷入了困顿。两年以后,宁娜返回故里与旧日情人特里勃列夫会面。他们一同回忆起当年特里勃列夫猎杀的一只海鸥。宁娜告诉男友正是信念和使命感帮助自己战胜了生活的困苦。面对宁娜的成功,特里勃列夫自惭形秽,对自己虚度时光、事业无成的境况备感痛心。特里勃列夫对宁娜旧情复发,他恳求宁娜留下与自己一起生活,或两人一起离开故乡。他的请求遭到了婉拒,宁娜随后离开了他。特里勃列夫由此失去了最后一线希望,回到屋里举枪自杀。

《海鸥》揭示出"理想"与"行动"的双重主题。契诃夫的戏剧在爱情生活和艺术追求两个层面上展开上述两个主题。在剧本中,主人公特里勃列夫年轻有为,立志在戏剧艺术上有所突破。他摈弃戏剧旧有的程式,尝试以新的形式取而代之。但是,由于特里勃列夫远离现实生活,始终没有为思想情感寻找到可以凭借的"家园"。特里勃列夫的理想终因他彷徨不定而未得明确和实现。而他缺乏目标的行动结果则是剧作充满世纪末的颓废情绪和空洞的梦幻,并且所谓的艺术创新也只是停留于表面形式之上。在爱情生活方面,事业毫无成就的特里勃列夫同样经受了数次失恋的痛苦。最终,这位在艺术上和生活上缺乏"中心思想"的人物,结束了悲剧的一生。与特里勃列夫相比,宁娜则选择了另一条艺术和生活的道路:尽管她早年在爱情上经受了沉重的打击,但是她并没有就此一蹶不振,而是全身心投入戏剧艺术,百折不挠、孜孜以求,最后成为一名真正的戏剧表演艺术家。戏剧艺术给她带来了莫大的欣慰和快乐,她理解并坚守着艺术家的使命,舞台成为她生命中不可或缺的组成部分。剧本揭示了理想与行动之于新生活的意义以及创造新生活的必由之路。

在1897年创作的《万尼亚舅舅》中,契诃夫揭示了"自我确认"和"劳动创造"的主题。万尼亚舅舅和他的外甥女索尼亚很多年来一直在庄园里含辛茹苦、辛勤劳作以供养自己的崇拜偶像——姐夫谢列布利雅可夫教授。教授先生退休后携第二任妻子返回故里。经过一段时间交往后,万尼亚舅舅恍然大悟:教授先生竟然是一个不学无术、平庸无知之辈——他25年来一直以艺术研究家自居,终了却不知艺术为何物,他整天口中说的、手上写的也不过是些众所周知的常识而已。由此,万尼亚舅舅懊悔不迭:他竟然把一生中最宝贵的时光奉献给一个碌碌无为的平庸之辈。他实在气愤不平,遂开始在公开场合嘲弄教授,并痛诉自己的奴役地位,甚至追求起教授夫人叶莲娜。谢列布利雅可夫在庄园没住多久,便动身出国去了。在临行之前的家庭会议上,他提出要变卖庄园,这意味着万尼亚舅舅和索尼亚将在一夜之间沦落街头。此举让万尼亚舅舅怒不可遏,他连向教授开了两枪,但都未击中。后来经过调解,教授改变出卖庄园的决定,而万尼亚舅舅则应继续留在庄园干活以供养教授夫妇。送走教授夫妇,万尼亚舅舅和索尼亚开始清算账目。想到今后自己还要为平庸之徒辛苦操劳,万尼亚舅舅悲伤而泣。

《万尼亚舅舅》描写了一个缺乏主体意识、缺乏独立的理想和目标的知识分子的悲剧命运。二十多年来,万尼亚舅舅和外甥女就在他们的"偶像"——谢列布利雅可夫教授的阴影下生活。他们含辛茹苦、兢兢业业,幻想以自己的勤勉劳动去为"偶像"服务、为"偶像"的事业尽绵薄之力。万尼亚舅舅并非不具才智,关键是他愿意盲目膜拜他人、放弃自我意识。当"偶像"平庸、无知和恶俗的本质去蔽之后,他也随之从基座上坍塌下来。万尼亚舅舅此刻如梦初醒,懊悔岁月蹉跎和牺牲的无谓。在此,劳动者与寄生者的尖锐冲突被凸现出来,而劳动与寄生的分立则又是以虚拟的权力为界限的。须指出,万尼亚舅舅的悲剧不仅源自社会结构的必然性,同时也体现出其可然性特征。具体地说,社会心理中的盲从性使得"大众"间或摈弃主体意识,为幻象而甘愿放弃自我价值,从而成就了社会的空中楼阁。这也就是剧本《万尼亚舅舅》的意义所在。

契诃夫的《三姊妹》创作于 1901 年。这部剧作在一定程度上反映了世纪之交俄国贵族女性所面临的精神危机,甚至生存危机。在外省小城中生活着姊妹三人:大姐奥尔迦、二姐玛霞和小妹伊丽娜。她们三人都天资聪颖、勤奋好学,对未来抱有美好的憧憬。然而理想和现实的矛盾使得三姊妹倍感失望。奥尔迦痛苦地意识到自己的青春一去不复返,小妹为未获得诗情画意的生活焦灼不安,二姐则已嫁给一个平庸之辈而无聊度日。五月的一天,伊丽娜迎来了自己的命名日,家中宾朋满座。奥尔迦和伊丽娜共同回忆起往日的生活,她们希望重返莫斯科,重新开始新生活。就在这一天,玛霞移情别恋、爱上了中校韦尔希宁,这使得她在没有爱情的婚姻中看到了希望。这是三姊妹度过的最为难忘的一天。随后,对于三姊妹生活的不幸和磨难接踵而至:刁蛮的嫂子闯进三姊妹的生活,她千方百计将三姊妹逐出家门;玛霞的情人韦尔希宁调防离去,这使得玛霞失去最后一线希望;伊丽娜在万般无奈中,决定嫁给相貌平平的庸俗之辈,但后者又在一次决斗中命丧九泉;莫斯科的未来"新生活"计划也无从实现。最终,奥尔迦拥抱着两个妹妹勉励她们,也在勉励自己:生活并没有结束,大家一定得活下去。

在《三姊妹》这部剧作中,普洛佐洛娃三姊妹的生活遭遇和理想追求具有深刻的寓意。她们的苦闷、彷徨和追求反映了一代青年知识女性具有普遍意义的生存状态。其实,三姊妹的理想生活并非什么奢求,然而这种理想在充斥着庸俗、停滞、愚昧和落后的社会现实中必然地变成了奢望。三姊妹所体验到的与其说是痛苦,不如说是焦虑——一种基于不得真正生活的焦虑。而这种真正的生活又与"家庭"相互关联。为了寻求新的生活,大姐和三妹确定了新的界限或起点——莫斯科。然而生活的逻辑为她们展现的则是一种宿命:她们重新燃起的新生活的希望遂即破灭。她们所有的努力也付之东流,甚至对生活居所现存的权利也岌岌可危。在此契诃夫这部剧作的基调十分阴郁和沉闷。唯一的亮色或许是奥尔迦的勉励:"活下去,生活并没有结束。"后一句话暗示三姊妹希望再现和努力行动的可能。

剧作《樱桃园》

契诃夫1903年写作的《樱桃园》标志着戏剧家创作的最高成就。这部剧作通过一座庄园的衰落史,揭示出俄国封建时代即告结束,新时代即将到来的历史必然性。朗涅夫斯卡娅几年前先后失去了丈夫和爱子,她悲痛难忍,便与情人双双去了法国。在国外期间,朗涅夫斯卡娅将钱财挥霍殆尽,加之又被情人抛弃。她在万般无奈的情形下决定回国,返回故乡的樱桃园。这时,樱桃园已经危在旦夕——由于朗涅夫斯卡娅在国外债台高筑,债主们决定拍卖樱桃园抵债。商人拉伯兴建议朗涅夫斯卡娅将樱桃园建成别墅出租,但是女主人拒不接受,她不想就此毁掉樱桃园。樱桃园最终还是被拍卖了,产权转到拉伯兴的名下。失去樱桃园的朗涅夫斯卡娅并没有先前想象的那样痛不欲生,她此时的心态十分平和,决定再度出国寻找"爱情"。最后,朗涅夫斯卡娅与众人告别,她与兄长此刻十分伤感。然而,年轻一代的大学生特罗菲莫夫和阿尼娅却含笑告别樱桃园。他们高呼:"别了,旧生活"和"新生活万岁"。

《樱桃园》描写了19世纪末、20世纪初世纪之交的俄国社会现实,揭示了在俄国社会的转型期,资本主义经济、文化取代贵族经济、文化的必然过程。在此,樱桃园的失与得、毁灭与再生预示俄国所必然历经的历史进程,而年轻一代对未来新生活的激情和欢呼也表明剧作对俄国未来社会的肯定认同和向往。《樱桃园》的中心事件是由围绕处置樱桃园的不同的态度和行动而展开的。冲突一方的代表是女主人朗涅夫斯卡娅,几年骄奢淫逸的巴黎之旅使得朗涅夫斯卡娅债台高筑、濒临破产,被迫将拍卖最后的财产——樱桃园。在这种困境中,朗涅夫斯卡娅仍然拒绝唯一保全的选择——资本主义方式的经营。她的贵族

"尊严",对传统"诗意"的守护,必然引致她的经济基础和生活基础的全面危机。确实,以朗涅夫斯卡娅为代表的樱桃园的旧主人在新兴资本洪水猛兽般侵袭、冲击之下,已经失去了基本的应对能力。他们作为寄生者的惰性、保守、偏见和空想必然导致他们退出历史舞台。

与朗涅夫斯卡娅形象相对立的则是新兴资产者形象——拉伯兴。出身农奴的拉伯兴精力充沛、务实进取、精明强干、惟利是图。在樱桃园的处置上,他力求以"俗气"的经济原则去颠覆富于"诗意"的贵族幻想。作为贵族阶级及其价值观念的否定者和掘墓人,以拉伯兴为代表的资产者的出现,体现出俄国历史发展的必然趋势。

年轻一代的代表是阿尼娅和特罗菲莫夫。朗涅夫斯卡娅的女儿阿尼娅作为贵族阶级的叛逆者,对父辈的贵族价值观念和生活方式予以彻底的否定。在她身上充满青春理想和蓬勃朝气。阿尼娅毅然决然地与旧生活告别,她渴望新生活,希望在樱桃园的废墟上建立起一座更加美好的樱桃园。与阿尼娅相比,特罗菲莫夫对旧生活的认识则更加体现出理性精神。他对贵族阶级的寄生性、新兴资产者的掠夺本质以及当代知识分子庸俗、市侩习性都持批判态度。这位出生平民的新知识分子明确传达出民主主义思想,他对俄国的未来充满坚定的信念:"幸福来了,它愈来愈近了,我已经听见它的脚步了。"基于此,青年一代形象阿尼娅和特罗菲莫夫成为剧作《樱桃园》形象体系的亮点所在,他们预示了俄国未来发展所借以的生机。

契诃夫戏剧作品的艺术风格主要是基于对欧洲戏剧传统的突破和革新而生成的。纵观契诃夫全部剧本创作,我们可以发现诸多有别于传统戏剧的手法和元素。这种旨在戏剧变革和创新的艺术风格主要体现在以下方面。

第一,戏剧的非情节性。契诃夫的戏剧作品很大程度上摈弃了传统戏剧的情节性(冲突和高潮)要求,旨在实现戏剧程式的"散文化"。也就是说,在契诃夫的剧作中,戏剧冲突已经退居到了第二位,在这类戏剧高潮不加明确的剧作中,戏剧主题的建构依赖于对原生态的"生活流"的展示,借助戏剧场景、人物情绪、潜台词以及各类舞台手段——哑场、道具、布景、音响和灯光等得以揭示出来。须指出,这与契诃夫的戏剧理念是一致的:"不需要任何情节。生活里没有情节,其中一切都是混杂着的。"

第二,戏剧的抒情性。与戏剧的非情节性相应,契诃夫的剧作有诸多抒情因素。这种抒情气氛的营造借助于上述各类舞台手段,而语言(台词)的文本和句型在此则具有决定性影响。契诃夫剧作的抒情性源自剧作家对世纪之交急剧动荡的俄国社会情势惊心动魄的感知,源自对新生活的激情和信念。

第三,戏剧的象征性。契诃夫剧作的象征性首先表现在其作品的名称上,如《海鸥》——人格化的海鸥揭示了与主人公相关联的特定因素,象征着拼搏、自由、广阔空间;《樱桃园》——象征祖国和家园;其次,具体舞台手段方面,如《樱桃园》中砍伐樱桃树的声音象征一部历史的丧钟已经敲响。另外,在人物体系方面,万尼亚舅舅的遭遇象征一代知识分子的弱点和悲剧,而三姊妹则象征对男权社会的妥协和失望的女性。通过象征手法的运用,契诃夫戏剧在两个语义层面都获得表义效果,从而使得作品主题容量大为拓展。

总之,契诃夫继承欧洲和俄国戏剧艺术传统,在此基础上对戏剧传统结构手段完成了具有现代性的变革和创新,契诃夫的戏剧艺术成就使得现实主义戏剧呈现出开放性特征。它对 20 世纪俄国现代戏剧和欧洲现代戏剧的沿革具有十分重要的作用和影响。

第四章 20世纪俄罗斯文学

20世纪俄罗斯历史是一个多灾多难的时代：1914年的世界大战、1917年的两次革命、三年的国内战争、30年代的农业集体化、移民和大清洗、卫国战争、三次流亡、1991年苏联解体等。这些社会的变革和动荡不但使得俄罗斯人民的历史命运变得复杂和多变，也影响到俄罗斯文化和文学的发展进程。20世纪的俄罗斯，由于文化空间长时期内成为意识形态的试验场，这就使得这个世纪俄罗斯文学的发展尤为曲折和艰难，形成了诸如"苏维埃文学"、"俄罗斯侨民文学"、"地下文学"等在世界文学史上独一无二的现象，俄罗斯文学经历了一个在文学流派、思潮，创作方法、风格等方面从"多元化"到"一元化"，然后再到"多元化"的发展过程。

19世纪末20世纪初的两个世纪之交，是俄罗斯历史和俄罗斯社会的一个转折时代，也是俄罗斯艺术文化发展的一个特殊的时期。有人称之为"俄罗斯文化复兴时代"，有人称之为"白银时代"。这个时期俄罗斯文学发展是各种文学流派和思潮共同存在，各种创作风格的作家争相发展的多元时期。既有现实主义作家的创作，又有象征主义、阿克梅主义、未来主义、新古典主义、现实主义和现代主义结合的创作。总之，这个时期的文学流派和风格各异，题材和体裁繁荣，呈现出俄罗斯文学发展的一种新貌和风采。

1917年十月革命后，尤其是20年代苏维埃官方用行政干预的手段解散各文学社团和文学流派的活动，把社会主义现实主义定为官方倡导的唯一的文学创作方法。于是，世纪之交的俄罗斯文学发展的多元局面顿时消失，变为社会主义现实主义文学——苏维埃文学一元发展的局面。苏维埃文学是苏维埃时代的历史产物。它在自己的产生和发展的过程中，一直受到苏联官方的意识形态和苏维埃国家的政治干预。

从20世纪80年代中期开始，俄罗斯文学开始发生变革。随着官方意识形态控制的减弱、书刊审查制度的取消、"异样文学"获得合法地位、大量的"侨民文学"和被禁文学的回归，苏维埃文学在俄罗斯大地上日益失去了一统天下的局面，俄罗斯文学又渐渐从"一元"发展变为"多元"发展，俄罗斯文学呈现出各种文学流派、思潮、现象共同存在、争相发展的局面，不同群体、风格和流派的作家摆脱官方意识形态的干预，开始独立的审美探索，实现对艺术的独特追求。

（一）20 世纪俄罗斯诗歌

第一节　20 世纪俄罗斯诗歌发展概述

19 世纪末 20 世纪初，俄罗斯文学迎来了其历史发展的又一次繁荣，诗歌则是其中一片最为耀眼的天地。与普希金、莱蒙托夫等人在 19 世纪初叶造就的"黄金时代"相对应，文学界形象地称这个时期为"白银时代"。这种繁荣景象的形成一来是顺应了文学发展起落交替的自然轨迹，二来是借助于世纪转换时代的复杂文化氛围。当时在思想界、文化艺术界普遍地弥漫着一种强烈的"世纪末"情绪，一些重大历史事件的相继爆发又增加了人们的震惊和迷茫，从哲学到文学，从宗教到艺术，都不由自主地为寻求命运的出路而努力。这种繁荣景象的表现首先是流派争鸣及其发展更迭。诸多流派之间不仅相互对立和排斥，而且相互继承和渗透，他们用各具特色的声部组成了整个时代汹涌的大合唱，也使 20 世纪俄罗斯文学第一次以多元化的风貌展现出来。

这一时期诗歌发展的最主要特征是现代主义各流派的先后涌现，其中规模较大的有象征派、阿克梅派和未来派等。

象征主义在三大流派中首先崭露头角，它也是其中历经时间最长、发展最为完整，影响最为深远的诗歌流派。它的产生主要受到西欧尤其是法国象征主义的影响，同时又是在继承 19 世纪俄罗斯诗歌传统的同时"反叛"而出的一个新流派。康德、叔本华、尼采等人的唯心主义哲学是俄罗斯象征派成员共同的思想源泉。从成员构成来看，俄罗斯象征派诗人通常分为"年长一代"和"年轻一代"。"年长一代"包括 B. 勃留索夫（1873—1924）、З. 吉皮乌斯（1869—1945）、Ф. 索洛古勃（1803—1927）、К. 巴尔蒙特（1867—1942）、И. 安年斯基（1855—1909）等；"年轻一代"包括 А. 勃洛克、А. 别雷、В. 伊万诺夫（1866—1949）、С. 索洛维约夫（1885—1942）等。

俄罗斯象征派从一开始就十分注重自己的理论建设。1890 年，Н. 明斯基（1856—1937）发表《在良心的照耀下》（1890）一文，宣扬反对艺术的"功利性"，成为象征主义思潮的发端。1893 年，Д. 梅烈日科夫斯基（1865—1941）发表《论现代俄罗斯文学衰落的原因和新的流派》（1893），将新艺术的主要特点归结为"神秘的内容、象征和扩大艺术感染力"，它被视为象征派的诗学理论宣言。此外，19 世纪 90 年代的文章还有 В. 索洛维约夫（1855—1900）的《自然中的美》

(1889)和《艺术的一般意义》(1890),他被视为俄罗斯象征派美学、哲学思想的先驱。1894年,勃留索夫创办并作为主要撰稿人出版了辑刊《俄罗斯象征主义者》(1894)的第一辑,辑刊的前言阐述了他的象征主义主张,成为俄罗斯象征派正式登上舞台的标志。到了20世纪初,别雷、B.伊万诺夫等"年轻一代"理论家的加盟,又为象征主义理论体系添加了浓重的一笔,他们把"年长一代"所认为的象征主义是一种创作方法,推进为象征主义是一种世界观,把"年长一代"的"颓废"调子抛去,代之以精神改造世界的积极态度。

象征派理论家或诗人的艺术观点并不完全一致,有时甚至具有矛盾性,但他们有着一个基本认同的诗学、美学原则。这些原则包括:艺术是以非理性的方式对世界做出的理解,是透过外部表征豁然领悟内在本质的可能性;诗是非语言所能表达的密码,是诗人心灵活动的表现;象征是表达某种现象之实质的诗歌形象,它用来传达个性化的、常常是诗人瞬间的感受,它是"通往无限的窗口",具有隐含的、无尽的多义性;象征主义作品的读者是另一个创造者,他将通过最细腻的心灵活动和作者一起来感悟世界;"音乐精神"是世界的本质和创作的原动力,音乐是达到完美境界的重要手段,是最具魔力的艺术,它最理想地表达象征,因此要最大限度地使用音响和节奏手段以使诗歌富有音乐性。

象征派的每一位成员均在创作实践方面显示出独特的个性魅力。勃留索夫是象征派的领袖,始终坚持艺术的独立性。他的早期作品消极颓废情绪较重,沉浸在"我"和"艺术"之中,如诗集《这是我》(1896)。20世纪初起,诗人的创作思想发生变化,尤其是1905年革命,使他转向相对积极的人生哲学,诗歌中出现历史、城市等更加"现实"的主题,但是仍以诗人的个人体验为表达对象,如诗集《第三警卫队》(1900)、《致城市与世界》(1903)、《花环》(1906)。在诗歌创作方法上,他既积极模仿和借鉴法国象征主义的经验,又重新挖掘和学习本国诗歌大师费特、丘特切夫的创作技巧,在诗歌中充分运用暗示手法,通过对细微情绪、瞬间感受的描画,表达对存在的灾难感和宿命感。

巴尔蒙特在早期创作中同样表现了世纪末的悲观色彩和消极情绪,他也同样善于捕捉瞬间的感受,作品体现出象征、朦胧的印象主义特色,如诗集《在北方的天空下》(1894)、《在茫茫中》(1895)、《静寂》(1898),等等。也是从20世纪初起,巴尔蒙特的诗歌变得明快、乐观。诗集《燃烧的大厦》(1900)、《我们将像太阳一样》(1903)中许多诗作对"火"、"太阳"和"光明"的塑造和追求,以及他的做"纯正"抒情诗人的理想,使他被誉为"太阳诗人"。巴尔蒙特诗歌创作的另一成就是对诗歌音乐性的开掘,他尝试用各种方式使诗歌"外在地表现有节奏语言的内在音乐",因此被称为"俄罗斯的帕格尼尼"。

索洛古勃的诗歌作品通常以象征形象描写现实生活的恐怖和可恶,又在字里行间流露出理想世界的神秘和魅力。正是因为陷入这样一种难以自拔的矛盾，他的作品具有浓厚的悲观主义色彩。他的抒情诗题材较为狭窄，风格也较为单一，"死亡"和"魔鬼"是他诗歌创作的重要主题，他的诗集代表作是《火环》(1908)，诗歌结构严谨，语言简练，富有节奏感。他还以长篇小说《卑微的魔鬼》(1905)而闻名。

吉皮乌斯是象征派中最著名的女性代表，她是梅烈日科夫斯基的妻子，与丈夫一起宣扬象征主义的"新宗教意识"。她的诗歌创作同其他"年长一代"诗人一样表现想象中的非理性世界，描绘爱情、死亡和孤独主题。她善于敏锐地传达出心灵之声，非常讲究语言的音乐性，《歌》(1893)、《爱——有一没有再》(1896)等诗歌作品唱出了她的"心灵的祈祷"。

"年轻一代"象征主义者的创作基本上是从1900年以后开始的，他们的文学成就总体来讲超过了"年长一代"。他们在很大程度上受到宗教哲学家和诗人 B. 索洛维约夫的影响。索洛维约夫思想体系的核心是"索菲娅"说，索菲娅是集善、爱、美于一身的"永恒女性"，具有深邃的智慧和无比的神力，她代表着一个统一的"世界心灵"，保卫着宇宙和人类。这个"永恒女性"成为"年轻一代"象征主义者的艺术观念基础和诗歌形象基础。20世纪初紧张的社会斗争和思想氛围迫使"年轻一代"注意到当下的和历史的问题，他们由沉浸于个人心理感受转向关注俄罗斯命运、人民的生活和革命的进程。但是这些物质世界的现象更多地体现为他们意识领域的象征。他们解决个人命运、俄罗斯命运、乃至整个世界命运的途径是索洛维约夫那种"启示录"式的拯救，是在消灭了时间感的、因善战胜了恶而迎来美的"永恒世界"里建立神权统治，是创造人类和解的精神圣殿。索洛维约夫诗歌中雾、雪、风、朝霞、晚霞、疯狂、永恒等主题形象带有神秘主义的色彩，进入了"年轻一代"诗歌创作的形象体系。

在"年轻一代"象征主义者当中，别雷以"艺术的革新者"而引人注目，他是一位具有世界性影响的诗人和作家，勃洛克以其卓越的诗歌成就而被同时代人视为"象征主义第一人"，而 B. 伊万诺夫在神秘主义和"通灵术"方面走得最远，他试图通过"神秘宗教仪式"来体现"集结性"思想，从而建立一个大同的世界。伊万诺夫的诗歌作品倾向于使用古代诗歌语言和形式，内容具有很强的宗教性。

1910年前后，象征派内部发生严重的分裂，其主要原因是对艺术的性质和作用的不同看法。象征主义者所追求的宗教神秘主义也遭到了新兴的阿克梅派和未来派的反对，他们从外部对象征派产生强烈的冲击。

1910年，诗人 M. 库兹明(1872—1936)发表《论美妙的清晰》(1910)一文，率先主张以"清晰"取代象征主义的"迷雾"。1913年，H. 古米廖夫、C. 戈罗杰茨基(1884—1967)分别在《阿波罗》杂志上发表《象征主义的遗产与阿克梅主义》和《当代俄罗斯诗歌的若干流派》(1913),标志了阿克梅派的诞生。

这一流派的名称包括几种不尽相同的含义:希腊语的"顶峰"、"尖端"(акме);代表坚定而明确的生活观的"亚当主义"(адамизм);崇尚美妙的清晰感的"清晰主义"(кларизм)。这几种含义从不同侧面表达了阿克梅主义的艺术主张:从关注未知而神秘的"彼岸世界"转向美与丑并行、有着"形式、重量和时间"的"此岸世界";从探求词语隐含的意义回到其实际意义;观察事物要清楚明晰,语言形象要精确凝练;研究的对象不是世界观,而是审美趣味和修辞的完美。

阿克梅主义从象征主义所强调的精神性和抽象化回到了质感性和具象化,这的确是对象征主义的一种反叛。然而他们眼中的"物性"世界并不是充满矛盾斗争的社会现实,他们所着力反映的仍是"人"这个小我的现实,只是在表现手段上加以改造,一反象征派的混沌多义而用细致准确的描述反映人的内心世界、人的肉体感受和对生与死的认识。他们也同象征主义一样,拥护"艺术至上论",承认艺术的本体地位和艺术家的作用。从这两点来说,阿克梅主义又是沿袭了象征主义,其成员也承认象征主义是它"当之无愧的父辈"。

作为一个文学流派,阿克梅派有"诗人行会"这样一个组织,有《阿波罗》杂志这样一个阵地,成员有古米廖夫、戈罗杰茨基、阿赫玛托娃、曼德尔施塔姆、В. 纳尔布特(1888—1938)、Г. 伊万诺夫(1894—1958)等人。但是尽管如此,这些成员并没有一致而又一贯地从理论和实践两方面捍卫和遵守自己流派的主张,相反的,更为引人注目的是他们的诗歌题材、视角和风格的各不相同。

戈罗杰茨基对古斯拉夫神话和传说有着浓厚的兴趣,1907年先后出版了以古斯拉夫多神教神话为基础的诗集《春播》(1907)和《雷神》(1907),对原始人的野性力量和大自然的威力进行了诗意的描绘。古米廖夫早期热衷于对尼采式超人的赞美,这体现在1905年出版的诗集《征服者之路》中。1908—1912出版的诗集《浪漫之花》、《珍珠》和《异国的天空》又以浓重的修辞和装饰画笔描写着异国风情,似乎以此来展现他心目中的理想现实。曼德尔施塔姆选择了对"活的词语"的开发和对不同历史文化间的比拟,1913年出版的诗集《石头》和1922年出版的诗集《Tristia》,都注重实实在在的时间感和空间感,让声音清晰可闻,让力量掷地有声。阿赫玛托娃的早期诗歌则是从女性的视角,建立起独特而又丰满的"室内乐"和"小世界",1912—1917年出版的诗集《黄昏》、《念珠》和《群飞的白鸟》,通过对种种具象的高度浓缩的描绘,衬托出抒情主人公紧张复杂的心理感受。

阿克梅派诗人虽然没有从美学上提出全新的见解,但是在诗学上取得了不容忽视的成就。其诗歌作品既表现出"图示般丰富多样的形象和以线条、色彩、形式构筑而成的精巧的视觉印象"①，又继承了象征派所追求的音乐感，只不过不再因为强调音的"魔力"和流畅的旋律而忽视词本身的意义，并且以更富有弹性的节奏感震撼人的心灵。

在俄罗斯象征主义发生危机的时期，同阿克梅派一起产生了未来派。这一流派自成立之初就缺乏一个团结的中心和统一的纲领，它仅以四个分支或小组的形式登上舞台。一是"自我未来派"，代表人物有 И. 谢维里亚宁（1887—1941）等人，其标志是谢维里亚宁于 1911 年在彼得堡发表的《自我未来主义的开场白》(1911)；二是接近自我未来派的"诗歌顶楼派"，成员有 B. 舍尔申涅维奇（1893—1942）等；三是"离心机派"，加入者有帕斯捷尔纳克、H. 阿谢耶夫（1889—1963）等人；四是"立体未来派"，由 Д. 布尔柳克（1882—1967）、A. 克鲁乔内赫（1886—1968）、B. 马雅可夫斯基、B. 赫列勃尼科夫（1885—1922）、B. 卡缅斯基（1884—1961）等诗人组成。前三个分支存在的时间都很短暂，总体成就不大，未来主义特征也不十分明显，只有自我未来派的谢维里亚宁较有影响，他的"纯抒情诗"风格在当时很受欢迎，作品有《鼎沸的高脚杯》(1913)、《金竖琴》(1914)、《香槟中的凤梨》(1915)等。真正代表俄罗斯未来主义的是"立体未来派"，其成员于 1913 年共同出版了文集《给社会趣味一记耳光》，它成为该流派的宣言，此外，在 1910—1916 年间还出版了一系列体现该派理论原则的诗集，如《审判官的陷阱》、《瘦月亮》等。

立体未来派的最大特点就是既反对一切传统文化和文学先驱，反对同时代的所有其他流派和作家，也反对资产阶级文明和道德传统。他们将注意力集中在现代城市的喧嚣和混乱上，表现出反审美主义倾向。这种对技术进步和机器文明的兴趣与意大利马里内蒂为代表的未来主义有着渊源关系，但是与后者不同的是，他们"不是寻求人的机械化，而是歌颂战胜自然的人"，因为"机器在社会中起到革命的作用"，所以要把它"反映到艺术里去"②。立体未来主义认为机器的轰响和城市的能量能够推动人类去征服时空，从而创造一个崭新的未来世界。这是与象征主义那种通过对彼岸的神往来拯救堕落的现实完全不同的艺术观。不过，也有一些立体主义者认为现实是不可知的，因而混淆了艺术与现实的界限。

立体未来主义者自称是唯一的艺术创造者，他们倡导语言革命，主张打破词语的"思想枷锁"，大胆臆造新词和派生词甚至仅有原始声响的"无意义语言"

---

① B. 日尔蒙斯基：《克服了象征主义的人们》，莫斯科，1998 年，第 30 页。
② G. M. 海德：《现代主义》（胡家峦等译），上海外语教育出版社，1997 年，第 236 页。

(заумь)，在诗歌中引进"电报式"句法，运用符号、图饰、笔迹等非语言因素，冲破传统的格律和格式，开发新的诗歌形式，因对先锋派绘画艺术的青睐而喜欢制造特殊的视觉效果。这样一些标新立异的表现在赫列勃尼科夫的《笑的咒语》(1910)，克鲁乔内赫的《化装膏》(1913)，卡缅斯基的《康斯坦丁堡》(1913)等诗歌中可见一斑。

未来主义在崇尚文化虚无和追求古怪新奇方面有其极端性，但是他们的诗歌探索还是颇有成就的。他们对民间生活的介入和广泛的诗歌题材得到了高尔基的肯定。马雅可夫斯基、赫列勃尼科夫、卡缅斯基等诗人在诗歌语言和形式方面的实验探索，对日后的俄罗斯诗歌发展和形式主义文艺理论研究产生了很大影响。

上述三大现代主义诗歌流派是19世纪末20世纪初最为醒目的文学现象。但是，我们必须指出，尽管这些流派对这一时期诗歌艺术的发展起到极其重要的作用，然而却不能代替这一时期诗歌艺术发展的全貌。在这些重要流派之外，还有一些潮流和倾向也值得关注，它们和现代诗歌流派既存在相互联系，也时常矛盾对立，构成了时代的独特风貌。

著名的"知识派"诗人布宁以他的哲理抒情笔触，出色地继承和发展了传统现实主义诗歌艺术。高尔基的早期诗歌作品体现了浓郁的浪漫主义激情。茨维塔耶娃、霍达谢维奇(1885—1939)、沃洛申(1877—1932)等诗人的艺术主张和艺术实践或多或少与象征派或者阿克梅派相接近，但又以独特方式接近于古典诗歌传统。

与此同时，无产阶级文学也崭露头角。职业革命家 Л. 拉金(1860—1900)1896年创作了歌曲《同志们，勇敢地前进》，Г. 克拉日扎诺夫斯基(1872—1959)创作了《华沙革命歌》(1896)，一些工人出身的诗人如 E. 涅恰耶夫(1859—1925)、Ф. 什库廖夫(1868—1930)等在20世纪初也创作了许多反映工人生活和斗争的诗歌作品。无产阶级革命诗人杰米扬·别德内依(1883—1945)的政治讽刺诗和寓言诗，以尖锐夸张的笔触和揭露批判力量，出色地配合了革命斗争的政治宣传需要。

此外，在这个星光熠熠的"白银时代"，还活跃着以 H. 克留耶夫(1884—1937)、C. 克雷奇科夫(1889—1937)、叶赛宁为代表的"新农民诗人"。他们虽然没有固定的组织和一致的思想主张，但是他们都把目光集中于乡村，特别是对俄罗斯古老的宗法制生活里蕴涵的东正教、多神教、古斯拉夫神话和民间口头文学传统抱有浓厚兴趣，他们对"人间天堂"的乌托邦幻想和追求，使其在思想和艺术上与象征派等现代艺术相接近。

十月革命以及后来苏维埃政权的建立，使俄罗斯诗歌同其他艺术种类一样,发生了巨大转变。在相当长时期内,前一阶段所积累的大量艺术经验被当作腐朽意识形态的残余受到排斥,对于诗歌主题和形式的热烈探索很快消退,受主导意识形态影响,以为明确的内容寻找清晰的表现形式,"为大多数人理解和接受"成为艺术的主要信条和评价标准。但这并不等于说诗歌艺术发展就此停滞不前,而是在不同时期有着不同的发展。总的说来,这种发展很不均衡,也不平稳。

在革命后的初期,诗歌活动空前繁荣,这一方面是由于诗歌可以最敏锐和及时地反映时事变化,另一方面国内战争的困难环境(如缺乏纸张和出版困难),也促成了诗歌——这个较少使用甚至不用纸张就可以与广大群众见面的艺术种类的发展。同时我们也应该看到,在这个大转变时期,人们的情绪十分亢奋,众多文化速成班培养出来的大批文学青年,其中有的直接成为庞大创作队伍中的一员,绝大多数的则成为广大的文化消费者。这一时期的创作虽然活跃,但是却参差不齐,良莠杂陈。

十月革命后,象征派、阿克梅派由于其主要代表人物的移居国外或者相继去世而风光不再,而无产阶级诗人、新农民诗人以及未来派诗人在革命后一段时间内表现出高昂的创作激情。

在无产阶级诗人中,别德内依的影响和作用最为巨大,"拉普"曾经把"诗歌的杰米扬化"作为新诗歌的主导方向。他为大众创作了许多革命歌曲的歌词,他的长诗《关于土地、关于自由、关于工人的命运》(1917)和《主要街道》(1922),质朴粗犷,深受当时大众的喜爱。工人出身的 A. 加斯捷夫(1882—1941)、B. 基里洛夫(1889—1943)、M. 格拉西莫夫(1889—1939)等诗人的创作,思想上明显受到"无产阶级文化派"的影响,而艺术上则让人感受到维尔哈伦、惠特曼以及勃留索夫等人所代表的象征派和浪漫派艺术的影响,在颂扬工人阶级的胜利、宣扬世界革命乃至宇宙革命的同时,又存在着鼓吹文化虚无主义和夸大"钢铁"力量的倾向,基里洛夫的《我们》(1919)在表现"劳动大军"的自豪之情之后,写下这样的诗句:"为了我们的明天,让我们烧毁拉斐尔,/ 砸烂博物馆,践踏艺术的花朵。"他们中的大多数人后来离开了诗歌创作,有的人则因"极左倾向"而受到批判。

新农民诗人在革命初期曾经热烈拥护革命,认为革命将会实现他们梦寐以求的"庄稼汉的天堂"。C. 叶赛宁在《伊诺尼亚》(1918)、《约旦河的鸽子》(1919)、《天上的鼓手》(1919)等作品中欢呼"地上和天上的革命万岁"。但是后来形势的发展和他们的理想相差越来越远。叶赛宁一度情绪颓废,而克留耶夫创作中宗教神秘情绪愈发浓厚,克雷奇科夫则沉湎于诗化大自然的幻想。

20 年代在俄罗斯诗坛最为活跃的是未来派以及创作倾向与之相接近的若

干团体,其中以马雅可夫斯基为核心的未来派团体影响最大。由于他们曾以《列夫》(《Леф》,"左翼艺术阵线"俄文简称音译)杂志为主要阵地而被称作"列夫派"。他们号召向旧艺术宣战,为新生活寻找新的语言艺术形式,主张把艺术和生活结合起来,以"生产热情"来满足"社会订货",突出文学的宣传功能。这些主张中有合理的成分,也有庸俗社会学成分。他们的创作活动在不同时期曾经受到酷爱古典艺术的列宁等人的批评,也受到"拉普"分子的排斥和打击。但是后来在有意尽量缩小马雅可夫斯基的现代派艺术的"形式主义""错误"之后,马雅可夫斯基的创作成为苏联诗歌的一个重要传统。

与"列夫"艺术主张相接近的文学团体还有1924年成立的"构成主义文学中心"(Литературный центр конструктивистов),成员包括 И.谢利文斯基(1899—1968)、В.英贝尔(1890—1972)以及后来加入的 Э.巴格里茨基(1895—1934)、В.卢戈夫斯科伊(1901—1957)等人。他们倾向于用工业技术手段组织艺术,把小说技巧、特殊语汇(行话、黑话等)引入诗歌,追求叙事性和情节性。

20年代后期至30年代初期还有一个现代派的小团体——"奥贝利乌"(ОБЭРИУ),即"现实艺术协会"(Объединение Реального Искусства)俄文缩写,后面加上一个没有意义的、令人发笑的"У",成员包括 A.维登斯基(1904—1941)、Д.哈尔姆斯(1905—1942)、H.扎鲍洛斯基(1903—1958)等。他们所说的"现实"艺术,不是现实主义艺术,而是"除去文学和日常生活外壳的具体物品",他们的创作体现出怪诞、荒诞、反逻辑的艺术特征。30年代初一些主要成员遭到逮捕,之后转入儿童文学创作。只有扎鲍洛斯基在经历长期磨难后仍然留在诗坛,写下许多发人深省的作品。

20年代中期,苏联长诗创作取得很大成就,特别是以历史人物和真实事件为基础的作品,如马雅可夫斯基的《列宁》、《好!》,叶赛宁的《安娜·斯涅金娜》、《伟大进军之歌》,帕斯捷尔纳克的《1905年》、《施密特中尉》等,这些作品在叙事同时突出了抒情因素,个人与群众、个人与历史常常成为诗人思考和表现的核心主题。

在20年代后期以及30年代初期,一批新诗人步入文坛,给诗歌创作带来新的气象,这其中尤其是以一些以农村生活为主要创作主题的诗人最为耀眼,如 M.伊萨科夫斯基、A.普罗科菲耶夫(1900—1971)、A.特尔多夫斯基等。他们不像其文学前辈那样感伤"钢铁客人"导致农村旧有生活秩序被破坏,走向没落,而是以新生活的代言人和歌手的姿态,讴歌生活的新变化。特别是伊萨科夫斯基及其同乡、自称是其学生的特瓦尔多夫斯基,更是构成了农村诗歌中的新流派——斯摩棱斯克派,这一流派主张向19世纪诗人涅克拉索夫流派学习,向民间文学传统学习,情调明快流畅,语言通俗易懂,形式质朴清晰,主题、形象鲜明。

М.伊萨科夫斯基(Михаил Васильевич Исаковский,1900 年 1 月 19 日出生于斯摩棱斯克省格洛托夫卡村,1973 年 7 月 20 日逝世于莫斯科)出身农民家庭,由于家境贫寒患有眼疾,所受教育不多。14 岁时开始发表诗作,但直到 1927 年,他的诗集《麦秸中的电线》(1927)才使他真正成名,高尔基称他是"一个懂得城市和农村是两个无法单独存在力量的新人"。诗人伊萨科夫斯基敏锐地捕捉到生活变化的明显特征,故乡的一切平淡而美好,新生活的气息就像给房舍带来光明的电一样来到家家户户。长诗《四个愿望》(1936)描绘了旧农村的生活的艰难。《离去之诗》(1929)叙述告别个体经营、加入合作社的小农户的心声。他在 30 年代所写作的许多抒情诗被谱写成歌曲,广为流传,如《告别》(1936)、《有谁知道他》(1939)、《喀秋莎》(1939)等。这些作品朴实生动,带有某些故事性,有时又略带幽默。《喀秋莎》是他的最成功的作品之一,诗中描写了忠实于对一个边防战士的爱情的农村姑娘喀秋莎,她的抒情形象和春天迷人的景象融为一体,亲切感人。卫国战争期间,他先后创作了《灯光》(1942)、《在靠近前线的森林里》(1942)、《敌人烧毁了故乡的房屋》(1942)等作品,表达了对故乡、亲人的爱和对法西斯的仇恨。战后所写的《候鸟飞去》(1948)是真挚的爱国之情的写照。晚年所写的风景诗《在秋日》(1967)把物候与人的心境结合起来,坦然地面对生活。

А.普罗科菲耶夫虽然算不上严格意义上的农民诗人,但是他的确是以创作农村题材作品而成名的,他早期的许多作品赞美了北方的拉多加湖地区的自然景色和淳朴的人民。而特瓦尔多夫斯基的《春草国》则被看作是肯定和歌颂农业集体化的一部典范作品。

30 年代诗歌的一种特殊体裁——歌词创作成绩斐然。虽然伊萨科夫斯基的许多作品被谱写成歌曲,但是他的绝大多数作品并不是专门为歌曲创作的。而另外一些诗人则主要被看作是歌词作者而闻名。如 А.苏尔科夫(1899—1983)、В.列别捷夫-库马奇(1898—1949)等。

列别捷夫-库马奇曾经为多部电影主题歌创作歌词,比较知名的有为影片《快乐的人们》所创作的《快乐的人们进行曲》(1934),为《大马戏团》所写的《祖国之歌》(1935),此外还有二战前写下的一些"国防"歌曲,如《假如明天是战争》(1939)。特别是《祖国之歌》写得庄严豪迈,动人心魄,曾被视为是苏联"第二国歌"。卫国战争刚一爆发,他便创作了歌词《神圣的战争》(1941)来激发人民的斗志;"让高尚气节的愤怒,/波涛般汹涌沸腾,/这是人民的战争,/这是神圣的战争!"这首歌成为战争期间苏联人民最为熟悉和最受鼓舞的歌曲作品。

20—30 年代苏联社会特殊的历史形势也使另外一些诗人的生活与创作发

生了很大变化。侨居国外的茨维塔耶娃在许多作品中表达了远离祖国的伤感之情,特别是在她 1931 年创作的《祖国》中突出体现了难舍难离的思乡之情。帕斯捷尔纳克在 20 年代初从诗集《我的姊妹——叫生活》开始,已经与早期过度追求奇异和深奥的诗风有所变化,这一点在他的诗集《第二次诞生》和《在早班列车上》表现尤为明显。阿赫玛托娃在 30 年代后期创作了其不朽之作《安魂曲》,成为那个时代的真实历史的见证。还有一些诗人由于各种政治原因而受到不公正对待,被捕入狱,甚至被杀害,如曼德尔施塔姆、扎鲍洛茨基等。

就总体而言,30 年代的诗歌创作从数量到质量远不如同期小说创作,也比不上 20 年代初诗歌创作那样丰富多彩。

卫国战争期间,诗歌创作又重现了十月革命初期的繁荣景象,诗歌创作的数量超过了小说,也受到人们的广泛欢迎。爱国主义、英雄主义和民族团结成为诗歌创作的主旋律,各种诗歌体裁创作都产生了巨大影响力,取得了令人瞩目的成就。

除了大量有很强时效性的政论诗和纪实作品以外,抒情诗、歌曲和长诗创作都留下许多优秀作品。К. 西蒙诺夫的诗作《等着我吧》,如实反映了前线士兵对忠贞爱情的渴望,在献给苏尔科夫的《你记得吗,阿辽沙,斯摩棱斯克的道路》一诗中,抒发了战争初期战士在撤退过程中目睹大好河山沦陷的悲怆之情。А. 苏尔科夫的《窑洞》(1941)描写了严酷战争环境下爱情给战士心灵带来的慰藉。由丘尔金作词、索洛维约夫-谢多伊作曲的歌曲《海港之夜》(1942)虽然是描写战士即将起航,但却没有过度伤感,意境宁静辽远,感情深挚。

在长诗方面,女诗人 В. 英贝尔的《普利科沃子午线》(1943)和 О. 别尔戈丽茨(1910—1975)的《列宁格勒长诗》(1942)记叙了艰苦卓绝的列宁格勒保卫战。女诗人 М. 阿丽格尔(1915—1992)的长诗《卓娅》(1942)以动人的笔墨描写了苏联女英雄卓娅·科斯莫杰米扬斯卡娅短暂而不平凡的一生,并且努力从英雄成长的环境中把她塑造成"时代英雄"。老诗人 П. 安托科利斯基(1896—1978)的《儿子》(1943)倾诉了痛失爱子的伤悼之情。卫国战争期间长诗的最高成就当属特瓦尔多夫斯基所创作的"士兵的书"《瓦西里·焦尔金》。

20 世纪俄罗斯诗歌的最后一次高潮出现在 50 年代中期至 60 年代初期,即所谓"解冻"时期。一批以往受到政治运动冲击的老诗人重返诗坛,焕发活力。一些由于各种原因被打入"另册"的诗人恢复了名誉,其作品开禁,与读者见面。在一批中年诗人继续发挥艺术潜力的同时,一批新人为诗歌注入新鲜血液。虽然从大环境讲,行政命令依然从根本上影响着文坛的走向,但是多少在主题和形式上放宽了某些限制。"诗歌节"(1956 年起)的频繁举办也扩大了诗歌的影响范围。

在老诗人当中，阿赫玛托娃最为耀眼。她在 1946 年受到侮辱性的批判之后，终于在 60 年代获得新生，她不但出版了总结性的诗集《时光飞奔》，而且还完成了以 1913 年彼得堡文学生活为背景的长诗《没有主人公的长诗》，她的声誉驰名世界。帕斯捷尔纳克在 50 年代末期完成了最后一部诗集《雨霁》，以及长篇小说《日瓦戈医生》最后所附的一组意味深长的哲理诗。Л. 马尔蒂诺夫、扎鲍洛茨基的哲理诗受到人们的关注。В. 卢戈夫斯科伊花费十几年完成、由 20 多部长诗组成的巨著《世纪中叶》(1957)对俄罗斯半个世纪以来的艰辛历程和风云变幻做了历史性的回顾，在书的最后表达了诗人对未来道路的乐观情绪。

在中年诗人中，特瓦尔多夫斯基的创作最具有代表性。他的长诗《山外青山天外天》是一部构思独特的抒情史诗，《焦尔金游地府》严厉批判了斯大林主义给苏联社会造成的危害，诗人晚年的一些抒情诗不太涉及重大政治题材，但是不乏生活的睿智。Я. 斯麦里亚科夫(1913—1972)50 年代中期创作的长诗《严峻的爱情》(1956)以及一些抒情诗明显带有为 30 年代的青年们在近乎于禁欲主义的言行举止下所拥有的高尚理想和情操进行辩护的意味。他在 60 年代后期声誉明显提高，他的诗集《俄罗斯一日》(1967)获得了国家奖金，长诗《年轻的人们》(1968)获得了列宁共青团奖金。

这一时期在诗坛上有一批年轻诗人特别活跃，他们中间许多人喜欢在露天舞台、广场上等公众场合朗诵自己的作品，因而有时被称为"舞台诗人"(эстрадные поэты)，又由于他们的作品偏向社会生活，对政治主题和社会生活反应敏感，情绪激烈昂扬，他们的作品有时也被称为"响派"诗歌。这派诗人主要有 Б. 阿赫玛杜琳娜(1937—)、Р. 罗日杰斯特文斯基(1932—1994)、Е. 叶甫图申科(1933—)、А. 沃兹涅先斯基(1933—)等。阿赫玛杜琳娜的诗风明显受到阿赫玛托娃和茨维塔耶娃的影响；罗日杰斯特文斯基则倾向于政论和哲理；叶甫图申科的诗歌曾经风行一时，成为这一诗派的代表人物。他 60 年代初的一些作品迎合了当时批判斯大林和揭露社会阴暗面的社会风潮，表达了青年人中相当突出的"反叛"情绪，如诗作《斯大林的继承者》(1962)和揭露社会反犹倾向的诗作《娘子谷》(1961)等。1963 年，他由于未经官方允许在法国《快报》上发表自传而受到严厉批评，70 年代名气开始下降，80 年代初他又创作了具有相当影响力的长诗《妈妈和中子弹》(1982)等作品，此外还创作了长篇小说《浆果处处》(1982)以及电影剧本《幼儿园》(1983)和《斯大林的葬礼》(1990)。

沃兹涅先斯基出生于知识分子家庭，毕业于莫斯科建筑学院。学生时期曾经与帕斯捷尔纳克交往，一些习作受到后者赏识，但模仿痕迹也很明显。50 年代起创作逐渐独树一帜。他的短诗《戈雅》(1957)突出反映了战争给人带来的苦难和诗人对战争的仇恨，他把童年记忆与 19 世纪西班牙画家戈雅所描绘的屠杀场面留下的印象结合起来，诗歌声音洪亮而震撼人心。作者在作品中独到地使用了许多与"戈雅"发音相近的词汇，如痛苦（rope）、声音（голос）、饥饿（голод）、喉咙（горло）等，增强了作品的感染力。1962年出版的诗集《长诗〈三角梨〉中的40首抒情插笔》使沃兹涅先斯基声名大振，也令舆论界对他毁誉参半。这部诗集中占重要位置的是他一些关于美国题材的作品，这些作品记录了他自己随作家代表团访美所留下的印象和感受。按照诗人的解释，梨的轮廓是金字塔形，也就是三角形。尽管他不同意把它狭隘地理解为"美国地铁里的电灯形状"，但是其中他直接或隐晦地将两大物质强国从诗人视角加以观照，表达出对文化和人的精神前途的忧虑，这一点是确定无疑的。有些作品过于追求奇特的隐喻和联想以及节奏和声音效果，从而影响了人们对作品主题的理解，此外，有些主题和形象还被某些评论家看作是不合时宜的。长诗《奥札》（1964）延续了他对在工业高度发达后人的精神世界健康的担忧，在诗人看来，"所有进步都是反动，/如果人遭到毁灭"。沃兹涅先斯基的诗歌呼应了世纪初俄罗斯未来主义的传统，是"响派"诗歌中最具有革新精神的诗人，他用词大胆，大量使用头韵和近似韵，诗歌节奏变化多端，不仅如此，他还经常把图表、图画、变形字体等视觉因素以及节奏散文等文学因素引进诗歌创作，他的文化影响力一直持续到今天。

继"响派"诗歌兴起后不久，另外一种与之相反的诗歌潮流——"静派"诗歌也悄然出现。其中具有代表性的诗人有B. 索科洛夫（1928—1997）、H. 鲁勃佐夫（1936—1971）、A. 日古林（1930—2000）等。这些诗人的创作风格受到费特、丘特切夫和叶赛宁的影响较大，大都拒绝长篇叙事和政论体裁，而青睐于传统抒情诗创作。他们的作品一般着眼于相对狭小的世界，对社会生活的动荡变迁反应并不敏感，可是对自然风光的描写、对故乡和童年的回忆以及由此引发的叹惋、忧伤、惆怅之情占了很大比重。鲁勃佐夫是其中被人们公认为最有才华的一位诗人。他的《我宁静的家乡》（1964）、《田野之星》（1964）等作品，饱含着对故乡农村田野的无尽怀想和留恋，这一切都成为其精神寄托和灵魂支柱。但是这派诗人的作品后来被认为有题材过于局限，主题不够深刻，视野不够开阔，形式流于保守等缺点。

从70年代开始，俄罗斯诗歌逐渐走了下坡路，缺少有影响力的诗人和作品。然而，某些受到压制和迫害的诗人的"自创歌曲"却在民间广为流传，具有很大的影响，尽管当时的"自创歌曲"处于边缘状态和"地下"状态，也得不到官方的承认。

与30年代的大众歌曲不同，"自创歌曲"（шансон）往往由诗人自己创作并且演唱，伴奏乐器往往只是一把吉他，因而这些诗人有时也被称作"弹唱诗人"

(барды)。这其中比较著名的有 Б.奥库贾瓦、B.维索茨基、Г.加里奇(1918—1977)等。他们的创作比较接近于普通人的日常心态,与社会主流意识形态保持距离,多少受到左琴科传统的影响,把文学传统与城市口头文学结合起来。相比之下,奥古贾瓦更倾向于幻想和哲理,风格轻快,维索茨基则倾向于戏剧性,而加里奇多少具有一些喜剧性,温情和讽刺并存。

加里奇在60年代之前主要是以剧作家而闻名,曾经创作过一些戏剧作品和电影剧本。他在自己的剧作《出征进行曲》(又称《黎明前一小时》,1957)中创作的歌曲《共青团员之歌》曾经风行一时。但是从50年代末开始,加里奇开始写出一些与以往作品浪漫情调有很大差别的"自创歌曲",这些歌曲有的带有现代童话色彩,如《列诺契卡》(1959);有的把通常比较忌讳的集中营题材引入歌词,如《云》(1962);有的描写对普通人的关爱和怜惜,如《大人圆舞曲》(1967);有的则是对不良社会习气的讽刺和揭露。1968年他因写作反对苏联武装入侵捷克的歌曲《彼得堡浪漫曲》(1968)而受到来自官方的压力,特别是由于他与萨哈罗夫等"持不同政见者"的密切往来,而在70年代初被苏联当局驱逐出境。他先后在挪威、德国等地讲学、创作、举办个人演唱会,1977年在巴黎住所由于操作电器失误而意外身亡。加里奇的作品通常是先写出短诗,然后配上简单的曲调登台演出,他不像奥库贾瓦、维索茨基那样具有音乐天才,因而他主要长于语言创作,特别继承了左琴科的幽默和讽刺以及歪用合乎角色身份词语的手法。加里奇的创作直到80年代后期才在国内受到广泛承认和肯定。

在"弹唱诗人"中,最有成就的当属 B.维索茨基。他的诗歌将古典诗歌传统与现代诗歌发展结合起来,是20世纪后期最具有世界影响力的俄罗斯诗人之一。

80年代苏联社会的动荡对诗歌创作没有起到多少积极推动作用。诗歌出版主要为"回归文学"、"白银时代文学"所占据。苏联解体后的社会变革所带来的负面效应,在"强国梦"破灭后的社会情绪低落和大众消费文化的冲击下,诗歌更处于边缘化,到目前仍无明显的复兴迹象。

第二节　亚·亚·勃洛克
(1880—1921)

亚·亚·勃洛克是俄罗斯20世纪伟大的抒情诗人、剧作家、政论家,俄罗斯象征主义文学最光彩夺目的代表。他的诗歌创作不仅体现了他一生的内在精神探索,而且敏锐地捕捉到时代的脚步声,传达出动荡年代的社会风貌。在艺术技巧方面,他的创作也对20世纪的诗歌发展产生了深远的影响。阿赫玛托娃认为,勃洛克是"白银时代"诗人最典型的代表。马雅可夫斯基指出:"勃洛克的诗作标志着一个完整的诗歌时代"。①

生平创作道路

亚历山大·亚历山德罗维奇·勃洛克(Александр Александрович Блок,1880年11月16日生,1921年8月7日去世)出生在彼得堡。他的父亲是法学教授,同时深谙音乐、文学和修辞学,但是因其性格异常严肃、怪异,致使妻子在勃洛克出生之前就离开了他。家庭对于勃洛克的影响主要来自母亲一方,因为勃洛克的童年和少年时代是在外祖父家里度过的。那是一个充满和谐与关爱的贵族知识分子家庭:外祖父是著名的植物学家,曾任圣彼得堡大学校长,与作家萨尔蒂科夫-谢德林和科学家门捷列夫等人过从甚密;外祖母是翻译家,母亲和两个姨妈都热爱文学,喜欢写作,钟情音乐。这样一个充满文化气息和女性温柔的氛围,使勃洛克从小就具备了抒情诗人那种细腻和敏感的心灵。据诗人回忆,他几乎从5岁就开始"写作",并不断地感到心中汹涌着"抒情之波"。②

勃洛克"认真的写作"是从17岁中学毕业之后开始的。1898年,勃洛克进入彼得堡大学法律系学习。这一时期,即1898—1900年,是勃洛克后来象征主义诗歌创作的准备期。俄罗斯古典诗歌那种强烈的浪漫情怀深深吸引着勃洛克,他不但贪婪地诵读茹科夫斯基、普希金、莱蒙托夫、丘特切夫、费特、波隆斯基等诗人的佳作,还在自己的诗歌中频繁地借用他们的主题、形象乃至诗句。勃洛克后来把这一时期的诗歌创作总称为"天亮之前",因为它所传达的是一种模糊不清的希望和幻想,一种对生命的精神支柱的寻求,一种还迷失在"天明前的昏暗"里的感觉。

1901年,勃洛克转入更适合他的文史系学习。这一年,勃洛克开始接触哲学家、诗人B.索洛维约夫的作品,这对他确立自己的写作风格和精神品性产生了重大的影响。他发现自己身上那种难以言表的"启示录"感受(即世界将面临"末日",然后"重生"一个崭新的世界)与索洛维约夫诗歌中的神秘主义体验不谋而合。与此同时,勃洛克还迷恋于柏拉图的"两个世界"理念,他确信还有一种"别样的世界",那里才是"真正的存在",现实只不过是那个存在的尘世投影。勃洛克还坚信,象征"世界心灵"的"永恒温柔"(源自索洛维约夫)降临人间就可以连结"此在"和"彼在"。他把自己未来的妻子柳苞芙·门捷列娃(化学家门捷列夫之女)想象成"永恒温柔"的尘世化身,创作了组诗《美妇人诗集》(1904)。

---

① 张玉书主编:《20世纪欧美文学史》第1卷,北京大学出版社,1995年,第322页。
② 参见《20世纪俄罗斯作家传记辞典》第1卷,莫斯科,教育出版社,1998年,第183页。

这是勃洛克早期的重要代表作品之一。诗人以精美之笔刻画出浪漫而又神秘的爱情旅程,其中既有抒情主人公对女神的忐忑期待、服侍和膜拜,也有对女神出现在尘世并与他会面的怀疑和失望:

> 我走进昏暗的教堂
> 把简朴的仪式举行
> 圣烛摇曳的光影中
> 期待着美妇人降临

(《我走进昏暗的教堂》,1902)

> 我害怕与你相逢,
> 更害怕遇不到你。
> 我于是对一切惊讶,
> 在万物间寻觅踪迹。

(《我害怕与你相逢》,1902)

到了1904年,《美妇人诗集》正式成书出版之时,勃洛克已经发现,世界并没有改变,他所谓的"理想"也并没有出现,他应当从"幻想之梦"转向"生活意识之梦"。这种转变在诗集《岔路口》(1904)中已经初见端倪,在那里,诗人开始迷恋"日常生活中的神秘主义"。1905年俄罗斯革命中形形色色的事件,加重了现实的悲剧性和灾难感,生活、人、俄罗斯、革命开始进入诗人视野,其作品中的"尘世"色彩日益浓重,诗人对个性与时代的联系,个人对时代的责任与义务等问题思考得越发频繁和深刻。不过,这种"尘世"色彩依然是象征主义化的,诗人只是以尘世的价值取代了从前抽象的幻梦。这一时期的重要作品是诗集《意外的喜悦》(1907)。在这部诗集中,诗人的意识向"尘世"的"降落"表现在两个方面,一是从前那个统一的、包罗万象的"美妇人"形象逐步成为近距离的各类女性形象,包括陌生女郎,广场上的妓女,甚至只是迎面走来的女人;二是抒情主人公从原来侍奉女神的骑士变成了夜间餐馆的拜访者,在变幻无常的世界里捕捉"意外的喜悦"的世俗之人。

> 每晚,在约定好了的时间
> (莫非我只是置身在梦乡?)
> 在朦胧的窗口定会浮现
> 身着绸衫的年轻女郎。
> ……
> 那帽上低垂的鸵鸟羽毛,
> 总在我的脑海里摇晃,
> 她那双深邃莫测的蓝眸,

正在遥远的彼岸闪亮。

（《陌生女郎》，1906，顾蕴璞译）

这部诗集对于勃洛克的思想发展和创作道路来说具有过渡性质，它表现出了诗人力求摆脱索洛维约夫的神秘主义却又与之"藕断丝连"，在矛盾中寻找着新的艺术创作途径。这种过渡和转变还表现在这一时期的戏剧创作上，通过《滑稽草台戏》(1906)、《广场上的国王》(1906)和《陌生女郎》(1907)组成的三部曲抒情诗剧，勃洛克对神秘主义者们期待世界变容的奇迹表达怀疑和讽刺的态度。

然而在怀疑和讽刺的同时，诗人却无法确立与自己新的世界观相符合的哲学思想和审美方向，加之与象征主义者队伍中的同仁产生分歧，以及家庭生活的不和睦，形成了勃洛克一生中的"萧条"时期。充满黑暗的"大地"和无限光明的"天空"的混合，造成了诗人精神上的空虚感和绝望感。诗人渴望着"狄奥尼索斯"式的忘我陶醉，以期掩盖世界的丑，压制心灵的痛。他把这种野性的激情投入到了组诗《雪面具》(1908)当中。同时，"俄罗斯"、"祖国"也成为诗人力争走出"萧条"的抒情对象。在收入了组诗《雪面具》的诗集《雪中大地》(1908)里，诗人把现实中充满苦难的祖国与"美妇人"理想、与"世界心灵"、与世界和谐相联系，将个人的情感与民族的情感相呼应，赞颂俄罗斯那不朽的美，并与它一起憧憬着遥远的未来。

俄罗斯，贫困的俄罗斯啊，
对于我，你那灰色的木屋，
你那随风飘动的歌声，
像爱情涌流的最初的泪珠！

（《俄罗斯》，1908，顾蕴璞译）

啊，我的罗斯！我的爱妻！我们深知
旅途是那么漫无边际！
……
我们的路是草原之路，我们的路在无限痛苦中。
在你的寂寞忧愁里，啊，罗斯！

（《在库里科沃原野》，1908，顾蕴璞译）

此外，勃洛克还撰写了大量的政论文章，直接阐述关于人民和知识分子、祖国的命运、艺术的作用等问题的看法，并就这些问题与知识界积极讨论。

这样的努力并没有令诗人充满浪漫期待的心完全平复下来，他仍然处在怀疑、失望和沉思当中。1909年4月，诗人以这样的心情去往意大利。旅行给他带来了一些快乐和兴奋,回国后写下了《意大利组诗》(1909)。诗人一方面否定欧洲文明的僵死氛围,另一方面感到崇高的精神是不朽的,真正的艺术创作可以战胜死亡和时间,从而接近永恒。同年 11 月,勃洛克去华沙探望病危的父亲。此行的印象和感受、对父亲和家庭命运的思考,促成了长诗《报复》(1908—1913)的写作。诗人希望在长诗中以 19 世纪后半叶广阔的俄罗斯现实为基础,展现一个"经历了历史、环境、时代的报复"的贵族之家的兴衰史,但这部长诗直到诗人逝世也没有最终完成。

在即将进入 20 世纪的第二个十年之时,勃洛克愈发强烈地感到要使自己内心里斗争着的理想"天空"和阴暗"大地"达到某种"矛盾中的和谐",要从现实世界和自己心灵的一片混沌之中开采出美来。这种美与和谐不是一种恬淡,不是一种平静,而是两种相反力量进行的斗争,是一种从混沌向和谐的运动过程,过去、现在和未来都彼此相连于这样的运动之中。这就是勃洛克所理解的"音乐精神",一个重要的象征主义诗学、美学、哲学概念。作为一位有责任直面世界的艺术家,勃洛克关注这种斗争,也为这种斗争的艰辛而忧虑,因此他的诗歌作品依然突出悲剧的音调,如组诗《报复》《恐怖的世界》(1909—1916);在正视丑恶现实的同时,勃洛克也展开了对新的生命价值和光明之路的求索,在组诗《抑扬格》(1907—1914)中,诗人对"祖国"这位"新娘"的不变美质和光明未来坚信不疑。

由于一种强烈的阶段感,勃洛克开始对过去进行总结,首先是写了《关于俄罗斯象征主义的现状》(1910)的论文,其中既阐述了自己对象征主义艺术的理解,也提出了象征主义的危机和出路问题。勃洛克还产生了把自己的重要诗歌作品组成一部统一的诗集三部曲的想法,每一卷以极具象征意义的名称清晰地展现出诗人具有"正—反—合"特点的精神探索历程。第一卷为《美妇人诗集》,收入的是 1898—1904 年的抒情诗;第二卷为《意外的喜悦》,收入的是 1904—1908 年的诗歌;第三卷为《雪夜》,收入的是 1907—1916 年的诗歌。后两卷之间在创作时间上有所交叉的部分,主要以题材内容划分。

勃洛克在十月革命前的这段"综合"时期的重要作品还有,反映"喜悦—痛苦"这一象征内涵的诗剧《玫瑰花与十字架》(1913),表现似"音乐与光明的旋风"般的爱情的组诗《卡门》(1914)、《竖琴与小提琴》(1908—1916),以及思考人的使命的长诗《夜莺园》(1915)。其中以长诗《夜莺园》的成就最为突出。诗人在揭示自己的创作意图时曾表示,尽管他"本人曾深深迷恋过夜莺园的美妙歌声",希望在那与世隔绝的歌声中"消解自己的忧愁和对人类命运的担忧",但是人的使命感却不容许他无视"恐怖世界"的声响而沉醉于世外桃源的虚幻幸福。长诗无论在主题、形象、意象上,还是在语言、形式、音乐性上,都充分显示出诗人深刻的思想、独特的视角和高超的诗艺。

勃洛克以极大的热情接受了十月革命,他在其中看到了能够摧毁旧秩序、建立新生活的"人民群众的自发力"。诗人就此写了一篇政论文章《知识分子与革命》(1918),号召人们"以整个身体、整个心灵、整个意识——倾听革命吧!"这种情绪的高潮表现就是长诗《十二个》(1918),它同诗歌《西徐亚人》(1918)一起,成为勃洛克诗歌创作的顶峰和终曲。

长诗《十二个》

长诗《十二个》是勃洛克在彼得格勒武装起义两个月后写成的,从酝酿到搁笔,仅用了 20 天时间。用诗人的话说,它是跟随着灵感的激流和借助了"自然力"的推动一蹴而就。

作品有一个戏剧性的情节主线,即"彼得鲁哈－卡奇卡－万卡"三人因感情纠葛而引发的悲剧故事。与其巧妙地交织在一起的,一方面是十二个赤卫队员在彼得堡大街上雄壮的行进步伐,另一方面是各阶层民众(老太婆、"把鼻子缩进衣领"的资产阶级、神甫、贵太太、流浪汉等)对革命做出的反应,而所有这一切都建立在黑夜里恣意横行的"狂风"、"暴风雪"等"自然力"组成的背景之上。整部长诗情节紧张,气势雄浑,思想性和艺术性均不同凡响。

长诗集合了诗人 1910 年以来创作中的主要主题:人民与革命、知识分子与革命、俄罗斯的命运等,是诗人后期精神探索的延续和总结。在长诗中,人民革命不仅是一种俄罗斯历史现象,而且也是一种宇宙现象,是具有本体意义的"音乐精神"的体现。带着这种观点,诗人将宇宙的激情融入到大地的"自然力"中,以席卷世界的狂风和雪暴传达革命的摧毁力量,表现混沌的旧世界土崩瓦解、荡涤一切的新世界即将生成的运动过程。正因为有这样一层含义,长诗尽管随处可见现实主义的细节真实描写,它仍然是一部有着史诗般广阔的画面和深远的寓意内涵的象征主义长诗。

在长诗中,"黑夜"象征黑暗和腐朽,"雪暴"、"狂风"象征摧毁力量和运动过程中的混乱,白色象征光明和纯洁,"癞皮狗"、"饿狗"、"无家可归的狗"象征行将就木的旧世界,这些形象的象征意义在评论界是基本达到共识的。而对在长诗中间若隐若现,在长诗结尾明确出现的基督形象,评论界素来有着不尽相同甚至相反的理解和评价。我们认为,对这一形象到底有什么具体的象征意义无需做出定论,因为作者本人对它的感受也是模模糊糊却又别无选择的。诗人曾表示,他写下十二个赤卫队员和基督的形象,是跟随着一种内在意识的牵引,这些形象隐藏在一个"巨大的"、"光亮的"、"在前面奔跑着的斑点"后面,它"激动着和吸引着我",①至于"'基督拿着旗子'——要晓得——'既是这样又不是这样'……当旗子随风飘动(在雨中或是在雪中,更主要的——是在夜色的黑暗中),就想到在它的下面有某个巨大的人,曾经和他有关的(他不是举着,不是拿着,怎么样呢——但我不会讲)"。②诗人还曾在笔记中写到这个基督形象是"女性的幻影"。③所有这些都表明,诗人纵贯一生的精神探索并没有因为迎接了十月革命而突然转弯,他虽然看到了推翻专制制度的人民革命是"生活的开端",但并没有看清楚世界的最终拯救者到底是谁,因此诗人走过的精神足迹仍然纠缠在最后这个形象当中,它是作为一种凌驾于人间之上的抽象的力量而存在的。

长诗由 12 个片段组成,每段行数不等,短至 12 行,长至 83 行。诗行的节奏组织十分复杂,总体来说是运用了交错变化的韵律,包括四音步抑扬格,四音步及不同音步的扬抑格(偶见变体),以及三音节诗格的变体等,韵律的使用取决于具有对照性的情节内容、描绘语调和感情色彩。长诗一个最为显著的艺术特征,就是其音乐性,它被认为是象征派诗歌中对音乐性的创造最为深刻和完美的作品。诗人号召人们"倾听革命",自己也是"一面倾听,一面模仿各种声音",④从而准确地传达出了"世界乐队"奏响的雄壮音乐,在这音乐中汇集了革命的呼啸风声、街头巷尾的嘈杂声、新旧世界的搏斗声、旧世界的叹息声和新世界的欢呼声。

与其他注重音乐性的象征派诗歌相比,由于这部长诗的音响和节奏同实际生活紧密相连,因而更加清新凝练、更加绘声绘色、更加富于变化,尤其是其中通俗的民间谣曲与高雅的抒情旋律的有机结合,使长诗具有很强的"交响"性,并且各种声音和语言风格联结得异常自然协调,既符合情感发展逻辑,也不觉随意和凌乱,听到这些声音,就好像置身于风雪交加的彼得堡大街上,置身于各色人群当中:

> 朔风呼呼
> 白雪飘舞.
> 雪的下面是冰碴.
> 滑呀,真难走,
> 每个行人都滑跌——
> 唉,可怜的人行路!

---

① A. 勃洛克:《十二个》(戈宝权译),漓江出版社,1985 年,第 87 页。
② 同上书,第 84 页。
③ 同上书,第 68 页。
④ 《勃洛克文集》(八卷本)第 5 卷,莫斯科,1960—1963 年,第 52 页。

……

　　我们的小伙子们了不起,
　　到赤卫军里去服役,
　　到赤卫军里去服役,
　　要献出头颅去就义!

……

　　嗒—嗒—嗒! 但听得
　　在屋子里不停回响……
　　唯有暴风雪久久地狞笑,
　　在雪地上后合前仰……

……

　　迈着凌驾风雪的轻盈脚步,
　　稀稀落落,似雪花,如珍珠,
　　戴着白色的玫瑰花环,——
　　前面——就是耶稣基督。

（顾蕴璞译）

　　所有这些生动而丰富的音响,经过诗人心灵的冶炼,升华为时代的象征、人民心灵的象征。帕斯捷尔纳克曾说:"勃洛克笔下的彼得堡……同时存在于生活和想象中,难以区分开来,它充满普通日常生活,诗歌中渗透着生活的紧张感和恐慌感,街头响着通用的口语,这些口语更新了诗歌语言。同时这城市的形象是由那样敏感的手挑选的特征所组成,被赋予那样的灵性,使之整个儿变成了一个动人的极为罕见的内心世界现象。"[1]

　　诗人自己也感觉到了《十二个》的宏伟性和创造性,他在写完这部作品时说:"今天,我是个天才。"[2]

第三节　尼·斯·古米廖夫
(1886—1921)

　　尼·斯·古米廖夫是俄罗斯诗歌白银时代的一位杰出的诗人,同时是阿克

---

[1] 转引自杨清容:《〈十二个〉的音乐特征初探》,刊于《外国文学研究》,1985年第3期,第95页。
[2] 转引自A.勃洛克:《十二个》(戈宝权译),第66页。

梅派的组织者和批评家。古米廖夫的命运多舛,他的诗作在苏维埃时代几乎没有见到天日,他本人因莫须有的罪名被枪决。但是古米廖夫那短暂的一生及其鲜明的诗作永远载入20世纪俄罗斯诗歌的史册。

生平创作道路

尼古拉·斯杰潘诺维奇·古米廖夫(Николай Степанович Гумилев,1886年4月15日出生,大约于1921年8月25日被处决)出生于一个海军医生家庭,父亲在他出生后不久退役,全家迁居皇村。古米廖夫在上皇村中学时,中学校长是"皇村最后一只天鹅"——诗人И.安年斯基,后者对他产生了巨大的影响。古米廖夫在学习期间没有表现出过人的天分,但却对冒险、幻想和文学创作十分热衷。1905年出版了第一部诗集《征服者之路》,年轻的诗人渴望树立自我,渴望用"深渊和风暴"的世界和自己"身着铁甲的征服者"面具来对抗平凡人们的世俗生活:"如果星辰没有正午的语言,/那么我就自己把幻想创建/用战斗之歌热恋般使其神往。"

中学毕业后他来到巴黎,在索邦听法国文学课程,研究绘画,从事写作。第一次短暂的非洲之行给他留下不可磨灭的印象,这直接反映在他的第二部诗集《浪漫之花》(1908,巴黎)中的许多作品里,如《长颈鹿》、《乍得湖》,等等。在诗人笔下,长颈鹿在阳光下显露出瑰丽的色彩和优雅的身姿,而曾经阳光灿烂的非洲公主,却在马赛沦落为给水兵跳舞的"玩偶"。勃留索夫和安年斯基对古米廖夫的新诗集予以良好的评价,勃留索夫比较两部诗集后指出他抒情诗创作的"客观性",认为在他的诗中"诗人自己消失在他所描绘的形象背后",他的诗歌"更多的是诉诸视觉,而较少诉诸听觉"[1],安年斯基则指出他的诗集"不仅反映了美的探索,而且反映了探索的美"[2]。

1908年回国后,古米廖夫的文学活动的范围大大扩展,开始在各种杂志上发表诗歌、小说、评论和学术文章,参加各种文学团体和聚会,和С.马科夫斯基创建《阿波罗》杂志(1909),并且开始形成以自己为中心的创作团体,在此基础上1911年建立了著名的"诗人行会"。从1908年至1918年,他先后写下几十篇关于俄罗斯诗歌的评论,这些评论后来被他的朋友和学生Г.伊万诺夫收集在《论俄罗斯诗歌信简》(1923)一书中,被研究者誉为诗人同时代"俄罗斯诗歌生活的活的编年史"[3]。

---

[1] 转引自С.巴文、И.谢米勃拉托娃:《白银时代诗人的命运》,莫斯科,1993年,第142页。
[2] 转引自《古米廖夫选集》,莫斯科教育出版社,1991年,第15页。
[3] Г.弗里德连杰尔:《古米廖夫——诗歌批评家和理论家》,《论俄罗斯诗歌信简》,莫斯科,1990年,第22页。

1909 年 11 月,古米廖夫随科学考察团赴非洲的阿比西尼亚(今埃塞俄比亚)考察当地土著民族的日常生活和民间文学。这对诗人以后的发展产生极为重要的影响,异国情调不再是儿时的梦想,而成为他成熟时期的个人世界观和生活的反映。在那以后,他还曾于 1910 年和 1913 年两度到非洲考察。

古米廖夫把个人的第三部诗集《珍珠》(1910)献给他的诗歌导师勃留索夫,这部诗集表明诗人已经逐渐结束了自己的学习阶段,离开象征主义,走上自己独特的创作道路。用勃留索夫的话来说,在诗歌地图上出现了"古米廖夫国家",在那里"各种现象服从的不是普通的自然规律,而是新的、诗人命令存在的规律"[1]。其中最为成功的是那些描绘"征服者"、"旅行家"、"流浪者"的作品,尤其为评论家看好的是组诗《船长们》,诗人热情赞颂这些"新土地的发现者"不畏风暴、不畏"恶流和浅滩","在扯烂的地图上,/用针标出大胆的航线",而诗人把自己看成是哥伦布、辛巴德、尤利西斯,渴望发现未知的新世界。非洲是诗人毕生钟爱的诗歌主题,贯穿他的整个创作生涯。他的诗集《异国的天空》(1913),其中除了有描述阿赫玛托娃的迷人形象以及对诗人内心生活影响的作品之外,令人感兴趣的便是组诗《阿比西尼亚之歌》(1911)和长诗《发现美洲》(1910)。在 1916 年的诗集《箭袋》中,《非洲之夜》一作里有这样的诗句:"明天我们还会见面,将会知道,/谁能成为这些土地的统治者。/帮助他们的是黑色的石头,/而我们是贴身的金色十字架。"

后来,有人据此认定古米廖夫有明显的殖民主义倾向,与他一贯宣称的"征服者"形象一脉相承。但是纵观古米廖夫的非洲主题创作,我们可以看到他的所谓"征服者"只不过是一个渴望征服时空、克服现实的平庸乏味的探险者,一个未知世界的发现者,他对非洲的大自然和种族充满美好感情,他把自己整整一部诗集《幕帐》(1921)都献给了这一主题。就在《非洲之夜》结尾,诗人写道:"即使明天谢贝利河波涛怒吼,/夺走我临近死亡的叹息,/死去的我将会看见,在苍白的天际/黑色的神与火红的神争斗不息。"

由此看出,"征服者"的情绪和形象在古米廖夫诗学体系中仅是一种象征而已。

在古米廖夫创作《珍珠》的同时,象征主义内部分裂正走向公开化。古米廖夫等人组成的"诗人行会"开始形成自己的创作方针,1913 年,古米廖夫发表纲领性宣言《象征主义的遗产与阿克梅主义》,在这篇宣言中,古米廖夫指出象征主义已经穷尽了其美学潜能,"取代象征派的是一个新的流派,不管它叫什么,叫阿克梅派也好(源自希腊文,意为某物的最高阶段,鼎盛时期),叫亚当派也好

---

[1] 转引自《古米廖夫选集》,莫斯科,1991 年,第 19 页。

(勇敢坚定和明确的生活观),至少比起象征派来,它要求力量更平衡,更准确地了解主客体之间的关系"。古米廖夫明确反对象征主义者们滥用令人头晕目眩的隐喻、极力扩张个体作用的"超人"思想和与玄学的嫁接,认为"无论是把神学降低为文学,还是把文学抬高到神学的金刚石冷宫里,阿克梅派都不愿去做"[①]。在文章最后,诗人提出与阿克梅派最接近的文学理想,是莎士比亚、拉伯雷、维庸和戈蒂耶。

尽管阿克梅派拥有自己的纲领和组织,但是在它的内部包含了各种不同的创作倾向,很快便各自分道扬镳。促使其迅速解体的外部原因便是随之而来的第一次世界大战,战争一爆发,古米廖夫便很快作为志愿者参战,暂时中止了他的文学活动。

古米廖夫在战场上显示了他一贯追求和标榜的英雄主义,两度获得乔治勋章,诗人后来颇引以为自豪。诗集《箭袋》收录了他描写战争的诗作,如《战争》、《五音步抑扬格》、《死亡》等作品,对政治一向天真的古米廖夫在战争中似乎找到了他表现自己激情和勇气的最佳场合:

> 战争这一伟大事业
> 的确光辉而庄严,
> 明亮、张开翅膀的天使,
> 在战士的肩后显现,
>
> 如今,为那些慢慢走在
> 浸透鲜血的田野里,
> 播种功勋、收获荣誉的劳动者,
> 为他们祝福吧,上帝。
>
> (《战争》)

尽管古米廖夫的作品中不乏浪漫美化战争的成分,但是如果因此而指责古米廖夫歌颂血腥战争也有失公正。事实上,古米廖夫只是力求表现生活中最能激动人心的各种现象,从中获取诗的灵感。在《死亡》一诗中,他也揭示了战争的残酷。

《箭袋》中射的不仅仅有战争之箭,还有爱情之箭。这是一组以1912年古米廖夫伉俪同游意大利印象为基础创作的作品,这本诗集的开篇之作是他为悼念他的诗歌导师安年斯基而写的《怀念安年斯基》。

1917年二月革命后不久,他被临时政府派往西欧,在那里他对东方艺术产

[①] 《象征派的遗产与阿克梅派》(理然、肇明译),刊于《现代世界诗坛》(第2辑),湖南人民出版社,1989年,第341页。

生浓厚兴趣,通过英法译本阅读翻译了一些中国古诗,后来收入1918年出版的诗集《瓷器馆》。此外,他还创作了他最重要的历史悲剧《毒衣》(创作于1917—1918,生前未发表)。1918年绕行北欧回到俄罗斯。

回国后的古米廖夫生活发生巨大变化。他先是与阿赫玛托娃离婚,后来又与著名的哲学家恩格尔哈特的女儿结婚。他积极参与各种文学活动,在各种创作小组讲授诗歌创作理论,重建"诗人行会"。1921年当选为全俄诗人协会彼得格勒分会主席,并因此事与前任主席勃洛克矛盾激化,后者写下《没有神明,没有灵感》一文,对阿克梅派的艺术主张和实践予以激烈抨击,这也是后来俄罗斯文学研究在批评阿克梅派创作时经常引用的文献之一。古米廖夫的创作异常高产,他翻译了柯勒律治、骚塞等人的作品以及英国的《罗宾汉谣曲》和古巴比伦史诗《吉尔伽美什》,先后出版了多部个人诗集,发表了长诗《米克:一部非洲长诗》(1918)等作品,他还写下《诗的解剖》(1921)等一些论述诗歌技艺的文章。他以自己高度的热情影响了整个彼得格勒的诗歌和艺术生活。

在《篝火》(1918)中,诗人在《我和您》和《工人》中,预见自己不会平凡地死去:

> 是的,我知道我和您不相配,
> 我来自另外一个国度,
> 我喜欢的不是吉他,
> 而是唢呐粗野的旋律。
> ……
> 我不会死在病榻上面,
> 公证人和医生在旁站立,
> 而是没于浓密常春藤间
> 某个荒野的缝隙……
>
> (《我和您》)

诗人回忆自己童年的欢娱,欣赏大自然的美丽,游历北欧风情,编织爱的神话,渴望探求生命的秘密,诗人感叹艺术创作会比诗人更能长存,而在一组康佐纳(欧洲中世纪骑士爱情抒情诗体裁)中,古米廖夫歌颂了高于世间一切的爱情:"你是我动荡的命运中/朝圣者的耶路撒冷。/我真应当用天使的语言/诉说对你的钟情。"(《康佐纳》其一)

诗人生前出版的最后一部、也是他的顶峰之作是他的诗集《火柱》(1921)[①],诗人把这本诗集献给他的第二个妻子安娜·尼古拉耶芙娜·恩格尔哈特。在

[①] 火柱形象源自《圣经》中的记述,摩西率以色列人逃离埃及时,雅赫维神白天用烟柱、夜里用火柱为其指路。

这本诗集中,主要收录了诗人的充满人生生活体验的哲理抒情诗作品。在《回忆》一诗中,诗人感慨人不能像蛇一样变化的只是外皮,"我们在变更心灵,不是躯体",古米廖夫将各个时期与现在的自我加以对照,慨叹无人能挽救心灵的老化和死亡。在《语言》一作里,诗人为世界未来感到忧虑:"有朝一日,在新世界上空,/上帝垂下自己的脸,到那时,/人们用语言阻止太阳运行,/人们用语言破坏座座城市。"

在《第六感觉》中,诗人渴望能够在"自然和艺术的手术刀下",经过生产的痛苦诞生出跨越自然和精神界限的新的感觉器官。在《大师们的祈祷》中,诗人渴望自己能拥有真正的称职的学生,而不是只会阿谀奉承、无所作为的模仿者和小人。在《我的读者们》里总结自己毕生的创作时,诗人写道:"我将教会他们立刻记起/全部残酷、可爱的一生,/全部亲切、陌生的土地,/并且出现在上帝的面前时,/以简单而睿智的话语,/平静地等待他的审判。"

在所有作品中,《迷途的电车》最负盛名。在陌生的街道上,诗人跳上了奔驰的有轨电车,但是它却带着诗人穿越时空,"飞越涅瓦河、尼罗河、塞纳河"——诗人一生的几个里程碑。诗人无法止住列车运行在混杂的时空,无法抑制内心的惶恐:"我这是在哪儿?"诗人想要买到去神灵印度的车票,寻找灵魂的归宿(试比较海涅的疑问:"我们曾寻找物理的非洲而发现了美洲;我们现在寻找精神的印度,我们会找到什么?"),然而却发现卖蔬菜的招牌下出售的是"一颗颗死人脑袋",诗人越发感到他的头也将在那里被"穿红衬衫的刽子手"割下。接着诗人重新演绎了普希金《上尉的女儿》中的故事,期望爱情拯救自己和玛莎,但是两人却没有再见一面,此时诗人明白:"人和鬼魂/都汇聚在命运的动物园入口,/园内射出一道强光,/那就是我们的自由。"诗人在高耸的以撒教堂为玛莎祈祷、也为自己祭灵。在诗的结尾,诗人写道:"心始终是那么郁闷,/活着真痛苦,难以呼吸……/玛申卡啊,我从未感到/会这样爱,这样郁悒。"[①]

无疑,这首诗既是诗人个人生活经历的总结,也反映了诗人对时代风云变迁所感到的迷惘和困惑。全诗具有很强的象征寓意。显然,在这里迷途的不是具有自己运行轨道的电车,而是偶然乘上却又无法脱身和控制电车运行的诗人。诗人能清楚地看见自己的过去,却无法把握自己的未来。无论是祈求彼岸的安慰还是现世的爱情,都无法克制诗人的困惑和抑郁。这是诗人为自己的命运、诗歌、爱情和追求所写的最沉痛的一曲挽歌。

1921年8月,古米廖夫涉嫌参与所谓"塔冈采夫集团"的阴谋叛乱活动而遭逮捕,不久,在并无充足证据情况下被枪决。此后,他的名字长时间成为禁忌,

---

① 译文引自《迷途的电车》,《安魂曲》(王守仁译),花城出版社,1992年,第47页。

直到 80 年代末才在他自己的祖国——俄罗斯大地上的出版物中重新出现。

古米廖夫生活在一个复杂的时代,但是他始终认定自己是为诗歌而生,在为自己的诗歌和艺术理想而努力。尽管周围世界激烈动荡,他也深陷其中,但他却企图以其中立立场来掩盖自己政治上的天真,这不能不说是他人生的悲剧和局限。

他对诗歌语言、形式倾注了毕生的精力,对 20 世纪俄罗斯的诗歌发展起了积极的推动作用,Н. 吉洪诺夫、Н. 阿谢耶夫等著名苏维埃诗人都从中受到教益,在他的帮助下走上自己的创作道路。

第四节　弗·弗·马雅可夫斯基
(1893—1930)

弗·弗·马雅可夫斯基是 20 世纪俄罗斯诗歌史上最有成就、最具影响力的诗人之一,他的一生都与 20 世纪初期的一系列重大事件密切相关,他拓展了诗歌的主题,革新了诗歌的形象、语言和韵律,为俄罗斯诗歌的发展做出了卓越的贡献。

生平创作道路

弗拉基米尔·弗拉基米罗维奇·马雅可夫斯基(Владимир Владимирович Маяковский,1893 年 7 月 19 日出生,1930 年 4 月 14 日自杀于莫斯科)出生于一个低级林务官的家庭。他很早便开始接触革命运动。1905 年革命的浪潮给他留下深刻印象。1906 年父亲去世后,一家人迁往莫斯科,他从在他家租房的进步学生那里进一步接受革命影响,阅读了许多马克思主义的哲学著作,并且在 1908 年加入俄罗斯社会民主工党(布尔什维克),在 1908—1910 年间曾 3 次被捕,皆因"年幼"和"证据不足"而获释。在第三次坐牢期间,他阅读了许多文学作品,包括同时期已经颇具影响力的象征派作家的作品。获释后他的思想发生很大变化,认为党的工作和"社会主义艺术"之间存在对立,他脱离了党的组织,开始从事"社会主义艺术"。

1911 年,他进入莫斯科绘画雕塑建筑学校,在那里结识了"俄罗斯未来主义之父"Д. 布尔柳克,在其影响下开始诗歌创作。1912 年他和布尔柳克、克鲁乔内赫、赫列勃尼科夫一起发表了立体未来主义的第一部宣言《给社会趣味一记耳光》。在这本文集里,登载了马雅可夫斯基的最初两篇诗作《夜》和《晨》。随后,马雅可夫斯基参加了未来主义者们在各种场合举行过的许多惊世骇俗的活动,因此而被学校开除,但这恰恰促使他把自己的命运与诗歌紧密联系起来。

马雅可夫斯基的诗歌创作从一开始便明显表现出其强烈的城市情结和反叛意识。这些因素的形成可以追溯到诗人的童年，他在《我自己》（1922，1928）一作中记录了他第一次见到电灯给他带来的强烈印象："看过了电灯光之后，我对大自然就完全失去了兴趣。那是没有改进过的东西。"[1]在他入学考试时，由于他未能说出"око"一词的古斯拉夫语义，因而对"一切古代的东西，一切教会的东西，以及一切斯拉夫的东西，一下子全都痛恨起来"[2]。因此，他最初的作品中所描绘的光怪陆离的都市景象，绝非是繁荣、和谐、美好的理想家园，相反充满了诗人对物欲横流、人性扭曲的愤慨。在未来派中间，他最突出地把诗体的大胆改革与思想中的反叛意识结合在一起，这个"无价词语的浪费挥霍者"唾弃那些脑满肠肥的男男女女（《拿去吧！》，1913），宁愿和"神经质"的小提琴一起对抗麻木而喧嚣的大鼓和乐队（《小提琴也有些神经质地》，1914）。

1914年，马雅可夫斯基等人漫游俄罗斯，在敖德萨他曾经有一段不成功的爱情经历。这段刻骨铭心的恋情催生了诗人第一部杰作长诗《穿裤子的云》（1915）。这部长诗和他的第二部长诗《脊柱横笛》（1915）都是献给莉·勃里克（1891－1978）的，两人的情感经历在诗人的生活和创作中占有很重要的地位。此后，他曾与杂志《新讽刺》合作，创作过一些锋芒尖锐的讽刺作品，如《法官赞》（1915）、《学者赞》（1915）。

第一次世界大战给了诗人心灵以剧烈的震撼。他曾一度报名想去当志愿兵，但是很快诗人就产生出强烈的反战情绪，他为那些成为战争牺牲品的人感到痛苦。他的长诗《战争与世界》（1915—1916）和《人》（1916—1917）在对罪孽深重的社会给予否定和揭露的同时，呼唤着新的、"自由的"人的诞生。

马雅可夫斯基满怀欣喜地迎接1917年的二月革命和十月革命。他把十月革命称作是"我的革命"，并且"到斯莫尔尼宫去。工作。做了该做的一切"[3]。他的短诗："你吃吃凤梨，嚼嚼松鸡，/ 你的末日到了，资产阶级。"（余振译）成为攻打冬宫的水兵们喜爱的歌曲。他以高度的热情投身到新生政权的文化建设之中。在《给艺术大军的命令》（1918）中呼吁："街路——我们的画笔。／广场——我们的调色板。／……到街头去，未来主义者们，／鼓手和诗人！"（丘琴译）他和一些志同道合的人，把政治信念和未来主义尝试结合起来，先是组成"共产主义的未来主义"（简称"康夫"），后来又组成"列夫"（"左翼艺术阵线"）的

---

[1] 《马雅可夫斯基选集》第1卷，人民文学出版社，1984年，第5页。马雅可夫斯基诗歌译文如无特殊说明，均取自该选集。

[2] 《马雅可夫斯基选集》第1卷，第6页。

[3] 《我自己》，《马雅可夫斯基选集》第1卷，第29页。

简称)。他本人也与俄罗斯电讯社(简称"罗斯塔")合作,创作各种宣传诗,同时也形成新的诗歌观念,即诗人是劳动者,诗歌应该与生活融为一体,成为推动革命实践的宣传口号。

他的《向左进行曲》(1918)创作于新生的共和国与协约国对抗的历史背景之下,"公社决不能被征服"成为诗歌的核心思想内容。这首诗是为水兵写的,全诗气势磅礴,热情激昂,铿锵有力,富有号召力。反复强化的"发口令"似的呼喊,配合队列行进的节奏,表现出"千百万人"克服种种险阻,推动历史进程,奔向光明未来的信心和勇气。在诗的末尾处,诗人写道:"无产阶级的手指/掐紧/世界的喉咙!/挺起英勇的胸脯前进!/看无数旗帜满天飞舞!/谁在那里向右转?/向左!/向左!/向左!"(丘琴译)

1920年,马雅可夫斯基创作了长诗《一亿五千万》(《150000000》),这部被称作"英雄叙事诗"的作品充满大胆的夸张和奇异的想象。在作者笔下,一亿五千万俄罗斯人民化作勇士伊万,以排山倒海的气势,向以美国总统威尔逊所代表的资本主义世界进军,进行"最后的斗争"。靠金钱和奴役建立的庞然大物,无论怎样标榜先进、开明、富有,在强大的饥饿大军面前都显得无力抵抗。作品的最后,在过去的撒哈拉沙漠、而今的绿色广场上,人们一起举行十月革命的百周年纪念,欢庆胜利,缅怀先烈。和作者创作的《宗教滑稽剧》一样,长诗试图反映的是当时普遍存在的世界革命的思想情绪。作者运用大量刺眼的数字来构筑自己的语言意象,风格豪放,词句铿锵,充满高昂的浪漫激情。但是这种过度的夸张与想象,也引起许多非议,特别是曾经受到列宁的严厉批评。

与"罗斯塔"的合作,使诗人的语言和诗风有了相当明显的改变,他早期的对形式和音响、对语言和形象闹剧效应的过度追求逐渐减弱,文体与主题的结合越来越趋于协调。在保持高昂的革命理想的同时,马雅可夫斯基的讽刺和批判才能也得到多方面体现。

1924年,马雅可夫斯基创作了长诗《列宁》,这部长诗为悼念列宁逝世而作。长诗核心部分是对列宁一生革命实践和建树业绩的回顾和赞颂,诗人努力将这位革命领袖塑造成为顺乎历史潮流应运而生的新型群众领袖,列宁伟大而又平凡,他的思想和历史活动都与党、阶级、民众的事业密不可分。长诗《好!》(1927)是诗人为纪念十月革命10周年而创作的。他在《我自己》中谈到这首诗时说:"我觉得《好!》是一篇纲领性的东西,正如《穿裤子的云》在当时一样。限制抽象的做诗法(夸张、虚饰而自负的形象),创造处理新闻和鼓动材料的方法。"①全诗以叙事为主,在作品的前一部分诗人记录了十月革命的斗争岁月,紧

---

① 《我自己》,《马雅可夫斯基选集》第1卷,第35页。

接着回顾了共和国的艰难成长过程,诗的末尾是对共和国今天景象的赞美和对光明未来的憧憬,他赞颂共和国是"劳动与战斗中的人类的春天",并且为能在这片"青春的土地"上生活和劳动感到幸福和骄傲。

马雅可夫斯基一贯努力捕捉历史脉搏,即使是在爱情这种个性事件中也要寻找普遍的生活进程,如献给莉·勃里克的抒情长诗《我爱》(1922)和《关于这个》(1923),同时这种对普遍生活进程的掌握,又总是带有个性特征,突出自我的感受,如《致奈特同志——船和人》(1926),等等。他在许多诗歌作品中,都经常强调"我的",这个"我"有时具有相当普遍的代表性,而有时则带有强烈的自我个性。他对诗歌的理解也是如此,在《和财务检查员谈诗》(1926)中,要求尊重诗歌劳动的特殊性:

  诗——
    就像开采镭矿。
  采得一克镭
    需要终年劳动。
  你想把
    一个字安排妥当,
  就需要语言的矿石
    几千吨。

(张铁弦译)

《纪念日的诗》(1924)对普希金在当代的诗人使命做了独特的阐释,而在《致谢尔盖·叶赛宁》(1924)中,尽管他不认同叶赛宁的悲观绝望,认为把生活弄好比死更难,但是他肯定诗人的创作天才,抨击那些无端诽谤和拙劣吹捧诗人的人,认为叶赛宁的去世使"人民,……丧失了/一个响亮的 / 高歌豪饮的帮手"。

马雅可夫斯基在20年代创作了许多讽刺作品,对苏维埃社会生活和日常生活中许多弊端和恶习予以揭露,但与革命前对"脑满肠肥"者的讽刺有了很大不同。他的《开会迷》(1922)辛辣嘲讽了文牍主义的官僚作风,曾受到列宁的好评。《败类》(1920—1921)一诗指出市侩习气由来已久,对新生活的破坏作用甚于拿枪的敌人。而《胆小鬼》(1928)和《官老爷》(1928)则直接批判了唯唯诺诺、欺上瞒下、仗势欺人等官场恶习。

马雅可夫斯基在20年代曾作为文化代表,出访过欧洲和美洲的许多国家,并写下"巴黎组诗"、"美洲组诗"等主要以批判资本主义世界为主题的作品,如《巴黎》(1923)、《黑与白》(1925),等等。

1930年,马雅可夫斯基曾筹备举办个人创作20周年展览会,并创作长诗

《放开喉咙歌唱》(未完成)。他试图以此为自己的创作做出总结,但是长诗只完成了序曲部分。在作品中,诗人认为自己以战士和劳动者的姿态,记录了时代的风云变迁。无论有些人如何反对他,说他不会写诗,指责他的诗粗糙、浮浅,但是他的诗依然像历史的"遗迹"和"化石"一样,留给后人去认识诗人所处的时代。

尽管马雅可夫斯基努力站在时代的风口浪尖,跟随时代的步伐,但是在20年代复杂的社会环境中,他的思想艺术主张和艺术实践都受到来自不同方面的指责和冲击,尤其是他与"岗位派"和"拉普"某些代表人物之间的斗争,使他的处境更为复杂和微妙,加上个人感情方面等种种原因,促成他悲剧的死亡。他于1930年4月14日在自己的住所开枪自杀。

长诗《穿裤子的云》

长诗《穿裤子的云》是马雅可夫斯基最有代表性的作品之一。作品最初曾打算以《第十三个使徒》为题,但是当时出版审查时未能通过,并且被删去了六页的内容。检察官不仅怀疑这样的题目有何出处,而且质问诗人怎能够把抒情诗和那么粗野的用语连在一起。对此诗人回答说:"那好吧,如果你们愿意,我就做个疯子吧,如果你们愿意,我就做个最温柔的人,不是男人,而是穿裤子的云。"[①]长诗的名称由此而来。在1918年作品再版时,作者加入了被删节的内容,恢复了作品原貌。

在第二版前言中,诗人认为这个作品"是当代艺术的基本思想","'打倒你们的爱情'、'打倒你们的艺术'、'打倒你们的制度'、'打倒你们的宗教'——这就是四部乐章的四个口号"[②]。可以说,这四个口号代表了作者创作思想的核心,但是却不是长诗四个部分各自独立的主题,而是贯穿于整个作品的各个艺术环节。

作品的叙事基础是诗人当年在敖德萨的一次不成功的爱情经历。作品的主人公是22岁、"奇伟英俊"的诗人,他在痛苦煎熬中期待恋人玛利亚的到来。当"十一点倒下了,/就像死囚的头颅从断头台上滚下",终于盼来的恋人却意外地告诉诗人:"我要出嫁了。"在金钱和爱情之间,她选择了前者,于是她成为了"非让人偷走不成"而"已经让人偷走了"的蒙娜丽莎。诗人内心中的"我"仿佛已无法被身躯容纳,快要挣脱出来。这挣脱不出来的内心,变作如火的词语,化

---

① 《在红布列斯尼亚共青团大厦文学活动二十周年纪念晚会上的讲话》,《马雅可夫斯基选集》(李佑华译)第4卷,人民文学出版社,1984年,第671页。
② 《写给第二版》,《马雅可夫斯基选集》(余振译)第4卷,第85页。

为要持续几百年的"最后的喊声"。这吼声便是要给"人们所创造的一切／打上两个字：'虚无'"。诗人强烈地否认那些虚假爱情的胡言乱语能代替赤裸裸的生活真实，在物欲横流的都市里，只有两个字"越来越胖"——"流氓"和"红菜汤"。它们不能用来歌唱美丽的姑娘、爱情和带着露珠的鲜花，但是诗人觉得，皮靴里的尖钉比"歌德的幻境"更可怕，"生活的一粒最细小的微尘／比我将和过去所做的一切还要贵重"，"麻风病院似的城市中的劳改犯"比威尼斯的蓝天更洁净，"血管和筋肉——比祈祷更可信赖"。在诗人眼中，"一九一六年／戴着革命的荆冠正在行进"，诗人就是它的先驱者，他愿意把"血淋淋的灵魂"交给人们，作为旗帜。诗人鄙视在这个动荡的时代那些"谢维里亚宁"之流的"诗人"，他们沉浸在温柔乡里，流着"几世纪流不完的泪"。而在此时，"饥饿的人们"正拿起"石头、炸弹和刀子"前进，要"把所有的礼拜一和礼拜二／用鲜血都染成红色的节日！"天空中颤抖着《马赛曲》一样鲜红的晚霞。当吞噬一切的夜晚来临，诗人借酒浇愁，他无法指望世人的关怀和拯救，渴望灵魂的解脱。于是我们可以看到两个玛利亚的身影，相比之下，生活中的玛利亚远比圣像中的更让诗人向往。他用温柔的词语像基督徒祈祷上帝赐予"日常的饮食"一样祈求爱情：

> 玛利亚，挨近些！
> 不管在赤裸的无畏中，
> 还是在恐惧的战栗里，
> 但是请把你含苞待放的美妙的朱唇给我；
> 我同我的心一次也没有活到过五月，
> 在我经历过的生活中
> 只有第一百个四月。
>
> （余振译）

诗人渴望的不是虚幻的情感寄托，而是实实在在的肉体，他珍惜它就像残废的伤兵珍惜"自己唯一的那条腿"一样。他逼问"万能的上帝"为何不愿意满足这样真诚的愿望，并且因鄙视他只不过是"无能又渺小"的"小偶像"而准备把刀相向，要让"屠杀"再次染红天空。诗人大声呼喊："喂，你！／天！／脱帽！／我来了！"然而回答诗人的是一切寂静。"宇宙入睡了，／把它那爬满壁虱似的星星的大耳朵／搭伏上它的脚爪。"

《穿裤子的云》是一首爱情诗，但是作品的核心却不落足于纯属个人隐私的情感世界。他把个人爱情置身于整个时代社会和人类精神世界中，对真正爱情的强烈渴求伴随着对现实社会的无情批判，这种批判有时甚至达到"虚无主义"否定一切的程度，这也是诗人当时心态的真实写照，类似的主题和形象在他同时期的抒情诗以及戏剧中都有反映,但是其表现深度和强度都不如这首长诗。

在艺术形式上,这部作品具有鲜明的创作个性。诗人的每个章节长短不一,以情绪表达为结构基础。他采用的是以往罕见的重音诗律,诗行的构成以重音音节数量为核心,突出了语调重心所在,大量呼语或类似表达的使用,使作品具有强烈的宣言或者论辩的调子,而大胆的音韵更加强了作品的音响效果,有振聋发聩的气势。在语言表达上,长诗更是独树一帜。诗人把古词和俗语杂列,让优雅与粗野并存,大胆的夸张和想象、奇异的比拟和隐喻增加了作品的艺术感染力,尽管有时让人感到过于乖张、不协调,但这正是诗人所刻意追求的一种创作风格,对于传统抒情诗过于严谨和和谐所带来的"审美疲劳"和"意象乏味"是一个重大冲击和挑战。

马雅可夫斯基是20世纪初俄罗斯诗歌史上一位最具创新精神的诗人。他一生都在致力于紧跟时代步伐,努力寻找新的主题和表现方式。他在词语使用、形象塑造等方面的过人勇气和创新精神,体现出诗人非凡的艺术创作天才。在他富有成效的创作影响下,重音诗突破了传统音节重音诗一统天下的格局,为诗歌发展开辟了新的天地。而他后期的"阶梯诗",虽然时常是标准音节重音格律,但是通过不规则的分行,突出了诗句的语气重心和情绪变化,使诗歌从视觉上就能感受到内在节奏和情绪的起伏,这无疑是一种创新,并且为日后的许多诗人所效仿。

第五节 谢·亚·叶赛宁
(1895—1925)

谢·亚·叶赛宁是20世纪伟大的俄罗斯民族诗人。叶赛宁的诗歌创作深深植根于民族文化的土壤,充满了对大自然,对祖国的赤子之爱。他怀着一颗悲天悯人的心,把上至宇宙,下至人心的一切都作了诗的探索和理解,在短短30年的生命旅程中,他为后世留下了近四百首抒情诗及十几部叙事诗。从他的诗中,既可以聆听到时代脉搏的律动,也可以透过呈现于其中诗人内心世界的万千波澜,体味到人生的哲理、爱的情怀、青春的活力和人类永恒的快乐与悲哀。他的诗不仅是俄罗斯诗歌艺术的瑰宝,也是世界文学宝库中的一颗璀璨的明珠。

生平创作道路

谢尔盖·亚历山德罗维奇·叶赛宁(Сергей Александрович Есенин,1895

年10月4日生,1925年12月28日去世)出身于梁赞省梁赞县康斯坦丁诺沃村的一个农民家庭。他5岁学会了认字,9岁就开始写诗。1904—1912年在康斯坦丁诺沃乡村小学和斯巴斯-克列皮克教会师范学校学习期间,他写了三十多首诗。那时的诗虽多模仿民谣或效法前人,但其中已不乏一些"天才的诗句":"朝阳像殷红色的水流,/浇灌在白菜地的畦垄上,/那里有棵幼小的枫树,/吸吮着母亲绿色的乳房。"(1910)

1912年叶赛宁来到莫斯科。1914年,发表处女作《白桦》。此后,他的诗开始频频出现在莫斯科的各种报刊上。

1915年春,为了寻求在文学方面的进一步发展,叶赛宁移居彼得堡。他拜见了大诗人勃洛克,并结识了 С. 戈罗杰茨基、Н. 克留耶夫、Д. 梅烈日科夫斯基、З. 吉皮乌斯、А. 别雷等诗人。其中克留耶夫对他影响最大,他一直视克留耶夫为自己的老师。他早期的抒情诗还受到 И. 苏里科夫、И. 尼基钦、С. 德罗仁等农民诗人的影响。但叶赛宁的创作是一个独特的艺术世界,他笔下的俄罗斯乡村既是现实的生存环境,又是理性的精神故园。诗中的农村生活和农民的内心世界虽然简朴、自然,但并不丑陋、愚昧,而是充满了质朴、单纯、宁静的美,又略带一点忧伤的韵味,极富魅力。有的研究家指出,"叶赛宁仅在一个层面上是乡村诗人,而在更深的层面上,他是全俄罗斯的诗人,民族—宇宙诗人……乡村,这个社会日常生活的宇宙在后工业时代可能消亡,但叶赛宁的乡村象征意义的影响却不会消失,因为它与俄罗斯心灵最原始层面的现实有着直接的联系。"①因此,叶赛宁的创作不仅超越了以克留耶夫为代表的"乡村诗人"(即"新农民诗人"),也具有超越时代的特性。

1816年,叶赛宁的第一部诗集《亡灵节》问世。"亡灵节"是悼念死者的祭祀节日,同时它也会使人联想到一系列的民歌——迎春歌。这部诗集里的诗的确有着民歌的特点:歌曲般的结构、质朴的语调、取自民间歌谣的旋律格式。它们直接来自泥土,散发着田野的芬芳,俄罗斯乡村的一切:大自然的日月星辰、云雨风雪、河湖草木和乡村的木屋与教堂、劳作与欢娱、家畜与野禽,乃至柴米油盐,在诗人的眼中都是诗,都是他吟咏的对象。难怪高尔基称诗人叶赛宁是"大自然专门为了写诗,为了表达那绵绵不绝的'田野的哀愁',为了表达对世间所有动物的爱而创造的一架风琴"。②

至此为叶赛宁创作的第一阶段。在这一时期,"他来到城市,是为了谈一谈

---

① Ю. 马姆列耶夫:《叶赛宁诗歌的精神意义》,引自论文集《谢尔盖·叶赛宁一百年》(俄文版),遗产出版社,1997年,第27页。

② 高尔基:《谢尔盖·叶赛宁》(岳凤麟译),引自《叶赛宁评介及诗选》,北京大学出版社,1983年,第17页。

自己对古朴生活的挚爱,谈一谈它那朴素的美"。①虽身处城市文明的包围之中,但他与自然之间的脐带尚未被异化的锈剪子所断,他的诗中依然能够流进大自然"那棕黄色母牛的乳浆",因而回荡着欢快的旋律,传达出安详、和谐、明朗的基调。

1917—1919年为叶赛宁创作的第二阶段。十月革命带来的社会变革使叶赛宁如沐春风,无比振奋,感到"庄稼汉的天堂"就要降临在俄罗斯的大地上了,"我们的时代来临了"。他诗如泉涌,1917—1919年间,一口气写了几十首抒情诗和一组微型叙事诗,并出版了《天蓝色》(1918)、《变容节》(1918)、《农村日课经》(1918)等三本诗集。他热情讴歌"天上和人间的革命",把革命看作是对人间的一次新的洗礼。然而,应指出的是,尽管叶赛宁"全部身心都在十月革命一边",但他是站在农民的立场上去理解革命的,因为他与农村、与农民的内心世界是一体的。他"把革命理解为对世界的一种精神上的改变"。②诗人借用《圣经》的形象、宗教传说和神话题材,运用宗教词汇,描写社会事件。"使普天下和解",建立农民的人间天堂是他的社会理想。1917—1919年间的作品,尤其是微型叙事诗,如《同志》(1917)、《悠扬的召唤》(1917)、《决裂》(1917)、《八重赞美诗》(1917)、《降临》(1917)、《变容节》、《乐土》(1918)、《约旦河的鸽子》(1918)、《天上的鼓手》(1918)等,集中反映了诗人对革命的乌托邦式的思索。对于这一时期创作中的宗教性,叶赛宁后来解释道:"它是我所受的教育和我在文学活动初期与之交往的那个圈子的环境使然。"③只要我们想一想叶赛宁笃信宗教的外祖母,家中常年不断的朝圣者,外祖父的圣经故事,外祖母拖着年幼的他步行40俄里到拉多维兹克修道院去的情景,教会学校的经历以及步入文坛后所受的形形色色的影响,我们就无法不同意诗人的自述。

但形势的发展很快使叶赛宁明白了,现实中发生的一切与他心目中的人间天堂完全不同。他看到,农村生活在瓦解,饥饿和衰败在全国蔓延,过去文学沙龙里的常客如今很多人都流亡国外了,取而代之的是另一些形形色色的人物。于是,他高涨的热情和期盼被不知所措和迷惑不解所取代。在精神苦闷之时,他加入了意象派,还被拥为该派的领袖。他的艺术主张集中体现在《玛丽亚的钥匙》(1919)一文中。但实际上,他与意象派诗人在对待内容与形式的问题上存在严重分歧,后来在《生活与艺术》(1921)一文中,他批评了意象派把视觉譬喻看得比生活内涵还重的错误倾向。意象派对他的消极影响主要在于助长了

---

① 高尔基:《致罗曼·罗兰》,转引自《叶赛宁研究论文集》,北京大学出版社,1987年,第70页。
② A.马尔钦科:《叶赛宁的诗歌世界》(俄文版),莫斯科,1972年,第105页。
③ A.卡尔波夫:《谢尔盖·叶赛宁的叙事诗》(俄文版),莫斯科,1989年,第25页。

他的玩世不恭的人生态度。

1920—1923年为叶赛宁创作的第三阶段。这一时期的抒情诗反映了诗人的痛苦心态。"我现在很是忧伤,历史正经历着一个扼杀活人个性的痛苦年代,正在进行着远非我所想象的那种社会主义"。① 基于这种认识,他创作了诗剧《普加乔夫》(1923)和长诗《无赖汉的国度》(1922—1923),对农民与政权、农民的历史命运进行深入的思索。在抒情诗中,则出现了城乡对立的主题,这是自然与异化的矛盾,是叶赛宁对新与旧日益尖锐的冲突的独特理解。叶赛宁来自乡村,来自自然。乡村对于他是生命的起点、心灵的驿站、灵感的源泉、理想的归宿,总之,是他的一切。对乡村的俄罗斯,他"爱得心里又痛又喜欢"。面对乡村的厄运,他愁肠百转,痛惜象征着乡村的红鬃小马驹,无论怎样奋蹄狂奔,都追不回逝去的美好时光,终逃不脱被"铁马"战胜的悲剧命运,诅咒该杀的"钢铁客人"打碎了他宁静和谐的精神故园:

> 毁灭的号角吹响了,吹响了!
> ……
> 你瞧它,腆着铁的肚皮,
> 将巴掌朝平原的咽喉伸去。
> ……
> 这可怕的使者走着,走着,
> 用密林的脚掌把一切践踏。
> 伴着麦秸里青蛙的尖叫,
> 歌声越发缠绵扰人。
> ……
> 好一场钢铁的寒热病,
> 使农舍的木肚子颤动!
> ……
> 去你的吧,该杀的客人!
> 我们的歌跟你永不会合拍。
> ……
>
> 《四旬祭》(1920)

叶赛宁以其天才的敏锐直觉和诗人的洞察力,意识到工业文明对农业文明和传统精神价值的毁灭性冲击,预见到现代文明将带来生态失衡、人的物化等恶果。在这种种恶果已经充分显示并严重威胁人类生存和发展的今天,叶赛宁的天才预见和忧虑不能不让我们肃然起敬并发出高尔基那样的慨叹:"他来到

---

① 转引自《叶赛宁研究论文集》,第19页。

我们这个世界实在是太晚了,或者说实在是太早了。"因为面临毁灭的正是他全身心热爱的,是他的根,所以,他无法不为那正在逝去的"田野的俄罗斯"、"麦秸的俄罗斯"、"木头的俄罗斯"哭泣:

> 我是乡村最后一个诗人,
> 在诗中歌唱简陋的木桥,
> 站在落叶缤纷的白桦间,
> 参加它们诀别前的祈祷。
> ……
> 不久将走出个铁的客人,
> 踏上这蓝色田野的小道。
> 这片注满霞光的燕麦,
> 将被黑色的掌窝收掉。
>
> 这是无生命异类的手掌,
> 我的歌有你们就难生存!
> ……
> 那根打更的梆子很快要
> 把我的十二点轻轻鸣报。

《我是乡村最后一个诗人……》(1920)

即将失去根基的预感,使瑟瑟的秋意和死亡的主题开始出现在叶赛宁的抒情诗中。

> 我不叹惋,呼唤和哭泣,
> 一切会消逝,如白苹果树的烟花,
> 金秋的衰色在笼盖着我,
> 我再也不会有芳春的年华。
> ……
> 在世上我们谁都要枯朽,
> 黄铜色败叶悄然落下枫树……
> 生生不息的天下万物啊,
> 但愿你永远地美好幸福。

《我不叹惋,呼唤和哭泣……》(1921)

这首诗将青春不再,难逃枯朽的悲剧气氛与热爱自然、热爱生命的达观精神糅合在一起,"哀而不伤",深得普希金晚期抒情诗的精髓,是一部传世之作。

然而,这样柔和的抒情就像溺水前的挣扎,终被黑色的泥潭淹没。在失落、抵触、惶恐、绝望的情绪支配下,加之那些玩世不恭,放荡不羁的意象派诗人推波助澜,叶赛宁常常出入小酒馆,混迹于酒徒、吸毒者、妓女之间。组诗《莫斯科酒馆之音》(1924)真实地反映了诗人的精神危机,如在《啊,如今一切都已定了……》(1922)中他写道:"……在这个可怕的巢穴里边,/喧哗和吵嚷响成了一片,/我却通宵给妓女朗读诗篇,/还跟歹徒们一道酗酒寻欢。/……"

在这组诗中,叶赛宁"剖开自己柔嫩的皮肉","毫不隐讳地记下了自己内心的每一个活动和每一个想法"。①它们既宣泄了诗人苦闷、落寞、自暴自弃的情绪,也回荡着抗争,力图自拔、不甘沉沦的呼喊。但总的说来,这些诗格调低沉,情绪颓丧,内容卑俗,让人感到叶赛宁"虽然仍是一位非常富有独创精神的抒情诗人,却已经变成了十足的无赖"。"他之所以耍无赖,是出于绝望,出于对毁灭的预感,同时也是出于对城市的报复。"②大自然明丽的诗神迷失在莫斯科乌烟瘴气的小酒馆中,"纵酒滥饮,两眼迷茫","蓝色的五月,淡蓝色的六月"如今都已成为醉眼朦胧中依稀闪现的追忆。这从这个时期的诗被冠以《无赖汉的自白》(1921)、《闹事者的诗》(1923)等标题上也可略见一斑。这些诗在诗人死后的1926—1927年被指责为"叶赛宁情调",遭到有组织的批判,也结出了诗人的作品被打入冷宫的恶果,直到60年代末才被有识之士从尘封状态中挖掘出来。

1922—1923年,与美国舞蹈家邓肯结婚后的欧美五国之旅,对叶赛宁的思想和创作产生了重要影响。"脸对着脸,/面容难辨,/大事远看才可见。"(《给一个人女人的信》,1924)他亲眼目睹了资本主义"铁的密尔格拉德",切身体验了它物质文明的先进和精神文明的匮乏,认识到工业化是社会发展的必然趋势,对祖国发生的一切变化有了新的理解。

1924—1925年是诗人创作的最后阶段,也是他在经历了黑色的精神危机后,创作上的又一个高峰期。两年里,诗人先后造访了家乡康斯坦丁诺沃村和高加索,看到"村民贫困的不起眼的生活/已发生了多么大的变化"(《回乡行》,1924),面对祖国的新貌,他"充满对工业实力的理想",赞美"巴库的街灯/比星星更美丽"(《斯坦司》,1924),写下了《列宁》(1924)、《26人颂歌》(1924)、《伟大进军之歌》(1924)、《三十六个》(1924)等满怀激情的时代颂歌,但同时也感到自己在新生活中不被需要,"在自己的祖国仿佛成了异国人"(《苏维埃俄罗斯》1924),在许多诗篇中流露出孤独失意、悲观绝望的情绪,因为叶赛宁无论是做人还是写诗,始终是一个真实的,"心不会说谎"的人。也许正是诗人的率直性给他带来了灭顶之灾——1925年12月28日,叶赛宁被特工人员谋害于他下榻的旅馆,并将谋杀伪装成自杀,直到20世纪90年代

---

① 转引自《叶赛宁研究论文集》,第134页。
② 高尔基:《苏联游记》,转引自《叶赛宁研究论文集》,第18页。

真相才得以大白于天下。

在叶赛宁晚期抒情诗中,《波斯抒情》(1925)和冬日组诗是最重要的篇章。它们抒发了真挚的情感,闪耀着哲理的光辉,无论在思想、情绪和艺术表达上都呈现出炉火纯青的成熟迹象,是诗人抒情诗集大成之作。

组诗《波斯抒情》写于1924—1925年,对大自然、祖国、爱情、诗人的使命的思索将独立成篇的15首抒情诗有机地联系在一起,以明朗、欢快的笔调,温馨、浪漫的色彩,描绘了一个象征着心灵之宁静的蓝色的理想国。神游于充满异国情调的诗的国度——波斯,诗人"旧日的伤痛平复了",他与银钱兑换商讨论爱情,向波斯姑娘莎甘奈讲述自己黑麦的故乡;他劝人们"尽情地生活,尽情地爱",他说做一个诗人,"就要剖开自己柔嫩的皮肉,用情感的血液抚慰他人的心房"。面对痛苦和挫折,"让我们再汲足新的力量",因为"大地上淡紫色的夜晚仍旧永远无比地美好"。可见,诗人的心依然滚烫,情依旧激越,但多了一份豁达与成熟。

而在创作于1925年秋的冬日组诗中,这一份豁达与成熟升华为一种超然,归于一种平静。心灵如同大自然一样,在经历了春天的鼓胀、萌芽,夏天的热烈、勃发,秋天的萧条、顽抗之后,步入了冬天的朴素、安静。冬日组诗描写的既是俄罗斯的冬天风景,但更是诗人的心灵状态:

> ……
> 应当生活得轻松、单纯些,
> 对宠辱得失都与世无争。
> 因此树林的上空才惊呆着
> 这呼啸的风,银白的风。
>
> 《呼啸的风,银白的风……》(1925)

在冬日组诗中,写景与抒情常常站在哲理的高度,蕴涵着对人生的概括和总结:

> 暴风雪急急地漫天飞旋,
> 他人的车马飞驰在田间。
>
> 陌生的青年驾着三套车。
> 哪里有我的幸福和欢乐?
>
> 我也驾过同样疯狂的车,
> 一切在急旋的风下失落。
>
> 《暴风雪急急地漫天飞旋……》(1925)

大自然在叶赛宁的笔下重又恢复了鲜活的生命,"蓝色的幸福"再次回到他的诗中。

听,奔跑着雪橇,雪橇在奔跑。
偕恋人失落在田间好不逍遥。

当铃声在光裸的原野响起了,
欢快的微风羞羞答答胆儿小。

啊,你,雪橇!我的浅黄色骏马!
沉醉的枫树在林间空地欢跳。

"这是怎么啦?"我们驶近它问道,
我们仨便跟着手风琴一起舞蹈。

《听,奔跑着雪橇,雪橇在奔跑……》(1925)

叶赛宁晚期抒情诗达到了诗物我难分的境界:在著名的诗篇《金色的丛林不再说话了……》(1924)中,诗人以金色的丛林自比,而从另一些诗句中我们可以感受到诗人向大自然的回归:"像吉普赛提琴,暴风雪在哭泣";"凋零的枫树","挂满冰花","像个喝醉的更夫","在雪地里把自己的腿冻僵"。只是"曾经沧海难为水",回归平静与和谐,对于心灵饱经风霜的过来人谈何容易。反映诗人内心人鬼交战的叙事诗《黑影人》(1925),从心理剖析的角度,艺术地表现了诗人对平静的渴望与难以如愿的悲剧。直飞向黑影人鼻梁的拐杖打碎了镜子,也宣告了悲剧的高潮与结局。

叶赛宁的抒情诗是俄罗斯诗歌花园里的一朵奇葩。它们从民歌、民谣中汲取了养分,在节奏、旋律、结构及形象等方面都颇具民歌的特征;它们拥有十分丰富而又独特的意象和绚丽如彩虹一般的色彩,散发着大自然的芬芳;它们具有点石成金的魔力,所吟咏的一切都被诗人赋予了生命和灵气,都被诗意化了;它们是那么的质朴、纯净,浑然天成,丝毫没有雕琢的痕迹;它们情浓真真,有着孩童般单纯与率真的情思,却又始终笼罩着薄雾般淡淡的哀愁。

长诗《安娜·斯涅金娜》

长诗《安娜·斯涅金娜》(1925)是叶赛宁叙事诗的代表作,诗人自己称之为"我所写的全部作品中最好的"。长诗《安娜·斯涅金娜》带有很强的自传性,它以诗人1914年和1918年两次回乡的现实事件为基础,以自己和旧相识卡希娜为原型,用诗人擅长的抒情笔调描绘了"一个著名的诗人"在1917年夏回故乡梁赞农村休假时与自己的初恋情人安娜·斯涅金娜见面的情景,以这一抒情性情节为主线,展现了第一次世界大战、二月革命、十月革命以及农村的革命改造等历史性画面。

抒情主人公"我",即"著名诗人"谢尔盖,17岁时曾上过第一次世界大战的战场,当他明白了自己不过是个玩偶,在为了别人的利益而冲向自己亲近的人开枪时,他毅然决然地"告别了大炮",扔掉了步枪,决心以后"只在诗中战斗"。二月革命时,A.克伦斯基又驱使人民去当炮灰,"我""是国内的第一个逃兵"。"我"在回乡的途中,听车夫说起富裕的拉多沃村和相邻的穷村克里乌沙村之间的纠纷,克里乌沙村一个叫普隆·奥格洛勃林的农民用斧头劈死了村长。拉多沃村的磨坊主热情地接待了"我"。同村住着一户女地主,"我"16岁时曾与她的女儿安娜相恋,故地重游,"我"不禁又想起那"穿着白色披肩的姑娘"。"我"去邻村拜访,村里人把"我"当作自家人,向"我"提出他们的疑问:老爷们的土地会不会无偿地交给农民?如果不给,那我们在战场上拼杀到底是为了什么?安娜这时已嫁了人,得知"我"回来了,前来看望。奥格洛勃林托磨坊主捎个纸条给"我",让"我"和他一道去向斯涅金娜讨要土地。正赶上安娜得知丈夫的死讯,悲痛万分,"我"被安娜赶了出来。不久,十月革命爆发了,奥格洛勃林兴奋地跑来告诉"我"要在村里建立公社,他的弟弟率先去抄了斯涅金娜的家,安娜只好背井离乡,临走向"我"告别时为她的无礼道了歉。随后,"我"也去了彼得堡。又过了六年,"我"收到了磨坊主的信,信中说家乡发生了很大变化,奥格洛勃林已于1920年被邓尼金的队伍击毙了。"我"再次回乡,磨坊主转交了安娜的一封英国来信,诉说了她对家乡的思念,并告诉"我":"你对我而言依旧像过去一样可爱/就像祖国和春天。"

长诗塑造了诗人谢尔盖、贵族地主的女儿安娜、农民革命家普隆·奥格洛勃林和他的弟弟以及富农磨坊主夫妇等一系列有代表性的人物形象,反映了不同社会阶层的人在社会动荡中的遭遇和命运。谢尔盖自幼生活在乡村,在富农的教养下长大,与地主家的女儿相恋,对战争、流血和破坏非常反感,追求美好的爱情和崇高的精神生活。他成为著名的诗人之后,并没有割断与故乡、与农村生活和农民之间的血肉联系,他1917年和1923年两次重返故乡以及磨坊主夫妇和农民们把他当作自家人来看待都充分说明了这一点。安娜是贵族之家的代表,她珍视感情,深爱自己的丈夫,以至于听到他的死讯后痛苦得难以自持;对与初恋情人谢尔盖之间的爱情她也同样不能忘怀。在农民抄了她的家,她被迫流亡国外的境况下,她对故乡依旧充满了思念之情,没有因命运的不公而心怀怨恨,相反,她在给谢尔盖的信中提到,她常常下意识地去码头,眺望船上飘扬的苏维埃的红旗。在她的意识中,祖国、春天和所爱的人就是她对美好的全部理解。在磨坊主夫妇身上则体现了传统的俄罗斯民族特性,他们好客,善良,能干,遵循古老的道德规范,过着殷实的日子。而普隆·奥格洛勃林这一形象是苏维埃文学中最早的农民革命家形象之一。诗人通过普隆·奥格洛勃林和其他农民形象,在俄罗斯诗歌中首次探索了农民在无产阶级革命中的历史命运。虽然这些人物各不相同,但他们有一点是一致的,那就是都被政治左右着命运。

《安娜·斯涅金娜》继承了普希金的文学传统,不少研究者都指出,它与《叶甫盖尼·奥涅金》之间有许多共同的特点。在结构上,这部长诗与叶赛宁的许多抒情诗一样,也采用了民歌的环形结构方法,第一章的结尾与最后一章的结尾基本相同,只改动了一个词。这样的结构方式,加之诗中引入了不同人物的不同风格的言谈,如车夫、磨坊主、磨坊主的老伴儿、安娜、普隆、普隆的弟弟等人的话,使长诗的语言生动,非常口语化,而且还夹杂着不少俗语和方言,赋予了长诗一种民歌的格调。与此同时,这多种声音对同一个社会历史事件进行讲述,使得事件获得了多角度的描绘,从而更加真实可感。此外,长诗《安娜·斯涅金娜》还具有浓厚的抒情色彩,体现了诗人在叙事中抒情的特殊才能。

叶赛宁的诗,水晶一般剔透澄澈,钻石一样恒久珍贵。在诗歌艺术上,他继往开来,大胆探索,以其对普希金、柯尔卓夫、费特、勃洛克、克留耶夫以及民间文学的综合的创造性继承和发展,形成了苏联时代与马雅可夫斯基传统相互补充的叶赛宁传统,影响了几代苏联诗人,尤其是伊萨科夫斯基和以鲁勃佐夫为代表的静派诗歌。叶赛宁的诗在诗化祖国,诗化大自然,诗化人的情感生活等方面作出了开一代诗风的贡献。因此,尽管遭到有影响的人的抑贬长达40年之久,但因为是来自生活,直通人心的真正的诗,所以叶赛宁的诗不仅没有湮没在岁月的风尘中,而且将永远放射其不朽的光芒。

第六节 玛·伊·茨维塔耶娃
(1892—1941)

玛·伊·茨维塔耶娃是20世纪俄罗斯著名女诗人、散文家、文学翻译家。被誉为"20世纪的第一诗人"、"俄罗斯文学的圣处女—女皇"。

在20世纪初流派林立的俄罗斯诗坛上,难以将茨维塔耶娃归于哪一派别。诗人很早就为自己确立了生活与创作的信条:要用心灵的深邃来保证自己的与众不同和自给自足。然而,不愿受流派局限的茨维塔耶娃仍然注重博采,对马雅可夫斯基、叶赛宁、帕斯捷尔纳克极为推崇,从他们以及普希金、勃洛克、巴尔蒙特、勃留索夫、阿赫玛托娃和曼德尔施塔姆等人的创作中汲取营养,同时吸纳俄罗斯民间诗歌传统,古希腊、古罗马文化与德、英、法等西方现代主义诗风,最终独树一帜,即:格言化的寓言与变体化的句法、多变的联想与稳定的乐感、奇特的造词与立体的设喻——几者相融。

生平创作道路

玛丽娜·伊万诺夫娜·茨维塔耶娃(Марина Ивановна Цветаева,1892年9月26日生,1941年8月31日去世)生于莫斯科。父亲是莫斯科大学教授、杰出的语文学家和艺术学家、精美艺术博物馆(现国立普希金造型艺术博物馆)的创始人;有着波兰-日耳曼血统的母亲是一位音乐家,曾求师于钢琴大师鲁宾斯坦,擅长唱歌、画画、写诗和外语。茨维塔耶娃四岁起阅读,六岁便开始写诗。十岁以前以生活在莫斯科三塘胡同的老宅①为主,其间有时前去卡卢加省塔鲁萨奥卡河畔的别墅小住,那里的自然景色②令她终生难忘。1902—1906年,茨维塔耶娃随同患病的母亲前往西欧治疗休养,曾入法国和德国的寄宿学校,此时开始用法文、德文写诗。1906年夏,随母亲回到俄罗斯。1912年,茨维塔耶娃与小她一岁的谢尔盖·埃夫伦结婚,生有两女一儿。1922年,为与流亡国外的丈夫团聚离开俄罗斯,侨居国外17年——三年半在捷克、14年在法国。其间,当她得知白军的真相后,便毅然拒绝发表早年有着倾向于白军内容的诗集《天鹅营》(1922)。1937年9月,留在国内的妹妹被捕。1939年6月18日,在丈夫、女儿回国两年以后,终获准许携子回到苏联。全家刚刚团聚不久,四个月内女儿和丈夫先后被捕入狱。1941年10月16日,埃夫伦被处决。茨维塔耶娃本人与儿子在卫国战争初被疏散到后方——鞑靼苏维埃社会主义自治共和国一小镇叶拉布加。1941年8月31日,女诗人因绝望自缢身亡。

茨维塔耶娃在49年的生命中,共写下数百首抒情诗、13部长诗、7部诗剧及自传、回忆录和评论等,出版诗集近10部。她的诗歌风格刚烈、粗犷、活泼、悲壮,这一特征不但在俄罗斯女性诗歌中不曾有过,而且在男性诗人的作品中也颇为罕见。茨维塔耶娃诗歌的题材多种多样——生命和死亡、爱情和艺术、时代和祖国是凸显的基本主题。纵观茨维塔耶娃的一生,在她的感情生活、诗歌创作中始终存在着两种对立的因素,即地与天的对立、夏娃(肉体)与普叙赫(灵魂)的对立,所以她的诗歌世界少有普希金、阿赫玛托娃的和谐与均衡,有的却是悲剧性的不谐调,时时存在着的冲突与反抗。

---

① 茨维塔耶娃以这个宅院为背景创作了《母亲和音乐》(1934)、《我的普希金》(1937)等优美的散文。

② 塔鲁萨对于茨维塔耶娃有多么珍贵,可见其《奥卡河》(1911)组诗五首、短诗《塔鲁萨的秋天》(1912)、《祖国》(1932)、散文《鞭身派女教徒》(1934)和《鬼》(1935)等,她甚至希望死后葬在它的山冈上。

茨维塔耶娃的诗歌创作分为早、中、晚三个时期。从第一本诗集《黄昏纪念册》(1910)起直到20年代初,是其诗歌创作的早期。此后,诗集《魔灯》(1912)、《摘自两本书》(1913)、《俄里》(1916)陆续问世。这一时期作品大多是抒情短诗,1916年后以写组诗为主,兼及戏剧创作。早期抒情诗的特点是:敢于并热衷描写人的隐私和日常生活琐事,善于捕捉生活细节和典型特征,带有日记体倾向。尤其是国内战争时期,诗人更重展现此时此刻、某一行为的自然力。爱情诗在早期诗歌中比重较大。从生活到诗歌,"茨维塔耶娃式爱情"中相互对立又相互追求的两个因素始终处于既排斥又对话的状态。一方面,诗人将爱情比作利剑和火焰,其抒情女主人公几乎等同于诗人本人,属于"主动进攻"型——自信与傲气相伴、极端与叛逆并存,在激情无处不在的诗句中,呈现的是不怕"痛苦决裂"的坚毅与勇气,像《我偏要戴上他的戒指》(1914)等。另一方面,她又以女人特有的敏感展示出了女性的阴柔之美,像《哪儿来的这似水柔情?……》(1916)等,它们描绘出恋爱中的女子喜、忧、悲掺杂的微妙心态。多以"抒情独白"的手法天真又真诚地揭示出少女、女人的情怀,其内心的矛盾和忏悔在一气呵成的独白中流淌而出:

> ……
> 我一直翻来覆去地思忖:
> 遗赠给谁呢——我那件狼皮大衣,
>
> 遗赠给谁呢——那条暖和的毛围巾,
> 那根精美的手杖带有猎犬雕饰,
> 遗赠给谁呢——我那只银手镯,
> 手镯上镶满绿松石……
>
> (《我怀着柔情蜜意——因为……》,1915,苏杭译)

茨维塔耶娃在塑造某一形象时,善于巧妙地运用暗喻和换喻手法。例如组诗《失眠》(1916)中的第一首《失眠在我的眼周……》:在第一节中,"我"即是失眠者,从第二节起,作者使用拟人的技法,以失眠对失眠者讲话的口气,将"我"变成为"失眠"。

与阿赫玛托娃不同,茨维塔耶娃的诗歌有着重金属般的节奏:铿锵有力,庄重、激越。女诗人置被传统视为最高美学准则的和谐于不顾,创造出独一无二的诗歌语调,具体方法是:1. 喜用一些标点符号(破折号、感叹号、问号、省略号和分号)打破均衡。2. 善用"不正确"移行;运用叠句。3. 追求最浓缩的语义。4. 巧用语音的发声效果。这些手段造成的速度疾徐成为茨维塔耶娃诗歌在结构、声音、韵律等方面的独特表征。

从20年代初侨居国外至30年代末返回祖国,是茨维塔耶娃诗歌创作的中期。自1922—1928年,出版的诗集有:《里程碑》、《离别》(1922)、《普叙赫》①(1923)、《手艺》(1923)与《离开俄罗斯以后》(1928)。起初,诗人深受白俄侨民的欢迎。可不久,其作品被认为具有"异己"迹象,她因此失去了发表作品的地方,尤其30年代以后,因不参加反苏的政治活动并超越一切派别和团体,茨维塔耶娃遭到侨民社会的排斥、戏辱。物质上和精神上的窘境令诗人在异国的生活异常艰辛,然而,这一切并未让她丧失一个诗人的良知和气节。早期抒情诗的主题和风格仍在延续,不过,也出现了新的因素,即开始注重表现思想,用格言形式体现艺术观和世界观。茨维塔耶娃侨民阶段诗歌三个常见的题材是生离死别、与祖国的阻隔、谴责资产阶级市侩。从20年代中期起,诗人抒情诗写得渐少,创作更多的是长诗和诗剧,后又转向散文。

对抒情长诗这一体裁的探索与创新是茨维塔耶娃中期创作的一大重点。《山之诗》(1924)、《终结之诗》(1925)、《阶梯之诗》(1926)、《空气之诗》(1927)等均为代表之作。《山之诗》和《终结之诗》可以视为女诗人创作生涯的一个顶峰。《山之诗》中所指的"山",即布拉格西郊的贝特欣山冈,被诗人称作斯米霍夫山冈,但是这个词在长诗中还是带有多层语义的感情的象征:它包括崇高、狂澜、神圣、感激、孤独等元素。茨维塔耶娃喜欢山,而不喜欢海,尽管她的名字"玛丽娜"的意思是"海景图"②。她曾表示自己对有些事物永远保持着排斥态度,其中就有大海和爱情。因此,在其诗歌美学中,"山"与"海"③这两个概念在作为象征的同时,还具有对立的意义。《山之诗》讲述了一种爱情体悟:女主人公时时被心灵生活与庸常的尘世生活的冲突折磨着,在幸福感达到顶点时,预感到自身命中注定的结局。"山"象征着灵魂、感情以及超脱世俗境地的高度。在《山之诗》完成的那天,女诗人开始创作《终结之诗》。后者进一步演绎了前者中的女主人公悲剧结局的不可避免性,是对已经结束的爱情的描写。长诗的题目也别有深意:此中叙述的不仅是尘世爱情的终结,而且也是《新旧约全书》的终结。《终结之诗》表现的爱的冲突已经跃出"她"与"他"的个体范畴,反映着诗人与世界的冲突。爱情中的无限温柔

---

① 希腊神话中人类灵魂的化身,以蝴蝶和少女的形象出现。
② 关于自己名字的涵义,茨维塔耶娃在《心灵与名字》(1911)和《有的人是石雕,有的是泥塑……》(1920)诗中有所解释和描述。
③ 茨维塔耶娃不止一次地表达过一个观点:她无法爱大海——因为大海地方大,却不能行走;大海是运动的,但只能看。大海是专政,充满恐怖。大海即爱情,她不爱爱情。大山是神灵,是她的双足,是她真实的价值。大山即友谊,她爱友谊。详见《茨维塔耶娃致帕斯捷尔纳克的一封信》(1926年5月23日)、《我的普希金》(1937)等。

与炽烈激情终将化作无法避免的离别,爱情终究满足不了心灵的需求,于是,女主人公毅然选择放弃私利私欲,奔向生命的更高境界——追求灵魂的不断升华。两部长诗以第一人称展开叙述,描写抒情女主人公们那多思、多情,却又孤寂异常的心理特征;此外,运用了各种不同的神话体系。《圣经》是两部长诗的语义核心,《旧约》和《新约》的形象遍布其中。《山之诗》偏指前者,原罪与被逐出天堂的历史是它的中心,在结构上,近似《旧约》;《终结之诗》指向后者,它的中心则是各各他赎罪牺牲的历史,构架上套用了基督受难的模式。同时,还有一些古希腊罗马的神话和历史的母题。在茨维塔耶娃的潜意识中蛰伏着许多原始意象,神话人物是她的创作源泉之一。两部作品既各自独立,又像是一个两部曲,相互关联,互为解释。

在茨维塔耶娃诗歌的所有主题中,爱情、俄罗斯和艺术最为突出。"祖国"是诗人从流亡前特别是成为侨民后创作的一大主题。较著名的有:组诗《莫斯科之诗》(1916)和《接骨木》(1931—1935)等,这些诗写得空灵、深沉:

> 那个天生似痛苦的远方,
> 是贴心的祖国和缠身的命运,
> 远远近近,无论到哪里,
> 我总要把它携带在身。
>
> ……
>
> 你呵! 我纵然断去这只手,
> 哪怕一双,也定用唇作手,
> 写上断头台:那风风雨雨之地——
> 是我的骄傲,我的祖国!

(《祖国》,1932,顾蕴璞译)

由这首著名的怀乡诗不难看出,进入30年代后,萦绕在茨维塔耶娃心头的乡愁更浓了。诗人"疯狂地、响亮地讴歌着莫斯科的土地和卡卢加的道路,讴歌着斯捷潘·拉辛悬崖",时刻希望回到它的怀抱。在这类诗中,诗人对俄罗斯的相思有着强烈的力度与悲剧性——因为她所朝思暮想的那个俄罗斯已不存在,尽管如此,她的抒情主人公仍旧深情又辛酸地向着俄罗斯的方向远眺。远离祖国,诗人写出了自己大多数最俄罗斯化的诗与文,像以民俗材料和民间歌谣的修辞方法为主的长诗《小巷》(1922)、《少女之王》(1922)和《小伙子》(1924)等。

"反战"往往是走过战争岁月的诗人们共同锁定的主题。第二次世界大战爆发后,茨维塔耶娃写下不少憎恶西欧法西斯势力、声援他国人民抗击侵略的诗篇,最著名的就是组诗《献给捷克的诗》(1938—1939),诗中揭露侵略者的丑行,表达自己对这个第二故乡的热爱,歌颂捷克人民不畏强敌的精神。它是女诗人诗歌中难得的政论诗。

茨维塔耶娃的散文有别于散文家的散文,是诗歌的延伸。尽管这位诗人的散文带有很强的自传性质,但是诗歌的要素同样醒目:注重各个部分的和谐。"诗歌"和"真实"这两个概念不可分割地统一于其中。"往事与随想"是茨维塔耶娃散文的核心旋律,即对家族业绩、亲人往事的追怀与对同时代人的回忆。

从1939年6月返回苏联到1941年8月,这是茨维塔耶娃创作的晚期。女诗人写诗已不多,主要撰写散文、文学评论、回忆录和翻译诗歌。那些回忆录和书信因具有文学价值而成为其创作中另一重要部分。

茨维塔耶娃对俄罗斯诗歌做诗法的更新和成就使她成为20世纪俄罗斯文学中的独特现象。女诗人的意识中具有多神教的因子以及古希腊人魔法的、神秘主义的独特思维。她的抒情手法富于时空交错、主体膨胀等现代性特征。其诗可以被一眼认出——特殊的拖腔、无与伦比的韵脚和个性化的语调。在她的诗中崇高语体词汇与古旧词、俗语词,书面语词与口语词、俚语常夹杂使用,凡此种种形成了茨维塔耶娃的风格,即"崇高的简朴"。茨维塔耶娃的诗歌是对女性心灵及其悲剧性矛盾的自我揭示,映射着那个时代普通人与诗人都难以逃脱的悲剧命运,以令人震撼的抒情深度和力度给俄罗斯诗歌带来了前所未有的冲击波。诗人辞世时,只有为数不多的诗歌爱好者知道她。她的诗曾被认为"是与苏联人赖以生存的关于世界的概念完全相反的并且甚至敌对的东西"[1]。自1922年到1961年,女诗人的作品在祖国一直不能发表,60年代以后才得以出版。现在,茨维塔耶娃在诗国徜徉的命运与创作成就正被后人置于多重视域中加以观照。

第七节 安·安·阿赫玛托娃
(1889—1966)

安·安·阿赫玛托娃是20世纪俄罗斯著名女诗人、阿克梅诗派的主要代表、诗歌翻译家、普希金研究专家。被誉为"俄罗斯诗歌的月亮",又享有"俄罗

---

[1] 苏联评论家泽林斯基(1896—1970)语,转引自《致薇·雅·埃夫伦的信》的注释1,见[俄]M. 茨维塔耶娃:《老皮缅处的宅子》(苏杭译),中国文联出版社,2001年,第447页。

斯的萨福"①之称。曾获诺贝尔文学奖提名。

生平创作道路

安娜·安德列耶夫娜·阿赫玛托娃(Анна Андреевна Ахматова,1889年6月23日出生,1966年3月5日去世)诞生在敖德萨近郊,本姓戈连柯(Горенко)。父亲是海军机械工程师;母亲来自辛比尔斯克的阿赫玛托夫家族,女诗人的笔名"阿赫玛托娃"即由此得来。她11个月时,全家迁至彼得堡郊区——先在巴甫洛夫斯克,后在皇村。5岁时开始学习法语。在喜爱诗歌的母亲的熏陶下,阿赫玛托娃从11岁起开始写诗。1905年,父母分居后,随母回到叶甫帕托利亚,在家中自修中学高年级的功课。次年,到基辅参加并通过了女子中学七年级的入学考试。1908年,进入基辅一高等女子文史学院学习法律,但对专业课程毫无兴趣。1910年,与诗人古米廖夫结婚,婚后两人前往巴黎旅行。回到皇村后,阿赫玛托娃继续学业和写诗。1912年,与丈夫一道再度前往西欧旅行。同年,生下唯一的孩子Л.古米廖夫。1918年两人离异;同年底,与亚述学学者、东方历史文化专家什列依柯结婚,1928年离婚。1921年,几起灾难先后降临:哥哥自杀、好友勃洛克去世、前夫古米廖夫因"反革命"罪被苏维埃政府枪决,后一事件让女诗人终身受牵连——1946年成为全国大批判的靶子、被开除出作家协会,50年代中得以恢复名誉;儿子日后坐牢和遭流放达14年。从20年代中期起,女诗人倾心于研究彼得堡的古建筑与普希金的诗歌创作。到30年代后期,成为公认的普希金学家。卫国战争爆发,身在列宁格勒的阿赫玛托娃以写诗、演讲的方式投身到捍卫城市和祖国的战斗中,1941年秋—1944年春,在大后方塔什干期间,亦如此。她精通法语和意大利语,掌握英语和德语。50年代后期,陆续翻译出版了一些国家作家的诗歌、戏剧作品。1964年,前往意大利接受"埃特纳·陶尔明诺"国际诗歌奖。1965年,英国牛津大学授予阿赫玛托娃名誉文学博士学位。1966年3月5日,在莫斯科病逝,遗体葬于圣彼得堡附近的科马罗沃公墓。

阿赫玛托娃的诗歌创作分为早、中、晚三个阶段。从1911年在阿克梅派诗人的杂志《阿波罗》上首次发表诗作起,直至20年代中,这是阿赫玛托娃诗歌创作的早期——共出版了五部诗集:《黄昏》(1912)、《念珠》(1914)、《群飞的白鸟》(1917)、《车前草》(1921)和《耶稣纪元》(《ANNO DOMINI》,1921)。

---

① 安列坡语。1924年,Л.格罗斯曼也用了这个比喻;1965年,牛津大学在授予阿赫玛托娃名誉文学博士称号时用的还是这一比喻。参见[英]阿·黑特:《安娜·阿赫玛托娃——诗之朝圣》,莫斯科,彩虹出版社,1991年,第94页。

早期以抒情诗为主,主要包括爱情诗和风景诗,尤以爱情诗成就最高。爱情诗的创新在于:第一,善写受挫的爱情——爱情带给女性的孤独与悲伤、委屈与折磨、反叛与徘徊,甚至激愤与复仇,还有爱那不可思议的魔力。有别于普希金那"明朗的忧郁","阿赫玛托娃的早期爱情诗弥散着低沉的哀泣氛围,此外还有自责与祈祷,到她创作的后期这一特点也未完全消失,只是又多出了独自承受一切,以博大心境面对人、事、物的成分"。① 譬如:《灰眼睛的国王》(1910)等;

> 心凉得不知如何是好,
> 脚步却迈得轻捷如常。
> 我把左手的那只手套,
> 戴到自己的右手之上。
>
> 仿佛有好多级的台阶,
> 但我清楚:总共才三级!
> 秋风在枫树间悄声地
> 求我:"同我一道死去!"
>
> (《诀别的歌》,1911,顾蕴璞译)

阿赫玛托娃在表现女性的内心世界方面十分大胆,这就使她得以站在特有的角度,诠释了阿克梅派"对生活的勇敢无畏"的精神宗旨,像《要我百依百顺?……》(1921)等。第二,时代走进了阿赫玛托娃的"爱情故事",时代那"不甚明了的轰隆声"给其诗歌注入了比她个人命运更有广泛意义的忧虑与悲伤的调子。在《第一次还乡》(1910)等作品中,死亡的梦、尸衣、送葬的钟声等意象传递出的感觉是恐惧和忧心忡忡,还有对在时代中发生的一去不返的剧变的敏感。可见,革命前的抒情诗的基调就是对于生活极端不安定性的感受——那个年代人们的共同感受。在早期抒情诗中,风景诗也颇具特色。乡村景色、城市景致和异国风光是描写重点。其中,描绘最多的是诗人或长或短生活过的地方以及生命中瞬间造访之处,像《我时常梦见冈峦起伏的巴甫洛夫斯克》(1915)等,它们笼罩着真挚的柔情与感人的温暖,与诗人的"祖国"题材难以剥离开来——阿赫玛托娃对祖国自然景色的专注观察预示着,在其创作中将出现某种具有民族—公民性质的东西。由于出身、教养和个人生活不幸的缘故,在革命初期诗人对战争与流血无法接受,这在早期的某些诗里就有所流露,但她却没

---

① 查晓燕:《阿赫玛托娃的创作》,见李毓榛主编:《20世纪俄罗斯文学史》,北京大学出版社,2000年,第255页。

加入许多文化人侨居国外的行列。写于1917年秋的《有一个声音召唤过我生平创作道路》被视作诗人对在革命前所走过的道路的总结,它也是对那些在艰难时世里准备弃俄罗斯而去的人们的有力抨击。

阿赫玛托娃的早期抒情诗,尤其是爱情诗,笼罩着忧愁与苦涩,蕴涵着饱受折磨的激情与憧憬,深藏着对人生孤独和生命虚无的慨叹——这些或借助于对皇村的怀想、对自然景物的描绘,或仅通过不断变化着的抒情主人公的内心世界抒发出来。有别于传统诗歌的是,意想不到的一些日常生活中的具象在诗中成为了"会说话的细节"。这些诗结构上具有"微型戏剧"的特征:对话、独白、耳语和哀歌等手段以及奇特而又贴切的比喻,虽然,它们在诗的开头和结尾很少交代,但读者能够通过浓缩而又富于想象的语言展开联想,勾画故事的轮廓,捕捉到最紧张、最主要的一段,并由此推测事情的发展过程和尾声。早期的爱情篇章以十足女性化的题材对生活的意义和高度进行着连续的探索,其中经常伴随着和19世纪心理小说具有同样深度的俄罗斯式的良心和信仰的心灵震颤。当然,现实主义地观察世界的功力尚待锤炼,不过,诗人已具备以清晰的物质细节揭示现实生活的能力。

30年代和卫国战争时期是阿赫玛托娃诗歌创作的中期。这一时期,诗风的明显变化体现在几部叙事长诗,即《安魂曲》(1935—1940)、《大地茫茫路漫漫》(1940)与《没有主人公的歌》(1940—1965)中。它们把叙事长诗有血有肉的具象都用来表现对某种抽象哲理的抒情。实际上,早在阿克梅派时期她就尝试了具有"叙事性"的作品,像《叙事诗篇》(1913—1915)等。从30年代后半期始,其诗表现出越来越与时代的社会生活联系在一起的倾向,然而,在诗歌中对于自己时代和重大变化的新的认识,却是在卫国战争年代里才产生的。开扩的时间和空间领域以及战争带来的崇高公民感给她的创作带来新的构思和艺术表现形式上的新追求。以卫国战争与祖国、人民的命运为内容的诗篇使阿赫玛托娃冲出了个人生活的狭小的圈子,将她的命运、诗歌创作生涯同民族的存亡连结在了一起,像《胜利》(1942—1945)等。除了战争题材,女诗人也写了爱情,更写了她对祖国这片沃土的挚爱,像《旷野在右边延伸》(1944)等。这一时期,哲理抒情诗第一次广泛地进入到她的创作视域中。它们的出现说明,中亚,这块古代文化的沃土,以浸透于大地和空气中的哲理文化点燃并唤起了女诗人意识中的某些层面,让她思考这一切与诗歌文化的联系。阿赫玛托娃战争年代抒情诗的特点可以概括为:两种诗歌创作领域惊人自然地结合了起来,一方面,这是关注日常生活的细微变化,重视色调鲜明的琐事,突出有表现力的细节和线条。阿赫玛托娃式的细节是清楚和准确,是一种纯描述性的,带有现实主义和自然主义的双重色彩;另一方面,则是感觉到了头顶天空和脚下大地的永恒呼吸声。

卫国战争结束后,阿赫玛托娃的诗歌创作步入晚期。这时,她的诗歌重新出版,新诗也陆续发表。50 年代初,阿赫玛托娃写下了一些歌颂战后恢复经济的社会主义建设、歌颂苏联繁荣富强和青年一代茁壮成长的诗作。但就整体而言,诗人新创作的一些诗又回复到早期擅长的个人感情的天地,但是不完全等同。如果说早期是以爱情抒情诗为主体的话,那么晚期则以哲理抒情诗为中心。它们抒写作者在日常生活中的所见所闻,连同由此引起的联想和感受,与当时苏联诗歌界歌颂领袖、歌颂党等社会生活中的"主旋律"保有一定的距离。她似乎有意躲避喧闹,完全沉浸在对祖国、对历史、对个人命运的思考中。从诗歌美学来看,其实,这是诗人一贯的追求。还是在 1942—1944 年期间,阿赫玛托娃的不少抒情诗就已带上了抒情哲理的味道。在生命的最后几年里,其哲理抒情诗尤其成为对往年故事的总结,生与死、青春、友谊、爱情都化为美好的回忆与永远的向往,人与自然、人与宇宙的相互关系成为她经常思索的问题,像《海滨十四行》(1958)。同过去告别,而不是同生活告别是这一阶段诗歌中最稳定的基调,它不仅贯穿在从 30 年代直到逝世前的抒情诗中,而且扩展至多声部的《没有主人公的歌》。总之,晚期的阿赫玛托娃艺术世界观中最重要的特征就是:晚年思维的历史主义使她偏爱日期、时代和世纪这样的名称,这正是对于时间流程的具体感受。带有日记性质的晚期抒情诗同过去相比,具有普希金诗歌的明朗和机敏,而且更富有画面感和音乐感。诚然,阿赫玛托娃式的片断和简洁依然存在,甚至还有所加强。

叙事长诗《安魂曲》

叙事长诗《安魂曲》(1935—1940)是阿赫玛托娃创作生涯中里程碑式的作品,创作于大清洗高潮的恐怖年代。阿赫玛托娃的独生子在 1935、1939 年两次以"莫须有"的罪名被捕入狱,然后是被判刑,她为案子四处斡旋,曾在列宁格勒的监狱外排了 17 个月的队。诗人冒着随时被捕的危险,分别于不同时期、不同地点断断续续地把它写了出来。阿赫玛托娃在世时没有看到它的出版,直到 1987 年,它才在莫斯科的《十月》第三期和列宁格勒的《涅瓦》第六期上同时刊出,此时距作者去世已有 21 年。长诗一发表就在苏联国内外引起反响,批评家 B. 阿姆林斯基指出,《安魂曲》"是具有最崇高的痛苦力量的诗篇,同时也是人类的文献"。[①]

全诗不到二百个诗行,由一篇作者称作代序的散文序言、献辞、前奏、十首

[①] 转引自王守仁:《苏联诗坛探幽》,社会科学文献出版社,1990 年,第 222 页。

短诗和尾声依次组成。它采用了类似于民间哀歌的形式,展现了在大清洗中千千万万俄罗斯人的巨大悲恸,是一部真正具有人民性的作品。《安魂曲》开端与结尾那大手笔的宽广声域决定了这部短小的叙事长诗的基调——作者本人与人民的血肉联系,因此,阿赫玛托娃也就成了民族悲剧的代言人:

> 面对着这等痛苦,山峰
> 折下了腰,大河不复奔流,
> 但牢门被严严实实地关,
> 门后是"苦役犯的幽冥"
> 和死人似的厌倦和忧愁。
> 新鲜的和风为谁而飘降,
> 日暮的景致令谁感到舒适——
> 我们不知道,哪儿都一样,
> 只听到钥匙讨厌地哗哗响
> 和士兵那沉甸甸的步子。
> 我们起来,像去赶早弥撒,
> 在变得野蛮的首都走过,
> 在那儿会面,像死人般了无声息,
> 太阳降到大雾弥漫的涅瓦,
> 远处有人唱着希望之歌。
>
> (《安魂曲·献辞》,马海甸译)

> 我知道人的脸怎样憔悴,
> 恐惧怎样从眼睑下窥视,
> 痛苦怎样在脸颊下刻绘
> 一页页无情的楔形文字,
> 一绺浅灰色和乌黑的
> 卷发,怎样倏地化作银灰,
> 畏惧在苦涩的颤栗,
> 微笑在温驯的唇中萎蔫。
> 我不是为自个儿来祈祷,
> 而是为和我一块的人家
> 在凛凛寒风,七月的灼烧,
> 在红得令人目眩的墙下。
>
> (《安魂曲·尾声·1》,马海甸译)

《献辞》直接描写的是同被捕者生离死别的女人们,《前奏》里则出现了彼得堡的意象,这座城市已不同于诗人以往笔端的美丽与和谐,成了一座通向巨大监狱的阴暗之城。长诗的具体主题在《前奏》之后唱响了。一对悲剧性的形象——母亲和被判刑的儿子贯穿于主体部分的十首短诗中,这一对人物是当时千百万个母亲与儿子的缩影,由此,诗人将《安魂曲》的框架大大拓宽到了全人类的范畴。叙事诗通常都有情节。在《安魂曲》中,核心情节就是"哭子",阿赫玛托娃为狱中儿子而悲戚的声音正是母亲为同样命运的儿女的哭号。这部短小的叙事长诗借用《圣经》中"圣母玛利亚为耶稣受难而悲泣"的典故充分描述了广大人民的共同悲哀:

> 天使把伟大的时辰齐声歌唱,
> 熊熊的烈火把天空烧成灰土。
> 我对父亲说:"为何把我撇在一旁!"
> 又向母亲说:"噢,勿为我而哀哭……"
>
> (《安魂曲·第十首》:《钉在十字架上》,马海甸译)

直接被置于尾声前的《钉在十字架上》完全可以视作整部作品的诗学哲理中心。

《尾声》由两部分构成。第一部分以再次出现的站队探监的意象回应着《代序》和《献辞》,但已不那么具体,而是综合性的象征。第二部分延续了俄罗斯文学中以杰尔查文和普希金的诗作为代表的著名的"纪念碑"主题,但女诗人赋予它非同寻常的悲剧意象——按照她的意愿和遗嘱,它要建在监狱的墙外:

> 倘若有一天,在这块土地
> 有人想为我竖一座纪念碑,
> 我庄重地同意这一个建议,
> 但有一个条件——不得让该碑
> 濒临着大海,我的出生地:
> 我已与大海断绝了关系,
> 不得建在皇村珍贵的树墩旁,
> 一个悲怆的影子在把我寻访,
> 在这儿,我伫立了三百个时辰
> 他们就是不肯为我打开门。
>
> (《安魂曲·尾声·2》,马海甸译)

全诗愈近结尾,音乐性和紧张程度愈强。回旋着送葬、悼亡的旋律的《安魂曲》,其意义不仅在于它的内容,即作者从历史主义的角度反映和表达了俄罗斯民族的悲剧,而且也在于它的形式,即以接近于民间送别曲的艺术手法,把"听到的"话语编串起来,以诗歌的与公民的强大力量记录了时代的声音与来自人民心灵深处的呐喊。

在俄罗斯文学中,阿赫玛托娃的作品几乎涉猎了女性情感的所有领域,她是赋予女性话语权的第一人。贯穿其诗歌始终的主题是"女性的自我寻找"。在某种程度上,阿赫玛托娃的诗歌已经成为爱情抒情诗的同义词,它远非"室内诗"之类界定所能涵盖。其爱情抒情诗既是女性隐秘内心的真诚袒露,又是对人在爱情这一人类永恒话题上许多感同身受却难以准确表达的精神现象的揭示。其哲理抒情诗与叙事长诗内涵深刻,静穆的祈求与深厚的宗教情怀深化了精神探索的哲学意义。这些类似日记体的作品尽管反映出来的远不是什么社会全貌和时代大事,但是可以看成那一年代一种别样的表述。阿赫玛托娃的诗节奏平稳、齐整,用词沉着,近似疏淡的韵文,具备了清澈的古典韵味。在因语法关系而显复杂的俄语诗歌中,她那短小、简洁、少有复合句式的诗作比较接近英语诗歌。这样一来,西方、东方文学与文化的养分均被吸纳进了阿赫玛托娃的诗歌。诗人在生前就有众多的崇拜者、求教者和效仿者,1987 年的诺贝尔文学奖的获得者布罗茨基就是其中的佼佼者。阿赫玛托娃的坎坷人生与创作成果体现了俄罗斯知识分子在 20 世纪的历史命运。从阿克梅派起步,阿赫玛托娃以其越来越宽阔的眼界,超越了阿克梅主义的"车间",走向了现实性和历史主义。她的创作已经跃出了具体的"主义"与"流派",同前辈普希金一样,始终走着一条非文学流派的道路。

第八节　亚·特·特瓦尔多夫斯基
(1910—1971)

亚·特·特瓦尔多夫斯基是苏联著名的诗人和文学活动家。他和自己的同乡、著名诗人伊萨科夫斯基一起,继承和发展了 19 世纪后半期涅克拉索夫流派现实主义诗歌艺术传统,使诗歌更加面向传统、面向民众和面向现实生活,对苏联诗歌的发展起到了重要作用。

生平创作道路

亚历山大·特里丰诺维奇·特瓦尔多夫斯基(Александр Трифонович Твардовский,1910 年 6 月 21 日出生,1971 年 12 月 18 日去世)出生于一个农村铁匠家庭,早年曾断断续续在乡村学校学习过,从小喜欢写诗,15 岁时开始发表作品。后来结识了诗人伊萨科夫斯基,在成长过程中受到其很大影响。1928 年初离开农村,曾进入斯摩棱斯克师范学院学习,三年级时离开学校,成名后于

1936年来到莫斯科，1939年毕业于莫斯科文史哲学院。

特瓦尔多夫斯基最初的创作以描写农村风光和普通劳动者的生活、劳动为主，表达了一个青年对新生活很快会给偏僻农村带来幸福的火热憧憬和渴望。在他的创作初期，正值苏联大规模进行农业集体化，因此他这一时期重要作品如长诗《社会主义大道》(1931)、《入社》(1933)等都取材于乡村这一巨大变革。特瓦尔多夫斯基后来认为自己这一题材最初的文学尝试不成功，由于过于以直浅的散文化语言触及生活现象，导致作品"如同行车放松了缰绳，失去了诗歌的韵律"。而实际上这些作品的最大缺欠，在于诗人在主题选择和形象塑造上还缺乏独到之处，对矛盾的解决过于简单。

他的第一部具有影响的作品长诗《春草国》(又译《穆拉维亚国》)发表于1936年，是斯大林文学奖金(即后来的苏联国家奖金)首批获奖作品之一。在追述这部作品创作过程中，特瓦尔多夫斯基认为法捷耶夫当时对潘菲洛夫的小说《磨刀石村庄》的评论产生了直接影响。法捷耶夫认为，只要概括好最后一个私有者四处寻访没有集体农庄的角落而未得，最终回归集体劳动这样一个题材，就可能产生一部巨作，"使《堂吉诃德》相形见绌"。诗人对这一题材十分感兴趣，因为正好可以利用它来反映自己所掌握的生活素材。长诗中的主人公尼基塔·莫尔古诺克与潘菲洛夫笔下的那个农民同名，姓则取自邻村一个父亲朋友的绰号。主人公要寻找的那个国度与潘菲洛夫作品中一样，源于农民世代相传的富庶"自由之地"的神话。在这部与涅克拉索夫的《谁在俄罗斯能过好日子》有着类似主题和结构的长诗中，主人公这位勤劳本分的庄稼汉对现实的改变感到困惑，于是他的长途漫游四处寻找真理便构成了长诗的主导线索。在长诗中，道路的主题占突出位置："天下道路千万条，/横的、斜的，一条一个方向。/世上走路的人可不少，——/一个跟一个走的不一样。"

勤劳能干的农民莫尔古诺克惦记着有自己的几亩地、自己的马，"就连种粒小豆儿，也是你的"，他赶着马车踏上漫长里程，寻找自己的"春草国"，甚至幻想能向斯大林请求哪怕先让他过上这么一段"想割草就割草，想出门就出门"的日子。他在旅途中目睹了集体化过程中正反两方面不同的生活景象，在以自己的眼光观察各地农民生活的同时，内心深处也在经历与固有观念告别的艰难历程。

尽管现在人们对这一历史问题的分析和评价尚无定论，但是诗人的文学才能是显而易见的。诗人以其特有的接近民间文学的语言和诗歌形式，集中概括、有时又幻想夸张地描述现实事件，穿插了许多类似歌谣的抒情和叙事段落，体现了诗人对充满喻意的民间叙事手法熟练的掌握和运用。作品发表后受到舆论界广泛好评，认为它既体现了与涅克拉索夫长诗的传统联系，又集中了苏维埃文学"人民性"、"党性"和"社会主义现实主义"的创作原则。

特瓦尔多夫斯基30年代的抒情诗大多收在诗集《道路》(1938)、《农村纪事》(1939)和《扎戈里耶》(1941)中,其中大多数是以普通劳动者肖像画为中心的叙事诗和抒情诗,巩固了他作为"新农村歌手"的文学地位。

1939年,特瓦尔多夫斯基应征入伍,参加苏军在白俄罗斯西部的军事行动以及苏芬战争,任军报记者。当时他与其他诗人、作家一起塑造了士兵瓦夏·焦尔金的形象,以他为中心创作了许多幽默、风趣的诗歌、小品,但多以宣传教育为主,和他后来的杰作中的焦尔金有很大区别。卫国战争期间,特瓦尔多夫斯基在前线作为军报记者,写了许多不同体裁的作品,这些作品后来收入《前线纪事》(1945)以及散文集《祖国和异邦》(1946)等书中。诗人在整个战争期间最主要的作品是长诗《瓦西里·焦尔金》(1941—1945)。

战争促使特瓦尔多夫斯基的创作从农村题材转入战争题材,他的诗歌逐渐减少了幽默调侃的情调,而加入更多的讽刺和反思。战后初期,特瓦尔多夫斯基把战争期间的感受以各种形式更新更深刻地赋予对这一重大的历史事件的思考。

1946年,他完成了长诗《路旁人家》。长诗仿佛是对祖国严酷命运的哭诉,以强大的悲剧力量讲述了战争给安德烈·西弗措夫一家所带来的灾难和痛苦。与《瓦西里·焦尔金》相比,这部长诗既没有玩笑和俏皮话,也没有轻松诙谐的笔调,更没有幸福大团圆的结局。诗人已不再以传奇的英雄业绩来记述战争的历程,而是以痛苦的家庭悲剧来表达对于这一世纪性灾难的伤悼之情。全诗多次重复"割吧,刀镰,/趁着露水,/割到露水干——/我们把家回"这四行短诗,它曾是和平生活的写照,也是战时人们的企盼,更是战后人们痛苦的记忆和重建生活的勇气和信心的真实、形象体现。

"幸福不在于忘却"、生者对死者负有无尽责任的道德伦理主题同样也体现在《我战死在尔热夫城外》(1946)、《战争结束的那一天》(1948)等诗歌作品中。《我战死在尔热夫城外》一诗以第一人称形式描摹一名阵亡的无名战士的宽广胸怀和对生者的嘱托,寄托了诗人对阵亡将士的缅怀之情。在诗人内心中,战争的记忆始终难以磨灭,在诗人创作后期,有一首短诗《我知道,我没有任何过错……》(1966)非常富有感染力:"我知道,我没有任何过错在这里:/别的人没有从战场上返回,/他们有的年长,有的年轻,/永远留在那里,也没有人说出,/我能够却没能将他们保护,/没有这样说,但是毕竟,毕竟,毕竟……"

50至60年代特瓦尔多夫斯基最主要的作品当属长诗《山外青山天外天》,全诗共分15章,从1951年起开始陆续在报刊上发表,几经修改加工,于1960年结集出版。这部于1961年荣获列宁奖金的长诗作品,与以往抒情性叙事作品的突出不同之处,在于它没有贯穿始终的情节线索,突出的是作品的政论抒情性。在作品中,诗人以他几次从莫斯科到远东地区旅行的见闻和感想为基础,以空间上的道路、行进的列车、沿途停靠的车站与时间上的对过去的追忆、对现实的描绘和对未来的展望为经纬,通过自己的作品反映50年代急剧变化的社会情绪。既有对苏联人民几十年坎坷历程、英雄业绩、悲剧命运的反思回顾,对生机勃勃的战后恢复经济场面的讴歌赞美,也有对未来的憧憬和希望。全诗成书历经10年左右,作者对许多章节多次做出删改加工,删去了原有的歌颂斯大林的词句,而在《童年的朋友》和《有过这样的事》两章中,尖锐地抒发了对刚刚结束的斯大林铁幕时代使社会机体、个人命运、人的心灵遭受巨大损害这一历史现象的批判情绪。

这一情绪更集中地体现在另一部夸张性的讽刺长诗《焦尔金游地府》(1963)和生前未发表的长诗《凭借记忆的权力》(1966—1969,1987年发表)中。前者抽取《瓦西里·焦尔金》中焦尔金战场负伤与死神抗争、最终获救的一节进行加工改编。天性乐观的喜剧形象负伤落入与尘世雷同的官僚体制的桎梏中,被弄得垂头丧气,竭力逃出"地府"回到人世。作品鲜明的批判倾向和讽刺锋芒曾经一度受到官方的肯定,但是它和叶甫图申科的《斯大林的继承者》等同一主题作品的命运相类似,在文学界内外引起激烈争论,并且随着形势的变化又被冷落和忽略。长诗《凭借记忆的权力》似乎接续了《童年的朋友》等作品的主题,回溯自己和童年朋友在时代风雨中经历的坎坷命运,痛陈那个人被神化的时代,消灭"富农"、"肃反扩大化"以及牵连子孙给人们带来的苦难,"在恶霸张面前/我们学会了沉默","生存就是忘却",忘记友情和亲情,用虚伪和胆怯的欢呼掩盖真实的内心。斯大林有句著名的话"儿子不为父亲负责",然而诗人却痛苦地意识到:"为了父亲的所有,/我们全都要负责任,/这审判要持续几十年,/也还看不到尽头。"诗人认为经历过这些风雨而保持了正直人格的人们,应该直面这一切,说出真实的一切。长诗风格凝重而沉郁,表达了作者晚年的思想情绪。

特瓦尔多夫斯基的晚期抒情诗收入《1959—1967年抒情诗抄》(1959—1967)等诗集中。他一如既往保持自己民俗化的诗歌风格,不断更新自己对社会、人生的认识,记录时代和人的心灵的变化以及自己的感受。他的诗往往与回忆相关联,常常以智者的哲理赋予短小诗章以灵魂,使读者在放松中有所思考,沉思中有所领悟。

1950至1954、1958至1970年,特瓦尔多夫斯基两度担任《新世界》杂志主编。他以自己的努力发现并扶植了一大批具有才华和创造力的文学新人,他所领导的杂志刊登了许多诸如 B. 奥维奇金的特写《区里的日常生活》、И. 爱伦堡的回忆录《人·岁月·生活》、索尔仁尼琴的《伊凡·杰尼索维奇的一天》等产生巨大反响和引起激烈争论的作品,推动了当时社会盛行的"解冻思潮"。集中于旗下的文学家、评论家、文学理论家与 B.柯切托夫领导的《十月》杂志就文学以及社会各方面问题展开了旷日持久的争论。特瓦尔多夫斯基在《为纪念而作》(1965)一文中,论战性地提出自己一贯遵循的文学观,即"非英雄化"的"写真实",艺术家应当努力忠实于从生活中得来的直接印象。在这期间特瓦尔多夫斯基写了不少散文和文学评论文章,这些文章收入《炉匠》(1953—1958)等文集中。

长诗《瓦西里·焦尔金》

长诗《瓦西里·焦尔金》是特瓦尔多夫斯基最杰出的作品,共有 30 章。这是一部"讲述战士的书",它"没有开头,也没有结尾",是诗人追随战争的足迹,将陆续创作发表的有关章节汇集而成。作品在战争期间受到人们极为广泛的关注和高度好评,人们不仅阅读、赞扬作品,而且竞相传抄,为诗人提供更多素材,甚至出现许多仿作。这部长诗不仅成为诗人本人,而且成为整个战争文学以及整个苏联文学史上的一部杰作。1947 年,布宁在写给捷列绍夫的信中称赞:"这真正是一本好书:那么自由,那么神勇,各方面都那么精确、逼真,有那么不同寻常的民间的、士兵的语言——没有任何别扭,没有一点虚假,没有任何现成的文学套话。"[①]

长诗前面部分以焦尔金参战、负伤以及伤愈归队为情节骨干,写出一部焦尔金及其战友参加卫国战争的故事。但是随着战争的发展,诗人取消了将其创作为相对完整作品的打算,添加了许多诗人自己对战争的感受和焦尔金的战斗经历,由于它未经通盘规划考虑,因而具有独特的写实性,不受体裁和题材、时间和空间的限制,自由表达诗人对这一"全民历史性灾难和全民历史性功绩"时代的观察、认识和思考,因此诗人称它是他的抒情诗,也是他的政论,它是歌和箴言,也是笑话和打趣,是亲切的交谈和对事件的评价。全书的副标题《战士的书》集中体现了诗人这一主导动机。

全诗的主人公焦尔金是一个"平凡的小伙子",一个深为同志们所喜爱的列兵,他秉性乐观,爱开玩笑,爱唱情歌,会拉手风琴,会砌炉子,甚至能修好早已停摆的座钟。他天真坦率而又通情达理,坚忍顽强而又富有责任感。他认为战争势在必然,就像必须要做而且可能做好的艰苦工作一样。诗中反复出现这样的主题:俄罗斯人正在"进行一场神圣的战斗,正义的战斗,殊死的战斗,不是为

[①] 转引自《20 世纪俄罗斯作家传记辞典》,莫斯科,2000 年,第 678 页。

了荣誉,而是为了大地上的生活"。在战争残酷而严峻的背景下,焦尔金妙语连珠,出口便是俏皮话和玩笑,这些玩笑幽默风趣而又不流于粗俗,以骨肉之躯经历其传奇般的冒险生涯。他曾在苏芬战场上赤身泅渡严冬的冰河报告军情,并风趣地请求给他身上擦酒精取暖的大夫能不能让他"从肚里往外暖一暖";行军休息聊天时,他把遭遇敌人炮击和坦克戏称之为"开洋荤";他曾用步枪打下敌人的飞机,接替牺牲了的排长指挥战斗,与比自己强壮的敌兵肉搏,几度负伤又重返战场……历经艰辛,终于走上进军柏林之路。

诗人有意将焦尔金的身份固定于士兵行列,并且在其周围塑造了一系列与其相似的士兵群体形象,以突出其在"战争中歌颂战争"的宗旨。在《焦尔金遇上焦尔金》一章中,两个同姓焦尔金、性格相仿的战士争论谁是真的焦尔金,司务长站出来说:"按照条令的规定,/每个连队都要分配一名焦尔金。"在焦尔金与一对老年夫妇两度见面的章节中,两个年龄差距悬殊、不同年代的士兵倾心交谈,显示出俄罗斯男子汉的豪爽和气概。

全诗主要采用了比较具有民间叙事风格的4音部扬抑格形式,但并不绝对化,相对整齐的格律间杂或长或短的诗行和诗节,许多自然流畅的相似韵、近似韵以及接近口语、方言的诗歌语言的运用,相对自由的诗节和篇章结构处理,使长诗富有张力和弹性。《渡江》一章以短促的诗行、急切的节奏转换战斗、伤亡、英雄渡江归来等场景,渲染了战场的紧张气氛,同时哀悼阵亡战士之情贯穿其中,在生与死如此接近的转换中突出了焦尔金的乐观天性。《死神和士兵》一章,以童话的形式装载了一个为了生活和战斗的焦尔金与死神的诱惑相抗争的故事,具有很高的审美价值。焦尔金最终在战友的帮助下,战胜了死神。伴随着焦尔金的业绩,作者有许多自己的插话,诗人以此表达对和平生活的渴望、对战争意义的思考、对友情和爱情的赞颂、对家乡和祖国的热爱,使长诗既充满高昂激情,又真切感人,成为一部不可多得的优秀的战争文学作品。

在长期的诗歌创作生涯中,特瓦尔多夫斯基总是满怀激情及时反映社会生活中的重大的事件,人们普遍的社会心理和观念。他将自己对丰富多样的艺术表现手段的掌握和运用,融入貌似平常、没有过度装饰的民间诗节中,朴实无华有时甚至幼稚可笑的诗歌语言,经常迸发高度智慧的火花。他的诗歌天才体现在,他能使人从这种无技巧的技巧使用中,不知不觉地感受到诗歌的魅力,特别是他对道路和回忆主题的开拓以及取得的成就,使他在俄罗斯诗歌发展中占有不可替代的重要位置。

第九节 约·亚·布罗茨基
（1940—1996）

1987年，美籍俄裔犹太诗人约·亚·布罗茨基获得了当年的诺贝尔文学奖，是该奖历史上最年轻的获奖者之一。他是以一个列宁格勒（彼得堡）"地下诗人"的身份闯入俄语诗坛的，但是，早在他于1996年在纽约去世之前，他就已经被视为20世纪后半期最伟大的俄语诗人了。在自传体散文《小于一》中，布罗茨基曾写道："一个人也许是小于'一'的。"①他也许是在暗示，一个人永远也无法完整地展示出自我，或者，一个人永远也无法完整地体验自己的内心世界。换一个角度，我们却以为，一个人，当他具有了空前丰富的经历和体验，并将这样的体验换化为审美的对象和诗歌的结晶时，他也是有可能大于"一"的。布罗茨基自"小于一"开始，逐渐丰满为一个显赫的诗歌象征，在20世纪世界诗歌的历史中留下了高大的身影。

生平创作道路

约瑟夫·亚历山德罗维奇·布罗茨基（Иосиф Александрович Бродский，1940年5月24日生，1996年1月28日去世）生在列宁格勒一个海军军官家庭，幼年在战争期间度过，战后第2年走进学校，15岁时主动退学。从此，列宁格勒（即彼得堡）就成了布罗茨基的大学，犹如喀山之于高尔基。布罗茨基曾称彼得堡为"俄罗斯诗歌的摇篮"，这座城市同样也是他诗歌创作的"摇篮"。

为了减轻家庭的负担，同时也为了寻找一种更为自由的生活方式，布罗茨基十几岁时就在彼得堡的一家工厂当铣工，后在一家医院的太平间里当守尸人，并顺带为死人整容。此后，布罗茨基浪迹于"人世间"，从司炉到实验室的工人，从搬运工到勘查队员，先后从事过十几种工作。他在勘查队工作的时候，几乎走遍了苏联各地。在浪迹天涯、遍尝人生的酸甜苦辣的同时，布罗茨基爱上了诗歌。尽管他的诗作很少有机会发表，只以手抄本的形式在地下流传，但对俄罗斯和外国诗歌大师的深入阅读，与一些诗歌爱好者的相处，尤其是与俄罗斯诗歌大师阿赫玛托娃的接近，使他意识到，诗歌是投向他生活的一束灿烂的阳光，诗歌成了他生命的全部意义所在。但是，诗歌同时也成了他后半生动荡生活的导火线。

1963年11月29日，《列宁格勒晚报》第281期上发表了一篇署名文章，题

---

① И. 布罗茨基：《文明的孩子》（刘文飞译），中央编译出版社，1999年，第14页。

为《文学寄生虫》,对当时并不出名的列宁格勒青年诗人布罗茨基进行了点名批评。次年2月的一天,走在大街上的布罗茨基突然被塞进一辆汽车,带到了警察局。2月18日受审后,布罗茨基被关进疯人院。3月13日,布罗茨基再次受审。在审判中,女法官与布罗茨基有过这样的对话:"你为什么不工作?""我工作,我在写诗。""我在问你,你为什么不劳动?""我劳动了,我在写诗。""是谁教你写诗的?""我想……是上帝。"①在第二次审判之后,布罗茨基被以"不劳而获罪"判处5年流放的刑期,被流放到苏联北部边疆阿尔汉格尔斯克州科诺沙区诺林斯科耶村。这就是当年轰动一时的"布罗茨基案件"。这一事件发生时的20世纪60年代中期,是东西方激烈"冷战"的时期,因此,西方媒体对"布罗茨基案件"进行了大肆渲染,使得布罗茨基一时名扬天下。尽管布罗茨基在法庭上表现得很自信,很坦然,尽管人们可以猜测,正是这次案件宣传了布罗茨基和他的诗,并为他以后的获奖奠定了基础,但这一事件对于年仅20余岁的他来说,无疑还是一个打击,一场灾难。布罗茨基被流放以后,彼得堡的许多文化名流,如作曲家肖斯塔科维奇、诗人马尔夏克、作家帕乌斯托夫斯基和楚科夫斯基等人,都曾出面为营救他而奔走,而其中最积极的营救者就是布罗茨基的诗歌导师阿赫玛托娃,她甚至挺身而出为要求释放布罗茨基的呼吁书征集签名。在阿赫玛托娃的努力下,布罗茨基只服了一年半刑,就回到了列宁格勒。但是,归来后的布罗茨基似乎仍难容于当局,5年之后的1972年,布罗茨基被告之,他已成为苏联社会所不需要的人,一架飞机将他带到维也纳,他被迫开始了流亡西方的生活。一次,阿赫玛托娃在与人谈到布罗茨基的经历时感叹地说:"他们给我们这个红头发的小伙子制造了怎样的一份传记啊!这经历他似乎是从什么人那儿租用来的。"②

到了西方以后,布罗茨基的生活安定了下来。在维也纳,他得到了著名英语诗人奥登的热情帮助,奥登把他介绍给了西方的诗歌界和出版界。不久,布罗茨基接受了美国密歇根大学要他去该校任教的邀请,移居美国。之后,他又在美国的多所大学执教,并迅速融入了美国的主流文化圈,尤其是在他于1987年获得诺贝尔文学奖之后,更成了一位世界级的大诗人。1977年,布罗茨基加入了美国籍,但他的流亡者的身份和心态似乎并没有立即随之结束。比如,人们在谈到他时,仍常常称他为"俄语诗人"。

1996年1月29日,布罗茨基因心脏病发作,在美国纽约病逝。后来,他的灵柩被安葬在了意大利的威尼斯,那里是他夫人的故乡,更是眷念古代文明的

---

① M.维格多罗娃:《审判记录》,载苏联《星火》杂志,1988年第49期,第26—31页。
② A.奈曼:《阿赫玛托娃的故事》,莫斯科,文学出版社,1989年,第124页。

他为自己选定的一处归宿。

抒情诗歌创作

布罗茨基走过了一条曲折却又顺利的创作道路。布罗茨基的研究者们,通常以布罗茨基的被流放(1964)、他的流亡生活的开始(1972)和他获得诺贝尔文学奖(1987)这3个重大事件为基点,将他的创作划分为4个阶段。

据说,布罗茨基是从15岁开始写诗的。那些最早的诗是什么样的,我们不得而知。如今在布罗茨基的各种选本中排列最前的诗作,大都写于60年代初,也就是在他与莱茵等结为诗友并拜阿赫玛托娃为师之后。布罗茨基这一时期的诗大都写得比较严谨、简洁,因为,他曾将莱茵的一句话奉为座右铭:写诗要尽量不用形容词。然而,他这一时期最成功的一首诗,却洋洋洒洒地长达200余行(不过其中仍然几乎没有形容词),这就是他那首著名的《献给约翰·邓恩的大哀歌》(1962)。这就是该诗的头尾两小段:

> 约翰·邓恩睡了,周围的一切睡了。
> 睡了,墙壁,地板,画像,床铺,
> 睡了,桌子,地毯,门闩,门钩,
> 整个衣柜,碗橱,窗帘,蜡烛。
> 一切都睡了。水罐,茶杯,脸盆,
> 面包,面包刀,瓷器,水晶器皿,餐具,
> 壁灯,床单,立柜,玻璃,时钟,
> 楼梯的台阶,门。夜无处不在。
> 无处不在的夜:在角落,在眼睛,在床铺,
> 在纸张间,在桌上,在欲吐的话语,
> 在话语的措辞,在木柴,在火钳,
> 在冰冷壁炉中的煤块,在每一件东西里。
> 在上衣,在皮鞋,在棉袜,在暗影,
> 在镜子后面,在床上,在椅背,
> 又是在脸盆,在十字架,在被褥,
> 在门口的扫帚,在拖鞋。一切在熟睡。
> 熟睡着一切。窗户。窗户上的落雪。
> 邻居屋顶白色的斜面。屋脊
> 像台布。被窗框致命地切割,
> 整个街区都睡在梦里。睡了,
> 拱顶,墙壁,窗户,一切
> 铺路的卵石和木块,栅栏,花坛。
> 没有光在闪亮,没有车轮在响动……

> 睡吧,睡吧,邓恩。睡吧。别折磨自己。
> 上衣破了,破了。挂起来很是忧伤。
> 这时你看,有颗星在云层里闪亮,
> 是她在久久地把你的世界守望。

邓恩是英国 17 世纪的一位玄学派诗人,其诗歌所具有的神秘的意境、严谨的语言和瑰丽的形象,都让布罗茨基折服,布罗茨基因而写了这首献诗,试图与这位逝去的先人进行一番跨越时空的交流。这首诗是布罗茨基的成名作,诗写出来之后,布罗茨基多次在公众场合朗诵此诗,均引起热烈的反响,后来,此诗在列宁格勒的一份地下文学刊物上刊出,不久传到国外,给作者带来了广泛的声誉。这首诗与传统的俄语诗歌的确有很大的不同,从选题到写法,从形象到情绪,它在当时都让人耳目一新。从体裁上看,这是一首不是长诗的长诗;从风格上看,这是一部不是史诗的史诗。全诗既肃穆庄严,又哀婉绵密。这是一个生者对死者的访问,是一次历史与现实的交谈,灵魂与肉体的对话。作者从人写到动物,从景物写到生物,从实物写到概念,极力铺陈、渲染。诗中,作者直接使用的名词多达数百个,"夜"、"黑暗"、"暗影"等词频繁出现,"睡"(спать)和"睡着"(уснуть)两个动词及其变化形式,更是被无所顾忌地分别使用了 50 余次和 20 余次。这种大手笔的重复,不仅营造出了梦幻的场景,更迭砌出了一种崇高的氛围。此诗传到国外之后,由于它是以一位英国诗人为对象的,因而更容易为西方读者所接受,布罗茨基从此在国外获得了一定的声誉。在写作此诗后不久,西方的一家出版社就在他不知情的情况下出版了他的第一部诗集《长短诗集》(1965)。

从 1964 年的流放到 1972 年的流亡,这期间的近 10 年,是布罗茨基最认真、刻苦的创作时期,现在看来,也是他收获最丰、成就最高的时期。他在被流放后不久写的《献给奥古斯都的新章》一诗中写道:鸟儿全都飞回了南方,我多么孤独,又多么勇敢,甚至没有目送它们远行,我不需要南方。从这首诗起,孤独作为主题就深深地扎根在了布罗茨基的诗歌中,成为他整个创作的一个"母题"。流放归来之后,布罗茨基的创作热情高涨,诗艺日臻成熟。他的诗作所具有的那种深邃的历史感和立体的雕塑感、激烈的内在冲突与冷峻的抒情态度和和谐统一的独特韵味,在《狄多和埃涅阿斯》(1969)一诗中得到了典型的体现。

> 这个伟大的男人远眺窗外,
> 而对于她,整个世界的终端,
> 就是他宽大的希腊外衣的边缘,

犹如凝固的大海一般的外衣上
那丰富的褶皱。
　　　　　他却
远眺窗外,他此时的目光
离此地如此遥远,双唇
冷却成一只贝壳,其中
潜伏着呼啸,酒杯中的地平线
静止不动。
　　　　而她的爱
只是一尾鱼,——它或许能够
跃进大海跟随着那船,
用柔软的身体劈开波浪。
有可能超过那只船,——然而他
沉思着已踏上滩头。
大海于是成了眼泪的大海。
但是众所周知,正是
在绝望的时刻,吹起
一阵顺风。于是伟大的丈夫
离开了迦太基。
　　　　　　她伫立,
面对她的士兵在城墙下
燃起的一堆篝火,
火焰和轻烟之间颤抖着幻象,
她在这幻象中看见,
迦太基无声地倾塌了,
比卡托的预言早了许久。

　　这首仅20余行的抒情诗,却既有雕塑般的凝固感,又有十分紧张的情节发展。它如同一出微缩的古希腊悲剧,具有典型的古典遗风。两个主人公,即狄多和埃涅阿斯的对立,构成了全诗的内容,据说,特洛伊城的英雄埃涅阿斯在特洛伊沦陷后流亡到迦太基,迦太基的女王狄多收留了他,并深深地爱上了他,但埃涅阿斯却听从使命的召唤,毅然离开了迦太基,而狄多则因绝望而自杀。在这首诗中,描写埃涅阿斯的诗句和描写狄多的诗句交替出现,像一个特写镜头分别摇向两个人物,在镜头的"切换"处,作者将诗行切断(即诗中的"他却"、"而她的爱"、"然而他"和"她伫立"等处),既突出了转换,也强调了对立。这是男人与女人的对立,也是事业与爱情的对立、理智与情感的对立。诗人没有直接描写两个人物紧张、矛盾的心理活动,而完全以冷峻的外部描写来传达内心。伟大的男人埃涅阿斯远眺窗外,不为女人的柔情所动,他紧抿着贝壳一般的嘴一言不发,也不饮美酒,当顺风吹起,他果断地扬帆出航,去完成他肩负的使命,正是在这一时刻,他实现了他的"伟大";而柔情似水似鱼的女王,终于留不住心爱的人,她的眼泪汇成了大海,她的理想彻底破灭了,于是,她在篝火的幻象中预见了她的国家的毁灭。除了人物的对立外,诗中还有场景的转换、动静的对比和时间的错位。诗开始在一个封闭的空间里,两个人物都静默在压抑的氛围里,狄多看着埃涅阿斯,而后者却看着远方。窗口是一个中介物,它串联起此处和大海,同时也造成了封闭和开放、限制和自由的强烈对比。大海曾被普希金称为"自由的元素"(《致大海》),在这里,它也表示一种自由,象征一种来自远方的神圣召唤。大海是这首诗的中心形象,除了埃涅阿斯远眺的大海外,还有与之对立的外衣构成的"凝固的大海"和狄多流下的"眼泪的大海",以及毗邻大海的"滩头"。以海为中心的场景转换,是与动和静的对比同步进行的。埃涅阿斯的决心是坚定的,因此对他的刻画所用的是雕塑般的手法,如他衣服上的皱褶像凝固的波浪,他的双唇像紧闭的贝壳,酒杯中的酒静止不动,就连他扬帆起航的动作也被处理成静态的,即"沉思地"走向滩头。而狄多的感情却被写得活动了起来,她柔软的身体如鱼,她涌动的热泪似海,她面对跃动的火焰在幻觉中走向了自己的毁灭。这静与动的对比,其实就是主人公性格和情绪的对比。诗的最后一行是一个时间状语,它被分开排列,造成一种割裂感和距离感。卡托作为古罗马的执政官,极端仇视迦太基,可迦太基的灭亡却在卡托之后。但这里所说的"早了许久",并不一定是指真实的历史时间,是狄多的"幻象",或者说,是她的爱情和绝望,导致了迦太基的灭亡,因此是"早了许久"。这里的时间错位,突出了狄多爱情悲剧的毁灭意义。由此可见,人物的对立,被置于对立的时间和空间中,在紧张的冲突氛围中,狄多和埃涅阿斯的爱情悲剧,不,也许是整个人类的感情和理智的矛盾,被淋漓尽致地表现了出来。同时,这里写的也是人与人之间的隔膜,是另一种孤独。

　　流亡之后,布罗茨基诗歌中的孤独感越来越深重,渐渐地与时间和死亡的主题结合在了一起。一位美国学者在将布罗茨基的诗与普希金的诗作了一番比较之后写道:"总的说来,普希金是俄罗斯诗歌中心灵和肉体的健康、精神的健全、激情的充沛之最充分的体现。而在布罗茨基的诗中,舒适、慵困、友谊、欢快的宴席、轻松幸福的爱情、人间财富和身体健康带来的快感等享乐主义的主题,是绝对没有的。"[1]在《1972年》(1972)一诗中,他这样写道:

　　　　心脏像松鼠,在肋骨的枯枝间

---

[1] M.克列普斯:《论布罗茨基的诗歌》,安阿伯,阿迪斯出版社,1984年,第214页。

跳跃。喉咙歌唱年龄。
这——已经是衰老。
衰老！你好，我的衰老！
血液滞缓地流动。
双腿匀称的构造时而
折磨视力。脱下鞋子，
我提前用棉絮拯救
我感觉的第五区域。
每个扛锹走过的人，
如今都成为注意的对象。

衰老和死亡，都是时间对人的"赠与"。"时间"一词以大写字母开头不断出现在布罗茨基这一时期的诗歌中，被当作主宰一切的主人、敌人和刽子手。时间摧毁一切，如布罗茨基形容，"废墟是时间的节日"，"灰烬是时间的肉体"。在这里，布罗茨基把他的孤独主题、死亡主题与时间主题对接，并由此扩展开去，在人、物、时、空的复杂关系中继续他对生命的探究。《科德角摇篮曲》(1975)是诗人这类思考的集中体现，诗中认为"空间是物"，时间是"关于物的思想"，"时间大于空间"，它的形式是生命。空间，作为永恒的、不朽的时间的对应体，是物质的。但它和时间一样，都是人的依赖。人在本质上属于时间，在形式上属于空间，人是"空间的肉体"。生命的人与静止的物相对立，但时间却能将两者调和。作为时间之一种手段的死亡，把人变成物，同时在人身上实现着时间与空间的分裂。人被时间杀害，却又通过时间脱离了空间。这样，布罗茨基诗中的生命便具有了某种形而上学的意味。

获得诺贝尔文学奖之后，布罗茨基成了一个国际文化名人，忙于各种应酬，诗歌的创作热情似乎有所下降，与此同时，他这一时期的散文创作，尤其是先后出版的两部英文散文集《小于一》和《悲伤与理智》，都获得了广泛的好评。

在近40年的写作生涯中，布罗茨基总共写下了近千首抒情诗、百余万字的各类散文和许多其他体裁的作品，先后出版了几十种各类作品集，其中较常为人所称道的有：《长短诗集》(1965)、《荒野中的停留》(1970)、《美好时代的终结》(1977)、《语言的部分》(1980)、《罗马哀歌》(1982)、《献给奥古斯都的新章》(1983)、《小于一》(1986)、《悲伤与理智》(1995)。

布罗茨基是一个非常现代的诗人，他的诗歌所具有的语言试验色彩、"死亡的练习"的主题和面对世界的深刻的怀疑精神，甚至使有的评论家将他称为"后现代诗人"；然而，布罗茨基又是诗歌传统的谦逊继承者。在俄语诗歌传统中，他有选择地接过了曼德尔施塔姆、阿赫玛托娃、茨维塔耶娃等人的诗歌薪火，将他们对诗歌文明的眷恋、对诗人个性和尊严的捍卫等诗歌基因综合了起来,从而成了"白银时代"俄语诗歌集大成式的传承者。需要指出的是,布罗茨基不仅是俄语诗歌的传人,他还在英语诗歌中找到了他感觉亲近的传统。17世纪英国玄学派诗歌的意象,弗罗斯特的诗体和奥登的批判精神,都对布罗茨基产生过非同一般的影响。诺贝尔文学奖的授奖人在给布罗茨基授奖时曾说:俄语和英语是布罗茨基观察世界的两种方法,掌握了这两种语言,他犹如坐上了一座高峰,可以静观两侧的山坡,俯视人类和人类诗歌的发展。同时继承着两种平行的文学传统,并在创作中成功地将两者融为一体,这是布罗茨基对20世纪世界诗歌做出的最大贡献。基于对不同时代、不同语种和不同大师的诗歌遗产的融会贯通,布罗茨基成了20世纪最杰出的诗人之一;而他的充满了革新精神的创作,又成了20世纪诗歌遗产中的一个重要组成部分。如今,在他去世之后,我们感到,俄语诗歌的世界影响在逐渐下降,俄罗斯侨民文学也仿佛走到了尽头,只有在这个时候,我们才更清楚地意识到了布罗茨基在20世纪俄语文学历史中的价值和意义。

第十节 弗·谢·维索茨基
(1938—1980)

弗·谢·维索茨基是20世纪下半叶俄罗斯弹唱诗的重要代表,一位具有鲜明个性的多面手。他一生孜孜不倦地活跃于诗歌、音乐、戏剧、影视领域,从事创作和表演,展示出横溢不竭的才华,深受俄罗斯人民的喜欢、爱戴和尊敬。他是时代的一面镜子,人民心声的代言人,在特定的时代语境下创造了一种独特的文化现象。

生平创作道路

弗拉基米尔·谢苗诺维奇·维索茨基(Владимир Семенович Высоцкий,1938年1月25日生,1980年7月25日去世)出生在莫斯科一个军人家庭,父亲参加过卫国战争,母亲从事翻译工作。维索茨基的童年在莫斯科度过,卫国战争初期曾随母亲撤退到乌拉尔地区,两年后回到莫斯科。1947—1949年间,维索茨基到父亲服役的德国埃伯斯瓦尔德市居住,并随父亲的第二任妻子学习音乐。回到莫斯科后,维索茨基继续在父亲家生活了六年,之后搬到了母亲家。1956年中学毕业后,维索茨基考入了莫斯科模范艺术剧院附属表演学校,从此他便一生与戏剧结缘。

维索茨基起初在普希金剧院表演,后来转到小品剧院,显示出极强的表演才能。1964年他转入塔甘卡剧院，从此迎来了戏剧表演事业的迅速发展时期。他在那里塑造了一系列经久不衰的形象，如《伽利略的一生》中的伽利略、《哈姆雷特》中的哈姆雷特、《樱桃园》中的拉伯兴、《罪与罚》中的斯维德里盖伊洛夫等。尤其是对哈姆雷特一角的全新演绎，被认为是维索茨基戏剧表演方面的不朽杰作。他把哈姆雷特诠释为一位深知自己的历史作用的同时代人，为着崇高的道德品质而战，为着时代的人道主义理想而战。这个角色他演了将近10年，共计300余场，其间哈姆雷特似乎也在随着年龄的增长而日渐成熟，从一个狂放不羁、充满激情的青年人变成孤独凝重、忧郁沉着的成年人。自1959年起，维索茨基还参与影视表演。他总共拍摄了近30部影视作品，虽然没有戏剧作品那样走红，但是也为世人留下了一些难以忘却的形象。比如根据契诃夫的中篇小说《决斗》改编的电影《糟糕的好人》（1973）中的冯·科林一角，维索茨基栩栩如生地表现出这个外表平静的动物学家内心深处的激情和躁动，表现出主人公被这种虚假的狂热所俘虏、折磨直至压垮的过程。1979年拍摄的《见面地点不得改变》中的刑侦队长热格罗夫和1980年拍摄的《小悲剧》中的唐·胡安是维索茨基的电视剧代表作。此外，维索茨基还录制过几部广播剧。

维索茨基于60年代初开始写歌，他的歌曲创作是和戏剧表演不可分割的，许多歌曲被收入影视作品或者专门为影视作品而作，比如《女攀岩运动员》（1966）、《儿子们远赴战场》（1969）、《任性的马》（1972）、《走向天堂叙事曲》（1973）、《黑眼睛》（1974）等。维索茨基一生写有600余首诗，内容广阔、内涵深刻，他伴着吉他巧妙机智地唱出了那个时代难以唱出的肺腑之言和潜在真理。他的弹唱诗生涯是在奥库贾瓦的影响下开始的。维索茨基曾在一次演出中说："我听到奥库贾瓦的演唱后突然明白了，这种方式——就是用吉他的节奏配合诗歌的讲述，不是用旋律，而是用节奏——可以加强我已经在从事的诗歌创作的力量。"① 起初，维索茨基只是在塔甘卡剧院的好友中间演唱，后来，通过演唱会、录音卡带、唱片等形式，他的弹唱传到了全国各个角落。

在1968—1969年间，维索茨基遭到一些报刊文章的攻击，不但否认他的作品的艺术性，而且指责他的诗歌缺乏崇高的思想性和真正的公民感。接着，他的名字便被官方定为禁论对象。许多电影角色不再由他出演，也不再用他的歌曲作为主题歌和插曲，他的一些戏剧演出设想也相继搁浅。直到1972年，他与第三任妻子、俄裔法国女演员玛丽娜·弗拉迪结婚后，到保加利

---

① И. 罗格维尔：《20世纪俄罗斯文学》，圣彼得堡，2002年，第475页。

亚、匈牙利、法国、加拿大、德国、美国等地演出，他的艺术之花才得以重新绽放。他在国内外的不可遏止的名望使得官方只能对其缄默批评之口。组诗《自旅途日记》中的第一首诗《送别短暂，期盼无边》发表在诗歌选集《诗歌日——1975》中，这是维索茨基生前公开发表的唯一作品。在生命的最后十年，维索茨基成为青年人的偶像，也成为千万民众敬仰的对象。在他逝世后，有上万人自发地来为他送别，在莫斯科的瓦甘科夫墓地竖立的纪念碑前，常年摆放着纪念他的鲜花。他的诗集、关于他的文章和书籍，也终于在他身后纷纷问世。

弹唱诗创作

维索茨基的弹唱诗创作可以分为四个阶段，它是与戏剧表演同时或者交替进行的。第一个阶段为1961—1964年。这一时期诗人主要倾向于使用民间"黑话"语料写一些流行歌谣，通过暗含的讽刺来表达对作品中的人和事的态度。这一时期诗歌作品的一个重要主题是"牢狱"。诗人并没有着意再现牢狱生活的细节，而是从一种哲理和伦理思考的角度，富有象征意味地揭示出个性自由和创作自由的问题。这种讽刺有时是以嘲讽和模仿的口吻，如《纹身》(1961)、《城市浪漫曲》(1963)，有时是以戏剧性讲述的语气，如《未婚妻为我而真心大哭》(1963)、《伙伴们，给我写信》(1963)等。有意思的是，能够听懂这些歌曲、认同这些歌曲并非真正的醉鬼、惩戒兵和罪犯，与之产生共鸣的更多是些文化人，这也就使得后来官方对他那种格调不高的指责站不住脚。

第二个阶段为1964—1968年。维索茨基的诗歌题材和风格在这一阶段均有所扩展。除了对政治事件的含蓄反应，对个人生活事件的感受和讽刺小品性的速写以外，这一时期出现了第一批童话和反童话题材的诗歌，如《说鬼》(1966)、《野猪》(1966)、《不幸的童话主人公》(1967)等。幻想题材和体育题材也开始进入诗人的创作空间。最为突出的是，1966年维索茨基在拍摄电影《垂直线》时，为它创作的一组"登山"歌曲，包括《冲向顶峰》、《朋友之歌》、《军人之歌》等，其中的抒情成分颇为突出，所传达出的友谊、信念、意志等精神的力量使这些歌曲超越了电影插曲，成为一首首独立的经典之作。随着诗人与玛丽娜·弗拉迪的相识，这种抒情成分变得愈发浓烈，许多诗歌专门为玛丽娜而作，如《水晶屋》(1967)、《也许——冲着屋里唱起歌》(1968)等。1968年，诗人以《猎狼》一诗来回应报刊上的不公正批评，诗中个人命运的悲剧声音提升到了全社会的高度：

......

和狼群玩着不平等游戏的
猎人们,手却不会发抖!
先用小旗圈住我们的自由,
打起来坚定又有准头。

狼可不能把传统背弃!
看来,童年时——我们这些狼崽——
不懂事的东西,吸着母狼的奶
也吸进了一句:不许越过小旗!

看——开始猎狼了,猎得正欢
冲着灰色的猛兽——母狼和小狼。
猎人们喊声连天,猎狗们狂吠不断,
雪地上洒满鲜血,还有小旗的红斑。
……

在当时的时代背景下,这首作品成为一种形象化的艺术文献,反映出持续时间不长的"解冻"时期行将结束,社会上的反民主倾向已经加速形成,俄罗斯和人民的命运将再次经历严峻的考验。

第三个阶段为 1968—1973 年。由于来自官方的阻力,维索茨基在小说、电影剧本、儿童题材的长诗等领域的创作尝试均未能实现。直到 1970 年,塔甘卡剧院排演《哈姆雷特》,维索茨基的艺术生涯才有了转机。这一题材不仅为维索茨基的戏剧表演事业提供了一部里程碑式的作品,而且为他的诗歌创作孕育了新的主题和风格。诗人的作品频繁地触碰到生与死、人的使命和责任、人与人的相互关联等问题,这些问题又都与"哈姆雷特"主题相呼应。最明显的标志就是 1972 年所作的《我的哈姆雷特》一诗。诗人采用抒情独白的形式,透过哈姆雷特的形象,在诗中表达了对自己和同时代人命运的哲理性思考:

……
我日渐成熟,也日渐愚蠢,
我错过了家庭的阴谋诡计。
我不喜欢那个世纪,其中的人
也引不起我的兴趣。我于是躲进了书里。

我的大脑,如蜘蛛般贪求着知识,
它试图理解一切:运动和僵死。
但是思想和科学得来无益,
当它们处处遭到驳斥。

……

除了哲理性的抒情诗,维索茨基在这一时期还创作了一些叙事曲,包括哈姆雷特主题、爱情主题以及战争主题。战争是维索茨基从未间断过的诗歌创作主题,因为他认为自己是从战争年代走来的人,无法也不应该忘记战争。维索茨基对战争题材诗歌的处理与奥库贾瓦不同。奥库贾瓦以感伤亲人离别和家庭破碎来烘托战争给人们造成的悲剧,维索茨基则突出表现士兵的力量,从纤夫、勇士、巨人之力,到哪怕是一个小兵的微薄之力。他的战争主题诗歌在这一时期更加成熟和深刻,代表作品有《大地之歌》(1969)、《他没有从战场上归来》(1969)、《我们转动地球》(1972),等等。无论哪种题材,诗人一如既往地在诗歌中显示出意志和力量,同时也传达出更加厚重的悲剧声音。

第四个阶段为1973—1980年。这是诗人创作个性最为成熟的阶段,题材视野极其开阔,涵盖了社会生活的各个方面、各种人群,对即使细微的情节也能够进行深刻的阐释。这一时期诗歌的中心主题是命运,从个体的命运到整个时代、整个民族的命运。诗歌形式除了先前已经出现的独白、叙事曲之外,又增添了寓言性诗歌,如《两种命运》(1975—1977)、《关于真话和谎话的寓言》(1977),等等。这些充满忧郁感的寓言诗,酷似苦涩的真实生活,令人心灵震颤的同时思索人生的真谛。诗歌语义的双关、形象的多侧面、讲述的多层面等特点,还赋予这一时期的许多作品以启示录的色彩,如《天堂苹果》(1977)、《我俯瞰地沉向水底》(1977)、《我命中注定,要达到极限点,走上十字架》(1977),这也成为诗人对自己生命即逝的一种预言。

通过与奥库贾瓦弹唱诗创作的对比,我们可以更加清晰地看到维索茨基弹唱诗的艺术特色。首先,奥库贾瓦所唱的是一个真实的"我",是在坦陈和抒发自己内心的感受。而维索茨基所唱的是带着一张张面具的"我",如同演员一般,展现出千人、千面、千种感受,任何阶层和行业的人,都可能成为他的诗歌"角色",比如酒鬼、小市民、运动员、飞行员、矿工、铁匠、小偷、司机……他甚至能把物拟人为主人公,如轮船、飞机、麦克风,等等。在"扮演"这些角色的时候,维索茨基就化身为那个他并没有亲身经历过的"我",而他所灌注的那种真挚和热烈的感情,通过第一人称的讲述,令人备感真实。

其次,由于戏剧舞台和影视表演对维索茨基的诗歌创作产生了很大的影响,他的诗歌篇幅相对较长,像戏剧那样具有更强的情节性,以及铺陈、展开、高潮、结局这样的"叙事"结构。如果说奥库贾瓦的诗歌表现出更多的理性思索、更多的隐含义和转义,那么维索茨基的诗歌则是突出直白的情节再现和情感宣泄,通过描写低俗、肮脏、令人生厌的现象来烘衬出对纯洁、高尚的道德情操的渴望。奥库贾瓦的诗歌伤怀成分较多,而维索茨基的诗歌即使在讲述悲剧现实的时候也保持着一种昂扬的力量,他的主人公常常是奔向山间、天空和辽阔的大地,以此号召人们征服顶峰、跨越障碍、克服恐惧和卑琐的心理。

第三,从诗歌语言来看。奥库贾瓦和维索茨基都擅长采用民间口语,通过拟人、夸张手法制造荒诞感和戏剧性,但是前者更多地注意到传统诗歌的语言结构和韵律特点,比较讲究艺术加工,而维索茨基则在荒诞性、戏剧性、口语化上更前进了一步,广泛地使用粗话、俏皮话和谐音双关、悖论等手法,来加强轻松、滑稽的效果。在这种表面含义的"掩护"下,引起对敏感、深刻、尖锐的内容的联想,在逗人发笑的同时,唤醒人们的良知。比如《早操》(1967)一诗。全诗似乎在讲人们跟着口令做早操这项普通的活动,但是到了最后一段,却令人豁然悟出了诗歌的真意,即所谓的"进步",乃是一种自欺欺人的假象:

>……
>坏消息并不可怕——
>我们以原地踏步作为回答,——
>即使初学也能胜利。
>美就在踏步的人中间!
>没有落后,也没有领先!
>原地踏步令所有的人
>　　称心如意。

最后,从音乐风格方面来说。奥库贾瓦的弹唱更像城市浪漫曲,注重旋律和抒情,是一种较为含蓄的、柔和的表达,吉他伴奏以和弦为主,通过传达心灵的痛来强调作为个体的人性的完整,宣扬人的美好品质。维索茨基与其说是在歌唱,不如说是在说唱,甚至喊叫和嘶吼,他的吉他伴奏多为击弦,似一声声重锤的敲击,与他那沙哑的嗓音一起,活灵活现地表现出遭受了践踏和侵害的男性尊严和力量,以及因此而感到的直观的身体之痛。两者用不同的方式表现出对时代环境的隐在反抗。

维索茨基既是一位走红的演员和歌手,也是一个体现着人民的良心和真理的化身的人。诗人自己也曾表示他创作的目的在于传达"人性的焦急",以此来"帮助精神上的完善"。在维索茨基逝世的噩耗传来之时,许多诗人立即到商店里买了酒,聚集在一起,边喝酒边做诗纪念他。这是一种非常独特的纪念方式。其中沃兹涅先斯基的一首四行诗,寥寥数词却一语中的,道出了维索茨基粗俗之中的伟大:"为这个能言善辩的盗贼/嚎哭吧,俄罗斯/外面是怎样的时代——/就有怎样的救星。"

第十一节 布·沙·奥库贾瓦
(1924—1997)

布·沙·奥库贾瓦是20世纪下半叶俄罗斯弹唱诗的奠基人,同时也是一位独具特色的小说家和剧作家。他一生创作了许多不同体裁的优秀作品,大多切合时代精神,反映时代的悲喜。尤其是他的弹唱诗,"鸣响着停滞时期的道德音叉,透过由日常生活编织而成的浪漫图画,透过柔和可信的语调和细腻真挚的抒情,流露出对道德伦理准则的坚定遵循,对崇高精神价值的绝对信守"。① 他那怀抱吉他行吟心声的弹唱诗人形象至今长存于俄罗斯人民的心中,他的弹唱诗成为几代人的心理象征和精神支柱。

生平创作道路

布拉特·沙沃维奇·奥库贾瓦(Булат Шалвович Окуджава,1924年5月9日生,1997年6月12日去世)出生在莫斯科著名的阿尔巴特大街,父亲是格鲁吉亚人,母亲是亚美尼亚人。他生长的这个家庭饱受了斯大林时期的镇压之苦:从事党务工作的父亲被枪毙,母亲先被送入集中营,之后被流放,不少近亲也相继遭难。当时年幼的奥库贾瓦与祖母在莫斯科生活了一段时间。1940年他赴第比利斯投奔亲戚。1942年,在他17岁时,他自愿上了前线,在前线负伤被送入战地医院。1945年复员后,他进入第比利斯大学语文系学习。毕业后,他被分配到卡卢加省的一所乡村学校教语文,还曾为当地的两家报纸当通讯员和撰稿人。直到1955年父母平反,奥库贾瓦才回到莫斯科,在《青年近卫军》杂志和《文学报》担任编辑。1961年,他辞去编辑工作,开始全身心地投入自由创作。陆续发表诗集、小说、剧本作品,常常在朋友中间或者登台弹唱自己的诗歌,录制唱片,参与影视演出。弹唱诗人奥库贾瓦在民众中间"无意而生"的极高知名度,引起了苏联共产党内思想家的警觉,也引起了一些文学家的嫉妒,他们多年把奥库贾瓦的弹唱诗排斥在"高雅"诗歌之外。到了戈尔巴乔夫的"改革"时期,奥库贾瓦才得到官方的接纳。1991年,他被授予苏联国家奖。奥库贾瓦曾到世界各地进行演出,在国际音乐节、诗歌节、唱片评比中获奖。他的诗歌和小说被译成多种文字出版。诗人晚年因患心脏病曾被送往美国做手术。1997年6月12日,奥库贾瓦在出访法国时因病逝世,后被安葬在莫斯科。他逝世的那一天成了俄罗斯举国同悲的日子。

---

① 《新插图百科词典》,莫斯科,俄罗斯大百科出版社,2000年,第515页。

奥库贾瓦自幼开始诗歌创作,少年时代的诗歌作品还曾在地方报纸上发表。在卡卢加市教书期间,他在当地的报纸上定期发表诗歌,1956年出版了第一本诗集《抒情诗》,但是诗人自认为那只是一些无关痛痒的、程式化的诗歌而已。1959年,在莫斯科出版了他的第二本诗集《岛屿》。之后,他的诗歌便频繁地在期刊上发表,并在莫斯科和其他城市陆续出版了诗集《快乐的鼓手》(1964)、《沿着通向吉娜京的路》(1964)、《慷慨的三月》(1967)、《阿尔巴特,我的阿尔巴特》(1976)、《诗集》(1985)、《丹麦王滴剂》(1991)、《命运的恩赐》(1993)等。奥库贾瓦弹唱诗歌的想法是在战争年代产生的。据诗人回忆,1946年大学一年级时候偶然所写的一首歌,是他创作的第一首歌,那是一首有点傻气的学生歌曲,名字叫做《狂野又倔犟,燃烧吧,火焰,你燃烧吧……》,诗人自己对这首歌很不满意,之后十年再没有写歌,也没有想到过会拿着吉他走上舞台。而实际上,这首歌成为了五六十年代的大学生之歌。1957年,他把一首带玩笑意味的歌词谱了曲,唱给他自己的朋友们听,结果大受欢迎。这首歌就是《万卡·莫罗佐夫》。歌曲幽默而苦涩地讲述了一个单恋的故事:主人公爱上了马戏团的女演员,却得不到真诚的回应,他发现自己才是在爱情的道路上走着钢丝。从这首歌开始,他便踏上了"弹唱诗人"的行吟旅程。他的弹唱因在"民间"录成卡带而流传到全国各地。随后,在影视剧中,在音乐会上,在电台、电视台的节目里,时时可以听到他的弹唱。由于当时苏维埃政权的阻挠和反对,他的第一张专业录制的唱片是1968年在巴黎完成的,多年后他的唱片才正式出现在苏联本土。奥库贾瓦一生所创作的800余首诗歌,大多数伴音乐而生,自弹自唱,还有一些诗歌由其他音乐家谱曲,同样广为流传。

从60年代开始,奥库贾瓦将大量的精力投入到小说创作中,主要是两方面的题材:自传和历史。1961年发表了第一部自传性中篇小说《你好,中学生!》(1987年出版单行本)。在这部小说中,奥库贾瓦刻画了不得不与法西斯斗争的中学生的心灵成长历程,描写了他们的痛苦、恐惧、酸楚和愤恨。当时,小说因为淡化英雄气概、强调个人心理而遭到了官方的批评,由其改编的电影也被禁演。此后的数十年里,他笔耕不辍,创作了一系列带有自传性质的小说,如中、短篇小说《前线向我们走来》(1967)、《美妙的历险》(1971)、《我理想中的姑娘》(1985)、《意外的喜悦》(1986)、《外来的音乐家》(1993);长篇小说《废置的舞台》(1989—1993),等等。奥库贾瓦在这些作品中以一种难以抑制的旋律之流,表达了他亲身经历或者感受到的、留在心中永远挥之不去的悲哀和不幸。最值得一提的是长篇小说《废置的舞台》,它是在苏联解体后出版的,讲述了主人公万万奇自童年(20世纪20、30年)到老年数十年间的家庭和人生悲剧,并从主人公和社会不同阶层的"大"、"小"人物的角度,对造成这种种悲剧的社会变动进行解析。这部小说获得了1994年度布克文学奖。奥库贾瓦的历史题材小说是从60年代末开始创作的,作家在小说中并不是直接铺陈历史,而是侧重于人物在特定历史背景上的生活命运和心理经历,艺术地展现出自由思想者与政权阶层的冲突,比如讲述十二月党人运动时期人物的历史悲剧的长篇小说《可怜的阿弗罗西莫夫或一口自由》(1965—1968),以19世纪初的社会面貌为依据的长篇小说《略识门径者的旅行》(1971—1977)和以1812年战争为背景的《会见波拿巴》(1983),等等。

无论弹唱诗,还是小说,在思想内容和艺术表现力上,都体现出奥库贾瓦创作的真挚和坦诚,因而在读者中引起了广泛的共鸣。正如诗人 B. 别列斯托夫所说:"如果奥库贾瓦不会弹吉他,也不唱出自己写的诗,那他也不会有什么损失,损失的只会是我们。还有就是,他的小说也许会比诗歌更为引人注目……他无需展示他是如何掌控风格的,也无需展示他有什么样的文学功底。他只是用那些能够深入心灵的音节写作,他希望让读者感到跟他在一起很舒服,他尽一切努力来达到这一点。"①

弹唱诗创作

奥库贾瓦的弹唱诗大多出自自身的境遇和感受,他发自肺腑地唱出自己这个"我",又因为准确地代表了其他同时代人的经历和情感而转换成千千万万个"我",因而奥库贾瓦成为了他所处的时代的象征,成为了人民心目中真正的英雄。

奥库贾瓦的早期弹唱诗多以战争为主题。由于诗人亲历过前线的生活,他生动细腻地描绘出战争的残酷和士兵的悲苦:战斗艰辛、伙伴牺牲、亲人分别、夫妻离散……同时,这些诗中又洋溢着一股青春的稚嫩与纯洁,比如《军靴之歌》(1957)、《感伤的进行曲》(1957)、《再见,男孩儿们》(1958)等。诗人并不着意歌颂战争中的英雄和英雄行为,而是为那些看上去平凡之至的、似乎没有什么功绩可言的普通士兵而唱,唱出他们的善良、仁慈和爱,唱出他们心中"隐藏着的爱国主义热情"(Л.托尔斯泰语)。此外,奥库贾瓦把人们之间兄弟般的情谊与战争和死亡相对照,以此衬托出对和平美好、无忧无虑的生活的向往。比如《国王》一诗,诗中的"国王"只是一个普通的男孩,是同院儿玩伴中的"头儿",是"自己人",是同伴们心目中的英雄和最好的朋友。这样一个特殊的亲人,却在战争中早早离去。而这战争夺去的不仅仅是一个年轻的生命,它夺去的也是

---

① Б.奥库贾瓦:《尊贵的"成功"女士:诗歌,散文》,莫斯科,爱克斯摩-普列斯出版社,2002年,第27页。

我们生命的一部分:"没有了他这样的王,我无法想象莫斯科的模样。"随着岁月的流逝,诗人在其他题材的诗中仍然进一步反思战争的风雨,希望人们获得更伟大的情感——理解和宽恕,因为即使是正义战争,也会给人们带来实实在在的灾难。

奥库贾瓦弹唱诗的第二个显要的主题,就是莫斯科。虽然奥库贾瓦是格鲁吉亚人,但却有着深厚的莫斯科情结,尤其是阿尔巴特街,对于诗人来说,那是一片庄严、神圣的精神家园。

> 你流动着,似一条河。名字多么奇特!
> 柏油路像那河流的水面,晶莹清澈,
> 啊,阿尔巴特,我的阿尔巴特,你是我的使命
> 你又是我的欢乐,又是我的哀歌。
>
> 你那些步行人啊——全都平凡渺小
> 高跟鞋敲打着地面——为事情忙忙活活
> 啊,阿尔巴特,我的阿尔巴特,你是我的宗教,
> 你的路面在我的身下躺着。
>
> 对你的爱啊,根本无法摆脱,
> 纵使有四万条别的路可以享有
> 啊,阿尔巴特,我的阿尔巴特,你是我生命的寓所
> 永远也无法走到你的尽头
>
> 《阿尔巴特之歌》(1959)

另外一首具有代表性的诗是《午夜的电车》(1957):

> ……
> 午夜的电车,你沿着街道急驰吧,
> 再绕着林阴路兜兜圈,
> 去把不幸的人们收留,他们在寒夜
> 忍受苦难,
> 忍受苦难。
>
> 午夜的电车,请为我敞开你的大门!
> 我知道,在这凄冷的夜里
> 你的乘客,哦,你的水手
> 他们正前来
> 把我营救
> ……

诗中的莫斯科是一座寒冷、潮湿、肮脏、混乱、无处栖居的城市,而无轨电车仿佛"救生艇",用一丝难得的温暖把受难的人们紧密联结在一起。这首歌在知识分子中间极为流行。

作为诗人,奥库贾瓦自然会去关注"爱情"这一永恒的主题。然而他的爱情诗,不是高唱喜悦,也不是低语柔情,而是以一种幽默、解嘲的口吻表达出不平等的爱情的残酷、失意和无奈。比如前面提到的《万卡·莫罗佐夫》,再比如《这个女人哪!我见到她就哑然无语》(1959)、《我应该为某个人祈祷》(1959),等等。

在对一点一滴的感受作自然表露的同时,奥库贾瓦也在思考着世界的真谛、人生的真谛,因此写出了相当数量的心理诗、哲理诗。

> 女孩儿在哭泣:小气球飞走了。
> 人们安慰着她,气球却在飞远。
>
> 姑娘在哭泣:未婚夫还不出现。
> 人们安慰着她,气球却在飞远。
>
> 女人在哭泣:丈夫跟别人走了。
> 人们安慰着她,气球却在飞远。
>
> 老妪在哭泣:一生就要走完……
> 而那气球回来了,它已经变蓝。

这首短诗《蓝色的小气球》(1957),由孩提时代从手中飘飞的气球,联想到了耐人寻味的人生:无论少年、青年,还是老年,人们总是在一种缺憾感中度过,而当那气球终于回到了手中,也就是愿望得以实现、幸福终于来到的时候(蓝色在俄语里象征幸福——笔者注),人们已经断无所望了。诗歌充满了感伤的情怀。奥库贾瓦非常擅长从一个个小事物和一件件小事情上引申出广泛的社会心理现象。在《纸士兵》(1959)中,诗人以他独创的词组和意象,讲述了一个堂吉诃德式人物的遭遇,他试图以弱小之躯拯救世界,却终究只是个小丑,人们不但嘲笑他,还任由他毁灭,眼睁睁地看着他"飞蛾扑火",以此道出了周围人的冷酷和漠然。

有时候,这种哲理性是隐含在浪漫的抒情之中的,《快乐的鼓手》(1957)就是一首典型的抒情哲理诗代表作。这首诗是诗人对灰色的、枯燥的、琐碎的、肮脏的城市生活的抗议,通过将其与街上行走的快乐鼓手相对照来传达一种深切的渴望:在残酷的世界里,人们心中应当保持一颗富于幻想的圣洁的童心,保存那些永不褪色的美好的感情。这首歌中的意象已经成为一种精神象征,每当举办音乐会,都会由一个大人把一个八、九岁的男孩儿领到台上独唱,伴以童声合唱,形成回忆童年,回归童贞的气氛。

此外,还有三个重要的形象一直贯穿于他的诗歌创作:信心、希望和爱。诗人认为拯救世界的不是美,而是苦难,因为承受苦难,人们就会用信心、希望和爱来点亮自己的心灵,从而战胜一切黑暗,迎来光明。诗人巧妙地把尘世中的三个女性薇拉(意为"信心")、娜杰日塔(意为"希望")、柳抱菲(意为"爱")升华为三种崇高的理想和情感,如《仁慈的三姐妹》(1959)、《由爱指挥的希望小乐队》(1963)等。

奥库贾瓦诗歌的一个显著特点在于,他并不热衷于虚构人物、虚构情节、堆积情感,而是以一种与听众推心置腹地交谈的口吻去写,因而他的诗就更加真实、更加感人、容易引起共鸣。诗人真诚地唱着千千万万个"我"的感受,这使他的弹唱诗深入人心、耳熟能详,也使他创造的一些个性化词组成了街头巷尾的口头语,如"四月值日生"、"希望小乐队"、"拉起手来吧,朋友们",等等。诗人A.沃罗津说道:"在他的歌声里响彻的是他那不可思议的心灵。他又用他那不可思议的心灵刺痛了许许多多人的心灵,包括新派人物、共产党员以及苏维埃领导下的各色臣民。他是用什么去刺痛他们的心灵呢?是用他自己心灵的痛,同时——是用那因为上天赐予我们唯一一次生命而感到的幸福。他以他自己的存在团结了、联合了人们。"①

从艺术特色来看,奥库贾瓦的弹唱诗既受到俄罗斯城市民谣艺术的滋养,又深得俄罗斯传统诗歌和现代诗歌的熏染,因而在语言口语化甚至乡土化的同时,又具有极其讲究的艺术加工。他视普希金、托尔斯泰、帕斯捷尔纳克等诗人和作家为自己的老师,又把涅克拉索夫式的抒情、象征派的那种喻义扩展、马雅可夫斯基递进式的语句运行和重音格律等手法融入自己的创作。奥库贾瓦以扣人心弦的语调和音调把这些看似矛盾的特色统一于和谐的旋律和节奏之中。他的吉他伴奏简洁流畅,易于记忆,加上他的诗在诞生之时即为歌,因而重复诗行反复萦绕,意象更加不绝于耳。虽然他并不是音乐家,但他的弹唱诗受到了俄罗斯作曲家肖斯塔科维奇等人的称赞。

奥库贾瓦弹唱诗的重要意义还在于,它让人们在很难发出自己声音的年代发出了自己的声音,唱出了具有完整个性的"我"。诗人 E. 叶甫图申科在一篇纪念奥库贾瓦的短文中说:"我们可能失去了一位使俄罗斯歌曲免受低级趣味熏染的最主要保护人。"Д. 利哈乔夫院士写道:"布拉特·奥库贾瓦是一位革新

---

① Б. 奥库贾瓦:《尊贵的"成功"女士:诗歌,散文》,第 6 页。

者、开创者,在当代真正地复活了行吟诗这门古老的艺术","他的创作不仅标志着大众音乐的一个转折,而且在某种程度上标志着我们世界观的一个转折。"①在奥库贾瓦开始弹唱之后的数十年间,形成了一股相当强大的弹唱诗运动,出现了一大批弹唱诗人和弹唱诗爱好者,包括著名的维索茨基和加里奇。

第十二节　尤·波·库兹涅佐夫
(1941—2003)

尤·波·库兹涅佐夫的诗歌创作"是 20 世纪俄罗斯诗歌公认的、无可争议的高峰之一"②。库兹涅佐夫的诗歌充满寓意和哲理,与 19 世纪俄罗斯诗人丘特切夫的诗歌有相似之处。库兹涅佐夫的诗歌经常使用斯拉夫神话情节和圣经契机表达出对人生奥秘和人类存在奥秘的看法和认识,他的诗歌尤为注重人的个性和人的精神性,强调人与自然的相互关系,"心灵和大自然的统一空间感"。

生平创作道路

尤里·波里卡尔波维奇·库兹涅佐夫(Юрий Поликарпович Кузнецов,1941 年 2 月 11 日生,2003 年 11 月 17 日去世)出生在俄罗斯克拉斯诺达尔地区的一个哥萨克村镇里。他的父亲是军人,卫国战争伊始就上了前线,1944 年阵亡。他的母亲是教师。诗人库兹涅佐夫的童年是在季霍列茨克度过的。童年时代他就对周围世界具有一种独特的观察能力。60 年代初库兹涅佐夫参军,加勒比海危机时,他正在古巴服役(1961—1963)。1966 年,他入莫斯科高尔基文学院,1970 年毕业后留在莫斯科工作。

库兹涅佐夫的第一首诗是在他 9 岁那年写成的,从那时起就一直没有间断自己的诗歌创作,因为他认为写诗是自己人生中最主要的事情。1958 年,他的第一本诗集《雷雨》在克拉斯诺达尔出版,并没有引起读者和评论界的注意,因为那本诗集是"那些年代的青年诗人创作出来的极为普通的诗作"。但是他在 1974 年和 1976 年在莫斯科出版的诗集《远方——在我身上和在我身旁》(1974)和《天涯海角——近在尺间》(1976)引起读者的广泛兴趣和评论界的褒贬不一的争论。诗人在这本诗集里把个人感受与对世界的观察统一起来,诗人鲜明的创作个性在诗作中得到了淋漓尽致的发挥,这本诗集让诗人一举成名,并成为

---

① 《一组纪念奥库贾瓦的短文》,载《俄罗斯文艺》,1998 年第 2 期。
② 俄罗斯《我们同时代人》杂志,2004 年第 1 期,第 131 页。

20世纪70年代最出色的俄罗斯诗人之一。

库兹涅佐夫是一位高产诗人,他平均每一两年就出版一本诗集。1978年对诗人来说是一个丰收年,他一下子出版了两本——《走上大路,心灵回头一望》(1978)和《诗集》(1978)。1981年,他出版诗集《我释放自己的心灵》(1981),1983年,他的《俄罗斯症结:短诗和长诗》问世。《俄罗斯症结:短诗和长诗》是一本把他以往年代创作的诗歌收集在一起的诗集。诗人在诗中把俄罗斯与东西方国家的历史予以对照,对俄罗斯民族的生存进行思考,以更好地理解俄罗斯国家和人民的命运。1989年出版的诗集《永恒战斗之后》(1989)是库兹涅佐夫的一组对欧洲文明和文化进行思考的诗作,其中可以看到他对英国诗人拜伦、济慈,法国诗人兰波和波兰诗人密茨凯维奇创作的认识。90年代,库兹涅佐夫出版了一本新诗集《再见!我们将在狱中告别……》。

2000年,库兹涅佐夫写出叙事长诗《基督之路》(2000)①。诗人最后的组诗是《在良知的标志下》(2003)。这个组诗由两个诗歌构成。《诗人与僧侣》和《祈祷词》。在《诗人与僧侣》中,库兹涅佐夫赋予诗人权力,让诗人对僧侣进行审判,并且大胆地骂僧侣是"狗崽子",实际上,这是诗人对当今俄罗斯社会中各种以基督面孔出现的敌基督、对披着僧侣外衣的假僧侣的揭露。库兹涅佐夫留给世人的遗嘱是《见解》(2003)②。他在总结前人观点的基础上表达出自己对俄罗斯诗歌的独具一格的认识和看法,是他对俄罗斯诗歌的深邃思考。

库兹涅佐夫曾经是高尔基文学院教授,《我们同时代人》杂志诗歌栏目的主持人。苏联解体后,库兹涅佐夫感到一种精神的压抑,落落寡欢,于2003年11月在沉睡中溘然去世。

抒情诗创作

库兹涅佐夫的抒情诗空间基本上是由两个方面构成的。一种是民间史诗和俄罗斯历史;另一种是基督教神话。库兹涅佐夫的诗歌不以音响的鲜明、节奏和韵脚的创新取胜,而以诗作内容的哲理、诗歌形象的寓意著称。

在民间史诗和俄罗斯历史这个空间里,一方面是基于俄罗斯民间童话主题和契机的诗作,如,《原子童话》、《手杖》、《造访》和《高山,你不要在我的路上呻吟……》,等等。

---

① 按照诗人的创作构思,下一首诗作是《下地狱》,但是由于诗人的突然离世未能实现自己的计划。
② 俄罗斯《我们同时代人》杂志,2004年第1期,第101—108页。

《原子童话》(1968)是诗人的成名作之一,是一首基于俄罗斯民间童话创作的当代神话。

> 我听到这个美妙的童话
> 已经是它的现代的版本,
> 像伊凡努什卡走到田野
> 拉弓射箭想碰一碰运气。
>
> 箭划出泛银光的命运线,
> 他尾随箭飞的方向前行
> 他想离家做次三海旅行
> 却来到沼泽前见到青蛙。
>
> "它将会用于正义的事业!"——
> 他把青蛙放在了手帕中。
> 解剖开它那洁白的皇体
> 又把一股电流通进体中。
>
> 青蛙久久地被折磨致死,
> 时代在每根血管里跳动。
> 终于在傻瓜幸福的脸上
> 浮现出一个认知的笑容。

在世界许多民族的民间童话里,青蛙是生育和复活的象征,它能预言春雨和大自然复苏。在俄罗斯民间童话里,青蛙是一个乐施好助的形象,常常帮助人实现各种愿望。如,在俄罗斯民间童话《青蛙公主》里,国王的小儿子伊凡就是因为得到青蛙帮助,解决了一系列难题,实现了自己的愿望,最后过上幸福的生活。库兹涅佐夫的《原子童话》是基于俄罗斯民间童话《青蛙公主》和《傻瓜伊凡努什卡》而创作的。库兹涅佐夫的《原子童话》和民间童话故事《青蛙公主》中有的情节甚至还相同,两个伊凡都是用手帕把青蛙包起来带回家的。只不过诗人库兹涅佐夫在诗作《原子童话》里对青蛙形象做了新的处理。童话故事中的伊凡把青蛙娶为妻,可是《原子童话》里的伊凡为了"认知"却把青蛙给解剖了。这里诗人的寓意是十分明显的:当代的伊凡是真正的傻瓜,因为他为了所谓的科学破坏了人与自然的关系,毁掉了生态的平衡。在当今的世界上,像《原子童话》里的傻伊凡何止千千万万!"不要为了所谓的科技进步而毁掉我们生存的环境!"——这就是诗人库兹涅佐夫对现代人发出的一种警告。《原子童话》这首诗在诗人的创作中具有划时代的意义,它既是诗人的成名作,也标志着诗人创作的成熟。

另一方面是记述俄罗斯历史重大事件的诗作,其中主要是一些战争题材的诗歌,如,《归来》(1973)、《朴实的仁慈》(1973)、《家园》(1974)、《四百个》(1974)、《永恒的雪》(1976)等作品。在基督教神话空间里,像《一切都凑到这个生活里并且停息下来》(1967)、《基督之路》(2000)和其他的许多诗作,表达对基督这个圣经形象的独立思考。

战争是诗人库兹涅佐夫诗歌创作的一个重要题材。库兹涅佐夫出生后不到一岁,卫国战争爆发了。不久他的父亲就上了前线。后来父亲在前线阵亡了。因此,在库兹涅佐夫的记忆中,父亲形象是与战争联系在一起的。他对战争的记忆与对父亲的思念融为一体,成为他的创作的一个主要内容。在战争题材的诗作里,诗人以一种宏观的、置身于宇宙的思维去思考那次战争,战争获得一种启示录的音响。《归来》是其中最有代表性的一首。

> 父亲穿过布地雷的田野
> 别然无恙地慢慢走过来。
> 他已化为一团袅袅轻烟
> 感不到痛苦,也无需掩埋。
>
> 妈妈,别再望那条大路,
> 父亲不会从战争中生还。
> 那袅袅的烟柱穿过田野,
> 轻轻地飘到我们的门槛。
>
> 烟柱中仿佛有人在挥手,
> 他目光炯炯,跃动光芒。
> 可箱底的明信片沙沙响,
> 那才是来自遥远的前方。
>
> 母亲每每穿过旷野田地,
> 站在那里苦苦等待父亲
> 只见那孤独的袅袅烟柱,
> 卷过了旷野艰难地而来。

在诗中,牺牲的父亲化为一缕袅袅烟尘,踏上回家的艰难路程。显然,这是抒情主人公的一种假设和想象,因为"父亲不会从战争中生还",抒情主人公的母亲苦苦地等待自己的丈夫,但是她等到的仅仅是化作烟尘的丈夫的幻影,只有压在箱底的那张发自前线的明信片是丈夫留给她的唯一的遗物。这首诗是战争给人带来灾难和痛苦的真实写照。

库兹涅佐夫的战争题材诗歌往往与民间童话的意境、情势有着密切的联系。诗人特殊的比喻和想象令人惊讶不已。诗作《我把父亲的脑盖当杯》(1975)就是十分典型的一首。这个作品认为父亲的功绩可以与太阳和月亮同辉：

> 我把父亲的脑盖当杯
> 为大地上的真理干杯
> 为俄罗斯人写的童话
> 也为瞬间的正确之路。
>
> 骄阳皓月冉冉升起
> 遥遥举杯与我相碰。
> 我口中反复地念起
> 被大地遗忘的名字。

在这首诗里，把父亲的脑盖骨当杯，与太阳和月亮碰杯这些都是十分罕见的奇怪的比喻，但是用在这里又十分得体恰当。既是对自己父亲的怀念，又告诫人们不要忘记那些为大地上赢来真理和正义的人。因为就连太阳和月亮都永远记得他们。

在《朴实的仁慈》这首诗里，诗人尤为充分发挥自己的想象力，描写一位苏军医生在一场战斗之后去到敌人那里，凭着他那件白大褂保佑他免受枪弹的袭击，出现在敌人面前：

> 这事发生在上次的战争，
> 或是上帝出现在他梦中，
> 枪弹呼啸，呼喊声阵阵
> 他在高碑上看到下列碑文：
> 在永久停火后穿过战场的
> 不是侦察员而是一位医生。

医生沿着雪地向敌人营垒走去，他的那件白大褂仿佛是仁慈天国给他的护身符，保护他没有中敌人的枪弹，当他出现在德国人医院时，德国人乱作一团："请帮助……敌人们跳了起来，/因为除了光他们没有看到漆黑，/仿佛是一个幽灵降到了人间。"

医生想劝说德国人放下武器，因为"我们都是这个世上的血肉之躯"，可德国人却不听他的劝说，认为："可我们的利益却大不相同，/我们之间存在巨大的鸿沟。"

后来,当德国人要把他抓起来的时候,他旋即走掉了:"他点了一下头就化入黑暗中。/他是谁?他的名字无人知晓。"

诗人这里运用的完全是童话故事里的叙述方法,让仁慈的医生逃脱敌人的魔爪。这首诗告诉人们一个朴实的真理:在这个由于思想交战把人们变得疯狂的世界上,朴实的仁慈是无用的。

1991年,苏联解体了。这个重大的历史事件让库兹涅佐夫感到痛苦,甚至绝望。苏联解体后诗人的痛苦感受和对现实的反思反映在他的诗集《再见!我们将在狱中告别……》(1997)中。诗作《我走向蓝色大海的岸边》是其中的一首。

《我走向蓝色大海的岸边》这首诗是对苏联国家解体的一种象征性描述。苏联解体好像一支庞大的舰队沉没,然后又科幻般地升到月球上去。整个诗作透出一种忧郁的、悲伤的情调。

> 我走向蔚蓝色的海岸,
> 大海却腾起奔向月球,
> 痛苦寻死也无处葬身……
> 熊熊烈火烧干了海底,
> 海底已变得面目皆非。
> 海军上将像害群之马,
> 说舰队已经无法控制,
> 月亮对我们也没有用。
> 大海撕碎希望的哀号,
> 高空替代了万丈深渊。
> 我的俄罗斯,请原谅,
> 我们与上将要去月球。

看得出来,苏联解体让诗人感到悲哀,甚至连"希望的哀号"都被"撕碎"了。剩下的是"万丈深渊","月亮对我们也没有用",仿佛世界的末日到来了。但诗人在诗中表达的不仅是他自己的悲哀,而且是全体俄罗斯人民,甚至是人类的痛苦和悲哀。这就使得这首诗具有一种全人类的思维意识。诚如他在另一首诗中所写的那样:

> "一切都被出卖了,"——他鄙夷地喃喃地说,
> "被卖掉的不仅是我的帽子和大衣。"
> 我要走了。随着我的离去
> 世界将堕入地狱并变为幻影——
> 谁说俄罗斯无足轻重,没有意义。

在苏联解体后的新俄罗斯,诗人库兹涅佐夫觉得自己是孤独的,况且到处

是自己的对手和敌人。"我梦见有人向我开枪……/醒来后我还听到枪声——/梦境与现实的枪声吻合。/往哪儿逃？哪里都逃不脱。"

正因为他总觉得有人在谋杀他,因此,他仿佛自己在机体上已被消灭,有一种未死先亡的感觉。"虽然我还没死,但身已亡,/梦中我的敌人气势嚣张。/见到他们我就气得发狂/那是在世纪之交的晚上。"

在这点上,库兹涅佐夫的诗作与小说家拉斯普京的小说作品有相似之处,他俩都以一种"灾难性的思维"去看待90年代苏联解体后的俄罗斯社会现实,这种思维决定了他的90年代诗歌的基调。

上已述及,库兹涅佐夫的诗歌空间的另一个方面是基督教神话。基督一直是诗人库兹涅佐夫心中的一个理想的人物形象:"我多年来一直在思考基督。我通过形象渐渐地吸收他,就像一位东正教信徒通过祈祷吸收他那样。"①在库兹涅佐夫的诗作里对基督有过许多的描写,最早的基督形象出现在他1967年创作的《一切都凑到这个生活里并且停息下来》一诗中。在这首诗里基督是受难的形象,他被钉在十字架上。后来基督形象出现在一些其他诗作里,如《在边缘》、《手掌》、《新天空》、《最后的诱惑》、《宗教游行》、《召唤》、《红色的花园》、《隐点》,等等。

大型叙事长诗《基督之路》(2000)是库兹涅佐夫在20世纪末写的一首叙事长诗。诗人以一种新的视角记述和诠释圣子基督的一生,诗人认为这是他的"语言圣像"。全诗由三部分组成,即"童年"、"青年"、"成年",分别叙述基督短暂人生的三个阶段。

在"童年"这部分里,诗人讲述基督的诞生和他的童年生活(1—12岁)。在其中加入一些在《圣经·新约》里没有的、诗人虚构的故事和情节,如童年的基督用泥捏鸟、观察水塘上的蜘蛛、魔鬼让他摸镜子、他把太阳当成球玩,等等。史诗开篇就写到:"史诗勾起童年时代的记忆,/伯利恒之星在头顶跃然升起!/我该用十字架旗给纸洗礼!/透明的深渊让魔鬼从笔下滚掉!""一切始于认知树的自由,于是一切就滑到无名的远方。"

在这部分里,诗人完全以一种世俗的语调谱写出一首《基督的摇篮曲》:

　　太阳已落在山后,
　　四周笼罩着霭雾。
　　静静睡吧,上帝与你同在,
　　不要为任何人意乱心烦。
　　我正在为你唱一首,

---

① 俄罗斯《我们同时代人》杂志,2004年第1期,第107页。

信仰、希望和爱的歌。
太阳会像往常一样升起……
我在轻轻晃着摇篮。
太阳将在大地上升起,
将周围的一切照亮.
睡吧,宝宝,上帝与你同在,
不要为任何人意乱心烦。
圣灵呼吸着希望,
就像在天堂一样散发着圣性,
我在轻轻摇着摇篮,
你睡的摇篮在轻轻晃动……

在上天和大地上
弥漫着温柔的爱
干吗你动了?上帝与你同在。
不要为我意乱心烦。
上帝就像在天堂里那样
用博爱看到和听到一切,
我在轻轻摇着摇篮,
你睡的摇篮在轻轻晃动……

"青年"一节主要讲述基督从 13 岁到 17 岁的生活,写他在这个时期怎样拒绝尘世的各种欲望,写他的理性成熟和对自己拯救人类的使命的意识。"成年"一节讲述基督从 17 岁到 33 岁的生活。基督用河水作洗礼、他在荒原的行走、他与魔鬼的周旋和斗争、参加婚礼并显示自己的神迹、与犹大的交锋、与抹大拉城的玛利亚的接触、临刑前戈弗西曼花园之夜、被钉上十字架、圣母的哭泣、他的复活等情节都在这节里得到不同的展现。此外,诗人库兹涅佐夫在《圣经·福音书》故事基础上,充分发挥自己的想象,大胆对原故事进行扩展和加工,使得基督形象更具有人性和现代气息。

最后,诗人用下列四行诗结束全篇:"我终于讲完了自己的金色的诗篇,/所有余下的东西既听不到又无言,/上帝啊!我泪流满面并用手赶走死神。/请赐我睿智的安宁和一个美好的晚年!"

《基督之路》这首叙事长诗具有鲜明的形象体系和明确的思想线索。在形象体系里,诗人强调基督与魔鬼、基督与犹大、基督与彼拉多的对立和对比,从而表现善与恶、光明与黑暗、真理与谎言的斗争;在思想线索中,诗人着重描述基督内心的使命感和他的自由的意志,表现出他为拯救人类而牺牲自我的精神。这样一来,诗人用自己的诗作再次为世人塑造出基督这个理想人物的高大形象。

（二）20 世纪俄罗斯小说

第一节　20 世纪俄罗斯小说发展概述

20 世纪上半叶俄罗斯小说

19 世纪末 20 世纪初,俄罗斯小说创作也像俄罗斯诗歌创作一样,走向小说创作的多元化发展时期。有像 Л. 托尔斯泰、A. 契诃夫、B. 柯罗连科这样的老牌现实主义作家,也有像 И. 布宁、A. 库普林、A. 阿维尔琴科等继承 19 世纪现实主义小说创作传统的作家;有像 M. 高尔基这样的把现实主义与浪漫主义结合起来的小说家,也有像 B. 魏列萨耶夫那样失去了批判锐利的现实主义作家;有像 П. 博搏雷金那种倾心于自然主义的现实主义作家,也有像 A. 列米佐夫、И. 什缅廖夫、Л. 安德烈耶夫、E. 扎米亚金等受到现代主义影响的新现实主义作家,等等。总之,19－20 世纪之交的小说创作流派和风格各异,题材和形式多样,构成了世纪之交俄罗斯小说创作的一派新貌。

老牌现实主义作家 Л. 托尔斯泰在这个时期写出中篇小说《哈吉·穆拉特》（1896—1904）、短篇小说《舞会之后》（1903）等;契诃夫创作出短篇小说《决斗》（1891）、《第六病室》（1892）、《罗特希尔德的小提琴》（1894）、《语文教师》（1894）、《约内奇》（1898）、《农夫》（1897）等作品。B. 柯罗连科（1853—1921）在这个时期的小说创作也十分注目,他以塑造人物的道德风貌见长,短篇小说《河水欢腾》（1892）塑造出一位运河搬运工秋林的形象。他的文学小品《瞬间》（1900）的主人公是一位以自由勇敢战胜怯懦顺从的榜样。

小说家 A. 库普林（1870—1938）继承俄罗斯文学的现实主义传统,他的中篇小说《摩洛①》（1896）把整个资本主义的社会秩序与摩洛相比,工厂就像一个张开血口的魔鬼摩洛,吞噬着千千万万工人的肌体乃至生命。库普林通过工程师鲍勃罗夫之口揭露了资产阶级的所谓文明和技术进步的实质,控诉了工厂主对工人的残酷剥削和压迫。《奥列霞》（1898）是库普林的另一部富有诗意的作

---

① 圣经神话中的火神。人们把婴孩烧死,取人血作为献祭,以求他降恩。

品。俄罗斯美女奥列霞心地纯洁、为人坦诚、充满青春活力和女性温柔。奥列霞是美丽和诗意的化身,她置身于俄罗斯大自然之中,与大自然的美景相和谐,就更显示出她的形象的魅力。奥列霞虽远离城市喧嚣和"文明",却爱上了从城市来的伊凡·季莫菲耶维奇。起初他俩的恋情充满浪漫的诗意,显示出爱情的美好甜蜜。但由于伊凡·季莫菲耶维奇是位优柔寡断、意志软弱、惰性十足的男子,因此,在奥列霞遭到当地无知、迷信的女人们的敌意、妒忌、迫害的时候,伊凡·季莫菲耶维奇不能挺身出来保护她,这就导致了他俩爱情的悲剧。

库普林的小说《决斗》(1905)[①]塑造了一群俄罗斯军官形象:经常用脏话谩骂下级的团长舒里戈维奇、总是喝得醉醺醺的中校列赫,诱奸多名农家姑娘的大尉斯捷里科夫斯基,经常殴打士兵、目不识丁的连长斯利瓦,自己挥霍无度、却对同事放高利贷的上尉普拉夫斯基,像一支猛禽的中尉别克-阿加马洛夫,只知道跳舞和泡女人的中尉鲍别金斯基,好逛妓院并且喜欢侮辱他人的准尉勒鲍夫,等等。库普林真实地描写这些人身上的缺陷,而这些缺陷恰恰构成沙皇军队中军官行为的模式。作家这部小说的可贵之处在于不但塑造了一系列军官形象,而且展示出他们还是奴役士兵、践踏士兵命运,甚至把士兵逼上绝路的刽子手。

库普林的《石榴手镯》(1911)是《苏拉米福》(1908)的姊妹篇。它是歌颂爱情——这种高尚而永恒的人的精神价值的。一位名叫热尔特科夫的"小人物"爱上了公爵夫人薇拉·舍因娜。社会地位的悬殊和薇拉已婚的状况使得热尔特科夫的爱情变成一场毫无希望的单相思。在他单恋的7年间,他遭受到人们的讥讽、威胁,乃至来自各方的压力,但这种爱却一直温暖着他的心房,给予他一种罕见的、难以言状的"巨大的幸福"。爱情令男主人公热尔特科夫的情感升华,然而在外界环境的压力下,他还是用自杀提前结束了自己的生命。

此外,19—20世纪的世纪之交俄罗斯文学的佳作名篇还有:В.魏列萨耶夫的《医生札记》(1892—1900),这是作家根据自己和自己同行的行医经验,叙述人们对自己身体、自己的力量的无知,并指出这是产生许多误会的原因。作家不仅从医学的角度,而且从社会哲理的方面去观察和思考许多问题;作家П.博搏雷金的中篇小说《变节者》(1889),长篇小说《山隘》(1894)、《步行者》(1895)和《公爵夫人》(1896)等。这些作品探讨俄罗斯知识分子的社会作用和职责问题,再现知识分子的精神探索和思想的迷惘;А.列米佐夫的描写人们生存的悲

---

① 这部小说是高尔基支持、鼓励作家库普林创作而成的。在这部小说里可以看到高尔基的创作,尤其是高尔基的剧作《底层》的影响。该小说题词就是献给高尔基的,并且刊登在高尔基主办的《知识》(1905年第6期)文集上。

剧的长篇小说《池塘》(1905—1908)，展示作家的宿命论观念的中篇小说《戴十字架的两姊妹》(1910)；И. 什缅廖夫的塑造出一个被生活所毁掉的主人公的中篇小说《来自饭店的人》(1911)；Е. 扎米亚金的反乌托邦的开山之作《我们》(1920)，等等。

20世纪20年代是俄罗斯文学发展史上的一个富有成效的创作时期。一大批优秀小说家的流亡对俄罗斯的小说创作有一定影响，但是俄罗斯的小说创作并没有停止。随着苏维埃官方加强对意识形态的控制，文学家们的活动变得愈加激烈。小说、诗歌、戏剧等文学体裁得到了迅速的发展。20世纪，世界文学出版社(1918—1924)出版了大量的文学作品。像"文学家之家"、彼得堡的"艺术之家"这些文学社团依然存在。高尔基利用"知识"出版社吸引和团结了许多作家，如 В. 魏列萨耶夫、Н. 捷列绍夫、Л. 安德烈耶夫、А. 绥拉菲莫维奇等。此外，他还主办《编年史》(1915—1917)杂志，积极扶植年轻的作家。在20年代活跃的大型文学杂志有：《红色处女地》、《新世界》、《星》、《十月》、《青年近卫军》、《红色全景》、《西伯利亚的火光》和《出版与革命》，等等。

А. 绥拉菲莫维奇(1863—1949)的《铁流》(1925)、Д. 富尔曼诺夫(1891—1926)的《恰巴耶夫》(1923)、И. 巴贝尔(1894—1940)的《骑兵军》(1925)、К. 费定(1892—1977)的《城与年》(1924)、В. 魏列萨耶夫(1867—1945)的《在死胡同》(1920—1923)、Б. 皮利尼亚克(1894—1938)的《裸年》(1921)以及 М. 普里什文(1873—1954)、М. 左琴科(1895—1958)等人的作品就是在这些杂志上问世的。

国内战争(1918—1921)是许多国内战争的参加者小说创作的一个重要的题材。像 А. 法捷耶夫(1901—1956)的描写国内战争时期远东游击队的小说《毁灭》(1927)、Л. 列昂诺夫(1899—1994)的描写国内战争时期农民动乱的小说《獾》(1924)、М. 肖洛霍夫(1905—1984)的描写国内战争期间顿河哥萨克人的短篇小说集《顿河故事》(1926)、А. 维谢雷(1899—1939)的描写参加国内战争的年轻人命运的小说《映着火光的河流》(1923)，等等。

在20年代的小说创作队伍中，"无产阶级文化派"小说家创作队伍虽已分裂，但其成员依然存在，并于1920年成立了文学小组，主办了《打铁场》杂志，刊登过 Ф. 革拉特科夫(1883—1958)的小说《水泥》(1925)、Н. 里亚什科(1884—1953)的小说《炼铁炉》(1925)和 В. 巴赫缅季耶夫(1885—1963)的代表作《马尔登的罪行》(1928)等作品。"谢拉皮翁兄弟"作家、"拉普"作家[①]、"全俄农民作家协会"作家、"列夫"（艺术左派阵线）作家[②]、"山隘派"小说家，"现实艺术协会"

---

① 主办的杂志《在岗位上》(1923—1925)和《在文学岗位上》(1926)。
② 主办的杂志《列夫》和《新列夫》。

(1926—1927)、"诗学语言研究协会"(1910—1920)和"谢拉皮翁兄弟"小组的小说家构成了 20 年代的小说创作的生力军。

"谢拉皮翁兄弟"(1921 年 2 月在彼得格勒成立,1927 年停止活动)作家是 20 年代彼得格勒文学艺术生活的见证人和参加者。起初,该小组的主要成员有作家 П. 尼基京、Е. 波隆斯卡娅、Л. 隆茨、М. 斯洛尼姆斯基、М. 左琴科,理论家 В. 什克洛夫斯基和评论家 И. 格鲁兹杰耶夫。后来,К. 费定、Вc. 伊万诺夫、Н. 吉洪诺夫和 В. 卡维林也加入了"谢拉皮翁兄弟"文学小组。谢拉皮翁分子珍惜前人道德的、哲学的、伦理的传统,文学艺术的继承性思想是他们的一个主要的美学原则,俄罗斯经典文学的高尚的人道主义传统是他们价值观的重要内容。他们不但继承俄罗斯文学的优秀传统,而且注意吸收西欧文学的成功经验;不仅承认过去优秀文化遗产的永恒的价值,而且把自己的创作与以往的艺术发现直接联系起来。这与 20 世纪初未来主义诗人要把一切遗产"从时代的轮船"抛下去的那个美学原则形成鲜明的对照。1922 年,《谢拉皮翁兄弟》丛刊问世,其中刊有左琴科的短篇小说《维克多利亚·卡吉米洛夫娜》、隆茨的短篇小说《在荒原》、伊万诺夫的短篇小说《蓝毛小兽》、斯洛尼姆斯基的《野人》、费定的《心灵之歌》,等等。

А. 托尔斯泰(1882—1945)的创作在 20 年代俄罗斯文学中占据一席重要的地位。托尔斯泰的创作以题材的多样著称,其作品几乎囊括了所有的文学体裁(诗歌、戏剧、小说、童话、科幻作品、政论文和电影剧本)。主要作品有诗集《抒情诗》(1907),中篇小说《尼基塔的童年》(1922)、《加林工程师的双曲线》(1925—1926),三部曲《苦难的历程》(1922,1928,1941)和《彼得大帝》(1929—1945),等等。《彼得大帝》这部历史小说基于大量的历史文献,尤其是基于《彼得大帝书信和文件集》创作出来的。按照作家本人的话说,这部历史小说的主要思想是"展示伟大的俄罗斯人民的威力,展示其不可抑制的创造精神"[1],让读者"很好地、深刻地了解她的过去……"[2]这部小说描述俄罗斯历史的最辉煌的彼得大帝时代,充分肯定彼得大帝这位国务活动家为俄罗斯做出的丰功伟绩。书中人物众多,既有真实的历史人物,也有作家虚构出的人物。每个人物都有自己的面孔和性格、生活和命运。但所有人物都围绕着彼得大帝的形象而展开,彼得大帝这位有事业心、勇于改革、代表俄罗斯历史发展的先进力量的君主形象栩栩如生地跃然纸上。

30 年代,苏维埃政权官方大力干预作家的文学创作活动,加强了对文学艺

---

[1] А. 托尔斯泰:《论文学》,人民文学出版社,第 260 页。
[2] Н. 贝科娃:《文学》,莫斯科,1995 年,第 356 页。

术领域的"有害意识形态"的打击力度，文学变成官方意识形态的宣传工具，变成改变人的意识、生活方式和行为举止的一种手段。但是，小说创作在这个时期依然得到了发展。

苏联的工业化和农业集体化在30年代的小说创作里得到表现和反映。M. 莎吉娘（1888—1982）的小说《中央水电站》（1931）、B. 卡达耶夫（1897—1986）的小说《时间啊，前进！》（1932）、Л. 列昂诺夫的《索溪河》（1930）、A. 马雷什金（1892—1938）的小说《来自穷乡僻壤的人们》（1932）、Я. 伊里因的小说《大传送带》（1934）等作品就是从不同的角度反映苏维埃国家的工业化生产进程的。而Ф. 潘菲洛夫的《磨刀石村庄》（1928—1933）、M. 肖洛霍夫的《被开垦的处女地》、A. 普拉东诺夫（1899—1951）的《切文古尔镇》（1929）和《地槽》（1930）等作品则从不同的观点和角度描述了30年代苏联农村的农业集体化运动。

苏维埃文学的一个重要的任务和使命是培养人和教育人。30年代，H. 奥斯特洛夫斯基（1904—1936）的小说《钢铁是怎样炼成的》（1932—1934）塑造出一位具有理想、在战争年代和和平时期都表现出顽强的奋斗精神的新人——保尔·柯察金形象；A. 马卡连柯（1888—1938）的小说《教育诗篇》（1933—1935）描写在社会主义现实生活中苏维埃少年的成长以及性格形成的复杂过程。这两部小说具有很大的教化作用，对几代苏联读者都产生了巨大的影响。

30年代的历史小说创作也有一定的成就。A. 托尔斯泰的《彼得大帝》（第一部）、Ю. 德尼亚诺夫（1894—1943）的《普希金》（1935—1937）、A. 诺维科夫-普利波伊（1877—1944）的《对马岛》（1932）、C. 谢尔盖耶夫-琴斯基（1875—1958）的《塞瓦斯托波尔的激战》（1936—1939）等是几部较有代表性的历史小说。

20—30年代，人与自然的关系一向是俄罗斯作家探索的一个问题。M. 普里什文早在作品《飞鸟不惊的地方》（1907）里就寻找人与大自然之间的和谐与美，并且在大自然形象里发现人的心灵美。K. 帕乌斯托夫斯基的《北方中篇小说》（1938）、Л. 列昂诺夫的《俄罗斯森林》进一步深化了普里什文的探索。

1934年，苏联作家第一次代表大会通过的《苏联作家协会章程》，把社会主义现实主义规定为苏联文学和苏联文学批评的基本方法，旨在团结广大的文学创作队伍，繁荣苏维埃文学创作事业，以更好地为社会主义事业服务。但是，由于把社会主义现实主义创作方法唯一化、绝对化和排他化了，在当时和后来都造成许多不良的后果。像M. 普里什文、C. 谢尔盖耶夫-琴斯基、A. 普拉东诺夫、M. 布尔加科夫这些在官方看来不按照社会主义现实主义方法创作的作家受到批判，其作品不能发表。此外，不少俄罗斯文学的精品，像作家M. 布尔加科夫的小说《大师与玛格丽特》(1929—1940)、普拉东诺夫的小说《地槽》以及其它作品长期被打入冷宫,无法与读者见面。

1941年6月22日,苏联人民开始了伟大的卫国战争。作家、诗人、剧作家与全民一起投入了保家卫国的战争。诚如当时创作的一首诗中写道:"大炮在轰鸣,缪斯没有沉默。"在卫国战争期间,不少小说家选择了小说体裁中的短篇小说,进行"短、平、快"式的创作。像 A. 托尔斯泰、M. 肖洛霍夫、И. 爱伦堡、B. 维什尼奥夫斯基、Л. 列昂诺夫、H. 吉洪诺夫等作家就是如此。有的小说家则推出一些中、长篇小说,如,Б. 戈尔巴托夫(1908—1954)的描写顿巴斯地区以塔拉斯一家人为代表所开展的游击斗争的中篇小说《不屈不挠的人们》(1943)、B. 瓦西列夫斯卡娅(1905—1964)讲述被法西斯占领的乌克兰农村的三位妇女的不同命运的长篇小说《虹》(1942)、B. 涅克拉索夫(1911—1987)的展示卫国战争的战壕真实的小说《在斯大林格勒的战壕里》(1946)、B. 格罗斯曼(1905—1964)的对苏联人民在战争中表现出来的丰功伟绩做了总结的中篇小说《不朽的人民》(1942)、A. 别克(1903—1972)的构成苏军将士在莫斯科郊外战胜法西斯敌人的完整图像的小说《沃罗克拉姆大道》(1943)、K. 西蒙诺夫(1915—1979)描写斯大林格勒战役的悲壮结果的《日日夜夜》(1943—1944)、A. 法捷耶夫(1901—1956)的描写敌占区克拉斯诺顿的青年与法西斯斗争的小说《青年近卫军》(1947),等等。总之,在卫国战争期间创作的小说成为20世纪军事题材文学中光辉的一页,为今后的战争题材小说创作提供了范例。

战后,苏联官方为了加强对文学艺术的意识形态控制,1946年一连公布了3个决议,即《关于〈星〉和〈列宁格勒〉两杂志的决议》(1946年8月14日)、《关于剧场上演节目及其改进办法的决议》(1946年8月26日)和《关于影片〈灿烂的生活〉的决议》(1946年9月4日),1948年又发布了"关于穆拉杰里的歌剧《伟大的友谊》的决议"(1948年2月10日)。这4个决议全部是针对文学艺术界人士的。一大批包括左琴科、阿赫玛托娃、H. 吉洪诺夫、Д. 肖斯塔科维奇、B. 穆拉杰里在内的小说家、诗人、剧作家、音乐家、导演遭到无端的点名批判,其中有的人被扣上各种"帽子"后开除出苏联的各种创作协会。40年代末,苏联当局还掀起一场与"世界主义者"的斗争。最后这场斗争演化为与文化艺术战线上犹太人的斗争。4项决议的公布实施和与"世界主义"的斗争大大挫伤了一大批文学艺术家的创作积极性,并影响到战后俄罗斯文学的发展,结果导致了"无冲突论"的盛行,"粉饰文学"和"个人崇拜文学"的泛滥。

20世纪下半叶俄罗斯小说

20世纪下半叶,苏联社会生活是多事之秋。斯大林去世(1953)、苏联作家第二次代表大会(1954)、苏共第二十次代表大会(1956)、苏共第二十二次代表大会(1961)、苏美的军备竞赛和冷战(60—70年代)、戈尔巴乔夫的改革(1985)、苏联解体(1991)等。这一系列社会政治事件对20世纪下半叶俄罗斯文学发展起着这样或那样的影响。

20世纪后半叶俄罗斯小说题材多种多样:战争题材、历史题材、集中营题材、道德题材、城市题材、知识分子题材、劳动题材、农村题材、人与自然的关系题材,等等。但小说主要在战争题材、集中营题材、城市题材、农村题材等几种题材得到了可喜的发展。

战争题材。卫国战争成为20世纪后半叶小说家创作的一个永不枯竭的源泉。但战争题材小说在长达半个世纪的发展中经历了一些变化。首先,40年代创作的一些战争题材小说创造了关于苏联和斯大林的"神话",而60—70年代的战争题材小说是对这种神话的反思;其次,60—70年代的战争题材小说从全景战争转向战壕真实,之后又转向全景战争;第三,60—70年代的战争题材小说经历了从对外部事件的描述转向对人的道德问题的探索和对人的内心世界挖掘的过程。К.西蒙诺夫、Ю.邦达列夫、Г.巴克兰诺夫、А.恰科夫斯基、Б.瓦西里耶夫、В.格罗斯曼等是战争题材小说的领军人物。

西蒙诺夫是一位老牌战争题材作家。诗人П.安托科利斯基曾经说过:"你只要提起西蒙诺夫,首先就要想到战争。"①早在战争期间,西蒙诺夫就创作出再现苏军将士在保卫斯大林格勒战役中的《日日夜夜》。50—70年代,西蒙诺夫继续自己的战争题材小说的创作,写出战争题材三部曲《生者与死者》(1959)、《军人不是天生的》(1964)和《最后一个夏天》(1971)。三部曲的主人公谢尔皮林集人的尊严和军人的骄傲与一身,率领自己的官兵与德国法西斯进行战斗,解决了种种复杂的战术问题,取得了胜利。西蒙诺夫笔下的主人公和人物均为强有力的和勇敢者的形象。邦达列夫(1924年生)是一位战后登上文坛并以战争题材小说闻名的作家。他的小说《营队请求支援》(1957)成为苏联文学中战争题材的经典;小说《最后的炮轰》(1959)叙述了卫国战争最后的战斗;《热的雪》(1969)是一部"全景战争"小说。巴克兰诺夫(1941年生)的《一寸土》(1959)塑造出主人公莫托维洛夫这位青年军官形象。作家故意把战场写得十分平和,给读者一种和平生活的气氛。但恰恰在这种气氛下,战争在残酷地进行,士兵在流血牺牲。巴克兰诺夫的另一部小说《1941年7月》(1964)试图说明30年代的大清洗是苏联在战争最初失利的原因。恰科夫斯基(1913年生)的多卷集小说《围困》(5部,1968—1974)是大型的全景战

---

① 《文学俄罗斯》,1965年第48期,第9页。

争题材小说的范例。小说描述的事件广泛,人物众多,事件从战壕移到最高指挥部,从莫斯科到柏林,从私人的住宅到克里姆林宫。作家利用大量的档案材料、回忆录和许多战争的参加者的口述,真实、具体、细节地展现出卫国战争的全景图。格罗斯曼的《人生与命运》(1960)通过对克雷莫夫、莫斯托夫斯基、诺维科夫,尤其是对物理学家维克多·什特鲁姆一家人在战争中遭遇的描述,表明战争是对人的一种考验,是时代的一种悲剧。战争让人的命运多舛。这不仅是一部社会小说,而且是心理小说。

此外,还有 Б.瓦西里耶夫(1924年生)抒情地叙述五位年轻女兵在战争中的悲剧命运的中篇小说《这里的黎明静悄悄……》(1971)、A.阿纳尼耶夫(1938年生)描写库尔斯克战役的微型长篇小说《坦克队菱形前进》(1963)、Вяч.康德拉季耶夫(1920—1993)的塑造普通士兵形象的中篇小说《萨什卡》(1979)、B.贝科夫(1924年生)的描写游击队员战斗生活的中篇小说《索特尼科夫》(1970)、展示人在战争中的复杂心理的中篇小说《方尖碑》(1973)和《活到黎明》(1973)、谢苗诺夫(1931—1993)的军事侦探小说《春天的十七个瞬间》(1969)以及 Д.格拉宁(1919年生)和 A.阿达莫维奇(1927—1994)的记述列宁格勒军民被围困的日日夜夜的《围困日记》(1979),等等。这些作品均是20世纪下半叶俄罗斯的战争题材小说的经典。

集中营题材。索尔仁尼琴的短篇小说《伊凡·杰尼索维奇的一天》(《新世界》杂志,1962年第11期)开创了"集中营题材"小说的先河。"集中营题材"小说揭露斯大林时代遍及苏联的集中营现象,描写犯人的非人生活和他们在精神和肉体上受到的摧残。在集中营题材小说中,昔日的政治犯,"人民的敌人"成为小说的主人公,小说家展示出他们高尚的道德面貌和情操。"集中营题材"很快成为20世纪60年代以后俄罗斯小说创作的一个重要内容。索尔仁尼琴在创作了《伊凡·杰尼索维奇的一天》以后,又写出《第一圈》(1964)和《古拉格群岛》(1968,1973年在法国出版),把"集中营题材"小说更加深化和完善化。B.沙拉莫夫(1907—1982)是另一位比较有代表性的"集中营题材"小说家。他创作的史诗作品《卡雷姆故事》(1954—1982,1992年在苏联发表)是作家对自己在集中营生活的真实写照。作家本人将作品分为六部分:即《卡雷姆短篇小说》、《左岸》、《铁锹演员》、《犯罪世界特写》、《落叶松的复苏》、《一只手套,还是 KP-2》,再加上《卡雷姆回忆录》和写维舍尔几座集中营的短篇小说集《反小说》。沙拉莫夫认为自己的小说是对20世纪集中营生活的回忆和思考。他笔下的主人公们生存在"真理、谎言之外,善和恶之外"。集中营生活破坏了人们的常规的道德的和文化的机制,暴露出人的赤裸裸的恶的本性。这种东西的泛滥就是卡雷姆现象的根源。

此外，Г.弗拉基莫夫的《忠实的鲁斯兰》(1975①)也是一本集中营题材小说。小说的副标题虽为"一只看门狗的故事"，但作家主要描写集中营的生活，揭露遍及苏联各地的集中营是怎样吞噬着人们的心灵。С.多伏拉托夫的《地带》(1982年创作，1991年在苏联发表)，是写赫鲁晓夫时代末和勃列日涅夫时代初那个"地带"。小说以一个观察者的眼光观察集中营犯人的生活，作家在作为小说前言的"致出版家一封信"中有一句话是："按照索尔仁尼琴的理解，集中营——这就是地狱。可我认为地狱——这就是我们自己。"因此，小说一方面批判斯大林时代的集中营制度，另一方面，也是更重要的方面是对在苏联时期人们自己的道德伦理的批判。Л.鲍罗金的短篇小说《忠诚的极度》(1975)和中篇小说《游戏规则》(1985)记下作家自己对长达10年的集中营生活的印象。

城市题材。在60—70年代，由于50年代中期苏联社会的"解冻"思潮的失败，官方加强了意识形态的控制，许多小说家不再可能涉及尖锐暴露的社会题材，因此选择一条"溜边"道路，把自己的目光盯在城市人的道德面貌及嬗变上。于是，出现了"城市题材"小说。城市题材小说描写知识分子的生活，描写他们的创造性生产劳动。小说家在描写知识分子的劳动和生活时，涉及和探讨社会道德和人的道德伦理问题。城市小说作家善于运用心理分析方法，对人物的内心世界进行深刻的社会的、思想的、哲理的分析和研究。

Ю.特里丰诺夫(1925—1981)是城市题材小说的领军人物。他推出的每一部小说都引起评论界的关注。如，《交换》(1969)、《预先总结》(1970)、《长久的告别》(1971)、《另一种生活》(1975)、《滨河街公寓》(1976)、《老人》(1978)和《时间和地点》(1981)，等等。特里丰诺夫笔下的主人公大多是知识分子，他们多是一些为追求物质生活的满足、为达到自己的物欲而不择手段的人。特里丰诺夫的作品具有一种哀歌式的叙事风格，因此往往引起读者的忧伤和叹息。《交换》(1969)是特里丰诺夫的代表作，小说通过描写两代人之间的一次住房交换，深刻地展示和鞭笞主人公德米特里及其妻子莲娜的贪婪的私欲。田德里亚科夫(1923—1984)是城市题材小说的另一位代表。他善于描写城市人背叛良心的悲剧。如他的小说《审判》(1960)和《去世》(1968)等。А.比托夫的《普希金之家》(1964—1971，1989年在苏联发表)②、С.多伏拉托夫的《手提箱》(1986)、В.杜金采夫的《不是单靠面包的》(1956)、Д.格拉宁的《探索者》(1962)和《迎着暴风雨》(1962)、В.科热伏尼科夫(1909—1984)的《请认识一下，我叫巴鲁耶夫！》(1960)、А.别克(1902—1972)的

---

① 这部小说创作于1975年，最初发表在莱茵河上的法兰克福。由于意识形态的原因在苏联长期未能问世，直到1989年才在苏联发表。

② 该作最初在国外发表，在苏联问世已经是20世纪80年代后半期的戈尔巴乔夫的改革时期了。

《新的任命》(1986)也可以视为城市题材的小说。

此外,В. 马卡宁、Г. 谢苗诺夫、В. 利哈诺索夫、В. 波波夫、Р. 基列耶夫、Л. 彼特鲁舍夫斯卡娅、Т. 托尔斯塔娅、И. 格列科娃、В. 托卡列娃等人也创作了一些以城市为背景的小说。

农村题材。农村题材是20世纪50－70年代俄罗斯文学中一个突出的文学现象。农村题材不仅是一种文学题材,而且也是一种艺术风格。农村题材小说的创作队伍庞大,В. 奥维奇金开创了这种题材的先河①,后来,А. 索尔仁尼琴、В. 特罗耶波尔斯基、В. 舒克申、Б. 莫扎耶夫、В. 别洛夫、В. 索洛乌辛、Ф. 阿勃拉莫夫、С. 扎雷金、В. 阿斯塔菲耶夫、В. 拉斯普京等人加入农村题材文学的创作队伍中。农村题材作品的体裁多种多样,有特写、札记、短篇小说、中篇小说和长篇小说等。

奥维奇金(1904—1968)《区里的日常生活》(1952—1956)的问世是50年代初俄罗斯文学的一个重大事件,这个作品开辟了俄罗斯文学农村题材的先河。《区里的日常生活》这组特写不仅写农村和农业的成绩,而且指出集体农庄工作存在的一些严重问题和弊端,真实地描写俄罗斯农村和农民生活的状况。此外,比较有代表性的农村题材小说有 А. 索尔仁尼琴的短篇小说《玛特廖娜的家》(1963),В. 特罗耶波尔斯基的札记《一个农艺师的札记》(1955),Ю. 纳吉宾的《清洁的池塘》(1962),Ф. 阿勃拉莫夫的《木制马》(1969)、《两冬三夏》(1968)、三部曲《彼拉盖娅》(1969)、《阿里卡》(1972)以及长篇小说《兄弟姊妹》(1958),В. 别洛夫的《木匠的故事》(1968)和《和谐》(1979—1981),Б. 莫扎耶夫的《农夫和农妇》(1978,1987),В. 阿斯塔菲耶夫的《鱼王》(1976),В. 拉斯普京的《告别马焦拉村》(1976)和 В. 舒克申的一系列短篇小说,等等。

拉斯普京和阿斯塔菲耶夫的创作在农村题材作家的创作中占有重要的地位。因为拉斯普京的作品《告别马焦拉村》和阿斯塔菲耶夫的《鱼王》不但描写和反映俄罗斯农村的现实生活,村民的道德风貌,而且更主要的是他们把生态问题,把人与自然的关系、人与历史的联系引入农村题材,并且将之作为主题。这既是对俄罗斯文学传统的一种继承,又是对农村文学题材内容的一种开拓。

20世纪最后15年的俄罗斯小说

从1985年开始,在戈尔巴乔夫的"改革与新思维"的社会总体氛围下,苏联的整个文化空间开始重新排列组合,发生了意识形态的、道德的、审美的模式的

---

① 在俄罗斯文学评论界有人对此提出质疑,认为索尔仁尼琴是农村题材小说的创始人。

变更。在苏联,文学发展也随之产生着巨大变化,国内的"地下文学"开始走向地上,"异样文学"获得合法的地位,俄罗斯侨民文学大量回归①,等等。这一切打破了苏维埃文学一统天下的发展格局。1991年苏联解体后,传统的社会主义现实主义也不再是俄罗斯作家创作唯一遵循的方法和原则,俄罗斯文学呈现出一种流派林立、风格纷呈、题材广泛和体裁多样的多元局面。

苏联解体后90年代,俄罗斯小说创作与这个时期俄罗斯文学发展的总体特征相符合,是一个流派多样、题材纷呈、手法各异的多元化时期。在小说创作大军里既有爱国派作家,又有民主派作家;既有现实主义作家,又有现代派作家;既有老一辈作家,又有文坛的新秀。他们创作的小说在题材内容、创作方法、表现手法、语言运用等方面各显其能,各有特色,绘成了90年代俄罗斯小说发展的绚丽多彩的风景。

在90年代俄罗斯小说创作的多元格局中,现实主义小说和后现代主义小说创作是比较显著的。在90年代,现实主义依然是作家小说创作的重要方法。当然,每个作家在运用现实主义方法创作小说时又有各自的写作特征:有的作家注重外部环境的描述,有的作家注重人物内心世界的表现,有的作家注重事件的哲理思考,有的作家注重对人物的心理感受的挖掘……总之,俄罗斯现实主义传统在这些作家的笔下得到了进一步的弘扬和拓展。像列昂诺夫的长篇小说《金字塔》(1994),Л.鲍罗金的中篇小说《乱世女皇》(1996),A.谢根的长篇小说《俄罗斯飓风》(2000),Ю.布伊达的小说《普鲁士新娘》②(1996),B.利丘金的《分裂派》(1990—1996),A.瓦尔拉莫夫的《诞生》(1995)和《沉没的方舟》(1997),《教堂圆顶》(1999),阿斯塔菲耶夫的《快乐的士兵》(1998),《该诅咒的和该杀的》(1994),Г.符拉基莫夫的《将军和他的部队》(1994),Ю.邦达列夫的长篇小说《不抵抗》(1994),《百慕大三角》(1999),拉斯普京的《下葬》(1995),《在医院里》(1996),《新职业》(1999),Л.乌利茨卡娅的《索涅奇卡》(1992),等等,以及后现代主义作家创作的一大批后现代主义小说。

80年代中期至90年代,俄罗斯后现代主义作家红极一时,后现代主义小说

---

① 从1987年开始,各个大型文学杂志争相刊登不少作家在20—70年代创作的、但由于意识形态和艺术手法等原因没有与读者见过面的作品。A.阿赫玛托娃的《安魂曲》和A.特瓦尔多夫斯基的《凭借记忆的权利》这两部作品的发表,引起读者的巨大反响。此外,M.布尔加科夫的《狗心》、A.普拉东诺夫的《初生海》、A.比托夫的《普希金之家》、杜金采夫的《穿白衣的人们》、B.格罗斯曼的《人生与命运》、Б.帕斯捷尔纳克的《日瓦戈医生》、扎米亚金的《我们》、纳博科夫的《暗箱》和《马申卡》以及其他一些作家的作品陆续得以出版。这些在苏维埃时代长期被禁的作品,如今凯旋般地回归到读者中间,引起了读者和评论家的兴趣、关心和重视。

② Ю.布依达在90年代曾经两次被提名参加布克奖,他的小说《普鲁士新娘》在1999年被授予A.格里戈利耶夫文学奖。

创作引人注目,甚至有人认为俄罗斯文学进入了后现代主义的时期。

M.哈利托诺夫(1937年生)的小说《命运的轨迹,或米拉舍维奇的小箱》(1985年写成,1992出版)是俄罗斯后现代主义小说的一部代表作。一位名叫安东·安德烈耶维奇·利扎文的语文学家研究名不见经传的作家C.米拉舍维奇的创作,并将之定为自己的副博士论文题目。在收集材料和研究的过程中,他发现了米拉舍维奇的一个小箱子,通过对小箱子里装的信件和纸片的解读,他渐渐地发现了一个人的命运的轨迹。原本是现实主义作家的B.马卡宁,90年代后的小说创作转向后现代主义,写出《出入孔》(1991)、《铺着呢布、中间放着长颈瓶的桌子》(1993)和《地下人,或者当代英雄》①(1999)等具有明显的后现代主义特征的小说。小说《出入孔》和《铺着呢布、中间放着长颈瓶的桌子》是作家对人和人性自由问题的思考,以及由此涉及到复杂而具有悲剧性的一系列问题。《地下人,或者当代英雄》是作家对20世纪末人的肖像、行为和心理的进一步探讨,展示出20世纪末光怪陆离的俄罗斯社会生活对人和人性的摧残。B.别列文(1962年生)是20世纪末俄罗斯文坛上令人注目的一位后现代派作家。他的《恰巴耶夫与普斯托塔》(1996)是后现代主义的一部标志性的、预言性的作品。他还写出了小说《昆虫的生活》(1996)、《黄箭》(1998)以及被视为90年代末俄罗斯青年偶像作品的小说《百事一代》(1999)。《恰巴耶夫与普斯托塔》、《百事一代》等后现代主义作品被译成多种文字,别列文成为1993年度小布克奖的得主。B.叶罗菲耶夫(1947年生)也是一位在90年代比较走红的后现代主义小说家。他在90年代得以问世的小说《俄罗斯美女》②(1992)具有该派美学的典型特征。小说的女主人公伊林娜·符拉基米罗芙娜·塔拉甘诺娃拥有美丽的身体并且以这个身体带来的全部欢乐而生活。他的另一部小说《最后的审判》在这方面走得更远。作家叶罗菲耶夫本人说,这部小说是"对全人类的一种试验"。

此外,比较著名的后现代主义小说还有:C.索科洛夫(1943年生)的大胆揭露首都社会环境的丑恶和可怕的小说《培养傻瓜的学校》(1989③)、B.索罗金的《七人之心》(1994)、A.斯拉波夫斯基④写了一个人把自己的机体移植到自己的同时代人的身上的怪诞小说《我不是我·履历表》(1992)、B.沙罗夫的《彩排》(1992)、E.波波夫的《前夜的前夜》(1993),等等。

---

① B.马卡宁的《地下人,或当代英雄》被俄罗斯评论界称为1998年最重要的文学事件,是"20世纪的最后一部长篇小说,是20世纪的尾声"。
② B.叶罗菲耶夫的《俄罗斯美女》已被拍成电影。
③ 这部小说成书于1973年,1976年在美国首次发表,1989年在苏联出版。
④ A.斯拉波夫斯基的一些后现代主义小说被许多评论家所注意,后现代主义评论家B.库利岑认为斯拉波夫斯基是"当代文学的一个关键人物"。

从题材上看,苏联解体后 90 年代俄罗斯小说创作基本上继承了该世纪下半叶俄罗斯小说创作的传统题材,即战争题材、集中营题材、城市题材、农村题材等。

战争题材。 Г. 弗拉基莫夫(1931 年生)的长篇小说《将军和他的部队》、阿斯塔菲耶夫的长篇小说《该诅咒的和该杀的》就是两部引起读者和评论界注意的作品。弗拉基莫夫的《将军和他的部队》这部小说把对战争的描述转到对人类生存的共同规律性问题上来,因为人性以及人类生存的规律性等问题在战争中最能够暴露无遗。在小说主人公科勃利索夫将军身上所体现出来的人的伦理道德具有重要的价值。阿斯塔菲耶夫的《该诅咒的和该杀的》(1992—1994)是 20 世纪最后 10 年俄罗斯文学的一部巨著。小说的名字来自旧礼仪派的颂歌:"所有在尘世上播下骚乱、战争和兄弟残杀的人,该受到上帝的诅咒和该杀。"是谁播下骚乱,是谁该诅咒和该杀?这是作家在小说中回答的问题。作家认为任何战争都是可恶的,因为战争导致人的道德的贫瘠化。文学评论家 В. 叶萨乌洛夫说:"阿斯塔菲耶夫的小说——也许是第一部从东正教立场出发写出的关于这场战争的小说,并且他完全意识到战争的悲剧冲突。"①

90 年代战争题材作品在内容和形式上与以前的同类题材作品相比发生了变化,一是描述的对象发生了变化。过去的战争题材作品主要是写卫国战争,90 年代的战争题材小说有不少是写当今俄罗斯境内发生的民族纷争,如车臣战争、格鲁吉亚与阿布哈兹之间的民族纷争,以及与恐怖分子的斗争,等等;二是这类题材作品不再是爱国主义和英雄主义的讴歌和礼赞,而是作家以现代观念审视战争,对由民族之间纷争而导致的战争进行思考,强调主人公的自审意识;三是叙述方法的变化。作家不是以全知全能的视角对战争做全景的描述,也不是 50—60 年代"战壕文学"的叙述方法,而是以冷峻的目光观察战争,以现代的手法描述战争,注重人对战争的感受和体验。马卡宁的短篇小说《高加索俘虏》(1995)及其主人公士兵鲁巴欣形象表明 90 年代战争题材短篇小说的变化特征。②

---

① В. 叶萨乌洛夫,《俄罗斯文学里的集结性范畴》,彼得罗扎沃茨克,1995 年,第 217 页。

② 小说《高加索俘虏》是战争题材的,但写的不是卫国战争,也不是阿富汗战争,而是俄罗斯境内的民族纷争。这个短篇既不具备"全景战争文学"的全能全知视角,也不是"战壕文学"的那种对战争的局部描述,而是作家运用战争素材进行自己的小说创作试验,描写战争中人物的心理感受及其对人生问题的哲理思考。小说的叙事方法也与传统的不同。叙事客体是不断变化的,这种叙述客体的变化在小说伊始就表现出来,几乎是一两小自然段就转换一个叙述客体,这种方法好像是电影的蒙太奇,切换剪接得十分突然,形成一种快速的、几乎是跳跃的变化。此外,假定性、朦胧性是作品的又一个特征。作品中许多事物都是朦胧的,不清楚的。主人公鲁巴欣的身世如何?谁也不知道。谁是胜者,谁是败者,究竟谁是高加索俘虏?是被俄罗斯人俘虏的高加索人?都是假定的。因为无论俄罗斯人的胜利还是高加索人的失败都有一种假定的性质。

集中营题材。苏联解体后,文学界也像其他领域一样,开始对苏维埃政权进行全面的清算,苏联时期的集中营成为小说家清算的一个对象。

Л.科斯塔马罗夫的《大地与天空》(《莫斯科》杂志,1999年第4—5期)就是其中的一部。小说里,"天空"是希望、理解、自由和真正生活的象征。小说情节发生的时间和地点:"1982年。苏维埃社会主义共和国,某城的集中营区。"集中营的每一个囚犯差不多每隔5分钟都要抬头仰望天空,都要与天空进行自己的独白。因此,小说是来自大地的众多囚犯与天空的一种多声部的对话。"天空"对囚犯来说是天国,天堂。他们在尘世生活中受到的种种折磨和非人的待遇,都将在对天空的仰望和希冀中化为乌有。作家在这部小说中描述出集中营生活的残酷,但是在这种生活的背景上展示出人的善良和人性之美。

城市题材。90年代,俄罗斯城市同农村一样经历着社会转型的阵痛,城市各阶层的人们同样在痛苦中挣扎。因此,俄罗斯城市的人生百态成为作家的聚焦点之一。在描写城市生活里各种丑恶现象泛起、人们的生活贫困的小说中,应当首推拉斯普京的《下葬》和叶基莫夫的《棚顶的小猫》。作家拉斯普京的短篇小说《下葬》选择一位女儿给母亲办理丧事来表现当今俄罗斯城市平民生活的现状。叶基莫夫的《棚顶的小猫》描写90年代一个小镇上工人们的生活遭遇,为了生存,他们中间有的人不得不去车臣当炮灰。

邦达列夫的长篇小说《百慕大三角》、拉斯普京的《新职业》、В.扎洛图哈(1954年生)的《最后一位共产党员》(2000)等作品主人公的命运构成当今知识分子的命运的缩影。

农村题材。苏联解体后,农村发生了较大的变化,农民是首先的受害者。农村的集体农庄机制被破坏或解体了,农村几乎成为一种无政府状态。大批的壮劳力涌入城市,成为城市的打工族;有的虽然留在农村,但也另谋生路;剩下的老弱病残无力耕作,使大批土地荒芜,农村呈现出一派衰败的景象。拉斯普京对90年代初俄罗斯农村状况曾经做过这样一段概括:"如今到了这样一个毫无希望的年代,过去赖以生存的东西都不见了……什么都没有了。"昔日的大自然、土地、城市、村落虽然存在,但已经是另一番景象……"

Д.巴金的《树之子》(1998)、В.拉斯普京的《木舍》(1999)、Б.叶基莫夫的《乞科马索夫》是一组暴露当今俄罗斯农村现状和农民的贫困生活的短篇小说。拉斯普京的短篇《木舍》,就表现出这位作家对农村生态受到破坏而产生的十分强烈的忧患意识。此外,В.别洛夫的《在锅炉旁》、《列伊科斯》(两篇均刊于《莫斯科》杂志,1995年第3期)、《蜜月》(《我们同时代人》,1995年第3期)、《灵魂永生》(《我们同时代人》,1996年第7期)、《谷底的花园里》(《我们同时代人》,1999年第2期)也均是值得一读的几个当代农村题材的短篇小说。

总的来看，20 世纪俄罗斯小说既继承了 19 世纪俄罗斯小说的传统，又在文学流派、创作方法、艺术表现、题材体裁等方面具有自己新的时代特征。

第二节　阿·马·高尔基
（1868—1936）

在 20 世纪俄罗斯文学的历史上，阿·马·高尔基是一位"筚路蓝缕，以启山林"的伟大先驱，也是连接传统文学和现代文学的桥梁。他的近半个世纪的创作，可以说是现代俄罗斯民族之命运的一种独特的回声。他的思想和作品，他的深厚人文主义精神，都已成为俄罗斯文化遗产的重要组成部分，其影响所及，早已越过了文学的和民族的疆界。这一切又使他成为 20 世纪世界文学中最杰出、最有成就的作家之一。

生平创作道路

高尔基原名阿列克谢·马克西莫维奇·彼什科夫（Алексей Максимович Пешков，1868 年 3 月 28 日生，1936 年 6 月 18 日去世）生于伏尔加河畔下诺夫哥罗德市的一个木工家庭。他幼年丧父，在开染坊的外祖父家度过童年，仅上过两年小学。1878 年秋开始独立谋生，先后当过鞋店学徒、帮厨、装卸工、烤面包工人、杂货店伙计和车站守夜人等，主要依靠刻苦自学、漫游俄罗斯和在社会"大学"中学习而获得丰富的知识，为日后的创作积累了丰富的素材。1892 年，他以"高尔基"为笔名发表短篇小说《马卡尔·楚德拉》，由此走上文学道路。

高尔基的创作道路，大致可分为三个阶段。早期创作（1892—1907）包括浪漫主义和现实主义两类作品。在浪漫主义作品中，处女作《马卡尔·楚德拉》（1892）通过一对青年男女为了自由和独立不惜舍弃爱情乃至生命的故事，表现了"不自由，毋宁死"、自由高于一切的主题。《鹰之歌》(1894)则借助搏击长空的鹰这一象征性形象，肯定生活的意义就在于对自由的执著追求。《伊则吉尔老婆子》(1895)由三个故事组成，其中丹柯的故事最为动人。丹柯是传说中的勇士，当同胞们在黑暗的森林中迷了路时，他毅然撕开自己的胸膛，掏出燃烧的心，为人们照亮走出困境的道路。不难看出，热情颂扬人追求自由的天性，讴歌人的价值、力量及牺牲精神，是高尔基早期浪漫主义作品内容上的共同特色。

现实主义小说在高尔基的早期创作中占有更大的比重，其中又以"流浪汉小说"最为引人注目。作家凭借着对流浪汉这个特殊社会阶层的生活与心理的熟知，喊出了他们的屈辱、挣扎、苦闷和希求，既未隐瞒他们的弱点和旧习，又揭示出他们那掩藏在生活实践的粗糙外壳下的珍珠般的品格。如在短篇小说《切尔卡什》(1895)中,作者描写了流浪汉切尔卡什和农民加弗里拉这两个彼此对立的形象:前者向往自由,落拓不羁,颇讲义气;后者则目光短浅,自私自利,胆小怕事。在二人合伙偷盗后瓜分所得时,加弗里拉企图杀害同伙,独占赃款。切尔卡什虽遭暗算受伤,却饶恕了加弗里拉,并把全部钱财轻蔑地扔给了他。《玛莉娃》(1897)、《奥尔洛夫夫妇》(1897)、《沦落的人们》(1897)等,也是高尔基流浪汉小说中的名篇。值得注意的是,作家并未一味美化流浪汉,而是真实地暴露出铅样沉重的生活在他们心灵上打下的不幸印记;他之所以一度把创作激情倾注到流浪汉身上,是由于他认为这些人在精神个性上远远高于那些浑浑噩噩、贪婪庸俗的小市民。

《福马·高尔杰耶夫》(1899)是高尔基的第一部长篇小说。作品的同名主人公是百万家财的法定继承人,但他追求的却是一种摆脱金钱桎梏的、自食其力的自由生活。这种感情和愿望被认为是不可理解的。最后,这个完全正常的人被关进了疯人院。这是"黑暗王国"的统治者们对本营垒内部的一颗正直灵魂的扼杀。作品从这一角度揭示了旧俄社会的反人性特征。另一长篇小说《三人》(1900)则以三个年轻人的不同生活道路为线索,在更为复杂的矛盾纠葛中表现了"人与社会的冲突",集中反映了作家对于两世纪之交一代青年的生活与命运的思考,并有力地抨击了影响颇广的"忍耐哲学"。散文诗《海燕之歌》(1901)以象征和寓意的手法传达出"山雨欲来风满楼"的时代气氛,表现了人民群众要推翻沙皇专制、变革社会的强烈愿望。这篇作品问世之初就在广大读者中不胫而走,至今仍广为传诵。

1906年2月,高尔基离开俄罗斯,同年10月定居于意大利卡普里岛。在国外,他完成了长篇小说《母亲》(1906—1907)。小说主人公之一巴威尔在历史大变动前的时代气氛的感召下,阅读"禁书",接触先进知识分子,继而投身到由无数久被压抑的觉悟工人组成的队伍中,要以群体的力量重建一种新的社会秩序。作家的社会批判激情,在特定的时代条件下,合乎逻辑地孕育出了巴威尔这一叛逆性格。但贯穿小说始终的形象并非巴威尔,而是母亲尼洛夫娜。整部作品是以她的心理变化为情节主线的。小说所着重描写的,是这位备受欺压、软弱柔顺的普通劳动妇女逐步觉醒、投入斗争的过程。在作品所反映的第一次俄罗斯革命的准备阶段,这样的下层妇女为数尚少。作家顺应时代的思想潮流和审美要求,以生活现实为基础,运用现实主义和浪漫主义相结合的方法,创造出尼洛夫娜这一具有先进性的艺术形象,意在鼓舞那些尚未摆脱各种心理重负的人们,促进他们的精神自觉。

高尔基的早期创作,风格多样,色彩绚丽,激情充溢,现实主义与浪漫主义交融,呈现出以力度与气势取胜的基本格调和刚健明快、激越高亢的总体美感特征,而其基本思想倾向则是社会批判,并以唤起人们对于生活的积极态度为指归。

第一次俄罗斯革命失败后,身在卡普里的高尔基所集中思考的,是俄罗斯的命运与前途。1913年,他回到阔别多年的俄罗斯。他热情欢呼1917年推翻沙皇政权的二月革命,却不能理解和接受十月革命。这一历史巨变又把革命与文化的关系问题注入他的思索中。政论文集《不合时宜的思想》(1917—1918)就是这一思索的成果。在当时极为复杂和困难的条件下,他为拯救文化、保护知识分子付出了极大努力,本人却常常处于痛苦和矛盾之中。1921年秋,他再度离开俄罗斯,1924年定居于意大利索伦托。

这一时期(1908—1924)高尔基的创作,无论在思想指向还是在艺术风格上都发生了明显的变化。第一次革命失败之初,作家仍然通过自己的作品鞭挞专制黑暗势力(《没用人的一生》,1907—1908),讴歌民众意识的觉醒(《夏天》,1909),并积极寻找新的精神武器,企图经由高扬人民群众的巨大创造性(《忏悔》,1908),将他们的意志和情绪保持在进行一场新的革命所需要的高度上。然而,对革命失败的沉痛反思,却使他意识到自己的任务并不在于继续进行这种悲壮的努力,而是要深入揭示俄罗斯民族性格、民族文化心理的基本特征及其与历史发展之间的内在联系,发现民族历史发展滞缓的原因,探测未来历史的动向。在这一主导意向的统辖下,他创作了六大系列作品,包括"奥库罗夫三部曲"、自传体三部曲和四组短篇系列作品。

"奥库罗夫三部曲"是高尔基系统考察和揭示民族文化心理特征的最初成果,包括中篇小说《奥库罗夫镇》(1909—1910)、长篇小说《马特维·科热米亚金的一生》(1910—1911)和《崇高的爱》(1912,未完成)。其中,《奥库罗夫镇》以1905年革命为背景,描写奥库罗夫人在革命的消息传来时的种种反应,勾画出参加"闹事"和反对"闹事"的两部分人所共有的昏聩、愚昧和凶残,提供了俄罗斯小市民生活和精神心理特点的一个横剖面。《马特维·科热米亚金的一生》则以同名主人公一生的经历为主线,在农奴制改革后近半个世纪的时间跨度上,通过对奥库罗夫人的日常生活和文化心态的追寻,对小市民阶层进行了纵向剖析。作家以深邃的艺术洞察力,在对主人公科热米亚金悲惨、忧郁、无为的一生的描述中,透过奥库罗夫人的生活平静无波的表层,展露出它的巨大腐蚀性和毒害性。小说由此揭示了俄罗斯外省小市民的生活秩序和传统怎样经由一代代人而繁衍、延续,表明千百个奥库罗夫式的城镇如何卧伏在俄罗斯土地上,成为决定其基本面貌与存在方式的沉重砝码,从而触及了本民族历史发展滞缓的某些基本根由。

自传体三部曲《童年》(1913)、《在人间》(1916)和《我的大学》(1923),是高尔基最有影响的作品。贯穿于三部曲始终的形象是自传主人公阿辽沙。《童年》描述了阿辽沙从1871年父亲病逝到1879年母亲去世八年间在下诺夫哥罗德市外祖父家的观感,包括他短暂的学校生活和辍学后"到街头去找生活"的情景,刻画了外祖父一家,这个家庭染坊的工人、房客、邻居等众多人物形象,再现了童年时代无数"悲惨的童话"。《在人间》以阿辽沙1879年秋至1884年夏走入社会独自谋生的坎坷经历为线索,记述他先后在下诺夫哥罗德鞋店、绘图师家和圣像作坊当学徒,在伏尔加河上的"善良号"、"彼尔姆号"轮船上当洗碗工的所见所闻,提供了俄罗斯外省市民生活的生动画幅。《我的大学》则展示了伏尔加河码头、喀山"马鲁索夫卡"大杂院、捷林科夫面包店、谢苗诺夫面包作坊、民粹派革命家罗马斯的小杂货铺及附近村民的生活图景,最后以主人公漂泊到里海岸边的一个渔场作结,成为主人公1884年秋至1888年间的生活印象与感受的艺术记录。三部曲所描述的内容在时间上彼此衔接,不仅是作家本人早年生活的形象化录影,更是表现俄罗斯民族风情和文化心理的艺术长卷。作品的生活气息浓烈,充满情、景、意浑然一体的篇幅,更不乏作家直接倾吐心曲、抒发情怀的段落。这类文字,与其说是小说,毋宁说是诗行,往往令人想起屠格涅夫笔下的一些充满魅力的篇章。

这一时期,高尔基还写有四组短篇系列作品。其中,《罗斯记游》(1912—1917)中的29个短篇从形式上看,接近作家早期的流浪汉小说;但在内容上却显示出新的特色。首先,这些作品的主人公不再是单一的流浪汉,而是包括手工业者、小铺老板、教堂执事、退役军官、破产商人、外省知识分子、破落贵族、菜园主各色人等,涉及社会各阶层;其次,作品的意义不限于社会批判,而在于从各个不同侧面揭示俄罗斯人的精神文化特征,且彼此呼应,互为补充,共同构成一部表现民情风俗、世态人心的著作。《俄罗斯童话》(1911—1917)则为国民劣根性及其在斯托雷平年代的显现,提供了一组绝妙的讽刺性写照。创作于十月革命后的《日记片断》(1924)和《1922至1924年短篇小说集》(1925),或取材于革命年代的现实,或向记忆、向不堪回首的往事汲取诗情,均成为对民族生活和文化心态的"直接的研究"和"如实的写生"。以上四组作品,以开阔的艺术视野,绘制出一幅幅令人目不暇接的俄罗斯生活风情画,展示了根植于这种生活土壤之上的民族精神风貌,描画了一长列个性鲜明的人物,为世人认识俄罗斯民族的文化心理特征,提供了不可多得的形象化资料。

高尔基中期作品,记录了作家在民族文化心态研究这一总体方向上艰难跋涉的足印。这是高尔基一生创作中最辉煌的时期。清醒的现实主义笔法、纯熟洗练的描写艺术、行云流水般优美自如的叙述语调,体现着作家忧患意识的沉郁的风格,共同显示着作家新的美学追求与杰出的艺术才华。

高尔基的晚期创作(1925—1936)主要是两部长篇小说：《阿尔塔莫诺夫家的事业》(1925)和《克里姆·萨姆金的一生》(1925—1936)。《阿尔塔莫诺夫家的事业》写的是农奴出身的麻纺厂主阿尔塔莫诺夫一家三代人对待"事业"的不同态度和心理的变化。伊利亚是这个家族事业的创始人，兼有农民和新兴资产者的特点，精力充沛，雄心勃勃，是俄罗斯资本主义"工场手工业"形成时期的一个过渡性人物。他的长子彼得却对"事业"感到厌倦，向往安逸平静的田园生活，其人生观念、心理特征和生活情趣，都烙下了农奴制影响的深深印痕。其弟尼基塔的性格及其在自杀未遂后躲进修道院的结局，则折射出深受东正教影响的俄罗斯农民无法理解和接受资本主义现实的悲剧。伊利亚的养子阿列克谢作为这个家族事业的实际继承人，具有新兴资产者要创业、要发展、要占有的特征和明显的政治意识，成为俄罗斯民族资本主义迅速发展时期的代表人物。在这个家族的第三代中，阿列克谢的儿子米龙比父亲更有心计和手段，政治欲念更强烈，还主张全面欧化，表现出20世纪初俄罗斯资产阶级的某些新特点。彼得的儿子亚科夫则除了动物式的享乐之外便一无所求。他的空虚和堕落、寄生性和孱弱症，既显示出俄罗斯资产阶级早衰的特征，又透露这种早衰的内在原因。可见，这部长篇通过这个家族三代人所构成的形象系列，揭示了俄罗斯资产阶级的先天不足、发育不全的特点，勾画出俄罗斯资本主义尚未站稳脚跟便很快日落西山的命运。作品同时还使人们看到：这一切既为俄罗斯独特的历史文化传统所决定，又昭示着这个民族未来的历史行程。

高尔基晚期创作的基本特点，是开阔的艺术视野结合着深邃的哲理思考，强烈的历史感伴随着缜密的心理分析，叙述风格上则显示出一种史诗般的宏阔与稳健。在人物形象刻画上，作家还借鉴了西方现代主义文学在心理描写方面的某些新鲜经验。这既表明高尔基在创作方法的运用上是不拘一格的，又显示出20世纪现实主义文学的新特色。

在写作上述两部长篇时，身处国外的高尔基一直关注着国内的现实。1924年列宁的逝世，曾给他以强烈的震动。1928年5月，他曾回到离别七年的国内小住，10月返意大利，以后每年(除1930年未回国外)几乎都在同一时期内往返一次，直至1933年最后回国定居。他既为国内经济建设的某些成就而高兴，又为极左思潮的泛滥成灾而忧虑和痛心。为保护受到不公正对待的知识分子和干部，伸张正义，为了文学和文化事业的发展，他同极左势力进行了不懈的斗争，但终于力不从心，于1936年6月18日逝世。

长篇小说《克里姆·萨姆金的一生》

《克里姆·萨姆金的一生》既是高尔基思考俄罗斯民族历史、现实和未来的一部史诗性巨著,又是作家长期进行民族文化心态研究的总结性成果。作品的中心人物萨姆金,出身于俄罗斯外省某城市的一个"中等"家庭,其父是一个曾被逮捕和监禁的民粹派知识分子。萨姆金在家乡读完中学后,便到彼得堡某大学法律专业学习,不久即因躲避学潮而休学回家,担任一家报馆的编辑。这期间,由于同革命党人的接近,他曾被宪兵队传讯。后来,他又到莫斯科续读法律专业,也由于同样的原因两次受宪兵队审讯。大学毕业后,他与一个名叫瓦尔瓦拉的女子正式结婚,并开始给一名律师当助手。1905年革命期间,他曾目睹一些重要事件和场面,也一度"被推进"起义者的行列,又"无意中"当过告密者。在革命高潮中,他曾避居故乡,却再次被捕,旋又获释。革命失败后,萨姆金与瓦尔瓦拉分手,迁居诺夫哥罗德,并短期旅居国外,回国后不久即迁往彼得堡,希望能在文学界或新闻界取得成功。第一次世界大战期间,他曾作为"地方与城市自治联合会"的成员前往里加了解难民情况,又到前线调查过军队给养遗失之事。二月革命时期,萨姆金曾试图有所动作,但始终只是作为一名旁观者存在。1917年4月列宁返回彼得堡时,他被密集的人群挤倒,践踏而死。

  作品的副标题是"四十年间"。沿着萨姆金的生活轨迹,小说生动地记录了自19世纪70年代到十月革命前约40年间俄罗斯生活中的一系列重大事件,表现了各种思潮、学说、流派之间的纠葛与冲突,塑造了几乎无所不包的社会各阶层人物,描绘了从城市到乡村、从首都到外省、从国内到国外的五光十色的生活图画,多方位、多层次地表征出俄罗斯人的人生态度、思维模式、情感方式和价值观念。在整部作品中占有很大比重的,是通过萨姆金观察、听取或参与各种场合、各个层次、各色人等的谈话和争论而表现出来的形形色色的思潮、主张和见解。这些思想见解之间的矛盾,其内容的庞杂性、交错性和不确定性,其存在方式的别具特色,都反映出俄罗斯人精神生活的丰富与贫乏,信仰的执著与危机,文化上的认同心理与排拒心理等诸多方面的对立统一。美国实用主义哲学家威廉·詹姆斯说过:俄罗斯人总是力求发现"一切原因的原因",总是将智慧用于紧张的分析与探索上。这一文化心理特征鲜明地体现在这部作品对40年间俄罗斯社会精神生活史的描述中。正是在这一意义上,西方学者认为这部巨著是"1917年革命前40年间俄罗斯社会、政治和文学生活的缩影",它"堪称20世纪的精神史","作为思想小说,达到最高成就"。

  当然,萨姆金决不只是作品结构意义上的一个观察者。40年间变动着的俄罗斯现实,既是他的观察对象,又是他的性格和心理赖以生成的环境。他在各方面都是中等水平,却要竭力表明自己的不平凡;他希望得到人们的尊重与崇拜,却不愿受任何拘束,不愿尽任何义务。他对什么都不相信、不入迷,总是给自己披上一件超越于一切思想分歧之上的"怀疑论者"的服装。其实,他本身的思想有着明显的破碎性、庞杂性。他缺乏自己的独到见解和明确的思想,但又不愿承认自己思想上的贫乏与空虚,反而要以一个思想深刻、见解独特的人自居,因而只能用别人的思想和言论的碎片来拼合成自己的"思想体系"。久而久之,他就变成了一只收藏各种流行思想的百宝箱。他缺乏对人的信任、尊重和爱,为人冷漠,甚至隐含着一种敌意;即便是对于妻子瓦尔瓦拉,他也从来没有真正爱过。他还具有强烈的嫉妒心,无论在哪一方面都不愿让别人专美于前,常为别人的失败和痛苦而幸灾乐祸。他曾标榜自己对革命采取"不偏不倚"的态度,其实并非如此。在大学时代,他曾装成"像是一个革命者的样子",觉得这样可以提高自己的身价;但他又说学生运动"纯粹是感情用事",工人运动具有"无政府主义性质",认为自己采取这种态度可以令人尊敬。1905 年革命期间,他"既没有决心,也没有勇气置身事外",革命失败后他则说自己参与莫斯科起义"只能用地形学的原因来解释"。他始终没有任何坚定的政治信仰和明确的社会理想,更不会为任何一种革命而奋斗和献身。

萨姆金的性格特征、思维方式、文化心理和命运归宿,在很大程度上具有可据以认识俄罗斯、了解俄罗斯人灵魂的意义。他的精神文化性格,既从一个侧面体现了俄罗斯民族文化心理的某些消极特征,又是这一民族文化环境的必然产物。他的空虚无为的一生,既表征出横跨两个世纪的 40 年间俄罗斯部分知识分子的沉浮起落,又显示了这一部分知识分子无可回避的命运轨迹。借助萨姆金这一形象,高尔基艺术地揭示了部分俄罗斯知识分子市侩化、小市民化的历史真实,对俄罗斯民族文化心理弱点进行了痛切的批判。

《克里姆·萨姆金的一生》具有庞大复杂而有条不紊的结构,纵横俄罗斯外省和首都、乡村和城市的广阔背景,前后 40 年间光怪陆离的历史事件和日常生活细节,令人眼花缭乱的社会各阶层人物和色彩斑斓的活动场景。19 世纪后期至 20 世纪初期俄罗斯生活中发生过的一系列重大事件,人们精神文化生活中出现的一系列重要现象,都被巧妙地编织进主人公萨姆金的"灵魂史"中,通过他的眼光和思维而得到了特殊形式的映现。作品中出现了贵族、官僚、地主、商人、企业家、政治活动家、思想家、教师、医生、作家、演员、报刊编辑、记者、大学生、工人、农民、渔民、手工业者、马车夫、扫院人、小市民、流浪汉、妓女、教派分子、律师、法官、警察、士兵、军官、哥萨克人、犹太人等俄罗斯社会各阶层、各种身份与职业的人物,几乎包举无遗。同时,众多的真实历史人物也出现在作品的巨大艺术画幅中。这些历史人物与艺术形象的并存,大量的历史场景与艺术画面的叠合,鲜明的编年史意识与深广的民族历史生活内容,使得这部作品有了一种长河浪涛般的气势和厚重的分量,一种波澜壮阔的史诗风范。

作为"思想小说",这部作品的基本情节构成因素,并非人物的行为、人物与人物之间行动上的冲突,而是人物的意识活动、精神世界,人物与人物之间的思想矛盾、精神冲突。在诸多人物之间的复杂精神纠葛中,小说表现了近半个世纪中俄罗斯社会政治、哲学、宗教、美学、道德伦理等领域的各种思潮、学说、流派的交嬗演变,揭示出那个时代俄罗斯社会思想和精神生活的基本面貌。即便是主人公萨姆金这个贯穿作品始终的人物,读者也很少看见他的行动。这固然是由于他缺乏行动意识和行动能力所决定的,但更主要的还是作家的艺术构思使然:高尔基所要表现的是主人公"灵魂的历史",且要通过这一颗灵魂去观照形形色色的社会思潮及其消长变化。这种构思既增加了作品的思想含量和理性色彩,又使得作品中出现了大量议论和谈话,从而造成一般读者审美接受上的某种障碍。

在人物形象刻画中,作家广泛运用了西方现代主义文学在心理描写、心理分析方面的某些成功经验,通过人物的梦境、幻觉、联想、潜意识,或以象征、隐喻、荒诞的手法来描写人物的内心分裂、精神危机和意识流程。如作品多次通过主人公的梦境或幻觉来刻画其内心状态。在这种梦幻情境中,萨姆金往往被分成三个、四个或者更多的"他",这些"他"之间往往展开激烈的争论,其中每一个"他"都显示出这个人物内心面貌的某一侧面,并从总体上表现出他的意识结构的支离破碎,他的性格和心理的深刻内在矛盾。这种手法的运用,往往给读者以强烈的印象,远胜过一般冗长的心理分析。

善于运用对照的方法,在人物与人物的相互比照中显示形象的性格特征,是高尔基在人物塑造方面的一个重要特色。在《克里姆·萨姆金的一生》中,这一常用手法发展为"镜子般的结构原则",即中心主人公萨姆金处在众人当中,好似站在多面镜子中间一样,每个人物(每面"镜子")都把萨姆金性格的某一侧面映照出来,同时又在萨姆金面前显露出自己的性格特点。作品中萨姆金的同辈人物,如贵族遗少图罗博叶夫,资产阶级的"浪子"柳托夫,妇女问题研究者马卡罗夫,流浪汉、无政府主义者伊诺科夫,小市民型的人物德罗诺夫,色情狂莉吉雅,商人兼宗教团体头目玛琳娜,布尔什维克革命者库图佐夫等,都如同一面面放置在不同角度的镜子,环绕在萨姆金周围,分别映现出他的某一精神特点,共同参与对这一中心主人公进行"立体摄影"的任务,使他的性格特征充分地、全方位地表现出来。在作品的庞大艺术形象体系中,众多的人物既是作为独立的社会心理形象而存在的,具有艺术上的不可重复性,又在总体上构成主人公萨姆金的灵魂史得以展开的广阔背景,有力地烘托出萨姆金作为"这一个"的心理个性。凡此种种,均表明高尔基的这最后一部作品取得了多方面的艺术成就。

第三节　伊·阿·布宁
(1870—1953)

伊·阿·布宁是第一位获得诺贝尔文学奖的俄罗斯作家,他的文学活动包括诗歌创作、小说创作和文学翻译,在每一个领域都堪称杰出,而其中最突出,或者更准确地说,最引人注目的部分是小说创作。短篇小说集《幽暗的林荫道》可以被看成是布宁文学艺术创作的"天鹅之歌",它犹如一颗颗珍珠连缀而成的璀璨项链,情感热烈,用词简约,韵味无穷。他的创作集中于生、死、爱和自然的主题,俄罗斯的命运、俄罗斯人的命运是他始终关注的焦点,如果从类别上划分,他的创作无疑是现实主义的,但最让读者不能忘怀的是其中浓郁的浪漫主义色彩和淡淡的感伤意味。此外,在文学评论领域布宁也表现非凡,其20世纪40年代末完成的主观色彩浓厚、视角独特的《托尔斯泰的解脱》一书是深入认识和理解这位伟大作家的杰作,"是一个俄罗斯作家讲述另一个俄罗斯作家的巨著,是艺术哲理著作"[①]。

生平创作道路

伊万·阿列克谢耶维奇·布宁(Иван Алексеевич Бунин,1870年10月10日出生,1953年11月8日去世)出生在俄罗斯中央黑土区——诞生了两百多位文学艺术家的奥廖尔省,他的家庭是一个古老但破落的贵族之家,在成为作家之前他经历坎坷,在社会底层从事过多种职业。由于长期生活在乡村,他了解农民和小贵族,了解俄罗斯的大自然、乡村以及乡村生活,对俄罗斯乡村的风俗,俄罗斯人的性格、习性和心理具有深刻的认识,这些知识积累为他日后的创作奠定了坚实的基础。

布宁是作为诗人走上文坛的,他把19世纪90年代初期发表的诗歌和小说归结起来出版了两本文集《天边》(1897)和《在开阔的天空下》(1898),其中可以看出民粹主义和托尔斯泰主义对他的影响,对俄罗斯宗法制乡村生活充满眷恋和溢美之词。

从总的创作风格来看,布宁早期创作的焦点在于探索美,表现美,在大自然中发现美的形象的具体表现,作家把大自然看成是生活永恒的基础,通过对大自然的深刻洞察达到对世界哲理的、审美的和伦理的统一认识。一方面,作家在大自然中清晰地看到转瞬即逝、一去不复返的美;另一方面,他又坚信这些美

---

① M.罗辛:《伊万·布宁》("名人传记"系列丛书),莫斯科,青年近卫军出版社,2000年,第223页。

的瞬间必然会在自然之中和人的心灵之中留下痕迹，因此，即使描写的是转瞬即逝的事物，布宁也能够通过它捕捉并转达自己对生活完整性和统一性的认识。比如著名长诗《落叶》(1900)，诗人在诗中不仅描写了秋天树林丰富多彩的美，而且表现了大自然永恒的变化和轮回：在这里雷电一闪而逝，云朵变幻莫测，树叶飘落，霞光闪耀，溪流叮咚奔向大海……通过这一切，诗人捕捉到了世界生生不息的脚步，捕捉到了"使世界向前进"的永恒之美。可以说，布宁一生创作的最典型特点——绘画性和哲理性——在这一时期已经开始融会在一起。

从20世纪初期开始，布宁的写作风格有所变化，由客观的叙事向抒情的自我表现转化，作家对世界的感受、个人的心境和思索把这一时期的作品联结成一个整体，在思想和诗学上形成一个完整体系。作家在这里关注的是千百年来形成的俄罗斯生活准则，探究其衰落的原因，努力捕捉其历史的发展进程，弄清与俄罗斯传统文化格格不入的资产阶级文明给俄罗斯、俄罗斯人民以及具体的个人带来了什么。该时期最重要的作品有短篇小说《安东诺夫卡苹果》(1900)，《新路》(1901)，《松树》(1901)，《麦利佟》(1901)，等等，这些作品的主题表现的是旧的宗法制生活方式不可避免地将要走向末路，其中渗透着作家对俄罗斯未来命运的沉重思考。但在感伤地告别过去的同时，作家想要让子孙后代记住那些值得继承和珍惜的精神价值。

正是抱着这样的感受，布宁在《安东诺夫卡苹果》中表现了贵族和农民的生活。该小说没有完整的故事情节，也没有完整的人物形象，通篇由对声音、气味和色彩的记忆串联起来，组成小说的四个章节，每一章都是以回忆开始的："……我怎么也忘怀不了金风送爽的初秋……"；"……丰收年成的情景，我是怎么也忘怀不了的……"；"昔日像安娜·格拉西莫夫娜拥有的那样的庄园并不罕见。那时……"；"安东诺夫卡苹果的香气正在从地主庄园中消失。虽说香气四溢的日子还是不久以前的事，可我却觉得已经过去几乎整整一百年了。"透过这些回忆作家展现了昔日生活的诗情画意，乡村居民对自然的亲近态度，他们的朴实、健康、悠闲、善于持家、团结合作和有条不紊的日常生活与经营活动。

世纪之交俄罗斯社会的风云变幻使布宁开始关注俄罗斯生活的现状，创作了关于现代生活、关于俄罗斯命运的充满感伤甚至悲凉情调的诗歌，组诗《罗斯》(1908)揭示的就是俄罗斯诸现象复杂而矛盾的对立，在这里伟大与无耻、专制与奴性、英雄主义与冷酷心肠密切联系在一起。作家以俄罗斯历史为关照，首次对农奴制时代、对充满"兽行、枪杀、拷打和死刑"时代的生活进行了无情的鞭挞，在这里，人民及其苦难的画面与作者感伤的声音交织在一起，叙事与抒情融为一体，表达了历史进程与人民及个人命运之间错综复杂的相互关系。

可以说这是后来的小说《乡村》(1910)和《苏霍多尔》(1911)的直接先导。

俄罗斯人的心理习性激发了布宁浓厚的兴趣,他在乡村贵族地主和农民身上找到了共同的内在矛盾的印记:对最高真理及精神世界永不满足的渴求,自发的破坏性和消极意识。《乡村》一经问世便引起了轰动,褒贬不一,褒之者认为布宁摆脱了以往对俄罗斯乡村诗情画意的描写,反映了真实的俄罗斯现状,而在贬之者看来,小说充满了历史悲观主义情绪和宿命论色彩,表现了对俄罗斯人民的力量及其未来的怀疑和失望。

《乡村》的情节同样不复杂,甚至可以说没有完整的情节,作者围绕着乡村农民季洪和库季马·科拉索夫两兄弟,通过他们的眼睛和感受,展现了一个肮脏、愚昧、野蛮、冷酷、自生自灭的俄罗斯乡村,作家昔日对俄罗斯乡村的美好情怀在这里几乎丧失殆尽。小说虽没有完整的情节,但开篇处对科拉索夫家先祖及季洪过往经历的寥寥数笔的叙述可以让人看到一个家族的历史:外号"吉普赛人"的曾祖父是家奴,因抢老爷的情人被放狗咬死;获得自由的祖父成为汪洋大盗,被抓住以后面临死亡丝毫不在乎;父亲作小买卖赔本以后成为酒鬼;季洪成为一个地道的小市民,贪得无厌、怨天尤人、自私自利,采取种种手段巧取豪夺,逐渐成为一方的富人,但忙碌的生活和人与人之间的冷漠关系还是使他对生活感到绝望,发出了"人生是多么短促又多么无聊啊!"的慨叹,虽然他认为"我的一生应该写下来",但回过头来又看不到有什么值得写下来的东西。

库季马是与哥哥季洪相反的一个人物,他是作家塑造的"回头浪子"式的"真理探索者":他在异乡混了大半辈子,因很多问题让他想不明白而苦闷得酗酒、胡闹,名声差得没人肯雇佣他干活,可是他"一辈子梦想读书写作……想述说他怎么沉沦,用最无情的笔描述他的贫困以及使他变成一个畸形人,一株'无花果树'的平庸而可怕的生活"。他对自己以及农民的生活状态感到痛心,一方面他捍卫俄罗斯人民,说其是"伟大的人民";而另一方面,他又清醒地认识到俄罗斯人民是"蛮子","我们最大的痛处,最致命的特点就是:说的是一样,做的又是一样!受不了畜生般的生活,可还是这么活着,而且还要这么活下去,这就是俄罗斯调儿……"因此应该动脑筋,"要过人的生活"。对乡村命运心痛不已而又时刻向往光明的库季马对布宁来说是弥足珍贵的道德品德的承载者,是俄罗斯未来的希望,他的漂泊探索精神、与故乡的紧密联系、预见到"农民俄罗斯"正在面临灭亡时所感受到的"要命的忧伤"都让作家感到亲切,对于他回到家乡以后"变得粗野了",布宁并不认同主人公本人"生来如此"的结论,其根源在于,虽然他对学习和写作充满渴望,但"生在一个有一亿多文盲的国家里,长在至今盛行斗殴、把人往死里打"的俄罗斯小镇,他没有别的办法,所以作者才说:"这个瘦削的,已经被饥饿和严酷的思索弄得白发苍苍的,把自己称作无政府主义者但又无法解释清楚什么是无政府主义的市民为了谁、又为了什么活在世界上?"

布宁描绘了农民的那种无意识的、可怕的生活画面,正是他们的生活状态引起了作家的痛楚感受。可以说,《乡村》的功绩不在于对俄罗斯乡村的生活作出了总结和预言,而在于认清了那些悲剧性的矛盾,那些几乎无法解决的、千百年来形成的死结,俄罗斯人民将要克服的不仅是经济的、社会的和政治的障碍,更要克服伦理的、心理的障碍,克服思维、习惯和信念方面的障碍。《乡村》描写的虽然只是一个俄罗斯乡村的人及其生活,但被作者本人加了着重号的话"整个俄罗斯都是乡村,你好好记住这一点!"使小说具有了高度的概括性,浓缩了当时俄罗斯的真实现状。

在《乡村》之后,布宁马上开始写作中篇小说《苏霍多尔》,这是一部描写农奴制解体之后中小贵族和家奴的生活及其日益贫穷和退化的小说。与《乡村》不同,作者在这里的叙述更趋平静、沉着和富有诗意,小说中反映的残酷现实并没有妨碍作品显而易见的抒情性和对故乡诗意的描绘。布宁在关注过去的同时,努力要弄清整个小贵族阶层为什么这么快就瓦解、退化、消失了。"苏霍多尔"庄园的意思是"干谷",恰恰象征着这一点。作者寻找的是"干涸"更为深刻的根源,关注的是俄罗斯民族心理,即小说伊始就提到的"俄罗斯禀性",在这种禀性中占主导地位的是"回忆",是"因循守旧的生活习俗",是"古老的家族观念",苏霍多尔的衰亡证明了那里既没有秩序,没有持家观念,没有真正的主人,也没有理性的意志:"老爷和农奴从本质上是一致的;要么作主宰,要么胆怯。"在说明发生的一切具有合情合理性的同时,作家想让子孙后代记住这一切,克服那些根深蒂固的弊病,去过真正自由的、人性的和有教养的生活。

通过人民的生活习性来探讨俄罗斯生活的不只局限于上面两部中篇小说,在1911—1913年三年的时间里,布宁共创作了近30部短篇小说,继续对俄罗斯、俄罗斯人民、俄罗斯性格进行挖掘和思考。

第一次世界大战加剧了布宁对俄罗斯乃至整个人类命运的痛苦思索,创作了一系列作品,其中最具代表性的是《从旧金山来的先生》(1915),借助"旧金山来的先生"及其周围人的生活,作者对资产阶级的所谓"文明"进行了否定的评价,揭示了现代文明的弊端。

布宁对十月革命持坚决否定的态度,认为革命是有意识地丢掉一个民族的伟大精神遗产,是忘记俄罗斯民族的神圣传统,于是他于1919年辗转去到国外。在侨居国外的三十多年中,布宁创作了两百多部中短篇小说,大部分以俄罗斯生活为题材,用11年时间创作的自传性中篇小说《阿尔谢尼耶夫的生活》(1927—1938)就是其中有代表性的一部。

生存、爱情和死亡以作家个人主观的、独特的体验形式在其侨居时期的创作中占据主导地位,贯穿了他后期的全部创作。或许是因为远离故园,故园就成了"欢乐国"的代名词,那里的一切都成为明快的回忆,甚至这种回忆是苦涩的,但也并非沉重得让人喘不过气来。著名中篇小说《米佳的爱情》(1924)就具有这种特点,在这部小说中,布宁第一次展示了主人公精神生活的循序渐进的发展过程,这个作品不再是以往小说中表现的稍纵即逝的情节片段和思想断片,作家仿佛与过去告别,以充满爱的笔触再现了莫斯科的街道和乡村风情。

《阿尔谢尼耶夫的生活》同样面向逝去的俄罗斯生活,其中可以明显地感受到作家对昔日生活的理想化、对遥远故园的思念、对古老的俄罗斯生活方式的消失感到的惋惜。小说撷取的是从主人公出生到与恋人莉卡分手的24年时间,但实际上它所包括的时间框架更大,涉及到阿尔谢尼耶夫家族的早期历史。可以说,这部小说浓缩了后期创作中一直让布宁割舍不开的各种主题:生存、死亡、爱情、童年和少年的回忆、迷人故乡的大自然、作家的义务和使命、作家与人民的关系,等等。

小说最大的特点是其独白性,在第一部中完全没有对话,第二、三、四部中只有很少一点,只是在最后的第五部、在展示主人公与莉卡的爱情并表现其痛苦性和复杂性时才开始占有较大比重。小说的第二个显著特点是始终贯穿全书的关于死亡、爱情和人与自然关系的不断轮回的主题,每一部分都是以人物的死亡而告终,但与之密不可分的是爱的主题,爱与死亡的主题交织在一起使读者很容易感受到一点:那就是爱是一种强烈的、吞噬一切的、诗意的感情,甚至连死亡都奈何不了它。大自然景色是小说中至为重要的角色,充满了各种色调、声音和气味的大自然每每呼应着主人公的情感和思想,成为与之不可分割的组成部分。

《阿尔谢尼耶夫的生活》的上述全部特点都在布宁的最后一部大作《幽暗的林荫道》中得以集中地表现出来。

短篇小说集《幽暗的林荫道》

布宁从1937年到40年代末创作的《幽暗的林荫道》由41部短篇小说组成,该组合性体裁在文学史上极为罕见,它以一个贯穿始终的主题——爱与死亡——把41部小说串联成一个不可分割的整体,在这部爱的"百科全书"中,作家表现了多角度、多层次、多方位的爱,它是作家早已触及到的独特体裁"小小说"的延续,是作家六十余年文学创作生涯的"天鹅之歌",虽然在此之后他还创作了几部短篇小说,但影响都不大。

这部小说集中表现了各种形式的爱,按照诺贝尔文学奖获得者、墨西哥诗人帕斯的话说,即爱的"双重火焰"[①]——色欲和爱情。在一些小说中,肉欲占据

---

① O.帕斯:《双重火焰》,东方出版社,1998年。

主导地位,比如《抒情叙事诗》、《安提戈涅》、《干亲家》、《名片》、《寄宿》,等等。值得注意的是,即使在这样的小说中,肉欲也不是作者想要表达的全部内容,上述作品从开始到结束皆弥漫着某种神秘主义的东西,一种人所无法抗拒的东西。以《抒情叙事诗》为例可以看出:这里的公爵是一个典型的"浪荡子",他外表伟岸英俊,被放逐后却变得"剽悍暴虐",他对社会的对抗和叛逆体现在"对奴仆的极端惩处和对情欲的极端放纵"上,他占有家院及周围村庄中每一个姑娘的初夜,甚至对儿子的新娘也图谋不轨,在追赶带着新娘逃跑的儿子并且就要追上的那个瞬间,月光下出现的一头"巨大的、亘古未见的、头顶环绕着如圣徒头顶一样的光环"的狼扼住了他的喉咙,临死前他忏悔了自己的罪孽,要求把这匹狼的形象描画在他墓地的教堂上,以"垂训子子孙孙"。小说的结尾不仅表现了俄罗斯民族根深蒂固的多神教崇拜,同时还揭示了色欲与宗教的神秘联系。对于色欲与宗教的神秘联系这点,帕斯在他的著作中阐释得极为深刻:"诗篇的宗教意义是和其凡俗的色情意义难以区分的:它们是同一现实的两个方面",对于后者"仅仅作为色情文本或宗教文本来读是不可能的。它们两者都是,而且还是别的某种品质……这种品质就是诗歌"。① 因此对于布宁表现色欲的作品也不能仅仅作为表现因果报应的宗教文本或亵渎神灵的文本来阅读,否则就是曲解,否则它就不是"抒情叙事诗"。

在《幽暗的林荫道》中,布宁着墨更多的不是"生命的红色火焰"——"色欲",而是"生命的蓝色火焰"——"爱情",这不仅表现在作者使用的篇幅,前者所占篇幅一般只有两三页,而后者却是十几页、甚至二十几页,更表现在后者对人心灵的震撼。表现此类爱情的典型也是最为动人的作品有《鲁霞》、《亨利》、《塔尼娅》《娜塔丽》,等等。这些以女主人公名字为标题的作品不仅塑造了一系列美丽、善良、浑身上下散发着人格魅力的女性形象,同时以细腻的笔触展现了爱的真谛。尽管这些女性的命运极其悲惨——娜塔丽因早产而死;亨利被醋意大发的奥地利情人枪杀;鲁霞被短剑刺死;怀着"羞怯的喜悦和希望"期待被带到"绿色花园"的塔尼娅等着海誓山盟却永无归期的恋人……篇幅最长的小说《娜塔丽》的主人公娜塔丽的话总结出作家创作这些催人泪下的小说的初衷:"世上没有不幸的爱情",只要爱过就是幸福的。小说《幽暗的林荫道》中女主人公的话同样点题:"每个人的青春都会过去,而爱情是另外一回事;一切都会被遗忘,而爱情是另外一回事。"由此可见,布宁以这部篇幅很短、几乎没有情节而只是回忆的小说作为该小说组合的开篇作品和总题目不是偶然的,它所蕴涵的真理是:死亡是战胜不了爱情的,不管结局如何,爱情对曾经相爱的人有意义,

---

① O.帕斯:《双重火焰》,第11—12页。

作为"绝对之美"的爱情对整个人类有意义,它使相爱的个体和整个人类能够怀揣着对美的希望在这个艰难的世界上奋步前行。

第四节 安·别雷
(1880—1934)

安·别雷是俄罗斯 19 世纪末 20 世纪初一位极具个性的诗人、小说家、批评家、文艺学家、回忆录作家。他是象征派"年轻一代"的重要代表,既在创作上表达出这一流派的哲学、美学思想,表现出其在诗学领域的实验和创新,又从理论上对象征主义进行了相对系统的哲学美学阐述。他的长篇小说《彼得堡》更是拥有世界性的影响,被列为 20 世纪的"奇书"之一。

生平和创作道路

安德烈·别雷(Андрей Белый)原名鲍里斯·尼古拉耶维奇·布加耶夫(Борис Николаевич Бугаев),1880 年 10 月 14 日生,1934 年 1 月 8 日去世)出生在莫斯科,父亲是著名的数学家,莫斯科大学教授,母亲是音乐家,擅长钢琴演奏。一方面是精确严谨的科学思维,一方面是充满想象的艺术世界,使得小鲍里斯在"对抗"的家庭氛围中成长。他就读的中学校长、语文老师波里万诺夫,为他朗诵诗歌和童话故事的德国女家庭教师,以及交往甚密的 М.索洛维约夫(是诗人、哲学家弗拉基米尔·索洛维约夫的弟弟)一家,对鲍里斯日后的思想和创作也产生了很大的影响。少年的鲍里斯已经开始写作诗歌和小说。1899 年,鲍里斯考入莫斯科大学数理系,四年后以优异的成绩毕业,然而他并没有从事自然科学领域的工作,而是把这些知识应用到哲学理论思考当中,他在莫大文史系又继续学习了三年。这一时期,他对 В.索洛维约夫和尼采哲学、叔本华和康德等的唯心主义哲学产生浓厚的兴趣,开始形成独特的世界观和对新世纪的神秘主义感觉。数学、文学、音乐、哲学、宗教,这样一种杂糅的学养,决定了鲍里斯对"艺术综合"的倾心和多面又多变的思想经历。

1902 年《戏剧交响曲》的发表,使布加耶夫以别雷这个笔名正式登上了文坛。这是一种韵律散文,也可以说是半诗歌、半散文,共四部,《戏剧交响曲》是其中的第二部。作品中没有鲜明的情节,而是以音乐的结构方式,并不连贯地讲述他和他周围人的日常生活和精神历程,表达出对"永恒"、"时代的启示录节奏"、即将发生的重大转折等等的朦胧情绪和神秘感受。这种形式上甚至文体上的独出心裁虽然没有在批评界和读者中得到广泛的响应,但是在象征派内部却给予了很高的评价。这部《交响曲》也成为别雷以后许多作品的基础,无论语言、结构,还是主题群,都得到了延续。

别雷在登上文坛伊始,就对象征主义进行了积极的理论探索。在《艺术的形式》(1902)、《论巫术》(1903)、《作为世界观的象征主义》(1904)等纲领性文章中,别雷阐述了自己所理解的"真正的"象征主义:它超越了艺术的界限,是一种世界观,是未来包罗万象的"生活创造"的雏形,既然重于"创造",也就摈弃了"年长一代"较多体现的颓废的调子;音乐是最高艺术,其它一切艺术门类都要向音乐靠近,尤其是诗歌。

1904年,别雷发表了第一本诗集《碧空泛金》。诗集体现了别雷阐述的象征主义创作的宗旨,通过抒情主人公这一"预言家"形象揭示出"永恒"、"疯狂"等主题,以各种转义和隐喻传达出诗人的世界观和生活观。1909年,别雷又出版了两本诗集——"史诗性的"《灰烬》和"抒情性的"《瓮》。《灰烬》的题献给涅克拉索夫,意在表示像涅克拉索夫一样关注俄罗斯问题。诗集以抒情主人公的命运寓指俄罗斯的命运,表露出对苍凉、无出路的俄罗斯历史命运的悲剧性思考。《瓮》转向了普希金、巴拉丁斯基、丘特切夫的"哲理"抒情诗传统,是诗人对自己的苍凉、无出路的人生的回忆,是对易逝的过去进行的深刻反思,如诗人所说,他把自己的"灰烬"藏进"瓮"中,另一个活着的"我",真正的"我"苏醒了过来。

《灰烬》和《瓮》出版以后,别雷把创作重心放在了小说和评论上。1910年,他的第一部长篇小说《银鸽》问世。这是一部象征主义小说的佳作。主人公达里亚尔斯基是一位诗人、神秘主义者,他积极投身于"到民间去"的运动,成为鸽子派的信徒。在此期间,他的精神和情感一直徘徊在城市和乡村、贵族女子(卡佳)和乡野妇人(玛特廖娜)、理性知识和神秘宗教的十字路口,当他最终决定离开鸽子派,回归往昔的生活时,却丧生于鸽子派信徒之手。小说有意识地遵循果戈理小说的现实主义创作传统,但这一传统却为揭示象征主义的广阔内涵所用,即借助主人公"到民间去"遭到失败这个故事,衍生出"魔鬼"与"天使"、"鸽子"与"老鹰"相混淆,"土壤"与"文化"、"肉体"与"灵魂"相矛盾的象征意蕴,而这些对立,归根结底是"东方"与"西方"的对立。作品以"东方"与"西方"这一历史神话概念,应和了勃洛克以文章形式大声疾呼的"知识分子与人民"这一主题。在艺术上,作品以浮雕感描绘出城市和乡村的不同生活方式,细致地传达出不同人物各种行为的心理动机;又以音乐化的结构、诗歌化的韵律、非同寻常的词语搭配,为新型小说构筑了一个范本。

1909年,别雷作为"缪萨革忒斯"出版社的组织者之一,将一些热衷于宗教哲学和巫术观念的象征主义者聚拢在一起,继续为象征主义摇旗呐喊。该出版社陆续出版了他的论文集《象征主义》(1910)、《绿草地》(1910)和《小品集》(1911),其中收录了他在20世纪前十年的批评文章和哲学美学论文、对象征主义诗歌诗学方法进行探讨的文章,以及他对俄罗斯古典作家和现代作家的评述。所有这些文章都由一种主导思想统一起来,那就是:象征主义是一种无所不包的精神体系,它纳入了世界文化的方方面面,是理解宇宙存在的一把钥匙;象征主义是一种集大成的理想艺术,它"不否定现实主义,也同样不否定浪漫主义,不否定古典主义……","这三个流派都在自己的最高点通向象征主义"。①

1911年秋,别雷开始了长篇小说《彼得堡》的写作。1916年第一次出版单行本,之后别雷对其进行了大幅删减,1922年在柏林出版删节本。在苏联本土,这部小说经历了"风靡"、"冷落"和"重拾",直到1981年再版原先的全本。它不仅是文学家别雷的巅峰之作,也是整个象征主义文学的典范之作,是20世纪俄罗斯长篇小说的一次革命性创新。无论在思想上,还是在形式上,这部小说都具有非同寻常的文学意义和现实意义,成为举世公认的一部"奇书"。

20世纪的前20年间,别雷曾多次出国游历,并在旅行随笔中记录了所见所感。对他产生最大影响的一次旅行,是同第一任妻子阿霞·屠格涅娃一起到德国科隆,听人智学说创始人施泰纳的演讲。之后别雷便开始迷恋人智学说,他不但追随施泰纳到欧洲巡讲的课堂,还以一系列文章和诗歌来宣扬人智学说。由于这一学说强调人的内在的自我认识和个性完善,"自传性"开始成为别雷创作的主要特征。他把延续"东方"与"西方"主题的系列小说总称为《我的一生》,但没有最终完成,只出版了其中的《柯吉克·列达耶夫》(1916)和《受洗的中国人》(1921)。两部作品均试图以描绘主人公孩提时代的原初感受来重新唤起成年人身上渐渐消散的记忆,将思想中的一些影子用语言汲取并讲述出来。后来的自传性作品还有长诗《初会》(1921)、随笔《怪人日记》(1922)、长篇小说《莫斯科》(1926)和《面具》(1932)。在后两部小说中,别雷继续通过节奏、造词、隐喻等语言手段进行新型的象征主义叙述文体的尝试。

到了30年代,别雷集中撰写了几部长篇回忆录,包括《两个世纪之交》(1930)、《世纪之初》(1933)和《两次革命之间》(1934)。这三部巨著成为记录19世纪末、20世纪初文学面貌和历史景象的珍贵文献。同样不可忽视的,还有他的学术专著代表作《果戈理的技巧》(1934),这也是他的最后一部大作,它成为后来的结构语义学和符号学分析方法的先声。

1934年初,别雷病逝在莫斯科。Б.皮利尼亚克、帕斯捷尔纳克和Г.桑尼科夫联名在《消息报》上发表祭文,指出:"安德烈·别雷因动脉硬化辞世,他是我们世纪的卓越作家,他的名字将同俄罗斯以及全世界的经典作家一起载入史册……他作为象征派年轻一代的代表进入俄罗斯文坛,但他一人创造的一切,却

---

① A.别雷:《小品集》,莫斯科,1911年,第246—247页。

多于这个流派年长一代的全部成就……他又因对随后的所有俄罗斯文学流派产生决定性的影响而超越了自己的流派。"①

长篇小说《彼得堡》

《彼得堡》这部小说的任务,按照作者的话来说,是"借象征性的地点和时间描写残缺不全的想象形式的下意识生活……",是"大脑的游戏","而日常生活、彼得堡、在这部小说的背景下发生于某地方的带有革命性的蛊惑威吓,只不过是那些想象形式的假定性外套罢了"。②因此,要理解这部小说,就不能按照传统的阅读方式去跟随情节的线性发展和时间的先后顺序,尽管读完以后,会在大量的景物细节描绘和意识流程描写中整理出这样的故事:

1905年革命背景下的彼得堡。老参政员阿波罗·阿勃列乌霍夫虽然年事已高,仍然一如既往地热衷于国务活动,忠诚地维护着国家机器的运转。他的性格古板、冷漠,不接受任何"不安分的"思想和行为,这使他的妻子安娜·彼得罗夫娜离开了他,随一位意大利演员远走他乡。儿子尼古拉也从心里厌恶父亲,还在上大学的他对现实不满,迷恋康德主义和叔本华哲学,并承诺为一个"轻率的"恐怖政党完成任务。恐怖政党派尼古拉的同学、平民知识分子杜德金把一个装有定时炸弹的沙丁鱼罐头秘密地带到尼古拉家,而此时二人还不知其为何物。尼古拉追求朋友利胡金少尉的妻子索菲亚而遭到后者的嘲笑,于是他整日穿着红色多米诺式斗篷游荡在彼得堡,用跟踪恐吓来报复索菲亚。在楚卡托夫家的假面舞会上,尼古拉从索非亚手中接过一封信,信中要他用那个装有炸弹的沙丁鱼罐头炸死自己的父亲,与此同时阿波罗也得到自己将被"红色丑角"炸死的消息。利胡金从妻子那里得知了那封信的内容,于是趁机敲诈尼古拉,尼古拉与他大吵了一架。其实那封信是国家保安局打入恐怖政党并当了其头头的密探利潘琴科写的,他的目的是要破坏革命。真诚参加"轻率政党"的杜德金认清了利潘琴科的真面目后,深夜潜入他的郊区别墅杀了他,还用青铜骑士像的姿态坐在他身上。舞会后,阿波罗和尼古拉父子俩一个感到残酷痛苦,一个感到惶恐不安,各自心事重重地回到家中。被情人抛弃的安娜·彼得罗夫娜这时也回来了。正当一家团圆,亲情复生的时候,"沙丁鱼罐头"炸响了。结局是:老参政员没能晋升大臣,从此退休,和妻子回到乡下;尼古拉恢复知觉以后去北非旅行,数年后回来继承了已逝父亲的领地,他再也不问世事,只偶尔在

---

① 转引自《20世纪俄罗斯作家传记辞典》第1卷,莫斯科教育出版社,1998年,第160页。
② 转引自钱善行:《一部被冷落多年的俄罗斯文学名著》,载《世界文学》,1992年第4期,第216页。

乡间散散步、读读书。

跟别雷的其他作品一样，小说的内容含量大大超越了这样一个文本故事。作品最根本的目的，是通过表现两种力量的对抗——官僚政权和革命暴力——来反映沙皇统治下的彼得堡覆灭的主题。官僚政权的体现者是阿波罗，可以从他身上看出托尔斯泰笔下的卡列宁形象；革命暴力的体现者是杜德金，他是当时流行的恐怖暗杀活动的代表，令人想起普希金《青铜骑士》中的叶甫盖尼和陀思妥耶夫斯基笔下的拉斯柯尔尼科夫。别雷对这两种力量都持否定态度，正是在这两种力量的冲撞中，别雷看到了唯理主义的西方和混沌无序的东方的冲突。按照别雷的观点，官僚首都内在的机械运行和革命势力对毁灭的机械憧憬有着同一个源头：彼得一世。因此，他的象征——青铜骑士像——是作品中人物的必经之地，普希金笔下的"青铜骑士"这个幻影也常常在文中出现："在门槛中间，从透进硫酸盐色空间破裂的墙缝里，——站出一个闪耀着磷光的巨大身体，他低垂着戴花环的绿莹莹的脑袋，直伸着一只沉重的、绿莹莹的手臂。"①

彼得堡在小说中被描述成由一些直线（笔直的街道）和正方形平面（房子）组成的令人生厌的几何空间，反映出它的腐朽僵化和毫无生气。这个处在东西方之间的"地球上的一个点"，一个虚幻的城市，却是整个俄罗斯社会的缩影，也是整个世界的缩影，它正面临着一场日益临近的灾难。在这座虚幻的城市中，人物和景物也如同幽灵一般时而匆匆忙忙，时而若隐若现，一切都显示出"疯狂"的特征。"疯狂"这一主题在别雷的创作中是具有延续性的，从《第二交响曲》到诗集《瓮》，再到小说《彼得堡》，这种对"疯狂"的描写有时甚至是大段逐字的重复。以谣言蛊惑、身份不明、模棱两可、比例失调、梦呓幻觉等等荒谬的形象传达出来的风雨将至的感觉，让人读来心头发颤却又欲罢不能，迫不及待地想找到其中的玄关。正是由于幻觉在小说中被作家描绘成真实的存在，因而世界的混乱感和非理性显露无遗。小说也正是透过"影子世界"（现实世界、虚幻存在）的面纱，揭示出意识深处的"心灵世界"（与宇宙灵魂紧密相联的真实世界、永恒存在），从而体现了别雷所遵循的象征主义的本质："在可见与不可见的世界之间建立精确的对应关系。"②

别雷的全部创作都具有深重的社会使命感，他以俄罗斯知识分子特有的忧患意识孜孜探索俄罗斯社会的出路。这一出发点与现实主义的创作宗旨并不相悖，只是他寄希望于通过在人与人之间确立精神上的一致性以及真正意义上的兄弟关系来"改造世界"和"建设生活"，正如他本人所说，"重塑个体，创造新

---

① A.别雷：《彼得堡》（靳戈、杨光译），作家出版社，1998年，第491页。
② 艾利斯：《俄国象征主义者》，托姆斯克，1998年，第200页。

的、更完善的生活体制,新的、更完善的人际关系,是一切艺术,尤其是象征主义的任务"。① 在这部小说中,别雷所期待的"新人"没有出现,通向"新人"的道路也行不通,稚嫩的改造世界的空想最终趋于破灭,因此它和诗集《灰烬》、《瓮》,小说《银鸽》一样,流露出悲观主义色彩。

从艺术特色来看,《彼得堡》是一部颠覆了传统小说写作方法的象征主义小说佳作。首先,小说中的形象是用来传达意识内容和象征观念的载体,形象的确立过程是从某种普遍意义出发,反映到个别具体的人物上去,这与现实主义小说那种从个别到普遍的典型化过程不同;其次,它表达了"对某些在轰动一时的事件表象的掩盖下,在不远的将来即将酝酿成熟的事实的模糊感受",作品中的形象"所表现的不是'已经形成的'现实,而是形成过程之中的现实",②这正是象征主义者们所追求的那种"表现未来的"艺术。

象征主义作为现代主义的一个流派,是持语言本体论观点的,因此十分重视语言形式和文体风格。别雷这部实验性极强的小说就被视为创造了一种独特的文体。在小说中,故事的发生发展虽然有明确具体的时间(1905年9月底10月初),令人感到似乎仍是以情节为主导的小说,然而就在这短短的几天里,却始终难以把事件的来龙去脉弄个水落石出,因为真正浮出水面的是大量的、多视角的心理描写,它迫使事件线索变得断断续续。这一心理描写又配合了复调结构,让读者常常在同一时间背景下,分别看到不同人物的不同心理联想,看到他们"未经消化的感觉的沸腾"。许多学者认为,这正是别雷的一种创造,并将其与乔伊斯、加缪、卡夫卡,以及普鲁斯特等作家的"意识流"相联系,认为他们的创作方法构成了一个统一的体系。

别雷是一位"语言的作曲家",无论诗歌,还是小说,都体现了创作过程和作品结构音乐化这个特征。他在《作家自述》中说,虽然"'交响乐'我已经不写了:我在写——'长篇小说';不过结构小说的原则依然如初(不是用写字台,而是在漫步时把结构好的语句记录下来)……",他的小说作品是"诗歌与'散文'联姻的先声","他把作家看作民间语言流向的组织者:他既是一位活灵活现的讲故事人,又是一位亮出音色、带有动作的歌手"。③ 因此,小说中使用的语言不是普通的俄语,作家自己创造的词组,甚至词乃至声音随处可见。别雷还将对位、变奏、转调等音乐的手法融入小说创作,把一些语句以音乐主导动机的形式插入叙述当中。而充当这些主导动机的,又经常是一些表现特征的语句,其集合性、

---

① Л.多尔戈波洛夫:《安德烈·别雷及其长篇小说〈彼得堡〉》,列宁格勒,1988年,第183页。
② A.别雷:《作家自述》(张小军译),载《世界文学》,1992年第4期,第202—204页。
③ 同上书,第198—200页。

多义性、模糊性和暗示性使象征内涵更为突出,比如:"许许多多的鼻子"、"留小黑胡子的陌生人"、"星光闪闪的小老头子们",等等。

别雷一生都致力于象征主义的理性思考,同时又积极有效地不断尝试着新的文体形式和创作手法,为其理论寻找着适宜的艺术表现。文学家伊万诺夫-拉祖姆尼克曾说别雷是"将象征主义理论成功地运用于小说创作的象征主义者",而《彼得堡》无疑又是他的佳作中的佳作。

第五节　米·阿·布尔加科夫
(1891—1940)

米·阿·布尔加科夫是20世纪俄罗斯文学史上独树一帜的重要作家。他一生创作了小品文,特写,讽刺短篇、中篇、长篇小说,剧本等多种体裁的文学作品。他的创作继承了以普希金为代表的俄罗斯古典文学的优秀传统,尤其是果戈理、萨尔蒂科夫-谢德林的讽刺艺术,并且吸收了西欧文学的一些表现手法,形成了亦真亦幻、亦庄亦谐、貌似荒诞不经、实则涵义深刻的独特艺术风格。

生平创作道路

米哈伊尔·阿法纳西耶维奇·布尔加科夫(Михаил Афанасьевич Булгаков,1891年5月15日出生,1940年3月10日去世)出生在乌克兰基辅市。其父为基辅神学院教授,母亲是受过良好教育的教师。这是一个典型的俄罗斯知识分子家庭,快乐安详,充满音乐和书籍。作家的童年和少年时代就是在音乐和书籍的陪伴下,在幽雅而安逸的氛围中度过的。童年生活的一些细节在作家心中留下了难以磨灭的印象。父亲书案上那盏带绿色灯罩的台灯,自己喜爱的关于彼得大帝的儿童读物都走进了后来的作品中,成为温馨的家的象征。

布尔加科夫自幼喜爱文学、音乐和戏剧,这与家庭的影响有密切的关系。未来的作家和他的弟弟妹妹们常常是在母亲弹奏的肖邦乐曲声中或父亲用小提琴伴奏的歌声中入眠的。家庭剧院也是他们喜爱的节目之一。布尔加科夫后来对戏剧情有独钟,以至于成为苏联独树一帜的戏剧家,都是童年埋下的艺术种子开的花、结的果。

1909年,布尔加科夫考入基辅大学学医。毕业后,正值第一次世界大战,便在野战医院服务,体验了战争给人带来的灾难。1916年,他被派到斯摩棱斯克省当地方医生。1918年返回基辅,目睹了盖特曼政府的逃亡和白卫军与彼特留拉分子的血战,心灵受到强烈震撼。1918—1919年间,作为一名优秀的医生,布尔加科夫几度被征召,在各种势力走马灯般的变换、政权的十几次更迭中,深受漂泊流离之苦。

对战争、流血和无谓的死亡的厌倦,尤其是内心深处对文学、戏剧的热爱,使布尔加科夫产生了一股强烈的驱动力。1920年2月15日,在弗拉季高加索,他毅然宣布弃医从文。1921年来到莫斯科,先是为报纸写一些小品文、特写、讽刺短篇之类的东西,赖以谋生。以后,随着《白卫军》(1922—1924)、《不祥的蛋》(1924)、《青年医生札记》(1925—1927)等小说的发表,布尔加科夫成为20年代苏联文坛众所瞩目的、具有卓越讽刺才华的作家。他在对现实生活进行观察和描写时体现出两种不同的气质——医生的严谨、精确和文学家的浪漫、幻想。这两种气质的奇妙组合,加上神学教授之子对宗教传说的了如指掌,使布尔加科夫的创作兼具讽刺与抒情的才华,形成带有某种魔幻现实主义色彩的独特风格。"在他(布尔加科夫)的笔下,虚幻的东西有了现实生活的一切特征,而在自然主义的细节描写中又显示出了叙述的全部神秘性和假定性。"①。

布尔加科夫的第一部力作《白卫军》和由这部长篇小说改编的剧本《图尔宾一家的命运》以及稍后创作的剧本《逃亡》,真实而艺术地反映了革命和国内战争年代知识分子艰难的人生选择。

中篇小说《不祥的蛋》(1924)和《狗心》(1925)则把讽刺的矛头对准了革命后现实社会中的丑恶现象。由于出身、素养、年龄、阅历、天赋等多方面的原因,布尔加科夫较之同时代的作家,少了一些狂热和投入,多了几分清醒和旁观。《不祥的蛋》讲述的是一位动物学教授发现了一种神奇的"生命之光",它能促使动物迅速发育和繁殖。这项尚未成熟的科学成果被不懂科学却又急功近利的农场领导用于孵化小鸡,结果孵出的却是蛇,这些蛇生命力很强,繁殖得特别快,造成了毒蛇横行的灾难。政府动用红军骑兵来灭蛇,但无济于事。最后还是自然界的一场寒流将蛇冻死,才结束了这场人为灾难。这篇小说在社会上引起很大反响。高尔基赞扬说:"布尔加科夫的《不祥的蛋》写得很机警和巧妙。"②但当时总的评价是小说丑化了社会主义制度。《狗心》同样描写了一项科学实验:医学教授普列奥勃拉仁斯基异想天开地把人的性腺和脑垂体植入狗脑中,制造了一个带有狗心的"人"——沙里克夫。沙里克夫徒具人形,却无人的素质,教授又对他进行文化教育,但是沙里克夫不堪教化,仍旧作恶多端,教授不得不再施手术,还其本来面目。这两部小说以及后来的剧本《亚当和夏娃》都

---

① B.拉克申:《布尔加科夫现象》,载《星火》杂志,1987年第15期。
② 见高尔基1925年5月15日给杰米多夫的信,载《青年近卫军》杂志,1956年第1期。

是借助荒诞离奇、预言式的科学幻想故事,把现实中的阴暗面放大、夸张到某种极至,达到讽刺和抨击的目的;同时也揭示了人类违背自然规律的妄为终将自食其果:"给你一个沙里克夫,吃不了兜着走吧。"(《狗心》)

然而,在庸俗社会学盛行的20年代,布尔加科夫独辟蹊径的创作明显地不合时宜。因此以讽刺为创作基调的布尔加科夫,从其文学活动之始就受到"拉普"的排挤。他们认为讽刺就是"抹黑",提出"不是同盟者就是敌人"的错误口号。在这样极左的政治思想气候下,布尔加科夫的命运就不言自明了。从20年代末开始,正当布尔加科夫的创作如日中天之际,他却被命运之手扼住了喉咙。1929年他的剧本《图尔宾一家的命运》、《卓伊卡的住宅》、《火红的岛》全部被禁演,排练中的《逃亡》也遭"枪毙",作品完全不能发表了。1927年末发表的中篇小说《吗啡》成为作家生前在祖国发表的最后一部作品。

在如此"不可思议"的情形下,布尔加科夫仍然勇敢地坚持自己的创作思想和原则,不屈服于任何政治压力,拒绝按别人的旨意修改作品。但是在遭到全面封杀的严峻情况下,以写作为生的布尔加科夫面临生计上的危机,1930年他被迫上书政府,坦言自己的处境和想法。后来斯大林亲自打电话给布尔加科夫,并答应安排他去莫斯科剧院工作。

1932年,联共(布)中央作出《关于改组文学艺术团体的决议》之后,要求把一切拥护苏维埃政权纲领和渴望参加社会主义建设的作家团结起来,因而使文艺领域的气氛有所改善。在这样的形势下,布尔加科夫的《图尔宾一家的命运》于1932年恢复上演。由布尔加科夫改编的《死魂灵》也在莫斯科剧院与观众见面。然而禁锢并未真正得到解除。尽管作家笔耕不辍,但他30年代完成的16部各种不同类型的作品,包括剧作《亚当与夏娃》(1931)、《无上幸福》(1934)、《伊万·瓦西里耶维奇》(1935)、《伪善者们的奴隶》(又名《莫里哀》)、《普希金》(又名《最后的日子》)(1935—1936)、《巴土姆》(1939)及改编的剧本、歌剧脚本等,全部夭亡了。小说《莫里哀的一生》(1932—1933)、《剧院故事》(未完成,又名《死者手记》,1936—1937)、《大师与玛格丽特》(1929—1940)等辉煌作品也被束之高阁。

从20年代末直到1940年3月10日布尔加科夫在莫斯科病逝,作家的全部作品都只是手稿。"手稿是烧不毁的"这句名言既表达了他对真理、对真正的艺术创作的执著信念,也包含着对自身命运的无奈和慨叹。在经历了20年代末的封杀之后,布尔加科夫开始思索天才与时代的问题。他后期创作的重要作品,如历史剧《莫里哀》、《普希金》,小说《莫里哀的一生》、《剧院故事》及其巅峰之作《大师与玛格丽特》,都进行了这方面的探索。一般认为,未完成的《剧院故事》是自传性的作品,充满幽默和讽刺。小说通过剧作家马克苏朵夫为创立剧院而走过的荆棘道路,揭露剧院生活的内幕,是"大师的命运"这一主题在现代生活中的继续。这一时期,布尔加科夫的创作天才充分展现并步入淡化自我、平和深邃的艺术境界。遗憾的是,他后期的作品直到作家辞世 20 年之后才得见天日。

布尔加科夫文学创作道路之坎坷,既是天才与时代矛盾的结果,也有他本人阶级立场、文化素养方面的因素。天才往往具有时代超越性,天才之不能容于时代的悲剧是屡见不鲜的。布尔加科夫的创作,他作品主题的变化,充分体现了作家对现实世界独特的、不懈的探索和思考。他所选择的创作题材,都是非具直面人生的大智大勇所不敢触及、也无法把握的。这就给对他创作的接受带来了相当的难度。同时,作家的立场和视角及其天才的特质也是不容忽视的因素。布尔加科夫在 1930 年 3 月 28 日给苏联政府的信中认为,这是他的作品不能在苏联生存的原因之一:"人们在我的讽刺小说中发现了阴郁的神秘主义色彩(我是一个神秘主义作家)。在我的作品中揭示了无数丑恶现象,语言充满毒药。……描写我们人民身上可怕的、早在革命前就引起我的老师谢德林深深忧虑的可怕特征。"[①]实际上,布尔加科夫所理解的这种"可怕的特征"是对生活规范的种种背离。他把这些背离加以突出、放大、夸张到让人感到荒谬的程度,以达到一种强烈的曝光和批判的效果。但应该指出的是,布尔加科夫认定的生活规范带有他所出身的阶级烙印。比如,"家"的标准在布尔加科夫看来就是,也应该是图尔宾们的家:铺着地毯,悬着吊灯;墙上挂满油画,钢琴上放着打开的乐谱;带灯罩的台灯,镀金的茶盏,百读不厌的经典名著以及四处弥漫着的巧克力甜香。当时代变迁的洪流冲毁了旧的生活秩序,要将一切重新进行安排之时,原来的生活被打碎了,但固有的标准仍留在心中,成为审视新生活的一种潜在的尺度。这样的立足点必然导致作家与现实生活的隔膜感,使其作品中的冷嘲热讽带有主观的、神秘的色彩。这是布尔加科夫的创作不能与时代合拍的一个重要原因。

长篇小说《大师与玛格丽特》

长篇小说《大师与玛格丽特》是布尔加科夫呕心沥血 12 年、八易其稿的绝唱。这是一部复杂的作品,内容极其丰富,多种主题互相交织,充满时空的切换变幻,小说融历史传统、宗教故事、神秘幻想、现实世界于一体,集幽默讽刺、滑稽可笑和深沉、歌颂、庄严神圣于一身,是作家 20 年文学创作和思想探索的总结。

[①] 《布尔加科夫书信集》,莫斯科,现代人出版社,1989 年,第 175 页。

《大师与玛格丽特》讲述了两个故事。一个是魔王沃兰德造访莫斯科,想看看"莫斯科居民的内心是否发生了变化",从而引发了一幕幕滑稽剧、悲喜剧;另一个故事是关于古犹太国总督本丢·彼拉多宣判处死耶舒阿的故事。

一个故事从小说展开,在春天一个奇热的傍晚,沃兰德化装为外国专家,在公园遇到莫斯科文联主席柏辽兹和年轻诗人"无家汉",同他们进行了关于有神与无神的争论。作为反驳无神论的例证,沃兰德预言柏辽兹马上就会身首异处。事实果然如此,就在柏辽兹去报告来了一位可疑的外国人时,他被有轨电车轧死了。"无家汉"惊慌失措,去当局报告,然而他的报告因有悖常理而令人难以置信,于是他被当作疯子关进精神病院。在精神病院,他结识了大师。大师写了一部关于耶舒阿和彼拉多的小说,遭到严厉批判,为摆脱精神上的折磨而躲进精神病院。与此同时,沃兰德一伙设置的考验又在莫斯科一家剧院拉开了帷幕。一张普通的纸片转眼间变成了十卢布纸币,撒向观众席;舞台上刹那间出现了巴黎时装店,免费以旧换新。人们争相捡纸币,换时装,乱成一团。可是到了曲终人散时,却发现十卢布的票子原来是废纸,巴黎时装也不翼而飞,害得追时髦的女士们只落得穿着内衣在莫斯科的大街上乱窜,恨不能有个地缝钻进去。而沃兰德一行则通过贿赂房管主任占据了众人垂涎的、已故文联主席柏辽兹的住宅,要在这里举行盛大的撒旦晚会。他们邀请大师的秘密情人玛格丽特参加晚会,考验她对爱情的忠贞。玛格丽特为了爱情甘愿变为妖女,经受住了魔王的考验,终得与大师团聚。当沃兰德的魔法终于引起当局的重视,开始立案侦查并对他们进行搜捕时,他们又将武装警察捉弄一番,放了几把火后,腾空飞离了莫斯科城。

另一个故事说的是浪漫哲人耶舒阿来到耶路撒冷城,他宣扬善的真理,反对暴政,被犹大出卖。彼拉多在审讯耶舒阿时,深深为他的话所震动,他理解耶舒阿,想释放他,却又囿于政治上的原因,不敢这么做。他希望耶舒阿会因惧怕死亡而暂时说谎,这样他就可以不杀耶舒阿,可耶舒阿却选择了真理。于是彼拉多又几次询问大司祭,到底赦免谁,想以此推卸"流义人之血"的罪责。然而,当死刑终于执行,大错业已铸成之时,他却发现,这是根本无法推脱的罪责,他为自己的怯懦深感悔恨。他下令秘密处死了叛徒犹大,又找来耶舒阿忠实的弟子利未·马太,许之以职务和金钱,希望以此赎罪,但马太拒绝了。从此彼拉多的心灵就失去了安宁。他被内心的悔恨折磨了近二千年,才得以解脱。

从以上的简述可见,这是两个无论在时空、内容和叙述风格上都相去甚远的故事。第一个故事是现实的故事,其中糅入了神话和幻想,写得奇幻、神秘、荒唐、滑稽,有悖常理;第二个故事是历史传说,反而写得真实、严谨、庄严、神圣。布尔加科夫将它们奇妙而有机地组接在一起,把总督的故事切割成一个个片断,镶嵌于沃兰德莫斯科之行的故事之中。他做得如此巧妙,使两个那样泾渭分明的故事衔接自然、浑然一体。首先,布尔加科夫为故事中的故事设计了三个讲述者:沃兰德,以无所不知的魔王的身份向无神论者柏辽兹和"无家汉"讲述审讯和宣判(第二章);"无家汉",在梦中见到行刑的场面(第十六章);玛格丽特,在大师的小说手稿中读到总督下密令杀犹大、掩埋死者及召见马太的情节(第二十五章)。一个故事由三个不同的人来讲述,更见其真实性。其次,每一次时空的过渡都有伏笔、有交代。如第一章结尾时,沃兰德说:"……他穿着白色披风……",第二章一开始就是:"……他,犹太总督本丢·彼拉多,身穿血红衬里的白色披风……"第十五章结尾,伊万(无家汉)在梦中见到,"秃山上空的太阳已经渐渐向西偏斜,整个山冈被两道封锁线围得严严实实……",第十六章则是以同样的两句开始的。第二十四章结尾是玛格丽特反复地读着:"黑暗,地中海方向袭来的黑暗已经完全笼罩住这座总督所憎恶的城市……是的,黑暗……",紧接着,第二十五章第一句话便是:"地中海方向袭来的黑暗已经完全笼罩住这座总督所憎恶的城市"。第三,这样的结构安排,打破了平铺直叙的线性情节发展趋势,造成了跳跃式的、高潮不断、紧张度很强的戏剧效果,引人入胜。

  布尔加科夫引入故事中的故事也是主题方面的需要。故事中的故事不仅仅用于反衬现实世界的堕落与荒诞,更重要的是借这个载体突出作家所表达的主题:信与不信、光明与黑暗、善与恶、自由与政权、选择与责任、短暂与永恒,等等。作家在以往的作品中对各种主题的探索都汇入了这部传世之作,升华为综合的、超越自我的哲理思考。撩开《大师与玛格丽特》那神秘的、充满宗教色彩的面纱,可以看到,对人类精神道德的呼唤,对思想、创作之自由的追求,对和平生活、安宁和谐的内心世界的向往是小说的主旨。布尔加科夫借魔王及其随从之手对莫斯科居民的精神道德状况进行了一番考察,揭露了种种丑恶、阴暗的现象,从而说明,精神道德价值的缺乏将使人变成非人;又借耶舒阿之口道出"任何一种政权都是对人施加的暴力,将来总有一天会不存在任何政权,不论是恺撒的政权,还是别的什么政权。人类将跨入真理和正义的王国,将不再需要任何政权"的思想,表达了他对自由的渴望;在安排大师的归宿时,赋予了他永安,这也是作家从第一部小说《白卫军》起就一直苦念的理想境界:安宁、和平、永恒的家园。

  实际上,布尔加科夫在两个故事这个表层结构下面还隐含着一个三世界结构,即以圣经故事、魔鬼传说和现实生活构成的神、鬼、人三界。这三个世界分别由耶舒阿与彼拉多、魔王沃兰德及其随从、大师和玛格丽特为代表,既各自为政,又互相关联。作家运用时空的交错重叠,匠心独运地把现实与幻想、通俗与深刻组合在一起,构建了多侧面、多层次、极富建筑美的艺术世界。

《大师与玛格丽特》是布尔加科夫创作的最高成就。这部小说是作家丰富的创作经验的总结,也是他在思想上、艺术上不懈探索的结果。在这部小说中,多种主题融会贯通为一个整体,呈现出全方位的开放性。它既是历险记、侦探故事、幻想小说、市井百丑图,也是启示录;它所包含的多层含义,能适应不同理解层次的需求,因此被认为是一部雅俗共赏的经典之作。西蒙诺夫评价说,"布尔加科夫的创作达到了讽刺文学、幻想文学和严谨的现实主义小说的高峰,并且还在很大程度上代表和影响了当代的文学倾向——即对文学综合发展的愿望"①。

布尔加科夫在文学创作上走过了一条坎坷的荆棘之路。他的作品在他创作生命力最旺盛的时期,因不合时宜而屡屡遭禁,辉煌之作尘封20余载不得面世。面对这样的重压,布尔加科夫没有屈服、妥协,表现出惊人的勇气。在他逝世后,法捷耶夫称赞他是"一个既不在创作中,也不在生活中用政治谎言来为自己惹麻烦的人,他的道路是真诚的……"②。布尔加科夫的创作以其卓越的艺术才华,不随波逐流、不媚俗的真正艺术家的勇敢,成为20世纪俄罗斯文学百花园中的一支奇葩,散发着机智的、永久迷人的芬芳。

第六节　安·普·普拉东诺夫
(1899—1951)

安·普·普拉东诺夫是20世纪80年代回归文坛的一名"开禁"作家。著名作家 C. 札雷金认为,"普拉东诺夫是一个不同凡响的作家"。高尔基也认为"他是一位有才华的人,拥有独具一格的语言"。他的"长篇小说极为有趣"③。但同时,普拉东诺夫又是一位极其独特的作家,他的作品玄妙难解,充满了丰富的幻想。然而在长达40多年的时间里,普拉东诺夫的作品常常得不到理解,在他生前,要么作品长期得不到发表,要么是发表后受到强烈的批评。只是到了80年代,他才最终被恢复名誉,并作为一位经典作家载入俄罗斯文学史。

生平创作道路

安德烈·普拉东诺维奇·普拉东诺夫(Андрей Платонович Платонов,

---

① 载《莫斯科》杂志,1966年第10期。
② 《法捷耶夫书信集》,莫斯科,苏联作家出版社,1967年,第159页。
③ 转引自《苏联文学》,1988年第2期,第85页。

1899年9月1日出生,1951年5月1日去世)生于沃罗涅日的驿差镇(因在叶卡捷琳娜女皇时代众多驿差居住此处而得名)。父亲是铁路机车修配厂钳工,母亲是钟表匠的女儿,温厚善良,多病早亡。1906—1914年,普拉东诺夫先后就读于教区小学和城市小学。作为多子女家庭(共11个孩子)的长子,他不满14岁就开始工作,当过火车司机的助手、管道工厂的铸造工、机车修理厂工人。

1918年,普拉东诺夫考入了铁路技校。1919年他志愿加入红军,年底返回技校。1919年春,《沃罗涅日日报》编辑 Л. 莫洛托夫发现了普拉东诺夫。从此他在莫洛托夫的培养下参加沃罗涅日及周围地区的报刊工作,并开始接触沃罗涅日的无产阶级文化派,积极参加了沃罗涅日的文学生活。《铁路》杂志成了普拉东诺夫发表诗歌和政论的阵地。1920—1921年间,当干旱饥荒蔓延于伏尔加河沿岸时,普拉东诺夫为了与人民共度患难,离开了《沃罗涅日日报》编辑部,1922—1926年从事土壤改良和农业电器化工作。不过,这期间他仍继续在中央的许多报刊上发表了大量的政论、诗歌与短篇。1922年,克拉斯诺达尔出版了普拉东诺夫的一本诗集《淡蓝色的深处》,引起了 B. 勃留索夫的注意,他希望这位"年轻的无产阶级诗人的美好前景在将来得到圆满的实现"。1927年,普拉东诺夫决定回莫斯科全力投身于他所眷恋的文学写作事业。按照 B. 阿格诺索夫编写的《20世纪俄罗斯文学》一书的看法,"1927年可看成是俄罗斯文学出现一位新的大师的一年"。这年1月,普拉东诺夫完成了幻想型中篇《空中站》(1927)、有关彼得一世时俄罗斯生活改革的中篇《叶皮凡水闸》(1927),2月他开始写《戈拉多夫城》(1927),后来又创作了一系列中篇:《驿差镇》(1927)、《国家的建设者们》(1927,《切文古尔镇》的第一稿)、《内向的人》(1928)。

普拉东诺夫短篇与中篇的出版,引起了当时评论家们对他的注意,但对他的评价基本上是负面的。"尤其是在他的短篇《起疑心的马卡尔》(1929)和中篇贫农纪事《有利可图》(1931)发表后,可以用屡屡加于他头上的一个词——'毁谤'——来概括。说他毁谤'新人',污蔑社会主义改造的进程,诋毁党的总路线"①。说它"语意双关",是"进行反抗的小资产阶级自发势力的意识形态的反映"②。中篇《有利可图》作者的艺术世界观是有害的。有的评论家说他是一个"怪异的、边缘的、甚至是疯癫有害的文学现象"。③ 普拉东诺夫在《有利可图》中揭露了当时许多地方存在的极"左"情绪和倾向,并公开提出当时农村的"左"的

---

① 见 B.阿格诺索夫:《20世纪俄罗斯文学》,莫斯科,大鸨出版社,1997年,第43页。
② 见 A.普拉东诺夫:《切文古尔镇》一书,C.谢苗诺娃的《序言》,莫斯科,文学艺术出版社,1988年,第18页。
③ 见 A.普拉东诺夫:《国家居民》一书,B.恰尔马耶夫的《序言》,明斯克,文学书籍出版社,1990年,第3页。

错误是主要危险,这一看法引起了斯大林的愤怒,据《红色处女地》当时一位编辑回忆,斯大林读到这个小说后,"把'贫农'勾掉,写上了'富农',并在整页上批注了'坏蛋'或者'畜生'"①等词句。从此,普拉东诺夫便在苏联文坛被彻底孤立起来。他的作品很少有机会发表,间或有一点点,也是署以笔名。他的笔名居然多达17个。像《切文古尔镇》(1929),《地槽》(1930)和《初生海》(1934)在当时均未能发表,而是在半个世纪以后,直至1986—1988年才得以面世。

卫国战争期间,普拉东诺夫被批准入现役担任军事记者,出版了四本短篇集。战争结束后,他仍坚持创作,1946年,《新世界》杂志发表了他的短篇《伊凡诺夫一家》(即《归来》),这引起批评界向他发起新一轮进攻,出版社退回了他的书稿,报纸和杂志的编辑部退回了附有简短附言的短篇小说:"短篇小说不予发表"。此后,作家的文学活动仅限于儿童读物,他着手整理俄罗斯民间故事,并开始创作童话,他将儿童的希望、儿童的忧伤和儿童对正义的信仰编织成一个个美丽的童话。在 M. 肖洛霍夫的支持下,出版了普拉东诺夫的两本故事集:《巴什吉尔民间故事》(1947)和《神奇戒指》(1949,主编 M. 肖洛霍夫)。普拉东诺夫的最后一部作品是神话剧《诺亚方舟》(剧本未能完成,后发表于《新世界》,1993年第9期)。

普拉东诺夫于1951年因肺结核病死于莫斯科,被埋葬在亚美尼亚公墓。

长篇小说《切文古尔镇》

《切文古尔镇》成书于1929年。有人认为,假如没有作家的《切文古尔镇》这部长篇小说,没有中篇小说《地槽》和《初生海》,那他的创作就是残缺的,不完整的,就如同陀思妥耶夫斯基的创作中没有《恶魔》和肖洛霍夫的创作中没有《静静的顿河》一样。由此可见这部作品在作家创作中的地位。然而,《切文古尔镇》却被尘埋了半个多世纪,直到1988年才得以全文发表。《切文古尔镇》手稿完成后,普拉东诺夫将它送到联邦出版社,但被退回。据作者本人说,之所以不能出版,是因为有人认为:"小说对革命的描写是不正确的,有人甚至把整部作品看成是反革命的。"即便是高尔基,也认为小说"是不能得到发表和出版的",因为小说"对现实的描述带有抒情讽刺色彩……笔下的人物却带着讽刺意味……与其说是革命者,不如说是些'怪人'和'性情乖僻的人'……"②

"切文古尔镇"一词是作者为了表达一个虚拟的类似于农村的乌托邦的天堂而杜撰出来的,对其含义俄罗斯评论家们有各种不同的解释,但多数人认为

---

① 转引自《苏联文学》,1992年第5期,第79页。
② 转引自《苏联文学》,1988年第2期,第85页。

它表示俄罗斯传统方式的追求真理的终结。

作品是一部以20世纪20年代初苏联从军事共产主义向新经济政策过渡为背景的超现实主义和怪诞现实主义作品。作者在书中探讨了苏维埃政权建立后开头几年出现的最复杂的问题,试图警告社会有可能出现的疏漏、错误和犯罪。所以,该书所写的故事看起来荒诞,离奇,但处处带有对现实社会的讽刺,至今有许多东西仍然是令人警醒的。

小说的主人公萨沙·德瓦诺夫在很小的时候,其母亲便不知所终;其生父(渔民)因对死亡感到好奇,"忍不住从船上跳下水去,他将脚用绳子捆起来,为的是不让自己游上岸去",就这么死掉了。孤儿萨沙·德瓦诺夫由普罗霍尔·阿布拉莫维奇夫妇领养,后在11岁上被其长子普罗科菲·德瓦诺夫于灾荒年景逐出家门,过着到处乞讨的生活,最后又被扎哈尔·帕夫洛维奇收养。十月革命爆发后,扎哈尔·帕夫洛维奇领他去登记加入了布尔什维克。在战时共产主义的艰难时期,省执委会主席舒米林要了解一下省城有什么地方社会主义"意外地成功了",于是就把"品行好、懂科学的小伙子"、患伤寒病初愈的萨沙·德瓦诺夫派去了,萨沙拖着疲惫的身体,离开了自己心爱的恋人索尼娅,去探索社会主义的萌芽去了。

在省里考察过程中,萨沙几乎死于无政府主义者的手中,幸被野战军司令科片金——世界革命的骑士,新时代的堂吉诃德救下。科片金骑着名为"无产阶级力量"的战马,前往自己向往、心仪的革命偶像罗莎·卢森堡墓地去朝圣。这是一个典型的奉行强权的官僚主义形象,"仿佛他身上有一种惩罚和主宰的力量",他相信通过行政命令能解决一切问题。所以他发布命令,强迫人们"立即砍掉比捷尔马诺夫林区的树木……腾出土地用来种植黑麦和其他比多年才能长成材的树木更有利的作物";乡苏维埃驻可汗村的全权代表莫雄科夫(为达到自我完善改名为陀思妥耶夫斯基)在科片金和萨沙的指导下,要在第二年夏天到来之前建成社会主义,强迫富裕农民将牲口交给既无饲料,又无饲养经验的贫农。

在切文古尔镇,极左的做法走得更远,在讨论省委下达的有关"立即组织消费合作社以取代私人贸易的指示"时,革委会主席切普尔内伊认为"这是针对落后县的",因为他认为"在切文古尔镇已经实现了共产主义",用他的话说:"我们可是超越了社会主义,我们这儿比社会主义还好。"可切文古尔镇的共产主义是如何实现的呢?按照切普尔内伊的想法,"假如在切文古尔镇除了无产者之外,就再没有别的人了,共产主义便会自行产生"。于是切普尔内伊便命令肃反委员会主席皮尤夏"把城里的压迫分子清除干净",他们安排了一次"基督再次降临",将资产者们统统杀死。皮尤夏打算杀死所有居民,"既然有无产阶级,那还要资产阶级干什么?"对此切普尔内伊随随便便就同意了。切普尔内伊还到马克思的书本中寻找理论根据,只会为自己谋利益的普罗科菲·德瓦诺夫成了为他出谋献计的秘书,"尽管普罗科菲有一套卡尔·马克思的全集,但他对整个革命的解释却是随心所欲"的,普罗科菲看着马克思的书,搜肠刮肚一番,自圆其说道:"我认为……,既然卡尔·马克思没有说到其他阶级,那他们就不可能存在。"于是在消灭完资产者之后,又做出一个"消灭残余的恶棍阶级的决议","宣布对全体中等的后备的残余资产阶级分子处以死刑",这些所谓的恶棍阶级都是些什么人呢?"都是一些其当家人已被枪决的老太婆,戴着蓝色便帽的40岁左右的中年人,受偏见所影响的青少年,被裁减搅得疲惫不堪的旧职员,以及这一阶层的其他拥护者。"还有寡妇、小掌柜,甚至还有被裁减下来的无产阶级官员。实际上,他们是想用这种恐怖的办法将这些人驱逐出切文古尔镇,如不走,就用机枪扫射。这样做的结果,切文古尔镇最后就只剩下11个布尔什维克了,"整个切文古尔镇都笼罩着一片无依无靠的哀伤","不光是半资产者离开了他们,而且连小动物也永远地离开了他们"。"切普尔内伊不懂得,无产阶级也需要辅助的干粗活的劳力"。所以,他要普罗科菲立即动身去随便什么地方招募穷人到切文古尔镇来,"要招募各种各样的人"。

切文古尔镇人不劳动,认为"劳动同资本主义一样会产生肮脏的矛盾……"说"劳动永远是贪婪的余毒,……因为劳动促使财富的产生,而财富就会促使压迫产生……而通过人的劳动所导致的任何口粮的增加都会引发阶级战争的爆发","各种劳动和操劳都是剥削者发明出来的,他们想弄到非分的更多的东西,超出太阳系提供的食物"。"革命为切文古尔镇赢得了做梦的权利,把做梦变成了主要职业"。他们唯一的劳动就是在义务星期六搬动房子,挪动果园,"只是对小资产阶级遗产的自发的破坏","希望无产阶级在结束自己工作的时候,把房子这种压迫的遗迹拆掉"。因此,他们"很快便吃完了资产阶级剩下的食物,只靠吃草原上采集的植物度日了"。实际上,他们对这种极左的做法所产生的后果连自己也感到怀疑,左得最厉害的切文古尔镇肃反委员会主席皮尤夏就说过:"……老百姓这么瘦!假如雅科夫·季特奇这么瘦的话,他的身体内还能保存共产主义吗?"当然,这种做法和产生的后果更加受到老百姓的无情谴责,一个铁匠就跟萨沙·德瓦诺夫说:"你说粮食是供革命用的,你这个傻瓜,老百姓都死光了,你的革命还留给谁?"由于余粮收集制政策严重伤害了人民的利益,人们对政权有严重的不信任情绪。当出台新经济政策以取代余粮收集制时,扎哈尔·帕夫洛维奇就断言"注定要失败"。一位农民跟切普尔内伊说,"这个政权反正不让人白活着"。

应该说,本书所塑造的主要人物都是好人,主人公萨沙·德瓦诺夫离开自己心爱的姑娘,牺牲了自己的爱情,牺牲了他已经获得的宁静的生活,到荒凉的草原上去为穷人搞共产主义,萨沙"最想保证全体切文古尔镇人都有饭吃,使他们能长期地不受伤害地生活在世界上";科片金"是个一辈子都未能为自己谋到好处的人",以切普尔内伊为首的切文古尔镇的11个布尔什维克,在消灭了资产阶级之后,"谁也没有去为自己找一个舒适的住处,而是大家一起躺在一家公用砖房的地板上。这家砖房还是1917年专为那些无家可归的革命者修建的。切普尔内伊自认为那座砖房才是自己的家,而那些温暖而舒适的住处不是"。本来切普尔内伊已经躺到被消灭的一个资产者的床上想体验一下了,"但他马上觉得这么舒舒服服地躺着显得既可耻又无聊,仿佛他得到这张床是用不大妥当的革命精神换来的"。而且他还让把"革委会搬到随便什么棚子里去,挑个坏一些的"。在切文古尔镇遭到哥萨克进攻的时候,以科片金、萨沙、切普尔内伊等为首的布尔什维克们进行了英勇的抗击,其中大部分人献出了生命。尽管他们是好人,想为大家谋利益,但如果脱离了实际,仍然会事与愿违,仍然会遭到老百姓的反对而陷入重重苦恼之中。老百姓指责他们"不让农民安宁"。一个过路的铁匠对亚历山大就有这样的看法,他觉得"他面前的这个人,像所有的共产党员一样,似乎是个很不错的人,可干起事来,却总是和老百姓对着来"。

  书中所描写的人们对共产主义的认识充满乌托邦式的种种幻想。这也反映世界上第一个社会主义国家对什么是社会主义和共产主义,如何建设社会主义和共产主义是不清楚的。既没有理论的指导,也缺少实践的参照。萨沙·德瓦诺夫心目中的共产主义是充满兄弟友爱和同志情谊的社会;因要进行自我完善而改名为陀思妥耶夫斯基的莫雄科夫把社会主义想象成好人的社会;步行者卢伊则认为"共产主义就是远程旅行",并建议"让切文古尔镇从永远定居的状态下解放出来";戈普涅尔的共产主义是"保证妻子和其他无用之人衣食无忧,安度晚年";旧职员阿列克赛·阿列克赛耶维奇·波柳别济耶夫心目中的社会主义是合作社。切文古尔镇人追求绝对的平等,人对人没有任何优势,既没有物质的优势,也没有智力的优势,不存在任何压迫。为此要消灭除了裸露的同志肉体以外的一切——财富、私有制,甚至作为获取某种新事物来源的劳动。切普尔内伊甚至设想说不定某个时候"没文化的人通过个决议,让有文化的人抛弃文化——好做到人人平等,……况且,让少数人放弃文化比让多数人从头学文化容易得多"。……由于革命胜利后人们所产生的狂热情绪,再加上舆论的不恰当的宣传,一些人对共产主义的信仰已到了宗教迷信的程度,难免会干出一些愚蠢而又荒唐的事情。例如,书中的科片金对已故的女革命家罗莎·卢森堡从崇拜、向往、心仪,竟至于到了暗恋的地步;切普尔内伊逢人便夸耀切文古尔镇的好处,说"我们那儿自发地产生了共产主义","如今我们切文古尔镇可好啦！天上有圆圆的月亮，……全都生活在共产主义社会里，如同鱼儿生活在湖里一样！"在消灭了资产者和半资产者之后的第一天，也就是实现共产主义的第一天，太阳升起来了，"因此整个自然界都站在了切文古尔镇一边"。当切文古尔镇的布尔什维克们把在黑夜的草原上发现糖厂的锅误以为是天上的陨星时，竟然说"现在就等着幸福降临吧"，"现在星星都飞到我们这里了，……鸟儿可能会像死去的孩子似的说起话来"①。所以才有人向切普尔内伊提出这样的问题："为什么如今红星成了人身上的主要标志，而不是十字架，不是圆圈？"其实，这些虔诚的共产主义者们并不真正懂得马克思主义，"科片金没来得及读完卡尔·马克思的书，他在有学问的切普尔内伊面前颇感到难为情"，而切普尔内伊本人也没读过，他说"我这是唬人的。……群众大会上我听到一点，我就拿来宣传鼓动"。普罗科菲·德瓦诺夫倒是读，可他却是为了谋取自己的利益从马克思的书中摘引片言只语，对马克思的书进行随心所欲的解释。这种脱离实际的、将马克思主义到处套用的做法，这种对马克思主义的曲解和为我所用的做法，只会引起人们对马克思主义的怀疑和失望，连切普尔内伊自己也说，"这是从前的人读的，从前的人写的，对于生活，他们一点儿也不懂，倒一直为别人寻找什么道路"。"令切普尔内伊和他的少数几个同志感到痛苦的是，无论是在书本里，还是在童话中，哪儿也没有把共产主义谱写成一支通俗易懂的歌，可以让人在危险的时刻想起它而感到宽慰；卡尔·马克思像异己的万军之主一样，从墙上注视着大家，他的那些洋洋万言的书籍并不能把人领到对共产主义感到快慰的想象中去"。对共产主义信仰的狂热，对世界革命胜利的幻想和憧憬并不能抵消自然规律的作用，也不能消除贫困、痛苦和死亡。当一个女乞丐的孩子在她的怀中死去时，科片金对切文古尔镇的共产主义彻底地怀疑了："这叫什么共产主义？""孩子连一次都没有因为有共产主义而喘上一口气，在共产主义条件下，人来了，又死了"。

从本书的整个基调来看，作者对他笔下的人物充满由衷的同情，认为他们所干的一些荒唐事情都是由于他们的愚昧和无知造成的，他们都是地球的孤儿，父母双亡的孤儿，他们当中"谁也没见过自己的父亲，而母亲，也只是凭失去的宁静记得她的模糊的愁容"。他们"没有天赋，所以他们不可能有聪明的才智和丰富的感情"，"这些人身处有产者的暴行和极度贫困的包围之中"……难怪高尔基说他"待人的态度很亲切"。②

书中人物的理想社会是美好的，他们的好些做法也是令作者赞美的：切文

---

① 作者信奉费奥多罗夫的《共同事业的哲学》，相信可通过科学方法使死者复生。
② 转引自《苏联文学》，1988年第2期，第85页。

古尔镇人在物质生活极其困难的情况下,却能为流浪者打扫房屋,准备食物;为病人修风车取火,为他修磨盘磨面做薄饼,替他修房子;为别人去消灭臭虫,……每个人都不是为自己的利益操心,而是把切文古尔镇人的幸福看作自己的幸福……

"正如死后生活的秘密折磨过德瓦诺夫的父亲一样,切普尔内伊忍受不了时代的秘密,便加紧在切文古尔镇建设共产主义,以终止漫长的历史,这也像渔夫忍受不了自己的生活而把它变成了死亡……德瓦诺夫爱父亲、爱科片金、爱切普尔内伊和许多'其他人',因为他们大家像他的父亲一样,将会因为忍受不了生活而死去,可他却单独留在陌生人中间"。然而,萨沙也不愿单独留在人间,当科片金、切普尔内伊牺牲之后,他便信马向穆杰沃湖中走去,他"从马鞍上下到水里,去寻找父亲当年曾出于对死亡的好奇走过的那条道路……"

像普拉东诺夫的多数作品一样,《切文古尔镇》的结局是悲剧的结局。尽管作者声言"他真心诚意地试图在小说中描写共产主义社会的开端"[①],但客观上给读者的印象是:前途是漆黑的,没有出路。作者实际上是在向人们证明,切文古尔镇的脱离实际的、与人的本性相悖的共产主义是注定要失败的。

第七节　鲍·列·帕斯捷尔纳克
(1890—1960)

鲍·列·帕斯捷尔纳克是20世纪俄罗斯著名的诗人、小说家和翻译家。他的诗歌和小说创作继承了俄罗斯文学的传统,他的作品在思考人的生存意义,解释人的使命和世界本质等方面都有自己独到的见解。帕斯捷尔纳克对20世纪俄罗斯文学的发展做出了重要的贡献。1958年,为"表彰他在现代抒情诗和伟大的俄罗斯小说传统领域里取得的杰出成就",瑞典皇家诺贝尔评奖委员会授予他诺贝尔奖。

生平创作道路

鲍里斯·列昂尼多维奇·帕斯捷尔纳克(Борис Леонидович Пастернак,1890年1月29日生,1960年5月30日去世)出身书香门第。他父亲列·奥·帕斯捷尔纳克是著名画家、雕塑家,俄罗斯皇家科学院院士。母亲罗·伊·考夫曼是位出色的钢琴家,婚前是俄罗斯皇家音乐协会敖德萨分会的教授。帕斯捷尔纳克的父母家曾经是当时俄罗斯文化界名人的艺术沙龙。作家Л.托尔斯泰,画家 H.

---

① 转引自《苏联文学》,1988年第2期,第85页注释①。

格、М.伏鲁贝尔,作曲家 А.斯克里亚宾、С.拉赫马尼诺夫等人是他家的常客。帕斯捷尔纳克从小就受到父母及其艺术家朋友的熏陶,产生了对文学和音乐的兴趣。此外,他家住的莫斯科郊外奥波林斯科耶的大自然给他留下深刻的印象,成为其日后诗歌创作的一个主要题材。1908年,帕斯捷尔纳克中学毕业,获得金质奖章,同年入莫斯科大学法律系,一年后转入历史语文系,帕斯捷尔纳克在莫斯科大学学习了古代哲学、宗教哲学、美学史、宗教历史、17 世纪英国哲学史、康德之后的欧洲哲学史,他尤其对黑格尔和柏格森的哲学感兴趣。

1912 年 4 月,帕斯捷尔纳克去德国马尔堡大学,师从新康德主义马尔堡学派创始人赫尔曼·柯亨(1842—1918),但是马尔堡大学的暑期学习却让他下决心"告别了,哲学"。1913 年,他毕业于莫斯科大学,走上了文学创作的道路。

帕斯捷尔纳克本人承认:"在语言领域我偏爱的是小说,可我写的更多的是诗歌。"①帕斯捷尔纳克一生写过大约 400 多首诗。其早年诗作受象征主义诗歌的影响,诗人勃洛克曾经是他心中的偶像。帕斯捷尔纳克最初的组诗叫《抒情诗》(1913),共 5 首,刊登在一本文学丛刊上。其中最有代表性的一首是《二月,想蘸点墨水就哭泣》。后来,他陆续出版了诗集《云中双子星座》(1914)、《越过障碍》(1917)、《我的姊妹——叫生活》(1922)、《主题与变奏》(1923)、《第二次诞生》(1932)、《在早班列车上》(1945),等等。

大自然是帕斯捷尔纳克诗歌创作中最重要的主题。大自然的各种现象都纳入诗人的笔端:春夏秋冬、风雨雷电、山川河流、大地天空、日月星辰、花草树木,等等。诗人不仅单纯描写大自然现象,而且大自然是他创作的一个重要的契机。他笔下的自然被人化、艺术化了。诚如俄罗斯文学评论家 Л.奥杰罗夫指出的那样:"鲍里斯·帕斯捷尔纳克诗歌中最重要的是大自然。这不仅仅是自然景色。这是人的大自然,艺术的大自然。这与其说是一个题材,莫如说是他创作的一种激情。是他诗歌创作的重中之重。"② А.阿赫玛托娃对帕斯捷尔纳克的大自然描写也有过中肯的评价。她说:"大自然是他整个一生唯一的和享有充分权利的缪斯,是他的隐秘的对谈者,是他的未婚妻和心爱的女人,是他的妻子和遗孀——大自然对于他比俄罗斯对勃洛克还重要。他对大自然忠诚不渝,而大自然也给予了他很好的回报。"③此外,大自然现象在诗人帕斯捷尔纳克笔下不仅仅是描述客体,而且还是行为主体。大自然发出行为和动作,与抒情主人公的内心感受交织在一起,成为抒情主人公的心理表达者。帕斯捷尔纳

---

① Е.帕斯捷尔纳克:《鲍里斯·帕斯捷尔纳克:生平材料》,莫斯科,1989 年,第 590 页。
② Ю.雷斯主编:《20 世纪俄罗斯文学》,莫斯科,谟涅摩辛涅出版社,1996 年,第 330 页。
③ 同上书,第 342 页。

克诗歌的另一个重要的特征是,他的诗歌具有丰富的哲理性和深刻的宗教内涵,诗作表达诗人的哲学、道德、伦理、宗教等观念,阐述诗人对人的命运和人类历史内容的看法。著名的俄罗斯流亡作家 A. 西尼亚夫斯基指出了这一点:"思想家诗人帕斯捷尔纳克倾心于一般概括、有丰富充实精神内涵的艺术,对生活的哲理沉思是他的整个创作的特征。"①

作家帕斯捷尔纳克本人认为《我的姊妹——叫生活》这个诗集标志着他的诗歌创作的真正开始。诗集的副标题是"1917 年夏天"。这部诗集由 38 首诗构成。是献给 19 世纪俄罗斯诗人莱蒙托夫的,因为帕斯捷尔纳克认为莱蒙托夫的诗歌精神是不朽的。诗人的诗作想表现自己对 1917 年发生在俄罗斯大地上的事件的认识和思考。但他没有直接描述社会的变革和群众的运动,而是把自己的视角注意到人与自然、人与历史、瞬间与永恒之间的关系,表达出诗人的一种世界上万物具有同等权利的思想。《我的姊妹——叫生活》是其中具有代表性的一首诗作。

> 我的姊妹——叫生活,今天它像
> 汛期的春雨为人们摔碎自身,
> 但配金戴玉的人高雅地埋怨,
> 像燕麦中的毒蛇谦恭地咬人。
>
> 上了年纪人自有他们的道理。
> 可你的道理可笑到无可争议,
> 暴雨时眼睛和草坪都呈淡紫,
> 天边还飘来湿苜樨草的香气。
>
> 还有当你五月去卡梅申村时,
> 在车厢里翻看着火车时刻表,
> 那时刻表比圣书还要恢弘,
> 想把它从头到尾再读一遍。
>
> 一帮女村民簇拥在路基上,
> 只有晚霞映红她们的脸庞,
> 我知道这不是我的那个小站,
> 可西下的夕阳同情我的忧伤。
>
> 当第三遍铃声频频带着歉意

---

① A. 西尼亚夫斯基:《帕斯捷尔纳克的诗歌》,转引自 Ю. 雷斯主编:《20 世纪俄罗斯文学》,第 331 页。

悠悠地逝去；我惋惜不是在
　　这里的帷幔下散发着夜的焦味，
　　草原从路基的阶梯延到星空。

　　人们在远处眨着眼睛却睡得香，
　　我心上的姑娘也入甜甜的梦乡，
　　此刻我的心就像扇扇车厢门，
　　敲击着连接平台撒落在草原上。①

　　《我的姊妹——叫生活》这个诗集标志着帕斯捷尔纳克独特的艺术风格的进一步确立。诗人在俄罗斯传统的诗歌基础上，充分发挥自己的想象，运用新的诗歌形象和诗歌手段开辟出诗歌创作的新天地。因此，他同时代的诗人勃留索夫、茨维塔耶娃、曼德尔施塔姆都撰文高度评价帕斯捷尔纳克的这部诗集。当时苏联党内主管意识形态的领导人布哈林在苏联作家第一次代表大会上公开宣称帕斯捷尔纳克是一位在诗歌创作上高于别德内依和马雅可夫斯基的诗人。

　　帕斯捷尔纳克的主要作品还有《阿佩莱斯线条》(1918)、《柳维尔斯的童年》(1922)、《图拉来信》(1922)、《空中路》(1924)《高贵的病》(1923—1928)、《1905 年》(1927)、《施密特中尉》(1927)、《斯别克托尔斯基》(1925—1931)、《安全证书》(1931)、《人与地位》(1957)等。此外，帕斯捷尔纳克还从事文学作品的翻译工作，把莎士比亚、歌德，以及西欧其他诗人的作品译成俄文介绍给俄罗斯读者。

　　卫国战争期间，帕斯捷尔纳克用自己的诗作鼓舞前方将士与德国法西斯作殊死的斗争。战争是残酷的，是俄罗斯人民的一场灾难，但是那场战争让他回到人民中间，与人民在一起度过那段艰难的时光。《可怕的童话》、《孤苦伶仃的人》、《勇敢》、《城门》、《工兵之死》、《胜利者》和《春天》等诗作就是帕斯捷尔纳克在 1941—1944 年卫国战争期间创作的。

　　在创作晚期，帕斯捷尔纳克开始把更多的精力投到小说创作上。小说家别雷对帕斯捷尔纳克的小说创作的影响巨大。1945 年，帕斯捷尔纳克开始写长篇小说《日瓦戈医生》。在这部小说里，作家审视 20 世纪前半叶俄罗斯的历史发展道路，并且独具一格地阐释革命对俄罗斯知识分子的人生命运的作用。

　　1958 年，帕斯捷尔纳克被授予诺贝尔文学奖。这件事引起苏联当局的不满。在当局的授意下，掀起了一场全民的批判和迫害帕斯捷尔纳克的运动。他

---

① 　见《帕斯捷尔纳克抒情诗选》（顾蕴璞译），花城出版社，1990 年，第 39 页，译文有改动。

被开除出作家协会,还威胁说把他驱逐出苏联国境。在这种高压下,帕斯捷尔纳克致信诺贝尔评奖委员会,违心声明自己拒绝领奖。经历了这场诺贝尔授奖风波之后,帕斯捷尔纳克的健康情况急剧下降,1960年,作家在心情极度忧郁的情况下死于肺癌。

1987年2月12日,苏联作家协会做出恢复帕斯捷尔纳克苏联作家协会会员的决定。1988年,帕斯捷尔纳克的长篇小说《日瓦戈医生》在苏联首次出版,1989年是帕斯捷尔纳克诞辰100周年,瑞典诺贝尔评奖委员会承认当年帕斯捷尔纳克拒绝领奖是出于苏联当局的压力,因此把他的获奖证书和奖章转授给他的儿子。至此,帕斯捷尔纳克在苏联被彻底平反,他的作品回到俄罗斯读者中间。

长篇小说《日瓦戈医生》

长篇小说《日瓦戈医生》是帕斯捷尔纳克整个文学创作的总结和高峰。《日瓦戈医生》(作于1945—1955,1957年问世[①])最初叫做《少男少女》,最终定名为《日瓦戈医生》。

帕斯捷尔纳克称这本书是他"告知整个世界的最后的话,并且是最重要的话"[②]。帕斯捷尔纳克本人在谈到这部小说的创作构思时曾经说:"这个东西将表达我对艺术、福音书,对人在历史中的生活和对许多其它问题的看法……这个作品的氛围——是我的基督教。"[③]《日瓦戈医生》这部小说确实宣扬对基督的爱胜过阶级之爱,强调人的个性的绝对价值。因此,小说在苏联时期遭到了毁灭性的批判,作家本人也因此受到政治迫害。但帕斯捷尔纳克深信自己的这部小说会赢得广大的读者,在生命的最后时刻他在一封信中断言,《日瓦戈医生》"在全世界仅次于《圣经》,排在第二位"[④]。的确,时间证明这部作品赢得了愈来愈多的读者的喜爱,并且得到许多评论家的首肯和青睐。俄罗斯文学评论家 И. 斯米尔诺夫认为,帕斯捷尔纳克的《日瓦戈医生》可以与陀思妥耶夫斯基的《卡拉马佐夫兄弟》相媲美,指出,"《日瓦戈医生》是一部在许多地方按照《卡拉马佐夫兄弟》作者的遗训写成的长篇小说",[⑤]同样创造出了一种奉若神明的文本。

1957年,《新世界》杂志五名编委就《日瓦戈医生》一书写给帕斯捷尔纳克的

---

① 在1954年的《旗》杂志第4期上曾经刊登过小说《日瓦戈医生》中的诗作,并且有一个简短附言,说"小说大约在夏天完成,小说时间从1903—1929年,小说有尾声,写到伟大的卫国战争。主人公叫尤里·安德烈耶维奇·日瓦戈,他是位医生、善于思考,有探索精神,具有创作的艺术素质,死于1929年。他死后留下了杂记和诗作。"
② B. 巴耶夫斯基:《重读经典,帕斯捷尔纳克》,莫斯科,莫斯科大学出版社,1997年,第60页。
③ Ю. 雷斯主编:《20世纪俄罗斯文学史》,第346页。
④ 《帕斯捷尔纳克文集》(五卷集)第5卷,莫斯科,1989—1992年,第570页。
⑤ И. 斯米尔诺夫:《〈日瓦戈医生〉是奥秘小说》,莫斯科,新文学评论出版社,1996年,第9页。

退稿信中指出:"您的长篇小说的精神——就是不接受社会主义革命。您的长篇小说的情调——就是认为十月革命、国内战争以及接踵而来的与其相关的社会变化,除了苦难之外,没有给人民带来任何东西,而俄罗斯知识分子则被它们从肉体上和道义上给消灭了。"①《新世界》杂志五名编委的这段话是对的。小说《日瓦戈医生》的确表达出帕斯捷尔纳克对俄罗斯社会生活,尤其是苏维埃政权时期社会生活的另类看法,小说的精神实质和情调是与当时的官方意识形态相悖的。但作家帕斯捷尔纳克用小说说出了自己的心里话,用自己的作品真实地、客观地描写了当时的现实,显示出这位艺术家的良知和勇气。

小说《日瓦戈医生》的故事从 1903 年写起,一直写到 20 世纪 40 年代末 50 年代初,书中囊括了在这些年代里发生在俄罗斯大地上的所有重大事件:第一次世界大战、俄罗斯的 1905 年革命、1917 年的两次革命、国内战争、全国的大饥荒、新经济政策、抗击德国法西斯的卫国战争……小说的地点从莫斯科到遥远的东方边境城市海参崴,从俄罗斯首都到地处欧亚之间的乌拉尔的小小的村镇……小说提出了道德的、政治的、哲理的、审美的、社会的、宗教的诸问题;莫斯科的街道、广场、建筑,乌拉尔的大自然,爱情、疾病、饥饿、谋杀、自杀、葬礼、家庭音乐会、流血、牺牲等人类生活的林林总总都纳入作家的笔端。总之,这是一部宏伟的社会历史小说。俄罗斯文学评论家 B. 巴耶夫斯基②认为这部小说有两个层面,一个层面是社会历史层面。作者在这个层面上讲述历史、讲述革命对俄罗斯知识分子的命运的影响,认为是革命毁坏了俄罗斯知识分子;另一个层面是意识形态层面。在这个层面上,作者探讨人的个性的无穷价值,讲述人对自己的亲人和心爱的人的基督教式的爱。这种观点是有一定的道理的。因为作家运用多种艺术手段描写在历史洪流中俄罗斯知识分子个人的命运,从而引发人们对社会、历史、道德、宗教等一系列重大问题的思考。

小说从充满了宗教气味的日瓦戈母亲葬礼的场面开始:"人们走着,走着,同时唱着《永志不忘》,当停下脚步的时候,仿佛这首歌还在由人们的脚步、马蹄和微风附和着。行人们给送葬的队伍让开了路,数着花圈,画着十字,有些好奇的人加入到送葬的行列里……"日瓦戈母亲的葬礼是小说《日瓦戈医生》叙事的起点。小说结尾是日瓦戈本人的葬礼,葬礼又作为小说叙事的终点。小说首尾两次葬礼相呼应,完成了小说的叙事过程,也结束了作家对人生问题的思考。

小说的结尾第 17 章是主人公尤里·日瓦戈的遗作,由 25 首诗构成。这些诗作

---

① 高莽:《帕斯捷尔纳克》,吉林,长春出版社,1999 年,第 314 页。
② 见 B. 巴耶夫斯基:《20 世纪俄罗斯文学史》,莫斯科,俄罗斯文化语言出版社,1999 年,第 257—266 页。

是整个小说的总结,结束了作家对小说的中心问题——人的永生问题的思考。

如果说《日瓦戈医生》这部作品表达出作家帕斯捷尔纳克对艺术、对福音书、对人在历史上的生活和对许多其他东西的看法,作品的整体氛围基于作家的基督教观的话,那么这组诗作是对传统的福音书情节的加工,其中大多数诗作同样是作家和主人公日瓦戈的基督教思想的表现和反映。作家帕斯捷尔纳克正是借助福音书契机来揭示人生的真谛,主人公日瓦戈医生正是在福音书情节里看到人类历史的含义和内容。

尤里·安德烈耶维奇·日瓦戈是小说的男主人公。日瓦戈的名字尤里很容易联想到俄文"юродивый"(圣愚,疯癫的人)一词。有人指出日瓦戈这个名字暗示他是一位基督式的人物。还有人认为,日瓦戈的名字是教会斯拉夫语中形容词的生格,具有"生命"的含义。因此,小说名称《日瓦戈医生》也获得了象征色彩,象征着他是"生命的医生",是"拯救生命的人"。

日瓦戈[①]是医生、诗人、哲学家。他的父亲曾经是百万富翁,后来被骗破产后自杀。他的母亲在他10岁时又离开人世。格罗梅柯教授收留、抚育了孤儿日瓦戈,并且把自己的女儿冬尼娅嫁给他。后来,他毕业于莫斯科大学医学系。

日瓦戈的舅舅尼古拉·尼古拉耶维奇·维涅基亚宾是位自愿还俗的神甫。他很早就向小日瓦戈"传教","给他讲基督的故事"。维涅基亚宾的一个重要思想就是人要忠于基督:"世界上难道真有什么值得信仰的吗?这样的东西简直少得可怜。我认为应当忠于永生,这是对生命的另一个更强有力的称呼。要保持对永生的忠诚,应当忠于基督!"维涅基亚宾的另一个思想是认为人生活在历史之中而不是生活在大自然之中,而历史是揭示人的死亡之谜和战胜死亡的种种探索:"按照当前的认识,历史是从基督开始的,一部《福音书》就是根据。那么历史又是什么?历史就是确定世世代代关于不断揭开死亡之谜以及今后如何战胜死亡的探索。"

维涅基亚宾的宗教思想对日瓦戈的世界观形成和精神成长起到了很大的影响,维涅基亚宾是日瓦戈的精神导师,日瓦戈是他的思想的探索者和实践者。在舅父的思想影响下,日瓦戈成为一位受难基督式的人物。

日瓦戈是一位充满内心矛盾的人。他渴望外部的变革,但自己却对此无能为力;他欢迎十月革命的到来,但却对革命做出了令人忧伤的判决;他想恪守基督教训诫,但却不得不爱上妻子以外的女人;他不想随波逐流,但又不能从中抽身;他与拉

---

① 莫斯科大学生 Д. 萨马林是日瓦戈医生的原型之一。萨马林是帕斯捷尔纳克在莫斯科大学认识的一位大学生,他是斯拉夫派分子的后代,国内战争期间,萨马林流浪在西伯利亚。在新经济政策时期,他回到莫斯科,拒绝知识分子的生活方式,走上平民化的道路。他死于20年代。

拉心心相印,但是却不能与之相伴终生……总之,这是一个在俄罗斯历史巨大变革时代的一个想保持自己独立人格和精神追求、却又处处碰壁的人。

小说中有一系列人物与日瓦戈偶遇,但其中有两个人物与日瓦戈相对照呼应,一个是斯特列里尼科夫(帕沙·安季波夫),另一个是叶夫格拉夫。

斯特列里尼科夫是日瓦戈的对立面。日瓦戈相信人的自身价值,切实地对待生活和社会的变革;斯特列里尼科夫是一位被革命俘虏,以抽象思维看待生活的人。斯特列里尼科夫是空想主义者,他幻想干出一番伟大事业,他把复杂的世界秩序简单化了,结果冷酷的现实把他的空想击得粉碎,最终他不得不忏悔自己犯下的罪孽,以自杀了结自己的人生。

叶夫格拉夫是日瓦戈的同父异母弟弟。日瓦戈是一位受难基督,叶夫格拉夫是救主基督,这个人物的重要的特征是其"神秘性"。日瓦戈一生中的关键时刻都得到这位"救主"叶夫格拉夫的帮助:他在日瓦戈患病期间帮助他,给他的家中送来食品。日瓦戈在昏迷中视叶夫格拉夫为"死神的精灵"。此后,叶夫格拉夫还劝日瓦戈的妻子冬尼娅从患病的城市暂时撤走;日瓦戈一家人在瓦雷金诺住的时候,叶夫格拉夫又给予日瓦戈极大的帮助。三年半后,日瓦戈在莫斯科大街上遇见叶夫格拉夫,后者给日瓦戈在莫斯科租了一间房子,帮助他寻找散失的出版物和手稿;日瓦戈死后,他与拉拉一起为日瓦戈操办葬礼;1943年,叶夫格拉夫成为苏军少将,在前线他偶遇哥哥日瓦戈与拉拉的女儿、洗衣女塔尼娅。叶夫格拉夫答应战后送她去上大学并且正式办理当叔叔的手续。

在经历了生活的种种磨难之后,日瓦戈于1922年春回到莫斯科,这时他的性格变得孤僻,生活也更加潦倒。因此,等待他的只有死亡。日瓦戈是由于"无法忍受的窒息"而死的。在日瓦戈死之前,"一块黑色的乌云越升越高,快要下暴雨了","天上打了一个闪,响起一阵雷声"。帕斯捷尔纳克在日瓦戈的命运的尾声里实现了一种隐喻:当时的社会无法容忍日瓦戈这样的人存在。

日瓦戈人死去了,但是留下来自己的诗作。他以此延续自己的尘世生活。如果说《日瓦戈医生》这部作品表达出作家帕斯捷尔纳克对艺术、对福音书、对人在历史上的生活和对许多其他东西的看法,作品的整体氛围基于作家的基督教观的话,那么这组诗作是对传统的福音书情节的加工,其中大多数诗作同样是作家和主人公日瓦戈的基督教思想的表现和反映,是对当代的基督形象——日瓦戈形象的进一步的艺术诠释。

总之,日瓦戈是十月革命前后俄罗斯知识分子的一个概括现象,在他身上表现出俄罗斯知识分子的自由的精神追求和独立的思想探索,表达出作家帕斯捷尔纳克相信人性救世的思想。

为了诠释日瓦戈这个当代基督形象,帕斯捷尔纳克运用了受难和忏悔的主题,受难主题是由日瓦戈去体现的,而忏悔主题引出了抹大拉形象——拉拉①。因此,从某种意义上讲,《日瓦戈医生》是当代基督——日瓦戈和当代抹大拉——拉拉的故事。

拉拉是一位混血女子。其父亲是有比利时血统的工程师,母亲是一位俄罗斯化的法国女人。拉拉不信宗教,对教会反感,"也不相信教堂的那些仪式",但她对上帝论生命的话感兴趣。她是尤里的"唯一亲爱的,永远失去的女人"。在某种程度上,拉拉是命运多舛而又自强不息的俄罗斯女性的象征。

尤里和拉拉的爱情有悖常规的道德伦理。但是我们在他俩的关系中感到的却是一种从鄙俗走向崇高、从心灵走向精神的东西。因此,两位主人公的爱情不宜做简单化的认识。拉拉和日瓦戈的爱情以心灵的融合和精神一致为导向,因此,他俩的爱情具有崇高的价值。

律师维克多·伊帕里托维奇·科马罗夫斯基在拉拉的一生中扮演着重要的角色。科马罗夫斯基是位"邪恶的天才",是拉拉和日瓦戈的共同敌人,他做尽了坏事:他是造成日瓦戈的父亲自杀的直接原因,他卑鄙地霸占了拉拉的母亲和拉拉,成为她俩的双重情人,他谎称拉拉的丈夫安季波夫被处决,诱骗拉拉去远东,他造成拉拉的女儿塔尼娅的漂泊命运……因此,他是"恶魔"的体现,是一个恶魔形象,靡菲斯特的一个类似物。

小说《日瓦戈医生》在艺术方面也颇有特色。

首先,是风景描写。小说中的风景描写不是单纯的写景,作家笔下的风景与作品主人公处于一种完美的统一,从而表现出主人公与大自然的和谐关系。我们仅举一例:"窗外是春日的黄昏,空气中充满各种声音。儿童们的嬉笑声处处可闻,这仿佛说明大地上到处是勃勃生机。这块大地就是无与伦比、声名显赫的俄罗斯母亲……啊,生活多么甜美!活在世上,热爱生活是多么甜美!他们想对生活本身,对存在说声'谢谢',而且要当面这样说! 这就是他心目中的拉莉莎。"在这里已不仅仅是自然与人的融合,而且是大自然与人的生活,与一切的融合。

其次,是象征手法。象征是帕斯捷尔纳克喜爱的一个艺术手法,小说里的许多东西都具有象征意义。像"暴风雪"象征着"邪恶","白雪"象征"尸衣","烛光"象征着"爱、生命、欢乐",等等。我们仅以"烛光"为例说明。"烛光"是贯穿男女主人公整个人生的一个象征。拉拉称尤里是"我的明亮的烛光",是"永远点燃并发出暖光的蜡烛"。小说第一次提到"烛光"是在第三章第九节。当拉拉与帕沙在一起的时候:"拉拉喜欢在烛光下面谈话。帕沙总为她准备着整包没有拆封的蜡烛。

---

① 有的评论家认为,拉拉就是拉林娜,她的女儿叫塔尼娅。拉拉与女儿塔尼娅的名字加在一起,就是塔吉雅娜·拉林娜,即普希金的诗体小说《叶甫盖尼·奥涅金》的女主人公。

他把烛台上的蜡烛换上一支新的,放在窗台上点着。"①(第91页)在该章第十节里,当日瓦戈和冬尼娅一起去参加圣诞节晚会的路上,在穿过卡梅尔格尔斯基大街的时候,"烛光"形象再次出现:日瓦戈"注意到一扇玻璃窗上的窗花被烛头融化出一个圆圈。烛光从那里倾泻出来,几乎是一道有意识地凝视着街道的目光,火苗仿佛在窥视来往的行人,似乎在等待着谁"。(第94页)正是在这章的这一节里,日瓦戈开始构思自己的关于蜡烛的诗作《冬之夜》:"桌上点着一根蜡烛。点着一根蜡烛……","烛光"在小说中反复出现,其象征意义十分明确。

第三,是语言的抒情性。帕斯捷尔纳克是小说家兼诗人。他的小说语言与诗歌语言融为一体,使得小说语言有诗一般的韵味和抒情。这样的段落比比皆是。如,"永别了,拉拉,来世再见面吧,永别了,我的美人,永别了,我的无穷无尽的欢乐。""我永生永世忘不了的迷人的人儿,只要我的肘弯还记着你,只要你还在我的怀中和唇上,我就同你在一起。我将在值得流传的诗篇中哭尽思念你的眼泪。我要在温柔的、温柔的、令人隐隐发痛的悲伤的描绘中记下对你的回忆,我留在这儿直到写完它们为止。"

长篇小说《日瓦戈医生》是一部反对暴力、流血,歌颂人性、爱情的抒情史诗。作家帕斯捷尔纳克把日瓦戈和拉拉的爱情故事置于冷酷的、饥饿的、暴力的世界之中,让小说的时间在欧亚大陆的广阔的空间展开,两位主人公的理想与现实,充满田园般诗意的爱情与充满矛盾的世界碰撞,最后以两位主人公的悲剧的毁灭告终。这就是那个时代留给人们的记忆。

第八节　米·亚·肖洛霍夫
(1905—1984)

在20世纪的俄罗斯文学史上,米·亚·肖洛霍夫是一位具有独特地位和伟大贡献的作家。这不仅是因为他的作品像编年史似的反映了20世纪俄罗斯的社会发展历程,更因为他的承前启后的杰出的艺术成就把十月革命后的苏联文学推向了世界。一部《静静的顿河》震撼了世界文坛,由于"他在描写俄罗斯人民生活各历史阶段的顿河史诗中所表现的艺术力量和正直的品格"而于1965年获得诺贝尔文学奖。

生平创作道路

米哈伊尔·亚历山德罗维奇·肖洛霍夫(Михаил Александрович

---

① 小说的引文均引自蓝英年等人翻译的《日瓦戈医生》,本文作者对译文有改动。

Шолохов,1905 年 5 月 24 日生,1984 年 2 月 21 日去世)生于顿河地区维约申斯克镇克鲁日林村。他的祖上是梁赞省扎拉伊斯克的商人,19 世纪中叶他的祖父才到顿河地区经商,结婚生子,在维约申斯克定居下来。由于是"外乡人"而不是哥萨克,肖洛霍夫的祖父没有土地,也没有权利得到土地,只能给人当雇工、店员或独立经商。经过多年的奋斗,到 19 世纪 80 年代他已成为当地登记在册的具有一定资本的二级商人。肖洛霍夫的父亲受过良好的教育,是个很有文化修养的人,他当过店员,给人管理过蒸汽磨房。肖洛霍夫的母亲祖上曾是农奴,父亲早死,从 12 岁就开始给地主家当佣人。肖洛霍夫的父亲很重视儿子的文化教育,肖洛霍夫少年时患眼疾,父亲带他到莫斯科一家著名的眼科医院去治疗,为了不致因看病而耽误学业,就安排他在莫斯科上学,但莫斯科毕竟离家太远,而且花费也大,后来便转到离家较近的博古恰尔市一所中学,直到第一次世界大战爆发,战乱中断了教学,他才回到家乡。十月革命后的国内战争年代,肖洛霍夫是在家乡顿河地区度过的,他成了顿河地区许多事件的目击者和见证人。他亲眼看到 1919 年初红军部队进驻叶兰斯克镇的各个村庄和这年春天的维约申斯克暴动,也目睹了 5 月末暴动者的仓皇撤退。1920 年顿河地区建立了苏维埃政权。各哥萨克村镇的行政机关都需要有文化的人参加工作,肖洛霍夫的父亲、叔父以及肖洛霍夫本人都参加了相应的工作。肖洛霍夫虽然只有十五六岁,也做过村执委会的文书、统计员。有一段时间肖洛霍夫在卡尔金镇粮食采购站工作,作为粮食系统的工作人员,他曾有机会到罗斯托夫参加粮食工作培训班的学习,结业后得到一张"粮食税收督察员"的委任状,被派到布康诺夫镇开展工作。这个时期的生活和工作使肖洛霍夫接触到方方面面的人和事,为日后的文学创作积累了丰厚的素材。

还在上学的时候,肖洛霍夫就喜爱文学作品,他的父亲和叔父都有很丰富的藏书,俄罗斯和西欧一些经典作家的作品他大都读过,在村镇里组织文艺演出活动的时候,他将一些古典作品改头换面,换上当地的生活情景和人物,改编成剧本演出,取得了很好的演出效果。这大概就是他从事文学创作的萌芽了。

1922 年国内战争结束后,肖洛霍夫怀着从事文学创作的愿望来到莫斯科。通过一位朋友的介绍,他参加了"青年近卫军"文学小组。当时许多年轻有为、才华横溢的作家和诗人,如 А. 扎罗夫、А. 别兹敏斯基、М. 斯维特洛夫、А. 韦肖雷等,都是这个小组的成员。А. 法捷耶夫和 Ю. 利别金斯基同这个小组也很接近。著名的文艺理论家 В. 什克洛夫斯基和 О. 勃立克经常来给小组的成员讲课。肖洛霍夫边学习边创作,1924 年底他在《青年列宁主义者报》上发表了第一个短篇小说《胎记》,后来陆续发表了《放牛娃》(1925)、《看瓜田的人》(1925)、《两个丈夫的女人》(1925)、《死敌》(1926)等 20 余篇中篇和短篇小说,最后收入他的中短篇小说集《顿河故事》(1926)。

《顿河故事》中的作品大都以肖洛霍夫在国内战争年代的亲身经历和见闻为素材,反映了顿河上游地区尖锐复杂的阶级斗争,哥萨克劳动者善良美好的心灵和他们渴望新的生活的愿望。十月革命后,国内战争时期,顿河一带的斗争是非常尖锐和残酷的,正如《死敌》中所描写的,"仿佛有谁在村子里犁了一道鸿沟,把人分成敌对的两方"①。这篇小说写的是顿河农村中势不两立的对立情景。村中的贫苦农民要推选复员回村的红军战士叶菲姆当村苏维埃主席,但是掌握村中实权的却是富农伊格纳特和他的女婿普罗霍夫。他们欺压百姓,为所欲为,叶菲姆要为贫苦农民办事,因而成了他们的"死敌"。他们对叶菲姆进行种种暗害,直到最后把他杀害。《看瓜田的人》写的是激烈的国内战争使家庭内部分成生死对立的两派。父亲是白军战地法庭的警卫队长,大儿子菲多尔却是红军战士。两军对垒中,警卫队长发现妻子给红军俘虏送饭而将其杀死,小儿子米嘉逃出家门,当了"看瓜田的人"。一天,他在瓜棚附近发现一个受伤的红军战士,正是他哥哥菲多尔。父亲沿血迹追来,正要开枪打死他。米嘉从背后用斧头砍死父亲,兄弟二人投奔红军去了。小说中描写,菲多尔明白"真理在谁的一边",他"为了让世界上人人平等,没有富人,也没有穷人,大家一律平等",他要"为土地,为穷人去作战"。②《人家的骨肉》(1926)写的是一对年老的哥萨克夫妇费心尽力地救活一个红军战士的充满人情温暖的动人故事。作者以饱含深情的语调描述哥萨克劳动者的善良和温情。从迦夫里拉夫妇身上那种淳朴敦厚的性格可以看到《静静的顿河》中伊利伊奇娜形象的萌芽。在这些作品中,肖洛霍夫独具一格的现实主义艺术风格已经初露端倪。他大胆地描写现实生活中的矛盾和冲突,把巨大的斗争场面浓缩在个人的关系上,通过家庭矛盾、父子兄弟、夫妻之间的冲突来表现斗争的激烈和残酷,这是他的作品的深刻之处,也是他不同于其他同时代作家的独树一帜的地方。他写人物总是从生活出发,多方面、多角度地表现人物的性格和心理状态。《顿河故事》尽管带有初出茅庐的作者常有的那种艺术技巧上的稚嫩,但是从这些作品中已经可以看出一个大艺术家的身影:处理复杂题材上的大胆无畏,敢于直面生活冲突和悲惨事件的勇气和胆识。因此 A.绥拉菲莫维奇把这些作品誉为"生气勃勃","色彩鲜艳"的"草原上的鲜花"③。俄罗斯文艺理论家 A.梅特琴科在评论肖洛霍夫的创作时,虽

---

① 《顿河故事》(草婴译),上海文艺出版社,1959年,第184页。
② 同上书,第31页。
③ A.绥拉菲莫维奇:《〈顿河故事〉序言》,转引自孙美玲编:《肖洛霍夫研究》,第14页。

然也指出这些作品只是肖洛霍夫的"试笔",是他"最初的实验",但是他认为,"《顿河故事》中已经确立了肖洛霍夫人道主义的本质特点:它的革命的历史具体的性质",这些作品表现出作者"追求史诗的多结构性,不仅描写典型的,而且描写那些似乎摆脱了社会宿命论'注定结局'的不可重复的东西"①。

1925年肖洛霍夫又回到家乡维约申斯克镇,他要在这里创作一部描写"革命中的哥萨克"的长篇小说,这就是后来的长篇小说《静静的顿河》。这部小说历时15年,直到1940年才最后完成。

20世纪30年代苏联开展农业集体化运动,把一家一户的农业合并成大规模经营的集体农庄。一直生活在农村,一向关注农民命运的肖洛霍夫,立即停下《静静的顿河》的写作,投身于这场巨大的社会变革之中。在运动过程中,他发现有些苏维埃政权的农村干部对农民强迫命令,强行没收农民的牲畜、粮食,甚至种子,严重地挫伤了农民的生产积极性,破坏了农民群众对苏维埃政权的信任。目睹这些严重的情况,肖洛霍夫曾直接写信给斯大林反映"集体农庄出现了十分危机的情况"②。肖洛霍夫根据亲身参加这场运动的体验和感受,趁热打铁,创作了另一部长篇小说《被开垦的处女地》(1932)。小说的中心人物是达维多夫等三个领导集体化运动的共产党员,他们的思想觉悟、领导水平和个性虽各不相同,但他们都具有共产党员的典型特征:勇敢、坚定、忠诚、不屈不挠的斗争意志,为人民的利益不怕牺牲的精神。小说以真实而生动的艺术形象大胆地表现了苏联农业集体化运动中的矛盾和冲突,不仅反映了敌对势力或明或暗的抵抗和破坏,而且表现了劳动者的重重疑虑和观望;肖洛霍夫对农业集体化是抱着满腔热情和积极态度的,他认为这是农民摆脱贫困,走上共同富裕的金光大道,这可以说是一代人的共同认识,所以,小说中尽管表现了运动领导者的错误、偏差和"过火行为",但集体农庄毕竟取得了胜利和成功。不管今天对这场运动怎样评价,但是20世纪30年代苏联农村所发生的这些事件毕竟是历史的事实。小说主人公达维多夫等人的性格、思想、心理正是那一代人的思想状况和心理活动的体现,因此小说不仅具有艺术价值,也具有认识价值。

1941年6月德国法西斯入侵苏联,肖洛霍夫同许多苏联作家一样,投笔从戎,上了前线。战争期间,他写了大量通讯报道,创作了短篇小说《学会仇恨》(1942),并着手创作长篇小说《他们为祖国而战》(1943)。按作者的构思,这部长篇小说是一幅苏联人民保家卫国的规模宏大的史诗画卷,已发表的章节中,

---

① A.梅特琴科:《艺术家的智慧》(俄文版),莫斯科,现代人出版社,1976年,第23—28页。
② 孙美玲编译:《作家与领袖——米·亚·肖洛霍夫致约·维·斯大林》,北京大学出版社,2000年,第40页。

描写几个普通战士的形象,通过战争期间的战斗场面和平静的日常生活来揭示普通人的美好心灵。小说中紧张激烈的战斗场面和战士的日常生活穿插交织,相映成趣。从人物形象体系的布局和历史背景的铺陈来看,一部恢宏的战争史诗已初露端倪,可惜这部作品最终未能完成。

战后年代,肖洛霍夫作为苏联文坛享有盛誉的作家,其创作对20世纪后半叶的苏联文学具有深远的影响。他的一系列表现顿河农民命运的作品直接影响了20世纪50年代以来苏联文学的一个重要流派——农村小说的形成和发展;他的短篇小说《一个人的遭遇》(1956—1957)开创了苏联军事题材文学创作的新局面,启发了那些刚刚走上文坛的"前线一代"作家,从而形成了一个文学创作的新流派——战壕真实派。

《一个人的遭遇》是肖洛霍夫酝酿了十年之久才写出的一篇小说。早在1946年春天,肖洛霍夫就了解到一个汽车司机在战争年代的坎坷遭遇,他的心情久久不能平静,表示要用这个素材写一篇小说。十年后所写成的小说已看不出外表的激动情绪,震撼读者心灵的是那凝聚在内心的深沉。就情节而言,这是一个战争年代普普通通的故事。主人公安德烈·索科洛夫自幼家境贫寒,在苏维埃政权下才过上衣食不愁的生活。德国法西斯的入侵破坏了一家人的安宁和幸福。安德烈应征入伍,上了前线,在一个汽车连当司机。战斗中他受伤被俘,在德国集中营里受尽折磨,后来九死一生,逃回祖国,已是家破人亡。亲人牺牲,家园毁灭,并没有压倒这颗坚强的心。他仍旧当司机,而且收养了一个战争中失去亲人的孤儿,"两颗被空前强烈的战争风暴抛到异乡的砂子",相依为命,坚强地开始了新的生活。这篇小说一反过去苏联军事题材作品单纯表现英雄主义的写法,着重表现凝积在人民内心深处的战争创伤,以"痛苦的真实"描写法西斯侵略战争给人民造成的灾难和痛苦,这样的艺术处理不仅激起了广大读者强烈的感情共鸣,而且增强了谴责侵略战争的感情力量。《一个人的遭遇》浓缩了人生的苦难际遇和人对命运的抗争,是一部具有史诗意义[①]的高度概括的作品,肖洛霍夫从历史和哲学的高度审视战争和人的命运,因此小说的动人之处,不在于主人公遭遇的悲惨,而在于他性格的坚强,在于他遭遇不幸而没有被命运压倒,从而表现出令人鼓舞的精神力量。《一个人的遭遇》结构谨严,语言简练,最大限度地发挥了短篇小说的思想容量,是一部情真意切,艺术感染力很强的作品。

肖洛霍夫晚年曾两次中风,不能工作,于1984年2月21日病逝于他的家

[①] Л. 雅基缅科在《肖洛霍夫的创作》一书中,称《一个人的遭遇》是"长篇史诗式的短篇小说",见《肖洛霍夫的创作》,莫斯科,苏联作家出版社,1964年,第801页。

乡维约申斯克。

长篇小说《静静的顿河》

《静静的顿河》是肖洛霍夫一生最主要的作品,小说从顿河哥萨克的生活和命运这个侧面表现了俄罗斯历史上至关重要的十年(1912—1922)社会变迁。这十年中不仅爆发了席卷整个欧洲的第一次世界大战,而且在俄罗斯国内发生了1917年推翻沙皇制度的二月革命和结束资产阶级统治的十月革命以及长达四年的俄罗斯国内战争。这是俄罗斯风云变幻,社会动荡,新旧交替,激烈搏斗的十年。肖洛霍夫说,他想在小说中表现"革命中的哥萨克"[①],因此,了解什么是哥萨克,哥萨克是些什么样的人,是正确理解这部小说的关键。

俄语"哥萨克"一词来自突厥语,意思是勇敢的人,自由的人。顿河流域的哥萨克是由16世纪初从封建贵族、地主的庄园中逃亡出来的农奴、仆人和沙皇军队中开小差的士兵组成的,其中也有一部分不甘封建压迫的市民。他们都是俄罗斯人,逃到顿河一带后,利用当地优越的自然条件,发展起农业和渔业。当时顿河一带是俄罗斯的边远地区,沙皇政府的统治势力比较薄弱,而且经常有外族入侵,他们便自发地组成骑兵队,自选首领(阿塔曼),保卫自己的家乡和劳动成果,从而形成相对自治的哥萨克组织。这种战斗和劳动相结合的生活,世代相传,使哥萨克养成勇敢、慓悍、坚强的性格,热爱劳动和自由,眷恋土地家园的传统习惯。俄罗斯历史上几次重要的农民起义,其领袖都是哥萨克,如斯捷潘·拉辛,叶米里扬·普加乔夫等。沙皇政府虽然残酷地镇压了这些农民起义,但实际上对哥萨克是无能为力的,最后不得不改变方针,采取了收买政策。沙皇政府答应给哥萨克一份土地,让他们终身占有,免交课税,并给他们许多特权,特别是对哥萨克上层人士,给他们封官晋爵,授予贵族称号,但是每个哥萨克男子都必须为沙皇服兵役,自备战马军刀,入营当兵。这样,哥萨克就成为一个特殊阶层,久而久之,为沙皇服兵役,忠于"祖国和沙皇"就被哥萨克男子视为自己的神圣天职了。沙皇政府也极力在哥萨克中间灌输"忠于沙皇"、崇拜等级荣誉、哥萨克是"最高等部族"等思想,使哥萨克成为一个具有特殊生活方式、保持宗法社会家长制和独特经济条件的社会阶层。所以绥拉菲莫维奇说哥萨克是"身穿军服,被沙皇地主制度摧残得心胸褊狭而又畸形的庄稼人"[②]。《静静的顿河》开头有一首《卷首诗》,这是一首古老的哥萨克民歌,歌中唱的就是哥萨克被沙皇政府驱使的血泪历史。

---

① 肖洛霍夫同《消息报》记者的谈话,转引自古拉:《〈静静的顿河〉是怎样写成的》,莫斯科,苏联作家出版社,1989年,第93页。
② A.绥拉菲莫维奇:《静静的顿河》,载1928年4月19日《真理报》,转引自孙美玲编选:《肖洛霍夫研究》,第15页,译文略有改动。

> 我们光荣的土地不是用犁来翻耕……
> 我们的土地用马蹄来翻耕，
> 光荣的土地上种的是哥萨克的头颅，
> 静静的顿河到处装点着年轻的寡妇，
> 我们的父亲，静静的顿河上到处是孤儿，
> 静静的顿河的滚滚的波涛是爹娘的眼泪。[①]

《静静的顿河》共四部八卷，以顿河岸边鞑靼村葛利高里·麦列霍夫等几家哥萨克的经历为经线，表现了 20 世纪初俄罗斯社会动荡变革的历程。这几个保持着宗法社会家长制传统的哥萨克家庭，在 20 世纪初俄罗斯社会的大动荡、大变革中，都遭到了毁灭性的打击，家破人亡。葛利高里的妻子娜塔莉亚在战乱年代死于流产，兄嫂及父亲都在哥萨克暴动的混乱中相继死去。葛利高里的邻居，司捷潘·阿斯塔霍夫在哥萨克暴动失败后随白军逃亡国外，他的妻子阿克西妮亚同葛利高里相爱，在葛利高里经过种种遭遇后两人决定逃离鞑靼村时，阿克西妮亚被巡逻的红军士兵打死。当葛利高里历尽磨难返回家园时，他那个曾经充满欢乐和幸福的大家庭只剩下了已出嫁的妹妹和失去母亲的儿子。

肖洛霍夫用经纬交织的笔法把家庭的悲欢离合和社会的动荡、冲突结合起来，展现出社会变革时期人们的思想、意识、感情、风习、性格。尽管肖洛霍夫描绘这场历史大变革时保持着冷静、客观的笔调，但作品总的思想倾向是十分明显的。哥萨克宗法制度在社会变革中的崩溃是历史的必然，而哥萨克劳动男女的悲惨遭遇，却是社会的悲剧。肖洛霍夫是拥护十月革命的，他认为，推翻沙皇专制制度，劳动人民当家作主是历史的潮流，是不可阻挡的社会进步，但是他又为小说中哥萨克男女在历史动荡中的悲剧命运感到惋惜，深表同情。这可以说是整个小说的基本倾向。因此整个小说的结构，情节安排，人物命运都让人感到，尽管革命力量遭到种种挫折，革命队伍内部也存在着这样那样的问题，但革命力量终究要向前发展，取得胜利的，哥萨克劳动人民只有摆脱那个宗法制度的羁绊，才能获得新的生活。正是因为这一点，尽管小说中写了许多家破人亡的悲剧，却始终保持着对生活充满信心的基调。

小说的中心人物是葛利高里·麦列霍夫，整个小说的情节、结构都是围绕他展开的。葛利高里是个哥萨克劳动者，勤劳、淳朴、善良、真诚、热情、勇敢，是他显著的性格特征。他从小就跟着父兄干各种农活。他像所有的哥萨克一样，爱马，善于骑马，而且骑术高明。他心地善良，割草时无意中砍死一只小野鸭，

[①] M. 肖洛霍夫：《静静的顿河》（金人译）第 1 部，人民文学出版社，1988 年，第 1 页。下面作品的引文，均出自该版，不另加注。

他捧在手上,十分心疼。他待人宽厚,尽管他同司捷潘曾为阿克西妮亚而打得死去活来,但是在战场上看到司捷潘处在危难之中时,坦然不记前仇,救他脱险。如果说葛利高里具有劳动哥萨克的种种优点,那么他身上也最充分、最深刻地体现着哥萨克的种种弱点:效忠沙皇,谨遵父命,哥萨克光荣等传统观念,也是葛利高里的生活信条。作为劳动者,他对土地的感情是淳朴的,但是作为私有者,他对继承家业也是铭刻于心的。他之所以不肯同阿克西妮亚远走高飞,就是因为不能舍弃土地、房屋和父亲挣下的那份家业。如果不是生活在20世纪初期这个动荡的时代,葛利高里可能会像父辈一样,作为一个勤劳勇敢的哥萨克而度过一生。但是时代的波涛将他推到了历史选择的十字路口上,而在这里就暴露了葛利高里摇摆不定的性格特点。在历史的巨变中,他有了新的追求,但是又不能摆脱传统观念的羁绊,因而造成了在人生道路上的摇摆不定。小说中从两个侧面展现葛利高里性格和命运的这一特点。在爱情生活中,他深爱阿克西妮亚,但却不敢冲破哥萨克的传统观念,只能谨遵父命而娶娜塔莉亚,然而婚后又不能舍弃前情,忘却阿克西妮亚,因而在某种程度上造成了两个女人的悲剧。在葛利高里的人生道路上,少年时代鞑靼村的哥萨克生活,是他最无忧无虑的幸福时光。但是从他入营当兵起便被投入到颠簸激荡的历史长河中去了。在第一次世界大战的俄德战场上,他作为一个血气方刚的哥萨克,作战勇敢,但不明白为什么要打仗。具有进步思想的乌克兰士兵加兰扎的一席谈话,揭穿了战争的实质,效忠沙皇,哥萨克光荣等传统观念第一次受到剧烈冲击,在他的头脑中发生了动摇。但是他一回到家中,亲人的崇敬,邻里的奉承,又煽起了哥萨克的优越感和偏见,回到前线仍旧为沙皇效命。葛利高里曾两次参加红军,又两度离开红军投入白军。在那历史急剧变化的关头,他徘徊于生活的十字路口。他有驰马挥刀冲锋陷阵的勇敢精神,却没有摆脱旧传统束缚的思想力量;他有追求合理生活的向往,但是传统的观念又羁绊住他迈出的脚步。他四顾茫然,不知所向。当他终于认清了应走的道路时,已经铸成了终生的大错。这就是葛利高里的悲剧。小说的结尾,葛利高里孤身一人回到鞑靼村,看到儿子米沙特卡,儿子告诉他,姐姐得白喉病死了。葛利高里双手抱起儿子,"这就是他生活中剩下的一切,这就是暂时还使他和大地,和整个这个在太阳的寒光照耀下,光辉灿烂的大千世界相联系的一切"。

  肖洛霍夫是在社会巨变的历史潮流的大背景上表现葛利高里的人生悲剧的。社会的进步,革命的胜利同个人的悲剧恰成鲜明的对照。这里当然有葛利高里自身背负的因袭重担所造成的迷误,也有客观形势导致他误入歧途的原因。肖洛霍夫在《静静的顿河》中还写了许多体现历史前进方向的革命者、布尔什维克、红军战士和指挥员的形象,描写了他们在伟大革命斗争中的献身精神。这方面的内容虽然也很重要,但作家的主要艺术目的并不在于为革命者立传。肖洛霍夫将葛利高里这个哥萨克农民置于小说结构的中心是想再现在历史巨变、社会动荡、新思想同旧观念、新世界同旧世界激烈搏斗的过程中,以葛利高里为代表的哥萨克劳动者走向新生活的艰难曲折的历史道路和他们中许多人充满迷误和痛苦的悲剧命运;是想从革命的立场上对国内战争期间苏维埃政权对哥萨克农民的"过火政策"进行政治的和道德的评议。1931年他在致高尔基的信中说:"我应该反映消灭哥萨克和限制中农哥萨克政策的错误方面,因为不写这些,就不能揭示暴动的原因。……依我看来,关于对待中农的态度问题将会长期地摆在我们面前,也摆在要走我们革命道路的那些国家的共产党人面前。去年的集体化和过火行为的历史事实,在某种程度上同1919年的过火行为相类似,恰好证实了这一点。"①

俄罗斯十月革命以后,有的地方不加分析地把哥萨克一律看作"沙皇的走卒",推行所谓"消灭哥萨克"的政策,造成非常严重的后果,可以说在某种程度上直接导致了顿河地区的哥萨克暴动。肖洛霍夫自幼生活在哥萨克劳动者中间,对于那些本不应该被历史淘汰,却成为历史车轮的牺牲品的哥萨克劳动者寄予深切的同情,对于他们中某些人所走过的一段弯路(或者说在历史进程中所发生的迷误),他是站在革命的立场上从总结历史教训的高度来看待的,并不是简单地把他们推入敌对的营垒。因此他对葛利高里在人生道路上的摇摆不定和误入歧途,并不是严厉的批判,而是一种深沉的理解。肖洛霍夫的这一立场,许多年来由于种种原因而没有被理解和接受,因而使葛利高里成为一个文学界争论不休的人物。

肖洛霍夫谈到自己的艺术追求时说:"对于作家来说,他本身首先需要的是把人的心灵的运动表现出来。我在葛利高里·麦列霍夫身上就想表现出人的这种魅力……"②通过"人的心灵的运动"展示"人的魅力"是《静静的顿河》在艺术描写和人物塑造方面所取得的突出成就。肖洛霍夫在俄罗斯文学中第一次把农民置于艺术表现的中心,多方面地描写了他们的感情世界,真正显示出他们的"人的魅力"。《静静的顿河》中写了众多的人物,特别是那些哥萨克农民,可以说几乎每个人都是栩栩如生的,他们的悲欢离合、言谈话语、行为举止,都给人留下深刻的印象。尤其是阿克西妮亚和娜塔莉亚这两个哥萨克劳动妇女的形象,其艺术的成功给俄罗斯文学优美妇女形象的画廊增添了新的光彩。

《静静的顿河》继承俄罗斯19世纪现实主义文学的史诗艺术传统,既表现

---

① 见M.肖洛霍夫的《致高尔基的信》,刊于《肖洛霍夫文集》(俄文版)第8卷,莫斯科,文学艺术出版社,1986年,第26页。

② 原载于《苏维埃俄罗斯报》(1957年8月25日),转引自孙美玲编:《肖洛霍夫研究》,第470页。

波澜壮阔的历史的恢弘,也描绘个人生活矛盾迸出的火花,因此小说中的个人命运、个性特征,乃至心理活动都带有时代的特定色彩。古典悲剧是以英雄人物的死来弘扬他为之而奋斗的某种理想和信念。《静静的顿河》所描写的不是个别英雄人物为理想而牺牲的悲剧,而是以葛利高里·麦列霍夫为代表的哥萨克劳动群众在历史洪流中的悲惨遭遇而构成的悲剧。从这个意义上说,《静静的顿河》对悲剧史诗这一体裁是有所开拓和创新的。

《静静的顿河》的另一艺术特色是它那浓郁的地方色彩。顿河流域的自然风光,顿河两岸哥萨克的风俗习惯、世态人情、婚丧嫁娶,都写得栩栩如生,多姿多彩。有位苏联文艺理论家对肖洛霍夫创作的这一特色给予很高的评价:"历史的局部的事物,各国人民、各个民族的永远感兴趣的事物,能够把它们之间的联系揭示出来,在它们之间架起一道桥梁,这是肖洛霍夫艺术创作的巨大概括意义的表现。"①

第九节 康·米·西蒙诺夫
(1915—1979)

20世纪的俄罗斯作家中,康·米·西蒙诺夫在军事题材的文学创作方面是个很有建树的作家,他的创作涉及诗歌、戏剧、小说、报告文学等广泛的领域,但是大都同战争和军事有关,所以他自称是"军事作家"。

生平创作道路

康斯坦丁·米哈伊洛维奇·西蒙诺夫(Константин Михайлович Симонов,1915年11月15日生,1979年8月28日去世)生于彼得格勒。他的生父是个军官,后来在战场上失踪。他的母亲出身贵族,丈夫失踪后改嫁。西蒙诺夫是跟着继父长大的。他的继父也是军官,十月革命后参加了红军,在军事学校任战术课教员。西蒙诺夫生长在这样的环境里,从小就对军队生活感兴趣,对军人的勇敢精神十分崇敬。西蒙诺夫以毕生的精力执著地写军事题材,与童年生活的印象不无关系。1930年西蒙诺夫中学毕业,受当时"普遍的浪漫主义建设热忱"②所感染,他没有继续升学,而是进工厂当了工人。沸腾的生活激动着这个15岁的少年,他开始写诗,并经常在工人的集会上朗诵。1934年,西蒙诺夫作

---

① M.赫拉普钦科:《艺术概括的丰富和力量》,转引自利特维诺夫:《米哈伊尔·肖洛霍夫》(俄文版),莫斯科,文学艺术出版社,1985年,第151页。
② 见K.西蒙诺夫:《自传》,刊于《西蒙诺夫文集》(十卷集)第1卷,莫斯科,文艺出版社,1980年,第29页。

为一名有才华的工人被推荐进入"高尔基文学院"深造。到1938年,他在文学院毕业时已经是出版了两本诗集的青年诗人了。

1939年,日本侵略军同苏联军队在中蒙边界的"诺蒙坎"(即哈勒欣)地区发生武装冲突,西蒙诺夫被派往战地采访,写了许多诗歌,事件结束后,创作了剧本《我城一少年》(1941)。剧本写一个顽皮的中学生在战斗中锻炼成长,最后成为一个足智多谋的指挥员的故事。剧本借主人公之口,表现出对即将爆发的反法西斯战争的预感和忧虑。西蒙诺夫说正是对反法西斯战争的预感促使他写了这个剧本[①],这种对时代、对局势的敏锐感成为西蒙诺夫文学创作的突出特点。在苏联卫国战争爆发的前夕,这个剧本在苏联各地上演,曾引起广泛的反响。

1941年6月法西斯德国入侵苏联,西蒙诺夫以前线记者的身份采访各条战线,写了大量的通讯报道、诗歌和小说。他的一首抒情诗《等着我吧》(1941)一发表立即传遍前线和后方,成了人人传诵的诗篇。

> 等着我吧,我一定要回来,
> 只是你要耐心地等待。
> 等着我吧,当那凄凉的秋雨,
> 令人愁绪满怀,
> 等着我吧,当那大雪狂飘,
> 等着我吧,当那暑热煎熬,
> 等着我吧,即使人们忘却昨日情怀,
> 都不再期待故人归来。

当祖国危亡,亲人离散,这"我一定要回来"的呼号表达了前线和后方的人们的共同心声,这不仅是爱情的坚贞,也是战胜敌人的坚强信念。西蒙诺夫的抒情诗,情真意切而又深沉含蓄,诗句流畅,音律铿锵。他善于利用身边的具体事物抒发感情,表达内心感受,不仅令人备感亲切,而且具有动人的艺术魅力。他的抒情诗《祖国》(1941)就把祖国的形象写成俄罗斯大地处处可见的白桦、小路、溪流和渡口,从而把人们的乡土之情升华为爱国主义的激情。

1942年,斯大林格勒战役最紧张的时刻,西蒙诺夫受命到斯大林格勒前线采访。斯大林格勒保卫者们日夜浴血苦战的英雄气概使他深受感动,归来后,写了中篇小说《日日夜夜》(1943—1944)。小说并没有描述斯大林格勒战役的整个过程和全部事件,而是集中地描写营长沙布洛夫大尉和他的战士们守卫已成废墟的三座楼房的战斗生活。小说突出表现沙布洛夫的勇敢机智、稳重坚定的性格特征,在这个人物身上集中体现了斯大林格勒保卫者的坚毅精神。他们

---

① 见 Л. 拉扎列夫:《西蒙诺夫的战争小说》,莫斯科,文学艺术出版社,1974年,第27页。

把出生入死的战斗看作像上班一样的日常工作,因此那些日以继夜的苦战也就是平常的"日日夜夜"了。西蒙诺夫以写实的艺术手法,不仅通过战斗场景,而且在描写守卫斯大林格勒的"日常生活"中塑造了各具特色的战士形象,使这部小说成了歌颂苏联人民爱国主义的传世之作。

作为作家,西蒙诺夫是在苏联卫国战争中成长起来的。除了诗歌、小说,西蒙诺夫在战争期间还写了剧本《俄罗斯人》(1942)、《望穿秋水》(1943)、《必将实现》(1944)等。战争结束后,他已是苏联国内外知名的作家了,他仍旧写诗歌、小说、剧本,先后发表了剧本《俄罗斯问题》(1946),中篇小说《祖国的青烟》(1947),诗集《友与敌》(1948)等作品。

战争年代的经历和体验成了西蒙诺夫毕生从事文学创作的源泉,除了长篇小说《生者与死者》三部曲(1955—1971)外,其他的一些作品也都是写的卫国战争中的人和事,晚年他把这些作品合而为一,总称:《所谓的个人生活》(1978),并加上副标题《洛帕金日记摘抄》。1979年8月28日,西蒙诺夫在莫斯科因病去世,死前口述了一部历史资料性的作品《我这一代人眼里的斯大林》(1988年发表),历述他的个人经历和他作为苏联作家协会副主席所亲见亲历的许多重大事件,有一定的参考价值。

《生者与死者》三部曲

西蒙诺夫从1955年起开始写《生者与死者》三部曲,1959年发表第一部《生者与死者》,1964年发表第二部《军人不是天生的》,第三部《最后一个夏天》完成于1971年,前后历时16年。三部曲以苏联卫国战争的历史进程为主线,作品内容不仅描写苏联卫国战争的几个重大战役和重要历史事件,也涉及到战争年代苏联社会生活的方方面面,堪称苏联战时生活的百科全书。

第一部《生者与死者》,通过军报记者辛佐夫的经历,并以他的目光展示了战争初期苏联军队仓促应战,节节败退,损失惨重的悲惨情景。后来他在前线邂逅了在德军包围中沉着应战,指挥若定的团长谢尔皮林。这是位在1937年"肃反"中蒙冤受屈的老布尔什维克,直到战争爆发才重获自由。辛佐夫在谢尔皮林的部队中,同谢尔皮林的部队一道突出重围,但是突围部队却被当局下令解除武装,回后方整编,途中又遭德军包围,辛佐夫受伤被俘,历尽艰险,回到莫斯科,但是他失去了所有证件,因而也失去了军衔和党籍。他只得重新参军入伍,以列兵身份参加了莫斯科保卫战,因作战勇敢而晋升排长。

从第二部《军人不是天生的》开始,谢尔皮林取代辛佐夫成为小说的中心人物。整个作品的视角和结构都发生了变化。小说情节以三条线索围绕斯大林格勒战役展开。谢尔皮林已升任师长,在指挥作战中始终遵循"爱惜人"的原则，为避免无谓的伤亡，他抵制上级的错误命令，不惜为此而丢掉师长职务。但他毕竟是位能征善战的指挥员，小说的结尾他已经从师长、集团军参谋长升任集团军司令了。小说的另一条线索讲述辛佐夫的战斗经历。经过战火的考验，他从文职军官锻炼成为英勇善战的步兵营长。第三条线索是围绕女军医塔尼雅展开的。通过描写她在莫斯科和塔什干的经历和见闻，小说展现了后方的艰苦生活，人们坚持生产支援前线的情景以及某些人贪生怕死、投机倒把发国难财的卑劣行径。

　　第三部《最后一个夏天》写的是1944年夏苏联军队将德国法西斯赶出苏联国土，解放白俄罗斯的"巴格拉季昂"战役。这是苏联军队在自己国土上作战的最后一个夏天。战功卓著的谢尔皮林率领他的集团军打回到四年前他们突围撤退的白俄罗斯莫吉廖夫城下。作品既成功地展现了大规模兵团作战的宏伟场面，也穿插描写了战争环境中个人悲欢离合的命运轨迹。这里有谢尔皮林和女军医巴兰诺娃之间的爱情插曲，也有辛佐夫和女军医塔尼雅复杂的感情纠葛。这些描写既是塑造丰满人物形象的需要，也是作家表现他所推崇的道德理想的手段。小说的最后，当战役即将胜利结束时，谢尔皮林却不幸中流弹死去。主人公的死使小说的结局带有强烈的悲剧色彩。它象征着苏联人民为捍卫祖国而付出的沉重代价。这样，三部曲从莫吉廖夫撤退开始，又以解放莫吉廖夫、明斯克结束，写出了苏联卫国战争的整个历史过程，形成一个完整的环形结构。

　　《生者与死者》三部曲的内容十分丰富。它不仅写了苏联卫国战争的几个重大战役，前线的激烈战斗，最高统帅部的运筹帷幄，而且也写了敌后游击队的战斗生活和战俘营的悲惨景象；它不仅写了苏联人民的英雄主义精神，后方的艰苦劳动和艰辛生活，而且鞭挞了某些贪生怕死的懦夫的苟且偷安。三部曲不仅写了战争本身，而且触及到那些年代苏联社会生活中的许多重大问题，挖掘了人们的心理意识、伦理道德等所谓精神世界的东西，从而加深了作品的思想性和艺术感染力，使作品富于时代感和历史感。

　　《生者与死者》第一次真实地表现了苏联卫国战争初期，1941年西部战场上的溃败和混乱，然而，也正是在战局节节失利的极端困难的环境里，小说揭示出蕴藏在苏维埃人平凡的性格中那种英雄主义的品质。"西蒙诺夫在描写人民所经受的种种考验，为1941年所付出的代价时，努力探求人民功勋的真正尺度，揭示苏维埃性格的英雄特征，因为正是那个时候这些特征才表现得那样充分，那样清楚。……西蒙诺夫在表现我们在极端困难、极其危机的情况下抵挡法西斯时，他首先是以这一点，即苏联人民和军队的性格、爱国主义感情的力量来说明我们在莫斯科城下胜利的原因的。"①整个三部曲以鲜明的艺术形象令人信服地证明,具有高度觉悟的苏联人民是战胜法西斯的力量源泉。

对于1941年苏联卫国战争初期苏军失利的原因,小说中除了写到德国法西斯发动战争的突然性,军事力量和技术装备的优势之外,更多的是通过人物的思考、独白、作者的插叙,批评苏联当局对战争缺乏警惕,缺乏必要的物质准备。小说里多次写到苏联的肃反运动使许多经验丰富的将领蒙冤被关押或被杀,也是造成1941年苏军失利的原因之一。② 小说主人公谢尔皮林痛心地说:"在1937年、1938年,我们军队里发生的事情简直为他们(指德国法西斯——引者)战胜我们铺平了所有的道路……"

肃反运动是20世纪30年代苏联社会生活中的重大事件,在社会生活中造成了严重的不良后果。小说中突出表现了30年代的肃反运动在人们的思想意识、心理状态上所产生的影响,尖锐地提出应当相信人和爱护人的问题。《生者与死者》中写到谢尔皮林率部队突出重围后,历尽千辛万苦回到自己部队,却被解除武装,几乎被敌人全歼。辛佐夫侥幸逃出,但丢失所有证件,因而不能得到信任,他的同伴则明哲保身,不敢为他作证。这种人人自危的心理正是肃反运动造成的恶果。

同这个问题相关,道德伦理问题也在小说中占据相当重要的地位。谢尔皮林不能容忍他的儿子以种种借口而在后方苟且偷安,虽然他明知上前线就意味着牺牲,但他仍旧劝说儿子到前线去,因而失去了唯一的亲人。尽管辛佐夫和塔尼雅的爱情凝聚着两人同生死共患难的经历,但是当塔尼雅得知辛佐夫的妻子还在人世的时候,为了使他们重新团聚,便强忍着内心的痛苦离他而去。西蒙诺夫笔下的这些人物,总是把国家和人民的利益放在第一位,而在生活中总是把个人放在第二位,事事总替别人着想。正如小说中一位老布尔什维克,师长库兹米奇将军所说:"不管什么时候,在自己的共产主义之神面前,应该是清白无瑕的。"这种高尚的道德情操同小说中那些贪生怕死、损人利己、事事为个人打算的人的人生准则,形成鲜明的对照。

《生者与死者》三部曲塑造了一系列苏维埃人的形象。他们都是在平凡的岗位上劳动的普通人,但是在祖国危亡的关键时刻,都能不顾个人安危,挺身而出,勇敢地走上保卫祖国的第一线。谢尔皮林、辛佐夫、塔尼雅、库兹米奇等,构成了丰富多彩的人物画廊,其中最成功的,是谢尔皮林的形象。

---

① Л.拉扎列夫:《西蒙诺夫的战争小说》,莫斯科,文艺出版社,1974年,第196页。
② 应该说明,1941年苏军失利的原因是个比较复杂的历史问题。西蒙诺夫的小说比较侧重于批评苏联当局主观方面的因素,显然是受了苏共二十大全盘否定斯大林的思想影响。

谢尔皮林早在十月革命之前就参加了革命运动。作为一个久经考验和锻炼的老布尔什维克，他的性格的核心是他的坚定不移的共产主义信念，是他始终不渝的对苏维埃政权的忠诚。甚至在他蒙冤受屈被关在集中营时，都没有丝毫的动摇。他为人刚正不阿，坚持原则，不计较个人恩怨和个人得失，而把对革命事业的责任看得高于一切。他的冤案平反后，不等恢复军衔和党籍，便急切地要求上前线。为了给战友平反冤案，他仗义执言，上书斯大林，直言勇谏。这在当时的历史条件下，是需要相当的政治勇气的。有的人在枪林弹雨中出生入死，毫无惧色，但在政治风浪中却不敢直率地表明自己的观点。谢尔皮林的行动不仅显示出他的正直和勇气，他的个性的坚强，而更重要的是突出表现出他的共产主义的思想信念，从而使这个形象更富于深刻的时代和社会内涵。

谢尔皮林是出色的军事指挥员。他善于用兵，做事精明，懂得爱惜士兵的生命。他严肃而不冷峻，温情而不懦弱。他无私无畏，敢于坚持自己的正确主张。谢尔皮林的形象"体现了他这一代人——肩负过革命的使命、经受过战前艰苦的历史环境考验的一代人的崇高的精神境界"。[①]

谢尔皮林的形象贯穿整个三部曲。小说通过描写他对革命事业、对家庭生活、对爱情和友谊的态度，同上下级的关系，对公与私、个人与事业关系的处理，通过揭示他内心世界的丰富的精神生活，展现出他的高尚的道德品质，使他的性格放射出多棱角的光芒，有血有肉，栩栩如生。西蒙诺夫在这个形象里"令人信服地把作品的三个最主要的组成部分——主题、性格、事件，或者说得稍微详细点：激动作者的思想，独特的个性特征，在行动中，在过去战争的最大战役的真实战斗环境中表现主人公——融合在一起了"。[②]

小说中对斯大林的描写占有重要地位。西蒙诺夫打破了过去苏联文学中把斯大林神化、概念化的框框，把他作为普通人放在一定的历史背景和环境中来描写，这有一定的可取之处。但是三部曲较多地描写了斯大林性格特征的缺点方面，而对他的雄才大略、在苏联卫国战争中扭转乾坤的钢铁意志则表现不足。西蒙诺夫生前曾谈到他对斯大林看法的一些变化："战后几十年来，观点仍在变化，包括对斯大林这样的一个时代的重要人物的看法都在变化。我在内心里最终得到了这样一个结论（关于这点我的小说中也是这样写的）：他是个可怕而又伟大，伟大而又可怕的人，一提到他，这两者都不会忘记。"[③]不过，三部曲中

---

① П.维霍采夫：《俄罗斯苏联文学史》，见《50—60年代的苏联文学》（北京大学俄语系俄苏文学研究室编译），北京大学出版社，1981年，第65页。
② А.鲍恰罗夫：《人与战争》，莫斯科，苏联作家出版社，1973年，第124页。
③ К.西蒙诺夫：《今与昔》第4版，莫斯科，苏联作家出版社，1980年，第408页。

西蒙诺夫所塑造的斯大林形象,是"可怕"而胜于"伟大"的,这不能不说是 50 年代苏联当局全盘否定斯大林给三部曲的创作留下的深刻印记。

以广阔的画面真实地再现苏联卫国战争的时代和成功地塑造谢尔皮林这个艺术典型,是《生者与死者》三部曲的主要艺术成就。三部曲反映历史的深度和广度,它的人物形象的生动和丰富,使它成为一部军事文学的佳作。

在小说体裁上,西蒙诺夫力求创新。他主张写"事件小说",即以"事件"为中心结构整个小说。所以小说一开始便是德国法西斯突然入侵苏联这样一个重大历史事件。小说中"事件"一个接一个,令人目不暇接。这种写法对于表现苏联方面被动、混乱的局面,给人以身临其境的印象,是非常精彩的。但是当西蒙诺夫试图进一步分析事件的社会根源,触及到深刻的社会问题时,这样的写法却不能满足需要了。于是西蒙诺夫又把重大的历史事件同谢尔皮林、辛佐夫、塔尼雅等几个主要人物的命运结合起来,以个别人物的命运映照历史事件,在历史事件的大背景上烘托人物性格的时代特征,从而做到既有生活细节的真实,又具有时代的历史特点。西蒙诺夫这种"事件结合命运"的写法对 20 世纪后半叶的苏联军事文学创作,产生了深远的影响。苏联解体十年之后,有位俄罗斯的评论家在谈到《生者与死者》三部曲时还深情地说:"这是第一部真正诚实的描写战争的小说,这是描写俄罗斯士兵的第一个真实的话语。"他认为,"是西蒙诺夫的长篇小说《生者与死者》为著名的、伟大的'一代中尉'打开了通向文学的道路……因此而产生了惊世的战争小说,把身处非人的条件下而能保持自己人性的俄罗斯人的声音、情感、精神状态带给我们。"[①]

第十节　尤·瓦·特里丰诺夫
(1925—1981)

尤·瓦·特里丰诺夫是知名度很高的当代俄罗斯作家之一,是都市文学潮流的引领者,一位将历史与现实融合在一起的心理现实主义作家。作为一种新型文学样式的重要发起者,他是苏联"四十岁一代作家"[②]和"别样文学"[③]的先驱。

---

① И. 霍洛佳科夫:《20 世纪俄罗斯经典文学和小说里战争中人的形象》,载俄罗斯《文学教学》杂志,2002 年第 3 期。
② 指 30 年代出生 60 年代步入文坛,70 年代在苏联文坛崭露头角的新一代非主流意识形态作家,如 B. 马卡宁,阿纳托里·金,P. 基列耶夫等。——笔者注
③ 指 80 年代后期文坛出现的一种与社会主义现实主义背道而驰的文学现象,如 T. 托尔斯塔娅、Л. 彼特鲁舍夫斯卡娅、Вяч. 皮耶楚赫等。——笔者注

生平创作道路

尤里·瓦连京诺维奇·特里丰诺夫(Юрий Валентинович Трифонов,1925年8月28日生,1981年3月28日去世)出生于莫斯科一个职业革命家的家庭。时任苏联最高法院军事委员会主席的父亲В.特里丰诺夫,在政治清洗中无辜被捕,后于1938年被枪杀,母亲受株连被流放八年。二次世界大战初,他与妹妹被撤离到中亚塔什干,1942年中学毕业后才回到莫斯科。1944年他入莫斯科高尔基文学院小说创作班学习,师从著名作家帕乌斯托夫斯基和费定,1949年毕业。

特里丰诺夫从1947年开始职业的文学创作生涯。1950年在《新世界》发表第一部中篇小说《大学生》。小说反映了战后高校的大学生生活,描写了苏维埃青年中集体主义与个人主义的斗争,揭露并批判了部分教授中存在的民族文化虚无主义,以及崇尚西方的"世界主义"思想倾向。作品强烈的意识形态倾向显然符合苏联当局战后阶级斗争的政治需要,荣获斯大林奖金。20年后,作家在重新审视自己的创作时曾说:"我现在如何看待这部作品?有时很是漠然,有时会因为当中的许多东西感到很不是滋味。主要原因是,这是一种真诚与狡黠的奇特的合成,我曾天真地以为这种合成是必需的。"[1]据传,斯大林曾因作家是被镇压的В.特里丰诺夫之子而将作家的奖金由一等改为三等。年轻的国家奖金获得者因"加入作协时隐瞒了人民公敌的家庭出身"未能免遭被开除出共青团的命运。

50—60年代之交,一度陷入思想危机的特里丰诺夫有五年的时间没有发表任何作品。此间他曾担任《体育运动》杂志的编委,多家体育报纸的记者,但苏联社会发生的深刻变化不能不对年轻作家产生深刻的影响。1952年春,作家受《新世界》杂志的派遣,赴亚美尼亚收集创作素材。1963年,他的描写亚美尼亚卡拉库姆运河工程建设的长篇小说《止渴》问世。这部"解冻型"的作品通过与作家有着相似人生经历的记者科雷舍夫自白性的记叙,反映了正确与错误、先进与落后、保守与革新的斗争。沙漠的土地渴望甘泉,缺乏公正的社会渴望正义的双重主题在小说中得到了很好的体现。作家在对斯大林个人崇拜进行批判的同时,融入了对30年代苏联社会的历史思考。现实与历史的勾连,叙事人自白与分析的结合,对日常生活细节的重视,对人物心理变化的关注——特里丰诺夫的创作风格始现端倪。

纪实中篇小说《篝火的反光》(1965)是特里丰诺夫的第一部历史题材作品,

---

[1] Ю.特里丰诺夫致Л.列文的信(1970年10月26日),刊于《文学问题》,1988年第3期。

它揭开了作家对人与历史命题思考的重要的一页。小说的核心是对父亲40年曲折坎坷的人生的回顾,同时也回忆了一批因遭受不公正待遇而被苏联历史尘封了的历史英雄。小说是作家对他曾经坚信的革命与战争年代英雄神话的反思,是作家对人与历史关系的深入思考,是他对斯大林政治专制有力度的批判,但政治解冻与为革命家正名的创作立场多少局限了作品的历史与人性的批评深度。《焦躁》(1973)是作家应邀为"激情昂扬的革命家"丛书撰写的另一部历史长篇小说。作家将目光投向19世纪俄罗斯的民意党人运动,既赞扬了民意党人为祖国与人民慷慨赴死的崇高的革命理想和道德情操,也表达了对民意党人思想理念的质疑,思考了导致无辜民众巨大牺牲的革命极端主义对俄罗斯历史发展的负面影响。崇高的目标与实现这一目标的手段之间的关系——这一宏大的人道主义命题在他的长篇小说《老人》(1978)等几部小说中还有更深刻的体现。

60年代末,作家开始了他系列"莫斯科都市小说"的创作。中篇小说《交换》(1969)、《初步的总结》(1970)、《长久的离别》(1971)、《另一种生活》(1975)和长篇小说《滨河街公寓》(1976)先后问世。

《交换》是这组中篇小说中最著名的一部。它反映了苏联现实社会中两种不同价值观与生存原则的冲突。原本对婆母克谢尼娅·费多洛芙娜深有怨恨而不愿一起生活的英文翻译莲娜·鲁基扬诺娃,却在14年后婆母病重垂危之际,为了得到她一套24平方米的房子敦促丈夫要与她搬到一起。在妻子莲娜及其鲁基扬诺夫一家人的再三催促下,技术员德米特里耶夫终于硬着心肠,不顾母亲的病体与心情,精心策划,实施着一场房子和灵魂的"交换"。"交换"在都市的日常生活中不知不觉地进行,它使亲密变得疏离,人性变得倾斜。深谙"交换"精髓的现代都市女性莲娜既是"鲁基扬诺夫化"的受害者,也是得益者。她在神通广大的父亲鲁基扬诺夫的帮助下设法把女儿送进了专门的英文学校,自己调进了名利双收的情报研究所,让丈夫离开实验室来到工作舒适而待遇优厚的天然气设备研究所。"她像一条猎犬,紧紧咬住自己的目标不放",每每总能得逞。德米特里耶夫的老母亲克谢尼娅·费多洛芙娜与79岁的老革命爷爷费多尔·尼古拉耶维奇都是革命年代道德理想的守望者。他们哀叹拜物主义的盛行,功利世风的蔓延,感伤都市人在"鲁基扬诺夫化"进程中精神世界的卑微,道德、精神传统的失落。小说的出版引起了读者极大的共鸣,为作家带来了巨大的声誉,同时也招致了文学批评界的激烈争论:深刻反映当下知识分子的日常生活及其精神道德面貌的赞扬声与专注都市下层琐碎日常生活的指责声并存。

《初步的总结》与《长久的离别》继续了知识分子物化、俗化、功利化的"交换"主题,表现了当代人精神元素被挤压、被丢弃、被转化的过程中深层人性的缺失。文学翻译家盖纳季·谢尔盖耶维奇为妻子丽达善于钻营、毫无良心的精神蜕化痛苦不已,也为儿子偷窃家中女工的圣像卖钱挥霍的堕落行为深感不安。他发现,现实生活中一切都是通过大小不一的"合同交易"完成的。连他自己都无法抗拒物质利益的诱惑,为了钱他会违心地翻译平庸诗人的诗作。难怪儿子面对他的指责反诘说:"你又能好到哪儿去呢?翻译那些无聊的东西,可你的良心却无言以对"。"初步总结"——不仅仅是主人公在突发中风病后对自己人生的总结,还是作家关于生命意义和人生使命的哲学思索。在后一篇小说里,年轻演员廖丽雅·捷列普涅娃在与"神通广大"的时尚剧作家格列勃诺夫相识、相好之后,才有了重要的角色和飞黄腾达的生活机遇。她不失时机地实施着"交换",赢得了财富、物质、名誉,但人性在交换中平庸、鄙俗、沉沦。她的从事历史研究的丈夫格里沙·列博洛夫深感生存的压力,物质拮据的难堪,但他厌恶迎合生活的堕落,不肯放弃对事业的追求,并在他所喜爱的研究工作中看到了生活的乐趣与生命的意义。然而,现实毕竟是严酷的,家庭生活与工作上的种种不顺最终使列博洛夫选择了与妻子"长久的离别"。

《另一种生活》是一部以女主人公做梦的方式表达爱妻思念亡夫而追索生命意义的中篇小说,表现的是由于对生命意义看法以及价值观不同而造成的人与人之间,甚至爱人之间生存的龃龉与人性的冲突。从事生物不相容性问题研究的奥丽嘉·瓦西里耶芙娜是一个生活态度十分实际的女子,认定人生命的本质就是介于生死之间的生物存在,就是为了美好的生存而进行的竞争。而她的丈夫,从事历史研究的特洛依茨基认为人的生命本质不仅仅是一种生物存在,更是一种精神存在。但是生存现实远比他对生命与历史的理解严酷得多。由于他拒绝让副所长和他的情妇留宿,拒绝向他出让论文的部分研究成果,而失去了在研究所的工作。对生活彻底失望的特洛依茨基放弃了对学术、生活的追求,开始迷恋于逃避现实的招魂术,最后在郁郁寡欢中心脏病发作而离开人世。深爱丈夫的奥丽嘉因他的猝然辞世而精神失常,沉溺在过去与今天,梦幻与现实的两重世界中。过去和梦境与丈夫相连,而今天的现实却与世俗纠缠。生活孤寂而又心灵空虚的她思索丈夫与她截然不同的另一种生活方式的合理性,为自己对已经死去的丈夫缺乏人性的关怀而深感歉疚。作品开放性的结尾似乎表明,现实的悲哀正在于:谢尔盖奉行的截然不同于常人的"另一种生活"是一种遍布荆棘的悲剧之路,而周围人们无暇顾及精神的世俗生活确实少却了偌多的困顿与灰暗。

这些作品的故事大都发生在莫斯科城里的民宅小区,近郊的乡间别墅,主人公大都是普通的知识分子——工程师、科技工作者、教师、作家、演员、学者等。作家以道德情怀杂陈都市人生世相,为读者营构了一幅幅鲜活的日常生活景观,展现了当代人在生命向往与精神追求中道德与心灵的变化。在这些"心灵嬗变小说"中作家竭力避免主观的介入与评价,让大量的事实说话,通过具体、琐细、日常的生活场景来揭示生活与时代的独特性,展现知识分子当下的精神现状。特里丰诺夫说:"写作时要提高作品的密度、浓度和饱和度。这样的书才能显得'厚实',如同一个出色的女当家做的红菜汤。"[①]小说中虽然没有尖锐的社会政治与意识形态冲突,却又无不与社会、时代、历史勾连。但作家既看到了人物的思想、行为、心理的时代与历史制约性,也看到了知识分子群体及个人自身的道德责任。

从长篇小说《滨河街公寓》开始,作者的审美价值观从早先的革命理想和目标逐渐转向对人类共同价值观的追求,文学个性理念也增添了对具有普遍意义的人性的关注,大大强化了对现实生活中人的精神沉沦与人性劣化的哲理沉思。

书中的男主人公格列勃夫,一个贫寒小职员出身的科技工作者投靠通讯院士甘丘克,借着与他的女儿索尼雅是中学同学、后来又成为他可以利用的女友的关系,靠变色龙的手段,由平庸的学术小丑变成了"科研天才",成了研究所的副所长,成了居住在"高干楼"——"滨河街公寓"的学术名流。而甘丘克,一个有着光荣革命经历和学术成就卓著的老教授,却在经历了重重打击、陷害之后,失去了应有的一切,甚至连妻子、女儿也都相继在怨恨中死去,他带着一颗伤痕累累的心,无助地寻求着倾诉与抚慰。作家通过知识分子不同的人生命运展示了在一个据称是发达而美好的社会里,邪恶与欺骗如何挑战构成文明社会基础的正义与诚实。世界何以变得如此"荒唐"与"毫无觉悟"?这是凄苦的耄耋老人甘丘克在女儿坟前发出的追问。社会是非曲直的颠倒,生存利害驱使下人精神灵魂的失落,与道德、人性的背离,固然不无时代的印记,但作者说,利己主义与集体主义"这两种品质并存于人的本性之中,处于永恒的搏斗之中"。由历史时代而都市人生,特里丰诺夫在《滨河街公寓》中完成了由"历史歌者"向"人性鼓手"的转型。作品鲜明的道德立场,强烈的批判精神,深刻的人性探索成为特里丰诺夫的文学创作明显有异于社会主义现实主义美学原则的"别样文学"。

1981年3月28日,特里丰诺夫在做完肾脏手术后的第二天因肺动脉栓塞辞世。作家死后又有生前没有发表的历史题材小说推出,它们是长篇小说《时间和地点》(1980),随笔体短篇小说《被推倒的房子》(1980)和未完成的长篇小说《消逝》(1980)。

[①] 《20世纪俄罗斯文学史》(中学11年级课本)(两卷集)第2卷,大鸨出版社,1997年,第188页。

长篇小说《老人》

《老人》是一部历史与现实、命运与人性相交织的长篇小说。作品涉及了作家历史小说与都市小说的全部命题,充分地体现了作家的创作风格。

特里丰诺夫以人性激活历史,在历史与现实的交织中展现人性。他说:"每个人身上,自觉不自觉地都会带有他经历过的东西,或者说他不得不经历的东西。……所以,我在塑造一个人的时候,力图把他身上所有已经混杂在一起的,以某种方式聚合成一个整体的各个层面都抖搂出来。作为一个作家,我有义务解剖人的本质。"[①]

小说以73岁的革命老人列图诺夫回忆与思考的方式串联起历史与现实,通过人物的悲剧性命运再现苏维埃政权建立前后近半个世纪的历史,表现历史在现实中的延续、传承,历史经验在现代人生活、理念中的变化。继承传统,高扬道德与人性,批判专制与暴力,珍视宝贵的人生与鲜活的生活,这是该书贯穿始终的主旨,也是这部有着浓重的历史意识的作品得以与当代读者沟通的精神渠道。

中心人物列图诺夫具有革命者与历史记录者的双重身份。这是一个读着关于罗伯斯庇尔的书长大,在革命狂热和建立苏维埃政权的斗争中度过青春,与苏维埃共和国一起成长的老人。55年没见的中学同学、早年爱恋过的女战友阿霞的来信将他从并不美好的现实中拉回到烽火硝烟的革命岁月。1917年,在审判红军将领米古林的军事法庭上他当过书记员,1925年,他参加过莫斯科的政治清剿运动,无比忠诚地扮演过革命利剑的角色,却在30年代的政治大清洗中遭贬。历史中有过正义与邪恶的颠倒,人生的命运中充满了曲折坎坷,重新思索已经成为历史的过去不能不成为暮年的他的一桩神圣的事业。在生命暮年他的强烈的愿望是:为被不公正地被镇压的米古林正名,让后代了解历史的全部真相。他以清醒的历史记忆修正了革命的历史神话,然而,回忆历史并没有彻底改变列图诺夫作为一个革命原则维护者的精神底色,他坚持认为,革命风暴的真理是不容置疑的,时代铸就的历史老人津津乐道地谈起"强有力的"战争年代时依然难以掩饰心中的激动与自豪,迟到的反省也没有使他敢于正视在米古林含冤而死的问题上无法逃脱的道德责任。

谢尔盖·米古林形象的原型是苏联著名的军事将领菲利普·米隆诺夫。他出身贫寒,是一个善良刚毅的哥萨克。早年他当过士官生,为捍卫哥萨克士兵的利益与上司发生过冲突,并代表哥萨克到彼得堡杜马寻求公道,最后

[①] M.戈鲁勃科夫:《20世纪俄罗斯文学史》(中学毕业生参考书),莫斯科,阿斯别克特-普列斯出版社,2003年,第202页。

被剥夺军衔、开除军籍。走上革命道路后,他成为北方军区杰出的红军将领,曾被授予两枚红旗勋章和荣誉手枪。在战争中他始终不渝地坚持人道的原则与人性的真理,尽量减少不必要的伤亡。他号召白军哥萨克士兵放下武器,在他们投诚后让他们回家种地。但他的行动引起了主张用"扫荡迦太基"的方式①对待敌人的极端革命者的强烈不满。在决定顿河命运的关键时刻,军事委员会担心米古林反对灭绝哥萨克的政策而站在哥萨克人的立场,将他的部队撤离后方。但他依然带领部队来到顿河而受到军事审判。他仗义执言,冒死进谏,从而使得灭绝哥萨克的错误决定最终被撤销。尽管他的主张拯救了红军,改变了南方战局,但他也因此被免职,被送往精神病院,被捕,妻子阿霞也受到牵连。平反后的1921年,在返回莫斯科接受红军炮兵总监职务的途中,他又毫无顾忌地反对余粮征集制,被指责为反革命言行而被军事法庭处决。在他的身上体现了个性内心世界的完整性,一个革命者对人生理想的无比忠诚,对人民的无比热爱。

作者以人性激活历史的文学原则还体现在他复活并塑造了一系列其他的人物形象。虚构的历史人物,如"钢铁硬汉"布拉思拉夫斯基、教条主义者什贡采夫、残酷无情的奥尔里克、怀疑主义者贝钦等,成为米古林精神与道德的对立面。他们是一批主张以"铁血政策"实现"人民幸福"的"红色罗伯斯庇尔"。在他们看来,如同感情、人性在革命历史中没有任何意义一样,个人、个性是毫无意义的,只是革命事业这道"算术"题中可以随时变换的数字。米古林的妻子阿霞,如今的老太太安娜·康斯坦丁诺芙娜·涅斯捷连科,列图诺夫妻子的女友波琳娜·卡尔洛芙娜等的人生与精神都留在了充满英雄主义的时代,似乎都对过于功利而又太缺乏人情味的今天的现实痛恨之极。显然,叙事人并不完全赞同他们的看法,他认为,真理的标准从来就不是永恒的,永远都会因人的认识而有异,都会因时间、地点的不同而发生变化。在描写这些人物形象的时候,特里丰诺夫没有过多地涉及他们的历史业绩和命运轨迹,却更重于对他们思想感情,性格气质,行为心理中人性的展示。叙事人作者作为主体精神在与历史对话的时候,充满着一个当代知识分子的人格力量,洋溢着积极参与的激情,或痛切的反思,或正义的修正,或中肯的批判。作为一个苏维埃时代的公民,一个革命家的后代,一个在后斯大林的赫鲁晓夫解冻时代的文学家,特里丰诺夫不可能把革命与国内战争看作是违背俄罗斯社会发展的暴力行为,革命与十月的理想以及后来的国内战争无疑都需要付出生命的代价。但剑与火,流血与牺牲,灭绝人性的暴力仍然让作家感到无法容忍。

---

① 指公元前146年罗马统帅残酷扫荡由腓尼基人建立的迦太基城邦。

时代变了,但历史似乎在重演。尽管在莫斯科郊外的别墅区,包括列图诺夫外孙在内的孩子们杀狗的叫喊声与国内战争期间的杀人声并没有内在的联系,却难说没有俄罗斯人人性中兽性的传承,也很难说不会影响到俄罗斯精神的未来。"莫斯科都市小说"独有的场景出现在这部历史小说中:有那么多人在争夺邻舍的别墅——死去的阿格拉费娜·鲁基尼奇娜的小屋。"钢铁硬汉"似乎有了新的传人——"钢铁男人"奥列格·瓦西里耶维奇·康达乌罗夫。"崇尚暴力者"仿佛也有了新一代的接班人——列图诺夫的女婿尼古拉·艾拉斯托维奇。苏联社会特有的政治产物告密者也有了他们的新生代——别墅区合作社的负责人普里霍奇卡,一个靠出卖灵魂与良心而赢得滋润人生的俄罗斯人的丑类。相当多的年轻人都专注于物质财富与自身利益而失去了生命的意义。甚至连主人公优秀的下一代,奋不顾身扑灭森林之火的青年鲁斯兰,也未能在社会生活中找到自己的位置。70年代莫斯科近郊别墅小区的命运似乎进一步说明了俄罗斯现实的可悲:百姓的别墅小区将要成为中央某位领导的现代化公寓。

波澜曲折的历史风云,让人产生对历史无穷的惊叹,也让人对历史与现实的种种契合顿生感慨。一切历史从来就是当代史,而所有的现实从来都是历史的延伸。记忆与忘却的对立是小说所展现的另一重要主题。记忆是历史的经验与传承,忘却是历史的断裂与对它的背叛。历史经验应该成为现代人道德的基石,抗拒物化、俗化与功利化的重要精神力量。现代人种种道德背叛行为的原因之一是他们对历史的忘却,对自己和他人经历过的人生经验的忘却。《老人》已经显露出作家一种新的审美理想:生活远比任何局部性的事件、政治和道德准则要丰富得多,也复杂得多,人生命运恰恰体现在人纷繁复杂的生活中。正是在这个意义上,作家把他的作品的内容概括为体现在个体生命中的"生活现象与时代现象"①。革命、战争、阶级斗争、追逐物质利益和享受、损人利己、逍遥人生——这些都不能成为人生命的准则。生活远比任何哲学、政治、思想、原则丰富可爱得多。而最最重要的是活着的人,生命短暂而注定会死去的人。疾病与即将到来的死亡终将事业蒸蒸日上的"钢铁男人"康达乌罗夫化为尘土。列图诺夫也自知时日不多,越是接近生命的终结,他对人生的体验也越加深刻。随着时光的流逝,记忆会变得越发沉重。它是幸福的,因为它能让人想起昔日美好的往事,但它又是痛苦的,能勾起旧日的创伤与哀怨。它既是自我的惩罚,又是自我的愉悦。他对孩子们说:"我们被赋予的生命是多么美妙的无价之宝,它不是随便被赐予的,而是让我们做些什么,达到某个目标,而不是像个蛤蟆一

---

① 《19—20世纪俄罗斯文学史》(莫斯科大学语文系编)第2卷,莫斯科,阿斯别克特-普列斯出版社,2000年,第303页。

样在沼泽地里呱呱地叫着度过时光。""大雨如织。空气中弥漫着一股臭氧的气息。两个小姑娘头上蒙着一块透明的塑料布,光着脚丫在柏油路上奔跑"①——小说富有哲理性的结尾更凸现了生命与生活的珍贵,难能阻挡的生活进程。

小说《老人》有着独特的叙事时空与文体结构。主人公列图诺夫自始至终生活在两个时空中:历史时空与现实时空。阿霞的七月来信将列图诺夫从1974年莫斯科近郊乡间别墅的现实生活中拉回到1919年国内革命战争的岁月,紧接着转向对顿河、南部俄罗斯的回忆,从而展开汹涌澎湃的苏联历史的叙说,街上的狗叫声又使老人回到严酷的现实。小说用现在时对国内革命战争事件的叙写表达了作家对历史深切的记忆以及与现实交融难能分离的创作用心。以意识流形式展现的历史回忆与心理独白极大地丰富了主人公列图诺夫复杂的内心世界并强化了人物深刻的自我反省。作家与人物的距离感,小说独特的形象体系与结构,富有哲理性的思考,对人的情感与理性的高度关注,呈现出《老人》这部心理现实主义小说独特的艺术魅力。

第十一节 弗·弗·纳博科夫
(1899—1977)

弗·弗·纳博科夫是20世纪俄罗斯文学史上一位重要的作家,也是在20世纪世界上赢得读者最多的俄罗斯作家之一。纳博科夫的文学创作是世界文学史中的一个独特的现象,他用俄语和英语写作,把两种文学和两种语言的风格有机地糅合在一起,创造出独具一格的艺术世界。

生平创作道路

弗拉基米尔·弗拉基米罗维奇·纳博科夫(Владимир Владимирович Набоков,1899年4月10日生,1977年7月2日去世;笔名:西林,Сирин)生在彼得堡一个古老的贵族家庭里,他的父亲是国家杜马的成员,曾经任地方政府的司法部长;他的母亲出身于西伯利亚的一个旧礼仪派家庭,其父是金矿主,纳博科夫的父母不但拥有万贯家财,还有丰富的家庭藏书,小纳博科夫从小就从博览群书中获得了丰富的俄罗斯文学和世界文学的知识。纳博科夫的父母崇尚英国,在他们的影响下纳博科夫学习英语甚至早于俄语,这对他后来的人生和文学创作起到很大的影响。

1911年,纳博科夫入杰尼舍夫中学读书,对诗歌尤感兴趣。1916年,在《欧

---

① 《特里丰诺夫文集》第3卷,莫斯科,文学艺术出版社,1986年,第606页。

罗巴导报》上发表了他的诗作《月亮的梦幻》,同年出版了他的第一部作品《诗歌集》。按照纳博科夫自己的说法,这个诗集是献给他的初恋情人的。纳博科夫一家人不接受十月革命,1917 年 11 月全家逃往克里米亚。1919 年,纳博科夫打算加入邓尼金的白军,但希望落空,因为当时红军已攻打下克里米亚,纳博科夫只好取道土耳其,途经希腊和法国最终到英国定居。1919 年,纳博科夫在 Г.斯特鲁威的建议下入英国剑桥大学,先是读的昆虫学,后来转成语言学,搞法国文学和俄罗斯文学研究。1922 年,他以优异的成绩毕业。

纳博科夫是一位"全才型"人物:他不但是一位出色的小说家、文学评论家、美学家,而且还是诗人;他当过演员,拍过电影;他精通俄、英、法三门语言;他还是一位不错的昆虫学家,终生收集蝴蝶标本;他在体育运动上也是多面手:会滑冰、拳击、网球和国际象棋。这一切不但是他生活的经历,而且对他的生活①和文学创作有很大的帮助。

纳博科夫一生十分勤奋,他在文学创作中显示出自己的多方面的才能。他一生共创作了 9 部俄文小说、8 部英文小说、近 50 个短篇小说、几个剧本、近 300 首诗,他还翻译了许多西方的文学作品,并且把像《伊戈尔远征记》、《叶甫盖尼·奥涅金》、《当代英雄》这样一些俄罗斯文学经典作品译成英文。此外,纳博科夫写过评论果戈理和其他俄罗斯作家创作的论文。总之,纳博科夫的创作生涯漫长、创作数量巨大、创作题材和体裁广泛,是 20 世纪一位具有世界声誉的俄罗斯作家。

纳博科夫的创作可以分成三个时期。一是他在欧洲创作时期(1922—1937);二是他在美国创作时期(1840—1960);三是他在瑞士创作时期(1960—1977)。

欧洲创作时期是纳博科夫的创作高峰时期。1923 年,在柏林出版了他的两部诗集《山路》和《一串》。此外,他的大部分俄文小说是在这个时期创作的,主要有《玛申卡》(1926)、《鲁仁的防守》(1929)、《绝望》(1934)、《斩首邀请》(1936),等等。1937 年希特勒上台,纳博科夫不得不取道法国(因为他的妻子是犹太人,在德国受迫害),他创作出小说《天赋》(1937—1938)。纳博科夫在法国开始用英文写作,到美国后他彻底转用英文,停止了用俄文的文学创作活动。

《玛申卡》是纳博科夫的第一部小说作品,这是一个爱情故事,带有明显的自传性质。幸福在过去,在"失去的天堂"——这就是这部小说的含义所在。小说描写一位名叫列夫·加宁的俄罗斯侨民与自己昔日情人玛申卡的感情纠葛。叙述基本上是由充满了诗情画意的回忆构成的,对于男主人公来说,那是一段天堂般的幸福时光。在他的回忆中,心爱的姑娘玛申卡与俄罗斯的一切——彼

---

① 在柏林居住时期,他为了维持生活,教德国人学英语,当网球教练,编国际象棋棋谱并得以出版。

得堡、外省庄园、郊外别墅、花园、积雪、金秋——联系在一起,因此回忆不仅是对昔日爱情的留恋,而且回忆充满一种深深的乡愁,表达出一位侨民对自己祖国俄罗斯的热爱。此外,在男主人公的回忆里,天堂般的幸福又与难忘的恐惧和逝去的苦痛糅合在一起。列夫·加宁爱昔日的那个玛申卡,但是对已成他人之妻的玛申卡又感到害怕,因此在即将与她重逢的关键时刻他溜之大吉了。

表面上看,列夫·加宁在为玛申卡后来的命运惋惜,可怜她的遭遇,但实际上列夫·加宁并不是可怜玛申卡,而是可怜自己,可怜无法挽回的那个自我。男主人公列夫·加宁的性格软弱,在关键时刻优柔寡断,而女主人公玛申卡的爱情专一大胆,勇于奉献,因此男女主人公的性格形成鲜明的对比。在人物形象塑造的这个方面,可以窥见纳博科夫继承了屠格涅夫和布宁的小说传统。

《鲁仁的防守》这部小说在探讨人生一系列重要的问题,其中包括人的使命是什么,人怎样对待自己的名誉,怎样对待失败和挫折,怎样进行家庭教育等问题。

小说主人公鲁仁的父亲是位平庸的作家,但他希望自己的儿子成才,成为一位小提琴家或画家。鲁仁从小性情孤独,落落寡合;他的学习平平,没显示有特殊的才能。后来在他的表姨的启蒙下迷上了国际象棋,并成为棋界高手。他周游世界下棋,获得很高的声誉,但是由于一次卫冕的失败而不能自拔,最后跳楼自杀了。

小说《鲁仁的防守》中的"防守"有两个层面的意思,从象棋意义上讲,指的是鲁仁在棋盘上的防守;从人生意义上讲,是指他自己在现实世界中保持自己的人生的自由和独立。然而鲁仁在两个层面上的"防守"都是失败的。他的象棋防守失败,棋技走下坡路;他的人生防守失败,他的死就是佐证。

鲁仁的悲剧有着多方面的客观原因:失败的家庭教育,象棋职业的选择,没有情感的婚姻,残酷的社会环境。但最主要的原因来自于他自身。在小说中,象棋是一种象征和符号。象棋是鲁仁的职业,棋盘是人生的舞台,象棋让鲁仁成为一个天才式的人物,实现了鲁仁的人生价值,但没有救鲁仁的命。因为象棋世界是一个封闭体系,而现实世界是一个开放体系,鲁仁可以游刃有余地在棋盘操纵棋子,在象棋比赛中屡屡获胜,但是在开放体系的现实生活中,他没有任何经验,也无法主宰自己的命运,只能成为他人手中的一个棋子,任人摆布。鲁仁身居封闭的象棋世界与开放的现实世界的碰撞,使他必然会感到不适应,甚至无所是从,不知所措,乃至以自杀结束自己的生命。

这部小说在艺术手法上也很有特色:不断变换叙述视角和人称以增强叙述的自由度;松弛有致的叙事节奏(像走旗子的节奏一样)给读者以紧迫感;运用象征、梦境、幻觉等方法使小说具有现代派特征;颠倒小说时空以扩大叙事的空间,等等。

《斩首邀请》是一部充满荒诞的小说。小说主人公岑岑纳特由于"认识论的卑鄙"而被捕判处死刑,于是一系列离奇荒诞的情节便在假定的时空里展开了。对主人公岑岑纳特来说,小说里有三个空间:一个是监狱空间,另一个是回忆空间,第三个是主人公的梦幻空间。在每个空间里,主人公岑岑纳特周围的人物和场景都在变换,构成不同的"现实"和"非现实"。比如,在监狱空间里,对主人公岑岑纳特来说,只有监狱是现实的,而真实存在的世界是非现实的,因为这个世界对于他只是一个阴影的世界。

小说《斩首邀请》给读者展示出两个世界,一个是现实世界,这个世界是社会、监狱、牢房。这是一个阴森、恐怖、孤独、痛苦、冷漠的世界,是一个充满荒诞、矛盾、处于崩溃和死亡的世界;另一个是虚构的世界,由主人公岑岑纳特的回忆、梦境、想象构成。这是一个充满友爱、和谐、美好的世界。主人公在这个世界里感到自由和快乐。但是这个世界是虚幻的、无法触摸的和非现实的。

小说《斩首邀请》展示主人公岑岑纳特这个个体与他周围世界的对立,无疑是对极权社会的一种辛辣的讽刺。

长篇小说《天赋》描写一位名叫费多尔·康斯坦丁诺维奇·戈都诺夫-切尔登采夫的俄罗斯作家的奋斗史,以艺术的手法讲述主人公戈都诺夫-切尔登采夫的文学创作过程。最后,这位侨民作家的所有理想都实现了:他的小说问世,他写的剧本上演并获得成功,他的作品得到他所崇拜的诗人的称赞,他与自己心爱的女人吉娜的爱情有了明朗的结局……总之,这是一部带有自传性质的小说。纳博科夫在该书的前言中写到:"《天赋》的世界如今作为一个幻觉、作为我个人的沉没世界而存在……这是我用俄文写的最后一部(今后再不会写)小说。小说的女主人公不是吉娜,而是俄罗斯文学。第一章的情节基于费多尔的诗作。第二章——这是向普希金猛的一冲,并且是男主人公讲述父亲在动物学领域研究的尝试。第三章转向果戈理,但其真正的内容——是献给吉娜的爱情诗。关于车尔尼雪夫斯基的书——是一条压缩成为十四行诗的螺状线……"① 纳博科夫在创作这部小说时吸收了小说家乔伊斯的小说《尤利西斯》和普鲁斯特的小说《追忆似水年华》的创作经验,把自己的人生素材、20年代柏林的社会和俄罗斯侨民文学环境纳入一种崭新的小说构架,运用现代派小说的联想、组合、化入等手法,使得作品具有现代派小说的特征。

美国创作时期。二战开始后(1940)纳博科夫去往美国,1948—1959年在美国大学当教授,教授俄语和俄罗斯文学。1941年,小说《谢巴斯蒂安·纳伊特的真正的一生》问世。随后,他又写出了回忆录小说《另外的海岸》(1940—1950)、小

---

① Г.罗曼诺娃:《20世纪俄罗斯作家手册》,莫斯科,火石枪-科学出版社,2003年,第151页。

说《洛丽塔》(1955)和描写俄罗斯侨民的小说《普宁》(1957)等。

瑞士创作时期。由于《洛丽塔》这部小说在美国引起的轩然大波,纳博科夫不得不离开美国重返欧洲,在瑞士定居。这个时期,纳博科夫继续用英文写小说,并且把他自己早期的作品译成英文。其中主要的作品有:《暗淡的火光》(1962)、《阿达,或欲望之欢。家庭纪事》(1969)和《俄罗斯美女和其他短篇小说》(1973),等等。

自从流亡后,纳博科夫从没有回过俄罗斯,但他却认为自己与自己的祖国俄罗斯始终在一起。在回答英国 BBC 电台的记者采访时,他这样说:"我永远不会回国,原因是:我所需要的那个俄罗斯的全部——文学、语言和我个人的俄罗斯童年——永远与我同在。"1977 年 7 月 2 日,纳博科夫在瑞士日内瓦湖边的"表宫"旅馆寓所中去世。

长篇小说《洛丽塔》

《洛丽塔》是 20 世纪世界文学中最有争议的小说之一,同时也是"因其特异的创作风格、非凡的叙事技巧被英国编入二战以来影响世界的 100 部书之中"[①]。小说《洛丽塔》1955 年用英语写成,1967 年纳博科夫亲自将它译成俄文。这是一部写人性自由、写变态人的权利的作品。小说分成两部分:第一部分写亨伯特与其继女洛丽塔的爱欲,以两者的性关系为线索;第二部分写洛丽塔的失踪以及亨伯特寻找洛丽塔的过程。这部小说从性心理的视角反观社会,表现现实,写出美国社会上存在的一种社会问题。

小说开始的时间是 1947 年夏天。10 年前,主人公亨伯特是法国文学教师,娶妻成家住在巴黎。1939 年夏天,亨伯特的美国叔叔去世,留给他每年几千美元的收入,条件是他必须移居那里,他的妻子不愿意去美国,与他人私奔了。亨伯特只好独自到了美国。他因租房子而结识了女房东夏洛特,并对夏洛特的 12 岁的女儿洛丽塔产生了恋情。可女房东夏洛特爱上了亨伯特,并且自愿嫁给他。如亨伯特不答应就必须离开这里。亨伯特为了不离开洛丽塔,只好违心地娶了洛丽塔的母亲夏洛特。婚后,夏洛特把女儿洛丽塔送到夏令营,亨伯特与夏洛特生活了 50 天。得知洛丽塔快回来,亨伯特去医生那里找到安眠药,想害死夏洛特以占有洛丽塔。没料到夏洛特偶尔发现了记着亨伯特对洛丽塔恋情的日记。夏洛特决心写信告发亨伯特。但在去邮局寄信的路上惨死于车祸。夏洛特死后,亨伯特去寄宿学校接洛丽塔,谎称她妈妈准备住院开刀,其实他想利用这个机会带洛丽塔到美国的各个城市游玩。在他俩住旅馆的第一夜,亨伯

[①] 转引自 B. 纳博科夫:《洛丽塔》(于晓丹译),译林出版社,2000 年,插页。

特占有了洛丽塔,并且发现后者不是处女。

亨伯特和洛丽塔由继父养女变成了情人。这时候亨伯特才告诉洛丽塔她母亲夏洛特出车祸死去了。亨伯特和洛丽塔漫游美国期间,亨伯特尽量在物质上满足洛丽塔的要求,但同时也威胁洛丽塔不要向警方告发,否则她就将遭到惩罚。洛丽塔对这样的生活渐渐感到厌倦了。她不断地向亨伯特索取钱财,积攒起来以供逃离亨伯特后使用。终于,洛丽塔在亨伯特的眼皮下与新情人跑掉了。

3年多来,亨伯特一直在寻找洛丽塔的下落,但洛丽塔没有任何消息。他几经转辗,终于来到纽约。这时他收到洛丽塔的一封信,说她已经嫁人并怀有身孕。需要一笔钱还债,以便与丈夫一同去阿拉斯加,因为那里有人答应给她一份工作。

亨伯特根据邮戳的地址,在一座小镇郊外的破房子里找到洛丽塔。她的丈夫是聋哑人。洛丽塔向他讲诉了这几年的痛苦遭遇,说是那位名叫奎尔蒂的导演兼剧作家骗了她。亨伯特建议洛丽塔离开丈夫跟他走,但是洛丽塔拒绝了。亨伯特给了洛丽塔4000美金(这实际上是洛丽塔母亲夏洛特生前出租房屋的钱)。亨伯特觉得自己对洛丽塔有罪,他回到他与夏洛特居住过的城市,变卖了所有财产,把钱全部落在洛丽塔的银行户头上。之后,亨伯特找到奎尔蒂,经过一番恶战,击毙了奎尔蒂。亨伯特为此入狱,在等待判刑的时候,因心脏病突发而死去。1952年圣诞节,洛丽塔生下一个死婴,自己也因难产去世。

小说的男主人公亨伯特是一位聪明的、有教养的知识分子。他的父亲是瑞士人,母亲是英国人。当亨伯特3岁的时候,母亲被雷击倒死掉了。亨伯特从小受到良好的教育,但是成熟较早。13岁便对安娜贝尔产生早恋。他的大学时代是在伦敦和巴黎度过的。起初迷恋英国文学,写过一些著作。后来在男寄宿学校当过两年教师。他在20—25岁的时候,发现自己对9—14岁的小女孩感兴趣。25岁的他与30岁的瓦列里亚·兹博罗夫苏卡娅结婚。新婚之夜,他请求妻子穿一件小女孩的衬衣,已经显示出自己的性变态。后来,他接受叔叔的建议移居美国,靠写文章和做广告为生。因为有恋女童情结入医院治疗,从病历中得知自己是"潜在的同性恋者"和"绝对的阳痿患者"。

主人公亨伯特是位性变态者。他的性变态是由于他少年时期不成功的初恋而导致的性心理障碍引起的。亨伯特与安娜贝尔的初恋成为他永久的记忆,但是安娜贝尔的死、初恋的快乐和甜蜜很快变成痛苦的回忆,成了亨伯特的"整个冰冷的青春岁月中任何其他浪漫韵事的永恒障碍"。实际上,亨伯特在洛丽塔身上寻找安娜贝尔的影子,把洛丽塔作为他少年时代恋情的继续。亨伯特一方面对洛丽塔有感情;另一方面,他又对自己的行为进行道德的谴责。亨伯特与洛丽塔之间的情爱具有一种隐喻意义。如果纳博科夫把他俩的这种情爱关系仅仅停留在隐喻的层次上,那么纳博科夫的这部作品的意义就大大减弱了。亨伯特与洛丽塔的关系恰恰表现出亨伯特的双重人格,这正是亨伯特·亨伯特这个名字重叠的含义,也是小说引入奎尔蒂这个与亨伯特相对立、相对抗的人物的必要性。实际上,亨伯特和奎尔蒂是双貌人,他俩有许多相似之处:亨伯特生于1910年,奎尔蒂生于1911年,几乎是同龄人,都懂法语,喜欢文学,从事创作,他俩对漂亮的少女都有占有欲。亨伯特和奎尔蒂都在争夺洛丽塔,奎尔蒂是亨伯特的外化的表现,奎尔蒂的存在是以亨伯特为支持的。因此,这是外在的亨伯特和内在的亨伯特在争夺洛丽塔。亨伯特杀死了奎尔蒂,实际上是杀死他自己,正因如此,奎尔蒂被杀死后不久,亨伯特也很快地死在监狱。奎尔蒂和亨伯特是同一个人。奎尔蒂是亨伯特在精神分裂情况下的幻觉,是亨伯特的双貌人。亨伯特在开枪杀死奎尔蒂之前,有一段诗歌判决书。有评论家认为这是亨伯特对自己的宣判,是他的道德忏悔,是他对洛丽塔的忏悔,是"一个白色鳏夫的忏悔"。奎尔蒂是亨伯特的另一个自我,代表着亨伯特的自我怀疑。他有这样一段话作证:"他压在我身上的时候,我觉得像要窒息。我又压到他身上。我们又压住了我。他们又压住了他,我们压住了我们自己。"

洛丽塔是一个普通的物化女孩,是亨伯特心目中的"小仙女",是他泄欲的对象。她长着一双浅灰色的眼睛,满头栗色头发,有着绸子一样的柔嫩的脊背……洛丽塔年龄虽小,但已经具有女性的温柔;但她不爱学习,沉湎幻想,性早熟,此外她身上有许多鄙俗的东西。总之,洛丽塔是女性的魅力与可怕的庸俗的结合。洛丽塔有时候想反抗亨伯特,但更多的时候却是用自己女性的魅力去诱惑亨伯特,以满足后者的占有欲。后来,她对与亨伯特的"游牧式"的生活感到厌倦,尤其是寄宿学校的生活拓展了她的视野,丰富了她的生活内容,她迷上了戏剧,参加合唱,打网球,这一切都成为她离开亨伯特而与奎尔蒂私奔的原因。

洛丽塔是一个悲剧人物。她的悲剧主要是由亨伯特造成的。因为亨伯特把她毁掉了,把她推上了悲剧的人生道路,因此亨伯特是罪犯。但洛丽塔的悲剧也有她自身的原因。首先,洛丽塔的性意识觉醒太早,她在某种程度上也勾引亨伯特,向后者献媚,轻易地与亨伯特发生了关系;其次,她的性格中任性成分太多,有一定的恋父情结;第三,洛丽塔对物质的东西过分地需求。

有的论者[①]从人的社会性和人的自然性分析亨伯特和洛丽塔这两个形象,认为,亨伯特形象体现出一种"文化",而洛丽塔形象体现出一种"自然"。亨伯特是从文化和社会传统的角度去看待洛丽塔以及他与洛丽塔的关系的,因此他感到自己的行为有些不道德;洛丽塔不从文化和传统的角度看待性关系问题,

---

[①] 见《俄罗斯文学全史》,明斯克,现代文学家出版社,2003年,第805—810页。

她认为她与亨伯特的关系是一种男女之间自然的,甚至是必然的关系,因此她没有感到自己的行为有什么不道德的地方。通过亨伯特与洛丽塔的交往,洛丽塔俘虏了、消除了亨伯特所体现的"文化",凸现出他身上的"自然",这样一来,洛丽塔所体现的"自然"战胜了亨伯特所体现的"文化"。最终,亨伯特像洛丽塔一样,成为"自然"的体现者,导致了他与比洛丽塔"年龄大两倍的"丽塔的关系。这种看法也为我们提供了一种研究小说《洛丽塔》的视角。

《洛丽塔》是一部对传统的道德进行解构的小说。作者运用第一人称内聚焦的叙述方法,讲述了亨伯特这样一个否定传统道德的社会内涵、有悖传统伦理、在隐秘的生活中实现自我的人物形象。小说绝不是"淫秽之作",而是诚如作家本人所说的那样:"现在,我发现它作为一种令人欣慰的存在仍静静地徘徊在我的屋子里,像一个云雾后面的夏日,人们知道它是明亮的。"①

第十二节 亚·伊·索尔仁尼琴
(1918—)

亚·伊·索尔仁尼琴是诺贝尔文学奖获得者,他兼文学家、政治学家、历史学家、文化学家于一身,是20世纪俄罗斯文化史上一个十分独特的现象。他的创作实践始终关联着俄罗斯民族的政治与历史,从踏上文坛的第一天起,他就以如椽之笔向世人述说着20世纪俄罗斯民族多灾多难的历史。他把自己的文学创作称作"我们的固化了的眼泪",20世纪"俄罗斯各各他②的安魂曲"③。

生平及创作道路

亚历山大·伊萨耶维奇·索尔仁尼琴(Александр Исаевич Солженицын,1918年12月11日生)出身于高加索基斯洛沃茨克的农民世家。1941年,在第二次世界大战爆发的几天前,他从罗斯托夫大学数理系和莫斯科哲学、文学和历史学院函授部毕业,随即应征入伍。在炮兵学校接受了一年的培训后,他以中尉军官的身份奔赴前线。三年中,索尔仁尼琴曾多次立功受奖,他的足迹遍布从俄罗斯奥廖尔到东普鲁士的广阔战场。1945年2月9日,他因在给乌克兰前线作战的同学的一封信中使用了对列宁与斯大林的不敬之词,关在集中营劳改八年。此间,妻子离婚,他本人也得了癌症。胃癌被切除后,他奇迹般地存活

---

① 转引自 B. 纳博科夫:《洛丽塔》(于晓丹译),第325页。
② 基督罹难之地。
③ B. 茹拉夫廖夫主编:《20世纪俄罗斯文学史》(11年级教科书)第2卷,莫斯科,教育出版社,第278页。

了下来。刑满释放后他先被放逐到位于哈萨克斯坦南部的沙漠,后又转到弗拉基米尔州乡村中学教书。1957年平反后的索尔仁尼琴在梁赞的一所乡村中学教书,并在业余时间进行文学创作。

1962年,中篇小说《伊凡·杰尼索维奇的一天》在时任苏共总书记赫鲁晓夫的亲自批准下在文学期刊《新世界》上发表并引起极大轰动。同年索尔仁尼琴加入作协。1963年,《玛特廖娜的家》、《科切托夫卡车站上发生的一件事情》、《为了事业的利益》等短篇小说相继问世,作家索尔仁尼琴的声誉日隆。

1965年,克格勃查获了索尔仁尼琴在集中营劳改期间创作的诗歌和记述他无辜被捕、在监狱服刑经历的长篇小说《第一圈》的手稿。当局对作家的政治监控与迫害从此开始,但索尔仁尼琴坚持自己意识形态的异端立场和不屈不挠的斗争精神。此后的22年间作家的作品再也没有在苏联发表过。在从事文学创作的同时,他积极参与社会政治活动。1967年,索尔仁尼琴在给苏联第四次作家代表大会与会者发表的公开信中要求废除书报检查制度并公开了当局对他实施政治迫害的有关材料。1968年,索尔仁尼琴反对苏联军队入侵捷克,扼杀"布拉格之春"并大声疾呼:"做一个苏联人是可耻的。"[①]从1968年开始,他的长篇小说《癌病房》(1963—1967)、《第一圈》(1957—1968)、《古拉格群岛》(1973)、《红轮》(1976)等作品先后在国外发表。1969年,作家被开除出作协。

1970年,索尔仁尼琴被授予诺贝尔文学奖,但由于担心被剥夺国籍而未能前行领奖。作家与当局的政治冲突愈益激烈。1973年,索尔仁尼琴发表了致勃列日涅夫等苏共领导人的公开信,同时还以地下出版物的形式发表了一系列政论文章,表明自己的政治主张。1974年作家再次被捕,最高苏维埃主席团剥夺了他的国籍并将他驱逐出苏联。在公布决定的同一天,索尔仁尼琴针锋相对地公开了《不能靠谎言生活》(1973)的政论文章,号召人民与集权政治进行斗争。在长达20年的政治流亡生涯中,作家先后在德国、瑞士居住,后在美国定居。

1988年作家被恢复苏联国籍,1994年回到俄罗斯。从80年代后期开始,他的作品开始陆续在国内发表。1990年,长篇小说《古拉格群岛》三卷集的全文由苏联作家出版社正式出版。重返俄罗斯后的10年里,索尔仁尼琴深居简出,一方面从事文学创作,另一方面从事俄罗斯社会政治和文化历史的研究。作家90年代创作的主要体裁是短篇小说,作品的风格渐趋冷峻与客观,既有对苏联历史、民族历史命运和俄罗斯性格的探究,又有对转型期俄罗斯社会现实的思

---

① B.恰尔玛耶夫:《索尔仁尼琴的生平与创作》,莫斯科,教育出版社,1994年,第284页。

考。索尔仁尼琴在这一时期撰写的大量政论文章中仍然悉心关注着俄罗斯人民的命运，旗帜鲜明地陈述着对俄罗斯现状、未来的看法。

索尔仁尼琴是苏联"集中营文学"的开创者。中篇小说《伊凡·杰尼索维奇的一天》是苏联时期因不同原因被囚禁的无数政治犯监狱生活的真实写照。在同名主人公的身上既有作家自身的苦难遭遇，又有与他有着同样命运的他的战友们的共同经历。长篇小说《第一圈》记述了特殊囚犯在名为研究所实为监狱的地方从事科学研究活动的情况。读者在小说的人物形象中不难找到曾经被囚禁的火箭专家科罗廖夫、飞机总设计师图波廖夫等科学家的身影。三卷七部的长篇小说《古拉格群岛》反映了苏联从20年代到40年代的社会政治生活，囚犯们在不同"群岛"上的生存状况，是集中营文学的集大成之作。作家不仅揭示了苏联公民无辜被捕，受到侦查、关押、劳改，服苦役等真实，还展示了如布哈林等苏联上层人物悲剧性的历史命运。作者说，"这部作品不是一个人力所能及的，它是所有被迫害的和被折磨的人的共同的纪念碑"[①]。集中营文学的深刻意义不仅仅在于作家对曾经讳莫如深的苏联社会政治真相的揭露，而且还在于他深刻揭示了"古拉格"现象生发的文化历史渊源。在作家看来，"古拉格"现象是俄罗斯数百年专制社会历史形成的，在20世纪苏联社会中达到极致的一个悲剧性的民族历史文化现象，是"张扬并造就低劣个性"，实施民族文化的"反精选，选择性地消灭灿烂的，优秀的，脱颖而出的一切"[②]的必然结果，是俄罗斯民族自虐、自残的巨大悲剧。索尔仁尼琴超越了集中营文学的苏联历史时空，对人类的精神自由，暴力与谎言等人类社会普遍存在的命题进行了深刻的追索。"我们不能忘记，暴力不可能孤立存在，也无法孤立存在：它必然会与谎言相交织。两者之间有着最为血缘的，最为天然的深刻联系：暴力只能靠谎言来掩饰，而谎言只能依赖暴力得以生存。只要有一天有人宣布把暴力当作自己的行为方式，那毫无疑问，他必定会选择撒谎作为自己的原则"[③]——这是索尔仁尼琴在集中营文学中的一种深刻的哲思。

索尔仁尼琴是俄罗斯不屈不挠的民族性格，悯人救世的民族精神，富于宗教意识的民族文化的咏赞者。他往往通过小小的一个村落、一个囚室、一间病房来映射整个俄罗斯，展现蕴涵在不同社会阶层代表人物身上的民族精神。他们中间有普通的俄罗斯妇女（《玛特廖娜的家》），有昔日的囚犯（《伊凡·杰尼索维奇的一天》），有从事各种专业的知识分子（《第一圈》），有刚刚踏上人生旅程

[①] 《分崩离析的俄罗斯》，莫斯科，1998年，第170—171页。
[②] 《19—20世纪俄罗斯文学史》（莫斯科大学语文系主编）第2卷，阿斯别克特-普列斯出版社，2000年，第262页。
[③] 《索尔仁尼琴政论文集》（三卷集），第1卷《论文和讲演》，雅罗斯拉夫尔，1995年，第24页。

的年轻后生(《红轮》)……作为当代俄罗斯农村题材文学的开创性作品,《玛特廖娜的家》中的同名主人公辛劳一生却苦难一生,善良无私从不思索取,克己忍让而又坚韧不屈,是一个被作家称作俄罗斯"圣徒"的普通农村妇女形象。《伊凡·杰尼索维奇的一天》的艺术成就不仅仅在于对监狱生活的展示,作者着力描写的是一个并没有多少文化,无辜被囚禁的普通农民如何以他的善良、同情心与巨大的人性力量与残酷与暴力抗争。作家始终关注并张扬深深植根于俄罗斯民族性格、精神与文化中的宗教精神,他善于在人物日常的生活细节中发掘深刻的,具有象征意义的宗教意蕴。他在东正教的真诚、善良、正义的道德精神中看到了俄罗斯的未来与希望,认为只有把握了这种最高意义的真实才是艺术存在的本质所在。1983年5月,为表彰作家鲜明的宗教立场,俄罗斯东正教教会将第一个捷姆普尔东诺夫奖金授予了他[①]。

艺术纪实是索尔仁尼琴小说创作鲜明的文体特征。作家在每部作品的创作前都会以一种历史学家的真挚与细致去研究历史档案,查找图书资料,读者总能在他的小说中找到真实的历史事件和人物的历史原型。作者常常直接采用原始的历史文献,报刊文章,人物讲话再现历史,通过艺术虚构人物的命运来再现历史中的日常生活。关于《古拉格群岛》,作家说:"这本书里没有一个杜撰的人物,没有任何杜撰的事件。人物与地点都是按照其本来的名字指称的。如果用的是缩写,那是出于个人的考虑。如果根本没有指明,那是因为它们已经在记忆中消失的缘故。"[②]史诗性作品《红轮》讲述的是从1899年开始的俄罗斯社会悲剧性的转折,斯托雷平的历史命运,1916年10月的骚乱和列宁的社会活动,1917年的二月、十月革命,苏联"古拉格"时期的社会生活。但作家并不停留在对历史事件呈链式的线性记述上,他只是捕捉历史重大的转折点,通过若干虚构的人物将它们连接起来。《红轮》是一部俄罗斯社会曲折发展、民族多灾多难的断代史。

纪实文体决定了小说创作独特的叙事方式与时空。作家以自叙体为主的叙说方式中常常有两个叙事者:主人公与叙事人作者。小说不仅仅由主人公叙说,而且还有与主人公立场相近的叙事人作者的补充与提升。这种叙说方式能使主人公与作者保持一定的间距,由主人公的话语引出索尔仁尼琴的话语,从而大大拓展了不无局限的主人公视野,让读者看到主人公看不到的东西,听到主人公说不出的话语。这种由主人公的非直接引语向作者的非直接引语过渡的自叙体方式使小说获得了一种深广的,来自下层民间的,非官方的视野和极具说服力的艺术效果。与这种叙事方式相匹配的是小说创作中高度浓缩的现

---

① 见《19—20世纪俄罗斯文学史》(莫斯科大学语文系主编)第2卷,第261—262页。
② 施奈伯格、и.康达科夫:《从高尔基到索尔仁尼琴》,莫斯科,高等教育出版社,1995年,第488页。

实时空(如《伊凡·杰尼索维奇的一天》里集中营生活的一天,《第一圈》里马尔芬特殊监狱的三日等)与宏伟深广的历史时空(《古拉格群岛》里对30年苏联历史的审视,《红轮》中半个世纪的俄苏断代史的记述)。现实时空极力展现了典型的社会政治环境,而历史时空充满了作家的哲学与文化幽思。描写黑暗、忧伤与苦难并非索尔仁尼琴的专利,包容人道与人性也非他独有的创作特色,而对它们进行哲学与文化的审视这才是索尔仁尼琴超越许多作家的地方。

中篇小说《癌病房》

在索尔仁尼琴所有的小说中,《癌病房》是他激烈的政治情绪表达得最为平和与舒缓的一部,也是他最具雅文学精髓的作品之一。他在这部中篇小说中又一次跳出现实日常生活中人正常的"自然"形态,表现了一种极端的生命"门坎"状态——癌症患者面对死亡的独特的人生时空。

中篇小说自始至终呈现出明确而又鲜明的双重主题:一方面他通过对来自不同社会阶层的形形色色的癌症病人对疾病、生命、死亡的不同态度的描写,极力展现了人性本能的抗争,既讴歌了生命强者、人性善者对生命苦难的巨大承受能力与抗击力量,崇高精神对鲜活生命的强力支撑,也显现了生命弱者的消极与苟且,鞭笞了人性恶者的卑微与奴性。另一方面,作家展现了人性缺陷与现代政治结合后所形成的人奇特的生存形态,审视了社会政治对人性的钳制与扭曲,表达了自由、文明与爱的精神对现代生命的强烈呼唤。作家以作品所负载的政治与文化、现实与历史等多重意蕴进行着对人性与社会的双重审视,包容着作家对民族精神救赎的深刻思考。

在作家看来,疾病是大自然对人类的一种惩罚,是对恶强加给生命的非自然与不和谐生活的一种报复。索尔仁尼琴说:"癌——这是所有沉浸在难以忍受的,焦灼的,屈辱的,受压抑的情绪中的人无法逃脱的必然命运。人在黑暗中生活,在屈辱中死亡……癌症病人都有这样一种看法:我们每一个人的生命体中一生都会带有癌细胞,人一旦受到挫折……比如说在精神上,它们就会生长。"①小说中不少癌症病人都经历过不同的精神磨难,屈辱和压抑。严肃的政治气氛甚至充斥在医院里:癌病房的墙上始终挂着领袖的语录,无产阶级文豪的警句名言。

作者让每一个处在生命边缘的癌症患者在这场独特的生与死的人生考验中尽情展现各自的精神品质。无论是昔日的囚犯还是苏维埃的高官,无论是人生的"得意者"或"失意者",无论是可爱的少年还是地质学家,无论是集体农庄

---

① B.恰尔玛耶夫:《索尔仁尼琴的生平与创作》,第134页。

的守门人还是哈萨克牧民,他们都要受到从肉体到灵魂的检验,都在进行生命存在的反思,都在对生与死的问题做出回答。哈萨克斯坦共和国医院的13号癌病房楼成为苏维埃时代人们不同思维方式及心理模式的缩微图景,成为一个没有神甫在场的心灵忏悔的讲坛。

"生命终于从牢笼中,从铁丝网里逃了出来,却又被桎梏了,但不是被'特委会'(内务部的特别机构——笔者注),而似乎是被生命本体"[①]——这是主人公,昔日"古拉格群岛"的囚犯奥列格·科斯托格罗托夫在癌病房中的自白。集中营夺去了他的青春年华,来到癌病房后他没有逃避对死亡的思考,不是意识到自己来日不多而束手无策,而是清醒地面对历史,严肃地审视自己,他认为这才是摆脱疾病折磨与对死亡恐怖的唯一有效的途径。他从自身的遭遇和知识分子群体的命运中感悟到昔日对生命存在认识的虚妄性,看到了众人所遵循的意识形态原则的极大的谬误性。把国家意识形态当作神圣信仰的理念,把国家政治体制当作不可动摇的民族生存根基的思想都已经成为历史。一生处于精神恐惧状态中的他终于不再恐惧了,他甚至不相信任何永恒箴言的妄说,因为在他看来,"地球上任何人都不可能说出放之四海而皆准的永恒话语来"。在心灵赢得解放与自由,身体重获健康的过程中,科斯托格罗托夫赢得了迟到的爱情。美丽却孤独的护士维拉·甘加尔特是纯洁与忠诚的化身。然而,与死神搏击的代价是惨重的,治疗癌症的过程给他带来了无法恢复的生理创伤——男性功能的彻底丧失。主人公最终没能接受命运给他的馈赠,历史与人生的苦难毕竟不会不留任何痕迹地逝去。

巴威尔·鲁萨诺夫是苏联社会中居高临下的权力符号,一个唯命是从,靠自我约束与自我克制为生存原则的政治奴仆,遵照"档案原则"办事的官僚主义者。他坚守等级原则,反对平等,无法容忍目无领导的行为和不受控制的自由主义。这个在任命体制下如鱼得水的政治官僚是桎梏社会和人民的魔鬼,一生所为就是制造更多的监狱,关押更多的囚犯。政治化了的人生轨迹已经将他与人性疏离,在家中,他嘱咐孩子要记牢的是:对待任何人必须"要立刻保持一种正确无误的腔调。无需任何的好心肠"。即使在癌病房,他也以各种他认为合理的和常规的,甚至不容置疑的生存逻辑,试图将患者纳入社会政治的掌控中。"如若换了一个环境……一准是个阶级敌人"这便是他对"自由主义者"病人的评价。对死神动物般的恐惧成为这个人物的本质特征。他向同病房的患者大声疾呼"让我们别再谈死亡!绝不要再提这个字眼!"他满怀着重生的希望出院了,但他生命与精神死亡的日子正在临近。鲁萨诺夫是癌症病房中精神最为低

[①] B.恰尔玛耶夫:《索尔仁尼琴的生平与创作》,第126页。

下的患者。

舌癌患者叶甫列姆·波杜耶夫是社会中"得意"的投机取巧者,在50年的人生中他正是依靠如簧的巧舌赢得了各种利益。他口是心非,为了自身的利益言不由衷,对他所不相信的东西赌咒发誓。他惯于看风使舵,随时变换自己的社会角色:或斯达汉诺夫式的先进生产者,或劳动人民的优秀代表,或激进的民主主义者,或传统的捍卫者。波杜耶夫思想意识的"流氓化"是人性异化与社会政治结合的产物。可喜的是,在生命的尽头他终于有所醒悟。在病房里,他第一次深入思考了死亡的问题。托尔斯泰的短篇小说《人靠什么活着》唤醒了他的良知,那些曾经受过他坑害的囚犯每每会让他惊恐不安。他真正意识到人需要一种崇高无暇的精神,一种崇高的生命目标,否则未经救赎的心灵将永无宁日。

小说中最具悲剧色彩的人物是老布尔什维克舒鲁宾。一生中,他既没有坐过牢,也没对任何人发号施令过,在人应该如何活着的问题上,他既不主张宁折不弯的"橡树哲学",也不提倡惯于逢迎的"芦苇哲学"。他胆怯而又驯服,25年来始终与恶妥协,对非正义沉默无语。他尝到了心灵的啮噬,感到了无限的怅惘与歉疚,在临死的忏悔中心灵终于发出了美好的呼唤——人性只能在与恶的抗争中得到张扬。舒鲁宾通过忏悔获得了心灵的新生,肉体的死亡并不影响他精神的复活。生命虽然离他而去,但他却一无所憾,因为生命的精神是永存的。他说,"我有时十分清醒地觉得,我的肉身还不是全部的我。还有一些根本无法摧毁的,非常崇高的东西在!那是人类灵魂的碎片"。在他的身上,读者能深深感觉到一种深沉凝重的历史悲剧感以及作家对俄罗斯人灵魂重构的殷切期待。

此外,快活乐观的少年恰雷依的生活原则是:"要想不死,就该不慌。谁人少讲少说,谁人就少有苦闷。"积极向上的地质学家瓦吉姆·扎茨尔科渴望把他最后的科研成果献给人类,"有益地度过生命中最后的日月",但他不无自私地认为,唯独他这个人类的天才才最有存活在人间的权力。还有集体农庄的守门人,乌兹别克老人姆尔萨里莫夫和哈萨克牧民叶根别尔吉耶夫,他们也都以不同的人生体验、生活态度和生命感悟真实而不无合理地表达着各自的软弱、消极与迷惘。

索尔仁尼琴从东正教的思想出发,表达了他在关注并剖析灵魂意义上的对宗教精神的追索。在他看来,人与基督耶稣始终保持着一种神圣的联系。即使是一个无神论者,在临死的时候都会有一种被上帝抛弃的恐惧感。人心目中的基督会随着肉体的死亡而离去,但基督越是远去,人精神复活的力量便会越强大。整部中篇小说展示了以精神忏悔、自我审视为形式的人寻找神人基督的过程。在作家的笔下,似乎那些最远离政治,意识到基督存在的病人才是最富有人性的人,他们真正看到了生命的永恒,获得了心灵宁静。科斯托格罗托夫说:"人生来就被赋予了某种本质性的东西！这就是人的核心,这就是他的我！现在还说不清,到底是谁造就了谁！是生命造就了人,还是具有强有力的精神的人造就了生命！……"主人公患上癌症以后,生命的基督仿佛就要死亡,但他奇迹般地存活了,"是上帝创造了奇迹,我无法做出别的解释。从那时候起,重新回归于我肉体的整个生命在真正的意义上都不属于我了,生命被赋予了一种目标……"①。

小说另一个重要的宗教思想是人类"诺亚方舟"的思想。作家崇尚对生命的关怀、体贴,提倡生命的患难与共与相守相爱。奥列格·科斯托格罗托夫的老邻居卡德敏内老夫妇生活得像玛特廖娜一样平静、与世无争。他们也把自己喂养的猫看作是相依相伴永不分离的家庭成员,而医生奥列申科夫养的一条狗十分通人性。小说中的这些细节表达了作家的一种理念,真正的人永远会同任何生命和谐共处,保持兄弟般的情谊。如同在一场洪水的劫难中,人类不仅会珍视自己,而且都会呵护与他们同样珍贵的生命一样。主人公奥列格·科斯托格罗托夫在奇迹般地活下来之后,不由自主地要做的第一件事情就是去动物园看可爱的动物。表达了他对人与动物间的天堂般和谐关系的追求。

作家在充满苦难的人类"诺亚方舟"中找到了一个令人心醉的"圣徒"参照——白衣天使柳德米拉·阿法纳西耶芙娜·顿佐娃。这位圣母玛利亚般的放射科主任在为抢救每一个生命而鞠躬尽瘁。她一次次地与主治大夫一起巡视病房,认真研究病人的病历,与护士们商谈治疗与护理病人的方案,默默地与即将走完人生旅程的每一个病人进行心灵的交流,每天她还要受到 X 射线的辐射。她为未治愈的病人因病房需要周转可能会被勒令出院而痛苦万分,为医院领导会将优秀护士奥琳皮阿达强行调离,德国血统的助手和接班人随时会受到侵害而忧心如焚。这个高贵的灵魂毕竟生活在现实中,与成千上万的俄罗斯妇女、妻子、母亲一样,每天她都要在食品店、百货店里耗费人生,在与生活的拼搏中消耗生命。顿佐娃最后发现自己也患上了癌症,但她清醒地审视自己的处境,竭尽全力最后完成医生对患者的使命和义务。她懂得人的生命只有一次,可她更知道人的良心也只有一个。在人类价值观遭到亵渎的时刻,她始终保持着心灵的圣洁。她以拯救生命的神圣的劳动让人类免受对生命的任何漠然、冷酷与践踏。正如作家在《玛特廖娜的家》中所说,"她就是那个圣徒,没有了这样的'圣徒',便不会有乡村,不会有城市,不会有我们的整个地球"②。

"癌病房"是一个深刻的隐喻,它的寓意在于作家通过对苏联具体历史语境下人们社会和心理状态的展示,显现出一个患有绝症而且"癌瘤细胞"正在四处

---

① B.恰尔玛耶夫:《索尔仁尼琴的生平与创作》,第133页。
② 《获诺贝尔奖的俄罗斯作家——索尔仁尼琴》,莫斯科,青年近卫军出版社,1991年,第249页。

转移扩散的国家机体。作家在描述人物在接受痛苦的治疗的同时,国家的社会肌体也在接受治疗。病房患者都读到了报上刊登的消息:最高法院的改组,马林科夫的被解职,贝利亚的被捕等。小说中叶莲娜·安娜托里耶芙娜,一个与科斯托格罗托夫一样经历过集中营苦难的医院女卫生员,在与奥列格的谈话中毫无畏惧地袒露出了自己的病情,但她更担心下一代对父辈历史的询问:"聪明的男孩会长大,会问起所有的一切——该怎么教育才好?把一切真相都告诉他?可是连成人都会为这真相痛苦不堪!"奥列格回答她说:"要把真相告诉他!"若无正义与道德来维系,社会将如同患有癌瘤的肌体一样,运行的法则将被破坏,人与人的关系将会被扭曲。作家借用托尔斯泰在短篇小说《人靠什么活着》中的话说:"每个人不是靠自顾自活着,而是靠爱。"拯救人身,拯救人心要靠爱,这就是作家在小说中提出的生命在迷途中,人在生与死的探索中应该遵循的价值取向。

第十三节　瓦·格·拉斯普京
(1937—)

瓦·格·拉斯普京是俄罗斯当代的著名小说家,20世纪俄罗斯"农村题材"小说的重要代表人物。拉斯普京所有的小说都以西伯利亚、安卡拉河为背景,展现和描写那里俄罗斯农民和农村的历史和现实。在描写西伯利亚农村的劳动、生活、风俗、习惯,甚至村民的语言的时候,他把现实主义的真实与对那里人们的深层思考、与对俄罗斯民族的道德传统的弘扬结合起来。拉斯普京的小说不仅具有高度的道德思想内涵,而且具有高度的艺术概括性和独特的语言风格。

生平创作道路

瓦连京·格里高利耶维奇·拉斯普京(Валентин Григорьевич Распутин,1937年3月15日生)1937年出生在伊尔库茨克州安卡拉河畔上的乌斯特-乌达村。1959年,伊尔库茨克大学历史—语文系毕业,之后在西伯利亚的几家地方报社工作。1957年3月30日,拉斯普京在伊尔库茨克报纸《苏维埃青年》发表了自己的第一篇政论文章《没有功夫苦恼》。1961年,他在《安卡拉》丛刊上发表了自己的处女作——短篇小说《我忘记了问廖什卡》,他的这个作品写得并不成功,所以,此后4年内他没有写任何的小说。直到1965年,他又重新开始了小说创作。拉斯普京在回忆自己最初的创作历程时曾经这样说:"大学语文系毕业后,我便去报社工作。伊尔库茨克是一座文学城市,在那里我们所有的人都写作,所以我也试了试。我并不是一下子就成功的,但是我最终还是成功了。我认为,这是由于我在安卡拉河和原始森林旁的乡村度过的童年充溢着我的心灵的缘故。"①60 年代,他创作的短篇小说和短篇小说集有:《来自另一个世界的人》(1965)、《天涯海角》(1966)、《新城篝火堆》(1966)、《出售熊皮》(1966)和《瓦西里和瓦西里莎》(1967)等。这些作品记下了拉斯普京当地方记者时的最初的印象和感受。

中篇小说《为玛丽娅借钱》(1967)使 30 岁的拉斯普京一举成名。故事情节围绕着为玛丽娅借钱而展开。玛丽娅是俄罗斯西伯利亚的一个偏远的农村商店的售货员。她为人善良,但文化不高,尤其是她不懂财会业务,因而发生了帐目不清、亏欠商店钱款的问题。为此,玛丽娅将有坐牢的危险。玛丽娅的丈夫、拖拉机手库兹马为了让自己的妻子免下大狱,于是四处奔走,给妻子借钱还债。作家在这个中篇小说里通过对一系列的事件和人物的细腻描写,让无私和自私、热情和无情、善良和冷酷、有助和无助等品质进行碰撞,从心理上深刻地揭示出各种不同的人物对待他人困境的心态和心理,小说既展示出社会上人情的冷暖,世态的炎凉,鞭笞了某些人的道德的堕落;又展示出人与人之间的友爱、关怀和温暖,表现了作家对人的完美的道德品质和高尚的人格希冀。

拉斯普京在 70 年代创作的几部中篇小说《最后的期限》(1970)、《活着,可要记住》(1974)、《告别马焦拉村》(1976)等都是以西伯利亚的农村为背景,描写俄罗斯农村普通人的生活的。这几部作品的成功不但给拉斯普京带来了巨大的声誉,而且这些作品也奠定了拉斯普京的"农村题材"作家的地位。

《最后的期限》是一部家庭的悲剧。小说描述一位名叫安娜的俄罗斯农村妇女在行将就木前的心情和她的子女们的表现。安娜之死映射出所有的主人公的面貌和性格。安娜患了重病,她的在外地的子女回到家乡为母亲送终。但是他们的种种行动表明他们的忘恩负义和对故土的情感的淡漠。她的两个儿子米哈伊尔和伊里亚是酒鬼。他俩准备了酒,以便给母亲送葬后吃饭时用。但是母亲迟迟不死,他们耐不住把酒都喝掉了。女儿瓦尔瓦拉因对母亲的照顾多少而与其他兄弟几乎吵起架来。安娜是位善良、宽宏的母亲。她对自己的子女谁都不怨,她甚至为自己活得太久,拖累儿女而深感内疚。"我不能在这里耽搁了,这样不好……"安娜虽然是个普通的妇女,但十分坦然地对待生死问题。她具有俄罗斯劳动人民的美德,正直地度过了自己的一生,直到临死她还在教育自己的孩子不要虚伪地生活。但是她的子女们并不

---

① B.邦达连科与 B.拉斯普京的谈话,见《俄罗斯文学之日》,莫斯科,帕列亚出版社,1997 年,第 110 页。

听她的话，虚情假意地对待她。几个子女归来后内心暗暗地希望母亲早点去世，以便很快地离开这里。最终，他们也没有等到母亲的去世便找各种借口纷纷离去了。安娜临终前的最大的遗憾是：她没能够再看一眼自己的那位最心爱的女儿塔吉娅娜。塔吉娅娜为什么没有回来看望母亲，谁都说不清楚。这是这部中篇小说的一个谜。

在俄罗斯文学评论界，拉斯普京的中篇小说《活着，可要记住》与 B. 别洛夫的《凡人琐事》、索尔仁尼琴的《玛特廖娜的家》、舒克申的短篇小说以及一些其他中短篇小说一起被视为 20 世纪俄罗斯文学的经典作品。

中篇小说《活着，可要记住》是作家拉斯普京对人的道德伦理这个哲理问题的又一次探讨。在小小的阿塔曼诺夫卡发生的故事告诉人民俄罗斯的历史，告诉读者俄罗斯人民的一个现代悲剧。不过拉斯普京这次不是让自己的主人公去处理人与人、人与故土、人与种族、人与大自然之间的关系和联系问题，而是让主人公去处理个人与家庭、个人与祖国的关系问题，作家把这个严肃的道德问题摆在小说的男女主人公安德烈和纳斯焦娜的面前。

1985 年，拉斯普京发表了政论体小说《失火记》。这是他对俄罗斯农村生活的变化和俄罗斯人道德的退化进一步深化观察的结果。有的评论家认为，《失火记》与《告别马焦拉村》这两部作品是相互联系着的。两部作品都是描写灾难性的事件的。这两个事件都具有象征性。马焦拉村里以达丽雅为代表的老一辈的居民与马焦拉告别是一种灾难。马焦拉岛沉入河底是外部世界的变化所带来的残酷的后果，马焦拉也是一种象征。人们离开了马焦拉，使人们进入一个特定的时空环境和历史环境。在这种环境下，进步与道德，生活的意义等问题就更加尖锐。拉斯普京在《失火记》里以一种政论家的激情描写了发生在森林农场的一场大火。房屋和仓库被烧毁，这场火灾也有一种象征的意义：大火把这个村庄的悲惨的状况暴露无遗，生态问题又把人抛到新的时空环境中。小说的主人公是位普通村民，司机伊凡·彼得罗维奇·叶戈洛夫。乍看起来他没有什么出众的地方，他对其他人也不会起什么重大的作用。但是他为人聪明正直，善于思考，感情专一，良心十足。这一切使他懂得了生活的真正的意义。叶戈洛夫不是作家拉斯普京的思想的传声筒，他不是谴责自己的乡亲，而更多是在谴责自己。这场大火使他克服了道义上的疲劳，大火后他仿佛经历了一场严峻的考验，变得更加成熟和坚强。

90 年代以来，尤其是苏联解体后，拉斯普京更加关注俄罗斯当代社会的变化，他把自己完全投入到对当代社会问题的思考之中，他很少写小说，因此，评论界有人认为拉斯普京在文坛沉寂了。事实并非如此。拉斯普京在 90 年代最初几年是没有写什么小说，但他转向政论题材，写了一系列的有关道德、生态、文学问题的特写和文章。拉斯普京认为,"俄罗斯文学过去从来离不开政论文,我认为,她今后也不可能离开政论文"。① 拉斯普京在这几年内,像当年的 Л. 托尔斯泰写出了《我不能沉默》,陀思妥耶夫斯基写出《作家手记》,契诃夫写出《库页岛》和索尔仁尼琴写出《古拉格群岛》等具有强烈政论风格的作品一样,表现出一位真正的俄罗斯作家对自己祖国和人民命运的关注。当人民处于水深火热之中的时候,真正的作家不会沉入自己的纯文学创作,而是投入到人民的斗争中去,为人民的命运呐喊。

90 年代中叶以来,拉斯普京写出了短篇小说《下葬》(1995)、《在医院里》(1996)、《女性的谈话》(1997)、《幻影》(1997)、《出乎意料,出乎猜测》(1997)、《新职业》(1998)、《木舍》(1998)、《在故乡》(1999),等等。其中《下葬》一作尤为引起广大读者和评论家的注目。拉斯普京撷取了一位名叫巴舒达的妇女为母亲办理丧事这一生活片断,描写俄罗斯社会发生巨变时普通俄罗斯人的命运。巴舒达的母亲去世了。按照信仰东正教的俄罗斯民族的风俗习惯,安葬死人大致要经过为死人洗身、穿衣、入殓、守夜、去教堂为亡灵安魂等过程。这需要一大笔的钱财。在如今的俄罗斯,这对普通人来说是一件大伤脑筋的事情。所以,巴舒达与其说为母亲的去世而悲痛,不如说为安葬母亲而伤心。因为在把母亲送往彼世的每一步,她的作法都与东正教的风俗相悖,但是对于手无分文的巴舒达来说,这是她唯一的办法。这个故事依然发生在西伯利亚,主人公依然是普通的劳动妇女。小说的细节精细入微,在看来平淡的情节中展开人物内心世界的尖锐的矛盾和冲突。这一切都是拉斯普京的一贯风格。与以前的作品不同的是小说的基调更加沉重。这部作品获首届"莫斯科-彭内"国际文学奖。

2003 年末,拉斯普京的一部新作——中篇小说《伊凡之女,伊凡之母》问世。这部小说刊登在《我们同时代人》杂志 2003 年第 11 期②上。这是作家在 21 世纪初献给广大读者的一个最好的礼品。

小说的叙事中心——是当今的一个普通的俄罗斯家庭的生活。小说讲述一个母亲为自己受害女儿复仇的故事。在西伯利亚的一个外省城市里,少女斯维特卡被一名阿塞拜疆男子强奸了。她的母亲塔玛拉·伊凡诺夫娜的内心受到了极大的震撼,甚至产生了绝望。由于她不相信法院会做出公正的审判和惩罚强奸犯,因此在检察院里就把那位强奸犯给杀了。为此,塔玛拉被捕入狱。刑满释放后,她回到自己家。

小说问世后引起了俄罗斯评论界的高度重视,他们发现了拉斯普京小说创

---

① В.邦达连科与 В.拉斯普京的谈话,见《俄罗斯文学之日》,第 99 页。
② 这部小说最初发表在伊尔库茨克市的杂志《西伯利亚》2003 年第 4 期上。

作中的"暴力主题",并且认识到"妇女在赋予生命的同时,总是在捍卫这个体现在自己孩子身上的生命,并且支撑着男人身上的生命力量"。①

中篇小说《告别马焦拉村》

俄罗斯文学评论家 E. 斯塔利科娃指出:"实际上,当我们老一辈农民和俄罗斯农村理解历史的昔日思维方式即将过时的时候,拉斯普京的小说以现实主义的具体性,以描写日常生活、人物心理和语言的准确性确实提供出一个对我们所处时代的历史瞬间进行社会学思考的广阔空间;当老一辈农民的后代只剩下从自己的切身命运、从整个国家的历史和文化的角度去理解老一辈人的作用、奉献和充满矛盾的遗产时,就要产生许多戏剧性的日常生活冲突,于是不知怎么他们就得换一种方式去生活。活着,可要记住。"②这段话是对作家拉斯普京的农村题材小说创作的极好的概括和总结。

《告别马焦拉村》是作家拉斯普京的一部重要的中篇小说。这个作品在更为广阔的社会背景上展现出作家的道德探索和俄罗斯存在的尖锐的社会问题,体现了作家对人类生存环境和生态问题的关注,表现出他对生态环境的破坏给人、社会、国家带来的负面的、毁灭性的作用。

在西伯利亚安卡拉河上有一个小岛叫马焦拉,岛上有一个同名的村庄。三百年前,一位目光敏锐的俄罗斯人发现了这是一块人们生存最好的地方,是一个独具一格的诺亚方舟。于是村民们世世代代地在这里休养生息、生存繁衍,对养育自己的这块故土有着深厚的感情。但是,由于安卡拉河的下游要建水电站,这就需要在它的上游修筑拦河坝。这样一来,附近的许多村庄,首先是马焦拉岛就要被淹没,从河面上永远地消失掉。因此,小岛的居民需要从这个世世代代居住的地方搬走,搬到一个人无法耕作的地方,去干他们不愿意干的事情。故事情节就是围绕着小岛即将沉没、居民被迫搬迁所引起的一系列矛盾和冲突而展开的。

马焦拉的居民不多,但搬迁对于他们是一件大事。城里有亲戚的居民仿佛还有点退路;但相当一部分居民与城里人没有任何关系,对于这部分居民来说,小岛的沉没就等于他们的"世界末日"。任何劝说、解释和号召都无法排除他们对故土的眷恋。故乡的一草一木、一砖一瓦、温柔的清风、宽阔的原野、安卡拉河的水声,甚至这里的生活方式都让他们留恋,因为那是对自己祖先的记忆。

---

① K. 科可舍尼奥娃:《论 B. 拉斯普京的中篇小说〈伊凡之女,伊凡之母〉》,见 K. 科可舍尼奥娃在 12 月 23 日俄罗斯作家协会举办该作品的圆桌讨论会上的发言。

② E. 斯塔利科娃:《活着,可要记住》(B. 拉斯普京的小说杂论),转引自雷斯主编:《20 世纪俄罗斯文学》,莫斯科,1998 年,第 441 页。

在小说中，老少两代人对马焦拉的感情并不相同。对于以达丽雅、包戈杜尔为代表的老一辈人来说，搬迁是一种巨大的不幸，他们故土难离，深深眷恋着养育自己的故土。而以安德烈为代表的青年一代对马焦拉则是另一种感情。他们中间有的人对故土、对祖辈留下的东西、对古老的传统有一种无所谓，甚至鄙视的态度，这反映出社会变化给青年一代的道德和心理带来的作用：青年人感兴趣的是现代生活中的新事物，是新时代的韵律和节奏。

达丽雅·皮尼金娜是小说的一位主人公，她是老一辈马焦拉村民的代表，是村里年龄最大、最受人们尊敬、威信最高、家庭生活最和睦幸福的一位女性。她性格中最突出的一点，是敢于承担责任。她对马焦拉有深厚的感情，认为自己有责任去保护它。当区里来的别辛内衣宣布了沉没马焦拉的最后期限，她为自己无力保住马焦拉而懊悔。她明明知道第二天就要离开马焦拉，但是今天仍然请来工人认真精心地清洗、粉刷她自己住的房屋，仿佛要对自己的住房留下一种神圣的记忆。小说里像达丽雅·皮尼金娜这样的女主人公还有几位，他们经历了生活的严峻考验，他们凭着良心去生活，热爱劳动，热爱自己的家园。他们和睦相处，互相关心，互相帮助，过着一种和谐的、田园式的生活。在这些俄罗斯妇女身上体现出作家拉斯普京所追求的人与人、人与种族、人与自然相融合的思想。

在小说里还有一位马焦拉的保护者，叫包戈杜尔。他为保护住先祖的墓地，尽了自己最大的努力。

达丽雅·皮尼金娜的儿媳索尼娅·皮尼金娜、克拉夫卡·斯特利古诺娃、安德烈·皮尼金等人就是青年一代马焦拉村民的代表。马焦拉村在他们的心中并没有留下什么深刻的记忆。索尼娅·皮尼金娜搬迁到新地方后很快就适应了，很快忘掉了农活，买了电炉，墙上贴上印花壁纸，开始在城里的一家公司上班。克拉夫卡·斯特利古诺娃则是一位想尽快搬离马焦拉，开始另一种生活的青年妇女。她认为早就该让马焦拉淹没了，若不是她住的那间农舍坐落在村子中央，她甚至打算一把火将之烧掉，好尽快搬走。安德烈·皮尼金是达丽雅·皮尼金娜的孙子。他刚刚从部队服役归来，在城里干了一阵子又回到村子里，他现在心里想的是尽快把马焦拉沉没，好去即将建成的水电站工作。

小说中巴威尔·皮尼金这个人物仿佛是马焦拉村里一位介于老一辈和青年一辈村民的代表。他是达丽雅·皮尼金娜的二儿子，索尼娅·皮尼金娜的丈夫。他50岁，与妻子索尼娅在马焦拉村生了三个儿子。大儿子娶了一位高加索女人后去高加索了。二儿子在伊尔库茨克读大学，小儿子就是安德烈。巴威尔对马焦拉村沉没持中间人物的态度。他不像自己的小儿子那样，对马焦拉几乎没有什么感情，因为他毕竟是喝安卡拉河水长大的，很难把自己生长的这块土地忘得一干二净。因此搬迁让他感到难受,甚至痛苦。他也知道自己的母亲在新的地方是无法生活下去的。但当他一旦明白马焦拉的沉没是必然的,村民搬迁是不可避免的,他便开始慢慢去适应新环境,去开始新的生活。

在拉斯普京笔下,马焦拉既是安卡拉河中间的一个小岛,又是俄罗斯的宗法制农村生活和俄罗斯农民世界的一种模式。马焦拉变成了象征,它成为俄罗斯人,乃至整个人类居住的大地的象征。这是世世代代俄罗斯人生活、工作、劳动、繁衍的根基,它维系着俄罗斯民族传统的道德、精神支柱和生活方式。离开了这块养育人们的土地,就不会有人,不会有生命。因此,当局沉没的不是一个小岛,一个村庄,而是俄罗斯民族赖以生存的根基,毁掉的是俄罗斯民族文化和道德的基础。所以,当居民们被强行离开这里的时候,他们的对立和反抗是十分自然的,也是可以理解和值得同情的。

小说《告别马焦拉村》是拉斯普京对在所谓"科技革命"的口号下,野蛮地、疯狂地、非人道地毁灭俄罗斯农村的强烈抗议,是对俄罗斯农村的悲剧命运的思考的总结。当然,拉斯普京并不是笼统地反对科技的发展和进步,他只不过是提醒人们,"要注意人类存在的根基"。要注意保护生活的和谐,要尊重前人的劳动成果,要保护生命和生存的环境。作家十分重视人们的心灵环境和生存环境的保护问题。"大自然毁坏了——人就毁坏了;人毁坏了——社会就毁坏了;社会毁坏了——国家就毁坏了。这一切互相关联着。只要是动了一个——就一连串都动起来。"①

拉斯普京还曾经发出呼吁:"为了在文学里能够出现新的普希金、费特、屠格涅夫、布宁、普里什文、卡扎科夫和诺索夫这些俄罗斯大自然和俄罗斯心灵的歌手,——难道我们所有的人今天不应当在一起关心一下心灵和大自然的保护问题吗?"②作家在回忆创作这部小说时说:"我不能不写《马焦拉》,就像不管儿子们是怎样的人,他们都不能不来与自己的行将就木的母亲诀别。在一定的意义上,这部中篇小说对于我来说是创作工作的一个界碑。返回到马焦拉已经是不可能的了——那个小岛已经被淹没了,我不得不与那些我感到亲切的村民一起去到一个新的村镇,去看看他们在那里怎么样。"③在写了这部小说之后,拉斯普京又一次说到:"返回到那个失去的地方是不可能的了……这里没什么可陶醉的,因为我们已经无法挽回许多美好的传统。现在,人们谈到要保留剩下的

---

① 引自 B. 拉斯普京:《聚集成一支大军》,刊于 2005 年 4 月 8 日的《文学俄罗斯报》(on‐line,第 14 期)上。
② B. 邦达连科:《现实的文学》,莫斯科,帕列亚出版社,1996 年,第 110 页。
③ 同上书,第 101 页。

传统,不要像不久前那样轻而易举、毫不在乎地拒绝传统了。"①在作家的眼里,马焦拉已不是一个小岛,也不仅仅是一个农村,而是俄罗斯传统的、神圣的农村生活的象征。马焦拉从地球上消灭,就意味着神圣的、和谐的世界的毁灭。显然,这是一种灾难。

遗憾的是,作家在70年代说的这番话并没有引起人们的注意。15年后,整个俄罗斯拒绝了旧的风俗、旧的传统,迁到一个新的"没有前景的村镇"——一个动荡的、混乱的社会。"没有前景的农村——就是没有前景的俄罗斯",这是俄罗斯农村的毁灭的后果。

小说问世后曾经引起俄罗斯文学评论界的争论。一派观点认为拉斯普京的这个作品充满了一种新的生态意识,是对俄罗斯文学道德传统的弘扬;另一派观点认为作品是对"宗法制世界的浪漫化和理想化",认为作家对科技革命持保守主义立场。

第十四节　阿·尼·瓦尔拉莫夫
（1963— ）

阿·尼·瓦尔拉莫夫是20世纪末活跃在俄罗斯文坛的年青作家。他继承了俄罗斯文学现实主义传统,着重刻画当代俄罗斯社会风貌和时代大潮中的个人际遇,同时又高举俄罗斯传统文化中的东正教旗帜,希望凭借宗教信仰的力量拯救俄罗斯的民族和国家。俄罗斯评论家们称他的创作为"新现实主义"、"心灵创作"和"忏悔小说",这些在一定程度上说明了他创作的特点。

生平创作道路

阿列克赛·尼古拉耶维奇·瓦尔拉莫夫(Алексей Николаевич Варламов,1963年生)生于莫斯科。1985年毕业于莫斯科大学语文系。1987年起在《旗》、《十月》、《莫斯科》等文学杂志上发表作品。他的处女作是《奥斯托日耶的房子》(1990)。但作家的成名作是长篇小说《傻瓜》。1995年,瓦尔拉莫夫的小说《诞生》获得"反布克奖",《游击队员马雷奇和大草原》获得德国莱比锡文学俱乐部最佳俄罗斯短篇小说奖。瓦尔拉莫夫主要作品有三部小说集《奥斯托日耶的房子》(1990)、《您好,公爵!》(1993)和《香客》(1997),长篇小说《傻瓜》(1995)、《沉没的方舟》(1997)和《教堂圆顶》(1999)等。

长篇小说《傻瓜》通过主人公杰兹金30年的人生经历,展示出当代俄罗斯

---

① В.邦达连科:《现实的文学》,第101页。

社会风貌,是一部俄罗斯社会的面面观。杰兹金一生四处漂泊,没有固定的职业和居所,是个典型的社会边缘人。他表面上浑浑噩噩,仿佛十足的"傻瓜",实际上却拥有非同寻常的睿智,被德国人视为"真正的俄罗斯哲学家"[①]。他在差3个月没到30岁时就离开了人世,临死前内心充满了对世界末日的预感。他说:"我们度过的是一个沉重的时代,我们被消灭了,同时我们还自我消灭,也许我们作为一个民族已经退化了,恰达耶夫说得对,我们是由上帝想出来给世界提供反面教训的。"在这样一个民族衰落的危急时刻,杰兹金还是把俄罗斯民族看作是一个负有特殊使命的民族,尽管是作为世界的反面教材,却还是具有世界性意义,由此可见俄罗斯民族的弥赛亚意识。

在小说中,杰兹金去世时正好是1991年,所以,他对世界末日的预感实际上是对苏联解体的预感,引起他预感的是俄罗斯的凄惨现实:"电视里正在播放不幸的、在阵痛中解体的国家,那里在大街上公开杀人,毫不隐蔽,那里会有人闯到居民家里。那里坦克在轰鸣,一排排职业乞丐站在地下通道旁,火车站和飞机场挤满了职业难民,当年被战胜的德国正在给战胜国俄罗斯运去成箱的肉罐头和奶粉,这些东西又被职业商人们偷光了。"受到杰兹金影响,他的好朋友廖乌什卡·戈尔多夫斯基也对现实有着世界末日的感受:"廖乌什卡·戈尔多夫斯基不知是睡着了还是在做梦。他看见世界末日确实来临了,但完全不像启示录中所说的那样。它不是突然来临的,也并未伴随着任何灾难,而是更像由人们策划和精心组织的一种大疏散。"

杰兹金对世界末日的预感在相当程度上是一种基督教"异端"思想。他说:"不管怎么样,最后时刻总会迅速到来,任何遵守教规的人和祈祷者都不能使世界免于跌入深渊,但是这不必害怕,不应当害怕上帝的审判,因为那里不会有审判,而只会是弄清情况,没有无罪的人和有罪的人。"这种论点显然跟基督教正统神学思想背道而驰。基督教神学家认为,人们可以通过忏悔和祈祷获得上帝的宽恕,推迟世界末日的到来,如圣三一谢尔吉修道院的院长以赛亚说:"如果俄罗斯人民能够忏悔,向上帝祈求宽恕,并把东正教信仰作为自己生活的基础,那么俄罗斯就会得救,就会重新繁荣,并成为伟大的强国。如果人们不这样做,俄罗斯就会从历史舞台上消失,在其他民族中融于无形。"[②]杰兹金否定了上帝的审判,认为"不会有审判",也不会有"无罪的人和有罪的人"。通过这种否定,杰兹金实际上否定了基督教的"原罪"意识,以及相应的救赎意识。作家在此强

[①] A.瓦尔拉莫夫:《傻瓜》(余一中译),载于《生——瓦尔拉莫夫小说集》,外国文学出版社,2002年,第325页。以下引用本小说原文出处同此。

[②] 以赛亚:《俄罗斯的历史意义》,载于福明:《基督第二次降临前的俄罗斯》,莫斯科,甘泉出版社,1999年,第5页。

调了世界末日的必然性和不可避免性。在《傻瓜》中表现出来的末日意识完全是旧世界瓦解造成的一种心理状态,而不是基督教神学意义上的善恶交战和最后的审判。

在小说《沉没的方舟》和《教堂圆顶》中,作家用象征手法表现了末世论的主题。小说名称本身已经是一种象征。在《圣经》中,上帝发动大洪水造成了人类的第一次毁灭,唯有挪亚按照上帝的指示,乘上方舟,才保全了一家人的性命,他的后代繁衍成今天的人类。小说名"沉没的方舟"包含着三层含义,第一,当今人类与挪亚时代的人类一样面临着毁灭性大灾难,即世界末日;第二,当今存在如同挪亚方舟一般能够拯救人类的力量;第三,这次拯救是不成功的拯救,因为能够拯救人类的"方舟"也"沉没"了。

从小说中可以看出,这个能够拯救人类但又"沉没的方舟"指的就是一个与世隔绝的旧礼仪教派的小村社——布哈拉。布哈拉村社里的旧礼仪教徒们虔诚修行,作家把他们看作是维持世界存在的神圣力量,这与索尔仁尼琴在《玛特廖娜的家》中所说的"我们全都生活在她(指玛特廖娜——本文作者)身边却不知道,她就是那种圣徒,没有这种圣徒,如俗话所说,村子不会存在,城市不会存在,我们整个大地也不会存在。"[①]其精神宗旨是完全一致的。这反映了东正教的圣徒崇拜思想。如东正教神学家 M. 布尔加科夫说:"圣徒是这样一些人,他们依靠自己有效的信仰和有效的爱的修行,在自身中实现了似神性,也依靠这种修行,他们就有权显现神的形象,并得到神的更多恩典。""圣徒是我们的天上祈祷者和庇护者,因此也是地上教会的活成员。"[②]

值得注意的是,被瓦尔拉莫夫视为圣徒的不是东正教官方教会的僧侣们,而是旧礼仪教派的长老和教徒们。旧礼仪教派是 17 世纪俄罗斯东正教会尼康改革的反对派,又被称为"分裂派",他们的首领是大司祭阿瓦库姆和达尼尔。旧礼仪教徒们反对尼康的宗教仪式改革,为此遭到残酷迫害和血腥镇压,其中有的人被流放,有的人被监禁,有的人被鞭打致残,还有的人被处以死刑。但旧礼仪教派的信徒们毫不屈服,为了坚持自己的信仰,甚至不惜以自焚来维护自身信仰的纯洁,誓与"邪恶力量和敌基督"划清界限。还有些教徒逃亡到边远地区和原始森林中,组成自己的村社,过着与世隔绝的生活。小说《沉没的方舟》中的布哈拉就是这样的一个旧礼仪教派的村社。瓦尔拉莫夫在小说中遵循历史的真实叙述了村社布哈拉发展的历史,为我们勾勒了一个旧礼仪教派村社从 17 世纪一直到 20 世纪末的发展图景。"多少世纪过去了,布哈拉丝毫没有发生

---

① 《索尔仁尼琴作品选集》(九卷本)第 1 卷,莫斯科,地球出版社,1999 年,第 159 页。
② M. 布尔加科夫:《东正教——教会学说概要》(徐凤林译),商务印书馆,2001 年,第 148—149 页。

改变。隐秘的村子依然坚不可摧地存在于世间,在村社中没有偷窃和谋杀,没有富人和穷人,没有幸福的人和不幸的人——大家在他们的神耶稣面前一律平等。"①然而,这样一个经历了沙皇俄罗斯、社会主义苏联等历史时期却安然无恙的村社却在20世纪末以自焚的形式终结了自身的存在。因为布哈拉代代相传长老们的遗训:"他们不可以离开这个拯救之地,如果敌基督的奴仆发现了他们,或者饥饿驱使他们背井离乡,那么就要封闭村社,并在赎罪的火焰中自焚,但绝不能落入迫害者手中,也不能接受迫害者的任何馈赠。"布哈拉长老关于自焚的遗训实际上就是旧礼仪教派领袖人物阿瓦库姆的训诫。在《致西蒙的第二封信》中,阿瓦库姆写道:"在火中只需要忍耐很短暂的时间,一眨眼功夫,灵魂就会离开肉体!难道你还不明白吗?你还怕火焰吗?大胆些,别害怕,你只要一进入火中,就会忘记一切。等身体燃烧起来,你就会看见基督和天使们。天使们把灵魂从肉体里引出,并带到基督跟前,基督会给灵魂祝福,并赐予神的力量。"②在小说中,瓦尔拉莫夫描写了布哈拉村社集体自焚后灵魂升天的一幕:"如果这时有谁向天空望去,那么可能会看到,在直升机后面,从灰烬中腾空飞起40个人,身上还带着串串火花。其中有一个人立即坠落下来,其他人则慢慢地向天空升腾,天使们扇动着皱巴巴的燃烧的翅膀,匆匆忙忙地为他们引路。"其中坠落下来的那个人不是布哈拉的成员,他是一个邪教"末约教会"的教主柳博,在他身上有俄罗斯当代社会中真实存在的"末约教会"教主维萨里昂的影子,他未能在火中升天,表明他的信仰是邪恶的。

　　瓦尔拉莫夫把村社布哈拉看作是能够拯救人类的"方舟",但这艘方舟却以自焚的形式"沉没"了。作家想以此表明,世界末日已经指日可待,人类的毁灭已经不可逆转。但人类毁灭的原因是什么?在挪亚时代,上帝要毁灭人类,这是因为"耶和华见人在地上罪恶很大,终日所思想的尽都是恶"③。在小说中,布哈拉的长老们决定自焚,是因为"我们再不能保持信仰的纯洁,我们应当执行长老的遗训"。在他们看来,"死亡只不过是脱离敌基督的世界。他们活着就是为了快点死,以使心灵摆脱罪恶身体的负担"。作家认为,促使他们选择自焚道路的正是20世纪末俄罗斯的社会现实,主要表现是人们信仰失落,各种新兴教派林立,"伪先知"、"伪基督"蜂起。作家以"末约教会"及其教主柳博为主要靶子,对各种新兴教派和"伪基督"的邪恶本质进行了无情的揭露和批判,诸如"现在

---

　　① A.瓦尔拉莫夫:《沉没的方舟》,载于《斯拉夫电影之夜——瓦尔拉莫夫作品集》,莫斯科,时事出版社,2001年,第59页。以下本小说原文出处同此。
　　② 见C.克瓦斯尼科娃、A.马其顿斯基:《俄罗斯分裂派运动的悲惨史页》,见《旧礼仪教派:历史,文化,现状》,莫斯科,打印机出版社,2000年,第55页。
　　③ 《圣经·旧约·创世纪》,第6章第5节。

任何骗子或者疯子只要宣称自己是治病大师、圣徒、先知,就可以让人们挤满体育场来听他布道。前民警宣布自己是基督后,人们就按照他的宣召抛家舍业,跑到叶尼塞河上游的不毛之地。女共青团积极分子宣布自己是圣母后,就有成千上万的人准备按照她的话自焚。人们都疯狂了,都在寻觅着,想要跟随某个教主。"这些描述都是符合实际情况的,"前民警"指的是末约教会的创始人,"女共青团积极分子"指的是白色兄弟会的圣母。在这种社会背景下,作家认为,"最后的号角"就快吹响了。

与《沉没的方舟》相似,《教堂圆顶》的小说名也是一种具有末世论意味的象征。小说中明确提到,主人公"我"的故乡恰戈达伊,一个在俄罗斯北方不为人知的小镇,其形状就是"教堂圆顶":"在恰戈达伊原来所在地方出现的区域具有非常清晰的边界,呈现出不十分规则的教堂圆顶形状,因此,人们以后都把这个区域称为'教堂圆顶'。"①"恰戈达伊从世界上不翼而飞,犹如敲打下来的冰块,化为无形……在恰戈达伊消失之前,所有居住在其他地方的恰戈达伊人都返回到故乡,在恰戈达伊之外再也没有一个天生的恰戈达伊人,除了躺在特维尔省边远地区一个偏僻医院里的一个身份不明的患者(即小说主人公'我'——本文作者)。"恰戈达伊的消失相当神秘,主人公"我"也有如梦如幻的感觉。天主教的僧侣亚历山大把恰戈达伊的消失看作是上帝向人们显示世界末日的征兆,并把进入教堂圆顶看作是获得拯救的最后机会。主人公"我"冲破重重阻力,回到故乡恰戈达伊,却发现恰戈达伊已经变成了一个人间天堂:"我突然想,在这里实现了俄罗斯永远的梦想。为了这个梦想,最优秀的俄罗斯人跑到西伯利亚,跑到阿尔泰,投身于革命,被关进监狱,被流放,去服苦役,为了这个梦想千百万人牺牲了生命,这个梦想就是——白水国②、基杰什城③、伊诺尼亚城④,地上的天国。"但主人公"我"紧接着又否定了这种生活:"我所看到的一切——人们在水面行走,幸福安康,繁荣昌盛,西红柿和茄子极大丰富,这就是千禧年,就是基督的千年王国……但这是最后阶段的诱惑和考验,如果恰戈达伊在经历过贫

---

① 见 A. 瓦尔拉莫夫:《教堂圆顶》,载于俄罗斯《小说月报》杂志,2000 年第 18 期,第 48 页。以下本小说原文出处同此。

② 17—19 世纪俄罗斯民间故事传说的自由国度。据旧礼仪教派称,该国在东方某地——日本、印度等。现实的原型是阿尔泰的布赫塔尔马边疆区。

③ 基杰什城的名字来源于 1237 年被鞑靼人毁坏的城市基杰克沙(现今是距苏兹达里 4 公里远的一个村庄)。有一系列关于基杰什城的传说故事:基杰什城为了避免鞑靼人的侵害,自行沉没到斯维特罗雅尔湖中(现今位于高尔科沃州瓦斯科列辛地区)。据传说,风和日丽时可以听到教堂的钟声,看到湖底深处城市的建筑。

④ 原型是《启示录》中的圣城,叶赛宁曾写过一首诗,名字叫《伊诺尼亚城》。

穷、破坏、纷争之后，还能经受住这场考验，拒绝它的诱惑，那么所有那些不受诱惑的居民就会直接升入天堂。这就是说，大家都应刻不容缓地从这里离开，去挽救自己的灵魂，去承受苦难，因为一个没有苦难的世界是个不信神的世界。"由此可以看出，作家为着追求灵魂的拯救而否定了物质世界的幸福。在作家看来，世界末日的真正危险不在于物质世界的毁灭，而在于灵魂不能得救。

瓦尔拉莫夫不仅在小说中表现末世论思想，他从莫斯科大学语文系毕业时，写的论文也是关于俄罗斯当代文学的启示录主题。在接受《新杂志》记者采访时，他对启示录主题的内在成因有非常到位的分析："我想，这在很大程度上是对我们国家所发生的跳跃或者说断裂的一种回应。在此跳跃或者说断裂之后，我们国家告别了已有 70 年之久的旧世界。无论我们怎么看待那个时代，无论我们怎么去诅咒它，在我们的潜意识中，已经把那个时代的终结理解为一切存在的终结。因为我们都是在那个时代成长起来，并与它紧密相连。后来，这种感觉消失了，而世界末日在众所周知的意义上来临了，但生活还在继续，对生活的思考也在继续，其中也包括我们在文学中对生活的思考。"①

瓦尔拉莫夫的长篇小说可以归纳出三个突出的特点：第一，在创作手法上，对生活的现实主义描写与神秘主义的幻想相结合。瓦尔拉莫夫的作品对俄罗斯当代生活作了非常精细和准确的刻画，同时又有游离于现实生活之外的神秘主义成分：如《沉没的方舟》中玛莎的两个预言性梦境都成为现实，《教堂圆顶》中恰戈达伊突然从地球上消失等。作家通过这种现实主义与神秘主义相结合的方式表现物质世界和精神世界两个层面的对立和融合，进而否定人欲横流的物质世界，肯定灵魂纯洁的精神世界。第二，小说主人公形象具有自传性。小说中的男主人公都表现出"精神上的漂泊者"的俄罗斯知识分子气质，《傻瓜》里的杰兹金是俄罗斯民间哲学家，《沉没的方舟》里的伊里亚·彼得罗维奇知识渊博，从莫大毕业，《教堂圆顶》里的"我"是数学天才，从莫大肄业。三位主人公都是有思想、有良知、有追求，并且都是漂泊一生：杰兹金四处流浪，居无定所；伊里亚浪迹偏远小村、彼得堡、布哈拉；"我"则无处寻觅归宿。这些男主人公与作家的背景和经历非常相似，具有自传性质。小说中的女主人公则都是近似于圣母的纯洁女性形象。《傻瓜》中的女主人公卡佳为了挽救心爱的男友杰兹金不惜毁灭自己，《沉没的方舟》中的玛莎更是被人们看作具有拯救力量的"圣女"，《教堂圆顶》的恰戈达伊则是由女性统治的世界。第三，小说的思想主旨表现出非常突出的末世论倾向。作家表现出人类注定毁灭的宿命论思想，同时又希望

---

① 《新杂志》对作家瓦尔拉莫夫的访谈，参见网页：http://www.lebed.com/art833.htm。

借助于纯洁的灵魂力量来使人类获得拯救。总的来说,作家的宗教思想倾向于旧礼仪教派。《沉没的方舟》中的"方舟"是旧礼仪教派的村社布哈拉。在《教堂圆顶》中"我"的故乡恰戈达伊也是旧礼仪教派的聚居地。这种对旧礼仪教派的倾心与作家对灵魂纯洁的追求是相一致的。

中篇小说《诞生》

瓦尔拉莫夫的中篇小说《诞生》叙述了一个新生命诞生的艰难历程,表现了绝望中新生的主题。小说由"女人怀孕"、"孩子降生"、"孩子生病"三部分内容组成,着力表现了在此过程中"女人"和"男人"诸般微妙的心理变化。女人和男人本来已经不再相爱,彼此厌倦,关系冷漠。他们的婚姻名存实亡,而且马上就要正式解体。在此关键时刻,女人发现自己怀孕了。于是,婚姻关系得到了保全。此后,两人对孩子的关爱使男人和女人深刻反省自身并主动改变自己。两人的关系渐渐发生实质性变化,久违的幸福又回到他们的生活中。

小说描述了男人和女人从不信教转变为信教的心路历程。孩子的诞生历经了诸多磨难。两人出于对孩子的爱,开始寻求上帝和圣母的庇护。"她以前不信教,也没受过洗礼,但自从怀孕后,她开始背着丈夫做早祷做晚祷。连她自己也说不清为什么要这样做……大半生远离教堂的女人突然相信了上帝的祝福。"①之后,她去教堂接受洗礼,尽管"整个过程看上去既愚蠢又滑稽,而且十分忙乱",但"现在她真切地感受到了对上帝那种处女般圣洁的感激之情……从此之后,她和她腹中的生命不再孤单无助,她和他都有了属于自己的天使守护神。"婴儿早产后,肺充水使他面临死亡的威胁。于是,女人躺在床上一连几个小时不停地祈祷。而男人则走进了阿尔巴特大街上的教堂,希望教会为孩子祈祷,因为"孩子需要上帝保佑"。男人向上帝祈祷:"主啊,随便你怎么惩罚我,随便你让我少活多少年,你可以拿走我的健康,精力以及森林木屋——一切皆随你愿,只要让孩子活下来。"当孩子转危为安后,女人归功于"圣母玛利亚"和"仁慈的主":"我要告诉他,是你救了他。你是他的保护人。我把他献给你,恳求你保佑他。"在孩子出产院后,又呈现出重病的症状,在女人的坚持下,男人找来神甫给孩子做洗礼。这是为了使孩子得到上帝的保佑,万一死去还能升入天堂。孩子最终平安无事,这个圆满结局无疑会进一步坚定两人的东正教信仰。

小说中女人和男人的信仰,即东正教信仰,表现出两个突出特点:第一是苦

---

① 见 A. 瓦尔拉莫夫:《诞生》(郑永旺译),载于周启超选编的《在你的城门里——新俄罗斯中篇小说精选》,昆仑出版社,1999年,第341页。以下本小说引文出处均同此。

难思想。苦难是上帝对人的惩罚:男人把自己看成孩子受苦的根源,因为他"常怀一颗妒忌之心","妒忌,妒忌,它叫人恶心,它是不可饶恕的罪恶,是杀人的动机,是对上帝的忘恩负义,上帝能够赐福个人,也可以从妒火中烧的人手中夺走最后一点东西,你的儿子将为你的妒忌付出沉重代价"。苦难更是上帝对人的恩赐:"受苦受难就意味着未被上帝所抛弃","在历经数次磨难后,你所能体会到的仅仅是一种情感——感激"。东正教号召人们在苦难中进行忏悔,只有对自己的罪进行悔改,才能得到上帝的宽恕。男人忏悔了自己的罪,于是孩子平安无事。作家对俄罗斯祖国的命运也用这种用苦难赎罪、凭忏悔得救的神学逻辑来加以思考:"我总是骄傲地说,俄罗斯是我们的祖国,不管她多么丑陋,永远是我们的祖国。至于我们为什么生活在贫困和屈辱之中,因为那是我们的命中注定的劫难,是命运对我们这些受所谓平等和正义诱惑的一代人的报复。"作家以此告诉他的同胞们:我们生活的俄罗斯充满了苦难,这是上帝对我们的罪孽的惩罚,但只要我们真诚地忏悔,我们就能获得拯救。

恩格斯对于基督教的苦难思想和罪孽意识有非常精彩的论述:"基督教拨动的琴弦,必然会在无数人的心胸中唤起共鸣。人们抱怨时代的败坏,普遍的物质贫乏和道德沦亡。对于这一切抱怨,基督教的罪孽意识回答道:事情就是这样,也不可能不这样,世界的堕落,罪在于你在于你们大家,在于你和你们自己内心的堕落!……承认每个人在总的不幸中都有一分罪孽,这是无可非议的,这种承认也成了基督教同时宣布的灵魂得救的前提……这样,基督教就把人们在普遍堕落中罪在自己这一普遍流行的感觉,明白地表现为每人的罪孽意识。同时,基督教又通过它的创始人的牺牲,为大家渴求的、摆脱堕落世界获取内心得救、获取思想安慰,提供了人人易解的形式。"①对照恩格斯的论述,我们再来看小说,就会对女人和男人的行为逻辑有更深入的认识。

第二是圣母崇拜,女人祈祷的对象更多的是圣母而不是上帝,更不是基督,这跟天主教和新教截然不同。圣母在东正教中类似于佛教中大慈大悲救苦救难观世音菩萨的角色,小说中女人寻求圣母的庇护,最后就得到庇护。显然,作家相信,有了圣母的庇护,多灾多难的俄罗斯,"这个核电站爆炸、轮船沉没、火车相撞、飞机失事、天然气管道起火的国度"一定会逢凶化吉,遇难呈祥。

小说情节生动反映出一切宗教所具有的补偿性功能,即宗教对于人们内心世界的创伤和现实生活的不幸起着特殊的安慰和弥补的作用。在人们最需要帮助而得不到帮助的时候,只能向高高在上的神灵进行诉求;在人们无缘无故

---

① 《马克思恩格斯全集》第19卷,第2版,人民出版社,第335页。

经历苦难时,又根据宗教说教把苦难归结为对自身罪的惩罚,要以忍受和悔改的方式来度过苦难。因此,马克思说:"宗教是人民的鸦片。"①这个论断非常形象地说明了宗教的补偿性功能。

孩子诞生的时代背景是1993年10月的白宫事件之后:"美国记者拍下了冒烟的大楼,到处奔逃的人群,轰隆隆的汽车和坦克。""他不过是数千万刚刚诞生的俄罗斯儿童中的一个,他诞生在贫困交加,兄弟之间相互残杀,到处有肮脏的交易,到处有谎言,到处能听到世界末日即将降临这可怕的预言这样一种时刻。"在这种情况下,艰难降临人世的婴儿跟命途多舛的俄罗斯形成强烈的类比。而婴儿的平安,使得俄罗斯也有了新生的希望。

小说名"诞生"直意是指孩子降临人世,象征意义指女人和男人灵魂生命的诞生,也喻指女人和男人之间爱情的复活,在更深层面上,"诞生"还象征着俄罗斯在经历天翻地覆变化之后的新生。在"诞生"的这几层意义中,作家把两人灵魂生命的诞生看作决定其他一切"诞生"的主导性因素。灵魂生命的诞生让孩子顺利降生,让女人和男人保住了孩子的生命,让他们的爱情复活。而且,在作家看来,如果俄罗斯人都能够像他们一样投入圣母和主的怀抱,那么俄罗斯的未来就将充满光明。显然,当俄罗斯处于生死存亡的危机关头,热爱祖国的作家还无法在现实中找到未来的希望,只能更多地寄希望于缥缈虚幻的宗教。他们的愿望是美好的,但却是不现实的。无怪乎马克思称宗教为"幻想的太阳"②,它只能给人以虚幻的精神慰藉,却不能让人真正得到光明和温暖。

第十五节　维·彼·阿斯塔菲耶夫
(1924—2001)

维·彼·阿斯塔菲耶夫是20世纪著名的俄罗斯作家,俄罗斯生态文学的杰出代表者,被媒体誉为"活着的经典",其创作题材广泛、体裁独特,作品具有深刻的思想性和尖锐的批判性。阿斯塔菲耶夫在俄罗斯文坛上有着独特的地位。

生平创作道路

维克多·彼得罗维奇·阿斯塔菲耶夫(Виктор Петрович Астафьев,1924年5月1日生,2001年11月28日夜至29日凌晨去世)出生于西伯利亚克拉斯诺

---

① 《马克思恩格斯选集》第1卷,人民出版社,1972年,第2页。
② 同上书,第2页。

雅尔斯克州奥夫相卡村的一个农民家庭。谜一般的冻土带、原始森林、奔腾喧嚣的叶尼塞河赋予了他一颗乐于感受自然之美的心灵。他是真正的自然之子，一个终身的外省作家，并且一生都以此为荣。

阿斯塔菲耶夫那一代人的命运充满悲剧性，他们十七八岁时就遭逢战争，在伟大的卫国战争前线付出了惨重的代价。因此，战争就成了阿斯塔菲耶夫、巴克兰诺夫、邦达列夫那一代从战火中走出来的作家心中永远的痛。而阿斯塔菲耶夫的悲剧还不仅在于战争，还在于家庭。他的命途坎坷，7 岁时母亲就淹死在叶尼塞河里。作家先由祖父和祖母抚养，然后进了寄宿学校。中学毕业后，他考进铁路职工学校，后来曾担任克拉斯诺雅尔斯克的火车调车员。1942 年春，18 岁的阿斯塔菲耶夫志愿入伍，在卫国战争中当过司机、炮兵侦察员、联络员，1945 年因伤复员。离开战场后，他先住在妻子科里娅吉娜乌拉尔河畔的家乡，先后做过搬运工、传达员、杂工、木匠，后来开始为报纸撰稿。他们在丘索沃伊市生活了 18 年，接着迁居彼尔姆、斯维尔德洛夫斯克，1980 年回到克拉斯诺雅尔斯克，作家最后在故乡奥夫相卡村辞世。

阿斯塔菲耶夫的文学创作之路起步较早，丰富的人生经历成了作家取之不尽的创作素材。1951 年他在第一个短篇《一个普通的人》在丘索沃伊工人报上发表后，便受邀为该报社工作，这确定了他的文学之路。1953 年，作家的第一本文集《明春之前》问世，不久后又发表了短篇小说集《融雪》(1955—1957)。

1958 年，阿斯塔菲耶夫加入了苏联作家协会，1959 年被派到莫斯科高等文学进修班学习，1961 年毕业。在此期间，出版了《隘口》(1958—1959)和《老橡树》(1960)等中篇，另一部中篇《陨星雨》(1962)使他成为了一位著名作家。此后，阿斯塔菲耶夫佳作不断，《偷窃》(1966)、《最后的问候》(1968—1989)、《牧童与牧女》(1971)、《俄罗斯田园颂》(1972)、《鱼王》(1976)、《悲伤的侦探》(1986)、《该诅咒的和该杀的》(1990—1994)、《真想活啊》(1995)、《快乐的士兵》(1997)和《泛音》(1995—1996)等作品都受到文艺批评界的重视。截止到 1999 年的统计，作家各种作品的单行本有 94 本之多，并多次结集出版；1979—1981 年间，作家的 4 卷本作品集在莫斯科问世；1981—1982 年，又发行了一套 3 卷本文集，1997—1998 年，15 卷全集在家乡克拉斯诺雅尔斯克出版。

阿斯塔菲耶夫的创作之路漫长而辉煌，其作品不断引起争议，但也获得各界的认同。在半个世纪的创作生涯中，作家获得过无数荣誉。1975 年，中篇小说《牧童与牧女》获得俄罗斯联邦国家奖；1978 年，《鱼王》获苏联国家奖；1989 年，他被授予"社会主义劳动英雄"称号和金星勋章；他的长篇小说《该诅咒的和该杀的》入围 1993 年的布克奖，并于 1996 年获俄罗斯国家奖；中篇小说《真想活啊》曾入围布克奖；另一部中篇《快乐的士兵》入围 1998 年度反布克奖。此外，他在1994年获得被称为"俄罗斯诺贝尔奖"的凯旋奖，以及德国汉堡托普费尔基金会普希金奖。1999年，叶利钦总统在他75岁时授予他"对祖国有功"二级勋章。

阿斯塔菲耶夫在俄罗斯文学界的影响巨大，很多诗人、作家曾做诗、撰文献给他，如 M. 杜金的《会面之后：致 B. 阿斯塔菲耶夫》(1983)、M. 卡里莫夫的《友谊：致 B. 阿斯塔菲耶夫》(1989)、B. 斯基夫的《有过快乐也有过痛苦：在 B. П. 阿斯塔菲耶夫家里》(1989)，等等。他的作品还被译成多国文字出版，中国、英国、法国、德国、荷兰、芬兰、西班牙、波兰、保加利亚、罗马尼亚、斯洛伐克、蒙古等国家翻译出版了他的多部作品，在原苏联各加盟共和国中被翻译成各民族文字的也为数不少。他的许多著作甚至被改编成剧本和音乐作品，比如歌剧、芭蕾舞剧和清唱剧等，在俄罗斯境内外演出。

2001年11月28日夜至29日凌晨，阿斯塔菲耶夫因患脑血栓，在家乡西伯利亚的克拉斯诺雅尔斯克去世，享年77岁。

阿斯塔菲耶夫擅长描写童年、自然和人、战争和爱，其抒情散文带有自传性的特点，情节淡化，富于哲理性，同屠格涅夫、帕乌斯托夫斯基、普里什文的自然哲学散文传统有着千丝万缕的联系。作家认为："了解善，肯定善，使人不至于沉沦到自相残杀和消灭世上的一切生物，这就是一个文学家的真正的和最高的使命，其中也有我的使命。"[①]因此，他的作品没有局限于纯文学领域，而是对生态问题给予了高度关注。杜甫有一句耳熟能详的诗句："国破山河在"，现在世界上的很多国家面临的局面却是"国在山河破"。生态危机是人类在21世纪面临的最迫切问题，生态文学也成了现代文学中的一支生力军，阿斯塔菲耶夫是20世纪俄罗斯生态文学中的代表作家之一。他一直关注他生于斯、长于斯的那片西伯利亚的神奇土地，也一直关注人类的自然、社会与精神的生态平衡，并以其创作从拯救地球、社会和人类灵魂的高度对此进行艺术观照。

阿斯塔菲耶夫的创作特色不仅在于将普里什文、列昂诺夫等作家的生态思想发展到了一个新的高度，而且他通过其主要代表作《鱼王》等描写了人与自然的关系，把人对待自然的不同态度提升到道德范畴来审视，认为"精神上的偷渔偷猎者"要比生活中一般的偷渔偷猎者对社会的危害更大，同时揭示了保护自然资源、保护生态平衡的重大意义，讴歌了那些对自然界"奉献多于索取的人"，鞭挞了那些践踏自然、贪婪索取的人类的劣根性，展现了那些受到自然惩罚而有所悔悟的人之心路历程，并以"鱼王"这一大自然的化身警示人类，人只不过是大自然这根链条上的一个小环节，这根链条无论在哪个环节上发生断裂，整

---

① 《世界文学》，1984年第2期，第162页

个生态系统都将濒临崩溃。

他的作品对人与自然的分析达到了一个新的高度和境界,生动形象地表现出了人类对大自然的过分掠夺所造成的危害不仅是一个自然生态危机问题,也是一个社会生态、精神生态危机的问题。这是阿斯塔菲耶夫留给人类的宝贵启示。作家认为只有彻底改变人的精神观念,才能根本解决人与自然的矛盾,实现人类经济和文明的可持续发展,才能使自然和人类文明合理地结合在一起,相互协调。——这就是作家独树一帜的整体生态观,也是作家生态创作的基本内涵和基本成就。

阿斯塔菲耶夫的很多作品都突出了现代人类社会的混乱与危机,例如《悲伤的侦探》。战争是社会危机极端的表现,也是他创作中永恒的主题。他在《牧童与牧女》中将恬淡的田园生活置于战火的洗礼之中,充分展示了生态失衡对社会生活的破坏,表现了对健康、均衡社会的向往。他晚年的很多作品带有浓厚的宗教色彩,描绘了丧失理想和信仰后世界的空虚。《该诅咒的和该杀的》就是其中的代表作。作家所表现的这一切都与生态运动所倡导的用宗教改变人的精神世界,维持精神领域的生态平衡相一致。阿斯塔菲耶夫在自己的创作生涯中虽然经历过由传统派到自由派的转变,虽然在对待一些重大社会问题上不无片面和极端之处,但从生态文学的角度看,作家一生的创作从未放弃过对生态平衡的追求,并且经历了一条由点到面,由浅到深的探索之路。

长篇小说《该诅咒的和该杀的》

阿斯塔菲耶夫虽然一直没有放弃拯救人类精神世界的努力,但他的立场却发生了明显的变化。1995年,阿斯塔菲耶夫就《真想活啊》的出版接受过一个访问,被问及对俄罗斯人民最好的祝愿时,作家回答:"复活,复活,复活。"[①]这不禁让人联想起托尔斯泰在上个世纪末的作品——《复活》。要拯救俄罗斯于水火之中,首先是个人的精神复活,以此消灭社会罪恶,使全人类复活,这就是最大的善。俄罗斯人对未来和理想非常关注,对他们而言,最重要的宗教节日是复活节,而不是圣诞节。同在社会转折时期,同样是世纪之交,阿斯塔菲耶夫和托尔斯泰一样,也用自己的作品期待俄罗斯的复活,《该诅咒的和该杀的》就是这样一部作品。小说按计划应该有三部,从构思和前两部的内容来看,可能是作家地狱天堂说的完美体现。《该诅咒的和该杀的》小说的第一部《鬼坑》经常被拿来和索尔仁尼琴的《第一圈》相比较,"鬼坑"("Чертова яма")也可以翻译成巨

---

① 《以新书为背景的谈话》(引自伊琳娜·拉西娜与维克多·阿斯塔菲耶夫的对话),摘自 B. 阿斯塔菲耶夫:《真想活啊》,书局出版社,1996年,第10页。

大的监牢、魔鬼的监狱等等,这里说是地狱毫不为过。小说的第二部名字叫做登陆场,登陆场未尝不能理解为登陆彼岸的意思。作家用了"登陆场"("Плацдарм")这个词,它还有一个转义:立足点,出发点。阿斯塔菲耶夫很可能是把这个战场作为一个新的起点,一切邪恶的东西在这个炼狱里被诅咒、被杀死,人们"从这个该诅咒的、该死的岸边漂走",而后的新世界就是洁净的上帝之城。这样看来,小说的第三部要描写的应该是末日审判后的新天新地,但作家并没有继续写下去,而是发表了《真想活啊》、《泛音》和《快乐的士兵》。阿斯塔菲耶夫认为这三部作品已经表达了他完整的思想,因此不需要写续篇。尽管作家做了解释,但人们仍然期待一个完整的作品。以三部曲来阐释地狱、炼狱、天堂的思想并非阿氏首创,俄罗斯作家不满足于只是像《神曲》一样描述这三个世界,而是要将它们表现为拯救世界的三个步骤。果戈理没有完成这个心愿,他在苦苦追求《死魂灵》第2部的过程中殚精竭虑而亡。阿斯塔菲耶夫也没能完成这一任务,人们尊重他的爱国热情,但作家放弃完成三部曲这一选择不禁在人们心中打上一个大问号,是否作家的新天新地只是一个美好的空想,连作家自己也找不出方法将它变成现实呢?

《该诅咒的和该杀的》描写了战争的后方和前线。《鬼坑》写的是一些新兵在西伯利亚营地里受训的情况,展现了一派地狱般的景象。这里不是前线,甚至也不临近前线,但却感染了战争的残酷。来到新兵营的都是年轻人,是孩子,他们一直处在深深的恐惧中。军营的每一天都像是世界末日,战士们从不去想未来会怎样,明天似乎根本不会来临,所有的心思都放在一件事上——填饱肚子。一切残酷的举动都被冠以合理的理由:战争需要纪律。因此,连长普什内依中尉打死了重病在身的波普佐夫,爱捣乱的泽林佐夫被送到军事法庭审问,而最严厉的惩罚则降临在一对孪生兄弟——斯涅吉廖夫兄弟身上,处死这对孪生兄弟是小说的中心。两个被误认为做了逃兵的孩子被通缉、审判,最终被处决了。枪声响起的刹那,哥哥叶烈明的勇敢和周围战士的懦弱形成了鲜明的对照。两兄弟的死激起士兵们的愤慨,称执行死刑的人是"凶手!"连善良的科利亚都抑不住自己的震惊、愤怒,开始诅咒:"上帝!上帝!上帝会惩罚的!会惩罚的!……下地狱!……该诅咒的和该杀的!……该诅咒的和该杀的!"

《登陆场》描写的是1943年红军发动的解放基辅战役中强渡第涅伯河的一个局部战斗,其章节划分具有浓郁的末日审判色彩,小说共有10部分:渡河前夕、渡河、第一天……第七天、剩下的日子。稍具宗教常识的人都知道,上帝用七天完成了创世纪,发大洪水前也只给了诺亚七天的时间建造方舟。作家单独将渡河最初的七天作为七个独立的章节,不禁让人将作品和《圣经·启示录》中末世审判的七个封印联系起来,渡河的七天就是末日审判的七天。另外,小说中还大量使用了"星期"作为计时单位,这个平凡却神圣而又神秘的词语不能不被看作是一种强烈的宗教暗示,或是一种宗教情感与心态的不自觉、下意识的流露。

斯涅吉廖夫兄弟并不是唯一死在"兄弟们"手上的人。战争的风暴将把无数斯涅吉廖夫们卷进无底深渊,从行刑队伍训练有素的表现来看,执行这种对自己人的死刑看来已经是家常便饭。战士们在诅咒凶手的同时,也痛恨自己的冷漠。对死者的罪恶感让活着的人备受折磨,彼此疏远。作家在《快乐的士兵》中用相同的一句话作为小说的开端和结尾:"1944年9月14日我杀了一个人",结尾处增加了一句:"当我扣下扳机的瞬间,我的手指还是完整的,没有变形,我年轻的心还热血沸腾,满怀希望。"战争伤害的不仅是身体,更摧残人的精神,令人性泯灭。

《圣经·启示录》说,末日审判来临时,羔羊将揭开7枚印章,每揭开一个,就会有一种灾难降临到人间。第一个灾难就是战争。在阿斯塔菲耶夫笔下,战争一直是人类最大的灾难,它破坏自然、颠覆社会的稳定、摧残情感、抹杀人性。他早期的战争题材小说,比如《牧童与牧女》、《陨星雨》里,虽然没有非常浓郁的宗教色彩,但作家对战争一直持批判态度。阿斯塔菲耶夫诅咒的是整个战争,同情的是所有在战争中受到身心双重伤害的人,而不是所谓正义的一方。如果说阿斯塔菲耶夫早期的作品是对战争真实的再现,那么,他晚期的小说就是他的反战宣言。后者显得更加残酷、更加没有理性、正义性,突出了战争就是手足相残的宗教观点。《该诅咒的和该杀的》两部分的引言表述出了作家的核心思想:"如果你们相互折磨,相互噬咬,当心,你们将相互毁灭。""你们听见有吩咐古人的话,说,不可杀人,又说,凡杀人的,难免受审判。只是我告诉你们,凡无缘无故向弟兄动怒的,难免受审判。"[①]战争破坏了古老的训示,甚至在它打响之前就已经做到这一点。《该诅咒的和该杀的》里面,描写军营内部自相残杀、迫害的笔墨远比和德国人在前线交锋的多,也正是为了给读者留下战争就是手足相残的观念。

和托尔斯泰一样,阿斯塔菲耶夫也认为普通士兵之间根本没有仇恨,他们任何时候都可以彼此合作,甚至互相帮助。他在小说中思索一个问题:为什么"因父之名结成的兄弟彼此出卖,自相残杀"? 小说里"诅咒"这个词以不同词类

---

① 原文见 В.阿斯塔菲耶夫:《该诅咒的和该杀的》,杰拉出版社,1999年,第251页。译文出自《马太福音》第5章第21—22节,见《新约全书》(新译本),香港,中文圣经新译会翻译及出版(第5版),1979年,第7页。

一共出现了38次,该诅咒的对象众多,有红军士兵、德国兵、土地、小船,等等。那么,这种漫无目的的诅咒究竟针对的是谁呢?杀人的人要被诅咒,放纵人们去杀人的人要被诅咒,忘记了那些日子、那场生命、那些死亡的人也要被诅咒。"该诅咒的和该杀的"不是敌人,更多是那些由无数堂而皇之的口号掩盖的平庸的、残忍的专制体制。阿斯塔菲耶夫在回顾这段历史时总是将斯大林政权和希特勒阵营相提并论,认为两者本质上是相同的:一方是雅利安人种要称霸世界,扫除马克思主义,另一方是要将以马克思主义为基础建立起的共产主义推广到全世界。可笑的是,马克思主义却是德国的产物。这种完全抹杀卫国战争正义性的看法显然是错误的。

事实上,作为卫国战争的老战士,阿斯塔菲耶夫本人也做不到完全否定和自己一同浴血奋战过的红军战士。他真诚而热情地歌颂了那些坚持作战,尽职尽责完成任务的英雄将士,拉霍宁师长、扎鲁宾少校、修斯营长、通信兵列什卡、女卫生兵涅丽卡都是作家褒奖的人物。小说中最富激情的是扎鲁宾向列什卡传达命令的一幕,作为上级,前者并没有命令士兵去完成这个九死一生的架线任务,而是让他听从自己心灵的安排来决定。心灵是精神生活的中心,它显示了圣父的仁慈,让人免于彻底的堕落。作家似乎要告诉我们,所有的问题:逻辑混乱、困惑、绝望,都将在心灵中得到解决。阿斯塔菲耶夫仇视战争,但他还是在被诅咒的战争中插入这一小段让他无法不感到骄傲和欣喜的情景。实现这一奇迹的不是只会误事的穆谢诺克们,不是逃避战争的教徒们,而是战争中真正的英雄——扎鲁宾和列什卡。

阿斯塔菲耶夫在小说《该诅咒的和该杀的》中塑造的主人公柯利亚·雷金,一个虔诚的旧礼仪派教徒,是作家理想中的道德人物。柯利亚从遥远的西伯利亚林区来到军营,身处一个他全然生疏、不了解的环境之中。他由于长期生活于林区而形成的单纯与天真跟这个残酷的战争世界格格不入,常常被人们看作是不正常的。士兵们最初甚至把他同林妖鬼怪联系起来,觉得他像"富有的妖婆"、"鬼王"。这个梅什金公爵式的人物没有任何低卑自私的动机和打算,总是用自己温顺的基督精神来宽容一切,同情和怜悯所有人。他不能理解打着任何旗号的杀人之举,甚至连恨敌人都做不到,始终不能用刺刀去杀假想中的敌人。作家通过他之口说出了整个世界是"该诅咒的和该杀的",可见,柯利亚是小说的灵魂人物。

师政委穆谢诺克是柯利亚的对立面,是个靠告密发家的小人,反基督的形象,因毁掉了兹拉托乌斯特市所有的教堂而出名。他没有自己的信念,只有一个圣像,上面描绘的形象并不固定,时而是沙皇,时而是列宁,哪个对他有利就挂哪个。穆谢诺克给人印象最深刻的一幕,是在战斗的关键时刻为宣读一篇

"激动人心的领袖讲话"而占用电话,妨碍营长向指挥部请求支援。他用"先进的"爱国主义武装自己,努力将自己塑造成一个共产主义战士形象,但对共产主义和爱国主义并不真正理解。对他而言,爱国主义就是一块儿紧握在手里的抹布,随时准备用来抹去一切污秽,至于祖国到底是什么,他根本就不知道,而他眼中那些愚昧、落后的战士却对祖国有着准确的理解:祖国就是人民。穆谢诺克最后死在修斯手上,没有人为他的死感到惋惜,他的死就像"套中人"一样,搬开了压抑着所有人的一块大石头。

政治部副主任梅里尼科夫和穆谢诺克一样,也是个伪共产主义者,他曾试图改造柯利亚,使其相信上帝并不存在,只有科学的共产主义和对万能的斯大林同志的信心才能拯救国家和人民。但是,梅里尼科夫说的都不是他自己的话,而是从章程里和报纸上读来的空话。柯利亚用来反驳政治部副主任的语言却是感性的、有生命的。面对这种无畏的、坚定的信仰,梅里尼科夫明白,自己所有的反宗教呓语都不足以说服一个红军战士柯利亚·雷金,何况是全体人民。在绝望中他不自觉地求助于上帝,但柯利亚立刻就批评他:不应该无端地提到上帝,因为他根本不相信上帝,这是最严重的罪过。在这场宗教与共产主义的交锋中,作家显然更倾向于前者,让战士们逐渐接受了柯利亚的观念。小说里的"上帝"这个词非常值得注意,它在文中时而用大写,时而用小写。作家以此来反映不同的世界观,借助大小写的交替使用以区别真假信仰,使读者更清楚了人物性格,同时揭示了情节的深层含义。

阿斯塔菲耶夫的宗教观中似乎更多地具有泛神论的倾向,而不是纯粹基督教式的。作家所说的上帝首先是大自然的创造者。人本来应该是大自然的一部分,但是他们现在成了分裂者和叛徒。这和卢梭主义有些相似,同时接近托尔斯泰的观点。阿斯塔菲耶夫认为,上帝慷慨地恩赐给人类山川、河流、森林,但人却没有珍惜这份宝贵的赐予。作家所选择的复活之路和其他宗教文学家有所不同,可能出现的局面有三种:一是陷入悲观主义和绝望中,尽管作家晚期的作品的确陷入了悲观的宗教情绪中,但他显然不认可这条路,并期待有所突破;二是回归自然之路,这是个典型的乌托邦,因为人类长期的历史经验已经否定了它,而卢梭就曾在这条路上失败过;三是前两者的折中:人应该把大自然、物质和精神生活当作上帝的赐予来对待,破坏它们是罪过,人类对此应该永远铭记。阿斯塔菲耶夫选择的这条折中之路可以看作是对自然的曲线回归,但显然也带有乌托邦色彩。乌托邦是人类发展道路上一个理想化的目标,人类是否向着这个目标前进,完全是另外一个问题,但目标和信念却必不可少。因此,阿斯塔菲耶夫总是执著地追求末日审判的乌托邦。

审判者说:"是的,我必快来!"

阿斯塔菲耶夫则回应道:"主耶稣啊,请你来吧!"①

第十六节　弗·谢·马卡宁
(1937—)

弗·谢·马卡宁是当代俄罗斯文坛最具实力和声望的作家之一。他的创作活动始于60年代中期。70年代末80年代初,他作为"四十岁一代"作家的重要代表而令人瞩目。苏联解体后,马卡宁的创作更加活跃,作品越来越受到读者的认可和欢迎。1993年,他以中篇小说《铺着呢布,中央放着长颈玻璃瓶的桌子》摘取第二届俄罗斯布克文学奖②的桂冠,1998年又成为继 A. 比托夫、B. 阿斯塔菲耶夫等人之后第10位获得普希金奖③的作家,被誉为"俄罗斯文学活的经典"。

生平创作道路

弗拉基米尔·谢苗诺维奇·马卡宁(Владимир Семенович Маканин,1937年3月13日生)的家乡是乌拉尔地区奥伦堡州的奥尔斯克城。他出身于一个典型的知识分子家庭。父亲谢苗·斯捷潘诺维奇·马卡宁是一名建筑工程师,母亲安娜·伊万诺夫娜是一所中学的俄语和文学教师。受父母的影响,马卡宁从小就对数学和文学有着浓厚的兴趣。1954年他考入莫斯科大学数学系,1960年毕业。之后在捷尔任斯基军事科学院从事了五年的教学和科研工作。登上文坛之前他已是一位小有成就的数学家,曾出版过一本数学方面的专著。1962年秋,古巴的"导弹"危机几乎酿成一场新的世界大战。出于呼唤和平、保卫和平的强烈冲动,他创作了长篇小说《直线》。小说写于1963年,当时《莫斯科》杂志的主编 И. 波波夫金慧眼独具,将其刊登在1965年第8期上。《直线》引起很大反响,后来由苏联作家出版社出版,还被高尔基电影制片厂搬上银幕。从此马卡宁逐步远离自己的专业。1965—1967年他进入全苏国家电影学院高级戏剧创作培训班学习,毕业之后从事电影工作。1969年马卡宁加入苏联作家协会,就此走上职业作家的道路。正当马卡宁弃理从文,稳步展开他的创作事业的时候,不幸的事情发生了:1972年马卡宁遭遇车祸,导致脊椎骨折。他卧床3年,经历了几次大手术,绑吊床、上石膏、扎绷带,有时几乎到了死亡的边缘。最

---

① 《新约全书·启示录》(新译本),香港,中文圣经新译会翻译及出版(第5版),第399页。
② 由英国布克兄弟公司于1991年12月设立,1997年改由纪念斯米尔诺夫基金会出资。
③ 由德国汉堡托普费尔基金会设立。

后,当他终于站起来走路时,所经历的磨难使他开始用另一种眼光看待世界,看待自己。他说:"这使我用一种宗教的眼光看待生活,由此知道了人生的真谛,人类存在的自我价值。"① 无疑,这段经历对马卡宁的创作产生了深刻的影响。

马卡宁的创作大致可以分为三个阶段:60—80年代初的早期、80年代中期和90年代以来的近期。

早期创作中,马卡宁立足于日常生活,描绘60、70年代苏联社会经历的"安乐化"过程。这一过程是在战后重建工作结束,物质生活达到温饱甚至富裕之后出现的。马卡宁着力表现在这种"温饱的考验"中,一些人怎样由于个人意志薄弱以及社会不良风气的侵蚀,最终放弃正义原则,随波逐流,成为新一代市侩的现实历程,尤其是他们的心路历程。在考察他们的心理蜕变和道德立场模糊乃至丧失过程的基础上,引发出对人性善恶问题的深层思索。与这种题材相对应的是马卡宁冷静客观的语言风格。他总是试图最大限度地客观化,并不直接出面表态,不做自己人物的宣传者和审判者,读者只有透过那些出其不意的幽默和讽刺才能体会出作者的立场。

70年代的重要作品有中篇小说《老村庄的故事》(1973)、《透气孔》(1978)和长篇小说《肖像与周围》(1978)。其中最具代表性的是《透气孔》。

《透气孔》讲述的是两个有家的男人争夺一个情人的故事。木器厂的工程师米哈伊洛夫和数学教师斯特列别托夫同时爱上了女诗人阿列夫金娜。阿列夫金娜没有家,但有房子,有激情,因此她那里成了两个男人向往的地方,而阿列夫金娜对两个人的态度举棋不定,于是他们展开了暗暗的竞争,结果米哈伊洛夫通过巧妙而不露声色的努力终于赢得了女诗人的芳心。正当阿列夫金娜沉醉在爱情之中时,米哈伊洛夫却为了请斯特列别托夫辅导自己的儿子考上大学,把阿列夫金娜作为交换条件,毫不犹豫地退出了竞争。

小说反映了两个市侩空虚无聊的内心世界。这两个人都事业有成,家庭稳定,反而常常感到无聊和寂寞。斯特列别托夫甚至非常厌烦妻子对他无微不至的照顾,于是他总结出一套"透气孔理论"。下了班,他并不急着回家,他想利用下班和到家之间的这段时间好好放松一下,他把这段短暂的空闲时间叫做透气孔。"……毕竟不是任何女人都适合做透气孔,正像不是任何女人都适合做妻子一样。透气孔——就是当你觉得自在的时候。透气孔——就是单独一个人,但并不是孤独。而这正是阿列夫金娜。她那儿有诗读,有咖啡,有一种爱……"②

---

① 《"我不为轰动一时的题材所激动"——与马卡宁对话》,见 B. 阿姆尔斯基:《闻声知人——与俄罗斯作家和诗人的巴黎谈话》,莫斯科,米克出版社,1998年。
② 以上关于《透气孔》的引文见马卡宁小说集《出入孔》,莫斯科,瓦格利乌斯出版社,1998年。

阿列夫金娜三十来岁,成熟漂亮,爱写诗念诗,这正是两个想逃避平凡琐碎的日常生活的男人所需要的。他们经常到阿列夫金娜的住处做客,实际上他们已经把阿列夫金娜的房子当作了一个平静的港湾,一个透气孔。诗、咖啡和爱象征着艺术,而艺术是刻板生活的透气孔,不是个人的,而是整个世俗世界的透气孔。米哈伊洛夫和斯特列别托夫的平缓、没有新奇的生活,是一切世俗生活共同的版本。而诗人的真纯对于刻板、乏味的世俗生活来说,是另一个世界里的东西。诗歌、艺术使人保持真性情,保持纯洁、坦荡,这一点既使女诗人的情人轻松,也令他们着迷,成为他们生活中向往和追求的东西。然而这点追求是如此脆弱,当它与现实利益相左的时候,米哈伊洛夫就坚决地将它放弃了。他所得到的依然是一片空虚。自《透气孔》发表以来,"木器时代"成了批评界的一句惯用语,它象征着苏联二战后经过几十年的建设,物质生活富足了,但人们心中又笼罩着"温吞吞的、消耗人的、同时又是柔和无望的空虚"[①]。

早期的马卡宁被归入"四十岁一代"作家的创作群体。所谓"四十岁一代",指70年代后期活跃在文坛上的一批相当有才华的作家,他们成名时的年龄在40岁左右,这段时期作品中的主人公也大多是40岁左右的中年人,因此他们被评论界称为"四十岁一代"作家。这些作家力图突破以往的文学范式,不再塑造绝对的正面人物和反面人物,而是常常描写在道德上妥协和摇摆的"中间人物";叙述中故意隐没作者的立场,具有明显的客观化倾向。正因如此,他们受到评论界激烈的争论。作为"四十岁一代"作家最突出的代表,马卡宁一度成为全国性报纸刊物上争议的中心。对马卡宁进行坚决批判的是苏联作协书记处书记、批评家 H. 捷特科夫。他的批判矛头直指马卡宁人物的道德模糊性。他赞赏特里丰诺夫,认为特氏的人物"始终能让读者明白他在忙些什么,寻找什么,这也大致决定了他在社会中的位置,他成功和失败的程度,他的个性特征,他最终的道德水准"[②]。而认为在马卡宁的人物身上,"一切处于共存状态:交易、谎言、冷酷和原则、真理、善良"[③]。而著名评论家 A. 鲍恰洛夫则认为:"如果说特里丰诺夫有清晰、明确的规则——革命的道德性的话,那么马卡宁没有这样的道德规则,他有的是道德的直觉。直觉是无可指责的。作为一个良心感是其重要的道德内容的作家,他以自己有特点的描写给出了评价,照亮了理想。应该相信有良心的作家的直觉。"[④]

80年代是苏联社会日趋动荡的时期。80年代上半期经济发展停滞,社会

---

① A. 涅姆泽尔:《群山中的声音》,见马卡宁小说集《出入孔》。
② H. 捷特科夫:《当抒情的迷雾消散的时候》,载《文学评论》杂志,1981年第8期。
③ 同上。
④ A. 鲍恰洛夫:《在水流湍急的河上》,载《各民族友谊》杂志,1984年第1期。

治安混乱,道德水平下降,再加上苏联领导人的几度更替,人们普遍产生了焦虑、苦闷和失望情绪,社会责任感强烈的苏联作家开始为国家的前途和人民的命运担忧。这种情绪也不可避免地反映在马卡宁的作品中。马卡宁的中期作品虽然相对较少,但在题材和风格上发生了很大变化。他把目光投向生活在社会角落里的边缘人物,通过描写他们扭曲的心态、反常的行为来表现整个社会的苦闷情绪和寻求精神家园的渴望。这一时期马卡宁笔下的主人公常常是具有某种特异之点的怪人。马卡宁既把他们放置在现实的生活背景上,又夸大他们的怪异之处,使他们身上活生生的人的一面淡化,从而使他们作为形象获得某种寓意,从哲理高度指向人的个性、精神世界的问题。与此相对应,马卡宁开始广泛使用夸张、隐喻、象征等假定性手法。这一时期的代表性作品有:中篇小说《先驱者》(1982)、《反领袖》(1982)、《在天空和山冈相连的地方》(1984)。其中最具代表性、同时也引起争议最多的是《先驱者》。这篇小说的主人公是一个怪人,但马卡宁赋予了他新的意义,他不再局限于个人的精神领域,而是从"小我"跳到了"大我",萌发了救人济世之志。亚库什金本是一个普通的建筑工人,有一个平静、幸福的家庭,后因盗窃建筑材料而被判刑。在西伯利亚服刑期间,他被圆木砸了一下脑袋,从此获得了能够治病的特异功能。出狱以后他开始专门给人治病。他治病的方法非常奇特:既用手发功、按摩,又不停地进行道德说教,同时他还熬制草药,居然使几个垂危的病人起死回生。从此他的崇拜者越来越多,身边聚拢了大批信徒,他们定期聚会,倾听亚库什金的宣讲。后来,亚库什金的特异功能突然消失了,治病不再灵验,于是信徒们纷纷离去。年迈的亚库什金又用同样的方法帮助了一个女酒鬼,女酒鬼改邪归正后离他而去,他没有了可以宣讲的对象,倒在街头死去了。

亚库什金的追随者有着不同的经历和背景,但他们有一点是相似的,那就是:虽然他们都身体有病,但病得更重的是他们的心灵。他们对名利的孜孜以求、精神上的无所寄托是用再高明的医术也无法救助的。而亚库什金关于爱和良心的说教正是打动他们心灵的关键之所在。与其说亚库什金是用按摩,不如说是通过点燃人们心中的信仰治好病人。他的精神疗法,能给人以朴素的爱和真理(信仰),恢复人们的爱心去战胜生活中的"疾病"。亚库什金的"引力"正在于此。

进入90年代,马卡宁迸发出旺盛的创作力。在总结70、80年代所思考问题的基础上,他创作了一系列具有反思性质的小说。一方面,他通过反思人类的历史而继续探究善恶问题。另一方面,他针对80年代提出的个性压抑、精神迷茫的问题,历史、具体、深刻地挖掘造成诸问题的社会原因,从而思考理想社会的问题。在这以前,马卡宁一直关注"人",试图通过剖析具体的人来探索人性,反映道德和精神问题。到了90年代,马卡宁开始关注"群体"。作品中愈益频繁地出现具体的社会历史场景,作家在此背景上思考人类社会的历史、现在和未来。小说的结构更加复杂,时空进一步扩展,具有了一种大家的恢弘气度。同时,在艺术表现手法上也进行了更为大胆的实践。其中最突出的是大量使用象征、引入幻想和仿写成分。因此这一时期马卡宁被评论家称为俄罗斯后现代主义的代表人物。

这一时期的重要作品有:中篇小说《我们的路很长》(1991)、《出入孔》(1991)、《铺着呢布,中央放着长颈玻璃瓶的桌子》(1992),长篇小说《地下人,或者当代英雄》(1998)。

无论在内涵的拓展上还是在风格的创新上,《我们的路很长》都标志着马卡宁的创作又步入了一个新阶段。可以说,它是马卡宁在20世纪行将结束的时候,对这个世纪人类的历史和社会行为方式的一次总结和反思。小说为我们营造了两个时空,两种世界。一个是在遥远的未来,人类善良到连宰杀牲畜都不能容忍的地步,于是他们发明了人造牛肉来食用。一个年轻的工程师带着新发明的去除人造牛肉腥味的机器,来到坐落于大草原深处的人造牛肉加工厂。然而他看到了自己简直不敢相信的一幕:原来所谓人造牛肉只是无耻的谎言,这里依然在大批屠杀着牲畜。但是每个来到草原的人都无法再离开这里,因此也就不能把这个谎言公之于世。而另一个世界是存在于现实之中:"我"的好友伊里亚天性善良,因此,"对于他这样一个可怜的人来说,生活和痛苦都是难以忍受的"。后来他得了精神分裂症,住进了精神病院。为了使好友得到宽慰,"我"就给他讲了上面这个食用人造牛肉、不再宰杀牲畜的美好世界。但正如未来世界只是骗人的鬼话一样,现实世界依然继续着它的罪恶。在精神病院躲避恶的伊里亚一旦走出医院大门,就被残酷的恶击倒了,伊里亚死了,可以说,他是被恶杀死的。

在这里,我们看到,无论是在虚幻的未来,还是在真实的现在,恶都依然存在,而且占据优势。善在两个世界里都失败了,这里透露着马卡宁式的悲哀。然而小说结尾所描写的篝火又象征着人们心中对善的渴望,这正是世界的希望之所在。善远远没有战胜恶,人类寻求善的路程依然漫长,但人类探索的脚步永远也不会停止。

伴随着对于善恶问题的进一步思考,以往在马卡宁创作中一直较为隐晦、较为次要的一个主题愈益鲜明地突现在90年代的作品中,这就是:个性问题。早期创作中,马卡宁塑造了随波逐流、丧失个性的市侩形象;中期作品中,又塑造出一批力图突破平庸与灰色却又无能为力乃至扭曲变态的怪人形象;进入90年代,马卡宁在深刻挖掘造成人的个性丧失的历史和社会原因的同时,塑造出了崭新的为个性自由和独立而斗争的人物形象。

《出入孔》被评论界誉为"一部独特的反乌托邦小说"。小说为我们描绘了截然不同的两个世界。在有所暗指的地上世界中，一片死寂和黑暗，到处是杀人、掠夺和对弱者的蹂躏，交通断绝，物品奇缺。地下世界里灯火通明，物品丰富，人们大摆奢华的宴席，从容不迫地在咖啡馆里讨论着各种问题。连接这两个世界的通道就是"出入孔"。主人公克留恰列夫是一个中年知识分子，他发现了这个"出入孔"，他既向往自由的地下世界，又不能弃地上世界的同胞于不顾，于是艰难地穿越"出入孔"而来往于两个世界之间。

《铺着呢布，中央放着长颈玻璃瓶的桌子》比较明确地挖掘出苏联人普遍感到的压抑和恐惧的根源——审查制度对人的精神自由的全面剥夺。小说没有一以贯之的故事情节，整篇都是由主人公的心绪、感想的片段组成。"我"——一个苏联普通公民的代表，总是处于受审问的境地。大到政治问题，小到个人隐私，无不被盘问得仔仔细细，令人张口结舌，尊严扫地。这简直是一场精神上的磨难。而每当从审问室里走出来，人就像获得了第二次生命一样，猛然间发现生活是那么美好，从而变得更加热爱生命了。在日复一日审问的消耗中，人的心灵被全部占有，人的个性被彻底粉碎。小说于1993年获得第二届俄语布克小说奖。

马卡宁曾经说过："当前轰动一时的题材不能使我激动。"要做这样一位独树一帜的作家，其实并不容易，马卡宁的文学之路充满了曲折和艰辛，他的作品一度曾屡屡遭到批判，不能在大型文学杂志上发表，被马卡宁戏称为进入了"阵亡烈士公墓"[①]。但即使在成为知名作家以后，他依然特立独行，冷眼旁观着整个文学的进程。多年来马卡宁拒绝参加任何党派，与文学斗争小心保持着距离，无怪乎 A.格尼斯说，马卡宁是侧身挤入苏联文学的。[②] 俄罗斯著名评论家 H.伊万诺娃也感叹："马卡宁既不是苏联作家，也不是反苏联作家，他就是他自己，不属于任何范畴，他的这种独一无二使文学批评界大伤脑筋。"[③]

从处女作算起，马卡宁已经走过了将近40年的创作历程。在这40年中，他脚踏实地，默默耕耘，写出了一批风采独具的作品，塑造了丰富多彩的普通人形象，美国评论者 M.列文娜-巴尔克尔评价他"要写一部凡人的百科全书"[④]，B.邦达连科也赞誉他是"当代人物形象长廊的缔造者"[⑤]。马卡宁曾经把作家的写

---

① 指以书的形式出版，而不能在文学杂志上发表的作品。
② A.格尼斯:《米塔斯的触摸》,载《星》杂志,1997年第4期。
③ H.伊万诺娃:《马卡宁的机会》,载《旗》杂志,1997年第4期。
④ M.列文娜-巴尔克尔:《主人公的死亡》,载《文学问题》杂志,1995年第5期。
⑤ B.邦达连科:《希望之时》,载《星》杂志,1986年第8期。

作比作圣徒的活动。的确,他就像踽踽独行的圣徒,虔诚而坚定地在文学的道路上跋涉,用自己的作品呼唤着人类的真诚和善良。人类历史已经进入21世纪,很少再有人相信,美可以拯救世界。而马卡宁似乎带着一种明知不可为而为之的执著,从不放弃作家的那份社会责任。从这里可以看出,马卡宁身上所流淌的,乃是历代俄罗斯作家一脉相传的血液。我们尽可以说,马卡宁是"四十岁一代"作家,是独立不羁的作家,是具有独立艺术风格的作家,但他首先是——俄罗斯作家。

长篇小说《地下人,或者当代英雄》

《地下人,或者当代英雄》发表于1998年。在苏联解体后文学期刊订户很不稳定的情况下,《旗》杂志勇于将这部作品连载四期,这不仅是因为马卡宁的知名度,更是出于对小说的看好。小说一经面世就引来评论家广泛的关注和讨论,以至于形成了一种"文学事件"。著名的私家瓦格利乌斯出版社很快就出版了小说单行本。

小说长达500多页,是马卡宁迄今为止最长的一部长篇小说。它对作者在此前创作中一直关注的人性和个性主题作了总结性思考,同时对各种艺术表现手法进行了最为大胆的试验,因此堪称作者的一部集大成之作。

小说由一个年过半百、早已搁笔的作家关于时代和自己的独白构成。主人公彼得洛维奇是一个没有成就的文学家。他在90年代初苏联解体后的时代,过着可怜的生活,没有住所,也无以为生。只好为过去苏联时代公共住所里的人家看门。他和地下艺术家们交往,和形形色色得意的或者失意的女人苟合,还时常到精神病院看望自己的弟弟。为了捍卫自尊,他曾经两次杀人。终因无法承受内心的压力而发疯,于是步弟弟的后尘被送进了精神病院。在医院里,他作为谋杀嫌疑犯经历了许多艰难的试验,却始终没有说出真相。于是主人公又回到自己门卫的角色中去了。所有这些变故都伴随着大量主人公对时代和自己的反省。

彼得洛维奇是城市底层的代表,是俄罗斯新的资本原始积累时代的乞丐。在他的地位上连名和姓都显得多余。于是作者故意略去了他的姓名,只称他"彼得洛维奇"——一个典型的俄罗斯父称。他居无定所,作者给他安排了一个奇特的职业:看门。即如果谁长期旅游或出差在外,家中无人看管,他就住在谁家,替人照看房屋。因此彼得洛维奇就像无业游民一样,到处流浪,过着卑微下贱的生活。由此也接触到社会上形形色色的人物:有知识分子,有流氓醉鬼;有精神病人,有在哪儿都无所适从的失败者;有高加索摊贩,有苏联解体后暴富的"俄罗斯新贵"——借他的视角读者可以看到苏联解体后俄罗斯社会的一幅光怪陆离的全景图。他是社会的牺牲品。任何人都可以唾弃他，践踏他，他在别人的眼中就是"一堆狗屎"。这一点是值得同情的。然而，他又有许多缺点和劣迹。当你刚要同情他时，他就会做出并非善良的事来，比如杀人。所以，这个彼得洛维奇非常复杂。他的精神有时富有，有时堆满垃圾。行为永远无法捉摸。他无所不知，懂得人以及人所有隐秘的欲望——因此许多人都在需要的时候找他聊天——却对一切都失望透顶。他宣扬各种各样的真理，却又是一个十足的怀疑论者。他对自己、对周围世界完全不满意，充满了渴望和忧患，他的生活由无聊的讨论和意想不到的磨难组成。他就是这样一个情绪恶劣、神经有病、被生活折磨透了的单身厌世者。

然而，就是这样一个卑微的小人物，唯独不能放弃的是他的自由。你可以对他做任何谴责，就是不能说他没有个性，他的种种遭遇以及他为之而付出了巨大代价的原因——都是来自他的个性，他最鲜明的特点就是他永不屈服的大写的我（在小说中，经常出现大写的"我"字）。为了维护"我"的尊严，他甚至两次杀人。第一次是彼得洛维奇认为一个高加索商贩侮辱了他，于是他在一个夜晚约商贩出来，趁其不备用刀子刺入商贩的心脏。第二次彼得洛维奇与一帮地下艺术家们畅所欲言，大骂那些"为了名声、荣誉和饱日子而离开地下的人"，后来他发现有个克格勃分子混入其中，正在把这些谈话录音，于是他又用刀子杀死了这个密探。

其实，塑造一个完全独立自由的人正是马卡宁这部作品的关键用意。彼得洛维奇的一切都服从于他的自由。为了获得更完全的自由，他必然不能有固定的职业和住所。所以，他的无住所不仅是他作为底层人被迫的生存状态，而且是他作为一个思想自由的人的生存状态。"地下人"的生存方式也是与此息息相关的。底层——是彼得洛维奇表面的生存状态，而"地下人"——则是他的灵魂选择。他必须有这样的状态，否则他就无法独立坚持自我。某种意义上说，一无所有者思想最自由。可以说，彼得洛维奇已经达到了最大限度的随意——即思想和行为上绝对的独立。这个主人公真是想怎么活，就怎么活。他不想担负持久的责任，不想亲近任何人，也不想对任何人负责。唯一特殊的是他的神经病弟弟。弟弟维尼亚曾经是个天才画家。他搞的是先锋派艺术，不被当局容忍，历经克格勃的多次逮捕和审问，他都坚决不低下高贵的头，结果成了精神病院永久的住户。弟弟是彼得洛维奇唯一光明的象征，是他唯一可以袒露心扉、也唯一可以随时为之服务的人。但是弟弟生活在一个昏暗的世界，他永远都生活在对童年的回忆之中。彼得洛维奇思考弟弟的遭遇，认为如果弟弟在审讯时打了审问者，就会被送入监狱，那样就会逃脱最为可怕的事情。他从这个痛苦的经验中吸取了教训。于是他不惜以杀人来捍卫自由。这反映了马卡宁经常在作品中表露的一个极端的观点:即社会生活总是无情地消灭、损害、摧残着个性,使之同化,不给它任何机会,而个性应当是永远自由的。于是马卡宁赋予了新主人公没有限度的自由。

显然,小说的题目来源于俄罗斯文学史上的两部名著:陀思妥耶夫斯基的《地下室手记》和莱蒙托夫的《当代英雄》。但这里的"地下人"用的是外来词,即英语的"地下"。无论是"地下人",还是"当代英雄",都指的是彼得洛维奇。彼得洛维奇既不想丧失个性,又不愿与现实面对面地抗争,于是只好转入地下。同时,他身上又有许多的缺点、劣迹,正如马卡宁作为这部小说的题词所引用的莱蒙托夫的《当代英雄》中的话:"英雄……是一幅肖像,但不是一个人的肖像,而是我们整整一代人及其全部发展史上的劣迹所构成的肖像。"因此,他就是"当代英雄"。

应当说,彼得洛维奇并非现实中的某类人物,而具有更多的文学试验性。他是一个文学人物,令人想起俄罗斯文学史上塑造的种种形象:多余人,被侮辱、被损害、被抛弃的典型,穷困潦倒却又多思的知识分子,不断自我反省的哲人型杀人犯。也许是为了提醒这些,小说大量运用了仿写这种后现代主义的典型手法。小说中每章的每一节都设有标题,不少标题乃至情节都是某些名著的仿写。例如:小人物捷捷林的故事近似于果戈理的小说《外套》主人公的遭遇;"第一病室"像是契诃夫的"第六病室";"狗心"令人想起布尔加科夫的"狗心";"兄弟相会"取自《卡拉马佐夫兄弟》中的"兄弟相认";"维涅基科特·彼得洛维奇的一天"近似索尔仁尼琴的"伊万·杰尼索维奇的一天",等等。小说中还有大量民谚和先锋艺术的词语。难怪评论家 A.拉蒂尼娜认为这是一部超现实主义小说。说它"带有明显的 19 世纪的情节倾向"。[①] 而 M.列米佐娃认为它是"一部写给评论家、文学研究家和注释者看的小说","不带这些目的的读者未必能从中得到满足"。总之,"是一部写给非常专业的圈子看的非常专业的小说"。[②]

总体上说,《地下人,或者当代英雄》这部小说容量巨大,内容庞杂,意义多元。这是马卡宁进行全面试验的一部作品,是他对自己 30 多年的创作生涯进行总结的一部作品。

第十七节　柳·斯·彼特鲁舍夫斯卡娅
（1938—   ）

柳·斯·彼特鲁舍夫斯卡娅是俄罗斯当代的著名戏剧家、作家。自上个世纪

---

① 见 A.拉蒂尼娜:《杀人就如此容易吗?——文学像大病毒》,载《文学报》,1998 年第 17 期。
② M.列米佐娃:《黑暗的走廊——沿着弗拉基米尔·马卡宁的下意识旅行》,载《独立报》,1998 年 5 月 20 日。

70年代起,她一直积极活跃在当代俄罗斯文坛,由于她丰富的创作手法和"别样"的美学立场,其作品成为阐示新时期诸多文学潮流的最佳素材,90年代初,随着女性文学这一概念引入俄罗斯,她又成为这一创作潮流中被提及最多的作家之一,她得到了俄罗斯和西方女性文学研究者较为集中而又密切的关注。

生平创作道路

柳德米拉·斯捷凡诺夫娜·彼特鲁舍夫斯卡娅(Людмила Стефановна Петрушевская,1938年5月26日生)出生于莫斯科的一个知识分子家庭,其外公是著名的语言学家H.雅科夫列夫。1961年,她在莫斯科大学新闻系毕业后,相继在杂志、电台和电视台做过编辑工作。1972年,彼特鲁舍夫斯卡娅在《阿芙乐尔》杂志上首次发表两篇短篇小说,从此正式踏上了文学创作的道路,在此后的30余年间,她一直保持着旺盛的创作热情,先后发表出版了百余部剧作、中篇小说、短篇小说和童话作品。

彼特鲁舍夫斯卡娅的创作大致可以划分为两个阶段。第一个阶段是从20世纪70年代初到80年代末,这一时期,她主要创作了一些剧本,如《房屋和树木》、《又是25》、《斯米尔诺娃的生日》等。由于苏联时期严格的文学审查制度,这些剧本只能由一些地下剧团上演,直到80年代初,她的戏剧作品才获得公演的机会,莫斯科的塔甘卡剧院、现代人剧院等都曾上演过她的作品。彼特鲁舍夫斯卡娅的戏剧作品基本取材于日常生活,她着力表现现实生活中的荒诞和背谬,她从不描写那些幻想和假定场面,而是在非常真实准确的日常生活场景中表现人与人之间的紧张关系,表现由于住房拥挤和物质匮乏而导致的父母与孩子之间、男性和女性之间、朋友和亲人之间的冷漠和疏远。在她的戏剧作品中,有这样一些常见的内容,如《音乐课》(1983)讲述的是家庭生活以及父辈与子辈之间不同寻常的关系,《三个蓝衣姑娘》(1980)由争夺别墅这一外部事件折射出三位女主人公的个人生活的不幸,《科洛姆比娜的住房》(1985)反映的是住房拥挤的普遍问题,而《爱情》(1979)讲述的则是男女两性之间的精神隔膜以及他们对爱情和幸福的永恒寻找。在彼特鲁舍夫斯卡娅笔下,不带任何浪漫色彩的日常生活与令人产生丰富联想的作品标题产生了强烈的反差,戏剧家A.阿尔布卓夫认为,她的戏剧作品"以准确的心理描述、毫不留情的真实和对人类的深厚的爱而令人感到震惊"[①]。在语言上,彼特鲁舍夫斯卡娅的戏剧作品也独具特色,它们被评论界称为"现场录音式的话剧","由对话写成的长篇小说"[②]。她把

[①] 引自B.斯拉夫金为《彼特鲁舍夫斯卡娅戏剧作品集》一书撰写的前言,莫斯科,1983年,第4页。
[②] 《俄罗斯作家索引词典》第2部,莫斯科,教育出版社,1998年,第185页。

现实生活中人们的对话直接搬上舞台：城市居民的俚语，日常口语，语法不规范的句子和带有重音错误的词语，所有这些既是表现主人公心理状态的方式，同时也是侧面表达主人公的社会属性、文化程度、职业性质和兴趣范围的一种手段。彼特鲁舍夫斯卡娅的剧作在80年代初得到了公众的普遍欢迎，《音乐课》等早期无法公开发表的剧作也在80年代末获得了出版的机会，剧作集《20世纪之歌》(1988)、《三个蓝衣姑娘》(1989)为戏剧家彼特鲁舍夫斯卡娅带来了最初的声誉，她被认为是万比洛夫去世后，俄罗斯最优秀的当代剧作家之一。

从80年代中后期至今，彼特鲁舍夫斯卡娅的创作主要集中在小说和童话领域。在这一阶段，她集中发表了大量短篇小说，还发表了一些篇幅不长的中篇小说。随着短篇小说集《不朽的爱情》(1988)、《沿着爱神的道路》(1993)、《家庭秘密》(1995)的发表，彼特鲁舍夫斯卡娅在批评家和读者心里得到了普遍的认同。1991年，她获得第二届德国汉堡托普费尔基金会设立的普希金文学奖金；1992年，她的中篇小说《夜晚时分》被评为俄罗斯年度最佳作品之一，并获得首届俄语布克奖提名。近些年来，作家笔耕不辍，1996年，她出版5卷本作品集，随后她的中短篇小说集《女孩之家》(1996)、《梦境，找到我吧！》(2000)等相继问世。作家的小说创作延续了戏剧创作的一贯主题，并且，她运用小说写作更为丰富的可能性，在这些作品中突出而集中地表现了女性的命运变数。死亡、疾病、性渴望、酗酒、流产、贫困——彼特鲁舍夫斯卡娅展示出了生活的各个侧面，她从来不去粉饰她笔下的生活，也不刻意地去掩盖其中的丑和恶，就像绝大多数"别样小说"作家那样，她总是把日常生活中的肮脏、恐怖、凶恶、担忧和痛苦放在自己作品的第一层面，她突出表现女性在这种环境下为生存所付出的艰辛，以及由此产生的疯狂和内囿等心理特征。这些内容在发表于1992年的短篇小说《自己的小圈子》中得到了充分的展示。这篇小说写于1979年，然而直到90年代初期才得到发表的机会。女主人公身患家族遗传的绝症，濒临死亡的边缘，在她有生之年，她既要忍受丈夫的背叛，又要考虑儿子的未来生活，她在临死之前不得不以一种非常"廉价"的手段来赢得"小圈子"中的朋友的同情，从而让儿子获得相对安定的生活。女主人公在小圈子里与之相处的朋友，似乎是一些不顾道德和伦理禁忌的知识分子，他们相互交换伴侣，用背叛与变节"装点"自己的生活。小说中的人物不顾任何道德伦理的禁忌，同性恋、异性恋，甚至乱伦等现象在小说中也得到了描述。在这部作品中还记录了很多纯粹的生理流程，如呕吐、排泄、醉酒等，这种对生理经验的关注，构成了《自己的小圈子》的一个主要特点，在作家的笔下，主人公的身体不受任何社会与伦理道德禁忌的控制，变成了某种私有财产，它有力地对抗了那种集体价值高于个体价值的文化立场，强调了个人对身体所拥有的权利。作者很少展示人物的内在自我和他们的心理活动,而是不断地记录身体的生理流程以及令人战栗的自然细节,以此来掩饰和遮盖主人公心理和精神的孤独。

在80年代末90年代初,作家的另一部重要作品就是反乌托邦风格的短篇小说《新鲁滨孙一家》(1989)。在这个小说中,作者讲述的故事发生在一个远离城市、荒无人烟的地方,一家人为了寻找自由,寻找田园生活,过起了垦荒、畜牧、建设家园的原始人生活,他们和鲁滨孙一样,在一个没有文明和文化的孤岛上艰难求生,寻找自由的最初目的,在维持生命的重任中已渐渐地丧失了其重要性,克服饥饿和寒冷才是生活的第一任务,一家人也被这一任务彻底束缚住了手脚。从寻找自由和世外桃源般的田园生活到彻底丧失自由、丧失生活的快乐,彼特鲁舍夫斯卡娅展示了人类生存中的荒谬和非逻辑性,展示了人类生存的悲剧性悖论,向现实发出了一种警示。

贯穿彼特鲁舍夫斯卡娅创作的重要主题就是女性的命运与生存,有评论者说,她的小说创作"反映了当代女性所关注的几乎所有的焦点"[①]。如果说在90年代早期的作品中,她描述的是那些位于社会底层的女性的生活,并把筒子楼、地下室和楼梯间作为故事发生的主要场所的话,那么到了90年代中期,她则竭力摆脱这种场景,试图表现那些生活相对富足的女性的生活,如短篇小说《安娜夫人,瓦罐脑袋》(1999)、中篇小说《小格罗兹纳娅》(1998)等。然而,作家所展现的女性命运的实质并没有改变,那些生活富足的女主人公和贫苦的女主人公一样,都要为获得自己的生存空间和心理空间而进行斗争。中篇小说《小格罗兹纳娅》就具体体现了这一内容。在这部小说中,女主人公拥有一套位于莫斯科市中心的宽敞明亮的住宅,而这构成了她和其他所有人关系的基础。似乎所有的亲戚,包括她自己的孩子,都在觊觎她的这套住宅,而保护它不受他人侵犯,就变成了格罗兹纳娅生活中的主要内容,整部小说的叙述也是围绕这一事件展开的。女主人公和俄罗斯历史上的伊凡雷帝的名字相同(是"雷电"一姓的阴性形式),作家通过这种互文性关系,赋予了女主人公一系列独具的特征——冷漠、无情、威严,有强烈的统治欲望。格罗兹纳娅似乎是一个不折不扣的当代"女雷帝",只不过她的势力范围不是一个国家,而是她自己的家庭,她总是能够实现自己的意志,达到自己的目的。但是,与其说她像伊凡四世一样,是一个"女恶魔"、"女暴君",还不如说她是一个自由地实现自己意志的"女王"。小说中的房子仅仅是一个象征,意味着女性的空间和自由,而捍卫这种空间和自由,则是女主人公毕生的追求。她不得不用威严和冷漠来控制身边的人,否则,她就将像作家其他小说中的女主人公一样,遭到抛弃和欺凌。彼特鲁舍夫斯卡娅

---

① C.凯利:《俄国女性文学史》(1820—1992),牛津,克拉瑞顿出版社,1994年,第433页。

通过格罗兹纳娅身上与众不同的品性和行为,创造了一个"另类"母亲的形象,同时也创造了一个女性自由地实现其意志的神话。作家打破了神话和传统文化中的女性形象模式(美丽、温柔、软弱、善良等等),意在让读者重新思考究竟什么是女性,什么是女性的本质。

除了中短篇小说,在90年代,彼特鲁舍夫斯卡娅还创作了不少童话作品,如《一个画家的故事》(1993)、《两姐妹》(1993)、《父亲》(1994)和《愚蠢的公主》(1996)等。1999年,她将这些作品结集出版为《真正的童话故事》。在童话创作中,作家表现出来的则完全是与戏剧和小说作品截然不同的风格,在这些"给成年人看的"、"给全家人看的"色调明快的童话故事,如《熨斗和靴子的奇遇》、《魔术师小姑娘》中,作家展示出了一个全新的世界,轻柔的抒情风格、善意的幽默,甚至是忏悔,在这些童话故事中都随处可见,而且,像中外文学史上绝大多数的童话一样,其结局永远是幸福而又乐观的,善良总是能够战胜邪恶。作家通过一些虚构的故事,来讲述一些人们长久以来就知道,但被忘却或忽略的真理,故事都带有一些寓言性质。比如,在《漂亮的小猪》(1993)中,为了得到一双向往已久的绿鞋子,漂亮而又有些爱慕虚荣的小猪被恶狼引诱,差点让自己的弟弟丧了命。作者告诉人们,永远不能为了物质利益出卖自己珍视的东西,否则会招致无穷的后患。在《大鼻子姑娘》(1999)中用大鼻子女孩的故事来讲述"可爱的女孩比美丽的女孩更为重要"的道理。而在《手表的故事》(1999)中,作者则突出了人类生命的轮回以及母爱的伟大力量。

早在20世纪90年代初,彼特鲁舍夫斯卡娅的创作就已经成为俄罗斯境内外学者关注的对象,她对当代俄罗斯文学,尤其对当代俄罗斯女性文学创作产生了不可磨灭的影响。2003年初,她折桂"凯旋"文学奖,成为这个奖项中为数不多的女性获奖者之一。作家在作品中对女性的关注以及由此唤起的同情在很多当代俄罗斯女性作家的创作中都得到了体现,她被认为是俄罗斯当代文坛"近20年间……最有影响力的女性作家"[①],她冷静、坦率的创作风格,观照现实生活的独特角度,尤其是女性生活的创作原则,成为当代俄罗斯文学中一道独特的景观。

中篇小说《夜晚时分》

中篇小说《夜晚时分》创作于1992年,是彼特鲁舍夫斯卡娅最为优秀的作品之一,它全面地体现了作家的创作风格和特色。俄罗斯当代文学评论家 H.伊万诺娃、H.拉蒂尼娜等都对这部小说进行过高度的评价。

---

① C.凯利:《俄国女性文学史》(1820—1992),第433页。

《夜晚时分》是作家篇幅最长的一部作品，小说从几个不同的侧面，全面地展示了当代俄罗斯女性生活的本质。小说是用第一人称进行叙述的，它是女诗人安娜"在桌边上写就的札记"，是一份由"许多写满了字的纸片、学生练习册、甚至电报纸组成的手稿"，是诗人的女儿在母亲死后邮寄给作者的。安娜没有丈夫，她的孩子们的父亲曾经是一个有妇之夫，他与安娜生下孩子后就被迫回到了自己合法妻子身边，而安娜因此丢掉了工作。安娜一个人亲手把孩子带大，其中的辛苦不言自明。现在儿女都长大成人了，可是安娜并没有得到一丝喘息，反而是身心的过度疲惫：儿子因为替别人承担罪行进了监狱，出狱后不是向母亲要钱就是制造各种麻烦；女儿不断结交新男友，又不断被欺骗、被抛弃，她最后得到的仅仅是三个无辜的孩子，而那些男性全部离她而去；安娜的母亲住在精神病院，马上面临无处可去的遭遇。女主人公用自己微薄的工资养活着一家老少三代人，她的生活入不敷出，甚至没有多余的钱来满足外孙想吃一块糖的小小愿望。她一个人承担着全部的生活重负，为了养家糊口而四处奔波，一方面，她为自己是女诗人安娜·阿赫玛托娃的同名者而感到骄傲；另一方面，她又不得不放弃自己的追求，为养活家庭而给一些工厂编写无聊的庆祝文集。在奔忙之余，她唯一能够得到一丝喘息的时候就是夜晚在厨房角落中小憩，而这也是她一整天中最为快乐的时光。《夜晚时分》这部小说从头到尾都弥漫着生死一线的末日气息，在作品结尾，因为养活母亲、儿女和外孙，因为亲人之间的紧张关系而身心疲惫的女主人公无力地说："行刑的白夜来临了。"

《夜晚时分》中所描述的内容是发生在普通家庭中的日常小事，它打破了社会生活的乌托邦幻象，我们在其中看到的不是充满希望的现实生活和美好的未来，而是生活的扭曲、恐怖和残酷，它解构了女性生存的实质，同时也解构了在这种生存环境下的女性形象。在这部作品中，就像在作家大多数其他作品中一样，女主人公与传统想象中的女性形象产生了巨大的反差。她们不仅没有了温柔、典雅、美丽的特点，而是完全相反，她们尖酸刻薄，充满了进攻性，她们把自身所承受的苦难转化成了一种进攻的动力，带着一种畸形的快感去报复和折磨这个世界。在《夜晚时分》中，两位女主人公身上的棱角是非常"刺眼"的，她们完全脱离了人们传统印象中女性的本质属性，变成了令人感到不寒而栗的女斗士。安娜和女儿的命运如出一辙，或者说，女儿就是母亲命运的重复。生活的窘迫和两个女主人公在其中的遭遇使她们有些神经质，没有回报的爱情让她们变得非常刻薄。安娜知道女儿第二次被抛弃又生下了孩子后，她并没有安慰她，而是毫不留情地说："已经第二次谁都不管你了。"女儿什么都没有回答，把台布扔到了安娜的头上。安娜说的所有话对于女儿来说都是反感的，她被女儿骂作"混蛋"、"母狗"，她感到自己是"被侮辱的、孤独的、被抛弃的母亲"，可她并没有忍受这种侮辱,而是把心底里蕴藏的委屈和愤恨化作了怒火,她称自己女儿是能吃的"女希特勒"、"免费的妓女"和"精神病",而女婿在她那里没有名字,仅以"混蛋"作为其代称。女儿对母亲的态度和言词也同样尖刻和粗鲁,她认为母亲希望她死去,对哥哥说她和母亲的关系就是"斗争",是"永久的禽兽生活"。小说中每一个人物都充满进攻性,他们似乎是为了保护自己而发出挑衅,进攻他人。从表面上看,这些女性形象都不招人喜欢,她们身上具有男性化的特征,形成了对传统女性气质的冲击和解构。在某种程度上,这种男性化现象以一种反证的形式表明了女性在社会上的边缘化地位,对于类似安娜这样丧失了最基本生存权利的女性来说,她们必须用男性的手段才能维持生命,才能不至于沉沦到生活的最底层。凶恶、刻薄、坚强的个性,是她们为了在无权的困境中进行抗争而采取的不得已之举,若想为自己保留一点空间,一点权利,只能以这种极端的方式来取得胜利。

如果深入探究安娜等女性的性格形成的原因,那么,我们发现,起决定性作用的并不是人的本性,而是人存在于其中的那种环境使然。《夜晚时分》突出地展示了女主人公为延续生命而进行的生存斗争,以及由此产生的绝望和悲观情绪。这部小说和作家的其他作品一样,其美学基础就是反对从前官方文学中所宣扬的那种虚假的乐观主义,突出外部世界中的危机感,在支离破碎的日常生活场景中表现出"寂静而疯狂的现实",这种疯狂不再是一种病态,而是"变成了正常的存在形式,变成了存在的永恒法则"[①],也正是因为这些,彼特鲁舍夫斯卡娅的作品被评论界称为"刨垃圾堆的小说"或"新自然主义小说"。在《夜晚时分》中,彼特鲁舍夫斯卡娅将叙述场景设置在封闭的环境内,主要是在家庭中,一方面,她反映出了女性的生存危机和心理压抑;另一方面,她在作品中体现出了一种从细小方面和局部空间折射全人类危机处境的忧患意识。封闭的空间象征着女性生存的边缘性,象征着他人对女性生存状态的一种忽略和漠视,象征着女性在生存斗争之中的孤立无援。

然而,在《夜晚时分》中,作者并没有把读者带入绝望的死胡同,相反,与那种阴沉的生存环境形成强烈对比的恰好是女主人公身上散发出来的强烈的母爱之情。这种母爱并不是充满了呵护与温柔的情怀,而是一种疼痛和折磨,这也是彼特鲁舍夫斯卡娅笔下母爱的最大特点。对于安娜来说,爱是一种权力和统治,"让孩子遭受痛苦是母亲权力的证明,然而也是爱的证明",安娜把对孩子的爱当作是对自己不幸生活的一种补偿,或者是对自己存在的一种证明,可是,

---

[①] Г.涅法金娜:《20世纪80年代后半期至90年代初的俄罗斯小说》,明斯克,艾卡诺摩出版社,1998年,第115页。

当这种爱得不到回报和理解的时候,当女儿把自己全部的爱都给了别人的时候,她觉得自己的权力也随之丧失,她的自我也不存在了,所以,爱变形为憎恨,变成了尖酸刻薄,变成了折磨,而那些最深邃的母爱之情则被她隐藏在心灵的最深处。在小说中,作者多次描写安娜一个人在静谧的午夜时分发出的感叹:"当事情涉及到她自己时,她会显得软弱而优柔寡断,但是当牵扯到她的孩子时,她就会变成一头野兽。"这种母爱的独特表现方式缓和了彼特鲁舍夫斯卡娅小说中的冰冷与阴霾,在生死一线之间,在挣扎之中,在没有出路的生活之中,母爱可以代替一切,给人活下去的力量。

作为一名以非传统立场踏上文坛的作家,彼特鲁舍夫斯卡娅在《夜晚时分》中表现出了对传统文学内容和审美追求的反叛,传统文学中对诸社会现象的神话化(或美化)与她所表现的特定空间下的现实,这两者之间的对立是构成彼特鲁舍夫斯卡娅这部作品,甚至是她整体创作的诗学特征的主要基础,她绕开统治文坛多年的美学标准,以自己的审美方法对生活现实进行描绘,对传统的文学内容进行了颠覆。对诸多传统艺术手法的解构,形成了彼特鲁舍夫斯卡娅诗学特征中最为重要的一个方面,其小说从多个层面推翻了传统文学中关于人和现实生活的美好图景,贯穿了一种荒诞的味道。作品的情节、语言、人物等都充满了悖谬,引起人们对女性,乃至人类整体生存状态的深思。

(三) 20 世纪俄罗斯戏剧

第一节　20 世纪俄罗斯戏剧发展概述

20 世纪的俄罗斯经历了两次世界大战、三次革命、国内战争等一系列历史风雨的洗礼,时代的风云变幻与生活的不断变迁都深刻地影响着这个民族躯体的每一根神经。承传于 19 世纪深厚的戏剧传统,20 世纪的俄罗斯戏剧随时代的改观而呈现出更加丰富的面貌。近百年后的今天,它仍持续保持着戏剧大国的地位,不仅在戏剧文学上,也在导演、表演以及舞台美术方面自成一统,撑起世界剧坛一片独特的天空。

与 20 世纪俄罗斯的小说和诗歌发展的大潮相伴随,俄罗斯戏剧发展也基本可划分为世纪初年至 20 年代末、30 至 50 年代末、60 年代至 90 年代初以及解体之后几个时期。

20 世纪初至 20 年代末是 20 世纪俄罗斯戏剧的发端。在世纪之交的 20 年时间里,俄罗斯戏剧由 19 世纪以批判现实主义为主导的时期进入了无产阶级戏剧,亦即社会主义现实主义戏剧的前期。此时的俄罗斯正处于急剧的政治变革与社会动荡之中。在两个内涵截然不同的历史阶段的转变中,Л.托尔斯泰、A.契诃夫与 M.高尔基等作家的戏剧创作起到了巨大的作用。

19 世纪末至 20 世纪最初十年,俄罗斯文坛上呈现出了复杂而多元的格局,其中以自然主义和象征主义为代表的现代主义文学潮流风行一时。在现代主义文学领域中最有成就的小说家和诗人 З.吉皮乌斯、A.勃洛克、A.阿赫玛托娃和 В.马雅可夫斯基等,都曾涉猎戏剧创作。但是,真正把俄罗斯戏剧乃至世界戏剧引入现代戏剧之路的领路人是契诃夫。他在这一时期创作的《海鸥》(1896)、《万尼亚舅舅》(1897)、《三姐妹》(1901)和《樱桃园》(1903)不仅"预示了头脑清醒的年轻人如何逃脱鄙俗的现实而走向新生活",而且,其满含象征意义的戏剧作品,也将俄罗斯现实主义戏剧艺术推向了顶峰,达到了"无人可及"(高尔基语)的高度。作为首先登上无产阶级文坛的作家,高尔基除了写下《母亲》、《海燕之歌》、《伊则吉尔老婆子》等优秀的小说散文外,还创作出了《小市民》(1902)、《底层》(1903)、《避暑客》(1904)和《仇敌》(1906)等剧作,成为世纪初俄罗斯剧坛上的旗帜性作品。

内战题材在 20 年代的剧坛上占有主导地位,其中重要的剧作有:В.比尔-别洛采尔科夫斯基的《风暴》(1924)、К.特列尼约夫的《柳波芙·雅罗瓦雅》(1927)、Б.拉夫列尼约夫的《决裂》(1928)、M.布尔加科夫的《图尔宾一家的命运》(1926)和《逃亡》(1929),以及 В.马雅可夫斯基的讽刺喜剧《臭虫》(1928)和《澡堂》(1929),等等。这些剧作大多表现了国内战争时期革命与反革命、红军与白军之间的较量,社会各阶层对社会变革的反映。其中布尔加科夫的《图尔宾一家的命运》和《逃亡》则从不同的视角,通过白军军官的动摇、无奈和悲剧性结局,从反面印证了革命的必然性。

20 世纪的最初 20 年,俄罗斯戏剧在导演和表演艺术上进入了一个全面探索与革新的繁荣时期,对世界戏剧所产生的影响是巨大而深远的。19 世纪末,俄罗斯戏剧还是一个"由演员主宰的时代",而进入 20 世纪后,戏剧的文学性和导演的作用被提升到了重要的位置。这种变化,与易卜生、霍夫曼作品的被引进,尤其是与契诃夫的出现有着紧密的关系。这些被当时评论界称为"新戏剧"的作品,要求人们用一种"复调"的方式来表现生活,发掘出生活中潜在的戏剧冲突,并且让观众感受到与现实紧密相关的舞台时间。由此,现代戏剧和"导演剧院"产生。1898 年,К.斯坦尼斯拉夫斯基和 В.聂米洛维奇-丹钦科组建了莫斯科艺术剧院(МХАТ),这是 20 世纪俄罗斯戏剧史上的重大事件,可以说,真正现代意义上的俄罗斯导演史是从此才开始的。斯坦尼斯拉夫斯基还对自己的戏剧实践和戏剧教育经验进行总结,在"体验法"的基础上创立了著名的"斯坦尼斯拉夫斯基体系"。在这一阶段，B. 梅耶荷德、E. 瓦赫坦戈夫和 A. 泰伊洛夫的艺术活动也十分活跃，他们各具魅力的导演艺术及其所建立的各有特色的剧院，为苏联早期的戏剧舞台带来了丰富的色彩，而他们也以自己杰出的艺术活动被列入世界著名舞台艺术家的行列。

30 至 50 年代，新生的苏维埃政权经历了国内社会主义建设和抵御外来入侵者的双重考验。进入 30 年代，随着社会主义建设的展开，工业化、当代年轻人的成长、家庭伦理观的变化等主题，都成了戏剧作品反映的主要对象。以生产建设为题材、反映青年成长主题的剧作有 H. 包戈廷的《斧头之歌》(1930)、《我的朋友》(1932)和 A. 阿尔布卓夫的《遥远的路》(1935)、《塔尼娅》(1938)，A. 阿菲诺干诺夫的《玛申卡》(1940)和特列尼约夫的《安娜·卢奇尼娜》(1941)等。在这些作品中，政治倾向、心理描写和性格刻画逐渐结合在一起，戏剧冲突也由阶级斗争转移到了社会日常生活。30 年代，革命题材的戏剧作品也有了新的发展，出现了 B. 维什涅夫斯基的《乐观的悲剧》(1933)和一系列列宁题材的优秀作品，其中包戈廷的《带枪的人》(1937)与随后创作的《克里姆林宫的钟声》(1940)和《悲壮的颂歌》(1958)，共同组成了戏剧史经典的"列宁三部曲"。除此，英雄主题的经典之作还有 A. 萨伦斯基的《女鼓手》(1958)和 M. 沙特罗夫的《以革命的名义》(1958)。

卫国战争爆发后，剧院被疏散到后方，战地剧团大量涌现，政治剧、宣传剧、活报剧等戏剧体裁再次受到人们的欢迎。这一时期，爱国主义题材的剧作大受欢迎。K. 西蒙诺夫的《俄罗斯人》(1942)、Л. 列昂诺夫的《侵略》(1942)、A. 考涅楚克的《前线》(1942)等成为鼓舞民族士气之作。战后，英雄人物成了戏剧舞台的主角，代表作品有 A. 法捷耶夫的《青年近卫军》(1945)等；但是，随着教条主义和个人迷信的蔓延，此时的文坛上也出现了一种粉饰现实的现象，一些作品忽视了艺术的审美特性，以"无冲突论"取代了客观和辩证的艺术规律，造成了戏剧发展某种程度的倒退。

苏共二十大以后，社会变得更加开放，一批弘扬人道主义思想的戏剧作品应运而生。普通人的日常生活及其命运和遭遇，成了戏剧作品的主要描写对象。这类题材的代表作品有 A. 阿尔布卓夫的《漂泊岁月》(1954)和《伊尔库茨克的故事》(1959)、B. 罗佐夫的《祝你成功》(1955)和《永生的人们》(1956)、A. 瓦洛金的《工厂姑娘》(1956)等。这些作品克服了过去人物描写中的公式化、概念化以及解决冲突简单化的弊病，更加真实和深刻地揭示了人们，尤其是年轻人的心理和精神面貌，反映了他们的不同追求以及生活遭遇，塑造出了一群有血有肉、具体生动的人物形象。

值得一提的是，莫斯科讽刺艺术剧院于 50 年代中期上演了《澡堂》和《臭虫》,使梅耶荷德和马雅可夫斯基的政治戏剧传统得到了重现和复兴。同一时期,列宁格勒的托甫斯托诺戈夫的导演艺术成就值得关注。1955 年,他所导演的维什涅夫斯基的《乐观的悲剧》成了苏联戏剧生活中的一件大事。

60 至 90 年代这一时期的俄罗斯戏剧,涵盖了被多数戏剧史家所认同的"当代戏剧"概念下的戏剧创作。在近 50 年的历程中,俄罗斯戏剧的主要任务就是克服多年来在社会主义现实主义艺术方法模式下所形成的公式化和概念化现象。在这个复杂的阶段,艺术上新旧传统的碰撞与此消彼长、艺术观念对意识形态的偏离与妥协、时代变迁对作家命运的翻云覆雨,使俄罗斯戏剧在丰富与统一相结合的前提下,呈现出阶段的独特性和整体的多样性。1964 年,塔甘卡剧院成立,这是俄罗斯戏剧进入 60 年代以来的一个重大事件。它有机综合了梅耶荷德、瓦赫坦戈夫和斯坦尼斯拉夫斯基的美学原则,将深刻的政论性、尖锐的讽刺性、鲜明的舞台性和崇高的美学性结合在一起,对这一时期的戏剧繁荣起到了推波助澜的作用。

从 60 至 80 年代初,也就是人们通常所说的"改革前"阶段,俄罗斯戏剧发展的主流是强烈的政论倾向、哲理寓言剧发展迅速、对当代主人公形象的论争引人注目和对传统题材结构的改革。在这个时期,俄罗斯戏剧首先使人们感到了社会变革的必然性,而且更重要的是,"它始终在对活生生的现实事件和社会生活问题进行回应",这是其他任何体裁的艺术所没有达到的。而体现在剧作中的尖锐性、对阴暗面的揭露、对公民性的呼唤和对自足的市民心理、人云亦云和盲目乐观等现象的抨击与讽刺,都达到了空前的程度。它给予人们的,不仅是"人们所需要了解的真实,而是要接近全面的真实"。在集会等自由活动被取缔的时期,人们把去塔甘卡剧院、列宁共青团剧院和现代人剧院当作了一种集会。А. 盖利曼的《一次会议记录》(1979),И. 德沃列茨基的《外来人》(1971),沙特罗夫的《红茵蓝马》(1979)、《我们必胜!》(1982)和《良心专政》(1986)等剧作是当时的热门话题。对"舞台上的当代主人公形象"、"今天的戏剧当代性是什么"和"80 年代戏剧文学"等问题的探讨,把人们对社会与戏剧的思考引向了深入。

进入 70 年代,描写工业题材和科技题材的文学作品增多,戏剧体裁也不例外。其中,以上提及的德沃列茨基的《外来人》,А. 格列勃廖夫的《女强人》(1973),罗佐夫的《处境》(1973),В. 鲍卡廖夫的《炼钢工人》(1973),А. 索弗洛诺夫的《权力》(1974),沙特罗夫的《明天的天气》(1974),В. 切尔内赫的《来去之日》(1976),盖利曼的《一次会议记录》(1976)、《反馈》(1978)和《在验收书上签字的人》(1979)等,都是生产题材的代表之作。虽然这些作品的故事发生在不同的地点,所反映的也是不同生产部门的问题,但是,其中多数作品仍把描写的焦点放到人物身上,揭示了"科技时代"背景下工人、技术人员、科学家、党务工作者和生产管理者的性格特点和道德面貌,不仅反映了生产中的矛盾,更着重揭示了人们在道德观念和生产管理观念上的冲突。

鲜明的政论性是60至80年代戏剧最显著的特征之一,它主要体现在生产题材的剧作中。这一时期的作家及其主人公都以罕见的勇气,利用戏剧舞台对制度的弊病,以及由此而对国家、自然、人性和道德观念带来的扭曲与破坏加以表现。在盖利曼的《一次会议记录》、鲍卡廖夫的《炼钢工人》、德沃列茨基的《外来人》、罗佐夫的《处境》、格列勃廖夫的《女强人》中,"生产题材"不再仅仅与市场、与冷冰冰的车间有关,而过去曾有的那种把人物图解化、简单化和局囿于技术问题的冗长对话等问题得到了克服。《外来人》将生产题材剧的繁荣推向了高潮,可以说它掀起了一场关于现代生产管理问题的热烈讨论。它提出了"为什么管理我们的人是那些不懂管理的人?"这样尖锐的问题。在政论剧中,沙特罗夫的创作也十分引人注目。继《以革命的名义》之后,他又创作了《7月4日》(1964)和《8月30日》(1968)两个剧本,从不同角度反映了列宁的革命活动,塑造出了生动的领袖形象。进入70年代,他所创作的《红茵蓝马》和《我们必胜!》将列宁题材剧推向了新的高度,也成了这一时期戏剧政论性的最好注脚。

从60年代开始,社会伦理道德问题和家庭生活题材重新受到人们的密切关注。社会的冷漠、官僚体制的腐败、拜物主义的盛行、市侩的庸俗心理和信仰的缺失等社会问题,成了作家们注意的焦点。他们继承并发展了俄罗斯戏剧史上以契诃夫为代表的心理现实主义戏剧传统,在对现实的批判中表达了对美好生活的期待。该时期的代表作家有A.万比洛夫、阿尔布卓夫和罗佐夫。稍后出现的"新浪潮"戏剧,则被认为是这一创作潮流的继续和延续。这个群体的代表作家有:Л.彼特鲁舍夫斯卡娅、A.加林、B.阿罗、A.卡赞采夫、B.斯拉夫金、Л.拉祖莫夫斯卡雅等。这一戏剧潮流的代表作品先后有罗佐夫的《四滴水》(1974)、《聋人之家》(1978)、《小野猪》(1986),阿尔布卓夫的《残酷的游戏》(1978)、M.罗欣的《瓦连京与瓦莲京娜》(1971),万比洛夫的《长子》(1970)、《外省轶事》(1970—1971)、《打野鸭》(1970)和《去年夏天在丘里木斯克》(1972)。在所谓的"停滞时期",俄罗斯剧坛上出现了一大批优秀的剧作,其数量的可观、锋芒的尖锐和艺术成就的斐然,令人叹为观止。

道德题材剧在战后之所以得到迅速发展,剧作家罗佐夫的创作起了巨大的作用。对道德问题的关注在罗佐夫的作品中得到着力表现,"拜金主义"、虚假的知识分子小市民情趣和内心空虚等主题,贯穿着罗佐夫的所有作品;阿尔布卓夫是当代苏联剧坛上创作生命超过半个世纪的剧作家。他一生共写有三十多个剧本,也是苏联戏剧史上最有舞台生命力的剧作家之一;在万比洛夫的作品中,我们看到了作者对处在五六十年代转折时期的同时代人命运的关注和认识。其戏剧作品最突出的特点是他强调了道德的最高准则,在日常生活中,这些准则在作者笔下的主人公身上得到了充分的检验。他们都希望改变世界,但由于他们自身的懦弱和社会的纷纭复杂,使他们难于驾驭自己的行为,更难于按照他们的预想去改变社会。于是,他们感到了一种前所未有的空虚和失重。可以说,他们现实生活的主旋律就是个人幻想的彻底崩溃以及由此而产生的灾难。象征、内心独白、停顿、潜流等艺术手法在万比洛夫的作品中得到了独到的运用,这使他的戏剧艺术不仅在精神追求,也在艺术品格上与契诃夫有着许多相通之处。因此,万比洛夫又被称为20世纪契诃夫传统的继承者。

80年代以后,俄罗斯再一次进入了世纪末的混乱与焦虑时期。在改革和公开性时期以来,"被禁"题材的作品大量涌现。一批新面孔带着独特的创作个性和改革时代所赋予的新鲜气质登上了剧坛,他们就是被誉为"新浪潮"的戏剧家群体。在此以后,"休克疗法"使社会弊病的恐怖和目不忍睹被无情地暴露出来。年轻的作家们将残酷至极、道德沦丧、绝望无助的画面描绘得淋漓尽致,有时竟到了荒谬绝伦的地步。此时的戏剧作品更多地在探询这些弊病的根源及其后果,寻找出在其边缘生活并保持基本尊严的方法。也就是说,它在寻找能在日常生活中得以升华并可获得永恒的东西。这一时期,戏剧对各种社会问题无所不及。出现了包括A.杜达列夫的《垃圾场》(1988)、Э.拉德仁斯基的《1981年的赛事》(1986)和《我们的十日谈》(1993)、A.加林的《回忆》(1982)、卡赞采夫的《叶甫盖尼娅的儿子》(1990)、彼特鲁舍夫斯卡娅的《暗房》(1988)和O.叶廖夫的《我们来了》(1989)等有很大社会反响的剧作。

"新浪潮"戏剧的作家们之所以被归于一个群体,是因为其创作体现了许多共性。首先,他们出现在俄罗斯社会生活和戏剧发展的一个特定历史阶段。不论是阿尔布卓夫、罗佐夫、佐林或瓦洛金的学生或继承者,这时都受到了万比洛夫的影响;其次,他们将生活中难以表达的材料注入到了戏剧作品之中,这就是道德问题。当时,这一问题并不被官方和社会所接受,批评界也将之视为"小主题"、"非英雄化"、"边缘化"或"日常生活化"等,在文坛上处于非"主流"的位置;第三,他们对"我们怎么了?"、"灵魂到底得了什么病?"等尖锐问题表现出了超乎寻常的热切关注和忧虑。在他们的作品中,那些苏联文学史上的"正面人物"、浪漫英雄、与五六十年代不公正现象进行斗争的人、那些自命不凡或被作家塑造成非凡人物的人已不复存在,代之以他们的是一些"中间人物"、"游离于生活之外的人"。阿罗的《瞧,谁来了!》(1982)、罗欣的《及时行善》(1984)、C.日洛特尼科夫的《喷泉边的舞台》(1988)和彼特鲁舍夫斯卡娅的《音乐课》(1979)、斯拉夫金的《抛圈》(1986)和《一个年轻人的成年的女儿》(1990)、拉德仁斯基的

《1981年的赛事》、卡赞采夫的《老屋》(1982)等作品中,都充满这类人物。"边缘人"或"中间人"是"新浪潮"剧作家们呈现给观众的新的人物形象画廊,这也是他们在戏剧史上的突出之处和独特贡献。

在80至90年代这个被称为"改革时期"的时代,俄罗斯戏剧也遭遇了本世纪前所未有的冷清。保留在海报上的,只有两三个当代剧作家,其余的就是俄罗斯经典作家或外国"先锋派"、"荒诞派"的剧作。尤奈斯库、贝克特、米勒等外国剧作家大受青睐。戏剧界的重要杂志《戏剧》被迫停刊,其余的如《剧作家》和《当代剧作》也步履维艰。人们并不知道戏剧的现状,已经稀少的戏剧评论对新的作家和作品也有些视而不见。

改革以及苏联解体以后,俄罗斯剧坛上出现了艺术形式上带有实验色彩的"新戏剧",代表作家有H.科里雅达、M.阿尔巴达娃、E.格列明娜、M.乌加洛夫、H.萨杜尔、叶尔廖夫、A.希边科和A.斯拉波夫斯基等。他们的剧作涉猎了社会生活的诸多方面,以传统的契诃夫式的手法,从日常生活的事件中"析出"了不同层次的潜台词,加深了戏剧表现的深度,充实了作品内涵的哲理层次。可以说,他们的创作在新的时代背景下体现出了俄罗斯现实主义戏剧传统的力量。在世纪末相对沉寂的俄罗斯舞台上,除了以上刚刚涉入剧坛的年轻作家外,年龄稍长的作家也仍坚守在剧坛上,如罗佐夫、Л.佐林、瓦洛金、盖利曼、拉德仁斯基和И.德鲁策等。他们虽不如过去那么活跃,但却与年轻作家一起,正在共同支撑着俄罗斯的戏剧天空,为它在新世纪的崛起积蓄着能量。

俄罗斯戏剧具有丰富的历史和坚实的传统,这些传统来自于冯维辛、普希金、果戈理、屠格涅夫、格里鲍耶陀夫、奥斯特洛夫斯基、托尔斯泰和契诃夫。这种传统强调了从展现"生活真实"到再现"人的精神生活"的美学追求。随着时代的发展,这些传统将以旺盛的生命力,以不同的面貌在不同时代作家的创作中得到不断的丰富与发展。

第二节 阿·马·高尔基
(1868—1936)

高尔基的主要艺术成就无疑是在小说创作领域,但是他对戏剧创作也抱有浓厚的兴趣,一生共写有16个剧本。高尔基的戏剧创作,丰富了俄罗斯戏剧艺术宝库,并且产生了广泛的、世界性的影响。

戏剧创作概述

高尔基的戏剧创作活动是在契诃夫以及莫斯科艺术剧院的直接影响下

开始的。他的创作道路起始于 1892 年,整个 90 年代他的作品样式主要是小说。只是由于契诃夫的剧作在艺术剧院的成功演出,才使高尔基真正感觉到戏剧艺术的巨大力量。1900 年春,经由契诃夫的介绍,高尔基结识了斯坦尼斯拉夫斯基和聂米洛维奇-丹钦科。在他们的共同鼓励下,此时在小说创作领域已经卓有成就的高尔基,转而着手构思他的第一部剧作《小市民》(1901),1901 年底完稿。剧本情节在"父与子"之间的冲突这一俄罗斯文学作品中常见的传统框架中展开。但是,如果说剧中"父辈"的代表 B. 别斯谢苗诺夫不过在社会阶层划分的意义上是一个小市民,那么,"子辈"的代表彼得和塔季雅娜则是精神上的小市民。因此,"父与子"的冲突在这里只是虚设的。同样属于"子辈"的别斯谢苗诺夫的养子、火车司机尼尔,既与"父辈"、也与彼得和塔季雅娜发生冲突。剧作主要人物之间的这种关系,令人想起屠格涅夫的著名长篇小说《父与子》的人物设置。但尼尔已不像屠格涅夫笔下的巴扎罗夫那样是一个平民知识分子,而是一个具有民主思想和情绪的工人。剧作家赋予他以改造生活的意志和乐观主义精神,并以他为中心设置了一个由工人、大学生和知识分子组成的形象群体。这个形象群体和以别斯谢苗诺夫为代表的小市民世界之间的冲突,构成剧作的真正冲突。在突出人物之间的精神心理冲突这一方面,高尔基直接借鉴了契诃夫的戏剧创作经验。由契诃夫所培养起来的莫斯科艺术剧院的演员们"隐蔽地表现人物的行为动机"的习惯,在 1902 年这家剧院首次演出《小市民》一剧时发挥了明显的作用,这部剧作是被当作契诃夫式的心理剧而搬上戏剧舞台的。但是从艺术效果上看,此剧却是被广大观众当作社会问题剧来接受的。它在彼得堡的预演(3 月)比它在莫斯科的正式演出(10 月)获得了更大的成功,预演时警察当局的恐慌和观众暴风雨般的喝彩声,使巴纳耶夫剧院的气氛达到了紧张和兴奋的顶点。作为剧作家的高尔基开始出现在俄罗斯观众面前。

  1902 年 12 月,莫斯科艺术剧院又演出了高尔基的第二个剧本《底层》(1902),观众对它的反应比对《小市民》更为热烈。《底层》为高尔基带来了世界性声誉。

  1904—1905 年间,高尔基连续完成了三部以知识分子生活为题材的剧作,这就是《避暑客》、《太阳的孩子们》和《野蛮人》(1905)。其中,《避暑客》(1904)一剧完成于 1904 年秋,当年 11 月间即由著名的科米萨尔热夫斯卡娅剧院上演。该剧塑造了几类不同的知识分子形象,倡导知识分子接近普通民众,同时对那些力求避开现实生活的纷争、完全市侩化了的知识分子和甘当统治集团奴仆的知识分子作了讽刺性的刻画。这一批判锋芒激怒了当时的某些人。在首次演出的剧场里,象征主义作家梅烈日科夫斯基和《艺术世界》杂志的一些同仁,曾以不同方式表示出自己的抗议①。但是同时也有更多的观众热烈欢迎此剧,以至于高尔基曾认为这个剧本的"首次演出是我一生中最好的日子"。《太阳的孩子们》(1905)一剧的主题与《避暑客》相近。高尔基1905年初被监禁在彼得保罗要塞期间写出了该剧的初稿,出狱之后修改定稿,同年10月即由科米萨尔热夫斯卡娅剧院和艺术剧院分别在彼得堡和莫斯科上演。在彼得堡的演出中,由科米萨尔热夫斯卡娅扮演剧中的女主人公、因经受巨大的内心痛苦而导致精神失常的丽莎。基于对这一人物之内涵的深入理解和准确把握,她以精湛的表演艺术成功地刻画了这一形象。戏剧史家们认为:丽莎是科米萨尔热夫斯卡娅所创造的最出色的舞台形象之一。

在完成上述以知识分子生活为题材的一组剧作之后,十月革命前高尔基还创作了《仇敌》(1906)、《最后一代》(1908)、《瓦萨·日列兹诺娃》(1910)、《小孩子》(1910)、《怪人》(1910)、《伪金币》(1913)、《崔可夫一家》(1913)、《老头子》(1915)等8部剧本。其中,《仇敌》一剧是高尔基1906年在美国创作的,同年11月得以在德国柏林演出。该剧是俄罗斯戏剧史上第一部歌颂工人阶级反抗斗争的剧作。普列汉诺夫曾对《仇敌》在表现"工人运动的心理"方面的成就给予高度评价,并认为"最有学问的社会学家"也可以从艺术家高尔基那里学到很多东西,因为在他的剧作里"有着很多发人深思的东西"。②显然,普列汉诺夫是把《仇敌》作为社会心理剧来看待的。

30年代,高尔基还写有《索莫夫和别的人》(1931)、《叶戈尔·布雷乔夫和别的人》(1931)、《陀斯契加耶夫和别的人》(1932)等剧本,并于1935年改写了《瓦萨·日列兹诺娃》。这些剧本在主题上接近高尔基的长篇小说《阿尔塔莫诺夫家的事业》,曾受到聂米洛维奇-丹钦科和A.托尔斯泰等人的好评。

剧本《底层》

《底层》(1902)一剧可以说是高尔基全部戏剧创作的代表作。正如契诃夫曾以他的大型剧作对自己以往的小说做出一种概括那样,高尔基也试图以这部剧作总结一下自己的流浪汉题材小说。剧作家本人后来在谈到这个剧本时说过:"这是我对'过时人物'的世界将近20年观察的总结。"③所谓"过时人物",是指那些被生活挤出常轨的人、沦落的人、流浪汉等。但《底层》的总结性质,并不在于它企图在戏剧舞台上集中地表现所有这些"过时人物"的性格和命运。联

---

① 汪介之编:《高尔基自传》,江苏文艺出版社,1998年,第240—242页。
② 参见《普列汉诺夫美学论文集》(Ⅱ),人民出版社,1983年,第615页。
③ 《高尔基论文学》,人民文学出版社,1978年,第72页。

系剧作的人物设置、情节结构和基本冲突来看,可以发现它其实是一部社会哲理剧。剧本没有什么离奇曲折的情节。构成剧情主干的,是聚集在一家"夜店"里的一批流浪汉的各种不同人生态度的对立和冲突。讨论、争辩的形式在全剧中占有重要地位。剧作的思想价值正暗含在各种生活观点和处世哲学的交叉、比照之中。

观众或读者可以看到,在这家"夜店"的房客中,既有人希望通过诚实劳动而生活,做一个"体面的人",也有人嗜钱如命,醉生梦死;有人沉湎于对自己"光荣的过去"的回忆,有人则希求在不着边际的幻想世界得到某种"解脱";有人抱怨生活,感到走投无路,还有人信奉怀疑主义。剧本通过一系列对话、独白和冲突,把观众和读者的注意力集中到一个根本问题上:人究竟应当怎样对待不合理、不公正的生活?围绕对这一问题的不同回答,剧本突出了游方僧鲁卡和流浪汉沙金各自信奉的两种对立的人生哲学。鲁卡对人的善与恶、对社会的黑暗有一定的认识,对弱者抱有明显的同情,但是他不相信人,不相信人的力量能够改变现实,同时还竭力宣扬"忍受生活",用西伯利亚的"黄金之国"一类的谎言来安慰苦难中的人们,让人们顺从"上帝的安排"。然而,他对于那些听信于他的谎言的人们却不承担任何责任。流浪汉沙金揭穿了鲁卡的"居心不良",指出"谎话是奴才和主子的宗教……真实才是自由人的上帝!"沙金相信人和人的力量,认为"这里面有一切的开始和终结","一切在于人,一切为了人!"沙金还说:应该尊重人,而不要拿怜悯去伤了人的尊严。剧作中的沙金并不是什么英雄人物,同一般流浪汉一样,他也有种种弱点和旧习,但他决不像鲁卡那样信奉并宣扬"忍耐"哲学、安慰哲学,而是有着明显的抗争意识并且无所牵挂,坚信人人都有争取自身自由幸福的权利和力量。这是沙金的最大长处,也是一般流浪汉们的最大优点所在。只是沙金以更为明确的舞台语言集中地表达了流浪汉们不同于小市民的人生哲学。如果说,高尔基以往的一系列流浪汉小说已经从不同侧面表现了流浪汉和小市民的不同生活观之间的矛盾冲突,倡导一种积极的人生态度,那么,这一意向在《底层》一剧中可以说表现得最为鲜明和集中,其艺术效果也更为显著。剧作家本人所说的这部剧本的艺术总结意义,可能就在于此。

西方文学史家在论及《底层》时曾经指出:"就戏剧结构而言,这是高尔基两部最优秀的剧作之一。"[①]从这部剧本的结构上可以看出,高尔基显然是把契诃夫剧作的"多声部"原则和传统的家庭生活戏剧着重表现"内在纠葛"的方法结合起来,把多种多样的人生哲学之间的冲突浓缩到一批"夜店"房客的矛盾关系

---

① Г. 尼瓦等主编:《俄罗斯文学史·20世纪:白银时代》,莫斯科,进步出版社,1995年,第344页。

中加以表现,让每一种见解都在和其他观点的交锋中充分显现自身,从而促使观众在不知不觉中参与了剧中人物的争论,并使观众受到极大的启示。精神心理冲突无疑是此剧的基本冲突。剧情发展的紧张程度主要不是取决于人物行为及其变化,而是取决于人物之间的争论之结果的逐渐显露。整个剧本没有曲折离奇的情节,不追求带刺激性的廉价效果,主要通过饱含激情和哲理的对话和独白展示人物的心理特点及彼此之间的精神冲突,语言生动凝练,形象可感可闻。凡此种种,都表明《底层》既是一部社会哲理剧,又是一部社会心理剧。

1902年12月,莫斯科艺术剧院首次演出《底层》,获得了巨大的成功。这当中有剧作本身、导演和演员的多重作用。聂米罗维奇-丹钦科担任该剧导演,斯坦尼斯拉夫斯基亲自扮演沙金,著名演员卡恰洛夫、契诃夫的夫人克尼碧尔、玛·安德列耶娃等,都在演出中担任重要角色。演出时,观众们一再向也来到剧院的高尔基本人欢呼致敬。此剧在当年的演季中就连续演出61场,并且很快就演遍欧洲各国舞台。1904年,俄罗斯戏剧家与作曲家协会授予这部剧作以格里鲍耶陀夫奖。由于《底层》一剧,作为戏剧家的高尔基的名字迅速传遍了世界。

第三节 弗·弗·马雅可夫斯基
(1893—1930)

马雅可夫斯基的戏剧创作作品数量不算多,但是非常具有创作特性,并且贯穿于其整个创作生涯。他不同时期的戏剧作品,经常和他同时期诗歌作品在思想主题、艺术形象以及创作手法上相互呼应,互相补充,构成独特的艺术整体,同样体现了他非凡的艺术创新精神。

戏剧创作概述

马雅可夫斯基的戏剧创作始于其文学创作初期。1913年,他创作了悲剧《弗拉基米尔·马雅可夫斯基》,并且亲自导演和演出,但是作品演出时并没有获得一致好评,相反"人们把它嘘穿了许多小窟窿"[①]。在分析这部悲剧的艺术特征时,帕斯捷尔纳克写道:"作品的题名掩盖了一个英明的简单发现,诗人不是作者,而是以第一人称面向世界的抒情作品的对象。题名不是作者的名字,而是作品内容的姓氏。"在这部带序幕、尾声的两幕悲剧中,马雅可夫斯基作为"把心盛在盘子里"的"最后一位诗人",想要用"像牛叫一般的/平凡的话语",向

---

① 《我自己》,《马雅可夫斯基选集》(四卷本)第1卷,第24页。

人们打开"新的心灵"①。然而在生活的丑恶和世人的龌龊打击下,诗人备感疲惫,并且由此产生对信仰上帝的怀疑和否定。因此,在尾声中,在对世人——"贫穷的老鼠"的蔑视中,诗人感受到了幸福:"这是我/用一个手指插入天空,/证明了:/他——是一个窃贼!"但是同时,他又感受到了诗人的无奈,他不再是那个骄傲的"神人"或者"大公",而是他自己——弗拉基米尔·马雅可夫斯基。这是一部充满浪漫主义想象和反叛激情的诗体悲剧,和他同时期的诗歌作品中的思想一脉相承。

马雅可夫斯基再次回到戏剧创作是在十月革命以后。1918年十月革命一周年前夕,他创作完成了剧本《宗教滑稽剧》,并且由他和戏剧改革家梅耶荷德执导搬上舞台。卢那察尔斯基称赞这是"在我们的革命影响下构思出来的唯一的剧本"②。该剧后来又在1920—1921年间进行了改写,加入了"妥协主义者"这一重要形象。剧本的副标题——我们时代的英雄的、史诗的、讽刺的描绘,表明了这部作品的创作风格和思想倾向。马雅可夫斯基说:"《宗教滑稽剧》——这是我们伟大革命的诗歌和剧作的混凝体。宗教——是指革命中的伟大事务,而滑稽——是其中可笑的东西。《宗教滑稽剧》里的诗是群众大会的口号,是街头巷尾的叫喊,是报纸的语言。《宗教滑稽剧》的场面是群众的行动,是阶级的冲突,是思想斗争,——是在马戏场里的全世界的缩影。"③该剧借用了《圣经》中关于洪水与方舟的神话情节,在舞台有限的时间和空间中,漫画似地再现了作者所体会的人类历史发展进程,描绘了"七对干净人"(有产者)和"七对肮脏人"(无产者)之间斗争。无产者们参加了推翻君主统治的斗争,识破了"民主共和"的骗局,在战胜了"干净人"和"机会分子"之后,冲破地狱的威胁,戳穿"天堂"的谎言,重返人间,并且意识到劳动是幸福的唯一源泉,奇迹最终在劳动中到来。全剧在《国际歌》声中结束。这部作品夸张、诙谐,活泼、热烈,同时又有着对当代政治内容的丰富暗示,表现出作者对未来的乐观向往,然而作品怪异的风格和直露的倾向在当时以及后来受到多方非议。

讽刺喜剧《臭虫》和《澡堂》

马雅可夫斯基戏剧创作的最高成就是他在20年代末创作的两部讽刺喜剧《臭虫》(1928)和《澡堂》(1929)。这两部作品都是立足现实、放眼未来,其思想倾向和他后期的讽刺诗作品一脉相承,批判锋芒指向市侩习气和官僚主义。和

---

① 马雅可夫斯基剧作译文,未加说明的均取自《马雅可夫斯基选集》(四卷本)第3卷,人民文学出版社,1984年。
② 转引自《马雅可夫斯基选集》(五卷本)第4卷,人民文学出版社,1958年,第494页。
③ 《〈宗教滑稽剧〉说明辞》,《马雅可夫斯基选集》(四卷本)第3卷,第306页。

当时许多人一样,他把这些恶习看作是通往未来理想社会最危险的敌人。在对其进行辛辣讽刺和无情揭露的同时,他把未来作为解决现实社会矛盾冲突的手段,他的未来社会是一种理想原则的构想,因而有时看起来并非现实生活自身发展的自然结果,也就是说作者实际上放弃了在现实冲突中寻找解决矛盾的途径和手段。

在《臭虫》中,从工人队伍中逃脱的蜕化分子普利绥坡金,贪图生活安逸,抛弃了原有的工人恋人,与"耐普曼"的女儿结婚。他试图重新过起昔日资产者的所谓"文明生活"方式,认为革命和奋斗已经结束,安宁的生活理所应当,"自己的安适生活"能把"整个阶级"提高。在"红色劳动婚礼"上,宾客们在酗酒胡闹引发的一场大火中丧生,他本人失踪。50年以后,人们在冰冻的地窖中发现了他,为了形象比较两种生活方式,投票赞同将其复活,随之复活的还有一只当年的臭虫。这个类似人的哺乳动物和那只臭虫,对新社会的生活形成威胁:为了他的嗜酒恶习特制的啤酒,毒害了周围的工人,他的庸俗情调给女青年带来不良影响,那只臭虫到处乱爬,令人紧张,而同时他们也无法生活于新世界,需要相互依存才能保持其陈腐的生活状态,最后一起被关进动物园展览示众。作者借动物园主任之口,指出了二者的共同性:"它们两个是一对——虽然身材大小不同,但是本质一样:一个是名扬四海的'普通臭虫',另一个是……'庸俗市侩'。这两种生物都生长在时代腐败的褥垫里。"二者的区别仅在于前者咬在人身上,而后者"一口咬在全人类的身上"。相比之下,后者更加可怕,因为它通过"非凡的模仿能力",冒充人类,用各种手段诱惑人堕落,污染人类的生活环境。作者在剧中尖锐指出了市侩习气对于新生活建设的危害,其鼓吹的享乐主义生活观与寄生腐朽本质,和未来理想社会生活格格不入,应当受到人们的唾弃。历史地看待这部喜剧,人们可能认为马雅可夫斯基对于生活现象的理解和认识有些理想化、片面化和绝对化,但是作者鲜明、不妥协的战斗精神仍然值得钦佩。作品分为现在与未来两部分,前一部分以否定内容为主,作者主要运用了漫画似的夸张和嘲讽、滑稽的双关语以及不合逻辑的胡言乱语等手段,来描绘丑态百出的市侩习气,这些习气有时还煞有介事地披上红色的外衣,却又时刻露出旧时代的尾巴。而后一部分则以肯定性因素为主,情绪乐观向上,讽刺因素减弱,批判倾向鲜明突出。

《澡堂》的核心宗旨指向对苏联社会造成巨大危害的官僚主义,对其进行批判和揭露,在作者眼里,要进入未来的理想社会,必须清洗和清除这些社会弊端。该剧的核心冲突是发明者丘达科夫与官僚主义者接洽管理局总长波别多诺斯采夫之间围绕"时间机车"所展开的斗争。正面主人公丘达科夫姓氏中包含的"古怪"之意并不含有贬义,他志向远大,见识深远而又不脱离实际,不追逐名利。他的发明不是为了迎合眼前的物质利益,而是追求人类摆脱时间的束缚,"把瞬间的幸福留住","让漫长的苦痛岁月像一阵旋风似地刮过去","把所有预言家、占卜家和算命先生的饭碗夺掉"。他的想法固然超前,但是得到"轻骑兵"韦洛西别德金等人的响应和支持,他们为其四处奔走,寻求研究资金,解决科研难题,让实验顺利完成。

与之相反,主要反面人物姓氏则和俄罗斯历史上臭名昭著的反动政客 П. 波别多诺斯采夫(1827—1907)有着密切关系,似乎暗示着这一恶劣社会习气的历史根源。在这位接洽总长身上,集中了官僚主义的种种恶劣表现。他最关心的是自己的工龄和职位,他的所谓工作便是"执行指示,装订决议,建立联系,交纳党费,领取党员最高活动费,签字盖章",等等。在人们面前他总是装得冠冕堂皇,说些大而不当、不着边际的空话,不学无术,不懂装懂,不愿触及任何实际问题。而在日常生活中又处处把个人私利放在最前面,讲门面,要待遇,甚至不惜诽谤和中伤自己身边的同事和家人。就是到了等候"时间机车"去未来时,仍在惦记工龄和出差补贴,要带足他的日常所需,要最好的座位,要求优先照顾不排队,否则便是"官僚主义"。他害怕任何批评和不同意见,要求艺术家去"安慰",而不是"刺激"他的耳朵和眼睛。在他周围是一群阿谀奉承、自命不凡、反复无常、不学无术的无耻之徒,构成了他们自己的"小天地",阻碍着健康的生活秩序。

正反两方斗争的结果,"时间机车"终于研制成功。穿越时空而来的磷光女人挑选那些真正的实干家前往未来社会,"时间机车"启动,带走了丘达科夫等"时代的先锋",而波别多诺斯采夫一伙则被抛弃在车外。但是问题并没有彻底解决,戏剧的最后,波别多诺斯采夫的发问具有格外深长的意味:"无论是那个女人,无论是你们,无论是作者——你们想借此机会说明什么呢?——说明共产主义不需要我和我这一类的人物吗?"

这虽然是一部讽刺剧,但是作者却称之为六幕正剧,显然正如作者本人所言,他本人"不仅想写一部批判性的作品,特别是在五年计划的建设时代,而且想写一部健康的、欢欣鼓舞的总结,说明工人阶级在怎样建设社会主义",作品的作用便是成为"清扫"官僚主义"垃圾""铁扫帚上的一根铁条"[①]。"正剧"一词有两重含义,对于正面人物来说就是歌颂其积极的工作态度,他们努力用四年完成五年计划,这就是一种现实而非虚幻的"时间机车",对于反面人物来说则是为了使其变得更加可笑,而对全剧来说则是为了说明所涉及问题的严肃性和

[①] 《在"无产者"俱乐部讨论〈澡堂〉时的发言》,《马雅可夫斯基选集》(四卷本)第4卷,第634—635页。

迫切性。和《臭虫》不同,这部讽刺剧的喜剧效果,不是来自双关语和插科打诨,而是借助反面人物的装腔作势,来暴露其肮脏丑恶的精神实质。作者在第三幕安排了导演、观众和角色的交流和互动,反面人物出入于这个"戏中戏"的内外,可说是别具匠心。

马雅可夫斯基的戏剧,总是突出浪漫激情对现实的批判,而在对现实的批判中又突出了对光明未来的向往和追求。他的戏剧创作的"先锋性"体现在对幻想和怪诞场景的夸张运用上,其戏剧思想,尤其是后期思想的核心,是要突出戏剧的宣传、鼓动作用,以"反对室内艺术、反对心理的胡猜"[1]。他甚至主张把戏剧看成是反映政治口号的舞台,让戏剧冲进生活,让宣传鼓动富有生气,让舞台变成论坛。他从来很少,甚至根本放弃对人物性格的塑造、对人物内心世界的发掘,而让角色直接成为其思想的体现。他的戏剧更具有"广场艺术"和"狂欢节艺术"的特征。

第四节 米·阿·布尔加科夫
(1891—1940)

戏剧创作概述

米·阿·布尔加科夫不仅是卓尔不凡的作家,还是 20 世纪俄罗斯剧坛颇有影响的剧作家。他创作的《图尔宾一家的命运》(1926)和《逃亡》(1937)以全新的视角展现了 20 世纪初期俄罗斯知识分子在革命和国内战争的时代洪流中的命运,对历史进行了深入的思考和独特的阐释,代表了布尔加科夫在戏剧创作方面的最高成就。但在 20—30 年代的苏联,《图尔宾一家的命运》因其在客观上揭示了没有民众支持的白卫运动必然失败而得到了斯大林的肯定,而对于进一步深化这一主题、揭示人必须为自己选择负责的《逃亡》,斯大林却亮了红灯,认为只写了"八个梦"的《逃亡》企图引起人们对反苏维埃的流亡者的好感和同情,因此是为白卫运动辩护,"是一种反苏维埃的现象"[2]。这样,描写白卫军溃逃及他们在国外的流亡生活和精神痛苦的《逃亡》,尽管在艺术上较《图尔宾一家的命运》更为成熟,却遭到封杀,其在苏联戏剧史上的影响反而远不如《图尔宾一家的命运》。

此外,布尔加科夫尚著有《卓伊卡的住宅》(1926)、《火红的岛》(1928)、《伪

---

[1] 《为〈澡堂〉的演出而写》,《马雅可夫斯基选集》(四卷本)第 4 卷,第 310 页。
[2] Б.索科洛夫:《布尔加科夫百科全书》,莫斯科,1998 年,第 39 页。

善者们的奴隶》(1930)、《亚当与夏娃》(1931)、《无上幸福》(1934)、《伊万·瓦西里耶维奇》(1935)、《普希金》(1935—1936)、《巴土姆》(1939)等戏剧作品,改编了一些经典剧作,如果戈理的《死魂灵》、托尔斯泰的《战争与和平》(1932)、莫里哀的喜剧《平民贵族》(1932)和塞万提斯的小说《堂吉诃德》(1938),还写了几个歌剧脚本:《黑海》(1937)、《米宁和波萨尔斯基》(1937)、《彼得大帝》(1937—1938)和根据莫泊桑小说改编的《拉舍尔》(1939)等,可谓是一位丰产的剧作家。但在布尔加科夫生前及死后相当长的一段时期,经常上演的剧作唯有《图尔宾一家的命运》,以致当时不少人都以为布尔加科夫是只有一部剧作的戏剧家。由于意识形态的原因,他的剧作不仅绝大多数没能与观众见面,而且在作者生前全部未能在国内出版。

剧作《图尔宾一家的命运》

1925年4月,莫斯科艺术剧院导演韦尔希洛夫建议布尔加科夫将长篇小说《白卫军》改写成剧本。这与布尔加科夫的想法不谋而合——早在1925年1月,他就已经开始构思题为《白卫军》的剧本了。追溯起来,这一构想源于布尔加科夫1920年所写的一部题为《图尔宾家的弟兄们》的剧作,可谓是这部剧作的续集。剧本《白卫军》初稿为五幕,人物众多,与同名小说在故事情节和人物体系上相去不远。后改成四幕,将剧中人物性格进行了整合,重新设计了主人公的命运,使剧本更适合舞台表演。在剧本送审时,因《白卫军》这个题目在当时的社会条件下太刺眼,斯坦尼斯拉夫斯基曾建议改为《末日前夕》,被布尔加科夫断然拒绝,最后定名为看起来不带任何色彩的《图尔宾一家的命运》。"图尔宾"是剧作家外祖母娘家的姓氏,它无论是在小说《白卫军》还是剧本《图尔宾家的弟兄们》和《图尔宾一家的命运》中都昭示着其主人公的自传性质。该剧于1926年10月5日在莫斯科艺术剧院首演,获得巨大成功,第一轮演出就上演了108场,超过了剧院同期上演的其他剧目。除1929年4月—1932年2月期间因社会政治原因被禁演外,《图尔宾一家的命运》在1941年6月以前共演出近千场,可以说是盛况空前。那么,这部在布尔加科夫众多剧作中一枝独秀的剧本写了些什么呢?

这是一部反映时代风云的剧作。它截取了1918年底至1919年初降临在俄罗斯大地上的那场摧枯拉朽、把一切都搅了个底朝天的暴风骤雨中的一个片断,展现了1918年底乌克兰盖特曼政府卑鄙可耻的逃亡,白军官兵无谓的牺牲,彼特留拉军队的长驱直入等历史性画面,通过对图尔宾一家兄妹三人阿列克塞、叶莲娜、尼科尔卡及他们亲朋们在战争中遭遇的描写,为被战争打碎的安宁、和平的生活唱了一首挽歌。

剧本将小说中1918年12月—1919年2月共计三个月的时间跨度浓缩为三个晚上和一个早晨，分别对应剧的四幕：第一幕时间是晚上，地点是图尔宾家。第一场写的是晚上九点钟，女主人公叶莲娜在焦急地等待迟迟未归的丈夫——总参谋部上校塔利别尔格，结果先是等来了刚从前线换防回来，快冻僵了的炮兵大尉梅什拉耶夫斯基，接着是从日托米尔前来投靠的表弟——大学生拉里奥西克，最后才是丈夫。他带来的消息比梅什拉耶夫斯基所讲的"老百姓都去投靠彼特留拉了"更糟糕——基辅已被团团围住，德国人要弃盖特曼政府而去，而盖特曼还蒙在鼓里。自私的塔利别尔格准备撇下一切，包括妻子，随德国人逃往柏林。第二场是同晚午夜的宴会，在这场带有"最后的晚餐"性质的宴会上，身为炮兵上校的阿列克塞借着酒劲儿道出了他对形势的清醒认识："……在俄罗斯，先生们，有两股势力：布尔什维克和我们。我们将会交锋。我看那才是更为严峻的时刻。……或者我们将他们埋葬，或者——更确切地说——他们把我们埋葬。"①而女性的敏感使叶莲娜也感到"最近一段时间里周围的一切变得越来越糟糕了"②，"我们的全部生活都在崩溃。一切都在败落，在坍塌"③。参加宴会的还有盖特曼的副官舍尔文斯基中尉和炮兵大尉斯图德津斯基。舍尔文斯基在对时事的判断上远不如阿列克塞慎重，也没有阿列克塞的那种使命感，他只顾狂热地追求叶莲娜。第二幕时间也是夜晚。第一场的地点是盖特曼的办公室。舍尔文斯基在这里目睹盖特曼乔装成德国伤员仓皇出逃，他通知了正在指挥炮兵营迎敌的阿列克塞，之后躲到图尔宾家去避难了。第二场则写了彼特留拉军队的残暴。第三幕时间是清晨。第一场是描写阿列克塞得知白军成了无头的苍蝇后，痛心地认识到："白卫运动在乌克兰完蛋了。它在顿河畔的罗斯托夫也完蛋了，到处都完蛋了！人民不与我们在一起。人民反对我们。这就意味着，一切都终结了！……"④他毅然将属下的炮兵营遣散，不让他们做无谓的牺牲，而自己则抱着杀身成仁的念头留下来掩护大家。第二场地点是图尔宾家。舍尔文斯基、梅什拉耶夫斯基、斯图德津斯基相继安然无恙地来到这里，之后，身负重伤的尼科尔卡也回来了，唯独阿列克塞永远回不来了。第四幕只有一场，时间是两个月后，洗礼节前夜。地点是图尔宾家。除阿列克塞之外，所有的人又聚集在了一起。爱吹嘘的舍尔文斯基有了很大的改变，叶莲娜终于下决心与塔利别尔格离婚，并接受了舍尔文斯基的求婚。同样爱上叶莲娜的拉里奥西克虽然深感懊恼，但还是祝福了他们。就在这时，塔利别尔格也从国外回

---

① 《布尔加科夫作品集》（三卷集）第1卷，圣彼得堡，1999年，第217页。
② 同上书，第219页。
③ 同上书，第222页。
④ 同上书，第246页。

来,在梅什拉耶夫斯基的帮助下,叶莲娜终于摆脱了塔利别尔格。看似平静下来的日子实际上却是树欲静而风不止——彼特留拉刚走,红军又近在咫尺了。何去何从? 梅什拉耶夫斯基主张留下,无论俄罗斯会怎样,都和它在一起;斯图德津斯基则认为,俄罗斯完蛋了,宁愿流亡国外;而拉里奥西克反对内战,反对无谓的流血。全剧在遥远的炮声和布尔什维克进军的乐曲声中结束。

剧中塑造了图尔宾兄弟阿列克塞、尼科尔卡和他们的朋友梅什拉耶夫斯基、舍尔文斯基、斯图德津斯基等一群正直勇敢的白军军官形象,剧本通过这些白军中下层军官在日常生活中和战时的表现,展现了他们爱国、忠诚的品格以及他们在历史的洪流中身不由己的迷失及其痛苦的疑问和探索。在他们中间,阿列克塞是最杰出的代表。布尔加科夫赋予了他许多优秀的品质——沉稳坚毅,忠实于自己的理想,有头脑,对形势和力量的对比具有清醒而深刻的认识,在生死关头勇于承担责任,无论在道义上还是良心上都表现得尽善尽美。他儒雅而又英勇,集优秀军官、富有爱心和责任心的兄长、忠诚的朋友于一身,但他的结局却是悲剧性的牺牲。他代表了白卫军中最优秀的那一部分人的历史命运。梅什拉耶夫斯基则代表了正直的白军军官的另一类。他爱国,珍视军人的荣誉,但头脑要简单得多,对于他而言,只要是在俄罗斯的军队中服务就可以。他在政治上表现出一种可爱的幼稚,比如,他会说:"我支持布尔什维克,只是反对共产党"。① 当听说这两者是一回事时,马上改口道:"那我也支持共产党。"② 他的质朴使他具有更强的政治可塑性,他代表的是最终选择了接受革命、与祖国站在一起的那一部分白军。而另一个人物舍尔文斯基对生活比政治更感兴趣,他有一副歌剧演员的好嗓子,喜欢女人,爱吹牛,他作为一名军人忠于职守,但他并不像前两者那样将之当作自己的使命,因此白军的失败对他来说并不是世界末日,他可以随意换成任意一方的服饰而没有丝毫良心的不安,对政治有一种游戏人生的淡漠与超然,他最后弃军从艺,选择了艺术人生。斯图德津斯基则是比较坚定的白卫分子,他是剧中比较苍白的人物,但是他代表了一种选择——即使流亡国外也不与布尔什维克站在一起。

与以阿列克塞为首的中下层军官相对的是以盖特曼为首,塔利别尔格等为代表的腐败的白军上层。盖特曼和塔利别尔格在剧中都是以颇具喜剧性的姿态出现的。几分钟前还威风凛凛的政府首脑盖特曼,当听说彼特留拉要绞死他时,马上接受了德军的建议,乖乖换上了德军制服,毫无尊严地被裹了满头的绷带抬出指挥部。而塔利别尔格更像灾难来时逃窜的老鼠,他一边装模做样地跟

---

① 《布尔加科夫作品集》(三卷集)第 1 卷,第 265 页。
② 同上书,第 265 页。

妻子和家人解释他离开的原因,一边神不守舍地叨念着:"差一刻十点……差十分十点……"他在关键时刻自己逃命,弃妻子于不顾,却假惺惺地数次关照妻子不要感冒。作者用这样滑稽可笑的细节对他们进行了无情的讽刺,揭露他们见风使舵,背信弃义,改变自己的信仰就像在大衣翻领上换个花饰那样简单。通过对他们的刻画,布尔加科夫揭示了白卫运动失败的内在根源。

除了白卫军军官,剧中还描写了非军人形象系列——叶莲娜,拉里奥西克,马克西姆以及面目不清的老农民形象。叶莲娜美丽温柔,心地善良,以女性特有的关怀和魅力吸引着周围的亲人和朋友。在她的操持下,家就像风雨飘摇中的一个宁静舒适的避风港,庇护着在血雨腥风中身心俱疲的男人们,使他们在这里得到休息和照顾。乳白色的窗帘、书桌上带灯罩的台灯、钢琴上摊开的乐谱、热气腾腾的茶炊、温暖的浴缸、有葡萄酒的晚餐……这一切所营造出来的温馨祥和的氛围与窗外的冰天雪地、枪林弹雨形成了极大的反差,使人心向往之;而为了保卫这样的家和叶莲娜这样的女人,所有享受过这里的美好的人们都情愿赴汤蹈火。叶莲娜可以说是和平与美好生活的象征,她所支撑的图尔宾的住所是白军军官们的精神家园。拉里奥西克是从外省来基辅求学的青年,他拘谨、客套,反复强调他不是军人。他对图尔宾家的一切都感到新奇,甚至怀有一些敬畏。他进门不久就道出了感受:"我无法表达出我在你们这里感觉有多好……乳白色的窗帘……它把我们与整个世界隔开了。""……乳白色的窗帘……在它后面你能得到心灵的休憩……你能忘记国内战争的所有可怕之处。而我们受伤的心灵又是多么渴望安宁啊……"①布尔加科夫通过这一形象传达了作者本人的立场:反对国内战争,痛惜被战争毁坏的美好生活,并借拉里奥西克之口责问道:"为什么要流血呢?"②另外两个人物则是对普通百姓的一种速写式的描绘。马克西姆是一个学校看门人,他见进驻的白军毁坏学校的桌椅取暖,便忠于职守地想要制止,但根本无济于事。他的固执一方面表现出他作为看门人的本分和对正常生活秩序的信念;而另一方面也表明他不识时务的迂腐。而眼神不济的老农民的形象着墨更少,只是梅什拉耶夫斯基的见闻罢了,但他却道出了农民的历史选择——不与白军为伍。

《图尔宾一家的命运》的艺术成就是多方面的:首先,其戏剧冲突是多层次的:历史与文化,战争与和平,知识分子与时代、与人民,白军与彼特留拉军队,白军内部正直的与败坏的及正直的白军军官之不同道路的选择、爱情,等等。与之相关,剧本在结构上也很有特色。戏剧作品一般都是以故事的发生、发展、

---

① 《布尔加科夫作品集》(三卷集)第 1 卷,第 214 页。
② 同上书,第 266 页。

高潮和结局为框架的规律,按照这样的规律,《图尔宾一家的命运》里白军与彼特留拉军队之间的冲突在第三幕就可以结束了。然而顾及到其他的冲突层面,尤其是爱情和道路选择的层面,第四幕则必不可少。而且,第四幕洗礼节前夜的欢聚与第一幕里的"最后的晚餐"相呼应,形成了环形结构。这样的结构方式一方面淡化了剧本的体裁特征,使剧本不是完全意义上的悲剧,也非完全意义上的喜剧;另一方面还将对外部的冲突的注意力转向了内部冲突,起到了深化剧本的主题的作用。其次,在创作手法上,布尔加科夫继承并发展了果戈理、契诃夫的传统,将喜剧性因素与悲剧性因素结合在一起,将人物的性格和命运与他内心的思考相联系,从而展现出人与世界和历史的冲突。剧本在手法上的另一个特点是以音乐贯穿全剧,对剧情的发展和人物心理的揭示以及戏剧情境的构造都起了十分重要的作用。

在《图尔宾一家的命运》中,布尔加科夫对白卫军和白卫运动的描写,不是站在白卫军或与之敌对的立场上,而是力求超然于各种对立的力量之上。战争在他看来是兄弟间的流血,是人类的劫难。战争破坏的是人类永恒的价值:家园、祖国、家庭。小说中多次出现台灯、钟表、窗帘、钢琴等象征温馨的家、和平、安宁生活的形象,与街上的风雪严寒、枪炮声和血污形成鲜明的对比。同时,布尔加科夫的出身又使他对卷入白卫运动阵营的知识分子有一种天然的认同感及相当深刻的认识和理解。因此,在他笔下白卫军全然不像富尔曼诺夫的《恰巴耶夫》、法捷耶夫的《毁灭》、巴别尔的《骑兵军》等作品中所描写的"敌人—腐朽—灭亡"那种模式,而白卫军是一个带有全部复杂性的群体,有好有坏。对他们中真诚的、忠实于祖国和人生理想的优秀人物,如阿列克塞等人,布尔加科夫寄予无限的同情与好感,而对于那些懦夫、变节者,如塔利别尔格之流,则给予无情的讽刺和鞭挞。这部剧作从另一个角度展现了俄罗斯社会历史上的巨大变革,是20世纪俄罗斯戏剧舞台上的经典之作。

第五节 亚·瓦·万比洛夫
(1937—1972)

在俄罗斯当代戏剧史上,亚·瓦·万比洛夫的遭遇显得十分引人注目:他的生命只有短暂的35年,其主要作品是仅有的四部多幕剧,即《六月的离别》、《长子》、《打野鸭》和《去年夏天在丘里木斯克》。除了一部独幕剧,没有一部大的作品在作家生前演出过,更没有引起批评界的关注和社会的反响。他的戏剧作品曾被指责是"荒谬的"、"平淡的"、"过分日常生活化"和"缺乏戏剧冲突"的,但是,在他去世的十年之后,他的每一部上演作品都成了戏剧界的新闻和人们关注的焦点。与阿尔布卓夫、罗佐夫一道，万比洛夫如今已无可争议地被列为俄罗斯的当代经典剧作家。不过，人们至今却仍然难以理解，万比洛夫的作品何以在 60 年代四处碰壁，而在其去世后的 70 年代乃至今天，又备享殊荣。文学史上，在论及万比洛夫及其艺术命运的话题时，常常会用"万比洛夫之谜"一词来进行概括。

生平创作道路

亚历山大·瓦连京诺维奇·万比洛夫（Александр Валентинович Вампилов，曾用笔名 А.Санин，1937 年 8 月 19 日出生，1972 年 8 月 17 日去世）生于伊尔库茨克的库吐里克。父亲是中学校长，1938 年因诬告而被镇压。母亲是数学老师。万比洛夫在库吐里克度过了中学时代。1955 至 1960 年，他就读于伊尔库茨克大学语文系，与 В.拉斯普京成了同学和好友。1958 年，他在伊尔库茨克的地方报纸上发表了十篇幽默短篇故事，由此开始了自己的文学创作生涯。1961 年，这些作品被收集成册，以《巧合》(1961)为名在伊尔库茨克出版。当时，他用的是笔名 А.萨宁。这些小说就像一个个精巧的舞台，成了日后其戏剧人物和故事的雏形。大学毕业后，万比洛夫在伊尔库茨克地区的《苏联青年》报社做了一名编辑。

1962 年，万比洛夫创作了独幕剧《与天使在一起的 20 分钟》(1962)和《密特朗巴什事件》(1962)，但没有得到发表的机会。1964 年，独幕喜剧《窗户朝着田野的房子》(1962)在《戏剧》杂志第 11 期上发表，这是作为戏剧家的万比洛夫第一次发表戏剧作品。这些剧作已包含着其创作的独特之处：对俄罗斯腹地普通人生活的关注、轻松的幽默、对人际关系善意却又严厉的打量、善于展示人物复杂而丰富的生活，等等。生活的小事，往往成为万比洛夫对人物真正的道德考验。这种满含忧伤的抒情与讽刺的戏剧气氛，甚至包括从抒情喜剧到开放式闹剧的体裁特点，在他后来的创作中都有所保留和强化，使人们更多地将他的艺术风格和追求与俄罗斯 19 世纪的戏剧传统，特别是契诃夫的心理现实主义戏剧传统联系起来。

1966 年，万比洛夫的第一个多幕剧《六月的离别》发表。可以看出，这部抒情喜剧是作者对大学生活的一个纪念。它讲述了一个大学生在走向生活的门槛上所遭遇到的道德拷问和命运考验。在后来的抒情喜剧《长子》(1968)中，这一主题得到深化。它以一名大学生无意间冒充老乐手"长子"这一偶然事件为基础，展现了人物的道德精神本质，也对"父"与"子"的关系本质提出了新的人道主义的见解，表现了正在成长的年轻人对爱与宽容的理解和对苦难的同情，被称为是当代戏剧史上"独特的哲理寓言剧"。

创作于1970年的《打野鸭》，是万比洛夫的重要作品。它表现的是一个"放荡者"的命运和他复杂与矛盾的个性，表现了物质生活富足以后人们的精神危机。主人公齐洛夫引起了人们激烈的争论。在他身上，理想和现实是不相融的，他的许多痛苦就来源于此。很显然，万比洛夫笔下的齐洛夫和西方"垮掉的一代"有着某种对应关系，但它饱含了作者更多的真诚和同情。这个人物的难以把握使这部剧作又被称为万比洛夫作品中"最难"的和"谜一样"的剧作。

《去年夏天在丘里木斯克》(1972)是万比洛夫的绝笔之作。与《打野鸭》一样，它同样表现了失去自我与自我毁灭的主题。所不同的是，该剧的着眼点却在展现主人公的道德复兴上。与此主题紧密相关的是两个基本人物的命运：一个是有天赋却过早厌倦和远离现实生活的侦察员沙曼诺夫，一个是淳朴内向的小镇姑娘瓦莲京娜。他们在偏僻的泰加森林里偶然相遇，结局是瓦莲京娜命运的悲剧把沙曼诺夫从精神的麻木中唤醒。该剧充满着诗意的象征，同时，也以道德冲突的尖锐、浮雕似的人物类型、戏剧性的日常生活将人们带进了经典的传统戏剧氛围里，被评论界认为是当代戏剧史上最契诃夫式的作品。

1971年，万比洛夫的《外省轶事》终于在列宁格勒高尔基大剧院小剧场与观众见面，由著名导演格·托甫斯托诺戈夫导演。之后，他曾经有过写小说的念头。遗憾的是，作家在1972年8月17日不幸溺亡于贝加尔湖，过早地结束了具有艺术才华的生命。

60年代后半期，万比洛夫的戏剧只是作为一种文学现象而存在。1978年，在苏联作家第六次代表大会上，人们正式提到了"万比洛夫现象"。作为一个戏剧家，万比洛夫在去世十年后才在俄罗斯戏剧史上找到了早该属于自己的位置。对这位戏剧天才迟到的、意想不到的发现和随之而来的巨大热情，为批评界重新评价万比洛夫的戏剧艺术提供了新的契机。而作为戏剧家的万比洛夫真正走向广大的观众，是在1987年以后。

综观万比洛夫短暂的生命和艺术历程，作为一位天才的戏剧家，他在生前并没得到完全的认同，但是作为一个作家，他却以最快的速度进入了创作的成熟阶段，形成了自己独特的艺术风格。随着时间的推移，我们更接近了他，也更充分地领略到了万比洛夫戏剧艺术的独特魅力。

剧作《打野鸭》

体裁是人们面对一部文学作品时所遇到的基本问题。当人们在谈到万比洛夫的戏剧作品时，总像是在面对一个复杂而又特点鲜明的现象。与契诃夫一样，万比洛夫常把自己的作品称为"喜剧"或"悲喜剧"，但是，几乎没有人会把他的作品当成"纯粹"的喜剧来读或演。人们常把它们称作"严肃的喜剧"或"寓言故事"等，它就好像一个体裁的综合体，其中心理剧的因素尤其突出。而万比洛夫的重要作品《打野鸭》就是这样的一出"悲喜剧"。

《打野鸭》于1970年发表在西伯利亚的一份地方杂志《安卡拉》的第六期上。在万比洛夫的剧作中，多幕剧《打野鸭》被认为是最难解的作品。其中之"难"主要在于对剧中人物齐洛夫的理解。可以说，这是一部对堕落心灵进行解剖和研究的特殊作品。齐洛夫有些像《去年夏天在丘里木斯克》里的沙曼诺夫。在作者的介绍中，他"三十岁左右，身材高大结实；在他的举止风度中无不透出他对自己身体状况的自信。但在他的行为言谈中却有着一种心不在焉和空虚，不过，这点并不是第一眼就能看出来的"。在整个情节的发展中，作者从各个方面将这个身体健壮但精神堕落的年轻人展示出来：朋友们"开玩笑"似的给他送了一个用来悼念死者的花圈；在亲情、爱情、友情和公德心这些方面，他的道德水准几乎为零。首先，他是个不孝子。他不仅从不探望父母，而且对他们的生活及健康也漠不关心；其次，他也不是一个真诚的朋友。他对朋友的选择十分功利，从不当真。不过，他总是很走运地得到别人的信任。他也不是一个称职的工程师。工作只能令他讨厌和痛苦，受过良好教育的他，现在只能凭着硬币的"正反面"来决定稿件的取舍。他总是说："我不想。我没有那种愿望。"他对爱情同样缺乏真诚，他失去了激动的能力，也没有能力成为一个真诚的人了。妻子加琳娜比其他人更了解他的"病症"所在——"你别装了……你早就对一切失去了兴趣。一切对你来说都没有差别，世上的一切。你已经没了心肝，这就是原因。心肝全无……"在《打野鸭》中，还有一个充满喜剧性的情节：齐洛夫正"诚恳和激情"地对妻子忏悔，从他不连贯的语调和独白的内容来判断，这似乎是个悲剧人物。此时，加琳娜悄然离去了，舞台上出现了他原本等候的情人伊琳娜。于是，他又没有丝毫停顿地把上面那段独白说了下去。在为这样的情节而捧腹的同时，观众也一定会为齐洛夫的不可救药而悲哀。作者为我们安排了一个意味深长的结尾，齐洛夫背对着观众，身体在颤动着。人们不知道他是在哭还是在笑。但是，人们相信齐洛夫的生活要变化了，也许他会去"打野鸭"，因为这是他唯一没有放弃的"兴趣"；也许他从此将不再执著而只是"现实"地活着，不用承受灵魂的挣扎与痛苦了。我们在万比洛夫笔下的齐洛夫等人身上，能感受到作者对中年人这类人的关注。他们对当前的生活感到了不满与厌倦，但他们的本性不失善良，且目光敏锐。这类人还有一个共同点，那就是怀疑一切、关注自我以及由此而产生的紧张的思想探索。这就是处在五六十年代转折时期的作者的同时代人！他们希望改变世界，过一种全新的生活。但问题在于，他们已经处于很难自拔的精神困境。对现状的不满使他们始终在希望着，但是，由于自身的懦弱和社会的复杂，他们又感到难于驾驭自己，更难于改变社会。于是，一种前所未有的空虚和失重出现了。他们变得麻木冷漠或玩世不恭，他们的自私和冷漠也带给他人以巨大的伤害,齐洛夫就是这类人的具体代表。

70年代,齐洛夫这个形象与舞台上大多数单薄的、在语言和行动上"积极"的正面主人公形象形成了强烈的反差。应该说,万比洛夫对齐洛夫的态度是不明确的。人们不能理解,这个形象中的消极因素何以受到了作者态度暧昧的展示,这也是这部戏当时与众不同和引人关注的原因。其实,万比洛夫对齐洛夫的态度在人们后来的讨论中已不那么重要,也许作者并不在意自己要对这种人及社会现象进行一种判断。因为对于万比洛夫来说,提出问题、表达自己对生活的感受是最为重要的。它至少告诉了我们,生活里有如此多的问题等待着我们去思考!生活在困境中的人是值得我们去同情的。俄罗斯著名作家帕乌斯托夫斯基曾经这样谈到契诃夫的善良:"我们可以谈契诃夫本人为人的善良,然而远为重要得多的是契诃夫作为一个作家来说是善良的,富有人道主义精神的。在我国文学中,大概没有一个人比他更关怀人们,为人们而痛苦,力求帮助人们的了。"[1]在万比洛夫身上,我们就看到了这种善良和痛苦。当我们越来越多地关注自己的精神世界和灵魂深处时,就会发现,我们身上其实也有着与现实格格不入的东西。就是说,我们多多少少也有齐洛夫的影子。

就像万比洛夫的其他剧作一样,《打野鸭》并没有以重大事件的发生为戏剧背景,也没有夸张的人物性格,有的只是一种从容的"生活之流",是契诃夫笔下那种生活的"日常性"。在艺术风格上,象征、内心独白、潜台词、停顿、潜流等手法的运用,轻松的幽默因素,浓郁的抒情意味,以及对生活具有哲理性的把握等美学特征,在剧中得到了淋漓尽致的表现,这些特征使得万比洛夫的作品不仅在精神追求,也在艺术品格上与契诃夫有着许多相通之处。因此,在这部作品中,我们能看到许多俄罗斯戏剧传统的印记。

象征,作为万比洛夫戏剧艺术风格最突出的特征之一,在《打野鸭》中也有强烈的表现。就像《去年夏天在丘里木斯克》中的"栅栏",在《打野鸭》中所谓的"打野鸭"也是一个具有象征意味的所指,还有作者笔下的"郊外"和"外省"等,都具有特定的象征意义。潜台词是心理剧最常用的艺术手法,万比洛夫以简代繁,写出了"明白"之外的精彩,在潜台词的运用方面,其艺术才能较之当代俄罗斯其他剧作家更显突出。充满激情的停顿,在剧中对揭示人物的内心活动起着重要的作用。在语言空白处,它赋予舞台以内在的张力,也为人物的行动提供了充分的心理依据。"内心独白"这种人物自我揭示的方法,也在万比洛夫的剧作里得到了最大限度的发挥。可见,《打野鸭》虽只是一天中发生在齐洛夫那间窄小的房间里的小故事,但舞台的室内性并没有妨碍作者展现社会生活的广阔

---

[1] К.帕乌斯托夫斯基:《金玫瑰》(戴骢译),百花文艺出版社,1996年,第262页。

画面,而时间和地点的局限也没有妨碍戏剧家展示当代生活的全景图画。而所有外在和"简单"的东西,在万比洛夫笔下都被上升到哲理的、象征的高度。从思想层面上讲,《打野鸭》也没有简单地把笔触停留于揭示社会的阴暗上面,它对生活意义的追问,对现代人的孤独状态的描述,对人与人无法理解的苦闷,以及对善良和亲情的向往,才是该剧向世人所发出的令人震撼的强音。

在万比洛夫把自己的作品投寄到编辑部时,曾经有人要求万比洛夫修改文字以适应当时流行的文字风格,要求他"说明白一些"或"强调出当前的热点"。面对这种要求,万比洛夫的痛苦是不言而喻的。批评界也曾不止一次地探讨过他戏剧作品中的"个性"问题。另外,万比洛夫作品的传统风格和外在的简洁,使人们在将剧本从文字过渡到舞台的过程中很难准确地把握和传达出其独特的艺术神韵,以至于人们至今都将他的剧作作为衡量舞台艺术家水准的标尺。现在,尽管我们已经有了万比洛夫作品的各种舞台版本,但是他的为数不多的作品仍然有着巨大的魅力,期待着人们不断地用现在的目光去审视他为我们所打开的那个丰富的人类精神世界。

第六节　维·谢·罗佐夫
（1913—2004）

在俄罗斯当代戏剧史上,道德题材剧在战后才得到迅速的发展,而剧作家维·谢·罗佐夫的创作起了巨大的作用。可以说,罗佐夫是战后最先将笔触伸向道德领域,最先把"做一个什么样的人"这一问题提出来的剧作家。他的剧作从正面告诉我们,在今天我们该做什么样的人。凭着作家的良心和道德感,他在唤醒人们心中的良知、恢复着人们对生活的敏感和对一种有尊严、有意义的生活的期盼。

作为前辈的罗佐夫,在俄罗斯剧坛上还有着特殊的位置。用俄罗斯当今著名导演 O.塔巴科夫的话来说,是他在 50 年中给了三代俄罗斯演员"一口面包"。罗佐夫以令人瞩目的创作成就和在戏剧界的威望,被称为俄罗斯当代经典作家之一。

生平创作道路

维克多·谢尔盖耶维奇·罗佐夫（Виктор Сергеевич Розов,1913 年 8 月 8 日生,2004 年 9 月 29 日去世)生于雅罗斯拉夫的一个知识分子家庭。在科斯特罗马度过了中学时代,后曾在纺织厂工作过。由于对戏剧的热爱,他在就读工业技术学院一年之后离开了课堂,走上了科斯特罗马剧院的舞台。1934 年,罗佐夫进入莫斯科革命剧院附属学校,毕业后留在该剧院做了演员。卫国战争初期,罗佐夫作为民兵团的一员奔赴前线,并在莫斯科一场外围战役中负了重伤。在弗拉基米尔和喀山休养的一年里,罗佐夫广泛地接触了社会各阶层的人们,了解了他们的生活状况和许多有趣而令人深思的故事。这段难忘的经历,使罗佐夫决定把成为作家当作自己毕生的志向。

在莫斯科高尔基文学院的函授学习期间,他凭着自己对战争的新鲜记忆写下了自己的第一部剧作《谢列布里斯基一家》(1943)。13 年后,这部戏以《永生的人们》为名发表。战争结束时期,他作为导演和演员应邀参与了哈萨克斯坦儿童青年艺术剧院的创立,并将 И. 冈察洛夫的《平凡的故事》搬上了舞台(1966 年,现代人剧院根据罗佐夫的剧本重排此剧,获苏联国家奖)。1949 年,《她的朋友们》一剧使戏剧家的罗佐夫声名大噪。它是罗佐夫受一篇新闻报道的启发而创作的。这篇报道讲述了一个失明的姑娘在女伴们无私的帮助下最后读完大学的故事。罗佐夫将故事的背景从大学改为中学,其中也加入了自己对社会生活的新鲜体验和感受。剧作对社会冷漠、无情以及官僚主义作风的揭露与抨击,在人们中引起了极大的反响。1953 年,罗佐夫的毕业之作《生活的一页》被搬上舞台。在以上这几部早期剧作中,罗佐夫还远没有脱离四五十年代所流行的说教痕迹,不过,其中已有了某些属于作家自己的东西。

1952 年以后,苏联文坛上掀起了一股"写真实"的浪潮,戏剧观众也期待着在舞台上看到真实的生活,而不是那种人为夸大生活中的先进性而掩盖阴暗面的作品。罗佐夫的剧作《祝你成功》(1954)正是应运而生的产物,也为作者带来了巨大的声誉。该剧描写了一群即将进入大学的青年人,在社会生活的第一堂课上所接受的一场严峻的道德考验。他们没有按照别人的安排去走生活的道路,摈弃了说大话、说假话的社会习气,从思考"要做一个干什么的人"开始,提出了"做一个什么样的人"这个根本性的问题。主人公安德烈以其形象的生动性和真实性征服了观众。这种剧作家与青年之间充满着信任与坦诚的对话,在当时的剧坛上是不同寻常的。用该剧导演 A. 埃弗罗斯的话来说是,罗佐夫的戏剧为文学带来了"某种更加亲切、直接、真诚的东西"。[①] 这部以描写"无与伦比的生活真实"为特点的作品,受到了观众和评论界的一致好评,为当时的苏联剧坛,乃至整个文坛带来了一场强烈的冲击。

对道德问题的关注一直是罗佐夫戏剧作品的核心。这也反映在他后来创作的作品中:《永生的人们》(1956)、《追求欢乐》(1957)、《力量悬殊的战斗》(1960)、《婚礼之日》(1964)、《游艺人》(1966)、《校庆日》(1966),等等。

[①] 俄罗斯《戏剧》杂志,1983 年第 9 期,第 117 页。

喜剧《追求欢乐》首次涉猎了反对"拜金主义"、反对虚假的知识分子小市民情趣和人的内心空虚这一主题系列。作者用近乎于讽刺的笔法，为我们描绘了剧中人物莲娜奇卡的形象。为了突出主题的尖锐，罗佐夫创造出了一个不同寻常的隐喻——父亲的马刀。奥列格·萨文用这把军刀劈掉了新式家具。"罗佐夫的青年人们"反对父母的过分控制，渴望从他们所憎恨的成熟人那个装模作样的世界里逃出来，寻求一种独立的生活。这个形象成了50年代后半期的时代象征。现在已成为著名舞台艺术家的 O. 叶甫列莫夫、O. 塔巴科夫、Г. 波尔特尼科夫等就曾扮演过罗佐夫笔下的这些人物。在近几年接受采访时，罗佐夫也承认，自己的"《追求欢乐》所指向的是一种可怕的危险性，这种危险时刻都在窥视着一个把所有的力气都用在个体利益上的人"[①]。这些话今天听来都不失现实的意义。

《追求欢乐》的主题在罗佐夫后来的许多剧作中得到延续，这些作品是：《力量悬殊的战斗》(1960)、《在路上》(1962)、《晚餐前夕》(1963)。在《力量悬殊的战斗》中，罗佐夫把两代人的冲突推到了高潮，并对长辈干涉年轻人思想和行动自由的做法进行了尖锐的批评。罗佐夫在这些作品中告诉人们：也许有很多成人还没有意识到，这是一场"力量悬殊的战斗"。成年人其实是在反自然之道、反生活规律而行之，他们对孩子是善意的，但他们却在造成孩子们精神上的残疾。

《婚礼之日》是罗佐夫的又一部探索性作品。它于1964年发表在《新世界》杂志上。在这部作品里，没有以往作品所表现出的那种人物性格冲突。戏剧冲突完全内化于人物的内心深处。剧中主人公米哈伊尔违背了自己自然情感的愿望，将感情的选择等同于尽"道德义务"，准备娶一个他所不爱的姑娘纽拉为妻。围绕着这件事的对错，情感与责任的冲突这一主题在两个人物的内心活动中得到具体体现。最后，纽拉做出了艰难、明智的选择，把米哈伊尔送回到了他心爱的姑娘身边。在该剧中，罗佐夫第一次把对道德问题的探讨放在了首要的位置。

进入70年代，"生产题材剧"在苏联剧坛上十分繁荣。罗佐夫也在这方面做了一些尝试，创作了喜剧《处境》(1973)和喜剧《四滴水》(1974)。《处境》所展现的，是一场围绕"奖金"问题的争论。主人公列辛科夫因为发明创造得到了一笔数额可观的奖金，在别人都以羡慕的目光关注这笔财富的时候，他表现出了一种对金钱的超然。剧的结尾处，无可奈何的主人公在被妻子逼着去领奖金的路上又被一则广告所吸引，于是掉转头回家继续钻研发明去了。就是说，这笔奖金最后还是没有领到手。与 A. 盖利曼的《一次会议记录》(1974)相比，它并没有比这部有代表性的政论剧那样的尖锐冲突，而由于列辛科夫的过于理想化，使人物的真实性大打折扣。《四滴水》是一个很特殊的剧本，它由四个小戏

[①] 俄罗斯《戏剧》杂志，1994年第5—6期，第5页。

(即《辩护人》、《账目两清》、《不能代替的人》和《节日》)组成。它们的共同主题就是对社会阴暗面的揭露和抨击,比如:领导者的蛮横无理、官僚习气和所谓成功者的不仁不义等。"四滴水"这一名称的含义也颇具深意,罗佐夫说自己这四部小戏之小,就像"四滴水",是一种很短小的艺术形式;也像是他的"四滴眼泪",能折射出大千世界的万象百态;也可以说,它像是"四滴药剂",希望能以作者的善良,唤醒人们的正义感和良心。从舞台的效果看,罗佐夫的这两部作品没有取得预想的成功,其原因可能是过多的说教妨碍了其艺术天赋的发挥。但是,它们却体现了罗佐夫在体裁和形式方面的不断探索。

70 年代以后,戏剧家罗佐夫的笔法变得更加尖锐。还在对《力量悬殊的战斗》的评论中,就有批评家发现"温和的罗佐夫看来有时也会变得凶狠和愤怒"①。1978 年创作的《聋人之家》(1978)就表现了这种趋势的延续。这部戏在发表时受到了一些阻碍,直到第二年才在《戏剧》杂志上得以发表(1979 年第 2 期)。自那以后,这部戏就成了苏联当代剧坛的经典。在这部戏中,我们能够充分领略到罗佐夫讽刺艺术的丰富色彩。该剧的中心人物苏达科夫是一个物质利益的攫取者,他在那个即将崩溃的家庭里仍然享有绝对的"权威"地位。从作者的剧名我们就能感受到他的辛辣讽刺,作者把这种对生活麻木、毫无反抗意识的人称作了"聋人"。

《小野猪》(1983)创作于改革时代的前期,它的发表和走上舞台也经历了坎坷,直到 1987 年它才与读者和观众见面。用 A. 萨伦斯基的话说,它表现的是"父辈的罪恶如何成了孩子心灵的沉重负担"②。这部作品让人们看到,激情似乎又回到了罗佐夫的作品当中,我们似乎又回到了五六十年代作者笔下那些迷人而充满活力的青春岁月。罗佐夫笔下那种好冲动的主人公阿列克塞·卡森,变成了高官父母不良生活方式的牺牲品。80 年代末,罗佐夫发表了剧作《在家》,该剧展现了从阿富汗回来的年轻士兵的命运,也表现出作者对当前社会的关注以及作者在许多方面的失望和痛楚。此后,由于健康原因罗佐夫已少有创作,但一直坚持在高尔基文学院授课。

在当代俄罗斯的剧坛上,罗佐夫是艺术生命保持最持久的人,他的剧作虽屡遭批评,但仍拥有广大的读者和观众,他的许多剧作也成了俄罗斯各主要剧院的保留剧目。对丑恶的羞耻感、对社会的责任心和对良知的追求才是这些作品真正的主人公。在艺术风格上,罗佐夫更多地继承了契诃夫的戏剧传统。就题材来说,他偏重伦理道德问题,往往把社会地位低微的小人物当作他同情和

---

① A. 阿法纳西耶夫:《维克多·罗佐夫:创作札记》,莫斯科,1966 年。
② 《当代戏剧》,1987 年第 1 期,第 33 页。

歌颂的对象；在写作手法上，他注重刻画人物的内心世界，语言上追求契诃夫式的"生活化"，台词富于潜流，是俄罗斯当代心理现实主义戏剧的代表作家之一。

剧作《永生的人们》
（后改编成电影《雁南飞》）

电影《雁南飞》拍摄于1958年，由罗佐夫根据自己的剧作《永生的人们》(1956)改编而成。这部作品的出现成了当时苏联剧坛的一件大事——它不仅引起了观众的广泛关注，也为苏联电影界在世界影坛上赢得了荣誉，获得了第11届法国戛纳电影节的"金棕榈奖"，成为了世界电影史上的经典影片。

1957年，剧作《永生的人们》公演，宣布了由О.叶甫列莫夫所领导的"现代人"剧院成立。叶甫列莫夫亲自导演该剧，并饰演了剧中的主要人物鲍里斯，得到了评论界的一致称赞。全剧讲述了三个年轻人在战争前后的遭遇。卫国战争爆发以后，鲍里斯告别了恋人薇罗尼卡，勇敢地奔赴了前线，在战斗中为国捐躯。他的堂兄、音乐家马尔克却找理由赖在了后方，认为活着才是首要的问题，并且占有了鲍里斯的未婚妻薇罗尼卡。在剧中，罗佐夫借鲍里斯父亲之口对马尔克这种极端个人主义行为进行了谴责，他说："你认为，别人就应该为你的安逸和舒适付出手臂、大腿、眼睛、下巴和生命吗？而你却可以不顾任何人？"剧作在这点上是可以引起大家的共鸣的。人们论争的焦点主要集中在两个问题上：一是英雄人物鲍里斯是否应该牺牲在战场上；二是薇罗尼卡对英雄鲍里斯的背叛，以及作者罗佐夫对她同情和怜悯的态度。按照50年代所流行的观念，英雄人物是不能死在战争还没有结束的时候，而作者对薇罗尼卡的同情更是有些大逆不道。但是，也有人站出来为罗佐夫说话，认为他"不是在宽恕薇罗尼卡，他是在勇敢地描写生活中的真实。薇罗尼卡的行为对于剧作者来说不是为了表现怯懦和背叛，而是为了描绘生活中困难的、复杂的现象"。① 在剧的结尾，作者让薇罗尼卡表达了对自己行为的懊悔和对鲍里斯的怀念之情。应该说，是生活的真实使这部剧作和电影获得了成功。征服大众的，正是这种对人物充满理解和善意的人性力量。

应该说，剧本《永生的人们》和电影《雁南飞》还是有所不同的。在剧本中，作者侧重的是对道德问题的关注与探讨，而在电影中，作者所突出的，还是一种反战倾向，是对战争的声讨。罗佐夫向来是"诚实与温和的现实主义"美学的倡导者与实践者。这种美学思想与刚刚诞生的现代人剧院的美学主张自然地结合在了一起，具体体现在这部戏中，那就是他们都有着共同的发现：在鲍里斯、

---

① 转引自童道明：《论苏联当代作家》，外语教学与研究出版社，1981年，第218页。

薇罗尼卡和弗拉基米尔这三个主人公的命运遭遇中,有他们对在战争中度过青春岁月的"四十岁一代"人关于义务与荣誉观的理解。

电影《雁南飞》引来人们的一片赞誉。其中,薇罗尼卡为鲍里斯送行、鲍里斯牺牲时天旋地转的镜头等场景,都成为电影史上的经典画面之一。人们说,凭着《永生的人们》和《雁南飞》,罗佐夫就能进入经典作家的行列;这部剧作为苏联电影赢得了世界性的声誉,它开创了如今享誉世界的"现代人"剧院,而如今活跃于俄罗斯剧坛的著名导演 O. 塔巴科夫和 O. 叶甫列莫夫,都曾受益于这部剧作和罗佐夫后来的作品,这批戏剧艺术家曾一度被称为"罗佐夫的孩子们",而他们则笑言自己是从"罗佐夫的外套"里走出来的。

罗佐夫一生中经历了从苏联建立到解体的全过程,可以说,他既是这段历史的见证人,也是它的记录者,而他的二十余部剧作,作为"俄罗斯生活的编年史和俄罗斯性格的展示",也将被载入俄罗斯戏剧史和世界戏剧史的宝库。

后 记

这本教科书的大多数撰稿人为从事俄罗斯文学教学的高校教师,他们承担着大学本科、硕士和博士研究生的"俄罗斯文学史"课的教学工作,对俄罗斯文学的产生及历史发展过程有比较准确的把握,对重要的文学现象、文学流派、文学思潮和作家的创作道路及其代表作品有透彻的了解和认识,他们不但有着丰富的俄罗斯文学史的教学经验,而且在俄罗斯文学研究上也著述颇丰。此外,近年来他们多次去俄罗斯访学,与俄罗斯的专家学者保持着频繁的学术交流,比较了解国外的俄罗斯文学的教学现状和最新研究成果。我们认为这是我们这部教科书的编写质量和崭新面貌的保证。

本教材按照俄罗斯文学的历史发展时期,分成四大章,每一章又分别在诗歌、小说和戏剧三大体裁下设诗人、作家和剧作家专章,由撰稿人分头撰写,最后主编对个别内容和文字做修改,并对全书进行统编定稿。

我们在书后附有"主要参考书目",列出国内外的重要研究成果,可供学生参考。书后还附有"重要作家中俄译名对照表"和"重要作品中俄译名对照表",以便于学生查找。

编写分工如下(按姓氏笔画顺序):

于明清:阿斯塔菲耶夫

王彦秋:20世纪诗歌发展概述(与陈松岩合写)、勃洛克、维索茨基、奥库贾瓦、别雷

刘文飞:布罗茨基、普希金小说

刘洪波:19世纪戏剧发展概述、格里鲍耶陀夫、果戈理小说、果戈理戏剧、奥斯特洛夫斯基、叶赛宁、布尔加科夫小说、布尔加科夫戏剧

刘 涛:瓦尔拉莫夫

任光宣:19世纪俄罗斯文学("综述")、20世纪俄罗斯文学("综述")、20世纪小说发展概述、帕斯捷尔纳克、纳博科夫、拉斯普京、库兹涅佐夫

朱宪生:屠格涅夫

汪介之:高尔基小说、高尔基戏剧

李毓榛：肖洛霍夫、西蒙诺夫
张建华：特里丰诺夫、索尔仁尼琴
苏　玲：20世纪戏剧发展概述、万比洛夫、罗佐夫
陈　方：彼特鲁舍夫斯卡娅
陈思红：陀思妥耶夫斯基
陈松岩：18世纪俄罗斯文学（"综述"）、18世纪诗歌发展概述、康杰米尔、杰尔查文、罗蒙诺索夫、18世纪戏剧发展概述、冯维辛、苏马罗科夫、涅克拉索夫、20世纪诗歌发展概述（与王彦秋合写）、古米廖夫、马雅可夫斯基诗歌、马雅可夫斯基戏剧、特瓦尔多夫斯基
侯伟红：马卡宁
赵桂莲：古代俄罗斯文学、费特、列斯科夫、托尔斯泰、布宁
查晓燕：19世纪诗歌发展概述、普希金诗歌、丘特切夫、茨维塔耶娃、阿赫玛托娃
顾蕴璞：莱蒙托夫诗歌
戚德平：普拉东诺夫
彭　甄：18世纪小说发展概述、拉吉舍夫、卡拉姆辛、19世纪小说发展概述、莱蒙托夫小说、冈察洛夫、契诃夫小说、契诃夫戏剧

附录一　重要作家中俄译名对照表

A

阿勃拉莫夫，费·亚　Федор Александрович Абрамов

阿达莫维奇，阿·米　Алесь Михайлович Адамович

阿尔巴达娃，玛·伊　Мария Ивановна Арбатова

阿尔布卓夫，阿·尼　Алексей Николаевич Арбузов

阿菲诺干诺夫，亚·尼　Александр Николаевич Афиногенов

阿赫玛杜琳娜，别·阿　Белла Изабелла Ахатовна Ахмадулина

阿赫玛托娃，安·安　Анна Андреевна Ахматова

阿克萨科夫，康·谢　Константин Сергеевич Аксаков

阿克萨科夫，谢·季　Сергей Тимофеевич Аксаков

阿克肖诺夫，瓦·巴　Василий Павлович Аксенов

阿丽格尔，玛·约　Маргарита Иосифовна Алигер

阿罗，弗·康　Владимир Константинович Арро

阿纳尼耶夫，维·阿　Виктор Алексеевич Ананьев

阿普赫金，阿·尼　Алексей Николаевич Апухтин

阿斯塔菲耶夫，维·彼　Виктор Петрович Астафьев

阿瓦库姆　Аввакум Петрович

阿维尔基约夫，德·瓦　Дмитрий Васильевич Аверкиев

阿谢耶夫，尼·尼　Николай Николаевич Асеев

安年斯基，因·费　Иннокентий Федорович Анненский

安托科利斯基，巴·格　Павел Григорьевич Антокольский

奥加辽夫，尼·普　Николай Платонович Огарев

奥库贾瓦，布·沙　Булат Шалвович Окуджава

奥斯特洛夫斯基，亚·尼　Александр Николаевич Островский

奥斯特洛夫斯基，尼·阿　Николай Алексеевич Островский

奥陀耶夫斯基，亚·伊　Александр Иванович Одоевский

奥陀耶夫斯基，弗·费　Владимир Федорович Одоевский

奥维奇金，瓦·弗　Валентин Владимирович Овечкин

奥泽罗夫，弗·亚　Владислав Александрович Озеров

Б

巴贝尔，伊·埃　Исаак Эммануилович Бабель

巴尔蒙特，康·德　Константин Дмитриевич Бальмонт

巴格里茨基，埃·格　Эдуард Георгиевич Багрицкий

巴赫缅季耶夫，弗·马　Владимир Матв Бахметьев

巴甫洛夫，尼·菲　Николай Филлипович Павлов

巴金，德 Д．Бакин，наст．Такидзава Кай

巴克兰诺夫，格·雅　Григорий Яковлевич Бакланов

巴丘什科夫，康·尼　Константин Николаевич Батюшков

巴仁，尼·费　Николай Федорович Бажен

邦达列夫，尤·瓦　Юрий Васильевич Бондарев

包戈廷，尼·费　Николай Федорович Погодин，наст．фам．：Стукалова

鲍罗金,列·伊 Леонид Иванович Бородин
鲍特金,瓦·彼 Василий Петрович Боткин
贝科夫,瓦·弗 Василь Владимирович Быков
彼特鲁舍夫斯卡娅,柳·斯 Людмила Стефановна Петрушевская
比尔-别洛采尔科夫斯基,弗·纳 Владимир Наумович Билль-Белоцерковский
比托夫,安·格 Андрей Георгиевич Битов
别德内依,杰 Бедный Демьян, наст. Ефим Алексеевич Придворов
别尔戈丽茨,奥·弗 Ольга Федоровна Берггольц
别克,亚·阿 Александр Альфредович Бек
别雷,安 Андрей Белый, наст. Борис Николаевич Бугаев
别列斯维托夫,伊·谢 Иван Семенович Пересветов
别列文,维·奥 Виктор Олегович Пелевин
别洛夫,谢·维 Сергей Викторович Белов
别涅季克托夫,弗·格 Владимир Григорьевич Бенедиктов
别斯图舍夫,亚·亚 Александр Александрович Бестужев
波波夫,弗·费 Владимир Федорович Попов
波波夫,米·米 Михаил Михайлович Попов
波波夫,瓦·格 Валерий Георгиевич Попов
波波夫,叶·阿 Евгений Анатольевич Попов
博搏雷金,彼·德 Петр Дмитриевич Боборыкин
博格丹诺维奇,伊·费 Ипполит Федорович Богданович
波戈津,米·彼 Михаил Петрович Погодин
波捷欣,阿·阿 Алексей Анисимович Потехин
波列伏依,尼·阿 Николай Алексеевич Полевой
波列扎耶夫,亚·伊 Александр Иванович Полежаев
勃留索夫,瓦·雅 Валерий Яковлевич Брюсов
波隆斯基,巴·彼 Павел Петрович Блонский
波隆斯卡娅,叶·格 Елизавета Григорьевна Полонская
波洛茨基,西·叶 Симеон Емельянович (Ситнианович-Петровский) Полоцкий
波缅洛夫斯基,尼·格 Николай Герасимович Помяловский
勃洛克,亚·亚 Александр Александрович Блок
布尔加科夫,米·阿 Михаил Афанасьевич Булгаков
布尔柳克,达·达 Давид Давидович Бурлюк
布罗茨基,约·亚 Иосиф Александрович Бродский
布宁,伊·阿 Иван Алексеевич Бунин
布伊达,尤·瓦 Юрий Васильевич Буйда

C

车尔尼雪夫斯基,尼·加 Николай Гаврилович Чернышевский
茨维塔耶娃,玛·伊 Марина Ивановна Цветаева

D

达里,弗·伊 Владимир Иванович Даль
德鲁策,约·帕 Ион Пантелеевич Друцэ
德鲁日宁,亚·瓦 Александр Васильевич Дружинин
德尼亚诺夫,尤·尼 Юрий Николаевич Тынянов
德沃列茨基,伊·莫 Игнатий Мойсеевич Дворецкий
杜勃罗留波夫,尼·亚 Николай Александрович Добролюбов
杜达列夫,阿·维 Алексей Викторович Дударев
杜金采夫,弗·德 Владимир Дмитриевич

Дудинцев

多伏拉托夫，谢·多 Сергей Донатович Довлатов

F

法捷耶夫，亚·亚 Александр Александрович Фадеев

费定，康·亚 Константин Александрович Федин

费多索娃，伊·安 Ирина Андреевна Федосова

费特，阿·阿 Афанасий Афанасиевич Фет

冯维辛，杰·伊 Денис Иванович Фонвизин

富尔曼诺夫，德·安 Дмитрий Андреевич Фурманов

弗拉基莫夫，格·尼 Георгий Николаевич Владимов

费列尔茨特，萨·卡 Савелия Карлович Ферельцт

G

盖利曼，亚·伊 Александр Исаакович Гельман

冈察洛夫，伊·亚 Иван Александрович Гончаров

高尔基，阿·马 Максим Горький，наст. Алексей Максимович Пешков

戈尔巴托夫，鲍·列 Борис Леонтьевич Горбатов

格拉宁，达·亚 Даниил Александрович Гранин

革拉特科夫，费·瓦 Федор Васильевич Гладков

格拉西莫夫，米·普 Михаил Прокопьевич Герасимов

格里鲍耶陀夫，亚·谢 Александр Сергеевич Грибоедов

格里戈利耶夫，阿·亚 Аполлон Александрович Григорьев

格里戈罗维奇，德·瓦 Дмитрий Васильевич Григорович

戈连什坦，弗·纳 Фридрих Наумович Горенштейн

格列克，马克西姆 Максим Грек в миру — Михаил Триволис

格列科娃，伊 И. Грекова，наст. Елена Сергеевна Вентцель

格列明娜，叶·阿 Елена Анатольевна Гремина

格林卡，费·尼 Федор Николаевич Глинка

格林卡，谢·尼 Сергей Николаевич Глинка

格鲁兹杰耶夫，伊·亚 Илья Александрович Груздев

戈罗杰茨基，谢·米 Сергей Митрофанович Городецкий

格罗斯曼，列·彼 Леонид Петрович Гроссман

古米廖夫，尼·斯 Николай Степанович Гумилев

果戈理，尼·瓦 Николай Васильевич Гоголь

H

哈尔姆斯，达·伊 Даниил Иванович Хармс

哈利托诺夫，马·谢 Марк Сергеевич Харитонов

赫尔岑，亚·伊 Александр Иванович Герцен

赫拉斯科夫，米·马 Михаил Матвеевич Херасков

赫列勃尼科夫，韦·弗 Велимир Викторович Владимирович Хлебников

赫梅里尼茨基，尼·伊 Николай Иванович Хмельницкий

霍米亚科夫，阿·斯 Алексей Степанович Хомяков

霍达谢维奇，维·弗 Владислав Фелицианович Ходасевич

J

迦尔洵，弗·米 Всеволод Михайлович Гаршин

吉洪诺夫，尼·谢 Николай Семенович Тихонов

吉皮乌斯,季·尼 Зинаида Николаевна Гиппиус Мережковская
基里洛夫,弗·季 Владимир Тимофеевич Кириллов
基列耶夫,鲁·季 Руслан Тимофеевич Киреев
季诺维也夫,亚·亚 Александр Александрович Зиновьев
季亚钦科,弗·阿 Владимир Алексеевич Дьяченко
加里奇,亚·阿 Александр Аркадьевич Галич
加林,亚·米 Александр Михайлович Галин
加斯捷夫,阿·卡 Алексей Капитонович Гастев
杰尔查文,加·罗 Гаврила Романович Державин
杰尔维格,安·安 Антон Антонович Дельвиг

K

卡达耶夫,瓦·彼 Валентин Петрович Катаев
卡捷宁,巴·亚 Павел Александрович Катенин
卡拉姆辛,尼·米 Николай Михайлович Карамзин
卡缅斯基,瓦·瓦 Василий Васильевич Каменский
卡普尼斯特,瓦·瓦 Василий Васильевич Капнист
卡维林,韦·亚 Вениамин Александрович Каверин
卡特科夫,米·尼 Михаил Никифорович Катков
卡赞采夫,亚·彼 Александр Петрович Казанцев
卡罗宁-彼特罗巴甫洛夫斯基,谢 Сергей Каронин-Петропавловский
康德拉季耶夫,维·列 Вячеслав Леонидович Кондратьев
康杰米尔,安·德 Антиох Дмитриевич Кантемир
考涅楚克,安·安 Анатолий Андреевич Корнейчук
柯尔卓夫,阿·瓦 Алексей Васильевич Кольцов
克拉日扎诺夫斯基,格·马 Глеб Максимилианович Кржижановский
克雷洛夫,维·亚 Виктор Александрович Крылов, псевдоним: Виктор Александров
克雷奇科夫,谢·安 Сергей Антонович Клычков
克留耶夫,尼·阿 Николай Алексеевич Клюев
克尼亚日宁,雅·鲍 Яков Борисович Княжнин
克鲁乔内赫,阿·叶 Алексей Елисеевич Крученых
柯罗连科,弗·加 Владимир Галактионович Короленко
柯罗廖夫,阿·瓦 Анатолий Васильевич Королев
科里雅达,尼·弗 Николай Владимирович Коляда
科热伏尼科夫,瓦·米 Вадим Михайлович Кожевников
库科利尼克,涅·瓦 Нестор Васильевич Кукольник
库罗奇金,尼·斯 Николай Степанович Курочкин
库罗奇金,瓦·斯 Василий Степанович Курочкин
库普林,亚·伊 Александр Иванович Куприн
库兹明,米·亚 Михаил Александрович Кузмин
库兹涅佐夫,尤·波 Юрий Поликарпович Кузнецов

L

拉德仁斯基,埃·斯 Эдвард Станиславович Радзинский
拉夫列尼约夫,鲍·安 Борис Андреевич

Лавренев
拉热奇尼科夫, 伊·伊 Иван Иванович Лажечников
拉吉舍夫, 亚·尼 Александр Николаевич Радищев
拉金, 列·彼 Леонид Петрович Радин
拉斯普京, 瓦·格 Валентин Григорьевич Распутин
拉耶夫斯基, 弗·费 Владимир Федосеевич Раевский
拉祖莫夫斯卡雅, 柳·尼 Людмила Николаевна Разумовская
莱蒙托夫, 米·尤 Михаил Юрьевич Лермонтов
勒热夫斯基, 阿·安 Алексей Андреевич Ржевский
雷列耶夫, 康·费 Кондратий Федорович Рылеев
利哈诺索夫, 维·伊 Виктор Иванович Лихоносов
利丘金, 弗·弗 Владимир Владимирович Личутин
里亚什科, 尼·尼 Николай Николаевич Ляшко, наст. фам.: Лященко
列昂诺夫, 列·马 Леонид Максимович Леонов
列别捷夫-库马奇, 瓦·伊 Василий Иванович Лебедев-Кумач
列米佐夫, 阿·米 Алексей Михайлович Ремизов
列斯科夫, 尼·谢 Николай Семенович Лесков
列舍特尼科夫, 费·米 Федор Михайлович Решетников
列维托夫, 亚·伊 Александр Иванович Левитов
隆茨, 列·纳 Лев Натанович Лунц
鲁勃佐夫, 尼·米 Николай Михайлович Рубцов

鲁金, 弗·伊 Владимир Игнатьевич Лукин
卢戈夫斯科伊, 弗·亚 Владимир Александрович Луковской
罗蒙诺索夫, 米·瓦 Михаил Васильевич Ломоносов
罗日杰斯特文斯基, 罗·伊 Роберт Иванович Рождественский
罗欣, 米·米 Михаил Михайлович Рощин
罗佐夫, 维·谢 Виктор Сергеевич Розов

M

马明-西比利亚克, 德·纳 Дмитрий Наркисович Мамин-Сибиряк
马卡里, 米·莫 Митрополит Московский Макарий, наст. Михаил Петрович Булгаков
马卡连柯, 安·谢 Антон Семенович Макаренко
马卡宁, 弗·谢 Владимир Семенович Маканин
马雷什金, 亚·格 Александр Георгиевич Малышкин
马雅可夫斯基, 弗·弗 Владимир Владимирович Маяковский
迈科夫, 瓦·伊 Василий Иванович Майков
梅烈日科夫斯基, 德·谢 Дмитрий Сергеевич Мережковский
梅耶荷德, 弗·埃 Всеволод Эмильевич Мейерхольд
米哈伊洛夫, 弗·德 Владимир Дмитриевич Михайлов
明斯基, 尼·马 Н. М. Минский, наст. Николай Максимович Виленкин
莫诺马赫, 弗·弗 Владимир Всеволодович Мономах
莫扎耶夫, 鲍·安 Борис Андреевич Можаев

N

纳乌莫夫, 尼·伊 Николай Иванович Наумов
纳列日内, 瓦·特 Василий Трофимович Нарежный

纳博科夫,弗·弗 Владимир Владимирович Набоков
纳尔布特,弗·伊 Владимир Иванович Нарбут
纳吉宾,尤·马 Юрий Маркович Нагибин
尼基京,阿法纳西 Афанасий Никитин
尼基京,鲍·巴 Борис Павлович Никитин
尼基钦,伊·萨 Иван Саввич Никитин
涅菲奥托夫,菲·季 Филлипп Диомидович Нефедов
涅克拉索夫,维·普 Виктор Платонович Некрасов
涅克拉索夫,尼·阿 Николай Алексеевич Некрасов
涅恰耶夫,叶·叶 Егор Ефимович Нечаев
聂米洛维奇-丹钦科,弗·伊 Владимир Иванович Немирович-Данченко
聂米洛维奇-丹钦科,瓦·伊 Василий Иванович Немирович-Данченко
诺沃德沃尔斯基,安·奥 Андрей Осипович Новодворский
诺维科夫-普利波伊,阿·西 Алексей Силыч Новиков-Прибой

P

帕斯捷尔纳克,鲍·列 Борис Леонидович Пастернак
帕纳耶夫,伊·伊 Иван Иванович Панаев
帕乌斯托夫斯基,康·格 Константин Георгиевич Паустовский
潘菲洛夫,费·伊 Федор Иванович Панферов
皮利尼亚克,鲍·安 Борис Андреевич Пильняк Вогау
皮萨列夫,德·伊 Дмитрий Иванович Писарев
皮谢姆斯基,阿·费 Алексей Феофилактович Писемский
皮叶楚赫,维·阿 Вячеслав Алексеевич Пьецух
普拉东诺夫,安·普 Андрей Платонович Платонов
普里什文,米·米 Михаил Михайлович Пришвин
普列谢耶夫,阿·尼 Алексей Николаевич Плещеев
普罗科菲耶夫,亚·安 Александр Андреевич Прокофьев
普希金,亚·谢 Александр Сергеевич Пушкин

Q

契诃夫,安·巴 Антон Павлович Чехов
恰科夫斯基,亚·鲍 Александр Борисович Чаковский
切尔内赫,伊·瓦 Иван Васильевич Черных
丘尔科夫,米·德 Михаил Дмитриевич Чулков
丘赫尔别凯,威·卡 Вильгельм Карлович Кюхельбекер
丘拉卡,米·米 Михаил Михайлович Чулаки
丘特切夫,费·伊 Федор Иванович Тютчев

R

日古林,安·弗 Анатолий Владимирович Жигулин
茹科夫斯基,瓦·安 Василий Андреевич Жуковский

S

萨杜尔,尼·尼 Нина Николаевна Садур
萨尔蒂科夫-谢德林,米·叶 Михаил Евграфович Салтыков-Щедрин
萨伦斯基,阿·德 Афанасий Дмитриевич Салынский
莎吉娘,玛·谢 Мариэтта Сергеевна Шагинян
沙霍夫科伊,亚·亚 Александр Александрович Шаховской
沙拉莫夫,瓦·吉 Варлам Тихонович Шаламов
沙罗夫,弗·亚 Владимир Александрович Шаров

沙特罗夫,米·菲 Михаил Филиппович Шатров
舍尔申涅维奇,瓦·加 Вадим Габриэлевич Шершеневич
什克洛夫斯基,维·鲍 Виктор Борисович Шкловский
什库廖夫,菲·谢 Филипп Сергеевич Шкулев
什缅廖夫,伊·谢 Иван Сергеевич Шмелев
舒克申,瓦·马 Василий Макарович Шукшин
斯拉波夫斯基,亚·伊 Александр Иванович Слаповский
斯捷普尼亚克-克拉夫钦斯基,谢·米 Сергей Михайлович Степняк-Кравчинский
斯拉夫金,维·约 Виктор Иосифович Славкин
斯鲁切夫斯基,康·康 Константин Константинович Случевский
斯洛尼姆斯基,谢·米 Сергей Михайлович Слонимский
斯列普佐夫,瓦·阿 Василий Алексеевич Слепцов
斯麦里亚科夫,雅·瓦 Ярослав Васильевич Смеляков
斯坦尼斯拉夫斯基,康·谢 Константин Сергеевич Станиславский
苏尔科夫,阿·亚 Алексей Александрович Сурков
苏霍沃-科贝林,亚·瓦 Александр Васильевич Сухово-Кобылин
苏马罗科夫,亚·彼 Александр Петрович Сумароков
绥拉菲莫维奇,谢 Александр Серафимович, наст. Александр Серафимович Попов
索尔仁尼琴,亚·伊 Александр Исаевич Солженицын
索弗洛诺夫,阿·瓦 Анатолий Васильевич Софронов

索佛尼 Софония Рязанца
索科洛夫,弗·尼 Владимир Николаевич Соколов
索科洛夫,亚·弗 Саша Соколов, наст. Александр Всеволодович Соколов
索洛古勃,费·库 Федор Кузьмич Сологуб
索洛维约夫,弗·谢 Владимир Сергеевич Соловьев
索洛维约夫,谢·米 Сергей Михайлович Соловьев

Т

泰伊洛夫,亚·雅 Александр Яковлевич Таиров
特里丰诺夫,尤·瓦 Юрий Валентинович Трифонов
特列弗立夫,列·尼 Леонид Николаевич Трефолев
特列季亚科夫斯基,瓦·基 Василий Кириллович Тредиаковский
特列尼约夫,康·安 Константин Андреевич Тренев
特罗耶波尔斯基,加·尼 Гавриил Николаевич Троепольский
特瓦尔多夫斯基,亚·特 Александр Трифонович Твардовский
田德里亚科夫,弗·费 Владимир Федорович Тендряков
屠格涅夫,伊·谢 Иван Сергеевич Тургенев
托尔斯泰,阿·康 Алексей Константинович Толстой
托尔斯泰,列·尼 Лев Николаевич Толстой
托尔斯泰,阿·尼 Алексей Николаевич Толстой
托尔斯塔娅,塔·尼 Татьяна Никитична Толстая
托卡列娃,维·萨 Виктория Самойловна Токарева
陀思妥耶夫斯基,费·米 Федор

Михайлович Достоевский

W

瓦尔拉莫夫, 阿 · 尼 Алексей Николаевич Варламов

瓦赫坦戈夫, 叶 · 巴 Евгений Багратионович Вахтангов

瓦洛金, 亚 · 莫 Александр Моисеевич Володин, наст. фам. Лифшиц

瓦西里耶夫, 鲍 · 利 Борис Львович Васильев

瓦西列芙斯卡娅, 万 · 利 Ванда Львовна Василевская

万比洛夫, 亚 · 瓦 Александр Валентинович Вампилов

维登斯基, 亚 · 伊 Александр Иванович Введенский

魏列萨耶夫, 韦 · 维 Викентий Викентьевич Вересаев, наст. фам. Смидович

威涅维京诺夫, 德 · 弗 Дмитрий Владимирович Веневитинов

维什涅夫斯基, 弗 · 维 Всеволод Витальевич Вишневский

维索茨基, 弗 · 谢 Владимир Семенович Высоцкий

维谢雷, 阿 Артем Веселый, наст. Николай Иванович Кочкуров

维亚泽姆斯基, 彼 · 安 Петр Андреевич Вяземский

沃洛申, 马 · 亚 Максимилиан Александрович Волошин

沃伦斯基, 亚 · 康 Александр Константинович Воронский

沃兹涅先斯基, 安 · 安 Андрей Андреевич Вознесенский

乌加洛夫, 米 · 斯 Михаил Стенограмма Угаров

乌利茨卡娅, 柳 · 叶 Людмила Евгеньевна Улицкая

乌斯宾斯基, 格 · 伊 Глеб Иванович Успенский

乌斯宾斯基, 尼 · 瓦 Николай Васильевич Успенский

X

希边科, 阿 Алексей Шипенко

西尔韦斯特, 埃 · 斯 Энцио Сталлоне Сильвестр

西蒙诺夫, 康 · 米 Константин Михайлович Симонов

肖洛霍夫, 米 · 亚 Михаил Александрович Шолохов

谢尔宾纳, 尼 · 费 Николай Федорович Щербина

谢尔盖耶夫-琴斯基, 谢 · 尼 Сергей Николаевич Сергеев-Ценский

谢根, 亚 · 尤 Александр Юрьевич Сегень

谢利文斯基, 伊 · 利 Илья Львович Сельвинский

谢苗诺夫, 格 · 维 Георгий Витальевич Семенов

谢苗诺夫, 尤 · 谢 Юлиан Семенович Семенов

谢维里亚宁, 伊 · 瓦 Игорь Северянин, наст. Игорь Васильевич Лотарев

Y

叶拉兹姆, 叶尔马莱伊 Ермолай Еразм Ермолай Прегрешный

叶罗菲耶夫, 维 · 弗 Виктор Владимирович Ерофеев

叶皮凡尼 Епифаний Славинецкий

叶甫图申科, 叶 · 亚 Евгений Александрович Евтушенко

叶赛宁, 谢 · 亚 Сергей Александрович Есенин

叶辛, 谢 · 尼 Сергей Николаевич Есин

伊拉里昂, 阿 Иларион в миру — Троицкий

Василий Александрович	Загоскин, М.·Н. Михаил Николаевич Загоскин
伊里因,尼·雅 Николай Яковлевич Ильин	扎索季姆斯基,巴·弗 Павел Владимирович Засодимский
伊萨科夫斯基,米·瓦 Михаил Васильевич Исаковский	扎鲍洛斯基,尼·阿 Николай Алексеевич Заболоцкий
伊万诺夫,彼·阿 Петр Анисимович Иванов	扎洛图哈,瓦·亚 Валерий Александрович Залотуха
伊万诺夫,费·费 Федор Федорович Иванов	扎米亚金,叶·伊 Евгений Иванович Замятин
伊万诺夫,弗·维 Всеволод Вячеславович Иванов	兹拉托夫拉茨基,尼·尼 Николай Николаевич Златовратский
伊万诺夫,格·弗 Георгий Владимирович Иванов	兹洛特尼科夫,尤·萨 Юрий Савельевич Злотников
伊万诺夫,维·伊 Вячеслав Иванавич Иванов	佐林,列·亨 Леонид Генрихович Зорин
伊兹梅洛夫,亚·叶 Александр Ефимович Измайлов	左琴科,米·米 Михаил Михайлович Зощенко
英贝尔,维·米 Вера Михайловна Инбер	

Z

扎多奇尼克,丹尼尔 Даниил Заточник

附录二　重要作品中俄译名对照表

A

阿巴董娜 Аббадона
阿比西尼亚之歌 Абиссинские песни
阿达，或欲望之欢。家庭纪事 Ада，или Радости страсти. Семейная хроника
阿尔巴特，我的阿尔巴特 Арбат, мой Арбат
阿尔巴特之歌 Песенка об Арбате
阿尔卑斯 Альпы
阿尔弗雷德 Альфред
阿尔塔莫诺夫家的事业 Дело Артамоновых
阿尔谢尼耶夫的生活 Жизнь Арсеньева
阿里卡 Алька
阿玛拉特老爷 Аммалат-бек
阿佩莱斯线条 Аппелесова черта
阿霞 Ася
啊，我记得那黄金的时刻 Я помню время золотое...
哀歌 Элегия
哀伤 Горе
埃及之夜 Египетские ночи
癌病房 Раковый корпус
爱的花园，又名坎贝尔和阿里塞娜永存的忠贞 Любовный вертоград или непреоборимое постоянство Камбера и Арисены
爱尔涅斯特与多拉弗拉的通信 Письма Эрнеста и Доравры
爱情 Любовь
爱——有一没有再 Любовь — одна
隘口 Перевал
安德烈·谢尼耶 Андрей Шенье
安德洛玛刻 Андромаха
安东诺夫卡苹果 Антоновка
安魂曲 Реквием
安娜夫人，瓦罐脑袋 Донна Анна, печной горшок

安娜·卡列尼娜 Анна Каренина
安娜·卢奇尼娜 Анна Лучинина
安娜·斯涅金娜 Анна Снегина
安纽黛 Анюта
安全证书 Охранная грамота
安提戈涅 Антигона
暗淡的火光 Бледный огонь
暗房 Темная комната
案件 Дело
奥勃洛莫夫 Обломов
奥尔洛夫夫妇 Супруги Орловы
奥库罗夫镇 Городок Окуров
奥列霞 Олеся
奥斯托日耶的房子 Дом в Остожье
奥札 Оза

B

八重赞美诗 Октоих
8月30日 Тридцатое августа, Большевики
巴黎 Париж
巴力 Ваал
巴什吉尔民间故事 Башкирские народные сказки
巴土姆 Батум
芭蕾舞 Балет
拔都攻占梁赞记 Повесть о разорении Рязани Батыем
白痴 Идиот
白桦 Береза
白卫军 Белая гвардия
白夜 Белые ночи
白昼和黑夜 День и ночь
百慕大三角 Биуманский треукольник
败类 О дряни
扳道工 Сцепщик
傍晚的火 Вечерние огни

宝贝 Душечка
暴风雪 Мятель
报复 Возмездие
鲍里斯·戈都诺夫 Борис Годунов
鲍利斯和格列勃的传说 Сказание о Борисе и Глебе
悲伤的白桦 Печальная береза...
悲伤的侦探 Печальный детектив
悲伤与理智 On Grief and Reason
卑微的魔鬼 Мелкий бес
悲壮的颂歌 Третья патетическая
被俘的灵魂 Пленный дух
被唤醒让人气恼 Досадное пробуждение
被开垦的处女地 Поднятая целина
被推倒的房子 Опрокинутый дом
被侮辱与被损害的 Униженные и оскорбленные
被遗忘的乡村 Забытая деревня
背信者 Изменник
鼻子 Нос
彼得堡 Петербург
彼得堡风貌素描 Физиология Петербурга
彼得堡的手风琴手 Петербургские шарманщики
彼得堡的看门人 Петербургский дворник
彼得堡纪事 Петербургские летописи
彼得堡浪漫曲 Петербургский романс
彼得堡文集 Петербургский сборник
彼得大帝 Петр Первый
彼得大帝的黑孩子 Арап Петра Великого
彼得和费弗罗尼亚的故事 Повесть о Петре и Февронии
彼得颂 Петрида
彼尔姆的斯捷凡行传 Житие Стефана Пермского
彼拉盖娅 Пелагея
必将实现 Так и будет
碧空泛金 Золото в лазури
避暑客 Дачники

变节者 Изменник
变容节 Преображение
变色龙 Хамелеон
别尔金小说集 Повести Белкина
别林斯基 В. Г. Белинский
别洛佐尔中尉 Лейтинант Белозер
冰屋 Ледяной дом
并非来自尘世 Не от мира сего
波德利普人 Подлиповцы
波浪和思想 Волна и дума
波里道尔，卡德姆与加尔莫尼亚之子 Полидор, сын Кадма и Гармонии
博恩高利姆岛 Остров Борнгольм
不抵抗 Непротивление
不公正的审判 又译舍米亚卡的审判 Повесть о Шемякином суде
不管乐意不乐意 Хочешь не хочешь
不合时宜的思想 Несвоевременные мысли
不见面 Заочность
不交纳田租的人 Безоборочный
不论我漫步在喧闹的大街…… Брожу ли я вдоль улиц шумных
不屈不挠的人们 Непоколенные
不是单靠面包的 Не хлебом единым
不是这里的晚上 Нездешний вечер
不，我没有背叛…… Нет, я не изменил. До старости глубокой...
不祥的蛋 Роковые яйца
不幸的尼卡诺尔，又名俄罗斯贵族 Н 的冒险经历 Несчастный Никонор или приключения российского дворянина Н
不幸的人们 Несчастные
不幸的童话主人公 О несчастных сказочных персонажах
不幸和厄运 Горе-злосчастье
不幸和厄运的故事 Повесть о Горе и Злочастии
步行者 Ходок

不朽的爱情 Бессмертная любовь
不朽的人民 Народ бессмертен

C

财政天才 Финансовый гений
彩排 Репетиция
草原 Степь
草原上的李尔王 Степной Король Лир
岔路口 Распутья
忏悔 Исповедь
长短诗集 Стихотворения и поэмы
长颈鹿 Жираф
长久的告别 Долгое прощание
车前草 Подорожник
晨 Утро
晨思上苍之伟大 Утреннее размышление о Божием Величестве
沉没的方舟 Затонувший ковчег
沉思 Дума
城门 Застава
城市浪漫曲 Городской романс
城与年 Города и годы
池塘 Пруд
迟做总比不做好 Лучше поздно, чем никогда
冲向顶峰 К вершине
崇高的爱 Большая любовь
仇敌 Враги
仇敌 Враги
臭虫 Клоп
初步的总结 Предварительные итоги
初会 Первое свидание
初恋 Первая любовь
初生海 Ювенильное море
出乎意料，出乎猜测 Нежданно-негаданно
出入孔 Лаз
出售熊皮 Продается медвежья шкура
出诊 Случай из практики
出征进行曲 Походный марш, 又称黎明前一小时，За час до рассвета
处境 Ситуация
处女地 Новь
穿裤子的云 Облако в штанах
船长们 Капитаны
窗户朝着田野的房子 Дом окном в поле
春播 Ярь
春草国 Страна Муравия
春潮 Вешние воды
春天 Весна
春天的十七个瞬间 Семнадцать мгновений весны
蠢货 Медведь
茨冈 Цыган
瓷器馆 Фарфоровый павильон
刺猬 Еж
从彼得堡到莫斯科的旅行记 Путешествие из Петербурга в Москву
从飞机上 С самолета
醋栗 Крыжовник
崔可夫一家 Зыковы
村姑小姐 Барышня-крестьянка
村居一月 Месяц в деревне
错综复杂的故事 Запутанное дело

D

打野鸭 Утиная охота
大鼻子姑娘 Девушка Нос
大传送带 Большой конвейер
大地茫茫路漫漫 Путем всея земли
大地之歌 Песня о Земле
大雷雨 Гроза
大路上的谈话 Разговор на большой дороге
大门敞开 Широко распахнуты ворота
大门前的沉思 Размышления у парадного подъезда
大人圆舞曲 Вальс Его Величества, или Размышления о том, как пить на троих

大师和玛格丽特 Мастер и Маргарита
大师们的祈祷 Молитва мастеров
大司祭阿瓦库姆行传 Житие протопопа Аввакума
大堂神父 Соборяне
大卫 Давид
大学生 Студенты
大学生 Студент
大自然不像你们想象的那样 Не то, что мните вы, природа...
带阁楼的房子 Дом с мезонином
带枪的人 Человек с ружьем
戴十字架的两姊妹 Крестовые сестры
丹麦王滴剂 Капли Датского короля
单身汉 Холостяк
胆小鬼 Трус
淡蓝色的深处 Голубая глубина
诞生 Рождение
当代俄国诗歌的若干流派 Новые течения в современной русской поэзии
当代骑士 Рыцарь нашего времени
当代英雄 Герой нашего времени
岛屿 Острова
到今天，朋友，十五年过去了 Сегодня, друг, пятнадцать лет минуло...
道路 Дорога
道学家 Нравственный человек
德米特里·顿斯科伊 Дмитрий Донской
灯光 Огонек
灯火 Огни
等着我吧 Жди меня
敌人烧毁了故乡的房屋 Враги сожгли родную хату
狄多和埃涅阿斯 Дидона и Эней
狄康卡近乡夜话 Вечера на хуторе близ Диканьки
底层 На дне
地槽 Котлован

第二次诞生 Второе рождение
第六病室 Палата No. 6
第六感觉 Шестое чувство
第三警卫队 Tertia Vigilia
第十诫 Десятая заповедь
地下人，或者当代英雄 Андеграунд, или Герой нашего времени
地下室手记 Записи из подполья
第一圈 В первом круге
癫痫 Лихая болесть
电报线 Провода
鼎沸的高脚杯 Громкокипящий кубок
定数 Предопределение
冬天的夜晚 Зимний вечер
冬天记的夏天的印象 Зимние заметки о летних впечатлениях
独白 Монолог
毒衣 Отравленная туника
赌徒 Игроки
杜勃罗夫斯基 Дубровский
杜申卡 Душенька
短剑 Кинжал
短篇小说集 Рассказы
对马岛 Цусима
顿河故事 Донские рассказы
顿河左岸之战 Задонщина
多舛的命运，又名米拉蒙特的奇遇 Непостоянная Фортуна, или Похождения Мирамонда
多余人日记 Дневник лишнего человека

E

俄国象征主义者 Русские символисты
俄里 又译里程碑 Версты
俄罗斯大地覆灭记 Слово о погибели Русской земли
俄罗斯的吉尔·布拉斯，又名契斯佳科夫公爵奇遇记 Российский Жилблаз, или

Похождения князя Гаврилы Симоновича Чистякова

俄罗斯妇女 Русские женщины

俄罗斯贵族亚历山大的故事 История о российском дворянине Александре

俄罗斯国家史 История Государства российского

俄罗斯飓风 Русский ураган

俄罗斯美女 Русская красавица

俄罗斯美女和其他短篇小说 Русская красавица и другие рассказы

俄罗斯人 Русские люди

俄罗斯森林 Русский лес

俄罗斯商人约安和美少女叶列奥诺拉的故事 История о российском купце Иоанне и о прекрасной девице Элеоноре

俄罗斯水手瓦西里·科里奥茨基小史 История о российском матросе Василии Кориотском

俄罗斯颂 Россияда

俄罗斯田园颂 Ода русскому огороду

俄罗斯童话 Русские сказки

俄罗斯问题 Русский вопрос

俄罗斯一日 День России

俄罗斯症结：短诗和长诗 Русский узел: Стихотворения и поэмы

俄罗斯之夜 Русские ночи

俄语诗简明新作法 Новый и краткий способ к сложению российских стихов

恶魔 Демон

饿死 Голодная смерть

儿子 Сын

儿子们远赴战场 Сыновья уходят в бой

20世纪之歌 Песни XX века

F

发现美洲 Открытие Америки

法官赞 Гимн судье

法与恩惠说 Слово о законе и благодати

帆 Парус

反馈 Обратная связь

反领袖 Антилидер

反小说 Антироман

泛音 Обертон

犯罪世界特写 Очерки преступного мира

方尖碑 Обелиск

房屋和树木 Дом и дерево

仿古兰经 Подражания Корану

放开喉咙歌唱 Во весь голос

放牛娃 Пастух

非己之雪橇莫乘坐 Не в свои сани не садись

非洲之夜 Африканская ночь

飞鸟不惊的地方 В краю непуганных птиц

肥缺 Доходное место

费奥多尔·瓦西里耶维奇·乌沙科夫 Житие Федора Васильевича Ушакока

费拉列特和叶甫盖尼 论堕落贵族的妒忌和傲慢 Филарет и Евгений на зависть и гордость дворян злонравных

费丽察 Фелица

废置的舞台 Упраздненный театр

分裂派 Раскол

焚烧的情书 Сожженное письмо

风暴 Шторм

风波 Переполох

伏尔加河上 На Волге

福马·高尔杰耶夫 Фома Гордеев

弗拉米尔 Владимир Возрожденный

弗拉基米尔和雅洛波尔克 Владимир и Ярополк

弗拉基米尔三级勋章 Владимир третьей степени

弗拉基米尔·马雅可夫斯基 Владимир Маяковский

弗洛尔·斯考别耶夫的故事 Повесть о Фроле Скобееве

弗洛尔·西林 Фрол Силин
斧头之歌 Поэма о Топоре
复活 Воскресение
父亲 Отец
父亲和他的博物馆 Отец и его музей
父与子 Отцы и дети

G

该诅咒的和该杀的 Убиты и прокляты
干亲家 Кума
感伤的进行曲 Сентиментальный марш
钢铁是怎样炼成的 Как закалялась сталь
高贵的病 Высокая болезнь
高加索俘虏 Кавказский пленник
高利贷者 Лихоимец
高山，你不要在我的路上呻吟…… Ты не стой, гора, на моем пути...
告别 Прощание
告别马焦拉村 Прощание с Матерой
告理智（致诽谤学术者）К уму своему на хулящих учение
哥萨克 Казаки
歌 Песня
歌手 Певец
戈拉多夫城 Город Градов
戈洛夫廖夫老爷们 Господа Головлевы
戈雅 Гойя
格鲁勃夫城在新时代和最新时代的历史 История города Глупова в новые и новейшшие времена
格鲁莫夫一家 Глумовцы
给 К Уста с улыбкою приветной
给 Н К Н 《Твой милый взор невинной страсти полный...》
给姐姐 К сестре
给利金尼 Лицинию
给那些希望演好《钦差大臣》的演员们的提示 Предуведомление для тех, которые пожелали бы сыграть как следует 《Ревизора》
给奶娘 Няне
给普欣 К Пущину
给社会趣味一记耳光 Пощечина общественному вкусу
给书刊审查官的一封信 Послание цензору
给她 К ней
给我的仆人舒米洛夫、万卡和彼得鲁什卡的信 Послание к слугам моим Шумилову, Ваньке и Петрушке
给一个住在托波尔斯克的朋友的信 Письмо к другу, жительствующему в Тобольске по долгу звания своего
给艺术大军的命令 Приказ по армии искусства
根基 Устои
工兵之死 Смерть сапера
工厂姑娘 Фабричная девчонка
工人 Рабочий
公爵夫人 Княгиня
攻占霍丁颂 Ода на победу над турками и татарами и на взятие Хотина 1739 года
共青团员之歌 Комсомольская прощальная
篝火的反光 Отблеск костра
狗心 Собачье сердце
孤独 Одиночество
孤苦伶仃的人 Бобыль
古拉格群岛 Архипелаг ГУЛАГ
故土 Родная земля
挂在脖子上的安娜 Анна на шее
怪人 Чудаки
怪人日记 Записки чудака
官老爷 Помпадур
棺材匠 Гробовщик
关于俄国贵族弗罗尔·斯卡别耶夫与御前纳尔登-纳晓金之女努什卡的喜剧 Комедия о российском дворянине Фроле

Скабееве и стольничьей Нардын-Нащокина дочери Аннушке
关于森林的中篇小说 Повести о лесах
关于土地、关于自由、关于工人的命运 Про землю, про волю, про рабочую долю
关于无限光荣的俄罗斯王国的新故事 Новая повесть о преславном Российском царстве
关于一个房管员如何跳起舞来的故事，或从伟大到可笑只有一步 Сказание о том, как квартальный надзиратель пустился в пляс, или От великого до смешного только один шаг
关于这个 Про это
关于真话和谎话的寓言 Притча о Правде и Лжи
关于中国市场的信 Письмо о китайском торге
灌木丛 Куст
广场上的国王 Король на площади
归来 Возвращение
归途中 На возвратном пути
桂冠 Лавровый венок
贵族长的早餐 Завтрак у предводителя
贵族之家 Дворянское гнездо
贵族之女娜塔莉亚 Наталья, боярская дочь
国王 Король
果戈理的技巧 Мастерство Гоголя
果戈理的头颅 Голова Гоголя
果戈理忌日 В день смерти Гоголя

H

哈吉·穆拉特 Хаджи Мурат
哈里东·马肯金给友人论俄罗斯诗歌写作的一封信 Письмо Харитона Макентина к приятелю о сложении стихов русских
哈姆雷特和良心的对话 Диалог Гамлета с совестью

孩子们的哭声 Плач детей
海滨十四行 Приморский сонет
海港之夜 Вечер на рейде
海浪的喧嚣里有一种旋律 Певучесть есть в морских волнах...
海鸥 Чайка
海上的梦 Сон на море
海燕之歌 Песня о Буревестнике
汉斯·古谢加顿 Ганц Кюхельгартен
好！Хорошо!
好人 Хорошие люди
和财务检查员谈诗 Разговор с фининспектором о поэзии
和平之歌 Песня мира
河水欢腾 Река играет
何谓祖国之子 Беседа о том, что есть сын отечества
和谐 Лад
黑暗的势力 Власть тьмы
黑暗王国的一线光明 Луч света в темном царстве
黑病 Черная немочь
黑海 Черное море
黑桃皇后 Пиковая дама
黑眼睛 Очи черные
黑与白 Блек энд уйт
亨利 Генрих
虹 Радуга
红花 Красный цветок
红轮 Красное колесо
红色的花园 Красный сад
红茵蓝马 Синие кони на красной траве
候鸟飞去 Летят перелетные птицы
护身符 Талисман
花环 Stephanos
花楸树 Рябина
滑稽草台戏 Балаганчик
华沙革命歌 Варшавянка

画家　Живописец
画家冈察洛娃　Наталья Гончарова
化身　Двойник
化装膏　Помада
怀念安年斯基　Памяти Аннеского
獾　Барсуки
幻想与声音　Мечты и звуки
幻影　Видение
皇村　Царское село
皇村雕像　Царскосельская статуя
皇村回忆　Воспоминания в Царском селе
皇村颂歌　Царскосельская ода
皇村学校愈是频繁地……　Чем чаще празднует Лицей
荒野中的停留　Остановка в пустыне
黄昏　Вечер
黄昏纪念册　Вечерний альбом
黄箭　Желтая стрела
皇太子阿列克塞　Царевич Алексей
皇族血统等级书　Книга степная царского родословия
挥霍无度的人被爱情所改变　Мот, любовью исправленный
灰烬　Пепел
灰蓝色的影子已混杂不清　Тени сизые смесились...
灰眼睛的国王　Сероглазый король
回教徒　Басурман
回声　Эхо
回首往昔：我们青春的节庆……　Была пора: наш праздник молодой
回忆　Память
回忆　Воспоминание
毁灭　Разгром
会见波拿巴　Свидание с Бонапартом
婚礼之日　В день свадьбы
婚事　Женитьба
浑水　В мутной воде

活到黎明　Дожить до рассвета
活生生的人的活生生的事　Живое о живом
活尸　Живой труп
活着，可要记住　Живи и помни
伙伴们，给我写信　Ребята, напишите мне письмо
火红的岛　Багровый остров
火热的心　Горячее сердце
火柱　Огненный столп
霍尔与卡里内奇　Хорь и Калиныч
霍列夫　Хорев
货郎　Коробейники

J

讥嘲者，又名斯拉夫童话　Пересмешник, или Славянские сказки
讥沃隆佐夫　Полу-милорд полу-купец
基督之路　Путь Христа
基尔扎里　Кирджали
机灵的女人　Юровая
及时行善　Спешите делать добро
脊柱横笛　Флейта-позвоночник
寂静　Тишина
寂寞又忧愁　И скучно и грустно
纪念日　Юбилей
纪念日的诗　Юбилейное
寄宿　Ночлег
寄语百年之后的你　Тебе—через сто лет
加林工程师的双曲线　Гиперболоид инженера Гарина
家门　Семейные пороги
家庭纪事　Семейная хроника
家庭秘密　Тайны дома
家庭幸福图　Семейная картина
家训　Поучение
家园　Дом
假面舞会　Маскарад
假如明天是战争　Если завтра война

箭袋 Колчан
监护人 Опекун
艰难时代 Трудное время
见解 Воззрение
僭主德米特里与瓦西里·隋斯基 Дмитрий Самозванец и Василий Шуйский
浆果处处 Ягодные места
将军和他的部队 Генерал и его армия
讲话 Слово
降临 Пришествие
交换 Обмен
焦尔金游地府 Теркин на том свете
焦躁 Нетерпение
教堂圆顶 Купол
教育的果实 Плоды просвещения
教育诗篇 Педагогическая поэма
接骨木 Бузина
阶梯之诗 Поэма Лестницы
结仇 На ножах
结婚 Свадьба
节律创作或构诗 Рифмологион или Стихослов
节日好梦饭前应 Праздничный сон — до обеда
解放了的莫斯科 Освобожденная Москва
金山 Золотая гора
金竖琴 Златолира
金字塔 Пирамида
静静的顿河 Тихий Дон
舅舅的梦 Дядюшкин сон
旧式地主 Старосветские помещики
旧信 Старые письма
就在那大海边 У самого моря
剧院故事 Театральный роман
诀别的歌 Песня последней встречи
决斗 Дуэль
决斗 Поединок
决裂 Отчарь
决裂 Разлом

绝望 Отчаяние
军人不是天生的 Солдатами не рождаются
军人之歌 Военная песня
军靴之歌 Песенка о солдатских сапогах

K

卡德姆与加尔莫尼亚 Кадм и Гармония
卡拉马佐夫兄弟 Братья Карамазовы
卡雷姆短篇小说 Колымские рассказы
卡雷姆故事 Колымская проза
卡利亚津的诉状 Калязинская челобитная
卡门 Кармен
卡希拉的遗风 Каширская старина
卡组斯，或者双子星座效应 Казус, или Эффект близнецов
喀秋莎 Катюша
开会迷 Прозаседавшиеся
看瓜田的人 Бахчевник
慷慨的三月 Март великодушный
康斯坦丁诺波尔 Константинополь
柯吉克·列达耶夫 Котик Летаев
柯兹玛·扎哈里奇·米宁-苏霍鲁克 Козьма Захарьич Минин-Сухорук
科德角摇篮曲 Колыбельная Трескового Мыса
科洛姆比娜的住房 Квартира Коломбины
科切托夫卡车站上发生的一件事情 Случай на станции Кочетовка
克里米亚岛 Остров Крым
克里姆林宫的风流轶事，或俄罗斯第二位总统的不寻常的奇遇 Кремлевский амур, или Необычайное приключение второго президента России
克里姆林宫的钟声 Кремлевские куранты
克里姆·萨姆金的一生 Жизнь Клима Самгина
克列钦斯基的婚事 Свадьба Кречинского
克鲁波夫医生 Доктор Крупов
可怜的阿弗罗西莫夫或一口自由 Бедный

Авросимов или Глоток свободы
可怕的复仇 Страшная месть
可怕的童话 Страшная сказка
渴睡 Спать хочется
止渴 Утоление жажды
渴望荣誉 Желание славы
空气之诗 Поэма Воздуха
空中路 Воздушные пути
空中站 Эфирный тракт
恐怖 Страх
恐怖的世界 Страшный мир
苦命的丽莎 Бедная Лиза
苦命人安东 Антон Горемика
苦难的历程 Хождение по мукам
苦恼 Тоска
快乐的鼓手 Веселый барабанщик
快乐的人们进行曲 Марш веселых ребят
快乐的士兵 Веселый солдат
狂人日记 Записки сумасшедшего
狂野又倔犟, 燃烧吧, 火焰, 你燃烧吧……
 Неистов и упрям, гори, огонь, гори...
旷野在右边延伸 Справа раскинулись пустыри...
矿巢 Горное гнездо
矿工 Горные
昆虫的生活 Жизнь насекомых

L
垃圾场 Свалка
拉舍尔 Рашель
莱达 Леда
来得容易去得快 Бешеные деньги
来去之日 День прихода, день отъезда
来自饭店的人 Человек из ресторана
来自旧金山的先生 Господин из СанФранциска
来自另一个世界的人 Человек с того света
来自穷乡僻壤的人们 Люди из захолустья
蓝毛小兽 Синий зверушка

蓝色的小气球 Голубой шарик
狼和羊 Волки и овцы
浪漫之花 Романтические цветы
浪子的寓言喜剧 Комедия притчи о блудном сыне
劳动英雄 Герой труда
老村庄的故事 Повесть о старом поселке
老皮缅处的宅子 Дом у Старого Пимена
老人 Старик
老头子 Старик
老屋 Старый дом
老橡树 Стародуб
乐观的悲剧 Оптимическая трагедия
乐土 Инония
雷神 Перун
雷雨 Гроза
离别 Разлука
离开俄罗斯以后 После России
离去之诗 Поэма ухода
里戈夫斯卡娅伯爵夫人 Княгиня Лиговская
里扎尔 Лизар
力量悬殊的战斗 Неравный бой
联系 Связь
炼钢工人 Сталевары
炼铁炉 Доменная печь
良心专政 Диктотура совести
两次革命之间 Между двух революций
两冬三夏 Две зимы и три лета
两个世纪之交 На рубеже двух столетий
两个伊凡, 又名诉讼狂 Два Ивана, или Страсть к тяжбам
两个丈夫的女人 Двухмужняя
两姐妹 Две сестры
两种力量 Две силы есть — две роковые силы...
两种命运 Две судьбы
猎狼 Охота на волков

列宁 Владимир Ильич Ленин
列宁格勒长诗 Ленинградская поэма
列诺契卡 Леночка
令人心醉的往日的亲人 Наперсница волшебной старины...
吝啬骑士 Скупой рыцарь
另外的海岸 Другие берега
流浪者 Скиталец
琉森 Люцерн
柳波芙·雅罗瓦雅 Любовь Яровая
柳维尔斯的童年 Детство Люверс
六月的离别 Прощание в июне
聋人之家 Гнездо глухаря
炉匠 Печники
芦苇 Тростник
鲁仁的防守 Защита Лужина
鲁霞 Руся
路旁人家 Дом у дороги
旅人 Странник
旅长 Бригадир
绿草地 Зеленый луг
孪生子 Близнецы
罗特希尔德的小提琴 Скрипка Ротшильда
罗马哀歌 Римская элегия
罗马生活故事 Повесть из римской жизни
罗曼和奥尔迦 Роман и Ольга
罗斯 Русь
罗斯记游 По Руси
罗斯拉夫列夫 Рославлев
罗斯拉夫列夫，又名1812年的俄罗斯人 Рославлев, или русские в 1812 году
罗亭 Рудин
裸年 Голый год
洛丽塔 Лолита
落魄 Безденежье
落叶 Листопад
落叶松的复苏 Воскрешение лиственницы
乱世女皇 Царица Смуты

略识门径者的旅行 Путешествие дилетантов
沦落的人们 Бывшие люди
论俄国诗歌信筒 Письма о русской поэзии
论俄文诗律书 Письмо о правилах российского стихотворства
论俄文宗教书籍的神益序言 Предисловие о пользе книг церковных в российском языке
论俄语 О русском языке
论国家大法之必要 Рассуждение о непременных государственных законах
论美妙的清晰 О прекрасной ясности
论人，人的死亡和不朽 О человеке, о его смерности и бессмертии
论诗歌 О стихотворстве
论巫术 О теургии
论现代俄国文学衰落的原因和新的流派 О причине упадка и о новых течениях современной литературы

M

妈妈和中子弹 Мама и нейтронная бомба
马尔登的罪行 Преступление Мартына
马卡尔·楚德拉 Макар Чудра
马卡尔的梦 Сон Макара
马特维·科热米亚金的一生 Жизнь Матвея Кожемякина
玛莉娃 Мальва
玛申卡 Машенька
玛特廖娜的家 Матренин двор
吗啡 Морфий
埋葬我吧，风儿！Хорони, хорони меня, ветер!...
麦秸中的电线 Провода в соломе
麦利佟 Мелитон
盲音乐家 Слепой музыкант
矛盾 Противоречие
梅尔波梅尼的故事 Сказки Мельпомены

玫瑰 Роза
玫瑰花与十字架 Роза и Крест
没用人的一生 Жизнь ненужного человека
没有复活 Не воскрес
没有功夫苦恼 Скучать совсем некогда
没有陪嫁的新娘 Бесприданница
没有意思的故事 Скучная история
没有主人公的歌 Поэма без героя
没有整数 Ноль целых
美妇人诗集 Стихи о Прекрасной Даме
美好时代的终结 Конец прекрасной эпохи
美妙的历险 Прелестные приключения
猛兽 Хищник
梦 Сон
梦境,找到我吧! Найти меня, сон!
咪咪公爵小姐 Княжна Мими
迷途的电车 Заблудившийся трамвай
米佳的爱情 Митина любовь
米克:一部非洲长诗 Мик. Африканская поэма
米宁和波萨尔斯基 Минин и Пожарский
密尔戈罗德 Миргород
密特朗巴什事件 История с метранпажем
密谢尔斯基大公之死 На смерть князя Мещерского
名伶与捧角 Таланты и поклонники
名片 Визитные карточки
明春之前 До будущей весны
明天的天气 Погода на завтра
明月当空 Луна в зените...
命名日 Именины
命运的恩赐 Милости судьбы
命运的轨迹,或米拉舍维奇的小箱 Линии судьбы, или Сундучок Милашевича
缪斯 Муза
磨刀石村庄 Бруски
魔灯,又译神灯或幻灯 Волшебный фонарь
魔地 Заколдованное место
魔术师小姑娘 Маленькая волшебница

摩洛 Молох
莫里哀的一生 Жизнь господина де Мольера
莫洛托夫 Молотов
莫斯科 Москва
莫斯科的三叶草 Трилистник московский
莫斯科的韵文故事 Московская сага
莫斯科之诗 Стихи о Москве
莫扎特与沙莱里 Моцарт и Сальери
陌生女郎 Незнакомка
某些能引起聪明和正直的人们特别注意的问题 Несколько вопросов, могущих возбудить в умных и честных людях особливое внимание
姆岑斯克县的麦克白夫人 Леди Макбет Мценского уезда
姆斯季斯拉夫 Мстислав
母鸡和狐狸的故事 Повесть о Куре и Лисице
母亲 Мать
母亲和音乐 Мать и музыка
牡蛎 Устрица
木匠的故事 Плотницкие рассказы
木木 Муму
木舍 Изба
木制马 Деревянные кони
暮 Вечер
幕帐 Шатер
穆拉·努尔 Мулла Нур
牧童与牧女 Пастух и пастушка

N

拿去吧! Нате!
哪儿更好? Где лучше?
哪儿来的这似水柔情?…… Откуда такая нежность?...
娜坚卡 Надинька
娜杰日达·尼古拉耶芙娜 Надежда Николаевна
娜塔丽 Натали

内向的人 Сокровенный человек
尼基塔的童年 Детство Никиты
你不止一次听见我的表白 Не раз ты слышала признанье...
你好，中学生！Будь здоров, школяр！
你解脱了，我却还在受苦…… Ты отстрадала, я еще страдаю...
你，我的大海的波涛 Ты, волна моя морская...
逆流 Против течения
年轻的人们 Молодые люди
涅朵奇卡·涅兹万诺娃 Неточка Незванова
涅瓦大街 Невский проспект
念珠 Четки
娘子谷 Бабий Яр
您好，公爵！Здравствуй, князь！
农村公社的统计 Мирской учет
农村纪事 Сельская хроника
农村日课经 Сельский часослов
农村日记 Из деревенского дневника
农村小商 Деревенский Торгаш
农夫 Мужики
农夫和农妇 Мужики и бабы
农民 Мужики
农民的孩子们 Крестьянинские дети
农民的苦难 Деревенская беда
农民和农民劳动 Крестьяне и крестьянский труд
农民选举 Крестьянские выборы
奴役颂 Ода на рабство
努玛·蓬皮里，又名繁荣的罗马 Нума Помпилий, или Процветающий Рим
女房东 Хозяйка
女鼓手 Барабанщица
女孩之家 Дом девушек
女郡守玛尔法，或征服诺夫哥罗德 Марфа Посадница, или Покорение Новгорода
女奴 Невольницы
女攀岩运动员 Скалолазка
女强人 Победительница
女性的谈话 Женский разговор
诺夫戈罗德的瓦吉姆 Вадим Новгородский
诺亚方舟 Ноев ковчег

O
偶然事件 Происшествие

P
胖子和瘦子 Толстый и тонкий
抛圈 Серсо
培养傻瓜的学校 Школа для дураков
喷泉 Фонтан
喷泉边的舞台 Сцена у фонтана
朋友之歌 Песня о друге
披甲兵 Латник
僻静的角落 Затишье
片刻的骑士 Рыцарь на час
漂泊岁月 Годы странствий
漂亮的厨娘，又名一个淫荡女人的奇遇 Пригожая повариха, или Похождения развратной женщины
漂亮的小猪 Красивая свинка
贫非罪 Бедность не порок
平凡的故事 Обыкновенная история
平和的政权 Мирская власть
凭借记忆的权力 По праву памяти
凭理智无法理解俄罗斯 Умом Россию не понять...
破产债户 Несостоятельный должник
铺着呢布，中央放着长颈玻璃瓶的桌子 Стол, покрытый сукном и с графином посередине
普里瓦洛夫的百万家私 Приваровские миллионы
普里希别叶夫中士 Унтер Пришибеев
普利科沃子午线 Пульковский меридиан
普鲁士新娘 Прусская невеста
普罗哈尔钦先生 Господин Прохарчин
普宁 Пунин

普宁与巴布林 Пунин и Бабурин
普希金 Пушкин
普希金之家 Пушкинский дом
普叙赫 Психия
朴实的仁慈 Простота миросердия
瀑布 Водопад

Q

骑兵军 Конармия
奇女子 Чудная
齐齐公爵小姐 Княжна Зизи
祈祷 Моление
乞丐 Нищий
起疑心的马卡尔 Усомнившийся Макар
恰巴耶夫 Чапаев
恰巴耶夫与普斯托塔 Чапаев и пустота
前线 Фронт
前线纪事 Фронтовая хроника
前线向我们走来 Фронт приходит к нам
前夜 Накануне
前夜的前夜 Накануне накануне
墙 Стена
强盗 Разбойник
悄悄的私语，羞怯的呼吸…… Шепот, робкое дыханье...
瞧，谁来了！Смотрите, кто пришел!
巧合 Стечение обстоятельства
切尔卡什 Челкаш
切文古尔镇 Чевенгур
切勿随心所欲 Не так живи, как хочется
亲爱的，不要把我的信揉作一团 Ты письмо мое, милый, не комкай...
钦差大臣 Ревизор
《钦差大臣》的结局 Развязка "Ревизора"
侵略 Нашествие
勤务兵 Денщик
清洁的池塘 Чистые пруды
青年 Юность

青年近卫军 Молодая гвардия
青年医生札记 Записки юного врача
青铜骑士 Медный всадник
请你别离开我…… Не отходи от меня...
请认识一下，我叫巴鲁耶夫！Знакомьтесь, Балуев!
穷人 Бедные люди
求婚 Предположение
囚徒 Узник
区里的日常生活 Районные будни
去年夏天在丘里木斯克 Прошлым летом в Чулимске
去世 Кончина
犬猎 Псковая охота
群飞的白鸟 Белая стая
群魔 Бесы

R

燃烧的大厦 Горящие здания
热的雪 Горячий снег
人 Человек
仁慈的三姐妹 Три сестры милосердные
人家的骨肉 Чужая кровь
人生的酒盏 Чаша жизни
人生与命运 Жизнь и судьба
人与地位 Люди и положения
任性的马 Кони привередливые
日记片断 Заметки из дневника
日日夜夜 Дни и ночи
日瓦戈医生 Доктор Живаго
融雪 Тают снега
如今 Теперь
入社 Вступление

S

萨拉曼得拉 Саламандра
萨莎 Саша
萨什卡 Сашка

萨瓦·格鲁德岑的故事 Повесть о Савве
　　Грудцыне
赛拉·莫列娜 Сиерра Морена
塞瓦斯托波尔的激战 Севастопольская страда
三个蓝衣姑娘 Три девушки в голубом
三个中篇小说 Три повести
三股泉水 Три ключа
三海旅行记 Хождение за три моря
三人 Трое
三十周年纪念日…… Тридцатая годовщина...
三死 Три смерти
三套马车 Тройка
三姊妹 Три сестры
散文诗 Стихотворения в прозе
森林 Лес
僧侣 Монах
沙皇鲍里斯 Царь Борис
沙皇费多尔·伊凡诺维奇 Царь Федор
　　Иваннович
傻瓜 Лох
山隘 Перевал
山路 Горный путь
山外青山天外天 За далью даль
山之诗 Поэма Горы
上帝 Бог
上帝别让我发疯 Не дай мне бог сойти с ума
上尉的女儿 Капитанская дочка
少年 Отрочество
少年 Подросток
少女之王 Царь-Девица
蛇妖戈雷内奇 Змей Горыныч
社会主义大道 Путь к социализму
射击 Выстрел
深色披巾下双手交叉…… Сжала руки под
　　темной вуалью...
神经错乱 Припадок
神奇的图画…… Чудная картина...
神奇戒指 Волшебное кольцо

神圣的战争 Священная война
神学校随笔 Очерки бурсы
神学校学生 Бурсак
审判 Суд
审判官的陷阱 Садок судей
生活的一页 Страница жизни
生者与死者 三部曲 Трилогия Живые и
　　мертвые
胜利 Победа
胜利者 Победитель
盛开的花园 Вертоград многоцветный
圣诗 Псалм
圣约翰节前夜 Вечер накануне Ивана Купала
诗的解剖 Анатомия стихотворения
诗歌集 Стихи
诗集 Стихи
诗集 Стихотворения
诗人与公民 Поэт и гражданин
诗人之死 Смерть Поэта
失火记 Пожар
失落的国书 Пропавшая грамота
失眠 Бессонница
施密特中尉 Лейтенант Шмидт
十二个 Двенадцать
十二月的塞瓦斯托波尔 Севастополь в декабре
10月19日 19 октября
时间啊，前进！ Время, вперед!
时间与地点 Время и место
时尚 Поветрие
食客 Нахлебник
石客 Каменный гость
石榴手镯 Гранатовый браслет
石头 Камень
市场上的新娘 Невеста на ярмарке
是的,我幸福过 Итак я счастлив был, итак, я
　　наслаждался
世纪之初 Начала века
世纪中叶 Середина века

试金石 Пробный камень
誓言 Клятва
手表的故事 Сказка о часах
手提箱 Чемодан
手艺 Ремесло
手掌 Ладони
手杖 Посох
受洗的中国人 Крещеный китаец
受迫害的人 Гонимые
瘦月亮 Дохлая луна
疏忽 Неосторожность
抒情诗 Лирика
抒情文萃 Лирический пантеон
抒情叙事诗 Баллада
竖琴与小提琴 Арфа и Скрипка
树之子 Сын дерева
谁在俄罗斯能过好日子 Кому на Руси жить хорошо
谁之罪 Кто виноват?
水晶屋 Хрустальный дом
水泥 Цемент
水仙女 Русалка
瞬间 Мгновение
说鬼 О нечисти
斯别克托尔斯基 Спекторский
斯大林的继承者 Наследники Сталина
斯大林的葬礼 Похороны Сталина
斯捷潘·鲁廖夫 Степан Рулев
斯捷潘契科沃村及其居民 Село Степанчиково и его обыватели
斯拉夫童话 Славянские древности
斯米尔诺娃的生日 День рождения Смирновой
斯摩林村的编年史 Хроника села Смурина
斯薇特兰娜 Светлана
司令官，或名伏尔加河上的梦 Воевода, или Сон на Волге
死敌 Смертный враг
死魂灵 Мертвые души

死亡 Смерть
死屋手记 Записи из мертвого дома
四百个 Четыреста
四滴水 Четыре капли
四分之一匹马 Четверть лощади
四个愿望 Четыре желания
四天 Четыре дня
松树 Сосна
送别短暂，期盼无边 Ожидание длилось, а проводы были недолги
苏丹马哈麦特的故事 Сказание о Магмене Султане
苏霍多尔 Суходол
苏拉米福 Суламифь
诉讼 Ябеда
虽然不是我的故土 Земля хотя и не родная
索科林岛的逃亡者 Соколинец
索伦托的黄昏 Вечер в Сорренте
索罗庆采集市 Сорочинская ярмарка
索莫夫和别的人 Сомов и другие
索涅奇卡 Сонечка
索涅奇卡的故事 Повесть о Сонечке
索特尼科夫 Сотников
索溪河 Соть
所谓的个人生活 Так называемая личная жизнь

T

她的朋友们 Ее друзья
她在地板上坐着 Она сидела на полу...
她整天神志不清地躺着 Весь день она лежала в забытьи...
他没有从战场上归来 Он не вернулся из боя
他们为祖国而战 Они сражались за Родину
他人喝酒自己醉 В чужом пиру похмелье
塔拉斯·布利巴 Тарас Бульба
塔列尔金之死 Смерть Тарелкина
塔米拉和谢里姆 Тамира и Селим

塔尼娅 Таня
胎记 Родинка
太阳的孩子们 Дети солнца
坦克队菱形前进 Танки идут ромбом
探索者 Искатели
唐璜 Дон-Жуан
逃亡 Бег
套中人 Человек в футляре
题普欣纪念册 В альбом И. И. Пущину
天边 На край света
天鹅营 Лебединый стан
天赋 Дар
天蓝色 Голубень
天亮之前 Ante Lucem
天气之歌 О погоде
天上的鼓手 Небесный барабанщик
天使 Ангел
天堂苹果 Райские яблоки
天涯海角 Край возле самого неба
天涯海角——近在尺间 Край света — за первым углом
天真的话 Невинные речи
田野之星 Звезда полей
跳来跳去的女人 Попрыгунья
铁轨上的黎明 Рассвет на рельсах
铁流 Железный поток
铁路 Железная дорога
铁锹演员 Артист лопаты
童年 Детство
童僧 Мцыри
同时代的人们 Современники
同志 Товарищ
同志们,勇敢地前进 Смело, товарищи, в ногу
痛苦的命运 Горькая судьбина
偷东西的喜鹊 Сорока-воровка
偷窃 Кража
面具 Маски

透气孔 Отдушина
图尔宾一家的命运 Дни Турбиных
图拉来信 Письма из Тулы
图欣诺 Тушино
土地的威力 Власть земли
陀斯契加耶夫和别的人 Достигаев и другие

W

瓦季姆 Вадим
瓦连京与瓦莲京娜 Валетин и Валетина
瓦萨·日列兹诺娃 Васса Железнова
瓦西里和瓦西里莎 Василий и Василиса
瓦西里·焦尔金 Василий Теркин. Книга про бойца
外来的音乐家 Заезжий музыкант
外来人 Человек со стороны
外省女人 Провинциалка
外省轶事 Провинциальные анекдоты
外套 Шинель
纨袴少年 Недоросль
晚餐前夕 Перед ужином
万般苦恼 Мильон терзаний
万卡 Ванька
万卡·卡因的生平和冒险经历 Жизнь и приключения Ваньки Каина
万卡·莫罗佐夫 Ванька Морозов
万尼亚舅舅 Дядя Ваня
亡灵节 Радуница
往年故事 Повесть временных лет
枉然的天赋,偶然的天赋 Дар напрасный, дар случайный
望穿秋水 Жди меня
维 Вий
维克多利亚·卡吉米洛夫娜 Виктория Казимировна
维舍斯拉夫 Вышеслав
围困 Блокада
围困日记 Блокадная книга

伪皇德米特里 Димитрий Самозванец
伪金币 Фальшивая монета
伪善者们的奴隶 Кабала святош
伪斯麦迪斯 Подложный Смердий
未婚妻为我而真心大哭 За меня невеста отрыдает честно
为纪念而作 По случаю юбилея
为了怀念你,我把一切奉献 Все в жертву памяти твоей
为了事业的利益 Для пользы дела
为玛丽娅借钱 Деньги для Марии
瘟疫流行时的宴会 Пир во время чумы
文明时代 Просвещенное время
文学教师 Учитель словесности
文学晚会 Литературный вечер
纹身 Татуировка
瓮 Урна
我爱 Люблю
我爱过您…… Я вас любил: любовь еще, быть может
我把父亲的脑盖当碗 Я пил из черепа отца
我被钉在…… Пригвождена...
我不是我。履历表 Я — не я. Анкета
我不叹惋,呼唤和哭泣…… Не жалею, не зову, не плачу...
我城一少年 Парень из нашего города
我重又造访…… ...Вновь я посетил
我的大学 Мои университеты
我的读者们 Мои читатели
我的恶魔 Мой демон
我的哈姆雷特 Мой Гамлет
我的家园——我的异邦 Мой дом — моя чужбина
我的姐姐的花园 Вертоград моей сестры
我的朋友 Мой друг
我的普希金 Мой Пушкин
我的诗,写在年少的时光…… Моим стихам, написанным так рано...
我的一生 Моя жизнь
我的姊妹——叫生活 Сестра моя — жизнь
我独自一人出门启程 Выхожу один я на дорогу
我多想再握一下你的手! Руку бы снова твою мне хотелось пожать!
我和您 Я и вы
我怀着柔情蜜意——因为…… С большою нежностью — потому...
我记得早年的学校生活 В начале жизни школу помню я
我偏犟地沉向水底 Упрямо я стремлюсь ко дну
我来向你问候…… Я пришел к тебе с приветом...
我理想中的姑娘 Девушка моей мечты
我们 Мы
我们必胜! Так победим!
我们的爱情多么毁人 О, как убийственно мы любим...
我们的路很长 Долог наш путь
我们的十日谈 Наш Декамеро
我们将向太阳一样 Будем как солнце
我们来了 Мы пришли
我们转动地球 Мы вращаем Землю
我命中注定,要达到极限点,走上十字架 Мне судьба — до последней черты, до креста
我宁静的家乡 Тихая моя Родина
我偏要戴上他的戒指 Я с вызовом ношу его кольцо...
我时常梦见冈峦起伏的巴甫洛夫斯克 Все мне видится Павловск холмистый...
我释放自己的心灵 Отпущу свою душу на волю
我是乡村最后一个诗人…… Я последний поэт деревни

我忘记了问廖什卡 Я забыл спросить у Лешки...

我为自己建立了一座非人工的纪念碑 Я памятник себе воздвиг нерукотворный

我喜欢您相思的不是我…… Мне нравится, что Вы больны не мной...

我相信我们会共有一座星辰 Я верю в нашу общую звезду

我要从所有的大地,从所有的天国夺回你…… Я тебя отвоюю у всех земель, у всех небес...

我要生活,我要悲哀…… Я жить хочу! хочу печали...

我应该为某个人祈祷 Мне нужно на кого-нибудь молиться

我又站在涅瓦河上 Опять стою я над Невой...

我在岩石板上写…… Писала я на аспидной доске...

我在这代人身上没有找到朋友…… Я в поколенье друга не нашел...

我战死在尔热夫城外 Я убит подо Ржевом

我这一代人眼里的斯大林 Глазами человека моего поколения

我知道,我没有任何过错…… Я знаю, никакой моей вины

我自己 Я сам

我走向蓝色大海的岸边 Я пошел на берег синя моря...

沃罗克拉姆大道 Волоколамское шоссе

乌丽亚娜·维亚泽姆斯卡娅公爵夫人 Княгиня Ульяна Вяземская

乌沙科夫传 Житие Ф. В. Ушакова

无辜的罪人 Без вины виноватые

无家可归的费奥多尔 Федор бесприютный

无路可走 Без дороги

无上幸福 Блаженство

无所信仰 Безверие

舞会之后 После бала

五颜六色的故事 Пестрые рассказы

五音步抑扬格 Пятистопные ямбы

五月的夜 Майская ночь

五月的夜 Майская ночь, или Утопленница

午夜的电车 Полночный троллейбус

物从细处断 Где тонко, там и рвется

务实的先生 Практический господин

X

西利费达 Сильфида

西纳夫和特鲁沃尔 Синав и Трувор

西徐亚人 Скифы

昔日的景象 Картины прошедшего

"希望号"巡航舰 Фрегат "Надежда"

戏剧交响曲 Симфония 2-я, драматическая

夏天 Лето

夏园 Летний сад

下葬 В ту же землю

先驱者 Предтеча

献给奥古斯都的新章 Новые стансы к Августе

献给捷克的诗 Стихи к Чехии

献给约翰·邓恩的大哀歌 Большая элегия Джону Донну

现如今的爱情 Нынешяя любовь

香槟中的凤梨 Ананасы в шапанском

香客 Паломники

香客 Странник

乡村 Деревня

像夜空流星的一抹火焰 Как в ночь звезды падучей пламень

象征主义 Символизм

象征主义的遗产和阿克梅主义 Наследие символизма и акмеизм

向左进行曲 Левый марш

消逝 Исчезновение

肖像 Портрет

肖像与周围 Портрет и вокруг

小城 Городок
小丑和骗子索维斯特德拉的奇遇 Похождения шута и прута Совестдрала
小格罗兹纳娅 Маленькая Грозная
小矿工 Маленький шахтер
小孩子 Дети
小伙子 Молодец
小品集 Арабески, 通常称为彼得堡故事 Петербургские повести
小市民 Мещане
小市民的幸福 Мещанское счастье
小提琴也有些神经质地 Скрипка и немножко нервно
小巷 Переулочки
小野猪 Кабанчик
小伊万·戈斯季内依的奇遇 Похождения Ивана Гостиного сына
小英雄 Маленький герой
小于一 Less Than One
笑的咒语 Заклятие смехом
校庆日 Традиционный сбор
谢巴斯蒂安·纳伊特的真正的一生 Истинная жизнь Себастьяна Найта
谢列布里斯基一家 Семья Серебрийских
新潮贵族的故事 Повесть о новомодном дворянине
新城篝火堆 Костровые новых городов
新的任命 Новое назначение
新鲁滨孙一家 Новые Робизоны
新路 Новый путь
新娘 Невеста
新小说集 Новые повести
新天空 Новое небо
新喜剧上演后的戏剧散场 Театральный разъезд после представления новой комедии
新职业 Новая профессия
心灵之歌 Песни души
心愿 Желание

性格不合 Не сошлись характерами
兄弟姊妹 Братья и сестры
修士 Монах
叙事诗篇 Эпические мотивы
学会仇恨 Наука ненависти
学者赞 Гимн ученому
悬崖 Обрыв
悬崖 Утес
雪姑娘 Снегурочка
雪面具 Снежная маска
雪中大地 Земля в снегу

Y

亚当和夏娃 Адам и Ева
亚历山大·涅夫斯基行传 Житие Александра Невского
亚历山大三世博物馆 Музей Александра Ⅲ
雅典的俄狄浦斯 Эдип в Афинах
烟 Дым
严寒, 通红的鼻子 Мороз, Красный нос
严峻的爱情 Строгая любовь
沿着爱神的道路 По дороге Бога Эроса
沿着通向吉娜京的路 По дороге к Тинатин
燕子 Ласточка
养女 Воспитанница
窑洞 Землянка
遥远的路 Дальняя дорога
要沉默! SILENTIUM!
要我百依百顺?…… Тебе покорной?...
耶稣纪元 ANNO DOMINI
野蛮人 Варвары
野人 Дикий
野猪 Про дикого вепря
也许——冲着屋里唱起歌 То ли — в избу и запеть
叶 Листок
叶尔马克 Ермак
叶甫盖尼娅的儿子 Сын Евгении

叶甫盖尼和尤里雅 Русская истинная повесть: Евгений и Юлия
叶甫盖尼，又名不良教养与交际不慎之致命后果 Евгений, или пагубное следствие дурного воспитания и сообщество
叶戈尔·布雷乔夫和别的人 Егор Булычов и другие
叶辽姆什卡之歌 Песня Еремушке
叶皮凡水闸 Эпифанские шлюзы
夜 Ночь
夜半诗抄 Полночные стихи
夜里我奔驰在黑暗的大街上…… Еду ли ночью по улице темной
夜思上苍之伟大 Вечернее размышление о Божием Величестве при случае великого северного сияния
夜晚时分 Время ночь
夜莺园 Соловьевый сад
一部批判性旅行记 Путешествие критики
一串 Гроздь
一次会议记录 Протокол одного заседания
一寸土 Пядь земли
一朵小花 Цветок
一个城市的历史 История одного города
一个俄罗斯军官的书信 Письмо русского офицера
一个俄罗斯士兵的故事 Рассказы русского солдата
一个俄国旅行家的书简 Письма русского путешественника
一个官员之死 Смерть чиновника
一个画家的故事 История живописца
一个酒鬼的故事 Слово о бражнике
一个莫斯科河南岸居民的手记 Записки замоскворецкого жителя
一个年轻人的成年的女儿 Взрослая дочка молодого человека
一个农艺师的札记 Из записок агранома
一个普通的人 Гражданский человек
一个青年人的札记 Записки одного молодого человека
一个人的遭遇 Судьба человека
一个土耳其人的哀怨 Жалобы турка
一块未收割的田地 Несжатая полоса
一千个农奴 Тысяча душ
一切都凑到这个生活里并且停息下来 Все сошлось в этой жизни и стихло
一首献诗的经过 История одного посвящения
一只手套，还是 KP-2 Перчатка, или КР-2
1828 年 10 月 19 日 19 октября 1828
1905 年 Девятьсот пятый год
1913 年的彼得堡 Петербург в 1913 году
1922 至 1924 年短篇小说集 Рассказы. 1922—1924
1941 年 7 月 Июль 41 года
1959—1967 年抒情诗抄 Из лирики этих лет. 1959—1967
1981 年的赛事 Спортивные игры 1981 года
伊尔库茨克的故事 Иркутская история
伊凡·杰尼索维奇的一天 Один день Ивана Денисовича
伊凡雷帝之死 Смерть Ивана Грозного
伊凡诺夫一家 Семья Иванова
伊凡·萨维奇·波得查波宁 Иван Савич Поджабрин
伊凡之女，伊凡之母 Дочь Ивана, мать Ивана
伊戈尔远征记 Слово о полку Игореве
伊丽莎白女皇登基日颂 Ода на день восшествия на всероссийский престол ея величества государыни императрицы Елизаветы Петровны
伊万·费德罗维奇·什邦卡和他的姨妈 Иван Федорович Шпонька и его тетушка
伊万诺夫 Иванов
伊万·瓦西里耶维奇 Иван Васильевич

伊万·伊万诺维奇和伊万·尼基福罗维奇吵架的故事 Повесть о том, как поссорился Иван Иванович с Иваном Никифоровичем
伊则吉尔老婆子 Старуха Изергиль
医生札记 Записки врача
以革命的名义 Именем революции
驿差镇 Ямская слобода
驿站长 Станционный смотритель
意大利组诗 Итальянские стихи
意外的喜悦 Нечаянная радость
意外的喜悦 Случайная радость
异国天空 Чужое небо
艺术的形式 Формы искусства
艺术的一般意义 Общий смысл искусства
抑扬格 Ямбы
因祸得福 Счастливая ошибка
音乐课 Уроки музыки
音乐师 Тапер
银鸽 Серебряный голубь
隐点 Невидимая точка
隐居的神父和贞洁的修女…… Отцы пустынники и жены непорочны
饮酒作乐的学生 Пирующие студенты
英俊小生 Красавец мужчина
樱桃园 Вишневый сад
鹰之歌 Песня о Соколе
营队请求支援 Батальоны просят огня
迎着暴风雨 Грозе навстречу
映着火光的河流 Реки огненные
勇敢 Мужество
勇敢 Смелость
永恒的雪 Вечный снег
永恒战斗之后 После вечного боя
永久丈夫 Вечный муж
永生的人们 Вечно живые
幽暗的林荫道 Темные аллеи
悠扬的召唤 Певущий зов
由爱指挥的希望小乐队 Надежды маленький оркестрик под управлением любви
游击队员马雷奇和大草原 Партизан Марыч и Великая Степь
游戏规则 Правила игры
尤利娅 Юлия
尤利·米洛斯拉洛夫斯基,又名1612年的俄罗斯人 Юрий Милославский, или русские в 1612 году
有的人是石雕,有的是泥塑…… Кто создан из камня, кто создан из глины...
有利可图 Впрок
有利可图的事 Выгодное предприятие
有谁知道他 И кто его знает
有一个声音召唤过我 Мне голос был...
友与敌 Друзья и враги
幼儿园 Детский сад
又是25 Опять двадцать пять
愚蠢的公主 Глупая принцесса
鱼王 Царь-рыба
与阿纳克瑞翁的对话 Разговор с Анакреоном
与天使在一起的20分钟 Двадцать минут с ангелом
与友人书简选 Выбранные места из переписки с друзьями
语文教师 Учитель словесности
语言 Слово
预言 Предсказание
语言的部分 Часть речи
欲望之火在血液中燃烧 В крови горит огонь желанья
原谅我吧,我的山冈!…… Простите меня, мои горы...
原子童话 Атомная сказка
远方——在我身上和在我身旁 Во мне и рядом — даль
约旦河的鸽子 Иорданская голубица
约内奇 Ионыч

越过障碍 Поверх барьеров
阅览室 Газетная
月亮 Месяц
月亮的梦幻 Лунная греза
云 Облако
云 Облака
云中双子星座 Близнец в тучах
陨星雨 Звездопад
熨斗和靴子的奇遇 Приключение утюга и сапога

Z

杂货店主 Щепетильник
在北方的天空下 Под северным небом
在边缘 На краю
在大街上 На улице
在大学 В университете
在钉子上 На гвозде
在俄罗斯的深处 В глубине России
在故乡 На родине
在坏伙伴中 В дурном обществе
在荒凉的北国有一棵青松 На севере диком стоит одиноко
在荒原 В Пустыне
在昏暗中 В сумерках
在家 Дома
在开阔的天空下 Под открытым небом
在靠近前线的森林里 В прифронтовом лесу
在老家 На старом перелище
在良心的照耀下 При свете совести
在良知的标志下 Под знаком совести
在路上 В дороге
在旅途中 В дороге
在茫茫中 В безбрежности
在秋日 В дни осенние
在人间 В людях
在少先队夏令营里 В пионерлагере
在斯大林格勒的战壕里 В окопах Сталинграда
在死胡同 В тупике
在四轮马车上 В тарантасе
在天空和山冈相连的地方 Где сходилось небо с холмами
在途中 В пути
在峡谷中 В овраге
在验收书上签字的人 Мы нижеподписавшиеся
在医院里 В больнице
在早班列车上 На ранних поездах
在这样一个金色的明亮黄昏…… В вечер такой золотистый и ясный...
再见，男孩儿们 До свидания, мальчики
再见！我们将在狱中告别…… До свидания! Простимся в тюрьме...
早操 Утренняя гимнастика
澡堂 Баня
造访 Посещение
扎戈里耶 Загорье
乍得湖 Озеро Чад
摘自两本书 Из двух книг
斩首邀请 Приглашение на казнь
战舰巴拉达号 Фрегат Паллада
战争 Война
战争结束的那一天 В тот день, когда окончилась война
战争与和平 Война и мир
长子 Старший сын
召唤 Призыв
着魔的漂泊者 Очарованный странник
这个女人哪！我见到她就哑然无语 Эта женщина! Увижу и немею
这个时代比过去坏在哪里？ Чем хуже этот век предшествующих?...
这里的黎明静悄悄…… А зори здесь тихие
这里：霜凝，雪飞…… Хорошо здесь: и шелест и хруст...
这清晨，这喜悦…… Это утро, радость эта...

这是我 Me eum esse
真理固好，幸福更佳 Правда хорошо, а счастье лучше
真想活啊 Так хочется жить
珍珠 Жемчуга
征服者之路 Путь конквистадоров
支票簿 Книжка чеков
知识分子与革命 Интеллигенция и революция
直线 Прямая линия
纸士兵 Бумажный солдатик
致奥加廖娃 К Огаревой
致城市与世界 Urbi et Orbi
致大海 К морю
致戈尔恰科夫公爵函 Послание к кн. А. М. Горчакову
致果戈理的一封信 Письмо к Гоголю
致君王与法官们 Властителям и судиям
致凯恩 К Керн
致娜塔丽娅 К Наталье
致娜塔莎 К Наташе
致奈特同志——船和人 Товарищу Нетте, пароходу и человеку
致尼基塔·尤里耶维奇·特鲁别次科伊大公论教育 К князю Никите Юриевичу Трубецкому о воспитании
致恰阿达耶夫 Чаадаеву
致同学们 Товарищам
致谢尔盖·叶赛宁 Сергею Есенину
致西伯利亚 В Сибирь
致叶甫盖尼兹万卡的生活 Евгению. Жизнь Званская
致一位年轻寡妇 К молодой вдове
致友人 Друзьям
智慧的痛苦 Горе от ума
智者千虑必有一失 На всякого мудреца довольно простоты
治家格言 Домострой
忠诚的极度 Полюс верности
忠实的鲁斯兰 Верный Руслан
终结之诗 Поэма Конца
中央水电站 Гидроцентраль
种瓜得瓜，种豆得豆 За чем пойдешь, то и найдешь
主题与变奏 Темы и вариации
主要街道 Главная улица
祝你成功 В добрый час
庄重地同女儿们告别 Важно с девочками простились...
追求欢乐 В поисках радости
卓娅 Зоя
卓伊卡的住宅 Зойкина квартира
自己的家庭，或已婚的新娘 Своя семья или Замужняя невеста
自己的小圈子 Свой круг
自家狗咬架，别家狗不要插嘴 Свои собаки грызутся, чужая не приставай
自家人好算帐 Свои люди — сочтемся!
自旅途日记 Из дорожного дневника
自然中的美 Красота в природе
自我未来主义的开场白 Пролог Эгофутуризма
自由颂 Вольность
自由言论之歌 Песни о свободном слове
宗教滑稽剧 Мистерия — Буфф
宗教游行 Крестный путь
走上大路后，心灵回头一望 Выходя на дорогу, душа оглянулась
走投无路 Некуда
走向世界！К мировому!
走向天堂叙事曲 Баллада об уходе в рай
祖父 Дедушка
祖国 Родина
祖国的青烟 Дым отечества
祖国和异邦 Родина и чужбина
祖国之歌 Песня о родине
昨天五点多钟…… Вчерашний день, часу в

шестом
左岸 Левый берег
左撇子 Левша
作家日记 Дневник писателя
作为世界观的象征主义 Символизм как миропонимание
作者自白 Авторская исповедь
最后的爱情 Последняя любовь
最后的歌 Последние песни
最后的玫瑰 Последняя роза
最后的炮轰 Последние залпы
最后的期限 Последний срок
最后的问候 Последний поклон
最后的牺牲 Последняя жертва
最后的诱惑 Последнее искушение
最后一次了,在我的心头…… В последний раз твой образ милый
最后一次相见在我们经常相会的堤岸上 В последний раз мы встретились тогда на набережной где всегда встречались...
最后一代 Последние
最后一个近侍少年 Последний новик
最后一个夏天 Последнее лето
最后一位共产党员 Последний коммунист
罪孽深重 Грехи тяжкие
罪与罚 Преступление и наказание

附录三　主要参考书目

中文部分

В. 阿格诺索夫主编:《20 世纪俄罗斯文学》(凌建侯等译),中国人民大学出版社,2001 年。
А. 别雷:《彼得堡》(靳戈、杨光译),作家出版社,1998 年。
В. 别林斯基:《文学的幻想》(满涛译),安徽文艺出版社,1996 年。
А. 勃洛克:《十二个》(戈宝权译),漓江出版社,1985 年。
С. 布尔加科夫:《东正教——教会学说概要》(徐凤林译),商务印书馆,2001 年。
И. 布罗茨基:《从彼得堡到斯德哥尔摩》(王希苏、常晖译),漓江出版社,1990 年。
И. 布罗茨基:《文明的孩子》(刘文飞译),中央编译出版社,1999 年。
曹靖华主编:《俄国文学史》,人民文学出版社,1989 年。
曹靖华主编:《俄苏文学史》第 3 卷,河南教育出版社,1993 年。
查晓燕:《普希金——俄罗斯精神文化的象征》,北京大学出版社,2001 年。
陈训明:《普希金抒情诗中的女性》,贵州人民出版社,1993 年。
《俄国诗选》(魏荒弩译),湖南人民出版社,1988 年。
《俄国文化史纲(从远古至 1917 年)》(张开、张曼真等译),苏联科学院历史所列宁格勒分所编,商务印书馆,1994 年。
冯玉律:《跨越与回归——论伊凡·蒲宁》,上海外语教育出版社,1998 年。
В. 格罗斯曼:《陀思妥耶夫斯基传》,外国文学出版社,1987 年。
顾蕴璞:《诗国寻美——俄罗斯诗歌艺术研究》,北京大学出版社,2004 年。
《果戈理评论集》(袁晚禾、陈殿兴选编),复旦大学出版社,1993 年。
G. M. 海德:《现代主义》(胡家峦等译),上海外语教育出版社,1997 年。
М. 赫拉普钦科:《尼古拉·果戈理》(刘逢祺、张捷译),上海译文出版社,2001 年。
黄晋凯、张秉真、杨恒达主编:《象征主义意象派》,中国人民大学出版社,1998 年。
黄晋凯主编:《外国文学简编》(欧美部分),中国人民大学出版社,1999 年。
Л. 季莫菲耶夫主编:《俄罗斯古典作家论》(上、下卷),人民文学出版社,1958 年。
李赋宁主编:《欧洲文学史》第 2 卷,商务印书馆,2002 年。
李赋宁主编:《欧洲文学史》第 3 卷,商务印书馆,2001 年。
李毓榛主编:《20 世纪俄罗斯文学史》,北京大学出版社,2000 年。
刘文飞:《20 世纪俄语诗史》,社会科学文献出版社,1996 年。
马克·斯洛宁:《苏维埃俄罗斯文学》(浦立民等译),上海译文出版社,1983 年。
《马雅可夫斯基选集》(四卷本),人民文学出版社,1984 年。
Н. 涅克拉索夫:《谁在俄罗斯能过好日子》(飞白译),人民文学出版社,1998 年。
《涅克拉索夫文集》(魏荒弩译)(三卷本),上海译文出版社,1992 年。
А. 帕甫洛夫斯基:《安娜·阿赫玛托娃传》(守魁、辛冰译),四川人民出版社,2000 年。
О. 帕斯:《双重火焰》,东方出版社,1998 年。
《丘特切夫诗全集》(朱宪生译),漓江出版社,1998 年。

任光宣等:《俄罗斯文学史》,北京大学出版社,2003年。
《十二月党人诗选》(魏荒弩译),上海译文出版社,1985年。
苏联科学院、苏联文化部艺术史研究所编:《苏联话剧文学史》(白嗣宏、蔡时济、赵鼎真译),中国戏剧出版社,1986年。
孙美玲编:《萧洛霍夫研究》,外语教学与研究出版社,1982年。
童道明等:《论苏联当代作家》,外语教学与研究出版社,1981年。
《万比洛夫戏剧集》(白嗣宏译),安徽人民出版社,1980年。
汪介之:《俄罗斯命运的回声:高尔基的思想与艺术探索》,漓江出版社,1993年。
王爱民、任何:《俄国戏剧史概要》,中国戏剧出版社,1984年。
王智量:《论普希金、屠格涅夫、托尔斯泰》,光明日报出版社,1985年。
魏荒弩:《论涅克拉索夫》,北京大学出版社,2000年。
B. 魏列萨耶夫:《生活中的果戈理》(吴晓都译),安徽文艺出版社,1999年。
《萧洛霍夫文集》(八卷集),人民文学出版社,2000年。
辛守魁:《阿赫玛托娃》,四川人民出版社,2001年。
徐稚芳:《俄罗斯诗歌史》,北京大学出版社,2002年。
许贤绪:《20世纪俄罗斯诗歌史》,上海外语教育出版社,1997年。
《叶赛宁研究论文集》,北京大学出版社,1987年。
叶水夫主编:《苏联文学史》第3卷,中国社会科学出版社,1994年。
易漱泉等编:《俄罗斯文学史》,湖南文艺出版社,1985年。
岳凤麟编:《马雅可夫斯基评论集萃》,北京大学出版社,1987年。
曾思艺:《丘特切夫诗歌研究》,湖南文艺出版社,2000年。
张百春:《当代东正教神学思想》,上海三联书店,2000年。
赵桂莲:《生命是爱——〈战争与和平〉》,云南人民出版社,2002年。
郑体武:《俄罗斯现代主义诗歌》,上海外语教育出版社,1999年。
朱宪生:《在诗与散文之间——屠格涅夫的创作和文体》,陕西人民教育出版社,1999年。
И. 佐洛图斯基:《果戈理传》(刘伦振等译),天津人民出版社,1982年。

俄文部分

Агеносов В. Литература русского зарубежья. Тера-спорт., 1998.
Альфонсов В. В. Поэтика Бориса Пастернака. Л., 1990.
Анастасьев А. В. Розов. Очерк творчества. М., 1966.
АН СССР. История русской советской поэзии 1917－1941. Л., 1983.
АН СССР. История русской советской поэзии 1941－1980. Л., 1984.
АН СССР. История русской литературы. Т. 3. Л., 1982.
Ахматова А. А. Сочинения (в двух томах). М., Цитадель, 1999.
Бавин С. П., Семибратова И. В. Судьбы поэтов серебряного века. М., 1993.

Баевский В. С. История русской поэзии. М., 1996.

Баевский В. С. История русской литературы XX века. М., Языки русской культуры, 1999.

Баранов В. И. Огонь и пепел костра. М., Волго-Вятское кн. изд-во, 1990.

Белинский. Собрание сочинений в трех томах. Т. 1. Изд. Государственное издателъство художественной литературы, 1948.

Басинский П., Федякин С. Русская литература конца 19 — начала 20 века и первой эмиграции. М., Академия, 1998.

Белокурова С. П., Друговейко С. В. Русская литература конца 20-ого века. Учебное пособие. СПб., 2001.

Бердников Л. Серебряный Ю. Пантеон Российских писателей XVIII века. Критико-биографический словарь. СПб., 2002.

Благой Д. Д. Мир как красота. М., 1975.

Благой Д. Д. История русской литературы 18-ого века. М., 1960.

Блок А. Собрание сочинений (в шести томах). Л., Художественная литература, 1983.

Боборыкин В. Г. Михаил Булгаков. М., Просвещение, 1991.

Боголепов П. К., Верховская Н. П. Тропа к Гоголю. М., Дет. лит., 1976.

Бондаренко В. Реальная литература. М., Палея, 1996.

Бочаров А. Человек и война. М., Советский писатель, 1973.

Брискман Т. Я. В. Астафьев. Жизнь и творчество. Изд. Пашков Дом, 1999.

Бродский об Ахматовой. Диалоги с С. Волковым. Независимая Газета, 1992.

Бугров Б. С. Русская советская драматургия. 1960-е—1970-е годы. М., 1981.

Булгаков М. А. Сочинения (в трех томах). Т. 1, СПб., 1999.

Бунин И. Собрание сочинений. М., 1988.

Буслакова Т. П. Русская литература 20 века. М., Высшая школа, 2003.

Бухаркина П. и др. Русская литература — век XVIII. Трагедия. М., 1991.

Бухштаб Б. А. А. Фет: Очерки жизни и творчества. Л., 1990.

Вампилов А. Избранное. М., Согласие, 1999.

Варламов А. Н. Ночь славянских фильмов. М., Хроникер, 2001.

Василинина И. А. Театр Арбузова. М., 1983.

Вишневская И. Л. Драматургия верна времени. М., 1983.

Вся русская литература. Учебное пособие. Минск, Современный литератор, 2003.

Высоцкий В. Собрание сочинений (в четырех книгах). М., Надежда, 1997.

Гаспаров М. Л. Очерк истории русского стиха. Метрика. Ритмика. Рифма. Строфика. М., 2000.

Голубков М. Русская литература XX века. Пособие для абитуриентов. М., Аспект-Пресс, 2003.

Голубков М. Русская литература после раскола. М., Аспект-Пресс, 2001.

Горелов А. А. Н. С. Лесков и народная культура. Л., 1988.

Громов Е. Трагическое и героическое в жизни и искусстве. М., Искусство, 1981.

Громова М. И. Русская современная драматургия. Учебное пособие. М., Флинта • Наука, 1999.

Гроская А. Я., Зорина М. В. Русская литература. Изд. Специальная литература, 1997.

Гуковский Г. А. Русская литература XVIII века. Учебник. М., 1999.

Гумилев Н. С. Избранное. М., 1990.

Гунн Г. П. Очарованная Русь. М., 1990.

Гура В. Как создавался «Тихий Дон». М., Советский писатель, 1989.

Державин Г. Р. Сочинения. СПб., 2002.

Доктор Живаго: С разных точек зрения. М., 1989.

Долгополов Л. К. Андрей Белый и его роман «Петербург». Л., Советский писатель, 1988.

Достоевский М. Полное собрание сочинений (в 30 томах). Л., Изд. Наука, Ленинградское отделение, 1977—1990.

Ершов Л. Ф. История русской советской литературы. М., 1988.

Жорж Нива. История русской литературы XX века. Серебряный век. М., Прогресс, 1995.

Журавлев В. П. Русская литература 20 века. М., Просвещение, 2003.

Журавлева А. И., Макеев М. С. Александр Николаевич Островский. М., 1997.

Ильин В. Мировоззрение графа Льва Николаевича Толстого. СПб., 2000.

ИМЛИ РАН Русская литература рубежа веков. 1890 — начало 1920-х годов (в 2 книгах). М., 2001.

Нстория русской литературы (в четырех томах). Л., Наука, 1980—1983.

История русской литературы 20-ого века (20 — 90-е годы). М., 1998.

История русской литературы XI — XIX веков (Под ред. В. И. Коровина, Н. И. Якушина). М., 2001.

Карсалова Е. В., Леденев А. В., Шаповалова Ю. М. Серебряный век русской поэзии. М., 1996.

Келдыш В. А. и др. Русская литература рубежа веков (1890-е — начало 1920-х годов). Книга 1. ИМЛИ РАН. М., Наследие, 2000.

Кирпотин В. Я. Избранные работы (в трех томах). Т. 3. Разочарование и крушение Раскольникова. М., Художественная литература, 1979.

Кихней Л. Г. Поэзия Анны Ахматовой. Тайны ремесла. М., Диалог МГУ, 1997.

Колодный Л. Как я нашел «Тихий Дон». М., Голос, 2000.

Корзав Ю. И. Советская политическая драматургия 1960-е — 1980-х годов. Киев, 1989.

Крепс М. О поэзии Иосифа Бродского. Ардис, 1984.

Кулешов В. История русской литературы 19-ого века. Изд. МГУ, 1997.

Кусков В. История древнерусской литературы. М., 2003.

Лазарев Л. Константин Симонов. М., Художественная литература, 1985.

Лакшин В. Я. Александр Николаевич Островский. М., 1982.

Ланщиков А. П. В. Астафьев. М., Изд. Просвещение, 1992.

Лебедев А. А. Куда влечет тебя свободный ум. М., 1982.

Лебедева О. Б. История русской литературы 18-ого века. М., Высшая школа, 2003.

Лейдерман Н., Липовецкий М. Современная русская литература (в трех томах). Т. 2. М., Урсс, 2001.

Лермонтовская энциклопедия (Под ред. В. А. Мануйлова). М., Изд. Советская энциклопедия, 1981.

Лесскин Г. А. Триптих М. А. Булгакова о русской революции. М., ОГИ, 1999.

Литвинов В. Михаил Шолохов. М., Художественная литература, 1985.

Лихачев Д. История русской литературы 10-17 вв. М., 1985.

Лихачев Д. С. Слово о Лескове. В кн. Неизданный Лесков. М., 1997.

Лотман Ю. М. В школе поэтического слова: Пушкин — Лермонтов — Гоголь. М., Просвещение, 1988.

Лыссый Ю. И. Русская литература 20 века. М., Мнемозина, 1998.

Манн Ю. В. Поэтика Гоголя. М., 1988.

Машбиц-Веров И. М. Во весь голос. Куйбышев, 1980.

Машинский С. И. Художественный мир Гоголя. М., 1983.

Марченко А. М. Поэтический мир Есенина. М., 1989.

Мережковский Д. Л. Н. Толстой и Ф. М. Достоевский. Вечные спутники. М., Изд. Республика, 1995.

Минералов Ю. И. История русской литературы. 90-е годы. М., Владос, 2002.

Мочульский К. Гоголь, Соловьев, Достоевский. М., Изд. Республика, 1995.

Набоков В. Лекции по русской литературе. Пер. с англ. М., 1996.

Нефагина Г. Русская проза второй половины 80-ых — начала 90-ых годов XX века. Минск, Экономпресс, 1998.

Николаев П. А. Русские писатели 20 века. Биографический словарь. М., 2000.

Овчаренко А. И. Максим Горький и литературные искания XX столетия. М., Художественная литература, 1982.

Ольшевская Л. А., Травников С. Н. Литература Древней Руси и 18-ого века. М., Новая школа, 1996.

Пастернак Е. Б. Материалы для биографии Бориса Пастернака. М., 1989.

Полное собрание сочинений Пушкина (в 10 томах) (Под ред. Б. В. Томашевского). 4-е изд. Л., 1977—79.

Поэтика Бродского (Под ред. Л. Лосева). Эрмитаж, 1986.

Роговер Е. С. Русская литература 20 века. СПб., Паритет, 2002.

Розов В. Избранное. М., 1983.

Рощин М. Иван Бунин. М., 2000.

Рудницкий К. О пьесах А. Арбузова и В. Розова. М., Вопросы театра, 1975.

Русская литература 20-ого века. М., Изд. Logos, 2002.

Русская литература 19—20 веков (в двух томах). Т. 2. М., Изд. МГУ, 2001.

Русская литература XIX — XX веков. Т. 2. М., МГУ Филфак, Аспект-Пресс, 2000.

Русская литература 20-ого века (в двух томах) (Под ред. Л. П. Кременцова). М., Acedama, 2002.

Русские поэты. Антология. Т. I. М., 1989.

Русский драматический театр (энциклопедия). М., Научное издательство, 2001.

Сахаров В. И. Обновляющийся мир. Театр А. Вампилова. М., 1990.

Симонов К. Полное сочинение (в 10 томах). М., Художественная литература, 1980.

Скатов Н. Русские писатели. Библиографический словарь. М., Просвещение, 1998.

Скатов Н. Н. Русский гений. М., 1987.

Смирнов А. А. Романтическая лирика А. С. Пушкина. М., МГУ, 1988.

Смирнова Л. А. Русская литература конца 19 — начала 20 вв. М., Лаком-книга, 2001.

Смолина К. А. Русская трагедия. XVIII век. Эволюция жанра. М., 2001.

Солженицын А. Россия в обвале. М., 1998.

Солженицын А. Публицистика (в трех томах). Т. 1. Статьи и речи. Ярославль, 1995.

Соколов А. Г. История русской литературы конца 19-ого века и начала 20-ого века. М., Изд. Высшая школа, 2000.

Соколов Б. Булгаковская энциклопедия. М., Локид; Миф, 1998.

Солнцева Н. М. Сергей Есенин. М., 1997.

Сочинение Булата Окуджавы (в двух томах). Екатеринбург, У-Фактория, 2002.

Спиридонова Л. М. Горький: Диалог с историей. М., Наследие, 1994.

Старыгина Н. Н. История русской литературы второй половины XIX века. Изд. Флинта · Наука, 1998.

Сушков Б. Александр Вампилов: Очерк Творчества. М., 1990.

Тредиаковский В. К. Избранные произведения. М.-Л., 1963.

Тютчев Ф. И. Полное собрание стихотворений. Л., Советский писатель, 1957.

Три века русской поэзии. М., Мир и Образование, 2003.

Тромова М. Русская современная драматургия. Учебное пособие. М., Флинта, 2000.

Федоров В. И. История русской литературы 18-ого века. М., Владос, 2003.

Федорова М., Сумникова Т. Древнерусская литература Хрестоматия. М., 1985.

Финк Л. Костантин Симонов. М., Советский писатель, 1983.

Фомичев С. А. Комедия Грибоедова «Горе от ума». Комментарий: Книга для учителя. М., 1983.

Ходасевич В. Ф. Державин. М., 1988.

Цветаева М. И. Стихотворения и поэмы (в пяти томах). New York, Russia publishers, INC. 1980—1984.

Цветаева М. И. Об искусстве. М., Искусство, 1991.

Цыбин В. Д. Апокалипсис прошлого, настоящего, будущего. М., Изд. РИЦ МДК, 2000.

Чалмаев В. Александр Солженицын Жизнь и творчество. М., Просвещение, 1994.

Чудокова М. Жизнеописание Михаила Булгакова. М., 1988.

Чуковская Л. Записки об Анне Ахматовой (в трех томах). М., Согласие, 1997.

Явчуновский Я. И. Драма вчера и сегодня. Саратов, 1980.

英文部分

Catriona Kelly: A History of Russian Women's Writing. 1820—1992. Clarendon Press, Oxford, 1994.

Edit. by L. Loseff and V. Polukhina: Brodsky's Poetics & Aesthetics. Macmillan, Basingstoke, 1990.

V. Polukhina: A Poet for Our Time. Cambridge University Press, 1989.

V. Polukhina: Brodsky through the Eyes of his Contemporaries. Macmillan, Basingstoke, 1992.